Arnold Küsters
Ein Knödel zu viel

PIPER

Zu diesem Buch

Dunkle Wolken ziehen auf über dem Rottachsee, mitten im Herzen des Allgäus. Eine Leiche wird gefunden, und als würde das nicht schon genug Trubel für Kriminalhauptkommissar Robert Mayr bedeuten, stellt sich auch noch heraus, dass der Tote ein Ortsfremder war – ausgerechnet ein Preuße. Ernst Büschgens, erfolgreicher Unternehmer aus Mönchengladbach, hatte vor einigen Monaten das älteste Haus im Dorf als Altersruhesitz für sich und seine junge Freundin erworben. Sogar um seine Integration in die Dorfgemeinschaft hatte er sich bemüht und sich regelmäßig im Wirtshaus blicken lassen. Bis ihn ausgerechnet eine offenbar vergiftete Portion Schupfnudeln das Leben kostete. Hat der Wirt seine Finger im Spiel? Da zeigt sich ein Zusammenhang mit dem Mord an einer Prostituierten am Niederrhein, und Robert Mayr bleibt nichts anderes übrig, als mit den Kollegen von der Mönchengladbacher Polizei zusammenzuarbeiten, die schon am Telefon klingen wie Büttenredner und wahrscheinlich nicht mal den Unterschied zwischen Bayern und dem Allgäu kennen. Dat jibt en Freud!

Arnold Küsters, geboren 1954 in Nettetal-Breyell, studierte unter anderem Anglistik, Amerikanistik, Pädagogik und Psychologie. Seit 1986 ist er als Journalist tätig, vor allem für den Westdeutschen Rundfunk und die ARD, und berät Unternehmen in Presse- und Imagefragen. Küsters lebt in Mönchengladbach, ist verheiratet und hat einen Sohn. Wie seine Ermittler liebt er den Blues und spielt Mundharmonika in der Rockband STIXX. Nach den Niederrhein-Krimis »Schweineblut« und »Totenstimmung« ist »Ein Knödel zu viel« sein dritter Kriminalroman bei Piper.

Für Jan-Frederick

Ich frage mich manchmal, warum Menschen
so viel Angst vor neuen Ideen haben.
Ich persönlich fürchte mich vor den alten.

John Cage

Figuren und Handlung sind natürlich frei erfunden. Ähnlichkeiten mit lebenden oder verstorbenen Personen wären damit rein zufällig. Es sei denn, die lebenden waren mit ihrer Mitwirkung einverstanden. Das betrifft ausdrücklich und besonders die tatsächlichen wie vermuteten Vorgänge um die BLB.

Prolog

Dieser See hat einen Anfang, und dieser See hat ein Ende. Wie auch diese Geschichte einen Anfang und ein Ende hat. Es gibt einen Zufluss, und es gibt einen Abfluss. Wobei der See kein natürlicher See ist, sondern in Wahrheit nicht viel mehr als ein aufgestauter Bach. Angeblich sollte der See das Kühlwasser liefern für ein Atomkraftwerk, das aber nie gebaut wurde. Und angeblich, sagen die Touristen, sieht man bei Niedrigwasser die Spitze eines Kirchturms. Angeblich.

Kommt man von Sulzberg herauf, meint man, Moosbach und Petersthal lägen auf einer Hochebene. Der Rottachsee ist schuld an diesem Trugschluss. Es ist nur die glatte Wasserfläche, die diese beiden Dörfer miteinander verbindet. In Wahrheit liegen die beiden ungleichen Orte auf ungleichen Hügeln. Das Tal dazwischen hat der See verschluckt.

Ein leidlich trainierter Jogger braucht für den fünfzehn Kilometer langen Weg rund um den See eine Stunde und vierzig Minuten, Spaziergänger sind im Schnitt drei Stunden unterwegs.

In sternenklaren Winternächten rumpelt es am Ufer dumpf, dann erhebt der See seine Stimme. Er lockt, knarzt und knurrt und spielt seine dunkelsten Melodien. Wenn das Eis über der abgesenkten Oberfläche reißt, grollt es mit tiefem Bass und knallt wie Peitschenschläge. Unter dem trügerisch glatten Wasserspiegel brodelt es.

Hin und wieder macht der See Beute. Er zieht sie unweigerlich hinab. Sommers wie winters. Hier, diese hellbraun getigerte Katze etwa, ertrunken und im Eis festgefroren, deren leerer Blick den Spaziergänger ins Herz trifft.

Der See hat seine Geheimnisse. Und über allem schweigt der Grünten.

I.

»Für wann braucht's ihr den Tisch? – Drei Personen? – Aha. – Gut. Dann pfüat di!« Martin Mader legte auf und notierte die Reservierung in die große Kladde, die er aus dem schmalen Fach unter dem Telefon herausgezogen und auf den polierten Tresen gelegt hatte.

Obwohl das Jahr noch lange nicht rum war, hatte das dunkel eingebundene Buch schon etliche Eselsohren. Der Betrieb lief gut. Seit der Rottachsee frei zugänglich war, kamen jedes Jahr mehr Touristen. Geschäftig blätterte der Wirt durch die Seiten, dann legte er die Kladde an ihren Platz zurück.

Während er mit flinken Schritten durch die Pendeltür und über den Flur in Richtung Küche verschwand, blickte Franz Josef Strauß wie immer staatstragend aus seinem Bilderrahmen in die kleine, zu dieser Tageszeit noch leere Gaststube an der Moosbacher Dorfstraße.

Der CSU-Politiker befand sich dabei in durchaus illustrer Gesellschaft, denn aus dem Herrgottswinkel schräg gegenüber schaute als Lithografie der berühmteste Bayernkönig, allem Weltlichen entrückt, ins Irgendwo. Und über der Eckbank stand Martin Mader höchstpersönlich in einer Schwarz-Weiß-Aufnahme lässig in einer dem Betrachter unbekannten Gasse auf dem Trottoir, einen weißen Schäferhund liegend neben sich. Das Gesicht des Wirtes beschattete ein Strohhut. Ob er auf jemanden wartete? Auf jeden Fall blickte auch der beleibte Wirt ins Irgendwo, aber deutlich entspannter als die erwähnte Prominenz.

»Für was soll ich mich aufregen? Des bringt doch nix«, war seine Devise. Und er tat gut daran, bei dieser Einstellung zu bleiben. Vor allem in diesen Tagen.

Noch lag Ruhe über dem kleinen Dorf im Oberallgäu. Aber

die Luft färbte sich schon gelb. Es war still, kein Wind ging. Die Atmosphäre würde sich krachend entladen, noch bevor der Regen einsetzte.

Auf seinem Weg zurück in die Gaststube blieb Martin Mader einen Augenblick an der Eingangstür stehen und sah hinaus. Der Himmel über der schmalen Dorfstraße zog sich zu. Da kommt was, dachte er. Er würde die Sonnenschirme auf der Terrasse vorsorglich zusammenfalten.

II.

»Heute Nacht?«

»Heute Nacht.«

»Ich weiß nicht.«

»Schluss jetzt, die Gelegenheit ist günstig.«

»Es muss gut gehen.«

»Das wird's auch. Wirst schon sehen.«

»Und wenn uns jemand sieht?«

»Keine Sorge. Es dauert ja nicht lange.«

III.

Krachend fuhr der Blitz in den Dachstuhl. Holz splitterte unter der Wucht des Einschlags. Der Widerschein des nächtlichen Spektakels spiegelte sich grell in seinen aufgerissenen Augen. Sein Blick war ungläubig, als hätte er viel zu spät den Sinn dieses Treffens erkannt.

Er war heuer schon die zweite Rottach-Leiche, wenn man die ersoffene Katze mitzählte.

»Servus.«

Robert Mayr drehte sich zu der Stimme hin. In der Tür zum Gastraum stand ein kleiner dunkelhaariger Mann, dessen rundliche Figur in einem kurzärmeligen Hemd und einer speckigen Lederhose steckte. An den Füßen trug er graue Wollsocken und Pantoffeln, die mit Kuhfell besetzt waren. Der Mann bemerkte den neugierigen Blick des Kommissars.

»Das sind zum Arbeiten die bequemsten. Bei der Hin- und Herlauferei jeden Tag.«

»Sind Sie der Wirt?«

»Ja, freilich.« Das runde offene Gesicht des Kreuz-Wirtes hatte etwas Vertrautes. Seine kleinen dunklen Augen blitzten freundlich, in den Augenwinkeln saßen tiefe Lachfalten.

»Kann ich bei Ihnen frühstücken? Oder sind Sie nicht auf Frühstücksgäste eingerichtet?«

Der Wirt zögerte kaum merklich und nickte dann. »Freilich. Kein Problem. Ich bring Ihnen Brot, Wurst und an Käs.« Mit einem für seine Statur erstaunlichen, dafür aber umso eleganteren Hüftschwung umrundete der Wirt den Ermittler und verschwand in der angrenzenden Küche.

Robert Mayr blieb einen Augenblick verdutzt im Halbdunkel stehen und betrat dann die kleine Gaststube. Gleich neben der Tür stand die kompakte Theke. Davor ein wuchtiger Stammtisch, der mit seinem hellen Holz nicht recht zum übrigen Mobiliar passen wollte. Links vom Eingang hing der Fächerkasten des örtlichen Sparvereins.

Der Kriminalhauptkommissar durchquerte die Stube und setzte sich an den Tisch im Herrgottswinkel. Der Wirt musste ein Faible für König Ludwig II. haben, denn von seinem Platz über der alten halbhohen Holzvertäfelung hinter ihm übersah der tragische Bayernregent würdevoll die einfachen Tische der kleinen Gaststube. Neben dem »Kini« hingen gerahmte Fotos einer Trachtengruppe und eines Fußballvereins. Auf einem anderen war der Wirt mit lachenden Motorradfahrern zu sehen. Ihre selbstverständlich wirkende Nähe zum Regenten zeugte vom pragmatischen Umgang des gastgebenden Untertans mit dem Andenken an seine Majestät.

»Ein Feriengast sind Sie nicht, oder? Sie sind wegen des Feuers da.« Der Wirt trug mit kleinen schnellen Schritten ein Tablett mit dem bestellten Frühstück an Mayrs Tisch und deckte ebenso bestimmt ein, wie er seine Beobachtung präsentiert hatte.

»Das stimmt. Ich bin der zuständige Ermittler.«

Der Kommissar betrachtete den Brötchenkorb und die ausladende Platte mit Wurst und Käse. Sein Magen begann augenblicklich zu knurren. Es würde ein ordentliches Frühstück werden.

»Schlimme Sache. Ist er tot?« Der Wirt des Gasthofes zog einen Stuhl heran und setzte sich ungefragt zu Robert Mayr.

»Wen meinen Sie mit ›er‹?«

»Na, Ernst Büschgens.«

»Wir können noch nicht mit letzter Sicherheit sagen, ob es sich bei dem Toten um diesen Herrn Büschgens handelt. Das wird die Obduktion ergeben. Kennen Sie Ernst Büschgens?« Dieser Unternehmer schien ein bekannter Mann in Moosbach zu sein. Robert Mayr schnitt sorgsam ein Brötchen auf. Die hausgemachte Blutwurst auf dem Teller sieht ziemlich fettig aus, dachte Mayr, aber für diesen Morgen war sie genau das Richtige. Sie würde er sich bis zum Schluss aufheben.

»Na ja, ich weiß nur, dass er den Hof gekauft hat und umbauen wollte. Und das, was die Leut' so reden. Was man im Dorf halt verzählt.«

»Dorftratsch?«

»Ja, ja, das Übliche halt.«

»Und was ist das ›Übliche‹?« Der Kaffee schmeckte kräftig.

»Der alte Hof hat lange leer gestanden. Büschgens hat ihn vor einem halben Jahr gekauft. Da hieß es gleich, er tät ihn abreißen lassen und neu aufbauen. Dabei ist das Haus doch mehr als 200 Jahre alt gewesen. Das reißt man doch nicht ab.«

»Und? Abgerissen hat er es ja anscheinend nicht.«

»Trotzdem, die Leut' haben ihn nicht gemocht. Was will ein Preuße in Moosbach?«

»Hat er sich auffällig benommen?«

»Nein.«

»Dann gab es keinen Grund für diese Ablehnung?«

»Er war eben ein Fremder, noch dazu ein Preuße. Das hat viele im Dorf gestört. Auch wenn sie's nicht offen ausgesprochen haben. Das wäre schlecht fürs Geschäft. Viele leben nämlich mittlerweile ganz gut von den Touristen.«

»Und Sie?«

»Na ja, ich kann auch nicht klagen.«

»Das meine ich nicht.« Mayr betrachtete mit Genuss die goldgelbe Butter und die dicke Scheibe Bergkäse auf seiner Semmel. So was gab's in ihrer Kantine drunten in Kempten nicht. Auch ein Grund, warum er lieber mit Martina frühstückte, wenn sie nicht gerade mit ihren Freundinnen in aller Herrgottsfrühe zum Walken verabredet war. Martina kannte die besten Adressen für Bergkäse. Sie war Expertin, denn sie hatte das Käsen von ihrer Mutter gelernt. Martina war sowieso Expertin in allen Lebensfragen. Er dachte für einen Augenblick an ihre hellen blauen Augen, die so klug und so schelmisch und so zärtlich schauen konnten.

»Ich kann nichts Schlechtes über ihn sagen. Ich habe mich gefreut, dass das alte Haus nicht einfach so verschwindet. Schließlich gehört es zum Dorfbild. Außerdem ist Büschgens oft zum Essen hergekommen. Da hat er immer gesessen, mit seiner Freundin. Da, wo Sie jetzt hocken. Und unser Meckatzer Zwickel hat er gerne gemocht, genau wie die Kässpatzen, die Knödel und die Schupfnudeln mit Kraut. Herr Mader, hat er immer gesagt, Ihre Knödel sie ja schon 1a, aber Ihre Schupfnudeln sind ein Gedicht.« Der Wirt faltete zufrieden die Hände über seinem Bauch und lehnte sich zurück.

»Wann war er das letzte Mal bei Ihnen?«

»Gestern Abend. Da hat er gesessen. Wie immer.« Martin Mader zeigte auf Mayrs Platz und machte ein bekümmertes

Gesicht. »Gewohnt hat er in einer kleinen Kammer auf dem Hof. Er hat ja oft am Haus gearbeitet. Mindestens alle sechs Wochen war er hier. Wenn man bedenkt, dass er 600 Kilometer fahren musste. Einfache Strecke! Manchmal ist er auch bis Memmingen geflogen und dann mit Bahn und Bus heraufgekommen. – Was für ein Unfug.« Der Wirt horchte seinen eigenen Worten nach.

»War seine Freundin gestern auch dabei?«

»Nein, die ist in Mönchengladbach, nein, in Düsseldorf geblieben, hat er erzählt. Weil sie sich um ihre kranke Tante kümmern wollte.«

»Kennen Sie den Namen der Frau?« Robert Mayr musste sich beherrschen, um vor Wohlbehagen nicht laut zu schmatzen.

»Nein, doch, warten Sie, Marie-Schatz hat er sie immer genannt. Er war ziemlich verliebt.«

»Und sonst war niemand auf dem Hof?«

»Seit die Erben ihn verkauft haben, ist keiner von ihnen mehr hier gewesen. Sie wohnen irgendwo bei Memmingen, glaube ich.«

»Wenn jemand aus dem Dorf wegzieht, weiß man doch, wo er wohnt, oder?«

»Uns hat das nicht interessiert, wir waren froh, dass die beiden Brüder weg waren. Die haben nie dahergepasst, wenn Sie verstehen, was ich meine.«

»Nein.«

»Sie hatten den Hof auch nur geerbt und nicht lange dort gewohnt. Ursprünglich kamen sie aus der Gegend von Ottobeuren, haben immer so neureich getan, hatten die Nase weit oben. Aber wenn sie betrunken waren, haben sie gerauft.«

»Hat es Schwierigkeiten gegeben beim Verkauf, Streit mit Nachbarn vielleicht? Haben Sie irgendwas mitbekommen?«

Martin Mader strich bedächtig mit seiner breiten Hand über das karierte Tischtuch und legte den Kopf schief, als ob er seine Antwort abwägen wollte. Er entschied sich, nichts zu sagen.

»Also hat es Streit gegeben.«

Der Gastwirt sah auf die Wanduhr neben der Tür und stand unvermittelt auf. »Der Heimatverein hat das Haus auch kaufen wollen, und einer aus Rettenberg. Aber die haben nicht genug geboten.«

»Bleiben Sie doch noch ein wenig. Das Frühstück ist übrigens wirklich ausgezeichnet.« Robert Mayr sah ebenfalls zur Uhr. »Die Kollegen von der Spurensicherung werden mittlerweile mit ihrer Arbeit angefangen haben.«

Martin Mader blieb stehen. »Soll ich Ihnen noch Brot bringen oder Kaffee? Sie essen ja kaum etwas. Mögen Sie keine Blutwurst? Ist frisch vom Höbel, drunten in Sulzberg.«

»Ernst Büschgens hatte also, sagen wir es vorsichtig, keinen leichten Start in Moosbach.« Er griff zur Blutwurst. Sie würde ihm auch ohne Semmel schmecken.

»Stimmt.«

Eine halbe Stunde später stand Robert Mayr am Seeufer. In einiger Entfernung sah er ein einzelnes Boot über das Wasser gleiten. Das gleichmäßige Eintauchen der Ruderblätter hatte etwas Zuverlässiges. Der Kommissar erinnerte sich: Der See war ein künstlich angelegter Trinkwasserspeicher. Mehrere Häuser waren damals in den Fluten versunken. Aber mittlerweile war der Rottachsee ein beliebtes Ausflugsziel für das gesamte Allgäu. Selbst aus München kamen sie herauf.

Mayr wandte seinen Blick ab. Der Hof und der Preuße. Die Faktenlage war ausgesprochen dünn. Er hatte noch nicht viel. Eigentlich nichts, dachte er. Ein uraltes Bauernhaus geht in Flammen auf, der neue Besitzer hängt an einem Balken. Der Tote konnte Ernst Büschgens sein. Selbstmord bei Gewitter. Eine unpassendere Gelegenheit hätte er sich nicht aussuchen können. Oder hatte das Gewitter die Todessehnsucht erst ausgelöst? Gab es ja. Warum hatte der Mann sich das Leben genommen? Weil er psychisch krank war? Weil seine Freundin ihn verlassen wollte? Weil er finanzielle Schwierigkeiten hatte? Weil er erpresst wurde? Weil ihn der Denkmalschutz zur Verzweifelung gebracht hatte? Der Tote konnte natürlich auch ein Mordopfer sein. Opfer eines Raubmordes vielleicht.

Robert Mayr atmete wie ein Jogger tief ein und aus. Die frische Luft und die Ruhe taten ihm gut. Moosbach war ein verdammt schöner Ort zum Leben. Aber auch ein verdammt normaler Ort zum Sterben. Langsam ging er zu seinem Wagen zurück.

V.

»Seid's ihr sicher?« Robert Mayr klemmte sich das Telefon zwischen Ohr und Schulter und versuchte gleichzeitig, sich im Sitzen einen Schuh zu binden. »Was? Ich versteh nicht!« Mayr ächzte leise, denn Telefonieren und dabei Schnürsenkelentknoten, gehörten für ihn für gewöhnlich nicht zusammen. Er hatte nicht bedacht, dass ihm bei der ungewohnten Leibesübung nicht nur das Telefon, sondern auch sein Bauch im Weg war. Wobei Martina statt vom Bauch gerne auch von seiner erweiterten »erotischen Nutzfläche« sprach.

»Was? Nein, mir ist nicht schlecht. Mir geht's gut. So, ja.« Robert Mayr richtete sich auf. Seine Augen schmerzten. Das Blut war ihm in den Kopf geschossen.

Er nahm das Telefon wieder in die Hand. »Also, Kollege, ich fasse zusammen: Ernst Büschgens hat bisher unauffällig in Mönchengladbach gelebt und in diesem, diesem, also in diesem Nordpark ein Maklerbüro betrieben. Nordpark – sagt mir nix, wo ist das genau? Aha, im Westen. Nein, sagt mir immer noch nichts. Borussia? Aha.«

Robert Mayr zuckte mit den Schultern und suchte Papier und Kugelschreiber, um mitzuschreiben, was die Mönchengladbacher Kollegen bisher ermittelt hatten: Der 52 Jahre alte Büschgens war kinderlos, seit zwei Jahren Witwer, hatte eine 37 Jahre alte Freundin, mit der er aber nicht zusammenlebte, war seit 25 Jahren im Immobiliengeschäft, saß im Stadtrat und hatte entscheidend dazu beigetragen, dass dieser Nordpark mehr und mehr zum Dienstleistungs- und Szenequartier wurde. Büschgens Freundin hatte einen Job an der Heinrich-Heine-Universität in Düsseldorf. Die Wissenschaftlerin war in ihrer Oberkasseler Wohnung mit einem Weinkrampf zusammengebrochen, als sie vom Tod ihres Freundes erfuhr.

Offenbar hatte Büschgens sich mit ihr in Moosbach zur Ruhe setzen wollen. Sie wären zusammen in das alte Haus gezogen. Ob Büschgens in finanziellen Schwierigkeiten gesteckt hatte, wurde noch ermittelt. In seiner großzügigen Wohnung und in seinem Büro waren jedenfalls keine irgendwie auffälligen Unterlagen gefunden worden. Auch die Geschäftskonten waren auf den ersten Blick in Ordnung. Einen Geschäftspartner hatte der Makler nicht gehabt. Büschgens' Sekretärin war schockiert über den Tod ihres Chefs. Beim Besuch der Ermittler hatte sie vor Aufregung den Glasballon mit dem frisch aufgebrühten Kaffee fallen lassen. Das halbe Büro sei mit Kaffeeflecken versaut worden. Diese Anekdote war der vorläufige Schlusspunkt. Mehr hatten die Kollegen auf die Schnelle nicht ermitteln können.

»Dann danke ich recht herzlich, Herr, äh, wie war Ihr Name? Schrievers? Ah ja. Servus, Kollege Schrievers. Ja, ja, wir bleiben in Verbindung.«

Robert Mayr legte auf. Diese Niederrheiner hatten einen merkwürdigen Singsang-Dialekt. Wie die Kölner. Und für sie war Borussia Mönchengladbach offenbar die einzig erwähnenswerte Fußballmannschaft. Als gäbe es keine Kleeblätter. Er schüttelte den Kopf. Über seine Greuther ging nix. Schon gar nicht wegen Martina, deren Opa väterlicherseits bei der SpVgg Greuther Fürth gekickt hatte. Bevor er ins Allgäu umgezogen war. Mayr seufzte. Nicht wegen des Opas, sondern wegen Martina. Seit er sie liebte, liebte er auch die Greuther.

Er warf den Stift auf die Schreibtischunterlage und rollte mit seinem Stuhl ein Stück zurück. Er legte den Kopf in den Nacken, massierte seine Schläfen und musterte nachdenklich die Zimmerdecke.

Ihm würde keine Wahl bleiben. Er würde zunächst die Mordkommission in Kempten belassen und die kommenden Tage in Moosbach verbringen. Keine schlechte Vorstellung. Martina war die nächste Zeit ohnehin nicht zu Hause. Aber auch sonst wäre sie sicher nicht mitgekommen. Sie zog sich stets zurück, wenn er einen Mord aufzuklären hatte. Sie wollte ihn in Ruhe arbeiten lassen. Außerdem, und das war der wahre Grund, hatte sie einmal im Streit erklärt, wollte sie seine Launen nicht ertragen müssen. Denn die waren während seiner Ermittlungen zugegebenermaßen kaum auszuhalten.

»Wenn du unsere Liebe nicht umbringen willst, dann komm erst zurück, wenn du deinen Mörder hast«, hatte sie bereits ganz zu Beginn ihrer Beziehung gescherzt. Aber er hatte gleich gewusst, dass sie es ernst meinte. Trotzdem war er damals ein bisschen gekränkt gewesen, heute konnte er Martina verstehen.

Robert Mayr stand auf und betrachtete missmutig die Tabelle der 2. Bundesliga, die er aus einem Sportheft herausgerissen und mit Reißnägeln an die Wand geheftet hatte. Die SpVgg stand tatsächlich auf Platz 15. Da gab es nichts zu deuteln.

Entschlossen wandte er sich ab, er hatte jetzt wirklich keine Zeit, sich darüber aufzuregen, er hatte einen Fall aufzuklären. Und dazu musste er raus aus seinem Büro.

VI.

»Sind'S schon weiter mit Ihren Ermittlungen?« Der Kreuz-Wirt stand hinter der für seine Figur hohen Theke und trocknete ein Weizenbierglas ab, das er gerade aus der offenen Lade seiner Gläserspülmaschine genommen hatte.

Auch heute trug Martin Mader seine speckige Lederhose

und Fellpantoffeln. Neugierig musterte der Wirt den Kommissar der Kemptener Polizei aus seinen kleinen flinken Augen.

»Wirklich weiter sind wir noch nicht. Aber Sie hatten recht. Der Tote ist Ernst Büschgens.«

Martin Mader nickte stumm und nahm sich das nächste Glas aus der Spülmaschine. Für ihn war das keine wirkliche Neuigkeit.

»Haben Sie vielleicht ein Zimmer für mich? Ich würde gerne ein paar Tage bleiben.« Robert Mayr stellte seine Sporttasche ab, in die er das Nötigste gepackt hatte.

»Freilich habe ich das. Aber Sie kommen doch nur von Kempten herauf und wollen trotzdem hier übernachten?« Ein merkwürdiger Vogel, dieser Kommissar, dachte er. Kam daher wie ein Urlauber. Martin Mader war gespannt, wie Mayr den Mord aufzuklären gedachte.

»Ich will mich im Dorf umhören und mir außerdem den Brandort noch einmal genauer ansehen. Vielleicht haben die Kollegen von der Spurensicherung etwas übersehen. Da ist mir das Hin- und Herfahren doch zu lästig. Außerdem tut die Gegend meiner, ähm, Seele gut. Meine Wohnung ist leer. Meine Freundin ist für ein paar Tage an den Rhein gefahren, eine frühere Studienkollegin besuchen.«

Warum erzählte er das? Warum hatte er das Gefühl, dem Wirt sein Leben erklären zu müssen? Vielleicht war es die abwartende Haltung Maders.

»Ja, ja, das sagen alle unsere Gäste. Das mit der Seele.« Martin Mader sagte nicht »Gäs-te«, sondern »Gäsch-te«. Und er lachte dazu meckernd. Es klang allwissend und zufrieden. »Moosbach ist der Himmel auf Erden, sagen sie. Und seit der See da ist, kommen jedes Jahr mehr herauf.«

Die Feuerwehr hatte nichts tun können für das alte Haus. Von dem denkmalgeschützten Bauernhof waren nur verkohlte Balkenreste und ein wenig verrußter Hausrat übrig geblieben.

Der etwas abseits abgestellte Mercedes Büschgens' war wie durch ein Wunder unbeschädigt geblieben. Die Karosserie war lediglich mit einem fettigen Rußfilm bedeckt. Die Löscharbeiten hatten sich darauf konzentriert, die umliegenden Häuser vor einem Übergreifen der Flammen zu schützen.

Robert Mayr hatte die Hosenbeine seiner Jeans ein wenig hochgekrempelt und stand mitten in den Trümmern. Mit einem Stock stocherte er zwischen den Balken herum und versuchte einen Topf umzudrehen. Er wusste nicht, wonach er suchen sollte. Die Kollegen von der Spurensicherung hätten ihn schon informiert, wenn sie fündig geworden wären. Trotzdem stocherte er weiter. Man wusste ja nie. Und außerdem konnte er so seiner Unruhe ausweichen.

Gesehen hatte er bisher nichts Auffälliges: einige feuchte Wäschestücke, halb verbrannte Schränke, einen alten Elektroherd, Besteck und zerborstenes Geschirr, ein paar aufgeplatzte Konservendosen, eine aufgerissene Chipstüte, einen angekokelten kleinen Fernseher, Töpfe, Werkzeug und eine Schubkarre. Er würde das Gutachten der Brandsachverständigen abwarten müssen und auch das Ergebnis aus der Rechtsmedizin. Robert Mayr warf den Stock zu den Trümmern und stieg vorsichtig über die Balkenreste. Auf der Straße stampfte er ein paarmal mit den Füßen auf, um die Asche von den Schuhen zu klopfen. Der Ort roch immer noch scharf nach frischem Ruß und Holzkohle. Robert Mayr musste an die Küche seiner Kindheit denken, in der seine Mutter jeden Morgen den Holzofen hatte anfachen müssen.

Er fühlte sich ausgebremst. Geduld war nicht gerade seine Stärke. Das wusste er zwar, aber es half nichts. Robert Mayr überlegte kurz. Was hatte Mader gesagt? Der Heimatverein hatte das Haus kaufen wollen. Vielleicht lag da der Ansatz für seine Ermittlungen. Neid und Missgunst. Außerdem Abneigung gegen alles Fremde.

Der Kommissar war schon auf dem Weg zurück zum Gasthof, um den Namen vom Vorsitzenden des Heimatvereins zu erfragen, als er stehen blieb, weil ihm etwas einfiel. Mader hatte noch etwas anderes gesagt.

»Moosbach ist der Himmel auf Erden.«

Genau. Mader hatte recht. Der Heimatverein konnte warten. Dazu war später immer noch Zeit. Spontan drehte sich Robert Mayr um und ging die Dorfstraße entlang Richtung Fußballplatz. Von dort folgte er dem asphaltierten Weg und dem Hinweisschild »Seerundweg«. Er würde genug Zeit zum Nachdenken haben.

Robert Mayr schwitzte. Das Hemd klebte an seinem Rücken. Der Polizeibeamte hatte den größten Teil des Rundwanderwegs schon hinter sich, als auf Höhe des alten Petersthaler Pestfriedhofs sein Handy klingelte.

»Ja?« Mayr schnaufte und rieb sich den Schweiß von der Stirn. »Sicher?« Er blieb stehen. »Danke.«

Brandstiftung! Das alte Holzhaus war nicht vom Blitz getroffen, sondern angezündet worden. Die Kollegen hatten am Eingang Spuren eines Brandbeschleunigers gefunden. Ebenso an zwei weiteren Stellen. Vermutlich Benzin.

Robert Mayr fluchte und verfiel in einen Laufschritt. Er hatte es eilig, denn er wusste, dass er noch ein gutes Stück um den See zu gehen hatte. Nach 200 Metern wurde der Kommissar wieder langsamer. Sport *war* Mord. Leibesübungen waren noch nie seine Stärke gewesen. Warum hat der Herrgott den Benz sein Auto erfinden lassen? Seine Lieblingsfrage, wenn Martina seufzend akzeptierte, dass er selbst zum Bäcker in seinen schwarzen Mercedes stieg. Zwischen ihn und das Auto ließ er selbst sie nicht. Der Wagen war so alt wie er selbst, mit späten 50er-Jahre-Rundungen, die mühelos mit Mayrs Hüften mithalten konnten.

VII.

Der Vorsitzende des Moosbacher Heimatvereines wurde blass.

»Und warum kommen Sie damit ausgerechnet zu mir?«

»Weil ich gehört habe, dass Sie sich um den Ankauf des Bichler-Hofes bemüht haben.« Robert Mayr saß in der Wohnküche des Vereinsvorsitzenden und sah Adolf Schattenmaier unverwandt ins Gesicht. Bisher hatte er seinen Kaffee noch nicht angerührt.

»Und das soll ein Grund für einen Mord sein?« Adolf Schattenmaier streckte sich. Es krachte, als er mit der flachen Hand auf den Küchentisch schlug.

Robert Mayr blieb ruhig. Er wartete ab. Das half meistens.

»Wissen'S, ich bin ein rechtschaffener Bauer. Meine Familie lebt seit Generationen im Dorf. Wir haben uns nie was zuschulden kommen lassen! Meinen'S, ich bring einen um? Nur wegen ein paar Balken und wurmstichigen Möbeln? Und schon gar nicht, um dem Verein zu helfen. Von den Vereinskollegen tät das auch keiner machen.«

Schattenmaiers Frau kam aus dem dunklen Flur und legte ihm schweigend die Hand auf die Schulter. Sie sah in der niedrigen Stube und in ihrem geblümten Kittel aus wie eine streitbare Walküre.

»Ich habe mir nichts vorzuwerfen. Wir haben versucht, mit den Bichler-Brüdern zu reden. Mehrfach. Schließlich haben wir regelrecht gebettelt. Haben ihnen sogar Gemeindegrund dafür angeboten. Aber sie haben den Hof nicht hergeben wollen. Traditionspflege bedeutet denen nichts. Sie wollten nur Geld. Möglichst viel Geld. Dabei wollten wir aus ihrem Haus ein Museum für Oberallgäuer Geschichte machen. Das hätte Moosbach noch mehr Touristen gebracht. Alle hätten wir davon profitiert.« Adolf Schattenmaier legte seine Hand auf die seiner Frau. »Aber das ist jetzt vorbei.« Sein Blick hellte sich auf. »Und überhaupt: Wir wollten den Hof erhalten, als wichtiges Zeugnis unserer Kultur. Da werden wir doch kein Feuer legen, oder, Herr Kommissar?«

Robert Mayr zuckte mit den Schultern. Heimatfreundelogik. Nicht unbedingt zwingend. »Vielleicht hat es Sie geärgert, dass Sie den Zuschlag nicht bekommen haben. Neid, Missgunst, verletzter Stolz? Rache? Wer weiß?«

»Da hätten andere mehr Grund gehabt.« Adolf Schattenmaier sah zu seiner Frau hoch und blickte dann den Ermittler herausfordernd an.

»Wie meinen Sie das?« Robert Mayr beugte sich vor.

»Adolf!« Katharina Schattenmaier zog ihre Hand zurück.

»Ich sag jetzt nichts mehr.« Schattenmaier ließ sich im Stuhl zurückfallen und sah zum Fenster hinaus.

Robert Mayr stand auf. »Ich werde wiederkommen. Oder Sie aufs Revier vorladen. Ganz wie Sie wollen. Auf Wiedersehen, Herr Schattenmaier.«

Adolf Schattenmaier schwieg und blieb sitzen. Seine Frau begleitete den Beamten zur Tür. »Mein Mann und die anderen aus dem Verein haben nichts Unrechtes getan. Das müssen Sie mir glauben. Mit dem Hof sind Adolfs ganze Pläne in Flammen aufgegangen. Der Bichler-Hof war etwas so Besonderes für Moosbach. Das älteste Haus weit und breit. Selbst der Mader hat mitgeboten. Ein exklusives Ferienhaus hat er draus machen wollen. Aber die Bichler-Brüder haben viel zu viel verlangt.«

»Der Wirt vom Kreuz hat sich auch für das Haus interessiert?« Robert Mayr hatte bereits die Tür seines Autos aufgeschlossen. Erstaunt sah er Katharina Schattenmaier an.

»Freilich. Viele hätten es haben wollen.«

Robert Mayr musste nachdenken. Er fuhr auf den Parkplatz vor dem Moosbacher Fußballplatz und stellte den Motor ab. Durch die Windschutzscheibe suchte er den Horizont ab. Irgendwo auf der anderen Seite des Sees musste das Kreuz der Ellegghöhe zu sehen sein. Jedenfalls war das früher so gewesen, wenn er an den Wochenenden mit seinem Vater von St. Mang aus den Weg herauf bis Moosbach gewandert war. Wie lang war das schon her? 20 Jahre, 30 Jahre? Robert Mayr musste rechnen. Nein, fast 40 Jahre.

Auf der höchsten Wiese Moosbachs hatten sie im Gras gesessen und Brotzeit gemacht. Die Brote und der selbstgebackene Kuchen hatten nach der anstrengenden Tour immer besonders gut geschmeckt.

Der Kriminalhauptkommissar konnte das Lederfett förmlich riechen, mit dem die Mutter regelmäßig seine Lederhose eingerieben hatte. Er meinte das helle Läuten der Moosbacher Kirche zu hören. Unwillkürlich sah er sich zum Kirchturm um, so deutlich hörte er den Glockenklang. Aber es war nur seine Erinnerung, die ihm einen Streich spielte. Die Zeiger standen auf kurz nach fünf Uhr.

Das Argument Schattenmaiers, den Hof unter allen Umständen bewahren und nicht vernichten zu wollen, klang plausibel. Blieb noch der Bieter aus Rettenberg. Ihn würde er am nächsten Tag aufsuchen: Franz Xaver Krumthaler, einer der Reichsten in Rettenberg. Abgesehen von den beiden Brauereibesitzern.

Zuerst aber würde er den Wirt vom Kreuz zur Rede stellen. Martin Mader hatte ihm verschwiegen, dass auch er sich für den Hof interessiert hatte. Warum? Robert Mayr nahm sein Handy aus dem Handschuhfach und wählte die Nummer seines Aktenführers.

»Hallo, Schorsch, ich bin's, Robert. Ja, ich bin noch in Moosbach. Und ich bleibe auch noch. Sei so gut und such zusammen, was du über Martin Mader erfahren kannst. Ja, Mader. Das ist der Wirt vom Gasthof Zum Kreuz in Moosbach. Ich will alles über ihn wissen. Ja, das ganze Programm. Bis wann? Machst du Witze?« Er wollte schon auflegen. »Und noch was, Schorsch. Erkundige dich auch über den Heimatverein Moosbach, besonders interessiert mich der Vorsitzende, ein Adolf Schattenmaier.« Mayr überlegte. »Gibt's bei euch sonst noch was Neues?«

Robert Mayr musste bei der Nachricht schmunzeln. »Oliver Kahn wirbt jetzt für Abnehmkurse? Na und? Warum erzählst du ausgerechnet mir das? Hab ich nicht nötig. Außerdem bin doch ein Greuther.« Lächelnd trennte er die Verbindung. Die Bayern und ihre ewigen Götter waren Georg Scheuerlein heilig. Er konnte sich gut vorstellen, dass sich das Weltbild seines Kollegen gerade etwas verschob. So gesehen, war der FC Bayern auch eine Art Heimatverein.

Kaum war er auf den Parkplatz des Gasthofs eingebogen, als sein Handy klingelte.

»Martina, Schatz, das ist aber eine Überraschung.« Robert Mayr freute sich tatsächlich. »Um ehrlich zu sein: geht so. Ziemlich undurchsichtig alles. Du bleibst also noch übers Wochenende? Gut. Ja, ich pass schon auf mich auf. Versprochen. Ja, ich liebe dich auch. Ciao.«

Auf dem Weg zum Lokal kam ihm Martin Mader entgegen.

»Einen Augenblick, Herr Mader, ich muss mit Ihnen reden.«

Martin Mader runzelte die Stirn, sagte aber nichts. Gemeinsam gingen sie in die Gaststätte zurück.

»Möchten Sie eine Halbe? Auf meine Rechnung.«

»Nein danke. Für Bier ist es mir noch zu früh.« Robert Mayr deutete auf den Stuhl neben sich. »Bitte setzen Sie sich.«

»Ist etwas passiert?«

»Ich will nicht lange drum herumreden. Warum haben Sie mir nicht gesagt, dass Sie den Bichler-Hof auch wollten?«

»Ach, die alte G'schicht. Das ist schon so lange her. Das war damals doch schnell klar, dass ich ihn nicht bekommen würde. Den Preis habe ich nicht zahlen wollen. Bei dem Geld, was ich noch in den Umbau hätte stecken müssen.«

Martin Mader wirkte keine Spur nervös. Er fuhr mit beiden Händen über das karierte Tischtuch, so als brauche er eine glatte Fläche, auf der er seine Sätze sauber abstellen konnte. »Wissen'S, der Hof hätte mir schon gepasst. Moosbach hat eine gute Zukunft.«

»Sie hätten es mir sagen müssen. Ihr Schweigen macht Sie verdächtig. Das können Sie sich doch sicher vorstellen.«

»Nein, das kann ich nicht.« Der Wirt klang auf einmal ziemlich förmlich. »Ich habe mir ja nichts vorzuwerfen. So, und jetzt müssen Sie mich bitte entschuldigen. Ich hab mich noch um die Kegelbahn zu kümmern. Der Sparverein kommt heute Abend.« Martin Mader stützte sich beim Aufstehen mit beiden Händen auf dem Tisch ab. Seine Pantoffeln klatschten beim Gehen leicht auf den Holzfußboden.

In dieser Nacht schlief der Kommissar schlecht. In seinen Träumen wurde er von Unbekannten in riesigen Fellpantoffeln verfolgt, die dazu lodernde Fackeln schwenkten. Martina streckte ihm lächelnd die Hand entgegen, aber er konnte sie nicht greifen. Und der See brodelte.

»Sie wissen, dass Sie keine Wahl haben.«

»Sie machen mir doch keine Angst.«

»Gefallen Ihnen die Fotos?«

»Hören Sie ...« Er klang mit einem Schlag nicht mehr selbstsicher. Die Fotos! Diese verdammten Fotos!

»Sie können gerne noch welche haben. Wir haben einige wirklich nette Motive für Sie vorbereitet. Insgesamt sehr ausdrucksvoll.« Die Stimme am anderen Ende der Leitung klang sanft und war voller mitfühlender Wertschätzung.

»Sie wissen, dass ich das nicht tun kann. Das können Sie nicht von mir verlangen.«

»Aber, aber!« Die Stimme klang spöttisch.

»Was Sie da von mir verlangen, ist illegal. Wenn das publik wird, bin ich erledigt.«

»Sehen Sie«, die Stimme klang jetzt geradezu aufgekratzt, »nun verstehen wir uns endlich. Sie haben gar nichts zu verlieren. Ich werde dafür sorgen, dass nichts publik wird. Solange«, der Anrufer zögerte, »Sie uns den kleinen Gefallen tun. Wir verlangen ja nichts Unmögliches. Allerdings, wenn Sie nicht spuren, gehen die Fotos postwendend an Ihre Frau und an die Presse. Und ich weiß nicht, was schlimmer wäre.«

Die Stimme hatte jetzt eine Schärfe, die kalt und tief in sein Selbstbewusstsein schnitt. Er hatte dem nichts mehr entgegenzusetzen und schwieg.

Die Stimme schmeichelte wieder. »Ich nehme Ihr Schweigen als Zustimmung. Wir verstehen uns. Und ich kann Sie beruhigen. Sobald wir diese Informationen von Ihnen bekommen haben, werden wir die Fotos zusammen mit den Dateien vernichten.«

Die Schärfe kam zurück. »Wenn nicht, werden wir das Fotomaterial um aufregende Telefonmitschnitte und nette kleine Filme erweitern. Sie werden Ihre Freude haben. Das verspreche ich Ihnen.«

Er ließ den Hörer sinken. Wenn er es geschickt anstellte, hatte er noch eine Chance. Vielleicht. Ohne noch einmal das Telefon ans Ohr zu nehmen, trennte er die Verbindung. Vielleicht gab es doch noch einen Ausweg. Eine winzige Chance.

VIII.

Robert Mayr saß in seinem Zimmer auf dem schmalen Bett und zog sich Socken an. Im Frühstücksfernsehen von ARD und ZDF lief ein Interview mit Oliver Kahn. In der Tat, er hatte in den vergangenen Monaten ordentlich zugelegt, dachte er und schüttelte gleichzeitig den Kopf. Gab's denn wirklich keine anderen Probleme? Er stand auf und trat vor den Spiegel.

Fast hätte er über die gleichmäßigen Schergeräusche seines Rasierapparates das Klingeln des Mobiltelefons nicht gehört. Ungehalten legte er den Rasierapparat auf die Ablage unter dem Spiegel. Ihn beim Rasieren zu stören war so etwas wie eine Todsünde. Rasieren war für ihn Meditation pur. Darüber gingen nur noch die ganz speziellen Käseabende und -nächte mit Martina. Er seufzte bei dem Gedanken an den kräftigen Geschmack der jeweils von ihr mit viel Liebe ausgesuchten und mit noch mehr Liebe präsentierten Bergkäsesorten.

»Mayr! – Wer? Ach so, Dr. Schüssler. Entschuldigung, ich habe Sie nicht gleich erkannt. Ich hab mich gerade rasiert, außerdem ist der Fernseher so laut. Grüß Gott, Herr Doktor.«

Der Rechtsmediziner klang wie immer geradezu klinisch steril. Das brachte wohl sein Beruf mit sich, dachte Mayr nicht zum ersten Mal.

Dr. Heribert Schüssler war ein echter Gemütsmensch. Es gab wohl kaum noch etwas, das ihn wirklich bewegen, geschweige denn schockieren könnte. Nur einmal hatte Robert Mayr erlebt, dass der Mediziner aus sich herausging. Das war bei einer gemeinsamen Tagung im Landeskriminalamt gewesen. Damals hatte er abends an der Bar mit seinem Kollegen Schorsch schier endlos über Fußball diskutiert. Dr. Heribert Schüssler war ebenfalls leidenschaftlicher Fußballfan. Von Kindesbeinen an war er Anhänger von Borussia Mönchengladbach. In den ersten Tütchen mit Fußballbildern, die er von seiner Oma geschenkt bekommen hatte, hätten Fotos von Spielern der »Fohlenelf« gesteckt. Das habe ihn »wie ein frisch geschlüpftes Küken« geprägt, hatte er so vehement wie bierselig verkündet. Und dass neben Lex Barker und Pierre Brice vor allem Hacki Wimmer, Herbert Laumen und Manfred Orzessek die wahren Helden seiner Kindheit und Jugend gewesen waren. Köln ging gar nicht, Bayern vielleicht. Nee, auch nicht wirklich. Jedenfalls hatte der Abend in einem gepflegten Besäufnis geendet.

»Haben Sie Ihre Untersuchungen abgeschlossen?« Robert Mayr schaltete den Fernseher stumm.

Der Rechtsmediziner schloss einen Selbstmord mit Sicherheit aus. Allerdings sei der Makler schon tot gewesen, als das Feuer ausbrach.

»Er hat am Balken gehangen. Sonst wäre er vor den Flammen geflüchtet.« Robert Mayr angelte mit einer Hand nach seinem Hemd, das auf den Schuhen vor dem Bett lag. Was faselte Schüssler da? Auf dem Bildschirm sah die lautlose Moderatorin Mayr mit ernster Miene an.

»Er war schon tot, als man ihn aufgehängt hat.« Dr. Heribert Schüssler klang etwas ungehalten. Was machte der Ermittler bloß die ganze Zeit? Frühgymnastik?

»Todesursache?« Das Hemd wollte nicht über seine Arme. Büschgens wurde ihm immer mehr zum Rätsel. Er würde es schon noch knacken, wenn nur jetzt wenigstens mal das Oberhemd mitspielte. Mayr ächzte ungeduldig.

Der Rechtsmediziner ging von Tod durch Vergiftung aus. Er hatte im Magen des Toten vor allem einen Brei aus Kartoffeln, Eiern, Mehl und Fett gefunden. Dazu relativ viel Salz. Und Spuren von Solanin.

»Solanin?« Der Kriminalhauptkommissar war zufrieden. Das Hemd saß endlich an seinem Platz. »Kenne ich nicht.«

Was folgte, war ein ausführlicher Exkurs in Chemie und Biologie. Die Moderatorin steckte mittlerweile in einem scherzhaften, aber lautlosen Dialog mit ihrem Kollegen. Jedenfalls lachten beide.

Solanin, lernte Mayr zu früher Stunde, noch in Strümpfen, Hemd und Unterhose, ist ein Alkaloid und wasserlöslich. Als Giftstoff sitzt Solanin unter der Schale von zum Beispiel Tomaten, Paprika, Auberginen und eben Kartoffeln. Besonders gefährlich sind grüne Kartoffeln. Schon ab 25 Milligramm wirkt das Gift, 400 Milligramm können für einen Menschen tödlich sein.

»Gift in Kartoffeln? Dann sind sie lebensgefährlich? Mein Gott, da habe ich all die Jahre ja verdammtes Glück gehabt.« Das war kein Scherz. Robert Mayr meinte es ernst, denn er war beim Essen sehr eigen. Er aß längst nicht alles, sehr zum Ärger von Martina. Neben Käse aß der Kommissar am liebsten Kartoffeln. Und das in allen Variationen. Selbstredend ganz besonders aber die Knödel seiner Freundin. »Warum sterben dann nicht mehr Menschen an Kartoffelvergiftung?« Aufgeschreckt durch die potenzielle Bedrohung seines Lebens, stand Mayr auf und sah zum Fenster hinaus. Draußen fuhr langsam ein Traktorgespann mit Mist vorbei.

Schüssler konnte den aufgeregten Polizeibeamten beruhigen, der nun ungeduldig mit dem Handy am Ohr durch das Zimmer wanderte. Das meiste Gift werde beim Kochen ausgewaschen. Allerdings sollte man den Sud nicht trinken und auch nicht den Saft gepresster Kartoffeln.

»Was heißt das nun für meinen Fall? Büschgens wurde mit Kartoffeln umgebracht? Wie soll das gehen, und wie wirkt dieses Solanin? Und außerdem, wer macht sich die Mühe, Büschgens danach noch aufzuhängen wie einen ausgebürsteten Anzug?« Mayr setzte sich wieder aufs Bett. »Aha, es könnten also auch Tomaten gewesen sein. Aber eher unwahrscheinlich, da Sie davon keine Reste gefunden haben. Hm.« Wie ein gelehriger Schüler repetierte Mayr die Anmerkungen des Mediziners.

Der Kommissar sah sich suchend um. Seine Hose lag jenseits des Bettes auf dem Sessel unter dem Fenster. »Wie? Ach. Das Übliche? Übelkeit, Erbrechen, Angstzustände? Durchfall. So, so.« Er beugte sich vor und angelte nach einem Hosenbein. »Furchtbar. Ein ekelhafter Tod. Wie wahr.«

Robert Mayr bedankte sich und legte auf.

Am anderen Ende der Leitung starrte der Rechtsmediziner irritiert auf den Hörer. Verstehe einer die Lebenden.

Robert Mayr murmelte der hübschen Moderatorin zu: Erst vergiftet und dann gehenkt. Sie sah ernst zurück. Dann kam das Wetter.

Dr. Heribert Schüssler konnte ihm vorerst nicht mehr an Ergebnissen und Informationen liefern. Weitergehende Analysen waren noch nicht abgeschlossen. Das Übliche. Es würde noch ein paar Tage dauern, bis er Endgültiges sagen konnte.

Solanin. Kartoffeln. Ernst Büschgens musste etwas gegessen haben, das aus Kartoffeln zubereitet wurde. Robert Mayr runzelte die Stirn. Nach seinen bisherigen Recherchen war Büschgens bereits frühmorgens in Mönchengladbach Richtung Moosbach aufgebrochen und hatte zu Hause wie üblich nur eine Tasse Kaffee getrunken. Das hatte zumindest seine Freundin angegeben. Der Mageninhalt konnte also nur von einem Zwischenstopp stammen beziehungsweise vom Abendessen im Gasthof Zum Kreuz.

Kartoffeln! Robert Mayr wusste endlich, was die ganze Zeit im Dunkel seines Unterbewussten gearbeitet hatte: Knödel – und Schupfnudeln. Er schlug sich an die Stirn und nickte der Moderatorin zu, die aus irgendeinem Grund, den er verpasst hatte, jetzt ganz nah war. Zu viel Schminke, dachte Robert Mayr. Schade.

Natürlich, Schupfnudeln und Knödel! Martin Mader hatte erzählt, dass Schupfnudeln Büschgens' Lieblingsgericht gewesen waren. Dieser Lederhosen-Wirt wurde ihm zunehmend suspekt. Und die Moderatorin. Mit Bedauern im Blick und einem kräftigen Druck auf die Aus-Taste der Fernbedienung verabschiedete er sich von der jungen Journalistin, die mitten in einer längeren Ansage aus seinem Fernseher verschwand und nur eine dunkle leere Fläche hinterließ.

»Hallo, Herr Mader?« Robert Mayr klopfte an die offen stehende Tür zur Küche.

Es blieb still. Auf den ersten Blick eine ganz normale Gasthofküche: blank geputzte Kochtöpfe, Schöpfkellen, die an der Wand hingen. Regale mit Gewürzen. Der mehrflammige Herd.

Der Kriminalhauptkommissar versuchte es noch einmal. »Herr Mader? Sind Sie da?« Er bekam immer noch keine Antwort. Als er sich umdrehte, stand vor ihm ein junger Mann in karierter Hose und weißer Jacke.

»Mein Vater ist nicht da. Ich bin Gerhard Mader. Kann ich Ihnen vielleicht helfen?«

»Ich muss ihn dringend sprechen. Wo kann ich ihn finden?« Mayr zeigte dem Sohn seinen Dienstausweis.

»Ich weiß schon, wer Sie sind. Mein Vater ist in der Früh

nach Kempten zum Großmarkt gefahren. Er müsste eigentlich längst zurück sein. Ich weiß auch nicht, wo er steckt. Sie werden sich gedulden müssen.«

»Sind Sie der Koch?« Robert Mayr steckte den Ausweis wieder ein.

»Das bin ich, ja. Warum?«

»Wissen Sie noch, was Herr Büschgens am Abend, bevor er starb, bei Ihrem Vater bestellt hat?«

»Natürlich weiß ich das. Herr Büschgens hat Schupfnudeln bestellt. Er war ganz verrückt nach unseren Schupfnudeln, kann man sagen.« Der Koch lächelte. »Ich weiß eigentlich nicht genau, warum. Wir machen sie ganz einfach. Wollen Sie welche zum Abendessen? Ich bereite sie Ihnen ganz frisch zu.«

»Nein danke.« Mayr musste an die Vergiftungssymptome Angstzustände und Übelkeit denken. Die konnte er jetzt nicht brauchen. »Vielleicht ein anderes Mal. Sagen Sie, wer hat Zutritt zur Küche? Außer Ihnen und Ihrem Vater, meine ich?« Robert Mayrs Stimme klang nun nicht länger sanft und rücksichtsvoll.

Der Koch machte ein besorgtes Gesicht und trat unwillkürlich einen Schritt zurück. »Nur das Küchenpersonal, das sind drei Frauen aus der Nachbarschaft, und unsere beiden Kellnerinnen. Sonst niemand. Warum fragen Sie?«

»Die Schupfnudeln.«

»Ich verstehe Sie nicht.«

»Die Schupfnudeln waren möglicherweise vergiftet. Ernst Büschgens ist möglicherweise an vergifteten Schupfnudeln gestorben.«

Gerhard Mader musste sich am Tisch festhalten. Sein Gesicht wurde weiß. »Um Gottes willen. Das kann nicht sein. Ich habe doch gehört, dass er sich den Strick genommen hat.«

»Vielleicht wollte jemand ganz sichergehen. Der Bericht unseres Rechtsmediziners ist aber eindeutig. Das Opfer hat Schupfnudeln gegessen und ist mit Solanin vergiftet worden. Ich fürchte, Ihre Küche wird vorläufig kalt bleiben. Sie müssen mit aufs Präsidium kommen.«

Der junge Koch blieb stumm. Die Knöchel seiner Hände waren weiß, so sehr klammerte er sich an den Küchentisch. Er schüttelte immerzu den Kopf. Gerhard Mader stand sichtlich unter Schock.

Robert Mayr zog sein Mobiltelefon aus der Jackentasche und wählte die Nummer seines Büros. »Schorsch? Nimm dir zwei Kollegen und fahr zum Großmarkt raus. Martin Mader könnte noch dort sein. Nehmt ihn mit und bringt ihn her.« Er deckte mit einer Hand das Handy ab und sah den jungen Mader an. »Gemüse? Lederhose?« Gerhard Mader wischte sich zum wiederholten Mal seine Hände am Handtuch ab, das er vor seinem Bauch zwischen die Bänder seiner Schürze gesteckt hatte, und nickte. Mayr nahm die Hand vom Handy. »Ihr erkennt's ihn an seiner Lederhose. Kuhfellpantoffeln. Ja, du hast richtig gehört. Klein, rund, Kugelblitz. Was? Nein, bring ihn ins Büro. Ach was, kommt doch lieber mit ihm her. – Was? Jetzt gib schon a Ruah. Erklär ich dir später! Und, Schorsch, schick die Spurensicherung zu mir rauf.«

Keine zwei Stunden später glich der Gasthof Zum Kreuz einem Bienenstock, allerdings ohne Honig.

IX.

»Sie müssen doch zugeben, eine Menge Indizien sprechen gegen Sie. Sie haben auch auf den Bichler-Hof spekuliert, im Mageninhalt von Büschgens wurden Spuren eines Kartoffelgifts gefunden, in den Resten der Schupfnudeln, die Sie Herrn Büschgens serviert haben, um genau zu sein. Das sieht doch alles sehr nach Rache oder Neid aus. Klassische Mordmotive. Sie sollten sich genau überlegen, was Sie jetzt sagen, Herr Mader. Ich denke, Sie brauchen einen Anwalt.« Robert Mayr sah den Wirt eindringlich an.

»Sind Sie wahnsinnig? Das stimmt doch alles nicht! Ich

bring doch keine Gäste um! Ich begehe doch keinen Mord! Niemals! Für was denn? Stimmt, ich habe mich für den Hof interessiert. Aber das ist doch nicht strafbar! Ich habe halt Pech gehabt beim Bieten. So ist das im Leben. Deshalb bringt man doch keine Leut' um! Ich habe mir nichts vorzuwerfen!« Maders dunkle Augen funkelten vor Entsetzen, Empörung und Zorn. »Und außerdem, Ihr Zimmer ist ab sofort belegt. Bitte verlassen Sie mein Haus.«

»Wir werden sowieso zusammen nach Kempten ins Präsidium fahren, Herr Mader. Kein Problem.«

»Hören Sie, das Gift kann doch auf alle möglichen Arten in den Magen des Toten gelangt sein!« Martin Mader versuchte, sich in die Gedankenwelt eines Kommissars hineinzuversetzen. »Vielleicht hat man ihm das Gift ja auch gespritzt. Oder es war ein Unfall, ein unglücklicher Zufall. Das kann doch sein, oder? Kommt das Gift nur in Kartoffeln vor? Nein.« Martin Mader sah Robert Mayr hoffnungsvoll an. »Kann doch sein, dass Büschgens auf dem Weg hierher unterwegs Pommes frites gegessen hat, die verdorben waren? Oder Knödel. Die Raststätten an den Autobahnen sind auch nicht immer astrein. Nicht umsonst hat der ADAC ein Auge darauf. Unsere Kartoffeln sind jedenfalls Eins-a-Qualität. Wir verarbeiten nur beste Zutaten. Die Kartoffeln für die Nudeln waren nicht vergiftet. Nie und nimmer. Darauf wett ich meinen Kopf.«

»Seien Sie vorsichtig mit solchen Äußerungen.« Robert Mayr betrachtete interessiert Maders runden Schädel, um den sich das kurze, fast schwarze Haar wie ein Lorbeerkranz legte. »Ob Büschgens zwischendurch was gegessen hat? Darüber haben wir bisher keine Erkenntnisse. Wir fahren jetzt jedenfalls aufs Präsidium. Ich kann Sie nicht länger hierlassen. Bitte packen Sie ein paar Sachen zusammen. Das Nötigste für die nächsten Tage.« Robert Mayr legte eine Hand auf Maders Arm. »Ich würde Ihnen ja gerne glauben, aber ich das kann im Augenblick nicht.«

Während Martin Mader ungewohnt schwerfällig die Gaststube verließ und im hinteren Teil des Hauses verschwand, hatte Robert Mayr das Gefühl, in dem kleinen Raum keine Luft mehr zu bekommen. Er nickte einem Kollegen zu, was bedeuten sollte »passt's auf den Mader auf«, und trat vor den Gasthof. Er wollte dem Wirt ein bisschen Zeit geben und ging ein kurzes Stück in Richtung See.

Er roch die Wiesen, das Grün und die Kräuter. Der mächtige Tannenwald sah gesund und dunkel aus. Ab und an hörte man das leise rhythmische Anschlagen von Kuhglocken. Der gleichförmige Klang machte ihn schläfrig. Der Himmel war blau, nur ein paar Wolken waren zu sehen. Aber da war noch etwas anderes in der Luft. Robert Mayr spürte eine kaum merkliche Spannung, die langsam die Hänge des Wertacher Hörnle, der Ellegghöhe und des Grünten herunter und dann über den See auf ihn zuzukriechen schien.

Der Kriminalhauptkommissar verscheuchte den Gedanken. Er nahm sich vor, bei nächster Gelegenheit mit Martina heraufzukommen. Sie hatten schon so lange keinen gemeinsamen Ausflug mehr gemacht. Er vermisste sie. Ihr verschwenderisches Lachen und den herben Duft ihres dunklen Haares. Er hätte sie jetzt gerne vor dieser Kulisse umarmt und festgehalten.

Stattdessen tastete er in seiner Jackentasche nach dem Handy.

»Hallo, Dr. Schüssler, ich möchte mich bei Ihnen bedanken für Ihre dann doch schnelle Hilfe. Ihr Spürsinn hat uns direkt zum Täter geführt. Mal wieder, möchte ich sagen. Ohne Ihre Arbeit hätten wir sicher noch Wochen im Moosbacher Nebel gestochert.«

Im Gehen schilderte er in knappen Worten den bisherigen Verlauf der Ermittlungen.

Nicht weit vom Ufer des Rottachsees entfernt, hielt er auf halber Höhe des abschüssigen Weges an und setzte sich auf eine Bank, die am Rand einer Wiese stand. Er drückte die Lautsprechertaste seines Mobiltelefons und legte das Handy neben sich. So konnte er es sich auf der verwitterten Holzbank gemütlich machen, mit Blick auf das gegenüberliegende Ufer, ohne das Telefon ans Ohr pressen zu müssen.

»Ich bin mir sicher, dass die Indizien ausreichen, um Mader zu überführen. Das Solanin in seinen Schupfnudeln hat nicht nur für Büschgens' Tod gelangt, es wird auch für Maders Verurteilung reichen.« Robert Mayr war zufrieden. Selten war ein Fall so schnell gelöst wie diesmal. Er freute sich auf Martina.

»Herr Mayr?« Die Stimme des Mediziners klang diesmal nicht ganz so abgeklärt. »Herr Mayr, ich mache mir Sorgen, dass Sie vielleicht doch ein bisserl vorschnell handeln. Aber das liegt weniger an Ihrem Ermittlungseifer.« Schüssler räusperte sich. »Das liegt eher an mir.«

Mayrs Zufriedenheit war mit einem Schlag dahin. »Was meinen Sie damit? Sagen Sie jetzt bloß nicht, Sie haben sich geirrt.«

»Nein, geirrt habe ich mich nicht. Wir haben im Mageninhalt eine Überdosis Solanin gefunden, das stimmt so. Allerdings«, der Gerichtsmediziner räusperte sich erneut, »allerdings macht mich mittlerweile eines stutzig, und zwar die überaus hohe Konzentration des Giftes.«

»Geht das ein bisschen genauer, Herr Doktor? Noch verstehe ich kein Wort, um ehrlich zu sein.« Robert Mayr hatte jetzt keinen Blick mehr für die schroffe Schönheit des Grünten. Angespannt presste er sein Telefon wieder ans Ohr.

»Mich hat die ganze Zeit die Frage beschäftigt: Wie konnte das Solanin in so hoher Dosis verabreicht werden? Ich habe extra noch einmal die einschlägigen Fachleute hinzugezogen, ich kenne da einen Kollegen am Bodensee, wissen Sie.«

Nein, Robert Mayr wusste nicht.

»Gut, ich hätte vielleicht eher darauf kommen müssen. Jedenfalls ist dieser Kollege davon überzeugt, dass Solanin in tödlicher Konzentration nur in einem äußerst schwierigen chemischen Prozess herzustellen ist. Dazu müssen Sie Experte sein und über ein spezielles, umfangreiches und technisch hochgerüstetes Labor verfügen. Geschweige denn, dass man das Zeug irgendwo kaufen könnte. Ich kann mir nicht vorstellen, dass das ein einfacher Koch brauen kann.«

Robert Mayr richtete sich kerzengerade auf. »Und das bedeutet?« Er wollte es einfach nicht glauben.

»Finden Sie's heraus, Herr Mayr. Sie sind der Ermittler. Ich kann nur sagen, dass selbst eine geringe, extrem konzentrierte und damit absolut tödliche Dosis Solanin nur sehr schwierig herzustellen ist.«

Scheiße, dachte Mayr, warum kam Schüssler erst jetzt mit dieser Information? »Okay, danke.« Er war verärgert und wollte schon die Verbindung trennen.

»Herr Mayr?«

Was denn noch? »Ja?«

»Da ist noch etwas.«

Nun mach schon, dachte Mayr. »Ich höre!«

»Büschgens muss sehr salzig gegessen haben. Entweder hat der Koch zu tief in den Salztopf gegriffen, oder der Tote hat nicht nur Schupfnudeln gegessen.«

»Und was könnte das sonst gewesen sein?«

»Auf jeden Fall noch irgendetwas aus Kartoffeln. Denn andere Lebensmittel als die schon genannten habe ich nicht in Büschgens' Magen gefunden.«

Die Schupfnudeln waren sicher nicht versalzen gewesen. Das hätte Büschgens bestimmt gemerkt und sich bei Mader beschwert. »Knödel?«

»Ja, vielleicht, aber unwahrscheinlich. Eher könnten es Pommes frites gewesen sein.«

»Büschgens muss also vorher schon etwas gegessen haben, das aus Kartoffeln hergestellt wurde.«

»Oder nachher.«

»Kann ich die Leiche freigeben? Büschgens' Freundin hat schon ein paarmal angerufen. Sie möchte endlich die Beerdigung ausrichten.«

»Ich habe nichts dagegen. Alle Proben sind genommen.«

Robert Mayr vernahm ein dunkles, kaum hörbares Grollen. Es kam nicht aus seinem Telefon. Er blickte zum Himmel und sah, dass sich hinter dem Grünten Wolken wie zu einem Angriff ballten. Ein Gewitter braute sich zusammen. Er musste schleunigst zurück. Nicht nur wegen der Tropfen, die bereits vereinzelt fielen.

Auf dem Weg zum Gasthof versuchte Mayr sich darauf zu konzentrieren, was er als Nächstes tun sollte. Mader konnte also doch unschuldig sein. Oder er hatte sich das Zeug über dunkle Kanäle besorgt? Vielleicht sollte er auf dem Großmarkt ermitteln. Oder es gab sogar eine Verbindung zur Mafia. »So ein Unsinn«, meinte Robert Mayr halblaut zu sich selbst, seine Phantasie fuhr gerade Achterbahn. Aber hatte Mader nicht erzählt, dass er sich gerne in Südtirol aufhielt? Angeblich bei einem guten Freund.

Das Gebimmel der Kühe ging ihm jetzt auf die Nerven.

X.

»Fürs Erste können Sie bleiben, Herr Mader. Aber nur vorläufig.«

»Also halten Sie mich doch für unschuldig?« Mit den Händen in den Taschen seiner Lederhose stand Martin Mader vor Robert Mayr, der ihn um mehr als einen Kopf überragte. Selbstbewusst wippte der Wirt in seinen Pantoffeln vor und zurück.

»Für diese Erkenntnis ist es noch zu früh.« Robert Mayr blieb gelassen und klang doch hölzern. »Damit Sie mich nicht missverstehen, ich möchte Ihnen gerne glauben. Aber ich habe noch ein paar Fragen.«

Martin Mader zögerte einen Augenblick und deutete dann auf einen Stuhl. Die Geste hatte wenig Einladendes.

Robert Mayr setzte sich. »Haben Sie Kontakt zu Chemikern? Sie oder Ihr Sohn?«

»Warum fragen'S mich das? Meinen Sie, ich verkehre mit Giftpanschern?« Martin Mader hatte sich ebenfalls an den Tisch gesetzt und musterte den Ermittler argwöhnisch.

»Beantworten Sie mir einfach die Frage.«

»Außer dem Chemiker im Lebensmitteluntersuchungsamt kenne ich keinen, nein. Da muss ich Sie enttäuschen.«

»Wir werden das überprüfen.« Mayr drehte sich zu einem seiner Kollegen um, die an der Tür der Gaststube auf das Ergebnis des Gespräches warteten. »Herr Mader kann seine Tasche wieder auspacken. Und ihr könnt Feierabend machen – für heute. Und, Herr Mader«, Mayr drehte sich zum Wirt und lächelte etwas gequält, »könnte ich mein Zimmer vielleicht doch noch behalten?«

Martin Mader stand auf und verließ wortlos den Raum. Robert Mayr nahm das als Zustimmung.

Krachend entlud sich der Himmel über Moosbach.

Unmittelbar nach dem Abendessen ging Mayr auf sein Zimmer. Die Gaststube war ihm mit einem Mal zu stickig erschienen, und er hatte auch keine Lust auf das komprimierte und bierselige Dorfleben im Kreuz.

Wenn Martin Mader nicht der Täter war, wer war es dann? Maders Sohn, der Koch, etwa? Und wie war der dann an das so hoch konzentrierte Gift gekommen? Wer stellte so etwas her? Und wer bot es an? Robert Mayr würde Unterstützung brauchen. Gleich morgen würde er seine MK über die neue Entwicklung informieren.

Krachend schlug irgendwo im Wald am See der Blitz ein. Der Regen klatschte an sein Fenster.

Mayr lag im Dunkeln angezogen auf dem Bett und starrte an die Zimmerdecke. Plötzlich schreckte er hoch. Er musste eingeschlafen sein. Draußen hatte sich das Gewitter inzwischen verzogen.

Sein Handy klingelte. Mit einem Ruck setzte er sich auf.

»Ja?« Mayr fuhr sich mit einer Hand übers Gesicht. Wo war er? Er zwang sich, nicht verschlafen zu klingen. »Nein, Sie haben mich nicht geweckt.« Er lauschte in den Hörer. »Ja, der Rechtsmediziner hat den Leichnam freigegeben. Sie können die Bestattung arrangieren.« Robert Mayr war immer noch nicht ganz wach. »Was unsere Ermittlungen machen? Wir sind auf einem guten Weg. Na ja, es gibt schon die eine oder andere Spur. Es war Mord. Eindeutig. Aber mehr möchte ich dazu nicht sagen. Noch nicht.«

Robert Mayr überlegte, ob er Marie Schneiders nicht doch mehr anvertrauen durfte. Er dachte an Franz Xaver Krumthaler, Maders Mitbieter aus Rettenberg. »Sie müssen das verstehen, auch wenn Sie, ja, auch wenn Sie die einzige quasi Angehörige sind, ich darf nicht über Ermittlungsergebnisse sprechen. Aber so viel kann ich Ihnen sagen, wir sind schon sehr weit.«

Marie Schneiders klang erschöpft und traurig. Sie tat ihm leid.

»Nein, natürlich können Sie herkommen. Keine Frage. Dann können Sie gleich die Formalitäten mit dem Bestatter regeln.« Robert Mayr überlegte. »Vom Bichler-Hof ist ja nun nicht viel geblieben. Wissen Sie schon, was mit dem Besitz passieren soll? Gibt es ein Testament? Sicher gibt es eines. Sind Sie die Erbin?«

Marie Schneiders erklärte ihm, dass sie noch keine Gelegenheit gefunden hatte, in den Unterlagen ihres Freundes nach Papieren zu suchen. Deshalb habe sie auch keine Ahnung, was mit dem Bichler-Hof passieren werde. Möglicherweise würde sie das Ganze verkaufen. Sie habe ihren Lebensmittelpunkt, wie sie es nannte, ja doch eher in Düsseldorf.

Die beiden verabredeten sich für den folgenden Tag.

Als Robert Mayr kurze Zeit später wieder im Bett lag, konnte er lange nicht wieder einschlafen. Vielleicht lag es am Gewitter, das immer wieder, mal über Petersthal, mal weiter weg, aufflackerte. Moosbach war anscheinend kein Ort, an dem ein Kommissar ruhig schlafen konnte.

Gegen drei Uhr morgens rief er Martina an. Aber seine Freundin hob nicht ab. Er sah aus dem Fenster. Der See lag schwarz und dunkel in der Ferne. Als würde er abwarten. Schließlich schlief Mayr doch noch ein.

Im Traum sah er seinen Vater. Er saß in einem Ruderboot auf dem See und winkte ihm zu. Aber Robert traute sich nicht, zu ihm zu schwimmen. Sein Vater war nicht alleine. Eine hübsche junge Frau stand neben ihm im Boot und fuhr ihm lachend durchs Haar. Er konnte nicht erkennen, wer sie war.

XI.

Er wachte erst spät auf und fühlte sich trotzdem so müde, als hätte er die Nacht durchgesoffen. An seinen Traum konnte er sich nicht mehr erinnern. Noch vor dem Frühstück löste er zwei Aspirin-Brausetabletten in einem Zahnputzglas auf und trank das Kopfschmerzmittel mit großen Schlucken. Aber der Druck in seinem Kopf ließ nicht nach. Schwarzer Kaffee würde ihm helfen, hoffte er.

Aber auch nach dem Frühstück ging es ihm nicht viel besser. Er fühlte sich immer noch wie gerädert. Er starrte das karierte Tischtuch an, als könnten die regelmäßigen Linien ihn beruhigen. Etwas irritierte ihn, etwas stimmte nicht. Aber was und warum? Er wusste nur, dass es nicht allein das Dröhnen in seinem Kopf sein konnte. Und er hatte das Gefühl, dass sich die dunklen Augen des Bayernkönigs in seinen Rücken brannten.

Mayr sah auf seine Armbanduhr. Kurz spielte er mit dem Gedanken, noch mal um den See zu wandern. Aber dafür war es zu spät. Außerdem zogen erneut Regenwolken auf. Und schließlich hatte er einen Mord zu klären. Er musste konzentrierter vorgehen.

Sollte er sofort nach Rettenberg fahren? Nein, dieser Krumthaler würde ihm schon nicht abhandenkommen. Aus dem Oberallgäu verschwand man nicht so einfach, ohne Spuren zu hinterlassen.

Stattdessen ging Robert Mayr noch einmal die wenigen Schritte zum Bichler-Hof, besser gesagt, zu dessen verkohlten Resten. Er wollte nachsehen, ob der Trümmerhaufen noch Verwertbares für Marie Schneiders enthielt. Nicht viel, wie er feststellen musste. Die verkohlten Balken ragten wie abgenagte Spareribs aus dem Schutt.

Der Kriminalhauptkommissar kletterte vorsichtig über die Holzreste. Der Himmel hatte sich noch weiter zugezogen. Gleich würde es zu regnen anfangen.

Ein Heimatmuseum. Robert Mayr konnte sich gut vorstellen, dass am Ortsrand, gleich neben dem alten Baum, ein kleiner Parkplatz angelegt worden wäre und ein geschnitztes Holzschild den Weg gewiesen hätte zum »Museum für Oberallgäuer Alltagskultur«. Aber auch exklusive Ferienwohnungen in dem alten Gemäuer hätte sich der Kemptener Ermittler vorstellen können. Mitten im Ort gelegen, auf historischem Boden sozusagen. Das hätte was gehabt. Touristen hätten sich um diese Adresse gerissen.

Robert Mayr fiel ein, dass er noch immer nicht wusste, was dieser Rettenberger mit dem Hof vorgehabt hätte. Mayr, dachte er, Mayr, du wirst alt und nachlässig. Krumthaler gehörte doch immerhin noch zum Kreis der Verdächtigen. Erst recht nach den jüngsten Ermittlungen. Wer weiß, welche Verbindungen er zu Solanin hatte?

Mayr wurde unruhig. Er war ein Ochse! Statt wie ein Urlauber müßig den Tag zu verbummeln, sollte er lieber seinen Mord aufklären! Mayr, hör auf zu träumen, Abmarsch!

Eilig kletterte er von einigen ineinander verkeilten Balken. Er hatte die Chipstüte nicht gesehen, auf der er beinahe ausgerutscht wäre. Robert Mayr konnte sich gerade noch abfangen und hing nach einem breiten Ausfallschritt zwischen Trümmerteilen fest. Er fluchte und versuchte seine Beine wieder unter Kontrolle zu bekommen. Der Schmerz in seinem Schritt ließ Böses ahnen. Mühsam zog er sein rechtes Bein zurück und wollte schon humpelnd weitergehen, als er stockte.

Die Chipstüte! Chips werden aus Kartoffeln gemacht! Wie konnte er nur so blöd sein! Das musste es sein! Mitten auf der Dorfstraße blieb er stehen und wählte selbstvergessen die Nummer von Dr. Schüssler. Hinter ihm hupte es laut. Der Schreck ließ ihn seine Zerrung vergessen und an den unbefestigten Straßenrand springen.

Wütend sah er dem Autofahrer hinterher. Er erkannte den Wagen. Das musste der alte Daimler vom Schattenmaier gewesen sein, dem Vorsitzenden des Heimatvereins.

Der Rechtsmediziner meldete sich bereits nach dem zweiten Klingelton. In kurzen Sätzen informierte Mayr ihn über seine Idee. Schüssler machte ihm Mut. Kartoffelchips würden auch die überdurchschnittliche Menge Salz in Büschgens' Magen erklären. Der Makler hatte also nicht nur Schupfnudeln gegessen, sondern auch Kartoffelchips. Mayr war zufrieden. Der Fall nahm wieder Fahrt auf. Eilig kehrte er an den Brandort zurück und nahm die Chipstüte vorsichtig an sich. Mit spitzen Fingern öffnete er die von Nässe verklebten Ränder. In der Tüte lagen noch einige Brösel.

Mayrs Kopfschmerzen waren mit einem Mal wie weggeblasen. Bevor er den gesamten Polizeiapparat anwarf, wollte er gern noch mit Martina sprechen. Aber seine Freundin hatte ihr Handy jetzt offenbar ausgeschaltet.

Dabei hatte der Leiter der Kemptener Mordkommission in der schlaflosen Nacht einen Entschluss gefasst. Er würde Martina gleich beim nächsten Käse-Wein-Abend einen Antrag machen. Er hatte schon viel zu lange damit gewartet. Wenn der Fall aufgeklärt war, würde er das Aufgebot bestellen. Und Tatort hin oder her, heiraten würden sie in Moosbach. Und im Gasthof Zum Kreuz würden sie Schupfnudeln essen. Schließlich hatte er bei Mader einiges gutzumachen. Im Vorbeigehen betrachtete er den gelb gestrichenen Zwiebelturm von St. Johannes. Er war sich auf einmal sicher: Moosbach war ein Ort zum Leben, aber nicht zum Sterben.

XII.

»Mein Beileid.« Robert Mayr neigte leicht den Kopf, als er Marie Schneiders begrüßte. Die Düsseldorferin war genau in dem Moment auf den Parkplatz der Wirtschaft gebogen, als er sich einen Kaffee hatte bestellen wollen. »Sie sind aber früh. Setzen Sie sich doch.«

Marie Schneiders schob die Sonnenbrille ins blonde Haar und legte ihre schmale Handtasche auf den Tisch. »Aber gerne.« Geräuschvoll zog sie den Stuhl zurück und setzte sich.

Ernst Büschgens' Freundin wirkte auf den ersten Blick kühl. Vielleicht sogar ein bisschen zu kühl, dachte Robert Mayr.

»Darf ich Ihnen auch einen Kaffee bestellen?«

»Nein danke.« Marie Schneiders sah den Kommissar aus ihren grünblauen Augen abschätzend an. »Vielleicht später.«

Robert Mayr hatte eine trauernde Frau erwartet, aber niemanden, der dermaßen geschäftsmäßig auftrat. Aber vielleicht täuschte ihn auch ihr schickes Kostüm, das Marie Schneiders wie eine erfolgreiche Managerin aussehen ließ. Vermutlich konnte sie ihre Trauer nur nicht richtig zeigen, dachte Mayr.

»Was haben Sie jetzt vor, wenn ich fragen darf?«

»Ich werde nachher nach Kempten fahren. Der Bestatter wartet schon auf meinen Besuch. Ich bin so unerfahren in diesen Dingen. Wollen Sie mich nicht begleiten? Sie würden mir einen großen Gefallen tun.« Marie Schneiders' Blick wirkte jetzt unsicher, fast scheu. »Ernst hätte gewollt, dass er hier beerdigt wird.«

Mayr nickte nachdenklich. »Warum eigentlich ausgerechnet Moosbach? Was war es, das Ihren Freund so fasziniert hat, dass er hier leben wollte?«

Sie sah auf ihre Hände und spielte mit dem schmalen Ring aus Weißgold, der einen kleinen Diamanten hielt. Dann sah sie auf. In ihrem Blick lag eine Mischung aus Trauer und Nachdenklichkeit. »Das lässt sich nicht in einem Satz erklären, Herr Kommissar.«

»Dann sollten Sie es mir in Ruhe erzählen, Frau Schneiders.«

»Ernst ist«, sie verbesserte sich, und dabei zitterte ihre Unterlippe, »Ernst war gerne in der Natur. Er hat diese nahezu unberührte Landschaft geliebt. Diese sanften Hügel, den Grünten.« Sie sah zum Fenster. »Und den See. Der See übte eine geradezu magische Anziehungskraft auf ihn aus. Er ist oft unten gewesen. Ganz früh, noch vor Sonnenaufgang. Oder auch nachts, wenn er mal wieder nicht schlafen konnte. Der See gibt mir Ruhe, hat er dann gesagt. Er gibt mir Kraft. Er spricht sogar mit mir.«

»Der See spricht?«

»Waren Sie schon einmal im Winter hier oben? Wenn der See zugefroren ist? Wenn der Wasserspiegel so viel tiefer liegt als das Eis? Dann ist es unheimlich dort. Das Eis knackt und knarzt, wenn es reißt. Es rumort dumpf im See, als würden ihn von tief unten Sirenen mit dunkler Stimme locken, hat Ernst erzählt. Wenn ich nur daran denke, bekomme ich Gänsehaut.« Sie rieb sich über die Unterarme.

»So kann es klingen, ja.« Robert Mayr dachte an seine Winterurlaube in Island. Wenn die Trolle ihre Späße trieben, musste es so ähnlich klingen.

Marie Schneiders lächelte. »Ist das nicht seltsam? Ernst war ein Zahlenmensch, absolut rational und geradezu emotionslos, wenn es um sein Geschäft geht. Aber hier? Hier war er ein ganz anderer. Sagen Sie mir bitte, wie passt das zusammen? Auf der einen Seite der erfolgreiche Immobilienmakler, dem Zahlenwerke, Kalkulationen, Risikoabschätzungen, Marktanalysen wie von selbst von der Hand gingen. Und auf der anderen Seite der sanfte Naturliebhaber, der sich über jede kleine Blume, über das Grün der Wiesen, über jeden Baum freuen konnte, dem er auf seinen Spaziergängen begegnete.«

»Sagen Sie es mir. Sie waren mit ihm zusammen.« Robert Mayr war gespannt. Marie Schneiders' Gesichtsausdruck hatte sich von arroganter Geschäftsmäßigkeit zu der weichen Nachsichtigkeit einer verliebten Frau gewandelt, die harten Konturen um ihren Mund waren verschwunden.

»Ernst war nicht glücklich.«

»Das verstehe ich nicht.«

»Seine Geschäfte haben ihn aufgefressen. Er hat immer mehr Kraft aufwenden müssen, um seinem Beruf nachgehen zu können. Von Burn-out hat er aber nichts wissen wollen.«

»Hatte er Feinde?« Da war sie wieder, die alte Leier, dachte Mayr: Das Opfer war bedroht worden, erpresst oder was sonst noch möglich war. Immer das gleiche Lied.

»Nein. Ernst war beliebt. Ein tougher Geschäftsmann, aber er war fair zu den Leuten. Das haben sie gespürt und ihm hoch angerechnet. Nein, Herr Kommissar, das wäre zu einfach. Ich weiß von keinen Feinden.«

»Waren Sie denn über alles informiert? Hat er Sie in alles eingeweiht, was seinen Beruf betraf?«

Mit einem Mal war der harte Gesichtsausdruck wieder da. »Wir hatten keine Geheimnisse voreinander. Ernst hat mich oft um Rat gebeten. Wir haben uns in vielerlei Hinsicht ergänzt.«

»Ich wollte Ihnen nicht zu nahe treten.« Robert Mayr hatte mit einem Mal ein ungutes Gefühl. Das Ganze klang ihm zu glatt. Wie eine wohlüberlegte Inszenierung.

»Ich habe nicht mehr viel Zeit. Ich würde gerne gehen.« Sie sah auf ihre Uhr.

Mayr nickte. Es würde schon noch die richtige Gelegenheit kommen, um hinter ihre makellose Fassade zu blicken. »Keine Frage. Ich muss ohnehin zurück ins Büro. Wenn Sie wollen, können wir gleich fahren.«

»Nicht gleich. Ich würde gerne noch einmal zum Haus gehen. Ich will mich von diesem Ort verabschieden. Ich mag ihn wirklich, aber ich werde nicht zurückkommen. Wenn Sie verstehen, was ich meine.«

Robert Mayr hob bedauernd die Hände. »Ein schönes Fleckchen Erde, keine Frage. Aber ich kann Sie verstehen.« Er überlegte kurz. »Wir haben ja schon über die Umstände gesprochen. Ist Ihnen vielleicht nicht doch noch etwas eingefallen?

Hat Herr Büschgens Sie an jenem Abend nicht doch noch einmal angerufen und irgendetwas erwähnt?«

»Nein, Herr Kommissar. Nichts. Ernst wollte damit beginnen, die Wände herzurichten. Arbeit, die sehr viel Dreck machen würde. Deshalb bin ich nicht mitgefahren. Außerdem geht es meiner Tante nicht gut. Wir hatten verabredet, dass wir am nächsten Tag miteinander telefonieren würden.«

Ihre Augen wurden feucht.

»Ich will Sie nicht länger mit meinen Fragen quälen. Wollen wir gehen?« Robert Mayr wollte das Spiel ein bisschen mitspielen, und er konnte gerade noch den Impuls unterdrücken, seine Hand auf ihre zu legen. Stattdessen signalisierte er Martin Mader, dass er zahlen wollte. Der Wirt hatte die ganze Zeit über hinter seinem Tresen gestanden und schweigend Gläser poliert.

XIII.

Marie Schneiders hatte nur einen kurzen Blick auf den schwarzen Schuttberg geworfen, sich dann kurzerhand bei Robert Mayr untergehakt und ihn gebeten, sie zur Kirche zu begleiten. Sie wolle noch eine Kerze für Ernst anzünden, hatte sie gesagt. Ihre Vertraulichkeit irritierte ihn.

Still und andächtig hatten sie anschließend in dem kühlen Kirchenschiff gestanden. Wie schön der barocke Bau war. Er sah empor. Sie war noch da, die Uhr mit dem großen Zifferblatt, die an der Stirnwand des Altarraums an die Vergänglichkeit von Leben und Zeit gemahnte. Der Geruch des Weihwassers erinnerte ihn an seine Jugend, in der er eine Zeit lang Messdiener gewesen war.

Der Kommissar begleitete Marie Schneiders zurück zu ihrem Auto. Als er sich von ihr verabschieden wollte, um mit seinem Wagen vorauszufahren, fiel sein Blick in das Innere ihres silberfarbenen Peugeot-Cabrios. Zuerst begriff er nicht, was er da sah. Dann begann sein Herz zu klopfen. Auf der Rückbank stand ein offener Karton mit Kartoffelchipstüten.

»Ich weiß, dass Sie an der Uni in Düsseldorf arbeiten. Aber was machen Sie dort eigentlich genau?« Robert Mayr zwang sich zur Ruhe.

»Ich bin an der Fakultät der Geo- und Biowissenschaften angestellt und arbeite als Chemikerin im Biologischen Institut.«

Marie Schneiders bemerkte den Blick des Kommissars. Sie lächelte. »Ach, die Kartoffelchips. Wir analysieren die möglichen genetischen Veränderungen der verschiedenen Kartoffelsorten. Viel Arbeit, wenig Spannendes. Aber ab und zu fällt eben eine Tüte Chips ab.« Sie öffnete die Fahrertür. »Möchten Sie ein paar? Das sind unsere Standardsorten.« Marie Schneiders wollte sich schon über den Sitz beugen, als sie sich plötzlich zu Robert Mayr umwandte. »Wollen Sie nicht mit mir fahren? Dann können wir uns unterwegs noch ein bisschen unterhalten, und Sie können dabei ein paar Chips knabbern. Ich fahr Sie dann später zurück.«

XIV.

Ihr Kopf war ein blutiges Etwas aus Haaren, Fleischfetzen, zersplitterten Knochen und grauer Gehirnmasse. Der Mörder muss einen schweren Fäustel benutzt haben, hatte Leenders nach einem ersten Blick auf die Tote vermutet. Vielleicht auch eine schwere Eisenstange.

Frank kam langsam aus der Hocke wieder hoch und sah seinen Kollegen Ecki an.

»Hatte sie einen Beschützer?«

Ecki schüttelte den Kopf. »Schrievers hat das bereits überprüft. Sie war registriert, kranken- und rentenversichert und hat pünktlich ihre Steuern bezahlt. Sie hat alleine gearbeitet, soweit wir das bis jetzt wissen. Das hat auch der Hausverwalter bestätigt.« Michael »Ecki« Eckers, Kriminalhauptkommissar der Mönchengladbacher Polizei, zeigte mit dem Daumen über seine Schulter. »Er wartet in seiner Wohnung. Parterre.«

Frank war später als Ecki an den Tatort in der Beethovenstraße gekommen. Er hatte eigentlich seinen freien Tag und sich um Speichenräder für seinen MGB kümmern wollen. Er war gerade auf einer Internetseite für Oldtimerfreunde unterwegs, als der Polizeipräsident höchstpersönlich anrief. Das KK 11 war seit Monaten unterbesetzt, zu viele Überstunden, zu viele Krankmeldungen. Es gab im Augenblick einfach nicht genug Personal.

KHK Frank Borsch hatte Lisa einen Zettel geschrieben, dass sie ihren Besuch der Terrassengärten von Kloster Kamp auf einen anderen Tag verschieben würden. Und dass es ihm leidtue. Er hatte gleichzeitig gewusst, dass der Zettel als Erklärung nicht ausreichen würde. Es würde Diskussionen geben, warum, verdammt noch mal, immer sein Beruf vorging. Und warum, verdammt noch mal, ihre gemeinsame Zeit immer weniger wurde. Dass sie in den vergangenen Wochen durch ständige Konferenzen auch mehr Zeit in der Schule als zu Hause verbrachte, würde sie als Argument niemals akzeptieren. Deshalb würde er es auch gar nicht erst anführen.

Frank deutete auf die Tote, die vor ihrem Bett lag. Ihre Augen waren mit einer Art schwarzem Schal verbunden, die Hände mit einem ähnlichen Stoff auf den Rücken gebunden. Jemand hatte sie gefesselt, bevor er ihr den Schädel eingeschlagen hatte. Die Szene wirkte auf ihn, als sei ein Sexspiel außer Kontrolle geraten.

»Was wissen wir sonst noch?«

Ecki blätterte durch sein Notizbuch. »Ihr Terminkalender ist schon auf dem Weg in die Kriminaltechnik. Es gibt einige Telefonnummern ohne Namen. Ihre Eltern leben in der Stadt. Nicht weit von hier. Keine Geschwister. Den Rest wird uns die Spurensicherung liefern.«

Frank ließ seinen Blick durch das Appartement schweifen. Teure Möbel, eine noch teurere Musikanlage, Bettwäsche aus Seide. Ohne einen Blick hineingeworfen zu haben, wusste er, dass in der kleinen Küche nur Edles stehen würde. Er kannte solche Wohnungen. Er hatte in den zurückliegenden Jahren schon einige solcher Etablissements gesehen. Sie glichen sich, als gäbe es diese gewisse Ästhetik für gewisse Verrichtungen von der Stange zu kaufen.

Frank seufzte. »Eine Edelnutte.«

Ecki fuhr sich mit der Hand durch sein kurz geschnittenes blondes Haar. »Sieht so aus. Hübsch war sie.« Er deutete auf den nackten Körper der Toten. »Und jung.«

Frank sah sich um. »Wenn Leenders schon fertig ist, warum deckt man sie dann nicht ab?«

Michael Eckers zuckte mit den Schultern. »Du weißt doch, dass es personell ein bisschen eng ist, Leenders ist alleine hier, und die Kollegen von der Spurensicherung waren auch schon mal zahlreicher.«

Frank antwortete nicht. Stattdessen sah er aus dem Fenster. Eine tote Edelprostituierte in der Beethovenstraße. Von hier aus war es nicht weit zum Wasserturm und zum Bunten Garten. Dort waren die Häuser noch schicker als hier.

Im illegal in ihren Dienstwagen eingebauten CD-Player wartete *Outlaw Blues*, krachender Bluesrock von Larry Miller.

»Sind Sie sich sicher?« Robert Mayr war völlig perplex. Er hätte geschworen, dass die Chipstüte aus dem niedergebrannten Haus der Schlüssel zu dem Mord war.

»Absolut. Weder an der Tüte haben wir Spuren von Solanin gefunden noch in den wenigen Bröseln, die wir sicherstellen konnten. In dieser Tüte steckte mit Sicherheit nicht das Gift, das Büschgens umgebracht hat.«

Heribert Schüsslers Stimme klang absolut sicher.

»Ja, dann danke.« Nachdenklich stellte Robert Mayr den Hörer zurück in die Ladestation.

Prima, jetzt standen sie also wieder am Anfang! Büschgens lag neben St. Johannes auf dem Kirchhof, die Schneiders war wieder zurück in Düsseldorf. Das einzig Klare war, dass der Immobilienmakler an einer Überdosis Solanin gestorben und sein angeblicher Freitod nur vorgetäuscht gewesen war. Klarer Fall von Mord und klarer Fall von keine Ahnung.

Die Beerdigung und der Leichenschmaus für Büschgens waren eher dürftig ausgefallen. Außer Pater Maurus, einem Kirchendiener, Marie Schneiders, ihm selbst, Martin Mader und seiner Bedienung war niemand in der Schankstube gewesen.

Marie Schneiders hatte es eilig gehabt, Moosbach wieder zu verlassen. Wer wollte ihr das verdenken?

Mayr ärgerte sich über seine Schlampigkeit. Er hatte Marie Schneiders vielleicht unrecht getan. Er hatte sie für die Mörderin gehalten, ohne sich darüber im Klaren gewesen zu sein, wie sie das hätte anstellen sollen. Allein das Aufhängen! Sie hatten an Büschgens' Kleidung nicht einmal kleinste Faserreste gefunden, die von ihr hätten stammen können. Gut, das musste nichts bedeuten. Außerdem war vom Toten ja nicht mehr allzu viel übrig geblieben.

Spätestens seit er die Auswertung des Handys auf den Tisch bekommen hatte, das sie dann doch noch im Schutt gefunden hatten, war klar, dass die Schneiders nicht am Tatort gewesen war. Büschgens hatte seine Freundin von Moosbach aus mehrfach auf ihrer Festnetznummer in Düsseldorf angerufen am Tag seines Todes. Und die Rufumleitung war nicht auf ihr Handy geschaltet gewesen. Da gab es keinen Zweifel. Andererseits blieb die Tatsache, dass sie zumindest theoretisch Zugang zu hoch konzentriertem Solanin haben oder gehabt haben könnte. Und wenn nicht sie am Tatort gewesen war, hätte sie Komplizen schicken können.

Robert Mayr seufzte. Er würde die Kollegen in Mönchengladbach anrufen müssen. Das passte ihm eigentlich nicht. Aber vielleicht hatten die ja eine Idee. Wie hatte der Beamte dort geheißen, mit dem er gesprochen hatte? Mayr kramte in seinen Aufzeichnungen und fluchte. Nichts passte zusammen, nicht einmal seine Akten hatte er ordentlich sortiert. Martina hatte recht, er war urlaubsreif.

Für einen Augenblick hielt der Kommissar der Kemptener Polizei inne. Martina! Gelacht hatte sie, als er ihr einen Heiratsantrag gemacht hatte. Beim Frühstück, nicht überm Käsebrett hinweg. Gelacht! Und sie war ihm um den Hals gefallen. »Ja«, hatte sie gesagt. Einfach nur »Ja«. Ihm war ein bisschen schwindelig geworden wegen seiner eigenen Courage und wegen der Wucht, mit der sie sich in seine Arme geworfen und ihn geküsst hatte. Er würde nun bald heiraten! Ein ungewohntes Glücksgefühl. Er konnte sich auch nicht mehr erklären, warum er so lange um die Heirat herumgeschlichen war. Wie auch immer, vorher würde er noch diesen Fall lösen müssen.

Es dauerte, aber dann fand er sie schließlich doch, die Nummer in Mönchengladbach. »Schrievers«, hatte er sich dazu notiert. Und: »Archivar«.

»Schrievers?«

Die volle Stimme klang sympathisch. Sie rollte das »R« ein wenig, bemerkte Mayr. Vor seinem inneren Auge erschien ein zufriedener Beamter, der trotz oder gerade wegen seiner langen Dienstzeit in sich zu ruhen schien. Ein Gemütsmensch offenbar. Der Gedanke gefiel ihm.

»Grüß Gott.« Mayr versuchte ein passables Hochdeutsch. »Es geht um den Mord an Ernst Büschgens. Wir hatten vor ein paar Tagen schon einmal das Vergnügen.«

»Der Tod ist selten ein Vergnügen.«

»Ja. – Nein. – Ich meine, wir haben wegen Herrn Büschgens schon einmal miteinander telefoniert.« Was war das denn für ein Spaßvogel, dachte Mayr irritiert. Die Rheinländer sollen ja ein lustiges Volk sein, schunkelfest und fast alle Anhänger des 1. FC Köln. Er hatte wohl ein solches Prachtexemplar erwischt. Konfetti mitten im Sommer. Aber dieser Beamte war vermutlich doch eher Borussenfan.

»Was kann ich für Sie tun?«

Der Kollege am anderen Ende der Leitung schien Mayrs Irritation nicht bemerkt zu haben.

»Wir tappen im Dunkeln.« Robert Mayr schilderte die bisherigen Ermittlungen.

»Sie klingen völlig gestresst. Und das im Allgäu.«

Was wusste dieser Schrievers schon von seiner Arbeit und vom Oberallgäu?

»Hören Sie, ich habe ein konkretes Anliegen.« Ihm ging die flapsige Art des Rheinländers langsam auf die Nerven. Ihm kamen sogar leise Zweifel, ob er tatsächlich mit einem Polizeibeamten sprach. Er hatte eher das unbestimmte Gefühl, mit irgendeinem Büroboten verbunden zu sein.

»Sie haben recht. Ich wollte nur sagen, dass ich das Allgäu mag. Diese Idylle, diese Ruhe, diese Wiesen. Wie bei uns. Das Allgäu ist für mich der Niederrhein Bayerns.« Heinz-Jürgen Schrievers schickte seiner geografischen und anthropologischen Bestandsaufnahme ein sonores Lachen hinterher, das aber unvermittelt abbrach.

»Entschuldigen Sie bitte, ich bin wohl etwas über das Ziel hinausgeschossen. Wir haben hier bei uns heute alle gute Laune. Ein Kollege gibt gerade Kaffee und Kuchen auf seinen Geburtstag aus.«

Robert Mayr meinte nun im Hintergrund Stimmen zu hören. Rheinland Feierland. »Na, dann herzlichen Glückwunsch.«

Der Beamte im Rheinland schien Mayrs verkniffenen Ton verstanden zu haben und wurde unvermittelt sachlich.

»Sie haben ein Anliegen.«

»Wir brauchen mehr Hintergrundinformationen über Büschgens und seine Freundin. Sie arbeitet an der, Moment, wie heißt sie gleich, ja, Heinrich-Heine-Universität in Düsseldorf. Was wir bisher über die beiden wissen, ist einfach zu wenig.«

Schrievers räusperte sich. »Also, viel kann ich Ihnen da im Augenblick auch nicht präsentieren. Wie gesagt, ich bin gerade nicht in meinem Büro.«

Robert Mayr hörte, wie sich der Beamte von seinem Hörer wegdrehte.

»Verdammt! Könntet ihr ein bisschen leiser sein? Ich verstehe mein eigenes Wort nicht mehr.« Es raschelte im Hörer. »So, da bin ich wieder. Also, es wird ein wenig dauern, bis ich Ihnen etwas zusammengestellt habe. Und es gibt wirklich keine Anhaltspunkte in Ihrem Moosbach?«

»Mein« Moosbach? Mayr schüttelte den Kopf. Schmarrn. Er besaß doch kein Dorf. »Bisher negativ. Es gibt nicht den geringsten Hinweis. Niemand hat in der Tatnacht etwas gehört oder gesehen. Dazu kommt, dass zur Tatzeit ein Mordsgewitter niedergegangen ist.«

»Mordsgewitter?« Schrievers musste sich zusammennehmen, um seinen Kalauer herunterzuschlucken.

»Das gesamte Allgäu lag an jenem Tag unter Blitz und Donner. Wir haben auch das gecheckt. Niemand war an dem Abend, geschweige denn in der Nacht unnötig draußen unterwegs. Von den Bauern mal abgesehen, die Angst um ihr Vieh hatten.«

»Verstehe.«

»Es scheint, als habe sich der Täter genau den richtigen Zeitpunkt für den Mord ausgesucht.«

In Schrievers' Hintergrund wurde die Geräuschkulisse wieder stärker.

»Ich glaube, es macht jetzt keinen Sinn, länger zu telefonieren. Meine Kollegen geben keine Ruhe. Ich hab auch alles, was ich brauche, um hier recherchieren zu können. Wir haben schon einige Erkundigungen eingezogen, soweit das mit unserer dünnen Personaldecke überhaupt möglich ist. Wir kümmern uns. Mittlerweile hat auch die Presse hier Wind von der Geschichte bekommen. Büschgens hat im Stadtrat gesessen. Für die Journaille ein gefundenes Fressen: Ratsherr im Allgäu ermordet.«

»Von uns hat niemand etwas nach außen getragen. Wir haben lediglich eine Pressemitteilung zu dem Brand herausgegeben, in der stand, dass dabei ein Mann ums Leben gekommen ist«, antwortete Mayr beleidigt.

»Kollege, ich wollte Sie nicht kritisieren.« Was war dieser Bayer dünnhäutig! Er hatte wohl schon ein paar Nächte nicht ausreichend geschlafen, so verknittert, wie der klang.

»Wie auch immer.« Robert Mayr räusperte sich. »Dann warte ich auf Ihren Bericht.«

»Selbstverständlich.« Der Archivar der Mönchengladbacher Polizei legte seine gesamte Zuversicht in die Antwort.

Der Typ klang so albern wie ein Büttenredner auf einem Faschingsball, fand Robert Mayr. Er bemühte sich, trotzdem freundlich zu bleiben. »Dann bedanke ich mich schon mal.«

»Und grüßen Sie mir das Allgäu!«

»Kennen Sie es denn?«

»Ich war vor zwei Jahren mit meiner Frau in Fischen. Die Schwester eines Kollegen arbeitet dort in einem Krankenhaus und hat uns damals eine zünftige Ferienwohnung vermittelt. Und ich liebe Bayern.«

Robert Mayr verdrehte die Augen. Zünftig! Bayern! Das war nun doch zu viel. »Das freut mich natürlich, Kollege Schrievers. Aber bitte nennen Sie uns Allgäuer lieber nicht einfach Bayern. Es gibt da doch einige gravierende Unterschiede.«

Mein Gott, was habe ich nun schon wieder falsch gemacht, dachte Heinz-Jürgen Schrievers und verabschiedete sich rasch von dem Allgäuer Kollegen. Kopfschüttelnd drehte er sich zu den Kollegen vom KK 14 um, die mittlerweile eine Grappa-Flasche ausgepackt hatten.

»Sie sehen nicht gerade zufrieden aus.« Martin Mader servierte den bestellten Milchkaffee. Abwartend blieb er an Mayrs Tisch stehen. Seine dunklen Augen musterten den Ermittler aufmerksam.

Mayr deutete auf den Stuhl neben sich. »Setzen Sie sich doch. Sie haben recht. Mir sind im Augenblick etwas die Hände gebunden. Ich muss auf den Bericht aus Mönchengladbach warten. Das kann schon noch ein paar Tage dauern.« Nachdenklich wischte er einen winzigen Krümel von der gemusterten Tischdecke.

»Dann haben'S doch Zeit für eine Wanderung um den See.«

Der Ermittler sah den Wirt erstaunt an. »Woher wissen Sie?«

Martin Mader legte den Kopf zurück und lachte sein verschmitztes Lachen. »Früher oder später wollen sie alle immer wieder um den See. Es ist wie eine Sucht. Wir haben einen Gast bei der Moni drüben, der in seinem Urlaub jeden zweiten Tag um den See rennt. Joggt.« Der Wirt schüttelte den Kopf. »Was ist das für ein Urlaub? Nur rennen. Das ist doch der pure Stress, so was. Ich käm nie auf die Idee.«

Robert Mayr sah auf den mächtigen Bauch, der sich unter der Lederhose des Gastwirts wölbte, unterdrückte aber wohlwissentlich eine Bemerkung.

Zu spät. Martin Mader hatte den Blick längst bemerkt. »Hauptsache, gesund. Solange das so ist, für was brauche ich da Joggingschuhe?«

Der Kriminalhauptkommissar rührte in seiner Tasse. »Und Büschgens ist in letzter Zeit hier gewesen, um ausschließlich an seinem Haus zu werkeln?«

Mader nickte. Auch er schien jetzt einen Krümel entdeckt zu haben. »Um den See sind sie gewandert. Wie gesagt, der Rottachsee zieht sie alle an. Das ist wie Magie. Seit der da ist, kommt kein Fremder von ihm los.«

»Ist ja auch eine nette Runde.« Mayr sah hinaus. Auf der anderen Straßenseite fegte jemand ausgiebig den Zuweg zu einem hellgelb gestrichenen Mehrfamilienhaus, das noch recht neu aussah.

»Wenn er nicht gearbeitet hat, sind sie gewandert oder haben da gehockt, wo wir jetzt hocken.« Martin Mader deutete auf das Porträt von Ludwig II. hinter Robert Mayr. »Der Kini kann's bezeugen.« Der Wirt lachte meckernd.

»Aber das kann doch nicht alles sein.« Robert Mayr sah hinüber zur Wanduhr der niedrigen Gaststube. Er durfte auf keinen Fall Martinas Anruf verpassen.

Martin Mader zuckte mit den Schultern. »So ein altes Haus macht halt viel Arbeit.«

»Hat er eigentlich auch von seinem Beruf erzählt? Oder davon, dass er zu Hause Stadtrat war?«

»Stadtrat? Ein Politiker also? Davon weiß ich nichts.« Martin Mader stand auf. »Wird sich hier erholt haben, der Büschgens. Hauptsache, dass er hier keine Politik gemacht hat.«

Robert Mayr sah Mader hinterher und fragte sich beim Blick auf die geschäftigen Schritte des Gastwirts, was Mader mit dieser Bemerkung wohl gemeint haben könnte, und trank seinen Milchkaffee. Martin Mader war ein ganz spezieller Typ in einer ganz speziellen Umgebung, dachte der Kommissar mit Blick auf das Strauß-Porträt neben dem Durchgang zum Nebenraum. Dort waren die Wände mit dunkelgrünem Stoff bespannt. Ein spezielles, irgendwie majestätisches Grün, wie ihm schien.

Gut 630 Kilometer entfernt saßen zur gleichen Zeit die beiden Ermittler des KK 11 der Mönchengladbacher Polizei, Frank Borsch und Michael »Ecki« Eckers, in ihrem Büro. Von majestätischer Atmosphäre konnte in ihrem vollgeräumten Zimmer allerdings keine Rede sein.

Die umfangreiche Auswertung des Terminkalenders der toten Prostituierten hatte unter ihren Kunden für helle Aufregung gesorgt, soweit sie mit ihren Telefonnummern registriert waren. Aber außer einigen Gesprächen mit beschämt bis ängstlich klingenden Freiern hatten sich kein Anhaltspunkte für ihre Ermittlungen ergeben.

Den Nachbarn von Julia Dürselen war angeblich nichts Außergewöhnliches aufgefallen, abgesehen vom häufigen und wechselnden Herrenbesuch, vor allem abends. Die Mieter des stilvoll renovierten Gründerzeithauses waren allerdings bei ihrer Befragung sehr darauf bedacht gewesen, einen toleranten Eindruck zu vermitteln. Andererseits konnten sie es nicht verhindern, dass zwischen den Zeilen deutlich wurde, dass sie den Lebenswandel der jungen Frau eigentlich als störend empfunden hatten. Wobei natürlich der Mord in ihrem eigenen Haus sie vollkommen erschütterte. Ihr Mitleid mit dem »jungen Ding« paarte sich mit dem aufregenden Gefühl, indirekt Zeugen und Mitwisser einer grausamen Tat geworden zu sein.

»Diese scheinheiligen Typen sind zum Kotzen.«

»Du meinst die Beethovenstraße?« Ecki riss die Brötchentüte vollends auf, um auch die restlichen Krümel seines Hefegebäcks mit dem Finger aufstippen zu können. Frische Hefeteilchen waren Eckis Leidenschaft, abgesehen von seiner Frau und seinen beiden Kindern natürlich.

Der Mittvierziger der Mönchengladbacher Kriminalpolizei hatte beneidenswerterweise keine Probleme mit seiner Figur, trotz seines beachtlichen Konsums von frischem Gebäck. Michael Eckers ging allerdings auch regelmäßig in das Fitnessstudio neben dem Präsidium, außerdem fuhr er bei jeder sich bietenden Gelegenheit mit dem Rennrad vom heimischen Brüggen zum Dienst nach Mönchengladbach.

Frank war Eckis Sportbegeisterung nicht ganz geheuer. Er hielt es eher mit der Musik. Sport war für ihn nur bedingt ein Vergnügen. Was man ihm mit zunehmendem Alter auch ansah. Ihm war bewusst, dass sein Bauchansatz dringend ein paar Übungseinheiten brauchte, aber das Wissen um seine Figur und die Umsetzung seines Eingeständnisses waren zwei völlig verschiedene Paar Schuhe. Da half es auch nichts, dass seine Freundin Lisa regelmäßig auf sein Sportdefizit zu sprechen kam. Sport war Sport, und Musik war Musik.

»Diese selbstgerechten Rechtsanwaltstypen, Studienräte und Amtsleiter sind doch dermaßen blasiert. Bloß nix hören und nix sehen. Man könnte ja in die Schlagzeilen geraten. Solche Affen.«

»Wundert dich das wirklich?« Ecki knüllte die Tüte zusammen und warf sie in elegantem Bogen in Basketballmanier in den Papierkorb. »Dunking.« Ecki nickte zufrieden.

»23 und schon tot.« Frank blätterte durch den Bericht des Rechtsmediziners. Wieder einmal hatten sie es mit Richard Leenders zu tun. Der Rechtsmediziner schob offenbar Dauerdienst und machte nie Urlaub. Einer der Gründe, warum Leenders im Präsidium auch als *Mad Doc* bekannt war. Nur ein Verrückter konnte Spaß daran haben, Leichen zu obduzieren und dabei gleichzeitig Gedichte zu rezitieren. Im Augenblick stand die Lyrik Gottfried Benns bei Leenders hoch im Kurs.

Julia Dürselen hatte seinem Bericht zufolge keine Chance gehabt. Der Mörder hatte von hinten zugeschlagen. Mit einem eher schlanken Gegenstand, einem Brecheisen vielleicht, hatte Leenders gemutmaßt. Der Tatverlauf würde auf einen Einbrecher hindeuten, aber auch auf jemanden, den sie gekannt und eingelassen hatte.

Andererseits, welcher Freier brachte ein Brecheisen mit, das er dazu noch so lange verstecken musste, bis er sie gefesselt und ihr die Augen verbunden hatte? Zumal Dürselen als Edelnutte nur Kontakt zur »gehobenen Kundschaft« gepflegt hatte. Eine Eisenstange passte nicht unbedingt in die gepflegten Hände eines Anwalts. Leenders wollte auf jeden Fall weitere Untersuchungen machen, um die Tatwaffe besser eingrenzen zu können. Bislang hatte er keine Metallsplitter gefunden, die zu einem Brecheisen passen könnten.

»Sie hat ihr Abitur an der Bischöflichen Marienschule gemacht. Eine begabte Geigerin, wie der Schulleiter meinte. Wie kommt ein behütetes Mädchen an so einen Kalender?« Frank schlug den Aktendeckel zu.

»Vielleicht war sie am Anfang nur neugierig. Auf den Sex, auf die Kohle, auf das aufregende Leben nach der Schule. Was weiß ich. Sie wäre nicht die Erste, die so ihre Karriere begonnen hat. Und irgendwann konnte sie nicht mehr anders. Wer will schon auf leicht verdientes Geld verzichten? Zumal sie auf

Klasse statt auf Masse gesetzt hat.« Ecki betrachtete die Tatortfotos, die ihnen Föhles' Vertretung geliefert hatte. »Die Fotos von Ilgner sind klasse. Auch wenn er am Tatort wie immer leichenblass ausgesehen hat.«

»Er hat draußen auf den Bürgersteig gekotzt.«

»Er ist halt Künstler und nicht Polizeifotograf. Wie lange ist Föhles eigentlich noch krank?«

Frank zuckte mit den Schultern und zog einige der Abzüge zu sich herüber. »Keine Ahnung. Aber wir werden ihre Kundschaft noch mal durch den Wolf drehen. Mich würde vor allem interessieren, welcher ihrer Freier auf Fesselspiele steht.«

»Und wenn es jemand war, den sie sozusagen privat kannte und der sie nach dem Mord so präpariert hat, um uns auf die falsche Fährte zu schicken?«

»Wäre eine Option. Was macht die Auswertung des Laptops?«

»Bittner arbeitet noch daran. Es scheint ein paar verschlüsselte Dateien zu geben. Die wollen erst noch geknackt sein. Bittner macht uns aber wenig Hoffnung, dass das bis zum Wochenende klappt.«

»Heute ist erst Montag.«

»Du weißt, dass die Kriminaltechnik einen Berg Arbeit vor sich herschiebt.«

»Bittner sollte die Prioritäten kennen.« Frank ärgerte sich.

»Das sagen die Kollegen in den übrigen Kommissariaten auch. Ich werde das auf der nächsten Sitzung des Personalrats ansprechen. Der Präsident muss endlich reagieren und dem Ministerium Dampf machen.«

»Die interessiert doch nur der Neubau.«

»Ich bin sicher kein Freund des Innenministers, aber der kann im Augenblick auch nicht mehr tun als den Mangel verwalten. Wenn endlich im Herbst die Bagger anrollen und wir irgendwann ins neue Präsidium umziehen, wird sich auch unsere Personalsituation verändern. Wart's ab.«

»Und solange soll ich ertragen, dass die KT unsere Fälle

schön in Ruhe nacheinander abarbeitet? Dienst nach Vorschrift. Pah.«

»Du tust Bittner unrecht.« Ecki seufzte. »Was machen wir in Sachen Büschgens?«

»Sag du es mir. Wir haben mit der MK Dürselen im Augenblick eigentlich genug zu tun. Setz Schrievers dran. Er hat schließlich mit dem Bayern geredet.«

Ecki verkniff sich eine bissige Bemerkung, aber diese Art der Einteilung von Zuständigkeiten konnte nicht lange gut gehen.

»Ich weiß schon, was du sagen willst.«

»Genau, du bist urlaubsreif. Kann das sein?«

Frank fixierte das gerahmte Plakat mit den ineinander verschränkten schwarzen und weißen Händen, das er an eine Wand des Büros gehängt hatte und das die Verbindung von weißer und schwarzer Musik symbolisieren sollte.

»Das geht nun schon seit Monaten so. Ich will endlich mal wieder durchatmen können. Ich kann ja noch nicht mal mehr einen einzigen Nachmittag mit Lisa verbringen.«

»Du hast doch genug Überstunden. Fahrt doch weg.« Ecki schüttelte den Kopf. »Natürlich erst nach Abschluss des Falls. Wie wäre es, wenn ihr in den Herbstferien wegfahrt? Ins Allgäu. Oberjoch zum Beispiel. Du weißt, ich war mit Marion und den Kindern schon oft dort. Wirklich schön dort. Frag Heini, grad gestern hat er noch von Knödeln, Kässpatzen, Sausteak und Heuschnaps geschwärmt. Marion kann gerne mal anrufen, ob in Unterjoch eine Ferienwohnung frei ist. Oder frag Rainer Rostek, der kann seine Schwester bitten, in Fischen nach einer Pension zu gucken.«

Ecki hat ja recht, dachte Frank. »Bis zum Herbst ist es noch ewig lange hin. Ich müsste vorher mal raus aus der Tretmühle.« Er warf die Akte in Richtung Stapel. Allerdings blieb eine Ecke an der Schere hängen, die in einem Becher steckte, sodass der Schnellhefter eine andere Richtung nahm und direkt vor den Füßen von Horst Laumen landete, der mit seinem kanariengelben Pullunder wie aus dem Boden gewachsen plötzlich vor seinem Schreibtisch stand.

»Du solltest mit Staatseigentum pfleglicher umgehen, Frank Borsch.«

»Was oder wen meinst du? Etwa dich selbst?«, fragte Frank mit todernstem Gesicht und machte keine Anstalten, aufzustehen und den Aktendeckel aufzuheben.

Er mochte diesen aufgeblasenen Verwaltungstypen nicht. Spätestens seit Laumen versuchte, ihnen den CD-Player abzunehmen, den Frank und Ecki in ihren Dienstwagen eingebaut hatten, um während ihrer Fahrten oder langen Observationen Musik hören zu können. Wobei das Wort »Musik« von beiden jeweils anders interpretiert wurde. War Blues die einzig »anständige« Musik oder doch das, was tagaus, tagein auf WDR 4 lief? Diese Frage beschäftigte die beiden Ermittler des KK 11 seit ihrer ersten gemeinsamen Dienstfahrt. Und so lange schon gab es keine gültige Antwort. Das Dilemma hatten sie bisher einvernehmlich lösen können, indem jeder abwechselnd die Musik des anderen mehr oder weniger gelassen ertrug. Zeitweise sah ihr Dienst-Mondeo aus wie eine rollende Disco, so viele gebrannte CDs lagen auf dem Rücksitz oder rutschten auf dem Armaturenbrett hin und her.

Horst Laumen, im Präsidium der Mönchengladbacher Polizei zuständig für die Einhaltung und Überwachung aller, aber auch wirklich aller Dienstvorschriften, war der wohl am meisten gehasste und verachtete Mitarbeiter im Polizeipräsidium an der Theodor-Heuss-Straße. Das sahen nicht nur Frank und Ecki so.

Laumen schien das nicht sonderlich zu stören. Im Gegenteil. Je mehr Ablehnung er erfuhr, umso mehr Energie brachte er auf, um den Kollegen auf die Finger zu sehen. Dabei hatte er ein besonderes Augenmerk auf die beiden Ermittler des KK 11. Denn von dort kamen mit Abstand der meiste Widerstand und die meisten Versuche, seine Autorität zu untergraben.

»Was ist? Hat es dir die Sprache verschlagen? Wen oder was meinst du mit ›Staatseigentum‹?«

Horst Laumen hob den Kopf und reckte das Kinn vor. »Mach dich nur lustig, Borsch. Wer zuletzt lacht, lacht am besten. Hier.«

Frank nahm das Schriftstück entgegen, das ihm der Verwaltungsmitarbeiter hinhielt. »Was ist das?«

»Lies.« Laumen verschränkte die Arme vor der Brust. Laumen, der trutzige Wächter aller auf Papier gebannten Vorschriften.

Frank überflog den Text. Er schien aus lauter Paragrafen, Ziffern und Abkürzungen zu bestehen. Es ging offenbar um die Neuordnung der Organisationsstruktur. »Ja, und?« Frank hatte keine Lust auf das Verwaltungsdeutsch.

»Ist zur Kenntnisnahme.«

Erleichtert ließ Frank den Zettel auf seinen Schreibtisch segeln. »Ach so.«

»Nix: ach so. Abzeichnen und aufbewahren.« Die letzten Worte bellte Laumen mehr, als dass er sie aussprach.

Franks Augen verengten sich zu schmalen Schlitzen. Wenn er eines nicht mochte, dann war es dieser Ton. »Weißt du, wie du aussiehst, Laumen? Wie ein aufgeplusterter Kanarienvogel.« Zufrieden beobachtete er, wie Laumens Brillengläser in ihrem schwarzen Kassengestell unversehens beschlugen.

»Wir sprechen uns noch.« Laumens Stimme zitterte leicht. Er bewahrte nur mit Mühe seine Fassung. »Ihr könnt schon mal die CDs aus dem Auto räumen. Und ihr könntet ruhig mehr auf Sauberkeit achten. Vor allem du, Ecki. Diese Ansammlung von Tüten und Krümeln ist einfach nur widerlich. Ihr hört von mir.«

»Wird sich nicht vermeiden lassen«, knurrte Ecki, den Laumens Angriff völlig unvorbereitet getroffen hatte. »Und jetzt mach, dass du rauskommst. Du hast hier nichts zu suchen, wenn erwachsene Männer arbeiten.«

Horst Laumen machte auf dem Absatz kehrt, als stünde er auf dem Exerzierplatz und nicht in Franks und Eckis Büro.

Ecki schickte Laumen grinsend noch ein »Hasta luego« hinterher.

Frank zog einen Zettel zu sich. Er wollte unbedingt notieren, dass er die CD von *Seasick Steve* noch brennen wollte: *I started out with nothing and I still got most of it left.*

XV.

Er schob die beiden Geldbündel lässig über den Tisch.

Blitzartig verschwanden die Scheine in der Innentasche der Lederjacke. Heinz Bongarts verlagerte dabei sein Gewicht von einem Fuß auf den anderen. Unter seinen Schuhen knirschte Glas.

»Wenn du einen Fehler gemacht hast, Bonny, bist du tot.« Der schneidende Klang seiner Stimme blieb einen Augenblick wie unschlüssig in der weiten Halle hängen.

»Keine Angst, niemand wird uns auf die Schliche kommen. Die kleine Schlampe war tot, bevor sie überhaupt gemerkt hat, dass ich im Raum war. Das weißt du doch«, beeilte sich Bongarts zu sagen. Dabei grinste er selbstgefällig und strich seine ungewaschenen fettigen Haare mit einem Ruck nach hinten.

»Du sollst nicht schlecht über die Toten sprechen. Diese Schlampe, wie du sie nennst, war eigentlich ein ganz nettes Mädchen. Sie hätte nur nicht versuchen sollen, uns zu linken.«

Das Grinsen verschwand übergangslos aus Bonnys Gesicht. »Schon klar.«

Mit seinem Auftraggeber war nicht zu spaßen. Das hatte er längst kapiert. Er konnte der Kumpeltyp sein, mit dem man durch Kneipen und Puffs zog, im nächsten Augenblick aber schon wieder abweisend, eiskalt und berechnend.

Er, Heinz »Bonny« Bongarts, musste auf der Hut sein. In jedem Augenblick konnte sich die Situation verändern. Man wusste nie, woran man bei ihm war. Eine Tretmine.

Er hatte Kevin vor drei Monaten bei einem Rockkonzert im Fuchsbau getroffen. Sie hatten sich auf Anhieb verstanden: ungefähr das gleiche Alter, der gleiche Musikgeschmack, die gleiche Abneigung gegen die »Reisschüsseln«, die gleiche Begeisterung für alte BMW-Motorräder. Schon am ersten Abend hatten sie sich volllaufen lassen. Das Taxi zurück vom Hardterwald in die City hatte Kevin bezahlt.

Sie hatten sich danach immer nur in der Stadt getroffen, meist im Café Messajero oder in einem der anderen Läden, wo bevorzugt »ihre« Musik gespielt wurde.

Kevin hatte mächtig Schotter. Das war ihm schnell klar geworden. Aber viel mehr wusste er über seinen neuen Kumpel nicht. Das war ihm egal gewesen, bis ihm eines Abend klar wurde, wie wenig er von Kevin wusste.

Er hätte besser die Klappe gehalten, hatte Bonny tags darauf gedacht, denn als er Kevin das nächste Bier spendiert und ihn nach seiner Familie gefragt hatte, war Kevins ausgelassene Stimmung von der einen auf die andere Sekunde umgeschlagen. Sein Lachen war einem Blick gewichen, der ihm bis auf dic Knochen gegangen war.

Vor der Kneipe hatte Kevin ihm dann klargemacht, dass von nun an eine neue Zeitrechnung beginnen würde. Bonny sollte für ihn arbeiten. Er hatte erst abwartend reagiert, aber Kevin war schnell zur Sache gekommen. Er wusste, dass Bonny noch unter Bewährung stand. Und dass er ständig klamm war. Und dass es keine Notwehr gewesen war, als er diesem dreckigen Käsefresser aus Venlo zwischen die Beine geschossen hatte. Und dass er den Stoff, den Kevin und er zusammen geraucht hatten, aus der Eickener Plantage eines alten Kumpels geklaut hatte.

Aber Kevins Sinneswandel war ihm letztlich egal gewesen, denn Kevin wollte ihm von seinem Schotter einen Teil abgeben. Gegen einen »kleinen Arbeitsauftrag«, wie er es genannt hatte. Und solange Kevin die Zeche zahlte, konnte er die »Musik bestellen«. Bisher waren sie beide mit der Arbeitsteilung ganz gut gefahren. Na ja, bis auf die Tatsache, dass sie sich nur noch zur Geldübergabe sahen. Aber auch das war ihm egal. Hauptsache, der Rubel rollte.

Und irgendwann würde es ihm von Nutzen sein, dass er längst wusste, dass »Kevin« nur ein Tarnname war. Kevin war ein einziges Mal unvorsichtig gewesen. Aber dieser kurze Augenblick hatte ihm gereicht, um alles Wichtige über »Kevin« zu erfahren. Das Leben der anderen konnte eben spannend sein – es steckte voller ungeahnter Verdienstmöglichkeiten.

»Was stehst du noch hier herum? Verschwinde endlich. Wir treffen uns in zwei Wochen wieder.«

»Wo?«

»Na, hier.« Kevin machte eine ausladende Handbewegung. »Die Location ist zwar nicht das Hyatt, dafür aber umso unauffälliger.«

Bonny musste an die Graffiti an den Außenwänden der Halle denken, die vor Jahren von den britischen Streitkräften aufgegeben worden war und seither verwahrloste. Besser, er sagte nicht, was er von diesem Treffpunkt hielt. Von wegen unauffällig! Sein »Partner« hatte anscheinend ein Faible für dramatische Orte.

Kevin stand von seinem Platz hinter einem umgekippten Spind auf, den er bei ihren »Geschäftstreffen« als Schreibtisch benutzte. »Verschwinde endlich.«

Heinz Bongarts, den alle nur Bonny nannten, verzog keine Miene, nahm wortlos seinen Motorradhelm vom Spind, setzte seine Sonnenbrille auf und ging. Das zersplitterte Glas unter seinen Stiefeln aus Schlangenlederimitat knirschte laut.

Kevin sah Bonny hinterher, wie er langsam die halbdunkle, ehemalige britische Panzerwerkstatt durchquerte und, kurz bevor er in der gleißend hellen Türöffnung verschwand, seinen Helm aufsetzte. Dann nahm er seinen Tabak aus der Jeansjacke und drehte sich eine Zigarette. Bonny war ein Spinner und gefährlich dazu; hilfreich zwar, aber mehr auch nicht.

Sein Kontakt hatte recht behalten. Bonny war jemand, der die Drecksarbeit machte und keine unnötigen Fragen stellte.

»Wann kann ich mein Kind sehen?« Hertha Dürselen knetete ihr Taschentuch, das längst durchweicht in ihren Fingern lag. Ihre grauen Augen waren rot und verquollen. Ängstlich und verzweifelt hockte sie wie ein nach langer Flucht in die Enge getriebenes Tier in ihrem Sessel. Sie sah von Frank zu Ecki und zu ihrem Mann, der schweigsam am Esszimmertisch saß.

Frank sah, dass Herbert Dürselen es vermied, seine Frau anzusehen. So, als ginge ihn der Tod seiner einzigen Tochter nichts an.

»Herbert.« Hertha Dürselen wimmerte.

Ihr Mann schüttelte stumm den Kopf.

Als könne er so das Ungeheuerliche ungeschehen machen, dachte Ecki und beugte sich leicht vor. »Frau Dürselen, wir müssen Sie das fragen: Seit wann machte Ihre Tochter diese, also, diese Arbeit?«

Bei dem letzten Wort zuckte Herbert Dürselen zusammen.

Ein flehendes »Herbert« war die einzige Antwort.

Frank sah Ecki an, der nickte, weil er wusste, was Frank sagen wollte.

»Wir können später noch einmal vorbeikommen, Frau Dürselen. Aber Sie müssen Ihre Tochter identifizieren.«

Hertha Dürselen schüttelte langsam den Kopf. Dann presste sie das Taschentuch auf ihren Mund. Ein stummer Schrei verlor sich in dem mit Spitzen besetzten Tüchlein.

»Lassen Sie sie in Ruhe. Ich mache das«, klang es nahezu tonlos vom Esstisch herüber. »Meine Tochter ist schon lange tot. Sie hat immer ihr eigenes Leben leben wollen. Sie hat uns schon vor langer Zeit verlassen. Sie ist nicht mehr unser Kind. Julia hat eine Nutte werden wollen, und als Nutte ist sie gestorben.«

Ein lauter Schrei unterbrach ihn und krallte sich mit seinen Spitzen in den dicken Stoff der Übergardinen.

Hertha Dürselen hatte ihr Taschentuch fallen gelassen und hielt sich mit beiden Händen die Ohren zu. Aber ihre weit aufgerissenen Augen verrieten, dass sie längst ihren Widerstand gegen die Wahrheit über das Leben ihrer Tochter aufgegeben hatte.

»Was ist das nur für ein Leben, das diese Leute führen?« Frank beobachtete die Fußgänger, die an der Theaterkreuzung bei Grün die Straße überquerten und gemächlich dem Verlauf der Hindenburgstraße bergan folgten. »Ist dir diese klinisch saubere Wohnung aufgefallen? Selbst die Aschenbecher waren auf Hochglanz. Wohnen tun die beiden da nicht. Die sind nur noch Dekoration in dem, was sie als ihr Leben betrachten. Ich wäre mit Sicherheit auch aus diesem spießigen Museum ausgebrochen. Da kannst du dir sicher sein.«

»Oh, haben wir heute unseren philosophischen Tag?« Ecki folgten mit seinem Blick einer jungen Frau, die mit zwei Kindern an der Hand erst stehen geblieben, dann aber doch noch über die Straße gehetzt war.

»Mir wäre die Luft weggeblieben.«

»Aber du hättest dich nicht an irgendwelche Freier verkauft.«

»Julia Dürselen mag selbst das, oder gerade das, als Befreiung empfunden haben. Ich vermute, sie hat ganz bewusst für Geld die Beine breit gemacht. Kennt man doch: Auf diese Weise bricht man am effektivsten mit seinem bürgerlichen Leben und allem, was damit verbunden ist.«

»Ein sehr existenzialistischer Denkansatz. Aber im Ernst: eine Auflehnung, also?«

Frank nickte.

»Früher Kiffen, heute Strapse? Machst du es dir da nicht ein bisschen zu einfach?« Ecki langte nach hinten, um mehrere CDs von der Sitzbank zu greifen. »Wie auch immer, auf jeden Fall war die Auflehnung tödlich.«

Frank antwortete nicht, sondern gab Gas, als die Ampel auf Grün umsprang.

»Wusstest du, dass Roland Kaiser nicht mehr auftritt?« Ecki überflog die Titellisten der gebrannten CDs.

»Endlich mal eine gute Nachricht«, knurrte Frank. Er ahnte, was gleich kommen musste.

»*Dich zu lieben*. Hier ist es ja.«

»Tu's nicht.« Frank wusste, dass er keine Chance hatte.

»Doch.« Ecki grinste und fing an zu singen, während er die CD in den Schacht schob. »Weil du mich liebst, ist der Tag wieder Leben für mich. Weil du mich brauchst, ist die Nacht wieder Lieben für mich. Was du mir gibst, hab ich niemals zu träumen gewagt. Du hast in mir ein erloschenes Feuer entfacht.« Ecki schmachtete Frank mit ernstem Blick an und versuchte dabei, Roland Kaisers Mimik und Stimmlage zu imitieren. Vor lauter Lachen blieb ihm schließlich der Atem weg. »Die einzig wahre Mucke. Auch du wirst das irgendwann schon noch begreifen.«

»Nur über meine Leiche.«

»Witzbold. Versprich nichts, was du nicht halten kannst, mein Freund.«

Franks einziger Lichtblick war, dass sie es nicht mehr weit hatten bis zum Präsidium. Und dann war Schluss mit dem Gesülze. Roland Kaiser! Obwohl Frank Eckis Musikgeschmack seit Jahren ertragen musste, war er jedes Mal erneut fassungslos, wenn Ecki seine CDs auspackte. Roland Kaiser! Zu toppen nur noch durch Jürgen Marcus, den Ecki seit Tagen konsequent hörte: *Eine neue Liebe ist wie ein neues Leben, nananananana*. Wie konnte Ecki ihm das nur antun?

»Julia Dürselen muss doch Freunde gehabt haben, Schulfreunde, normale Bekanntschaften, vielleicht eine beste Freundin! Was weiß ich. Irgendjemanden wird sie gekannt haben, der nichts mit dem ganzen Dreck zu tun hatte, in dem sie gestorben ist. Wir werden uns mal an ihrer Schule umhören.« Frank war hinter dem Einrichtungshaus erleichtert auf das Gelände der alten Polizeikaserne gefahren und ließ den Mondeo über das Kopfsteinpflaster Richtung KK 11 rollen.

Für Ecki war das rumpelnde Geräusch der Reifen das letzte Signal, den CD-Player auszuschalten. »Was versprichst du dir davon?«

»Ich will wissen, was sie wirklich gedacht hat. Wer weiß, vielleicht hatte sogar jemand Bestimmtes die Adressenliste ihrer Kundschaft. Als eine Art Lebensversicherung für Julia.«

»Die ihr am Ende nichts genutzt hat.« Ecki legte die CDs auf den Rücksitz zurück.

»Ruf die MK zusammen.« Frank zog den Schlüssel aus dem Zündschloss.

Ernst-Gert Degen lehnte lässig in seinem Stuhl. Eine Nutte war tot. Die dritte innerhalb eines halben Jahres. Das war schlimm, aber so war das Leben. Wer sich in Gefahr begab, kam darin um. Das war das Gesetz der Straße.

Degen hob die Hand. Borsch hatte seinen Vortrag endlich beendet. »Kannst du mir bitte verraten, wie wir die Mehrarbeit leisten sollen? Wir haben jetzt schon Überstunden ohne Ende angesammelt.« Er hob bedauernd die Augenbrauen. »Also, aus meiner Abteilung kannst du keinen mehr haben. Wir sind am Ende der Fahnenstange angekommen. Tut mir leid.«

Frank hatte es geahnt. Degen war nicht nur arrogant und selbstgefällig, er nutzte auch jede Gelegenheit, um Sand ins Getriebe zu streuen. Der Kriminaloberkommissar war vor drei Jahren bei einer Beförderung übergangen worden. Seither schob er Dienst nach Vorschrift und versuchte zu stänkern, wo er nur konnte.

Frank versuchte, die Ruhe zu bewahren: »Es wäre schön, wenn du das Unmögliche doch noch möglich machen könntest, Ernst. Wir wissen, dass ihr seit Monaten bis an eure Grenzen geht. Aber dieser Fall braucht eben eine Menge Personal. Wir haben praktisch nur einen Kalender mit Adressen, die bisher aber nichts ergeben haben, und wir haben verzweifelte Eltern, die von dem wahren Leben ihrer einst behüteten Tochter nichts wissen wollen. Auf die Auswertung von Dürselens Laptop warten wir noch. Wir brauchen wirklich jeden Mann, der uns entlasten kann. Wir haben eine Menge zu klären. Wir müssen die komplette Sadomasoszene unter die Lupe nehmen. Fesselspiele gehören zum Basisangebot jedes einschlägigen Studios.«

Degen machte ein zufriedenes Gesicht. Die Sache lief. »Was sagt denn der PP? Soll er doch die Grünen abordnen. Die jammern ja eh die ganze Zeit, dass sie keine Chance auf die ›echte Polizeiarbeit‹ haben. Soll er aus dem Verkehrsdienst Leute abziehen oder aus der Hundertschaft. Die sind jung und hungrig. Die werden sich den Arsch aufreißen. Apropos: Verkehrsdienst – wie passend.«

Den Arsch, den du schon längst zusammengekniffen hast, dachte Frank angewidert.

»Danke, dass du mitdenkst, Ernst«, meldete Ecki sich zu Wort. »Aber du weißt selbst, dass wir das im Personalrat schon Dutzende Male durchgekaut haben. Wir stecken personaltechnisch in der Klemme. An der Situation wird sich vorerst aber nichts ändern.«

»Ich habe nicht vor, meinen Männern noch mehr aufzuhalsen. Das kann man gut finden oder nicht. Basta. Soll der PP das Problem lösen, ich kann es jedenfalls nicht. Beim besten Willen.« Ernst-Gert Degen verschränkte die Arme vor der Brust und sah Frank herausfordernd an.

Frank konnte am steigenden Geräuschpegel im Lageraum ablesen, dass Degen den Nerv getroffen hatte. Natürlich wusste er, dass er von den Kollegen viel verlangte, nur war er jedes Mal aufs Neue entsetzt darüber, dass es mit der Solidarität früherer Zeiten längst vorbei war. Jeder im Präsidium suchte nur noch seinen eigenen Vorteil. Und Degen war einer von der schlimmsten Sorte. Dabei wusste Frank, dass Degen es nur darauf anlegte, sich an ihm oder wem auch immer reiben zu können.

Frank sah in die Gesichter seiner Kollegen, die um den großen Besprechungstisch saßen. Er konnte genau sehen, dass sie wie bei einem Boxkampf nur darauf warteten, dass einer zu Boden ging. Aber den Gefallen würde er ihnen nicht tun.

»Okay, Ernst-Gert kann nicht. Das kann ich verstehen. Wer übernimmt dann freiwillig Zusatzarbeit?« Frank sah jedem Einzelnen in die Augen.

Er kam sich vor wie in der Schule. Jeder senkte den Blick in der Hoffnung, dass der Kelch an ihm vorübergehen möge.

Heinz-Jürgen Schrievers drückte sich zufrieden von seinem Schreibtisch ab und streckte die Beine aus. Die Lager seines Bürostuhls quittierten die strapaziöse Bewegung mit einem unwilligen und empörten Quietschen. Der Archivar nahm seine Brille ab und legte sie auf seinen Bauch. Einigermaßen zufrieden sah er auf seine braun karierten Filzpantoffeln. Dann ließ er seinen Blick über das Alpenpanorama schweifen, das ein mäßig talentierter Genremaler vor mehr als sechzig Jahren in Öl auf die Leinwand gebracht hatte und das in seinem Büro hing, seit er das Bild auf der Suche nach verwertbarem Trödel auf einem Dachboden gefunden hatte. Es erinnerte ihn in seinem unaufgeräumten Büro auf anrührende Weise an seine Jugend und daran, dass es außer Polizeiarbeit noch etwas anderes gab im Leben. Ein ähnliches Gemälde hatte in der geräumigen Wohnküche seines entfernt verwandten Onkels und wohlhabenden Milchbauern in Hinsbeck-Hübeck gehangen.

Es hatte ihn einige Mühe gekostet, aber nun hatte er das Dossier für Robert Mayr zusammengestellt. Noch am Nachmittag würde es mit der Post Richtung Allgäu gehen. Und spätestens ab dann hatte er Zeit, seine Kollegen Frank und Ecki bei ihrer Suche nach Julia Dürselens Mörder zu unterstützen.

Er hatte in seinen Aktenschränken aus grau gestrichenem Blech im Grunde nicht allzu lange suchen müssen. Ernst Büschgens war nämlich seit einigen Jahren Mitglied des Polizeibeirates. Von dort aus hatte er weiterrecherchieren können.

Büschgens hatte über drei Legislaturperioden für die CDU im Stadtrat gesessen. Außerdem war er der Vorsitzende des Vergabeausschusses gewesen, eine der Schlüsselpositionen, die die Christdemokraten seit Langem besetzt hielten. Büschgens war in der Vergangenheit mehrfach wegen seiner angeblichen Verstrickungen in dubiose Grundstücks- und Baugeschäfte in die öffentliche Kritik geraten. Er sei jemand, der Politik und eigene wirtschaftliche Interessen auf das Wirkungsvollste verknüpfen konnte, wurde vom politischen Gegner immer wieder mal über die Medien kolportiert.

Allerdings war jeder Verdacht von ihm abgeperlt wie Regen an einer frisch geputzten Fensterscheibe. Und das trotz hartnäckiger Bemühungen der Opposition, Licht in die mannigfaltigen Verflechtungen zwischen Stadtverwaltung und CDU zu bringen. Dabei war es ein offenes Geheimnis, dass mancher Politiker die Stadtverwaltung als Selbstbedienungsladen empfand und auch entsprechend nutzte.

Ernst Büschgens war nicht erst nach dem Tod seiner zweiten Frau vor zwei Jahren öffentlich stets alleine aufgetreten. Eine frühe erste Ehe mit einer Jugendliebe aus seiner Zeit in der Jungen Union war schon bald geschieden worden. Kinder hatte Büschgens keine. Dafür pflegte er einen engen Kontakt zu den verschiedenen Sozialinitiativen, in denen er sich medienwirksam regelmäßig betätigte. Er hatte sich dabei ganz bewusst, wie er nicht müde geworden war zu betonen, in der Tradition des ehemaligen »Volksvereins für das katholische Deutschland« gesehen, dem es vor mehr als hundert Jahren um die Bildung der Arbeiter gegangen war.

Ernst Büschgens war allem Anschein nach und trotz der Angriffe seitens der Opposition ein in der Öffentlichkeit beliebter Saubermann, der seit knapp eineinhalb Jahren mit einer Wissenschaftlerin aus Düsseldorf liiert gewesen war. Büschgens hatte die Biologin bei einem Treffen der nordrhein-westfälischen Christdemokraten im Landtag kennengelernt. Die attraktive Blondine galt als Protegé des Ministerpräsidenten. Sie sollte irgendwann in naher Zukunft ins Wissenschaftsministerium wechseln.

So weit, so gut. Wirklich dunkle Flecken auf der Weste des Toten hatte er am Ende bei der Recherche in seinen Blechkästen nicht finden können. Auch diverse Telefonate mit dem einen oder anderen inoffiziellen Informanten in der CDU und in den Amtsstuben der Stadtverwaltung hatten wenig Erhellendes zutage gefördert. Ernst Büschgens war ein allseits beliebter und zu Teilen sicher auch gefürchteter Christdemokrat gewesen, der seine Sicht auf die Aufgaben von Politik im Allgemeinen und der CDU im Besonderen seit Jahren konsequent und auch mit einigem Erfolg vertrat.

Ernst Büschgens hatte in der Vergangenheit maßgeblich dazu beigetragen, dass die Konversion des ehemaligen britischen Militärgeländes nahe dem Stadtzentrum nahezu konfliktfrei und in Rekordzeit abgeschlossen werden konnte. Mehrere Großprojekte im sogenannten Nordpark trugen seine Handschrift und wären ohne seine weitreichenden Kontakte in Politik, Verwaltung und Wirtschaft, niemals zustande gekommen. Eine Leistung, die ihm auch seine Gegner bescheinigten – allerdings in zum Teil äußerst negativen Analysen der politischen Zustände in der Stadt. Neben seinen sozial geprägten Hobbys pflegte der Lokalpolitiker wenig andere Freizeitvergnügen. Allenfalls mal ein klassisches Konzert, ein Buch oder schon mal eine Tour mit dem Motorrad.

Heinz-Jürgen Schrievers setzte seine Brille wieder auf, die an einer Kordel um seinen Hals hing, und warf einen Blick auf das Foto, das aus einer Lokalzeitung von 2005 stammte: Büschgens mit hochgeklapptem Visier jungenhaft lachend auf einer BMW. Die Aufnahme war offenbar bei der Schlüsselübergabe gemacht worden, denn der Bildunterschrift war zu entnehmen, dass »Niederlassungsleiter Jörg Zumbroich sich freute, Büschgens den Zündschlüssel für eine Spritztour mit einer ›Gang‹ motorradbegeisterter CDU-Landtagsabgeordneter« übergeben zu können.

Ein CDU-Politiker als »Motorradrocker«? Schrievers musste schmunzeln. Da hatte jemand offenbar in der Midlifecrisis gesteckt und sich einen Jugendtraum erfüllt. Fehlte nur noch die »heiße Braut« auf dem Sozius.

Der Archivar musste an Gertrud denken. Als er mit seiner Frau noch nicht verheiratet gewesen war, hatten sie oft am Wochenende eine Tour auf seiner Vespa gemacht. Das einzige Zweirad, das er sich hatte leisten können. Damals waren sie beide sogar für kurze Zeit Mitglieder in einem Vespa-Klub gewesen. Schrievers wurde wehmütig bei dem Gedanken. Was hatten sie an den Wochenenden Spaß gehabt! Eine verschworene Clique waren sie gewesen und bis runter nach Italien gekommen. Wahnsinn, dachte er, was man sich nicht alles zugemutet hat. Aber damals waren sie jung und unbeschwert gewesen – und deutlich leichter. Nachdenklich strich sich Heinz-Jürgen Schrievers über seine Strickjacke, die offen über seinen Bauch hing.

Na ja, dachte der Archivar und stand unter dem erneuten quietschenden Protest seines Bürostuhls auf, er müsste dranbleiben und weiter regelmäßig Sport machen. Er hatte so gut angefangen! Aber irgendwann war der innere Schweinehund doch wieder stärker gewesen als sein Wille. Wenn Gertrud nur nicht so gut kochen würde, hätte ich es deutlich leichter, murmelte er. Allerdings ohne Vorwurf, eher ergeben, denn dafür liebte er seine Frau zu sehr, um sie für seine eigene Schwäche verantwortlich zu machen.

Bei dem Gedanken an den Sauerbraten mit Knödeln, den Gertrud ihm trotz sommerlicher Temperaturen für das kommende Wochenende angekündigt hatte, begann sein Magen augenblicklich zu knurren. Es klang sehr gefährlich, fand der Archivar und tütete schmunzelnd die Unterlagen für den Kollegen aus Kempten ein.

XVI.

Robert Mayr war am Morgen gar nicht erst ins Präsidium gefahren, sondern hatte sich direkt von seiner Wohnung im Kemptener Norden aus quer durch die Stadt auf den Weg nach Moosbach gemacht. Er wollte den Morgen genießen und bei Mader frühstücken. Dabei ließ es sich auch leichter über die Fragen reden, die er noch loswerden wollte.

Schon unmittelbar nach der Unterführung der A 980 hatte den Kriminalhauptkommissar das Gefühl von Urlaub überkommen. Vor ihm breitete sich das weite Tal aus, das zu seiner Linken vom Sulzberger See begrenzt wurde. Rechts tauchten aus dem Frühnebel die Häuser von Öschle auf. Direkt vor sich wusste Robert Mayr in einiger Entfernung den Grünten.

Trotz des Nebels, der wie dicke Watte die Wiesen, die sich schlängelnde OA 6, den Höhenzug und den Sulzberger Hausberg zudeckte, lenkte Mayr seinen Dienstwagen pfeifend in Richtung Sulzberg. Seitdem er vor gut zwei Wochen das erste Mal nach langer Zeit wieder nach Moosbach herausgekommen war, zog ihn das kleine Dorf regelrecht magisch an. Vergnügt trommelten seine Finger auf dem Lenkrad zu seiner Melodie. Vielleicht waren es die Erinnerungen an die gemeinsamen Wanderungen mit seinem Vater, die ihm Moosbach heute so vertraut erscheinen ließen, dachte Mayr vergnügt. Dazu kam noch der See, den es in seiner Kindheit nicht gegeben hatte und der ihn ebenso ansprach wie der vertraute Klang der Ortsnamen wie Ottacker, Wachsenegg oder Hinter'm Buch, die ihm unwillkürlich in den Sinn kamen.

Kurz hinter dem Ortsausgang von Sulzberg, schon auf dem Anstieg Richtung Moosbach, riss der Nebel auf und gab für einen Augenblick den Blick auf die Burgruine Sulzberg frei. Ihr graues Bruchsteinmauerwerk unterschied sich kaum von der dichten Struktur des Nebels. Irgendwie verloren ragte die spitze Giebelwand in die dünn gewordene Watte.

Robert Mayr seufzte. Auf seinen Dienstfahrten hatte er zu

selten die Muße, sich mit dem Land und seinen Menschen zu beschäftigen. Zumindest nicht mit den ehrbaren Leuten des Allgäus. Und die kriminellen Elemente erzählten Geschichten, die austauschbar waren. Ob sie nun in Kempten, Moosbach oder Recklinghausen ihre Einbrüche begingen, war ihnen reichlich egal.

Kurz hinter dem Waldstück, das ihm den Blick zurück auf die Burg verwehrte, verzog sich auf halbem Weg nach Geigers schlagartig der Nebel. Der Himmel war blau und wolkenlos, die Sonne strahlte. Auf einer Wiese drehten mehrere braune Kühe neugierig ihre Köpfe nach dem Wagen des Kommissars um. Er sang jetzt lauthals ein Lied, das er in seiner Jugend in der Schule gelernt hatte: *Im Frühtau zu Berge*.

Nicht weit von Geigers machte die Straße eine Kurve Richtung Vorderburg. Nachdem er einen entgegenkommenden langsam fahrenden Traktor mit angehängtem Güllefass hatte passieren lassen, bog Mayr in die Dorfstraße ein. Im Rückspiegel sah der Kriminalhauptkommissar, dass der Nebel wie ein Deckel über dem Tal lag. Was für ein perfekter Tag.

»Frühstücken? Ja, freilich.« Martin Mader machte schwungvoll auf dem Absatz kehrt und verschwand eilfertig durch die verglaste Schwingtür Richtung Küche. Der Kommissar schmunzelte. Doch ein netter Kerl.

Hinter dem schmalen Tresen stand eine Kellnerin und polierte lächelnd Gläser. Die schlanke Blondine schien seine Gedanken erraten zu haben.

»So früh schon bei der Arbeit?« Robert Mayr nickte der Bedienung freundlich zu. Er hatte sie schon einmal in der Gaststube gesehen.

»Wir haben heute eine Gesellschaft. Da muss ich noch eine Menge vorbereiten.«

»Verstehe. Ein Leichenschmaus?« Robert Mayr hoffte, die Wartezeit bis zum Auftragen des Frühstücks mit einem netten Gespräch überbrücken zu können.

»Nein, gestorben ist niemand. Gott sei Dank.« Die Frau

schüttelte den Kopf. »Es ist nur so, dass die Zenzi 70 geworden ist und zu Kaffee und Kuchen einlädt. 30 Leut kommen. Und wie ich die Zenzi kenn, wird nach dem Kuchen der Schnaps bestellt. Bis dahin muss hier alles blitzen.« Sie machte eine ausholende Bewegung.

»Verstehe«, sagte Mayr zum zweiten Mal. Dabei verstand er recht wenig. Diese Zenzi musste ja eine recht lebenslustige Person sein.

»Die Zenzi wohnt ja nimmer in Moosbach. Aber wenn sie auf Besuch kommt, dann gibt's immer eine Mordsgaudi. Die hat noch nie was anbrennen lassen.« Die Frau legte sich eine Hand auf den Mund. »Das hätt ich jetzt nicht sagen dürfen.«

»Macht nix.« Mayr lächelte verschwörerisch. »So was Ähnliches hatte ich mir schon gedacht, Frau, äh –?«

»Ich bin die Daniela.« Die Kellnerin nickte und stellte ein abgetrocknetes Halbliterglas mit einer entschlossenen Bewegung ins Regal. Das Klirren klang wie ein Ausrufezeichen. Mehr würde sie zu Zenzi nicht sagen.

Die nächsten Minuten verbrachten die beiden schweigend. Die Kellnerin vertiefte sich in das Polieren der Gläser. Robert Mayr sah ihr eine Weile dabei zu und verlegte sich dann auf das Studium der Karomuster auf den verschiedenen Tischdecken.

»Haben Sie schon eine heiße Spur?« Daniela klappte den kleinen Spülautomaten zu und legte ihr Handtuch zusammen.

»Nein, nicht wirklich.«

»Aha. Ich kann mir nicht vorstellen, dass jemand so etwas Grausames tut. Einen Menschen aufhängen. Ein Toter, hier in Moosbach. Das hat es noch nie gegeben. Einen Mord.« Die Kellnerin schüttelte heftig den Kopf, als könnte sie damit diese unabänderliche Tatsache aus der Welt schaffen.

»Es gibt niemals den richtigen Ort für einen Mord. Moosbach ist genauso ungeeignet wie Kempten oder jede andere Stadt auf der Welt.«

Robert Mayr musterte die junge Frau. Sie trug das Dirndl

bestimmt nicht jeden Tag, es war sicher ihre Arbeitskleidung. Ihre kraftvollen Bewegungen und ihr drahtige Gestalt verrieten dagegen die trainierte Sportlerin.

Daniela Huber hatte seinen taxierenden Blick bemerkt. »Das Dirndl trage ich nur beim Kellnern. Das gehört sich so in einem Gasthof.«

»Ich wollte Sie nicht anstarren.« Mayr hob die Hand. »Entschuldigung. Das ist eine Art Berufskrankheit. Ich merke das schon gar nicht mehr.«

»Keine Ursache. Sie müssen für Ihre Arbeit eine gute Beobachtungsgabe haben. Das verstehe ich.« Die Kellnerin kam auf ihn zu.

»Wollen Sie sich nicht setzen?« Robert Mayr machte eine einladende Handbewegung.

»Eigentlich habe ich ja keine Zeit.« Unschlüssig blieb sie an seinem Tisch stehen.

»Sie machen auf mich den Eindruck, als wollten Sie mir etwas erzählen.« Er wiederholte seine einladende Handbewegung.

»Ich? Nein. Ich wüsste nicht, was ich Ihnen erzählen sollte.« Daniela Huber blieb stehen.

»So, einmal Frühstück. Wurst und Käse ist genug da. Und Nachschub gibt's auch.« Martin Mader kam ebenso schwungvoll aus der Küche zurück und stellte das üppige Frühstück vom Tablett vor Robert Mayr zurecht. Der Wirt nickte schließlich zufrieden. »An Guate.«

»An Guate«, wünschte auch Daniela Huber und folgte ihrem Chef durch den Nebenraum auf die Kegelbahn.

Wer soll das alles essen, war Robert Mayrs erster und keineswegs ernst gemeinter Gedanke, als er mit Vorfreude den Wurst- und Käseteller, das Brot- und Brötchensortiment sowie Marmelade und Honig inspizierte. Zufrieden rieb er sich die Hände und goss sich eine Tasse Kaffee ein. Der Tag hätte nicht besser beginnen können.

»Es war ja ein starkes Gewitter in der Nacht.« Daniela Huber war auf ihren leisen Sandalen aus dem Nebenraum zurückgekommen.

»Stimmt.« Genüsslich kaute er an einer Scheibe Brot, belegt mit einer dicken Scheibe Bergkäse. »Haben Sie Angst vor Gewitter?«

»I wo.« Sie schüttelte den Kopf. »Ich schalte höchstens den Fernseher ab.«

»Sie haben in der Nacht ferngesehen?« Der Käse war unschlagbar gut.

»Nein. Ich habe in der Küchen gesessen und eine Milch getrunken. Ich hab nicht schlafen können. Aber nicht wegen dem Gewitter.«

»Aha.« Von dem Käse würde er vom Wirt ein Stück zum Mitnehmen erbitten.

»Eines meiner Mädels war krank, und ich hab nach ihr g'schaut. Und dann hab ich mir eine Milch warm gemacht und in der Küchen gesessen und auf das Donnern gelauscht. Und die Blitze gesehen, die über dem Dorf niedergegangen sind. Es war fast wie der Jüngste Tag. Es war so schrecklich schön, wie das gewaltige Licht in der dunklen Küchen über die Tassen und Töpfe gezuckt ist.«

»Ich finde die Stille nach den Einschlägen immer besonders gespenstisch.« Robert Mayr goss sich Kaffee nach.

Daniela Huber wollte zustimmend nicken, besann sich dann aber. »So richtig still ist es nicht gewesen, wenn ich's mir recht überlege.«

»Nicht?«

»Jetzt fällt es mir ein. Ich habe nach einem Blitzeinschlag Geräusche von einem Motorrad gehört. So ein dumpfes Grollen. Es könnten auch zwei Motorräder gewesen sein.«

Der Kriminalhauptkommissar setzte seine Tasse ab, ohne zu trinken. »Warum ist Ihnen das aufgefallen? Es fahren doch sicher öfter Motorräder durchs Dorf.«

»Sicher, die drehen auch meist voll auf, wenn sie zum Beispiel unten am See entlangbrettern. Mir ist das nur aufgefallen, weil, es hat so geklungen wie ein dunkles Blubbern, als wenn das Motorrad im Leerlauf gestanden wär. Das ist doch merkwürdig. Mitten in der Nacht.«

»War das bei Ihnen vor dem Haus?« Ein Motorrad! Ein ungewöhnlicher Umstand für das nächtliche Moosbach. Warum sonst hätte die Kellnerin darauf geachtet?

Daniela Huber schüttelte den Kopf. »Wir wohnen ja direkt an der Dorfstraße, an der Ecke vom Alten Brauhaus und der Kirche. Nein, das war weiter oben. Da, wo es gebrannt hat, ungefähr. Das Geräusch war auch eine ganze Zeit zu hören.«

»Am Bichler-Hof?« Mayr legte seine Serviette achtlos zur Seite. Warum hatte sie das nicht schon früher ausgesagt? »Sie meinen, das könnte mit dem Feuer zusammenhängen?«

»Nein, ja, nein.« Daniela Huber war irritiert. Was hatte der Kommissar mit einem Mal? Er tat ja gerade so, als hockte sie in einem Verhör. »Ich weiß nur, dass ich ein Motorrad gehört habe, so eine schwere Maschine muss das gewesen sein, wie sie hier beim Kreuz schon mal stehen, wenn die ganzen Biker kommen.« Die Kellnerin ärgerte sich schon, dass sie dem Kommissar überhaupt etwas gesagt hatte.

»Und dieses Geräusch konnten Sie bis zu Ihrem Haus hören? Sind Sie sich ganz sicher?«

»Wenn es still ist im Dorf, hören Sie nachts jedes Geräusch. Und so eines auf jeden Fall. Zuerst habe ich gedacht, das hat mit dem Donnern zu tun, aber dann habe ich es erkannt. Ist das jetzt wichtig? Ich muss mich wieder um die Wirtschaft kümmern.« Daniela Huber wandte sich zum Gehen.

»Warten Sie. Setzen Sie sich.« Seine Einladung klang nun wie eine Anordnung.

Daniela Huber folgte zögernd.

»Machen Sie nicht so ein erschrockenes Gesicht. Es ist nichts Schlimmes passiert. Sie haben nichts falsch gemacht. Ich möchte nur mehr wissen über jene Nacht.«

Sie nickte zögernd.

Ihr ganzer Körper war eine einzige Anspannung, schien es

Mayr. Er meinte jeden ihrer Muskeln sehen zu können. »Sind Sie nicht befragt worden?« Robert Mayr lächelte sie aufmunternd an. Er kannte Frauen wie Daniela Huber. Jetzt nur keinen Fehler machen, sonst würde er bei ihr gegen eine unsichtbare Wand laufen.

Die Kellnerin ordnete mit einer Hand ihr halblanges Haar. »Ja, schon. Aber das mit dem Motorrad ist mir dabei nicht eingefallen. Ich war so schockiert von dem Brand und dem Tod von dem Herrn Büschgens. Das war so ein feiner Mensch. Ich habe ihn gemocht.« Sie zögerte. »Eigentlich jeder hier im Ort. Na ja, wenn man mal davon absieht, dass er den Bichler-Hof gekauft hat. Das hat natürlich einigen hier im Dorf nicht geschmeckt.«

»Sie haben den Streit mitbekommen?«

»Streit? Was heißt schon Streit. Die Leut haben getratscht, und am Stammtisch«, sie deutete auf den langen Nebentisch, »haben sie sich das Maul zerrissen. Aber das tun sie ja immer schon, über die Leut reden.«

»Sonst haben Sie nichts mitbekommen?« Mayr hatte sein Frühstück mittlerweile vergessen.

Die Kellnerin dachte einen Augenblick nach. »Nein. Aber ich geb auch nix auf das Geschwätz der Leut. Sollen die doch reden. Mich hat das nicht sonderlich interessiert. Ich war froh, dass der alte Hof vor dem Verfall gerettet war. Immerhin ist er, war er der älteste noch erhaltene Hof hier in der Gegend, noch ganz aus Holz gebaut.«

»Wer hätte Ihrer Meinung nach ein Motiv für ein, sagen wir mal, Verbrechen?«

»Gott bewahre, da kenn ich keinen.« Sie klang ehrlich entsetzt.

»Und zum Mader kommen öfter Motorradfahrer?« Mayr wollte ihr Zeit lassen, sich mit dem Gedanken vertraut zu machen, dass ihr Dorf doch nicht so idyllisch war.

»Haben Sie die Hinweisschilder nicht gesehen? Biker willkommen.«

»Rocker?« Robert Mayr wusste die Antwort.

Daniela Huber musste lachen, ihre hellen Augen musterten Mayr amüsiert. »Rocker haben wir hier keine. Jedenfalls keine echten. Keine Bandidos oder Hells Angels, wenn Sie die meinen. Nein, nein, das sind Motorradklubs, Männer und Frauen, meist im gesetzten Alter. Ärzte, Rechtsanwälte, Polizisten.«

»Sie kennen sich aus.«

»Ich kellnere schon lange hier. Da lernt man die Menschen kennen. Oben im Flur hängt eine Urkunde. Darauf steht, dass der Martin anerkannter Polizeiwirt ist.«

»Ich meine die Bandidos und Hells Angels.«

»Man liest und hört halt so allerhand. Wir leben hier nicht hinter dem Mond, wenn Sie das meinen, Herr Kommissar. Auch die Moosbacher wissen, was in der Welt draußen passiert.«

Robert Mayr fühlte sich ertappt. »Entschuldigung, ich wollte Ihnen nicht zu nahe treten.« Sein Lächeln verunglückte zu einem betretenen Gesicht.

Daniela Huber nahm sein Grinsen als Signal, dass das Gespräch beendet war. »Darf ich jetzt gehen?«

Der Kommissar hob die Hand. »Einen Augenblick noch. Wissen Sie eigentlich, was Sie da gerade gesagt haben?«

»Über Moosbach?«

»Nein, über das Motorradgeräusch.« Robert Mayr hatte sein Mobiltelefon schon aus der Jackentasche gezogen. Er musste die Spurensicherung informieren.

»Nein.«

»Wenn das stimmt, was Sie sagen, dann kann es sein, dass Sie den oder die Mörder von Ernst Büschgens gehört haben.«

»Und was ist mit dem Feuer?«

»Was meinen Sie damit?« Mayr hatte schon die Nummer gewählt.

»Ich meine, wenn es kein Blitzschlag war?«

Der Kriminalhauptkommissar ließ das Handy langsam sinken. »Hat sich das also schon herumgesprochen?«

»Na ja, ich will nichts Falsches sagen. Aber es könnte doch wirklich sein, dass der Blitz den Brand nicht ausgelöst hat. Vielleicht hat es ja schon gebrannt.«

Robert Mayr nickte zögernd. »Wir haben in der Tat Reste von Brandbeschleunigern gefunden. Ist Büschgens eigentlich einmal mit dem Motorrad in Moosbach gewesen?«

Er nahm das Kopfschütteln der Bedienung nur noch mit halbem Auge wahr. Er musste jetzt anrufen. Dringend. Motorräder. Reifenspuren. Vielleicht etwas im Schutt, das einem Biker zugeordnet werden könnte. Ein Abzeichen, irgendwas. In seine Gedanken schoben sich die Geräusche aus seinem Mobiltelefon.

Daniela Huber deutete wortlos auf das Telefon in Mayrs Hand. Sie hätte zu gerne gewusst, was im Kopf dieses seltsamen Kommissars vorging. Sonderlich intelligent sah er jedenfalls gerade nicht aus.

Unwillig riss Mayr den Hörer an sein Ohr. »Was? Natürlich habe ich angerufen! Los, bewegt euch! Und bringt verdammt noch mal die ganze Truppe mit. Was? – Ja.« Mayr überflog mit den Augen den Frühstückstisch. »Vielleicht habt ihr doch etwas übersehen. Ja. Ja!«

Aber es war nichts mehr zu retten. Weder von seinem Frühstückstisch noch am Brandort. Im Grunde hatte er die Antwort der Kollegen schon gewusst, als er sie durch das Telefon angebrüllt hatte.

Ratlos hatte er mitansehen müssen, wie seine Kollegin, die noch nicht lange als Brandermittlerin arbeitete, unter strahlend blauem Himmel den Trümmerhaufen musterte, in den Resten stocherte, kopfschüttelnd über Balken kletterte und hier und da in die Hocke ging. Eine halbe Stunde ging das nun schon so.

Und mit jeder Minute waren mehr Moosbacher stehen geblieben, um Zeuge des seltsamen Schauspiels zu sein: eine Frau in Weiß, größer als ihre Kollegen, wie die Jungfrau von Orleans, inmitten einer schwarzen Ruine, beobachtet von einem offenbar orientierungslos hin und her laufenden Polizeibeamten in Zivil, der sich zudem ständig durchs Haar fuhr, sodass es ihm vom Kopf stand, als habe er in eine Steckdose gefasst.

Schließlich war Katharina Höbel zu ihm gekommen. Beim Aussteigen aus ihrem weißen Einmaloverall schüttelte sie den Kopf. »Da ist wirklich nichts mehr. Ich weiß überhaupt nicht, was ich hier soll. Nix. Kein Abzeichen, keine Tankquittung, rein gar nix. Der Regen. Die Feuerwehr, die Kollegen. Die haben ganze Arbeit geleistet. Ich kann keine Anhaltspunkte für die Anwesenheit von einem oder mehreren Motorradfahrern finden.«

Sie schüttelte ihr volles dunkles Haar in Form und hob dann bedauernd die Schultern. »Brauchst du uns noch?«

Robert Mayr starrte auf die verkohlten Balken. Auch wenn er es anders hätte haben wollen, sah er, wenn er ehrlich war, ebenso schwarz wie Katharina. »Danke, dass du gekommen bist.« Er klang mürrischer, als er wollte.

Seine Kollegin lächelte trotzdem. »Keine Ursache. Ich habe dich schon lange nicht mehr gesehen. Wie geht es dir? Alles in Ordnung bei dir?«

Diese Frage hatte Robert Mayr am allerwenigsten erwartet, und er konnte den Gedanken an ihre kurze gemeinsame Zeit im Augenblick überhaupt nicht gebrauchen. »Danke. Alles klar.«

Katharina Höbel sah ihn einen Augenblick fragend an, wandte sich dann aber zum Gehen. »Das ist doch schön.«

Ihr Sarkasmus traf ihn tiefer, als er erwartet hatte. Sie hatte alles Recht dazu, aber es tat weh. »Mach's gut«, murmelte er ihr hinterher. Er hatte gedacht, dass Katharina die Verletzungen, die er ihr damals mit seiner Entscheidung zugefügt hatte, längst verkraftet hätte.

Robert Mayr sah ihr nach, bis sie in ihrem Wagen verschwunden war. Sie war eine sehr attraktive Frau, aber sie war kompliziert. Zumindest für ihn. Er hatte sich immer wieder an ihrer fordernden Art verbrannt und das nicht lange ertragen.

»Was jetzt?« Ein Kollege von der Spurensicherung riss ihn aus seinen Gedanken.

»Nichts. Katharina hat mir schon gesagt, dass es längst zu spät ist.« Mayr ließ noch einmal seinen Blick über die Trümmer schweifen. »Die Feuerwehr hat uns nichts übrig gelassen.«

»Hab ich doch gleich gesagt! Wir haben schon beim ersten Mal gründlich gearbeitet. Wir rücken ab. Wir haben im Labor genug zu tun.«

Robert Mayr nickte und gab seinem Kollegen die Hand. »Trotzdem danke fürs Kommen.« Er hatte einen Fehler gemacht, das hatte Katharina ihm mit wenigen Worten, aber mit einem umso beredteren Gesichtsausdruck klargemacht. Er hatte ermittelt wie ein Anfänger.

Jetzt konnte der ganze Dreck abgeräumt und das Grundstück eingeebnet werden. Für die Moosbacher würde das Leben weitergehen. Und irgendwann würde das Areal bebaut, mit einem schönen neuen Haus, und der alte Hof würde in Vergessenheit geraten. Auch in Moosbach lässt sich die Zeit nicht anhalten. Er würde noch einmal mit der Feuerwehr reden, aber große Hoffnungen machte er sich nicht.

Bleiben wir bei den Tatsachen, ermahnte er sich. Ernst Büschgens war vergiftet und dann aufgeknüpft worden. Zu guter Letzt hatte der Holzbau gebrannt wie Zunder. Nun war es an den Kollegen in Mönchengladbach, in Büschgens' Vergangenheit eine dunkle Stelle zu finden. Aber auch diese Option schien ihm wenig erfolgversprechend. Zumindest bot der Bericht, den dieser Schrievers ihm zugeschickt hatte, kaum Ansatzpunkte für weitere Ermittlungen.

Er würde den Moosbacher Heimatverein noch einmal ins Visier nehmen, irgendwo musste er ja schließlich den Faden wieder aufnehmen. Robert Mayr sah zum Himmel. Über den Grünten schoben sich ein paar Wolken in seine Richtung. Es ging gegen zwölf. Der sonnige Vormittag war fast vorüber. Irgendwie bemerkte er die Unordnung auf seinem Kopf. Vergeblich versuchte er, seine zerrauften Haare wieder in Form zu bringen. Jetzt half nur noch ein Kaffee. Vielleicht auch gegen die wirren Gedanken in seinem Kopf.

XVII.

»Die Kollegen haben Dürselens Laptop geknackt. Sie hat eine detaillierte Liste angelegt. Alle Freier fein säuberlich in einer Excel-Tabelle aufgelistet: Name, Adresse, Vorlieben, Datum ihrer Dienstleistung und ihr jeweiliges Honorar. Sehr interessante Buchführung. Nicht nur fürs Finanzamt.« Rüdiger Bittner übergab Frank die ausgedruckte Liste.

»Und? Interessante Namen dabei?« Frank blätterte in den Fotokopien.

»Wie man's nimmt. Wir haben den Großteil schon mal per PC überprüft: die meisten brave Familienväter. Ein paar Geschäftsleute aus Mönchengladbach, Breyell und Viersen. Die werden sich alle nicht freuen, wenn wir sie besuchen. Ich hör sie schon jammern, dass wir nicht so viel Aufhebens machen, bitte ihre Frauen nicht informieren sollen. Wie üblich.« Bittner grinste breit. »Dann sind da noch ein paar Namen, die du sicher aus der Zeitung kennst. Lokalpolitiker. So unterschiedlich sie in ihrem politischen Programm auch sein mögen, in einem waren sie sich einig: hinsichtlich der Qualitäten von Julia Dürselen. Quer durch die Fraktionen haben sie sich regelmäßig und vergleichsweise oft von ihr ›bedienen‹ lassen.«

»Namen?«

»Lies selbst. Du wirst dich wundern.«

Frank ließ seinen Finger über die alphabetisch sortierte Liste gleiten. Dann pfiff er leise durch die Zähne. »Ich glaub's nicht. Alle Farben vertreten.«

»Sag ich doch.«

»Die haben sich sozusagen die Klinke in die Hand gegeben, wenn ich mir die Daten ansehe. Quer durch die sogenannten besseren Kreise. Hier, selbst einer von den Linken.«

Rüdiger Bittner suchte sich einen Stuhl und setzte sich. »Wer im Besitz dieser Liste ist, hat ein ganz besonderes Pfand in der Hand. Mit den Namen könntest du ein hübsches Geschäft machen. Die würden alle zahlen. Da bin ich mir sicher.« Er schlug die Beine übereinander und sah Frank zufrieden an. »Mit dieser Liste hat Julia Dürselen viel für ihre Altersvorsorge getan.«

»Du meinst, sie hat ihre Freier erpresst?«

»Mag sein. Vielleicht nicht aktuell. Es reicht doch schon, dass sie ihren Kunden erzählt hat, dass es diese Liste gibt. Sie musste so etwas in der Hand haben. Als Rückversicherung. Schließlich hat sie alleine gearbeitet.«

»Ich frage mich, ob nur wir im Besitz dieser Liste sind. Wenn nicht, ist sie aus genau diesem Grund umgebracht worden. Jemand wollte eine, vielleicht nur potenzielle, Erpresserin loswerden und hat zugeschlagen.«

»Okay. Das ist euer Job.« Bittner schlug sich auf die Oberschenkel und wollte aufstehen. »Ich mach mich mal davon. Die Arbeit nimmt einfach kein Ende.«

»Danke, Bittner. Ach, eine Frage noch: Habt ihr sonst noch was Interessantes gefunden? Büschgens scheint laut der Liste ja nicht bei ihr gewesen zu sein.«

»Zumindest habe ich seinen Namen nirgends gefunden. Sie hatte noch ein paar Ordner mit den üblichen Sachen, meist privater Kram. Auch Fotos. Die Dame stand in der Tat auf Lack und Leder. Sie ist regelmäßig zu Motorradtreffen gefahren. Auf jeden Fall gibt es eine Menge Bilder von ihr in knappen Kombis.« Bittner schnalzte anerkennend mit der Zunge. »Solche Mädels sind wirklich hart drauf.«

»Du musst es ja wissen«, lächelte Frank.

»Was willst du damit sagen?«

»Wer fährt denn Motorrad? Du oder ich?«

Bittner reagierte nicht auf die Anspielung. »Büschgens ist doch auch Motorrad gefahren. Vielleicht kannten sie sich. Hätte ich fast vergessen.« Er öffnete noch einmal seinen Hefter und schob Frank ein Foto hin.

Frank sah eine aufreizend lachende junge Frau, die neben einer BMW stand und dem unbekannten Fotografen mit einer Büchse Bier zuprostete. Im Hintergrund waren Zelte, ein Bierpavillon und Bänke zu sehen.

»Eine vage Möglichkeit.« Frank verbesserte sich, als er Bittners enttäuschtes Gesicht sah. »Na ja, immerhin ein Anfang. Danke, Rüdiger.«

Ihr Blick ging hinaus auf den See. Seine Oberfläche schimmerte an dieser Stelle seidig dunkel. Ihre Augen waren auf das runde Gebäude des Überlaufs am gegenüberliegenden Ufer geheftet. Was ihre Aufmerksamkeit derart erregt haben mochte, blieb verborgen. Ihre Augen konnten aber auch auf etwas gerichtet sein, das weit jenseits des abschüssigen Ufers lag, das von dichtem Strauchwerk und Bäumen gesäumt war. Ihr Blick hatte etwas Entrücktes und zugleich etwas eigentümlich Leeres.

Warum war sie nicht ausgestiegen? Ihre starre Haltung hinter dem Steuer zeugte nicht gerade von Bequemlichkeit.

»Glatter Durchschuss.« Der Gerichtsmediziner deutete mit seinem dünnen Teleskopstock von der Schläfe der Toten hinüber zum zersplitterten Seitenfenster, auf dessen Reste und die textile Türverkleidung. Darunter waren rote Flecken zu sehen.

»Dem eingetrockneten Blut nach zu urteilen und den ersten Anzeichen der Totenstarre, sitzt sie sicher seit den frühen Morgenstunden hier.« Konstantin Höllisch schob seinen Zeigestock zusammen. »Braucht's ihr mich noch?«

»Fahr nur.«

Robert Mayr wusste, dass der Gerichtsmediziner nichts mehr hasste als unnötig vergeudete Zeit. Er wollte »seine« Leichen auf dem schnellsten Weg auf einem seiner Stahltische liegen haben. Der Leiter der Mordkommission sah ihm wohlwollend hinterher. Eine echte Koryphäe und eine grundehrliche Haut dazu, dachte er. Dann fiel sein Blick auf Carsten Jakisch. Der junge Oberkommissar war erst den dritten Tag auf seiner Dienststelle, als »Verstärkung in Lauerstellung«, wie sein Kollege Kuhlinger gefrotzelt hatte, als sie sich kurz auf dem Büroflur begegnet waren. Dass Jakisch bisher in den anderen Kommissariaten angeblich ›gescheitert‹ war, hatte Kuhlinger wohlweislich nicht erwähnt. Aber das wusste Mayr ohnehin bereits aus verschiedenen Quellen.

Nun also Jakisch in Lauerstellung in seinem KK 11. Wenn der Bursche sich nicht schleunigst einfügte und Erfolge lieferte, war er schneller wieder aus der MK draußen, als er »Nagelfluh« sagen konnte, hatte Mayr sich geschworen.

»Was treiben Sie denn da, Jakisch?« Mayr schüttelte den Kopf. Der Neue kroch zwischen den Sträuchern am Ufer umher und hatte längst nasse Knie.

»Vielleicht hat der Täter hier irgendwo gestanden und auf sein Opfer gewartet. Falls er dabei geraucht hat, dann müsste doch hier die Kippe zu finden sein, die uns die nötige DNA-Information liefert.«

Jakisch hatte fleischige Wangen, deren Rot sich seiner Haarfarbe bereits bis auf wenige Nuancen angenähert hatte.

»Wo waren Sie bislang eingesetzt?«

»KK Vorbeugung.« Jakisch stand auf, räusperte sich und strich sich über seine roten Haarstoppel. Das Thema schien ihm sichtlich unangenehm zu sein.

Wie konnte man sich denn bitte schön in der vorbeugenden Arbeit dermaßen nicht bewähren, dass man von dort wieder weggelobt wurde! Mayr schüttelte erneut den Kopf.

»Sie glauben nicht an einen Zigarettenrest?« Jakisch hatte das Kopfschütteln missdeutet.

»Schon. Aber warum überlassen Sie diese Arbeit nicht der Spurensicherung? Die Kollegen sind darin doch besser ausgebildet.« Vorsichtshalber setzte Mayr hinzu: »Als unsereiner.«

Jakisch nickte bedächtig. »Ich hatte nur so eine Idee. Und wenn ich eine Idee habe, muss ich sie sofort umsetzen.«

»Das kann zu einem Problem werden.«

Carsten Jakisch seufzte. »Dachte ich mir, dass Sie schon mit meinem Chef gesprochen haben.« Er betrachtete seine nassen Hosenbeine. In Jakischs Blick lag eine Mischung aus Bedauern und Enttäuschung. Ob nun wegen der verdreckten Hose oder wegen Mayrs Bemerkung, blieb im Dunkeln.

»Kommen Sie erst einmal aus dem Schlamm heraus. Ich glaube nicht, dass dort jemand auf die Frau gewartet hat. Ich spreche mit der Spurensicherung, die werden Ihnen schon nicht gleich den Kopf abreißen.« Aber spätestens beim nächsten Mal, fügte Mayr stumm hinzu.

»Aber meist wartet der Täter doch auf sein Opfer.« Jakisch war nicht bereit, von seiner Theorie abzulassen. »Mörder suchen sich ihre Opfer nicht spontan. Mal abgesehen von Amokläufern.« Er deutete über den See, der glatt und flach wie ein Silbertablett vor ihnen lag. So, als habe es an seinem Ufer keinen Kopfschuss gegeben.

»Lieber Herr Kollege, ich gebe Ihnen ja recht. Aber auch Mörder machen sich nicht gerne schmutzig. Wenn der Täter von der Frau wusste und dass sie an den See fahren wollte, hat er sicher im Wald auf sie gewartet.« Mayr deutete hinter sich in Richtung Riedis.

»Ich meine ja nur.« Jakisch klang eine Spur beleidigt und wenig überzeugt von Mayrs Vermutung.

Wenn das so weitergeht, bist du heute Abend schon wieder raus, dachte Robert Mayr. »Warten wir das Ergebnis der Spurensicherung ab.« Seine Worte klangen ungewollt wie eine Dienstanweisung.

Wortlos klopfte Jakisch sich die Hosenbeine ab und trat an den Wagen der Toten. Auch diese Geste war mehr Vorwurf, als dass er Mayrs Worten folgte.

»Sind Sie immer so schnell beleidigt?« Robert Mayr konnte sich nicht länger beherrschen. »Und ist was mit Ihrer Stimme? Sie klingen so knödelig.«

»Meine Stimmbänder sind leicht gereizt, meint der Arzt. Nicht so schlimm. Außerdem: Sie sind der Chef«, meinte der Rothaarige mit dem blassen runden Gesicht und den kurzen Haaren, statt auf Robert Mayrs Frage einzugehen.

Hoffentlich vergisst du das nicht, dachte der Leiter der Mordkommission.

»Was hat die Frau hier gewollt?« Robert Mayr deutete auf das Kennzeichen. Der schwarze Audi war in Nordrhein-Westfalen zugelassen. Das erkannte er am Siegel. »VIE. Wo mag das sein?« Mayr kratzte sich die stoppelige Wange und deutete auf das Nummernschild. »VIE.« Er hatte sich nicht einmal mehr rasieren können, als der Anruf von der Leitstelle gekommen war.

»Kreis Viersen.«

Robert Mayr sah seinen Kollegen erstaunt an.

»Meine Großeltern wohnen dort. In Schwalmtal, um genau zu sein.« Carsten Jakisch hatte Mühe, seine Worte nicht triumphierend klingen zu lassen.

»Gut.« Mayr nickte. »Und was macht die Frau aus«, er deutete auf das Nummernschild, »aus dem Kreis Viersen hier am See?«

»Urlaub.« Das triumphierende Leuchten hatte sich in Jakischs Augen festgesetzt.

»Urlaub.« Mayr musste sich erneut kratzen. »Und dann fährt sie am frühen Morgen mutterseelenallein an den Rottachsee, um sich dort von einem oder mehreren Unbekannten erschießen zu lassen.« Er hörte mit dem Kratzen auf. »Klingt irgendwie einleuchtend.«

»Hören Sie, Herr Mayr, wenn Sie mich nicht mögen, ist das Ihr Bier. Mir hier aber mit dummen Witzen zu kommen ist höchst unkollegial. Ich will hier auch nur meine Arbeit tun. Genau wie Sie.«

Sein »Das ist ja das Problem« verschluckte Mayr. So viel Chuzpe hatte er dem etwas verwachsen daherkommenden Jakisch gar nicht zugetraut. Mayr wollte keinen Ärger mit seinem Vorgesetzten oder, schlimmer noch, mit dem Personalrat. Er würde sich Jakisch schon noch zurechtbiegen, machte er sich stattdessen Mut.

»Okay, Kollege. Dann checken Sie die Anmelderegister der infrage kommenden Fremdenverkehrsämter. Vielleicht ist die Tote tatsächlich auf Urlaub gewesen. Ist schließlich eine himmlisch schöne Gegend hier.«

Aber was hatte dieser See nur, dass er sogar Mörder anzog?

Er räusperte sich. So ein Schmarrn, sich solche Gedanken zu machen. Ich brauche dringend Urlaub! Robert Mayr schüttelte den Kopf, als könne er damit seine Gedanken wieder in eine logische Ordnung purzeln lassen. »Sie war ganz hübsch.«

Carsten Jakisch beugte sich zu dem Fahrerfenster hinunter und sah in das Wageninnere. »Gepflegte Erscheinung. Schlank, ähm, gut gebaut. Höchstens 25. Vermutlich Single.«

Na, wenigstens muss der Kollege beim Anblick einer Leiche nicht gleich kotzen, dachte Robert Mayr halb anerkennend, halb missmutig. Nun hatte er nicht nur den Fall des toten Büschgens am Hals, sondern auch noch eine hübsche Dunkelhaarige aus dem Kreis Viersen.

»Wenn die Spurensicherung hier fertig ist, möchte ich wissen, was die Frau bei sich hatte, als sie ihrem Tod entgegengefahren ist. Handschuhfach, Kofferraum. Danach ihre Unterkunft – Hotel, Pension, Ferienwohnung, Campingplatz und so weiter. Sie muss doch auch einen Personalausweis bei sich haben.«

Carsten Jakisch deutete den Arbeitsauftrag als Bestätigung, dass er noch im Team war. Er lächelte. Steffi würde Augen machen, wenn er ihr am Abend von seiner ersten Leiche erzählte. Eine tote Frau am Rottachsee, und er war einer der Ermittler. Die Dinge begannen sich zu entwickeln.

Heinz-Jürgen Schrievers sprach den Namen noch einmal langsam und deutlich aus. »Samantha Kurzius. 23. Juli '84. Solo, Schwalmtal-Hehler. Ja, geboren in Hehler.« Das war ja gerade so, als läge Kempten jenseits des Äquators. Trotz klarer Verbindung schien dieser Jakisch ihn nur schwer zu verstehen. »Samantha. Ich sagte doch: Samantha.« Herrgott noch mal! Diese Bayern waren aber auch so was von schwer von Begriff. »Keine Ursache. Tschüss.« Der Archivar der Mönchengladbacher Polizei wollte schon auflegen. »Was haben Sie gemeint? Ihre Großeltern kommen auch aus Schwalmtal?« Schrievers' Miene hellte sich urplötzlich auf. »Aus Amern? Wie heißen denn deine Großeltern, Kollege? – Wie? – Ja. Kenn ich.«

Was folgte, war ein halbstündiger Exkurs in die Schrieversche Ahnengalerie unter besonderer Berücksichtigung sämtlicher nachbarschaftlicher Kontakte. Am Ende glühten nicht nur die Leitungen zwischen Kempten und dem Niederrhein, sondern auch die Wangen der beiden Gesprächspartner. Wie tief doch ähnliche Wurzeln gehen können.

Heinz-Jürgen Schrievers hatte mit dem Telefonat einmal mehr seine unerschütterliche Überzeugung bestätigt bekommen, dass Niederrheiner überall auf der Welt zurechtkommen. Sei es nun im Dschungel Papua-Neuguineas oder im Oberallgäu. Dass lediglich Jakischs Großeltern mütterlicherseits aus Schwalmtal kamen, der Rest aus Polen eingewandert war, spielte in diesem Zusammenhang keine Rolle. Schon gar nicht auf diese Entfernung.

Der Archivar lehnte sich zufrieden in seinem Bürostuhl zurück. Der Tag war doch längst nicht so schlimm, wie er am Morgen begonnen hatte. Da nämlich hatte er festgestellt, dass er seine Butterbrotdose auf dem Küchentisch hatte liegen lassen. Ausgerechnet heute, wo seine Gertrud ihm doch seine geliebte grobe Leberwurst extra dick auf das frische Rosinenbrot gestrichen hatte.

»Du grinst wie ein Honigkuchenpferd.« Frank Borsch hatte

seinen Kopf zur Archivtür hineingesteckt und sah Schrievers abwartend an.

»Die Welt steckt voller Überraschungen.« Der Archivar machte eine einladende Handbewegung.

Darauf hatte Frank nur gewartet. »Ich brauch mal eine Auszeit. Hast du einen Kaffee für mich?« Er setzte sich.

Schrievers schüttelte den Kopf und deutete auf den leeren Glasballon auf seiner Anrichte. »Ich habe heute alles zu Hause vergessen: meine Brote und den frischen Kaffee. Dabei war Gertrud gestern extra in Venlo und hat neuen mitgebracht.«

»Und trotzdem hast du gute Laune?«

Heinz-Jürgen Schrievers erzählte seinem Freund und Kollegen von seiner unerwarteten telefonischen Begegnung.

»Was gibt es denn Neues aus Kempten?«

»Die Kollegen Mayr und Jakisch kommen nicht weiter. Jakisch ist jedenfalls froh, dass er nun wenigstens mal den Namen der Toten hat.«

»Die Auswertung des Autos?«

»Läuft. Sie haben nicht viel gefunden. Allerdings steckten im Kasten für das Ersatzrad ein paar CDs. Was drauf ist, wissen sie noch nicht. Sieht nach Musik-CDs aus.«

»Musik? Ist das alles? Kein Koffer, kein Laptop?«

»Samantha Kurzius ist ohne Gepäck gereist, wie es scheint. Sie muss erst kurz vor ihrer Ermordung an diesem See angekommen sein. Mayrs Kollege hat recherchiert. Kurzius war nirgends gemeldet. Sie war also ein Just-in-time-Kopfschuss sozusagen.« Schrievers schnaufte. »Aber ich sollte vielleicht nicht so zynisch sein. Gertrud meint auch, dass unser Beruf uns abstumpfen lässt.«

Frank nickte.

»Wenn ich schon meine Brote vergesse, muss das ein Alarmsignal sein.«

Wie konnte der Dicke immer nur ans Essen denken? Aber plötzlich verspürte auch Frank ein Hungergefühl. Er seufzte. Der Magen musste warten. »Was hat Samantha Kurzius in

Moosbach gewollt? Stand sie am Anfang eines Urlaubs? Dagegen spricht, dass sie ohne Gepäck unterwegs war. Vielleicht hat sie Freunde in der Gegend. Das würde erklären, dass sie nirgends gemeldet war. War sie verabredet? Wenn ja, mit wem? Mit ihrem Mörder, oder war sie nur zufällig zur falschen Zeit am falschen Platz?«

»Schon der zweite Niederrheiner, der in diesem merkwürdigen Moosbach ermordet wird. Das ist doch kein Zufall!« Der Archivar sprach mehr zu sich selbst. Er hatte die Augen geschlossen und seine Filzpantoffeln weit von sich gestreckt.

Ob Schrievers meditiert, um seinen Hunger loszuwerden, dachte Frank und beobachtete fasziniert den gleichmäßigen Rhythmus, mit dem sich der mächtige Bauch des Archivars hob und senkte. Ein paar Kilo weniger täten der Gesundheit des Kollegen schon gut.

»Denk's nicht einmal.« Schrievers' Stimme klang einerseits beiläufig, gleichzeitig aber scharf geschliffen wie ein Ausbeinmesser.

Frank fühlte sich ertappt. Beobachtete der Dicke ihn etwa durch seine halb geschlossenen Lider? Das Knurren in seinem Magen wurde stärker.

»Das kann kein Zufall sein.« Frank wollte sich nichts anmerken lassen.

»Na ja, ich weiß nicht. Immerhin fahren jedes Jahr Hunderttausende nach Bayern in Urlaub.« Schrievers schmatzte leicht beim Sprechen, als läge er schon im Halbschlaf.

Aber Frank ließ sich nicht in die Irre führen. Stattdessen zitierte er einen von den Sprüchen, die Lisa mit Leidenschaft sammelte und der aktuell an ihrer Kühlschranktür klebte: »Hunger und Liebe sind die Triebkräfte aller menschlichen Handlungen.«

»Hä?« Schrievers blinzelte überrascht.

»Anatole France. Hängt bei uns am Kühlschrank.«

»Wer?«

»Französischer Schriftsteller.«

Schrievers richtete sich auf und sah seinen Freund und Kollegen verständnislos an.

»Guck nicht so, Heini, äh, Heinz-Jürgen. Ich meine ja nur, dass die Kurzius vermutlich mit jemandem verabredet war. Und dass ich Hunger habe.«

Behände wie ein Eichhörnchen richtete sich der Archivar in seinem knarzenden Bürostuhl auf. Das Schlüsselwort hatte seine Wirkung nicht verfehlt. »Das ist mal ein Wort.«

Keine zehn Minuten später saßen die beiden Polizeibeamten bei einem »Schutzmannteller« in der Polizeikantine und ließen sich Currywurst und Fritten schmecken.

»Es geht doch nichts über eine gehörige Portion mehrfach gesättigter Fettsäuren.« Frank grinste.

»Du kannst mir nichts anhaben.« Schrievers zog eine Frittenstange mit den Fingern genüsslich durch einen Berg Mayonnaise und seufzte zufrieden. »Ich freu mich schon auf den Herbst. Wildsaison, Knödel mit Rotkohl. Gertruds Knödel sind die hohe Kunst der Kartoffelverarbeitung.«

Frank schüttelte den Kopf. Im Sommer an Kartoffelklöße denken konnte auch nur der Dicke. Er trank einen Schluck Mineralwasser und sah nachdenklich Laumen hinterher, der einen einsamen Zitronenjoghurt auf einem Tablett vom Tresen zu einem freien Platz balancierte und sich dabei herausfordernd nach allen Seiten umsah.

»Was können wir noch tun, um die Kollegen in Kempten zu unterstützen?«

Der Archivar zuckte mit den Schultern. »Wenig. Samantha Kurzius ist in Laar bei einer Tante groß geworden, die Eltern sind bei einem Flugzeugabsturz ums Leben gekommen. Die alte Frau ist inzwischen aber auch schon gestorben.« Schrievers schüttete sich noch einmal Mayonnaise aus der Plastikflasche auf seinen Teller. »Samantha hat bis zu ihrer Ermordung in einer kleinen Wohnung hier in der Stadt gelebt. Die Nachbarn haben sie nur selten gesehen. Und auch die Kommilitonen an der Uni in Düsseldorf kennen sie wenig bis gar nicht. Also, was sollen wir tun?«

»Sie war hübsch.« Frank beobachtete Laumen, wie er den Deckel von seinem Joghurt zog und ihn langsam und gründlich ableckte.

»Sie hätte Model werden können.« Schrievers folgte Franks Blick. »Ekelhaft.«

»Zu viel Mayo?«

»Quatsch, Laumen.« Schrievers deutete mit einer Frittenstange auf den Verwaltungsangestellten.

»Kein Wunder, dass er alleine am Tisch sitzt.«

»Wie geht es eigentlich Lisa?«

Frank nickte. »Gut.«

»Was heißt das?«

»Gut heißt gut.« Was meinte Schrievers nur?

»Dann is' ja gut.«

»Was willst du mir eigentlich sagen, Schrievers?«

»Ich habe sie nur schon länger nicht mehr gesehen. Hattet ihr nicht vor, demnächst übers Wochenende wegzufahren?«

»Wie soll das gehen? Gerade jetzt? Außerdem haben wir noch nichts konkret geplant.«

»Dann fahrt doch ins Allgäu.«

Daher wehte der Wind! Schrievers meinte wohl, dass er in Moosbach einen Arbeitsurlaub verbringen könnte.

»Lass stecken, Jürgen. Das macht Lisa niemals mit.«

»Ich meine ja nur.« Der Archivar griff nach seiner Serviette. »Gertrud hat mit einer Nachbarin gesprochen, und die hat in ihrem Turnverein eine Turnschwester, die regelmäßig ins Allgäu fährt. Und die hat offenbar eine Superadresse.« Schrievers kramte in seiner Hemdtasche und zog einen Zettel hervor. »Hier: Monika Böck, Dorfstraße. Muss total nett sein.«

»Versuch's nicht, Schrievers. Dazu kann ich Lisa bestimmt nicht bringen. Außerdem werden die Kemptener nicht gerade erfreut sein, wenn ein Preuße vor Ort in ihre Ermittlungen reinpfuscht. Du kennst doch jetzt diesen Jakisch, oder? Mit dem kannst du dich ja gerne austauschen. Ihr seid doch sowieso fast miteinander verwandt, wo ihr quasi gemeinsame Wurzeln habt.«

»Blödmann. – Ich hab's ja nur gut gemeint.« Schrievers steckte den Zettel zurück in seine Hemdtasche.

»Nein, ja, nein, trotzdem: Danke, dass du dir Gedanken um unseren Urlaub machst.«

Heinz-Jürgen Schrievers stellte für den Rest des Mittagessens die Unterhaltung ein. Sollte Borsch doch gucken, wo er blieb. Wenn er, also Schrievers, mit seiner Frau so umgehen würde wie Borsch mit seiner Lisa, hätte Gertrud ihm jedenfalls schon längst die Koffer vor die Tür gestellt. Das war mal amtlich. Kein Wunder, dass Borsch und Lisa noch nicht geheiratet hatten. Er sah zwischendurch zu Laumen hinüber, um sich dann rasch wieder kopfschüttelnd abzuwenden. Lisa hatte allen Grund zu zögern, dazu war in den vergangenen Jahren zu viel passiert.

Was mochte Schrievers jetzt denken, überlegte Frank, während auch er ebenfalls kopfschüttelnd Laumen beobachtete. Erst als Laumen sich zu ihnen umdrehte und dabei demonstrativ seinen Dessertlöffel genüsslich ableckte, schaute Frank wieder weg. Sie würden nie Freunde werden. Und das war auch gut so.

XVIII.

»Nicht nur Musik?« Robert Mayr sah Jakisch mäßig interessiert an. »Sondern?«

Wie immer, wenn er aufgeregt war, fuhr Carsten Jakisch sich durch seine kurz geschorenen roten Haare, die er zu allem Überfluss am Morgen aufwendig gegelt hatte.

»Also, das meiste ist Musik. R'n'B, Hiphop, Soul und so Sachen. Was junge Frauen eben gerne hören.«

»Weiter.« Robert Mayr war ungeduldig. Die Kollegen Kuhlinger und Günter Wolf hatten recht. Statt direkt zur Sache zu kommen, verlor Jakisch sich in Nebensächlichkeiten. Man merkte einfach, dass er kein echter Allgäuer war.

Carsten Jakisch fuhr sich erneut über die harten Stoppeln. »Eine CD war als Musikdatei getarnt. Die KT hat darauf aber eine Liste mit Namen, Adressen, Summen etc. gefunden. Niemand von denen ist hier gemeldet. Und«, er räusperte sich und merkte, dass er rot wurde, »zu jedem Namen sind auch sexuelle Vorlieben genannt. Und dann sind auf der CD noch jede Menge Fotos.«

»Und?« Diese Liste haute ihn nicht unbedingt vom Hocker. Das konnte alles Mögliche sein. Aber die Fotos! »Mensch, Kriminaloberkommissar Jakisch, kommen Sie endlich zur Sache.«

»Ich habe niemanden erkannt. Obwohl, vielleicht doch.«

»Jakisch!« Mayr war so laut geworden, dass aus dem Büro nebenan das Scharren von Stühlen zu hören war und nahezu zeitgleich zwei Kollegen im Türrahmen erschienen. Mit einem Blick hatten sie Mayrs hochroten Kopf gedeutet und waren mit einem vielsagenden Blick auf Jakisch wieder verschwunden.

»Ich würde mich freuen, wenn Sie mich nicht anschreien würden.« Carsten Jakischs Miene war wie versteinert. Ein rotes rundes Gesicht, kurz davor auseinanderzufliegen.

Unbeeindruckt machte Robert Mayr eine ungeduldige Handbewegung. »Also?«

»Ein Gesicht kam mir dann irgendwie doch bekannt vor. Ich habe lange überlegt, bis es mir einfiel. Es ist Büschgens, den ich erkannt habe. Obwohl er auf dem Foto Motorradklamotten trägt und halb verdeckt zwischen ein paar hübschen Frauen steht. Büschgens, dieser tote Zugereiste vom abgebrannten Bichler-Hof.« Carsten Jakisch atmete tief und lange aus und entspannte sich sichtlich.

»Wissen die Preußen schon davon?«

Jakisch witterte seine Chance. »Ich glaube nicht. Ich wollte das erst mit Ihnen besprechen, Chef.«

Bei »Chef« zuckte Mayr unmerklich mit den Augenbrauen. Immerhin brachte er ein knurrendes »Is scho recht« zustande. Er musterte Carsten Jakisch lange, bevor er weitersprach, als würde er als Mediziner eine Röntgenaufnahme ausgiebig studieren. Dann hellte sich seine Miene unvermittelt auf.

»Dann sagen Sie es ihnen jetzt.«

»Klar, Chef. Sofort.« Jakisch spürte, dass er wieder auf die Straße der Gewinner einbiegen konnte, und wollte zum Telefon greifen.

»Langsam, Jakisch, langsam.« Mayr blinzelte freundlich.

»Ich, ich verstehe nicht?«

»Was gibt's denn da nicht zu verstehen?« Das Blinzeln wurde langsam zu einem breiten Lächeln.

»Ja, also.« Jakisch zog die beiden Worte unschlüssig und abwartend in die Länge.

»Sie fahren natürlich persönlich.«

»Ich? Wohin denn?«

»Na, an den Niederrhein, Jakisch. An den Niederrhein. An die Wiege Ihrer Großeltern!« Mayrs Gesicht war jetzt nur noch ein einziges breites Grinsen.

»Ich, ich«, stotterte der Kriminaloberkommissar.

Genau: Du, du, dachte Robert Mayr, Leiter der Kemptner Mordkommission. Du fährst, und ich bin dich los. Und kann ungestört meinen Fällen nachgehen. Und heiraten.

»Wo habt ihr diesen Jakisch denn untergebracht?« Ecki konnte es nicht glauben, dass ein Kollege aus dem Allgäu eigens zu ihnen in die Theodor-Heuss-Straße gekommen war, um die neuesten Erkenntnisse persönlich mitzuteilen.

»Laumen hat ihn im Heidehaus einquartiert.«

Frank reichte seinem Kollegen die Liste, die Jakisch mitgebracht hatte. »Sie haben sie auf einer CD mit Musikdateien gefunden. Sie entspricht genau der in unseren Unterlagen.«

Ecki blätterte durch die wenigen Seiten. »Woher hat Samantha Kurzius diese Liste, oder besser: Wie kommt diese Liste in ihren Wagen?«

»Sieh dir erst dieses Foto an.« Frank hielt Ecki das Bild hin, das Jakisch der Liste beigelegt hatte.

Ecki warf nur einen kurzen Blick auf die Aufnahme, um sie dann wieder zurückzugeben. »Kenn ich doch schon: Büschgens. Und hier, Julia Dürselen.«

»Stimmt. Was bedeutet das? Immerhin hat der Kollege aus dem Allgäu das Foto mitgebracht.«

»Das könnte bedeuten, dass Büschgens auch Samantha kannte.« Ecki blätterte erneut durch die Liste, nun las er genauer.

»Julia und Samantha haben sich gekannt. Vielleicht ist Kurzius auch anschaffen gegangen. Vielleicht hat Julia Dürselen Samantha nur die Liste und die Fotos übergeben, wie gesagt, als eine Art Lebensversicherung.«

Ecki zog die Stirn kraus und setzte sich an seinen Schreibtisch. »Für Samantha eine tödliche Lebensversicherung.«

»Wer hat so ein großes Interesse an dieser Liste, dass er dafür zwei Morde begeht? Und warum bestellt er Samantha ins Allgäu, um sie zu töten?«

»Um uns auf die falsche Spur zu locken?«

»Oder weil der Schlüssel zu unseren Morden tatsächlich in diesem Moosbach liegt.« Frank spielte mit seinem Bleistift, den er, einem stummen Rhythmus folgend, auf die Schreibtischunterlage auftippen ließ.

»Ach ja, das Allgäu«, sinnierte Ecki.

»Hinter dem Postkartenkitsch ist die Idylle vermutlich mehr als brüchig.«

»Deine Poesie bringt uns auch nicht weiter.« Ecki klang ironischer, als er in Wirklichkeit sein wollte.

»Dann sagen wir es geradeheraus: Der feine Ratsherr Ernst Büschgens hatte hinter seiner Fassade mehr versteckt, als gut für ihn war.«

»Geht es noch ein wenig deutlicher?«

»Alle Politiker haben Dreck am Stecken.«

»Und Büschgens hat dafür bezahlt und die beiden jungen Frauen auch.«

Ecki musste an das Gesicht von Samantha Kurzius denken. Der Blick wie ungläubiges Staunen. Glatter Durchschuss. Vermutlich Hochgeschwindigkeitsmunition. Ihr Kopf war weitgehend intakt, bis auf den Ein- und Austrittsbereich.

»Wir werden Büschgens' Leben umgraben. Der Schlüssel muss dort liegen. Das Allgäu war vielleicht doch nur die Kulisse für die Morde.« Frank sah zum Fenster hinaus. Er sah die Fotos von Moosbach vor sich, die der junge Kommissar aus Kempten mitgebracht hatte. Im Rottachsee spiegelte sich das Oberallgäu, so als wollte es um jeden Preis den Pokal für das beste Klischee einer heilen und frommen Welt gewinnen: grüne Wiesen, braune Kühe und dahinter hohe Berge. Und doch hatte irgendwo dort der Tod auf Kurzius und Büschgens gelauert.

Es klopfte. Carsten Jakisch stand in der Tür. Mit seinem brennend roten Haarschopf und dem runden Gesicht hatte er etwas von einem Racheengel. Allerdings sah er alles andere als vom Schicksal geschickt aus.

»Liebe Kollegen«, er setzte sich umständlich auf einen Stuhl und sah bekümmert auf Franks Poster mit den Händen, »habt's ihr für mich nicht eine andere Pension? Gerne auch was mit Familienanschluss.«

XIX.

Die *Financial Times* knallte auf die Tischplatte.

Fliegen beim Frühstück! Unerträglich! Genau wie diese Hitze. Sie rückte ein Stück näher an den Tisch heran, um vollends in den Schatten des Sonnenschirms zu kommen. Aber es half nichts. Der Frühstückstisch stand schlecht. Aber sie hatte keine Lust gehabt, es zu ändern.

Sie schob ihre Sonnenbrille von ihren Haaren auf die Nase zurück und lehnte sich in ihren Korbsessel. Wenn schon, Hunger hatte sie sowieso keinen mehr. Sie hielt ihr Gesicht dem gleißenden Licht entgegen. Sie ließ es zu, dass die Sonne auf ihren nackten Schultern brannte. Sie wollte jeden einzelnen Sonnenstrahl spüren und wie sich ihre Haut immer weiter aufheizte. Der Tag hatte heiß begonnen und würde vermutlich noch heißer enden. Unter ihrem weiten Leinenkleid bildeten sich kleine Schweißtropfen, die langsam ihren Körper entlangrannen. Nicht mehr lange, und der Stoff würde feucht werden.

Sie nahm die Zeitung erneut zur Hand. Das Papier klebte augenblicklich an ihren Fingern. Sie wedelte mit der Zeitung vor ihrem Gesicht, aber das erzeugte nur einen warmen Luftzug. Sie legte das Blatt zurück auf den Tisch und beobachtete interessiert die Butter, wie sie sich in ihrer Schale langsam verflüssigte. Sie wusste, dass auch das Marmeladenglas mittlerweile heiß sein musste, Sonnenschirm hin oder her. Sei's drum.

In Gedanken ging sie die Ereignisse der vergangenen Wochen durch und lächelte selbstvergessen. Es hatte sich alles zu ihrer Zufriedenheit entwickelt. Besser und schneller als erwartet. Blieb nur noch diese eine Schlampe. Aber auch für sie hatte sie bereits alles vorbereitet. Nur noch eine kleine Weile, und sie würde am Ziel sein. Es würde ihr eine Genugtuung sein, aber sie letztlich und dummerweise nicht zufriedenstellen. Immerhin würde sie ein wenig Ruhe finden. Nur so würde es gehen. Und es war ja nicht ihre Schuld. Warum hatten sie es so weit kommen lassen?

Sie griff zu ihrem Mobiltelefon.

»Ich brauche dich nicht mehr, Kevin.«

Sie hatte keine Lust auf Diskussionen. »Du hast gehört, was ich gesagt habe, ich brauche dich nicht mehr. Ich habe dich bezahlt. Ich habe dich sogar gut bezahlt.« Sie spürte in Gedanken seine harten Hände auf ihrer Haut. »Viel zu gut. Und jetzt ist Schluss. Such dir einen anderen Auftraggeber.« Urplötzlich schwang ihr Oberkörper vor. »Was heißt das, du lässt dich so nicht behandeln? Ich werde dir zeigen, was ich alles kann, mein Lieber. Lass dich hier nicht mehr blicken. Nimm die Zeit als schöne Erinnerung, Kevin-Baby. Ciao.«

Sie schob das Mobiltelefon zusammen. Wenn sie eines nicht leiden konnte, waren es Fliegen auf dem Frühstückstisch. Sie nahm die Zeitung und schob den Sessel zurück. Sie hatte ihre *Financial* noch nicht zu Ende gelesen. Außerdem hatte sie nun genug von der Sonne.

»Du kannst abräumen. Und wirf die Butter weg, sie wird ranzig sein. Und morgen stellst du den verdammten Schirm gefälligst so, dass ich nicht verbrenne.«

Aus dem Halbdunkel hinter der Verandatür löste sich ein Schatten und nickte stumm.

Dieser Schlampe würde er schon noch zeigen, auf was zu verzichten er bereit war und auf was nicht. »Kevin« starrte wütend über die Dächer von Oberbilk. Sie würde ihn noch kennenlernen. Und das würde ihr keinen Spaß machen.

Er stand aus seinem Sessel auf und ging hinein. Die Luft stand über Düsseldorf, dick wie ein Schwamm. Er brauchte dringend Abkühlung. Nachdenklich lehnte er sich an die Stirnwand seines Lofts aus rissigen Backsteinen. Aber auch die alten Steine hatten sich längst aufgeheizt. Er würde sich anderswo erfrischen müssen. Und er wusste, wen er um diese Zeit im D'Vine antreffen würde.

Diese Aussicht zauberte ihm ein Lächeln ins Gesicht. Er war noch lange nicht am Ende. Und schon gar nicht würde er sich von einer wie ihr Vorschriften machen lassen. Die konnte noch so viel Knete haben. Das Geld würde sie nicht schützen. Er brauchte nur noch einen Plan, wie er unbemerkt an die Kohle kommen konnte. Aber genau dazu hatte er das D'Vine ja zu seinem »Büro« gemacht.

»Wir werden langsam ungeduldig. Sie haben nicht mehr viel Zeit.«

»Hören Sie, es hat Verzögerungen gegeben. Auf die habe ich keinen Einfluss. Die Gutachten liegen noch nicht alle vor. Außerdem ist der Ministerialdirigent gerade im Urlaub.«

»Das interessiert mich nicht. Sie wollen es offenbar nicht anders. Die Fotos werden dann jetzt verschickt.«

»Bitte, ich flehe Sie an, tun Sie das nicht. Ich flehe Sie an. Ich brauche noch Zeit.«

»Liefern Sie. Und zwar bald.«

In der Leitung klickte es.

Mit dem Telefon in der Hand stand er an seinem Bürofenster. Unten auf der Straße ging das Leben seinen gewohnten Gang. Niemand von den Menschen dort ahnte, dass er kurz davor stand, seinen Verstand zu verlieren. Es musste eine Lösung geben. Für alles im Leben gab es schließlich eine Lösung. Er musste sie nur finden.

»Das nennt ihr Biergarten?« Carsten Jakisch drehte sich auf seinem Stuhl um. »Hier ist ja gar nichts los.«

»Das ist sogar ein bayerischer Biergarten. Du kannst dein Essen selbst mitbringen.«

»Toll.« Jakisch klang nicht sonderlich beeindruckt.

»Na ja«, musste Ecki zugeben, »früher war hier deutlich mehr los. Hat sich offenbar noch nicht rumgesprochen, dass der neue Betreiber mit einem anderen Konzept arbeitet.«

»Wenn der Ruf einmal hin ist, kommst du kaum wieder hoch.« Das galt für nahezu jeden Lebensbereich. Carsten Jakisch musste an seinen Kollegen Robert Mayr denken, der noch nicht einmal nachgefragt hatte, ob er schon Neuigkeiten für ihn habe. Offenbar hatte er kein sonderliches Interesse an der Ermittlungsarbeit der niederrheinischen Kollegen. Oder an seiner Arbeit. Aber darüber würde er später noch einmal nachdenken. Jetzt hatte er erst einmal Hunger.

»Hier ist Selbstbedienung.« Schrievers zeigte auf das Banner, das neben das grüne Holzhäuschen gespannt war, in dem der Schankkellner auf Kundschaft wartete.

»Bayerischer Biergarten eben.« Jakisch nickte gelassen und sah fragend an der hellen Stuckfassade empor, die sich am Ende des Biergartens in den blauen Himmel erhob.

»Haus Erholung.« Der Archivar deutete auf das Wasserbecken und die niedrigen Buchsbaumhecken. »Das war mal der Garten des Hauses.«

»Sieht aus wie ein französischer Barockgarten. Na ja, ein bisschen jedenfalls.«

»Und könnte dringend einen Gärtner gebrauchen. Das Unkraut macht das ganze Bild kaputt.«

»Seit wann interessierst du dich für Gartengestaltung und Unkrautjäten?« Ecki schlug Frank auf die Schulter. »Ein kühles Weizen?«

Noch bevor Frank antworten konnte, sprang Jakisch auf. »Ich besorg mal eine Runde.«

Der muss auch noch eine Menge lernen, dachte Frank und beobachtete seinen Allgäuer Kollegen, der mit beiden Händen gestikulierend auf den Kellner einsprach, der lediglich nickte und dann mehrere Flaschen Weizenbier aus einem Kühlschrank nahm.

Seinen besten Mann hatte Mayr ihnen jedenfalls nicht geschickt, das hatte er sich gleich gedacht, als der Kommissar aus Kempten die MK auf den neuesten Stand der Allgäuer Ermittlungen gebracht hatte. Nervös hatte er neben dem Flipchart gestanden und umständlich die Fakten referiert. Im Hintergrund hatte Frank seinen Kollegen Thiel gehört, der halblaut das aussprach, was alle dachten: »Mach voran, Pumuckl. Wir haben zu tun.«

Jakisch hatte nicht erkennen lassen, ob er Thiels Bemerkung gehört hatte. Linkisch, aber unbeirrt hatte er seinen Vortrag fortgesetzt. Am Ende waren sie allerdings keinen Schritt weiter. Aus den süddeutschen Erkenntnissen hatte sich nicht ein neuer Ermittlungsansatz ergeben. Einziges Ergebnis der Besprechung war der neue Spitzname des Bayern gewesen: Pumuckl. Wobei Knödel auch gepasst hätte. Das Stoppelhaar betonte nämlich seine Schädelform und ließ Jakischs Gesicht und Kopf wie einen übergroßen blassen Knödel erscheinen.

Frank sah Jakischs roten Haarschopf im Sonnenlicht glänzen. Bisschen viel Gel. Dabei befand sich der Kommissar aber in guter Gesellschaft. Auch der Kellner hatte sein dunkles, fast schwarzes Haar mit viel Gel nach hinten gekämmt.

»Wie mag wohl sein Meister Eder aussehen?« Frank drehte sich zu Schrievers und Ecki.

Ecki runzelte die Stirn und verstand erst beim zweiten Nachdenken. Er musste grinsen, sagte aber nichts.

»Lederhose und Seppelhut.« Schrievers gluckste. »Das ist in Bayern Pflicht. Auch bei der Polizei.«

Carsten Jakisch balancierte ein Tablett mit Weißbiergläsern an ihren Tisch und hatte Schrievers' Bemerkung gehört. »Und ihr Preußen kennt nur plattes Land.« Er setzte sich und verteilte die Gläser. »Was wisst ihr schon vom Allgäu? Es gibt auf dieser Erde keinen schöneren Fleck. Na ja, außer Schwalmtal vielleicht.«

Schrievers schmunzelte.

Die nächste halbe Stunde tauschten Schrievers und Ecki Urlaubserinnerungen an die grünen oder mit Schnee bedeckten Berge und die braunen Kühe aus. Jakisch nickte dazu. Dabei ging sein Blick ein paarmal über das majestätische Dach von Haus Erholung hinweg, hinein in das weite Blau des frühen Abendhimmels. Mochten seine niederrheinischen Kollegen doch denken, was sie wollten, er hatte seine eigenen Bilder vom Allgäu. Und von seiner Steffi.

Komisch, dachte er, warum merkt man erst in der Ferne, wie sehr man an seiner Heimat hängt?

Ab dem dritten Weizenbier trat die Ermittlungsarbeit gänzlich in den Hintergrund. Stattdessen ging es um das ewige Thema Borussia und die Bayern; man erzählte sich erlebte oder auch nur überlieferte Anekdoten, zum Beispiel aus den »glorreichen 70ern«. Mittlerweile standen Teller mit Brezen und Obatztem auf dem Tisch, und die Unterhaltung wurde zusehends lockerer.

»Wie kommen wir jetzt weiter?«, fragte Frank unversehens und hob das Glas. So ganz kampflos wollte er den Abend nicht in einem gepflegten Besäufnis enden lassen.

Carsten Jakisch sah ihn mit seinen hellen Augen ernst an. »Wo Politik und Geld zusammenkommen, blüht das Verbrechen.« Er prostete Frank zu und unterdrückte nur unvollständig ein Rülpsen. »Hoppla. 'tschuldigung.«

Nachdenklich drehte Ecki sein Glas auf der ausgeblichenen Tischplatte. »Mit solchen Binsenweisheiten kommen wir nicht weiter, Pumu–«, er verbesserte sich, »Carsten.«

»Ist doch aber so«, beharrte Jakisch.

»Bisher haben wir dafür keine Anhaltspunkte finden können.« Frank hob den Kopf in Richtung Ausgang, als er den röhrenden Auspuff eines vorbeifahrenden Motorrades hörte. »Wir müssen mehr über die Motorradszene erfahren.«

»Rocker?« Jakischs Augen begannen zu leuchten. »Hells Angels, Bandidos, Drogen, Prostitution?«

Er war schon mittendrin in seinen Phantasien von dunklen Strukturen zwischen Kopfweiden, Niers und Niederrhein. Das konnte ja spannend werden. Wann hatten sie es im Allgäu schon mal mit echten Rockern zu tun?

Der höfliche Kellner schenkte an diesem Abend noch einige Runden aus.

XX.

Der Fraktionsgeschäftsführer sah Frank abwartend an. Er hatte den beiden Ermittlern zwar Kaffee servieren lassen, unter echter Gastfreundschaft verstand er persönlich allerdings etwas anderes. Er hatte auf der Hut zu sein. Das schuldete er seinem Freund und der Partei. Seit Büschgens tot war, klingelte in einer Tour sein Handy. Es gab eine Menge sauber zu halten. Dabei konnte er die Polizei am allerwenigsten gebrauchen.

»Wir haben uns in den vergangenen Tagen eingehend mit dem privaten Ernst Büschgens beschäftigt. Um ehrlich zu sein, wir sind dabei nicht sonderlich überrascht worden. Ihr Parteifreund hat einen untadeligen Ruf genossen, soweit wir das beurteilen können.« Frank räusperte sich. »Und was die politische Karriere betrifft: Da sind wir auch nicht auf Ungereimtheiten gestoßen.« Frank war der Fraktionsobere eine Spur zu glatt. Nicht unsympathisch, aber aalglatt. Außerdem benahm der Mann sich merkwürdig, einen Tick zu beflissen und doch unnahbar.

»Was hatte Sie erwartet, Herr Kommissar? Dass wir Politiker alle Leichen im Keller haben? Oh. Verzeihen Sie in diesem Zusammenhang so eine Metapher.« Bernd Zohren hob entschuldigend die Hände. »Aber ich weiß sehr wohl um das Image unseres Standes.«

Wenigstens hat er nicht »Berufsstand« gesagt, dachte Ecki, dem Zohren ebenfalls suspekt war. »Nun, das ist nicht der Grund, warum wir gekommen sind. Wir wollen keinesfalls in diese Kerbe schlagen. Aber wir fragen uns natürlich, ob wir damit wirklich schon alles über Ernst Büschgens wissen.«

»Die Frage können nur Sie abschließend beantworten.« Zohren lächelte.

Du guckst eine Spur zu unauffällig auf deine Uhr, dachte Frank. Wir werden aber noch eine Weile bleiben. »Das werden wir sicher auch tun. Deshalb ist es wichtig, dass wir Büschgens' politischen Werdegang noch einmal mit Ihnen gemeinsam durchgehen.« Er sah, dass seine Worte genau das auslösten, was er sich erhofft hatte: Zohren hatte nicht die geringste Lust, jemanden in die Karten seiner Partei blicken zu lassen.

»Ganz wie Sie wollen. Ich kann Ihnen gerne die Daten zukommen lassen. Meine Sekretärin wird das sofort erledigen, Herr Hauptkommissar.«

Frank winkte ab. »Es geht uns nicht um Daten. Uns interessiert vielmehr, was Ernst Büschgens im Sinne der Partei so getrieben hat.«

»Wie meinen Sie das?«

Zohren hatte vergessen, aalglatt auszusehen.

»Woran haben Sie intern gearbeitet? Hat er sich bei der politischen Arbeit, wie immer sie ausgesehen haben mag, Feinde gemacht?« Frank registrierte mit Vergnügen die leichte Veränderung in Zohrens Haltung. Er war auf dem richtigen Weg.

»Jeder Politiker hat sogenannte Feinde. Das gehört zu seinem Job. Leider. Aber damit wissen wir als Demokraten umzugehen. Es steht in unserer Arbeit stets die Sache im Vordergrund. Nennen Sie es ruhig unseren Wählerauftrag und das Wohl der Bürger.«

»Und das Wohl der Partei.«

»Jetzt werden Sie polemisch, Herr Eckers.«

Ecki ließ den Angriff unbeantwortet.

»Jedenfalls«, fuhr Zohren fort, »glaube ich nicht, dass es zu Unstimmigkeiten gekommen ist.«

»Woran hat Büschgens zuletzt gearbeitet? Er war in der Stadt und in der Baubranche ein einflussreicher Mann. Es muss doch Unterlagen geben. Wenn ich mich nicht irre, hatten es ihm besonders Großprojekte angetan.«

»Herr Borsch, Sie kennen doch unsere Stadt.« Bernd Zohren setzte sein Politikerlächeln auf, mit dem er üblicherweise Seniorenheime enterte. »Großprojekte gibt es hier wahrlich kaum. Und die, die wir haben umsetzen können, sind alle zufriedenstellend und mit allen Vertragspartnern einvernehmlich abgewickelt worden. Wir stellen Ihnen gerne die Akten in

Sachen Abriss Stadttheater, Arcaden und Nordpark zur Verfügung.«

»Wenn es nur wenige dieser Projekte gab oder gibt, hat dann Büschgens vielleicht auch in anderen Kommunen Geschäfte gemacht?« Ecki stellte seine Kaffeetasse auf den Tisch zurück. Für Frank das untrügliche Zeichen, dass Ecki kurz davorstand, die Geduld zu verlieren.

»Selbstverständlich hat ein Mann von Büschgens' Qualitäten auch anderswo seine Geschäfte gemacht. Er war ein gefragter Experte in der Abwicklung von großen Bauprojekten. Aber wo«, Zohren breitete entschuldigend die Arme aus, »er tätig war, entzieht sich meiner Kenntnis. Wir als Partei haben uns nur um unsere innerstädtischen Dinge gekümmert. Klar, wir haben auch mal ein Bier zusammen getrunken, Ernst und ich, aber Privates war bei diesen Gelegenheiten selten bis gar nicht Thema.«

Ich glaube dir kein Wort, dachte Ecki. »Ach, kommen Sie, Herr Zohren, das nimmt Ihnen doch kein Mensch ab. Sie wissen doch sicher, womit sich Ihre Fraktionskollegen gerade beschäftigen.« Politiker sind schließlich Alphatiere, die ständig ihr Revier markieren müssen, schickte Ecki stumm hinterher.

»Ihre Art zu fragen gefällt mir nicht, um ehrlich zu sein. Aber vermutlich tun Sie auch nur Ihre Arbeit.« Zohren lächelte verbindlich.

»So ist es.« Frank nickte. »Also?«

»Auf Ehre und Gewissen, Herr Hauptkommissar, ich habe nicht die geringste Ahnung. Ich hatte weder Einblick in Ernsts Terminkalender noch in seine wirtschaftlichen Verhältnisse. Ich weiß nur, dass er offenbar auf dem Absprung war. Er wollte sich im Allgäu zur Ruhe setzen. Aber das wissen Sie ja längst, vermute ich mal.«

Ecki hakte nach. »Das ist doch eigenartig: Ein erfolgreicher Geschäftsmann will sich mit einem Mal zur Ruhe setzen. Büschgens war ja erst Anfang 50.«

»Weil er sich einen Traum erfüllen wollte vielleicht? Er wird genug Geld gehabt haben, als Partei- und Fraktionskollege hätte ich seinen Weggang bedauert. Andererseits kann ich ihn auch verstehen. Er hatte Marie kennengelernt, wollte noch einmal ganz von vorne anfangen. Und da ist der Zeitpunkt genau günstig gewesen. Marie Schneiders ist eine liebenswerte und dazu sehr attraktive Frau. Und vermögend. Ernst hatte mit ihr das große Los gezogen.«

»Er muss auch selbst viel Geld verdient haben.«

»Viel Arbeit bedeutet auch schon mal viel Geld. Und Ernst hat viel gearbeitet. Zu viel manchmal.«

»Was meinen Sie damit?«

»Das, was ich sage: Zu viel Arbeit macht die Gesundheit auf Dauer nicht mit.«

»Gilt in der Politik denn nicht auch der Spruch: Wo gehobelt wird, da fallen Späne?«

»In gewissem Sinne, ja. Nur nicht in diesem Zusammenhang, Herr Kommissar.« Bernd Zohren machte ein Gesicht, als wollte er sagen: So leicht kriegst du mich nicht aufs Glatteis. Dafür musst du schon früher aufstehen, mein Lieber.

»Was mich ein wenig stutzig macht, ist, dass Sie so vehement die Lanze für Ernst Büschgens' Ehrenhaftigkeit führen.« Ecki ließ den Fraktionsgeschäftsführer nicht aus dem Blick.

Bernd Zohren wandte sich an Frank. »Wie ich schon sagte, Ihr Kollege kann sehr polemisch sein.«

Frank schwieg dazu.

»Jedenfalls hat Ernst keinen dunklen Flecken auf seiner Weste. Im Übrigen empfinde ich dieses Gespräch zunehmend als pietätlos. Ernst Büschgens hat mehr Respekt verdient.«

Ecki musste ein Lachen unterdrücken. Es hätte abfällig geklungen. Dieser Zohren hatte Nerven! Es ging um drei Morde, und dieser Lokalpolitiker meinte allen Ernstes, einen auf Staatsmann machen zu können. Er würde sich auf keinen Fall von Zohren provozieren lassen. »War Motorradfahren auch einer der Träume, die Ernst Büschgens unbedingt verwirklichen wollte?«

»Tun das nicht alle Männer um die 50, Herr Eckers?«

Nun ließ Ecki das Lachen doch heraus. »Ich frage Sie noch einmal, Herr Zohren, woran hat Ernst Büschgens gearbeitet?«

Zohren blieb unbeeindruckt freundlich. »Ich stelle Ihnen gerne die Ausschuss- und Ratsprotokolle zur Verfügung. Vom Rest habe ich keine Ahnung. Da muss ich Sie allein lassen, so leid mir das tut.«

Er hatte sich an den Tisch ganz hinten in dem schlauchartigen Restaurant gesetzt und ein Bier bestellt. Die Tische auf dem Bürgersteig vor dem D'Vine waren alle besetzt, aber er hatte ohnehin kein Interesse daran, erkannt und in Begleitung gesehen zu werden.

Es war ein kleines Restaurant: dunkle einfache Tische, helle Wände, keine überflüssige Dekoration. Wenig auffällig und doch mit dem angesagten reduzierten Chic, genau richtig für unauffällige Treffen im verlängerten Schatten von Landtag und Polizeipräsidium.

Seine Verabredung kam pünktlich.

Der Mann war Mitte bis Ende fünfzig, genau wusste er das nicht zu sagen. Wegen seiner Art zu sprechen und der sparsamen Gesten vielleicht ein Anwalt. Trotz der hohen Temperaturen war der Mann tadellos gekleidet. Zum dreiteiligen grauen Anzug trug er ein unauffälliges Hemd, dazu eine ebenso unauffällige Krawatte und ein dezentes, farblich passendes Einstecktuch. Keine Ringe, lediglich eine Armbanduhr. Der Mann hatte etwas, das ihn an gewisse Schwarz-Weiß-Fotos der frühen Sechzigerjahre erinnerte. Unauffällige Zuarbeiter im Hintergrund von Politik und Wirtschaft. Der Eindruck konnte aber auch Zufall sein.

Sie hatten zunächst jeder ein Glas Weißwein getrunken und einen Salat von der Tageskarte bestellt. Obwohl er mit T-Shirt, Jeans und Turnschuhen nicht eben wie ein Geschäftsmann aussah, fielen die ungleichen Gesprächspartner nicht weiter auf. Sie waren immer noch die einzigen Gäste, die im Restaurant saßen. Die Mehrheit der Düsseldorfer beharrte wohl auf dem mediterranen Flair ihrer Stadt und blieb lieber auf dem Trottoir.

Beim abschließenden Espresso war seine Verabredung zum eigentlichen Thema gekommen.

Er hatte zunächst nicht glauben können, was er da zu hören bekam. Eigentlich hätte es umgekehrt laufen sollen. Er hatte um »Erlaubnis« für seine Pläne bitten wollen. Aber mit jedem Satz war deutlicher geworden, dass es für ihn nicht besser laufen konnte. Er würde sich seines »Problems« entledigen und gleichzeitig ein hübsches Sümmchen verdienen können. Dieser Tag versprach ein überaus ertragreiches Ende zu nehmen! Aber er wollte seine Freude und Genugtuung nicht gleich preisgeben. Vor allem weil er sich davon eine ordentliche Aufstockung seiner Entlohnung versprach.

»Hören Sie, das ist nicht so einfach. Die Stadt wimmelt von Bullen, und das Dorf ist in heller Aufregung. Wie stellen Sie sich das vor?«

»Ihr Problem, Kevin.« Er sagte es, wie er die Frage der Kellnerin nach einem Nachtisch verneint hatte, beiläufig und ohne Emotion.

»Sie stellen sich das zu einfach vor. Ich kann nicht einfach in das Wohnzimmer dieser Staatssekretärin spazieren und ›peng‹. Es gibt zu viele Leute, die uns zusammen gesehen haben.«

»Ihr Pech. Sie mussten ja unbedingt mit ihr ins Bett. Das war nicht Ihr Auftrag. Ich hatte Sie für schlauer gehalten.«

Kevin musste grinsen bei dem Gedanken an ihre erste Nacht. Er hatte es bisher noch jeder ordentlich besorgt. »Sie hat es nicht anders gewollt.«

»Sie spielt in einer anderen Liga.«

Kevin zuckte mit den Schultern. Frauen standen auf seine offenen Hemden und seine Schlangenlederschuhe. Aber was hatte er mit den Gefühlen der Schicksen zu schaffen?

»Wie auch immer. Sie wird einigen Geschäftspartnern zu

gefährlich. Und sie kann auch Ihnen gefährlich werden. Meinen Sie nicht?«

Was konnte sie schon wissen?

»Sie weiß mittlerweile, wer Sie wirklich sind.«

»Das kann gar nicht sein.«

Sein Gegenüber blinzelte spöttisch. »Ich sagte es ja bereits: Sie spielt in einer anderen Liga.«

Was hatte das zu bedeuten?

»Hören Sie, mein Lieber, Sie können sich gerne ›Kevin‹ nennen, vor wem, von wem und wann auch immer. Aber glauben Sie im Ernst, dass Frauen wie sie einfach nur die Beine breit machen? Diese Dame hat eine Menge Verantwortung und im Zweifelsfall eine Menge zu verlieren. Solche Frauen sind von Natur aus vorsichtig. Sie hat sich erkundigt. Nun weiß sie Bescheid und ist damit eine echte Gefahr.«

Kevin begann zu schwitzen. Was ging hier bloß vor?

»Jetzt machen Sie sich keine Sorgen. Erledigen Sie den Auftrag, und alles ist wieder gut.«

Jetzt blinzelte Kevin. Und zwar vor Nervosität. Er hatte in den vergangenen Monaten vergeblich versucht, die wahre Identität des Anzugträgers aufzudecken. Es war ihm nicht gelungen. Er war ihm ein paarmal gefolgt, aber spätestens auf Höhe des Landtages hatte er ihn jedes Mal verloren. Sosehr er sich auch bemüht hatte, mehr als eine Personenbeschreibung hätte er nicht abliefern können. Er wusste nicht einmal zu sagen, welchen Fahrzeugtyp sein Gegenüber bevorzugte. Und nun saß er hier und war ihm ausgeliefert. Kevin beschlich das Gefühl, dass die Sache zwei Nummern zu groß für ihn war. Wenn er ehrlich war, hatte er das bereits zu Beginn ihrer »Partnerschaft« gespürt.

In Kevins Kopf rasten die Gedanken. Was hatte das zu bedeuten? Er sollte sie töten. Gut. Seinetwegen. Der Auftrag kam allerdings zu einem ungünstigen Zeitpunkt. Ausgerechnet jetzt hatte er seine eigenen Probleme. Er brauchte Zeit und Raum, um mit der Tussi abzurechnen, die ihn so eiskalt hatte am Telefon abservieren wollen. Und auf dieser Rechnung stand sicher auch der Name dieses »Anwalts«. Sie würde ihm den Namen nennen, bevor er ihr seine Rechnung präsentierte. Und woher wusste dieser Typ, wer er, Kevin, wirklich war?

»Habe ich Sie verwirrt?«

Kevin schüttelte langsam den Kopf. Er versuchte cool zu bleiben.

»Nun, dann sind wir uns ja einig. Bezahlung wie immer. Diesmal direkt von mir. Ich melde mich bei Ihnen. Ihr Zielobjekt kennen Sie ja.«

Da war es wieder, dieses spöttische Zwinkern.

»Wann und wo? Ich meine, die Bullen.«

»Sie werden es schon richten.« Er straffte sich unmerklich in seinem Dreiteiler. »Sie werden sie schon richten. Zu Ihrem eigenen Vorteil. Da bin ich ganz zuversichtlich.«

Er wusste, dass er keine Chance auf eine höhere Bezahlung hatte. Aber er probierte es trotzdem.

»Ich brauche Zeit. Und ich brauche Geld. Ich muss sie so verschwinden lassen, dass es wie ein Unfall aussieht. Das ist teuer. Bonny wird mehr verlangen.«

»Bonny ist ein kluger Kopf. Er wird wissen, dass er keine Ansprüche stellen kann.«

Er hatte die Anspielung verstanden und schwieg.

»Sehen Sie, wir haben uns verstanden.« Der andere stand gelassen auf. »Ich kann mich auf Sie verlassen. In Ihrem eigenen Interesse.« Im Gehen wandte er sich noch einmal um und machte eine vage Handbewegung. »Sie übernehmen die Kleinigkeit hier doch sicher großzügig, oder? Und grüßen Sie Bonny von mir.« Er deutete einen Gruß an und nickte im Hinausgehen der Bedienung hinter dem Tresen zu. Der Kellner wollte etwas sagen, konzentrierte sich dann aber auf das Polieren eines Weinglases.

Kevin fühlte sich, als wäre er auf seinen Stuhl genagelt. Er saß in der Falle. In meinem eigenen Interesse! Was hatte das zu bedeuten? Er ahnte, wenn sie erst tot war, konnte er der

Nächste sein. Er starrte auf den leeren Platz gegenüber. Der »Anwalt« war noch anwesend, obwohl er längst weg war.

Kevin hatte nur eine einzige Chance. Er musste wissen, wer dieser Mann war, der ihn gerade unter den Galgen gestoßen hatte. Und er musste rauskriegen, was Bonny wusste.

Die Angst würgte ihn. Seine Unterarme klebten auf der Tischplatte.

»Haben Sie noch einen Wunsch?« Die rothaarige Kellnerin blieb abwartend einen Schritt vor dem Tisch stehen.

»Wissen Sie zufällig, wer der Mann war, der gerade das Lokal verlassen hat?«

Die junge Frau schüttelte verwundert ihre roten Locken und lachte. »Ich dachte, Sie seien Freunde.«

»Bonny, alter Kumpel, wir müssen uns sehen!«

Heinz Bongarts hielt überrascht den Hörer ein Stück von seinem Ohr weg. Warum schrie Kevin so eine überschwängliche Begrüßung ins Telefon? So kannte er ihn nicht.

»Das ist im Augenblick schlecht, Kevin. Ich bin im Augenblick nicht allein. Du verstehst.«

»Mann, dann vögel sie zu Ende, und komm dann ins Messajero. Ich warte auf dich. Es gibt einiges zu besprechen. Und jede Menge Kohle zu verdienen.«

»Was ist, Putzi? Wer ist am Apparat?« Sie fuhr mit ihrer Hand Bonnys Oberkörper entlang. Kurz unterhalb des Bauchnabels hatte sie ihr Ziel erreicht.

Bonny beendete mit einem Tastendruck die Verbindung. »Ist nicht wichtig.« Er nahm ihre Hand und hielt sie fest. »Nur das ist jetzt wichtig.«

Als er in ihr kam, wusste Bonny auf einmal, was er in Kevins Stimme noch gehört hatte: Angst.

»Heinz-Jürgen, nun lass uns nicht hängen.« Frank sah dem Archivar ungeduldig zu, wie er umständlich in einem seiner Stahlschränke kramte.

»Dass du in diesen Mengen von Papier nicht untergehst.« Carsten Jakisch hatte sich immer noch nicht von dem Anblick der stählernen Phalanx erholt, die sich ihm bereits an der Tür in den Weg drängte. Graue Schränke, Aktenberge, ein Schreibtisch, der unter der Flut der Ordner und Mappen nur noch zu erahnen war. Und über allem ein Bergmassiv in Öl mit Hirsch und Almhütte, daneben ein Landschaftsbild, das von einer Windmühle dominiert wurde, davor lagen alte Fischerboote in einem kleinen Hafenbecken vertäut. Er war aus seiner Kemptener Behörde einiges gewohnt, aber so ein Chaos hatte er noch nirgends gesehen und am allerwenigsten hier in der alten Polizeikaserne nahe der Innenstadt vermutet.

Heinz-Jürgen Schrievers hatte trotz seiner Suchbemühungen bemerkt, dass Jakischs Blick an der Windmühle hängen geblieben war.

»Gertrud und ich sammeln alte Sachen. Die Dachböden in unserem Dorf bergen noch so manchen Schatz. Wenn die Zeit es erlaubt, gehen wir am Wochenende mit Taschenlampe und kleinem Geldbeutel auf Schatzsuche. Du glaubst ja gar nicht, was die Leute alles auf ihren Speichern horten, ohne den Wert der Sachen zu kennen.« Er sah Jakisch nun ein wenig von oben herab an. »Als Archivar hat man einfach einen anderen Blick auf den Wert mancher Dinge. Wenn die Bilder ein paar Wochen hier gehangen haben, tausche ich sie regelmäßig aus. Sie geben mir das Gefühl, dass die Welt nicht nur aus Akten besteht. Wenn du verstehst, was ich meine. Wenn ich mich recht entsinne, waren wir auch schon auf dem Dachboden deiner Großeltern.«

»Ich –«

Weiter kam Jakisch nicht.

»Mann, Schrievers!«

Der Archivar drehte sich zu Frank um. »Sklaventreiber! Du solltest froh sein, wenn ich überhaupt etwas finde.« Er warf Ecki einen verschmitzten Blick zu, bevor er weitersprach. »Hast du eigentlich deine Bluesmusik archiviert?«

»Du weißt, dass ich dazu keine Zeit habe. Und mir außerdem die Geduld dazu fehlt.« Heini hatte einen wunden Punkt in seiner Seele gefunden. Er war nicht der Ordnungsmensch, der er im Grunde eigentlich sein wollte. Er wusste nur zu gut, dass er oft viel zu lange nach bestimmten Bluesstücken suchte. Aber so war das nun mal.

Schrievers hatte an Franks Blick erkannt, dass er ins Schwarze getroffen hatte. Er sprach nun Jakisch an. »Und du, denke nur ja nicht, dass ich im Chaos versinke. Wenn du das ernsthaft als Chaos bezeichnen wolltest, hast du keinen blassen Schimmer von der Ordnung eines Genies.«

Jetzt dreht er völlig durch, dachte Frank.

»Und du, Borsch, denk nicht mal, was du denkst. Du hast auch keine Ahnung. Und, Jakisch: Du wirst den Vorzug meines Ordnungsprinzips noch schätzen lernen. Mit meiner Archivarbeit schlage ich jeden Computer. Brauchst gar nicht so zu gucken. Auf meine Stahlschränke lass ich nix kommen. Da steckt mehr drin als in jeder dieser Plastikbüchsen.«

Schrievers deutete mit dem Daumen auf den dunklen Bildschirm des einzigen PCs im Raum und schlug dann gegen einen der Stahlschränke, dass es nur so krachte.

»Können wir jetzt endlich zum Thema kommen?« Frank hatte genug vom Exkurs über die Schrievers'sche Sicht der Dinge.

»Du hast einfach keinen Respekt vor ehrlicher Archivarbeit. Polizeiarbeit ist Köpfchenarbeit. Arbeit, bei der du deine Seele brauchst, deinen Spürsinn, deinen Instinkt. Der Rest ist Archivarbeit.« Schrievers stand jetzt mit ausgebreiteten Armen in seinem Reich.

Pavarotti könnte nicht dramatischer aussehen, dachte Ecki, hütete aber seine Zunge.

»Nun, großer Meister, dann mal los.« Frank hatte seine Arme vor dem Oberkörper verschränkt.

Urplötzlich wurde aus Schrievers' Siegermiene ein bekümmertes Knautschgesicht. Knapp 120 Kilo sanken auf einen Bürostuhl.

»So richtig werde ich aus Büschgens nicht schlau.« Schrievers streckte seine Beine aus und betrachtete das Karomuster seiner Filzpantoffeln. »Es gibt einige Dossiers über ihn, die ihn als ehrenwerten Geschäftsmann erscheinen lassen. Und es gibt Gerüchte. Aber selbst die können wenig am Lack des Politikers Büschgens kratzen. Offenbar wollte er in der Tat seine Zelte am Niederrhein abbrechen und ins Allgäu ziehen. Zusammen mit Frau Schneiders. Büschgens' Biografie ist, so gesehen, eine unauffällige Allerweltsbiografie. Eine schnurgerade Karriere, dazwischen nur ein paar kleine Abzweigungen, nichts Aufregendes.«

»Was sind das denn für Gerüchte?«, hakte Jakisch nach.

»Es gibt Pläne, im Duisburger Hafen ein Landesarchiv zu bauen. Dazu sollen alte Getreidespeicher genutzt und erweitert werden. Backsteinarchitektur, aufgemotzt durch Auf- und Anbaue aus Glas und Stahl. Die Idee ist an sich reizvoll, sage ich jetzt mal so als Archivar. Quasi das Gedächtnis eines Bundeslandes an einer zentralen Stelle.«

»Ja, und?« Frank verstand nicht.

»Nun ja, wie soll ich sagen? Wie das so ist bei derartigen Bauvorhaben, es muss schon bei den ersten Gesprächen auf höchster Ebene eine undichte Stelle gegeben haben.«

»Mach's nicht so spannend.«

»Also: Wenn du mitkriegst, dass ein Grundstück in dem Augenblick Gold wert ist, in dem die öffentliche Hand Interesse signalisiert, und sie dabei auch noch durchblicken lässt, dass sie das Vorhaben unbedingt realisieren will, dann wärst du doch schön blöd, wenn du nicht versuchen würdest, das Grundstück zu bekommen, bevor das öffentliche Interesse öffentlich wirst.«

»Verstehe kein Wort.« Ecki runzelte die Stirn.

Carsten Jakisch hatte Schrievers längst verstanden. »Wenn ein Allgäuer Bauer eine Wiese zum Verkauf anbietet, weil er zu alt für die Arbeit ist, du aber weißt, weil du gute Kontakte zum Liegenschaftsamt der Gemeinde hast, dass genau diese Wiese wertvoller Baugrund wird, dann kratzt du doch sofort dein Geld zusammen und kaufst dem Alten die Wiese ab. Oder? Und dann wartest du ab, bis der Wert der Wiese durch die Kaufabsichten der Gemeinde steigt.« Jakisch grinste. »Das wird bei euch nicht anders sein als im Allgäu.«

»Das sind doch illegale Insidergeschäfte.« Nun hatte auch Ecki verstanden.

»Solange das keiner spitzbekommt, ist das ein höchst einträgliches Geschäft. So lukrativ, dass du sogar noch deine undichte Stelle im Amt oder sonst wo schmieren kannst.«

»Und was hat das nun mit Büschgens zu tun?«

»Genau da liegt der Hase im Pfeffer.« Schrievers hatte das Studium seiner braunen Pantoffelkaros beendet. »Wie gesagt: Gerüchte. Büschgens soll gute Kontakte zur Landesregierung gehabt haben. Aber das allein macht ihn noch nicht verdächtig.«

»Haben sich Schneiders und Büschgens nicht bei einem Empfang der CDU im Landtag kennengelernt?« Ecki blätterte eifrig in seinem Notizbuch.

»Das heißt doch nix. Solche Anlässe sind selten dazu da, um politische Geschäfte zu machen. Schon gar nicht illegale. Das sind einzig und allein Anlässe, um sich öffentlichkeitswirksam zu präsentieren. Was du meinst, findet eher in unscheinbaren Büros unscheinbarer Gebäude statt, an einem Wochenende weit weg von den politischen Schaltzentralen, auf privaten Feiern oder beim gemeinsamen Saunabesuch.«

»Oder im Puff.« Jakisch griente.

»Schau an, unser Alpenromantiker kennt sich auch im Horizontalen aus.« Frank schüttelte den Kopf.

»Moment.« Ecki schlug sein Büchlein zu. »Jakischs Gedanke ist gar nicht so blöd. Vielleicht sollten wir auch die Motorradklubs durchleuchten. Denk an Bittner. Er hat gesagt, dass die Prostituierten auch Motorradfreaks waren. Und Büschgens ist nachweislich BMW gefahren. Sogar mit Politikerfreunden von der Landesebene. Ein Bikerwochenende ist der geeignete Anlass, um bei Bier und Würstchen unbeobachtet Geschäfte zu machen. Wir müssen herausfinden, wer da mit wem ausgefahren ist.«

Jakisch nickte. »Und wer dabei wem welche Nutte empfohlen hat. In diesem Gewerbe gibt es ja die unglaublichsten Verbindungen.«

Frank sah den Kemptener Kollegen schräg von der Seite an. »Du hast im Allgäu bei der Sitte gearbeitet?«

»Nee. Das habe ich in der Ausbildung gelernt.« Carsten Jakisch steckte zufrieden die Hände in die Hosentaschen.

»Büschgens taucht aber nicht auf der Liste von der Dürselen auf.«

»Wäre trotzdem ein logischer Ansatz.« Ecki nickte. »Wer weiß, vielleicht lief er bei den Damen unter einem anderen Namen.«

»Dagegen spricht, dass die übrigen Namen auf der Liste Klarnamen sind.« Frank mochte nicht so einfach glauben, dass Julia Dürselen ausgerechnet für Büschgens einen Tarnnamen benutzt oder einen besonderen Code verwendet hatte.

»Wir sollten uns trotzdem in der Szene umtun. Und wir müssen uns das Umfeld von Samantha Kurzius ansehen. Willst du das übernehmen, Carsten?« Ecki sah den »Allgäuer Pumuckl« auffordernd an.

Jakisch nahm überrascht die Hände aus den Taschen. Mit so viel Vertrauen hatte er nicht gerechnet. »Klar, mache ich gerne. Wo hat diese Frau denn gewohnt?« In Gedanken legte er bereits den Katalog von Fragen an, die er den Angehörigen stellen wollte beziehungsweise den Nutten, denen er bei seinen Recherchen begegnen würde.

Wenn Mayr wüsste, was man ihm hier am Niederrhein zutraute! Aber das würde er ihm schon noch unterjubeln, bei passender Gelegenheit. Was tat Mayr inzwischen eigentlich, um die beiden Moosbach-Fälle voranzubringen? Er würde seinen Chef anrufen. Es konnte immerhin sein, dass es auch im Allgäu Hinweise auf die Lösung der Fälle gab. Jedenfalls ließen das die bisherigen Ermittlungen vermuten: ein betrügerischer Bauskandal mit mehreren Toten, der bis ins Allgäu reichte. Wenn das nicht sein Sprungbrett war! Seine Karriere würde künftig nicht mehr von solchen Typen wie Kuhlinger und Mayr abhängen, das war mal sicher.

Schrievers sah Frank an. »Denkt an Frau Schneiders. Vielleicht kann sie euch Hinweise darauf geben, mit wem Büschgens sich in letzter Zeit getroffen hat.«

XXI.

Robert Mayr saß nachdenklich in der niedrigen Gaststube vom Kreuz. Seit Jakisch am Niederrhein Dienst tat, war er in seinem Revier nicht recht weitergekommen. Die beiden Mordfälle schienen sich nur durch Zufall im Allgäu ereignet zu haben. Das war die eine Variante. Die ihm letztlich die sympathischere der beiden war. Denn in diesem Fall würde er die Ermittlungen schon bald ganz den Kollegen in Mönchengladbach überlassen können. Außerdem könnte er sich Jakisch vom Hals halten, indem er ihn zum Kontaktbeamten ernannte, der sich vorwiegend um die niederrheinischen Kollegen kümmern sollte.

Und er würde Martina heiraten können. Nachdem er sich einmal durchgerungen hatte, seinen Familienstand zu ändern, konnte es ihm nicht schnell genug gehen. Martina sah das genauso. Dessen war sich der Kemptener Kriminalhauptkommissar absolut sicher.

Die zweite Variante war deutlich weniger rosig: Die Morde hatten unbedingt mit Moosbach zu tun. In diesem Fall würde er mit der Hochzeit noch warten müssen. Und er würde noch eine Menge Ermittlungsarbeit investieren müssen, um dem Täter oder den Tätern auf die Spur zu kommen.

Missmutig starrte er auf das König-Ludwig-Porträt. Dem

Kini waren die Geschicke des gemeinen Volkes denkbar gleichgültig gewesen, hieß es. Obwohl, sinnierte Mayr, wenn ich daran denke, was dem Bayernkönig für ein Ende beschert gewesen war. Dieser Fall war ja bis heute nicht restlos aufgeklärt. Und das nach 126 Jahren!

Auch Franz Josef Strauß konnte ihm nicht helfen. Zumindest sah der verstorbene Landesfürst nur unverbindlich ernst in die Linse der Kamera.

Robert Mayr seufzte. Wie kam er jetzt auf diesen esoterischen Kram? Die Morde machen mich noch ganz narrisch, dachte er.

»Die Brandstelle ist nun völlig abgeräumt. Es wird Gras über die Sache wachsen.«

Martin Mader stand unvermittelt an Mayrs Tisch und stellte »eine Halbe« vor den Kommissar. »Sie sehen aus, als könnten'S ein Bier gebrauchen.«

Robert Mayr blinzelte irritiert. »Wie haben Sie das gemeint, das mit dem Gras?«

Der Wirt zog einen Stuhl heran und setzte sich. »Die Gemeinde hat Grassamen ausstreuen lassen. Wegen der Touristen. Ein abgebrannter Hof macht sich nicht so gut auf Urlaubsfotos. Keine zwei Wochen, und man sieht nix mehr. So ist das im Leben. Es geht immer weiter, Stillstand ist Rückschritt, heißt es ja.«

»Von Benningsen-Foerder.«

»Von wem? Sagt mir nichts.«

»Einer der wenigen Manager mit sozialem Gewissen.«

»Ja, wegen dem Geld hat schon so mancher dran glauben müssen, Herr Kommissar. Die Welt ist nimmer, wie sie mal war. Das kann man gut finden oder nicht.«

»Und, wie finden Sie das?« Robert Mayr trank einen Schluck.

»Ich halt mich aus der Politik raus. Die Wirtschaft muss gescheit gehen, da hängen wir alle dran. Der Rest ist nicht meine Sache. Ich bin mit dem zufrieden, was ich hab. Mitnehmen kann man eh nix.« Wie ein Ausrufezeichen faltete Martin

Mader seine Hände über dem Latz seiner speckigen Lederhose.

Mader war ein wirklich typischer Wirt, dachte Mayr, den Leuten zuhören und sich seinen Teil denken. »Und Sie sind sich sicher, dass Büschgens ein lauterer Mensch war, der nur Interesse an seinem Hof hatte?«

Von der gegenüberliegenden Wand schaute Strauß, als ob er die Antwort bereits kennen würde.

»Alles, was ich weiß, habe ich Ihnen schon erzählt, Herr Kommissar.«

Mayr konnte am Mienenspiel des Wirts sehen, dass Martin Mader sich an ihre ersten Begegnungen erinnerte, die für den Gastwirt nicht gerade schmeichelhaft gewesen waren.

»Hat er keinen Besuch bekommen? Hat er sich mit niemandem bei Ihnen getroffenen? Oder hat mal jemand nach ihm gefragt?«

Mayr meinte, ein schwaches Grinsen auf dem Gesicht des früheren Ministerpräsidenten zu sehen. Mayr öffnete und schloss seine Augen mehrmals. Das konnte ja wohl nicht sein. Misstrauisch beäugte er sein Bier. Es schmeckte wie ein ganz normales Allgäuer Bier.

»Ist Ihnen nicht gut?« Der Wirt musterte Mayr mit sorgenvollem Blick.

»Nein, nein, alles in Ordnung. Ich habe nur gerade an etwas denken müssen.« Robert Mayr räusperte sich. »Und? Können Sie sich an etwas erinnern?«

»Ich weiß nix.« Mader deutete mit dem Kopf Richtung Küche. »Aber ich werde meinen Sohn nochmal fragen und die Daniela und die anderen Kellnerinnen, ob ihnen was aufgefallen ist.«

Mayr nickte und trank noch einen Schluck.

»Und? Wie gefällt Ihnen unser See?« Martin Mader streckte zufrieden die Füße von sich.

»Gut. Ganz gut, ja.« Mayr strich mit der Hand über die Tischdecke. Eine verlegene Geste. Was sollte er auch sonst über den See sagen? Dass er das Gefühl hatte, der See beobachte ihn? Dass er nachts versucht war, ans Ufer zu gehen und auszuprobieren, ob die spiegelglatte Wasserfläche ihn tragen würde?

»Sind eigentlich schon Leute darin ertrunken?«

»Im September 2009 haben sie einen Surfer tot herausgezogen, aus 17 Meter Tiefe. 2000 ist einer unter die Eisdecke geraten, ein Taucher aus dem Ostallgäu. Ein junger Kerl. Ohne Sicherungsleine. Christoph 17 hat noch das Eis zerdrückt, aber es war nix mehr zu retten. Und letztes Jahr ist ein 80-Jähriger mit seiner Frau beim Baden gewesen und ertrunken. Auch den haben die Taucher wieder heraufgeholt.« Martin Mader sah Robert Mayr aufmerksam an. »Wer mit ihm spielt, den holt der See sich.«

»Das ist doch nichts als Aberglaube.« Robert Mayr erinnerte sich jetzt dunkel an den Taucherunfall. Ein grausamer Tod, den Weg zurück nicht finden und unter dem Eis ersticken. »Wenn ich mich recht erinnere, sind die Unfälle zweifelsfrei aufgeklärt worden.«

Der Wirt zuckte mit den Schultern. »Sie sollten das nicht einfach abtun, Herr Kommissar. Es passieren im Leben viele Dinge, die sich nicht erklären lassen. Und nicht alles, was nicht zu erklären ist, ist auch schlecht. Fragen Sie die alten Leut. Die wissen noch viel über solche Sachen.«

Der See schlägt seine Wellen bis herauf zum Gasthof Kreuz, dachte der Kommissar. Robert Mayr spürte ein leichtes Schaukeln. Er hatte doch erst ein Bier getrunken. Aber den ganzen Tag über noch nichts gegessen.

»Ich würde gerne etwas essen. Was können Sie heute empfehlen?« Robert Mayr spürte mit einem Mal ein deutliches Knurren in der Magengegend.

Martin Mader stand auf. »Ich frage mal in der Küche nach, ob es schon etwas gibt. Eigentlich ist es noch zu früh.«

»Ich nehm auch eine Wurstsemmel«, wollte Robert Mayr dem Wirt noch hinterherrufen, aber der war bereits durch die Pendeltür entschwunden.

Der Kommissar schüttelte den Kopf und trank sein Glas leer, hob es in Richtung Landesvater und sah Strauß streng an. Der aber würdigte den Staatsdiener keines Blickes.

»Sie haben Glück. Eine Hax'n geht schon. Mit Kraut und Knödel. Oder eine Portion Kässpatzen.« Martin Mader kam aus der Küche zurück und setzte sich. »Mein Sohn sagt, dass er Herrn Büschgens ein paarmal vor dem Hof hat stehen sehen, zusammen mit einem Fremden.«

Mayr nickte nachdenklich. »Knödel? Hm. Lieber Kässpatzen. Haxe passt heute nicht. Ein Tourist?«

Der Wirt schüttelte den Kopf. »Nein. Er habe irgendwie offiziell ausgesehen, wie ein Rechtsanwalt. Und ein dickes Auto hat er gefahren.«

»Offiziell, sagen Sie? Hat Ihr Sohn sich das Kennzeichen merken können?«

Martin Mader schüttelte erneut den Kopf. »Na. Dann wird es wohl kein besonders auffälliges gewesen sein. – Das Essen kommt gleich.«

Das konnte alles und gar nichts heißen, dachte Mayr und bestellte noch eine Halbe.

Wer besucht Ernst Büschgens und sieht dabei offiziell aus? Wer macht sich auf den Weg hinauf nach Moosbach, um einen Immobilienmakler aus Mönchengladbach aufzusuchen? Ein Beamter vom Landratsamt? Vielleicht gab es noch rechtliche Dinge zum Bichler-Hof zu klären.

Mayr kam nicht weiter. Er würde sich die Unterlagen zum Verkauf des alten Hofes besorgen. Das konnte nicht schaden. Vielleicht hatte Büschgens aber auch mehr im Sinn gehabt, als sich »nur« in Moosbach zur Ruhe zu setzen. Immobiliengeschäfte konnte ein Mann wie Büschgens sicher überall auf der Welt machen. Wobei, dachte er, als er sein Bier bekam und dem Wirt zunickte, im ländlichen Oberallgäu waren die Möglichkeiten sicher nicht so zahlreich wie im Rheinland oder im Ruhrgebiet.

Was, wenn Büschgens Besuch aus seiner Heimat bekommen

hatte? Das war immerhin möglich. Selbstständige hatten nie Feierabend, zumal wenn ein lukratives Geschäft winkte. Allerdings, gestand sich der Kommissar ein, musste es schon ein bedeutender Anlass gewesen sein, wenn der Besucher aus Büschgens' Heimat kam. Andererseits muss Büschgens gute Kontakte in Politik und Wirtschaft gehabt haben, wie Jakisch ihm berichtet hatte. Da waren solche Arbeitsbesuche sicher nicht ungewöhnlich.

Robert Mayr hob die Hand und bat den Wirt an den Tisch. »Wissen Sie, ob dieser Besucher, den Ihr Sohn gesehen hat, im Dorf übernachtet hat?«

Martin Mader schüttelte den Kopf. »Das weiß ich nicht. Hier ist er jedenfalls nicht abgestiegen. Aber ich werde ihn gleich fragen.«

Der Wirt kam umgehend zurück und brachte einen Teller mit dampfenden Kässpatzen mit. »Mein Sohn hat keine Ahnung. An Guate.«

Robert Mayr ließ es sich in der Tat schmecken: frisch gemachte Kässpatzen mit Allgäuer Käse, gekrönt von einer Portion frisch zubereiteter Röstzwiebeln.

Während er aß, füllte das Lokal sich langsam. Es waren vor allem Einheimische, die sich um den Tisch nahe der Sparklubfächer versammelten. Mayr vermutete unter ihnen Forstarbeiter, Bäuerinnen und Angestellte, die wohl in Kempten ihr Geld verdienten. Allesamt Mitglieder des Sparklubs Moosbach. Vereinzelt schoben sie Geldscheine in die schmalen Schlitze. Sicher keine Anlageart, mit der man reich werden konnte. Dafür aber ein willkommener Anlass, um über die neuesten Entwicklungen im Dorf zu ratschen. Jedenfalls wurden an dem langen Tisch schnell die Köpfe zusammengesteckt, und man erzählte ausgiebig. Hin und wieder unterbrochen von Lachen und dem Wunsch nach einem frischen Bier.

Robert Mayr schob zufrieden seinen Teller von sich. Er war mehr als satt. Allerdings würde er das nächste Mal eine doppelte Portion Zwiebeln bestellen.

Gerade als er überlegte, sich einen Heuschnaps zu gönnen, stand einer der Sparer auf und trat an seinen Tisch.

»Darf ich mich kurz setzen?«

Robert Mayr machte eine einladende Handbewegung.

Der Mann war etwa Mitte vierzig. Er trug einen aus der Mode gekommenen Wollpullover, schwere Schuhe und eine Arbeitshose, kurzes Haar. Er war offenbar direkt von der Arbeit zum Treffen des Sparklubs gekommen. In seinem linken Ohrläppchen blinkte ein kleiner Stein.

»Sie sind doch der Kommissar, der den Tod des Verbrannten untersucht und den der erschossenen Urlauberin?«

Mayr nickte abwartend.

»Wissen Sie schon, wer das war?«

Der Moosbacher war offensichtlich kein Freund langer Vorreden.

»Und wer sind Sie, bitte?«

»Ich bin der Brettschneider Adolf. Warum?«

»Warum interessieren Sie meine Ermittlungen?«

Adolf Brettschneider hob unentschlossen die Schultern. »Ich mein halt so. Man redet im Dorf das ein oder andere. Da wird man eben neugierig. Nur so halt.«

»Und was redet man so?« Robert Mayr war gespannt.

»Das ist doch ungewöhnlich, erst verbrennt der neue Besitzer des Bichler-Hofs, und dann wird drunten am See eine Frau erschossen. Das hat's in Moosbach noch nie gegeben. Da will man doch die Wahrheit wissen.«

»Und was ist die Wahrheit, die man sich so erzählt?« Robert Mayr bemerkte, dass die Gespräche am Tisch des Sparklubs verstummt waren.

»Ja, nix. Das ist es ja. Wir wissen ja nichts. Nur so Gerüchte halt. Ich wollte auch nicht stören.« Brettschneider machte Anstalten aufzustehen.

»Bleiben'S nur hocken. Was sind das denn für Gerüchte?«

Adolf Brettschneider sah sich um, als könnte er von seinen Sparklubfreunden Unterstützung erwarten. »Na ja, dass der

Büschgens ein reicher Immobilienmakler aus der Nähe von Düsseldorf war.«

»Ja, und weiter?«

»Nix weiter.«

Mayrs Fragen waren dem Moosbacher sichtlich unangenehm.

»Nichts weiter?«

Adolf Brettschneider holte tief Luft und rückte seine Hose zurecht, indem er an ihrem Bund zerrte. »Ich, wir haben gehört, dass Büschgens hier am See ein großes Hotel bauen wollte. Und dass er versucht hat, Land zu kaufen.«

Brettschneider machte einen erleichterten Eindruck, offenbar war er doch noch losgeworden, was auf seine und die Seelen seiner Mitstreiter gedrückt hatte.

»Und? Hatte er schon Grundstücke gekauft?«

Brettschneider zuckte mit den Schultern. »Das wissen wir nicht. Die Leute reden ja nix.«

Das war es also, was Brettschneider, den Sparklub und das restliche Dorf umtrieb: reine Neugier, die Hoffnung auf neues Futter für ihre Gerüchteküchen.

»Wissen Sie, Herr Brettschneider«, Mayr sprach so laut, dass er auch am Tisch des Sparklubs zu verstehen war, »geredet wird viel, wenn Menschen zusammenkommen und sich Gedanken machen. Nur Grundstücke verkauft und kauft man nicht so einfach. Das hätten Sie sicher schon mitbekommen. Da gibt es schließlich Unterlagen drüber. Das ist ein höchst offizieller Akt, so ein Geschäft. Gerade wenn es um landwirtschaftlich genutzte Flächen geht. Das Grundstücksverkehrsgesetz ist sehr eindeutig. Als Nichtlandwirt kann man nur zum Zuge kommen, wenn eine entsprechende Genehmigung vorliegt.«

Am langen Tisch war zustimmendes Gemurmel zu hören. Die Moosbacher wussten offenbar sehr genau Bescheid über Recht und Gesetz.

Adolf Brettschneider hob seine Stimme, geradezu als Anwalt seines Dorfes: »Niemand von außen kann Grund und Boden kaufen, wenn einer von uns die Flächen braucht, um wirtschaftlich überleben zu können. Darüber hat auch der Gemeinderat eindeutige Beschlüsse gefasst. Die Erhaltung bäuerlicher Familienbetriebe hat eindeutig Vorrang. Wir wollen deshalb nicht, dass in unserem Dorf ein Hotel gebaut wird. Das würde außerdem unsere ganze Gegend verschandeln. Das lassen wir nicht zu.«

Am Sparertisch zustimmendes Nicken.

»Dann ist ja alles geklärt, wenn die Bestimmungen hier so sind.« Mayr ahnte, in welche Richtung die Unterhaltung gehen würde.

»Aber wer weiß, ob sich jeder Bauer an die Bestimmungen hält.« Adolf Brettschneider nickte seinen Sparklubfreunden zu.

»Gesetze und Bestimmungen müssen doch eingehalten werden.«

»Und was ist, wenn Büschgens versucht hat, Einfluss auf den Gemeinderat zu nehmen? Damit der Beschluss gekippt wird. Irgendwann demnächst. Das sollten Sie mal untersuchen, Herr Kommissar. Der Rottachsee ist unser größtes Kapital. Aber nur so lange, wie die Natur erhalten bleibt. Schon jetzt kommen eigentlich fast zu viele Touristen. Aber wenn erst das Hotel steht, ist der Rest nicht mehr aufzuhalten. Schauen Sie sich doch um. Überall im Allgäu gibt es doch solch schlimme Beispiele.«

Adolf Brettschneider hatte sich in Rage geredet. Vom langen Tisch neben dem Tresen waren Bravorufe zu hören.

Robert Mayr konnte die Aufregung gar nicht verstehen. »Na, dann reden Sie doch mit den Bauern.«

»Wenn da so ein Ausgefuchster kommt und mit einem dicken Bündel Geldscheine winkt, ist es vorbei mit der Dorfgemeinschaft. Die Bauern im Allgäu sind nicht so reich, dass sie sich um ihr Altenteil keine Sorgen machen müssen. Sehen Sie sich doch um, wie wenig Landwirtschaft wir noch haben.

Die Wiesen ernähren doch kaum noch das Vieh und die Bauern schon lange nicht mehr. Unserem Oberallgäu droht der Super-GAU.«

Der Kriminalhauptkommissar versuchte zu beschwichtigen. »Na, na, na, so schlimm wird's schon nicht kommen. Reden Sie mit den Grundbesitzern. Dann werden Sie sicher sehen, dass an den Gerüchten nichts Wahres dran ist. Immerhin scheinen Sie doch schon früh die richtigen Beschlüsse gefasst zu haben.«

Adolf Brettschneider stand unvermittelt auf. »Wir hatten gehofft, dass Sie den Fall schon aufgeklärt hätten. Zwei Tote in Moosbach sind keine gute Werbung für unser Dorf.«

Da hatte Brettschneider eindeutig recht, dachte Robert Mayr. Und der Moosbacher hatte auch richtig erkannt: Gerüchte sind der Tod jeder funktionierenden Dorfgemeinschaft.

»Wissen Sie, im Augenblick deutet nichts darauf hin, dass die beiden Morde etwas mit Moosbach zu tun haben. Was Ihre Sorge um die Zukunft des Sees und des Dorfes betrifft, dazu werde ich mich umhören. Aber ich glaube nicht, dass Sie sich ernsthaft Sorgen machen müssen.«

Und wenn doch? Diese Alternative ließ Mayr unerwähnt. Der Sparclub hatte ihn nachdenklich gemacht. Ein Hotel in Moosbach, Grundstücke, gemakelt von Ernst Büschgens. Mit dem Geld wäre es ein Leichtes gewesen, den historischen Bichler-Hof detailgetreu zu restaurieren.

Der Kriminalhauptkommissar ahnte, dass es mit seiner Hochzeit vielleicht doch nicht so schnell was werden würde. Es war so was von zum Haareausraufen. Er hätte Jakisch jetzt gut gebrauchen können. Den hätte er sofort auf das Gerücht mit den Grundstücken angesetzt. Er hob die Hand. »Bringen Sie mir doch bitte noch eine Halbe.«

Mayr hatte das Gefühl, dass vom Grund des Rottachsees dunkle Gedanken an die Oberfläche stiegen. Da war es gut, dass er beim Mader hockte und ein Frischgezapftes in Reichweite war. Zum See würde er heute nicht mehr gehen.

Ein Hotel in Moosbach, und Ernst Büschgens zog die Fäden: kein schlechtes Motiv für einen Mord. Wer weiß, wem der Mönchengladbacher damit alles in die Quere gekommen war.

Carsten Jakisch gähnte. Das stundenlange Herumhocken in Besprechungen und über Ermittlungsakten hatte wenig damit zu tun, was er sich zu Beginn seiner Ausbildung unter Polizeiarbeit vorgestellt hatte.

Samantha Kurzius war bei den Kollegen von der Sitte keine Unbekannte. Sie hatte vor drei Jahren mit ihrer »Arbeit« begonnen. Einen Beschützer hatte sie nicht gehabt. Ihre Kunden hatte sie vornehmlich in Düsseldorf gesucht, obwohl sie in Mönchengladbach gewohnt hatte. Die Kollegen hatten ihre Wohnung im Stadtteil Pesch durchsucht, aber nichts von Bedeutung gefunden. Wenn es so etwas wie eine Kundenkartei gab, dann hatte Kurzius sie irgendwo anders versteckt, oder die Wohnung war kurz vor dem Besuch der Polizei ganz besonders gründlich gefilzt worden.

Samantha Kurzius hatte nicht über Anzeigen für ihre Dienstleistungen geworben. In keiner Anzeigenabteilung einer der infrage kommenden Blätter waren ihr Name oder ihre Bankverbindungen bekannt. Auch das Einwohnermeldeamt war nicht im Bilde über ihren tatsächlichen Aufenthaltsort, geschweige denn, dass die junge Prostituierte bei Banken oder Sparkassen bekannt war. Die Auskunft der Kfz-Versicherung war ebenso wenig ergiebig gewesen wie die Abfrage bei der Krankenkasse oder dem Finanzamt. Kurzius hatte alle Kosten stets überwiesen, keine Bankeinzugsermächtigungen. Das Geld konnte also genauso gut von jemand anderem eingezahlt worden sein. Falls diese These stimmte, von wem? Wenn sie keinen Zuhälter gehabt hatte.

Jakisch kam nicht voran. Die Arbeit an den Akten war langweilig. Kein Wunder, dass Frank und Ecki sie ihm aufgebürdet hatten. Überhaupt, das waren vielleicht zwei merkwürdige Gestalten. Hingen zusammen wie Kletten und hatten dazu noch diesen Archivar im Schlepptau. Und immer dieser Streit über die einzig wahre Musik. Dass er selbst vorzugsweise LaBrass-Banda hörte, hatte er an jenem Abend lieber verschwiegen. Jakisch war sich sicher, irgendwie waren die drei Mönchengladbacher Kollegen nicht ganz richtig im Kopf. Aber nett, hatte er nach dem gemeinsamen Besäufnis im Biergarten entschieden. Leicht verrückt, aber nett. Deutlich netter jedenfalls als sein verschrobener Chef in Kempten. Robert Mayr, der – wann immer möglich – zu den Spielen von Greuther Fürth ging. Robert Mayr, der nichts Privates erzählte. Robert Mayr, den im Präsidium alle nur den »Einsiedler« nannten, ausgerechnet der wollte ihm beibringen, was einen gestandenen Ermittler ausmachte! Jakisch lachte kurz auf. Ausgerechnet Mayr.

Er versuchte noch einmal, sich auf die Akten zu konzentrieren. Samantha Kurzius hatte augenscheinlich nur am Tag ihres Todes offiziell gelebt. Pesch. In Jakischs Ohren klang der Ort nach Pech. Zumal er bei seinen niederrheinischen Kollegen schon mehrfach den Ausdruck »Pesch jehabt« gehört hatte. So extrem hatte er den Dialekt seiner Großeltern nicht in Erinnerung. Apropos. Wurde Zeit, dass er sich endlich bei ihnen blicken ließ. Seine Großmutter hatte am Telefon schon mehrfach von »Grillage« geschwärmt. Soweit er sich erinnern konnte, handelte es sich dabei um eine niederrheinische Spezialität, bei der jede Menge selbst gemachte Baisers, gehackte Haselnüsse, Schokolade und gefrorene Sahne eine entscheidende Rolle spielten. Er hatte diese Torte jedenfalls in bester Erinnerung.

Wie war er nur jetzt auf diese Süßspeise gekommen? Ob Samantha Kurzius zu Lebzeiten wie seine Großmutter behauptet hatte, sie würde für Grillage-Torte sterben? Jakisch gähnte erneut. Er musste unbedingt etwas gegen seine Müdigkeit tun. Drückend heiß war es außerdem. Vielleicht half ein Besuch im Biergarten. Aber in Mönchengladbach kannte er bislang nur einen Biergarten. Und der war wenig verlockend.

Carsten Jakisch setzte sich aufrecht hin. Eine gerade Haltung vertreibt die Müdigkeit. So ein blöder Spruch seines Vaters.

Samantha Kurzius. Die Tote war zu Lebzeiten praktisch ein Phantom gewesen. Als Tote sah sie schrecklich aus. Und so zerbrechlich. Jakisch betrachtete die Fotos vom Tatort. Der verdrehte Kopf. Die kurzen schwarzen Haare. Das kleine Einschussloch und die Austrittswunde. Die blutbespritzten Reste des zersplitterten Fensters auf der Beifahrerseite.

Was hatte diese Frau gedacht, als sie am See geparkt hatte? Hatte sie noch das Panorama genossen? Hatte sie diesen stillen und so geheimnisvollen See überhaupt wahrgenommen? Hatte sie gesehen, dass sich das ganze Allgäu im Rottachsee spiegelte, wenn man nur lange genug auf das glatte Wasser sah? Wusste sie an jenem Tag schon, dass sie wenig später ihren Mörder treffen würde? Wem hatte sie so sehr vertraut, dass sie den weiten Weg von Mönchengladbach nach Moosbach gefahren war? Oder hatte die Angst sie ins Oberallgäu getrieben?

Er würde nach Pesch fahren und sich ihre Wohnung ansehen. Und er sollte die Bilder vom Allgäu aus seinem Kopf vertreiben. Er sollte sich bei seinen Großeltern melden. Und er sollte endlich Steffi fragen, ob sie ihn heiraten würde. Wenn nicht, dann sollte er die Frau finden, die ihn lieben konnte. Die sich nicht über sein rotes Haar lustig machte, auch nicht über die paar Pfund zu viel auf seinen Rippen, die ihn so nahm, wie er war. Er sollte auch ein besserer Polizist werden. Das war er sich schuldig. Außerdem hatte er noch eine Rechnung offen. Mit seinem Vater. Auch wenn der nun schon lange tot war.

Eine halbe Stunde später stand Carsten Jakisch vor der Wohnung von Samantha Kurzius. Die Schirrmeisterei hatte ihm einen Dienstwagen ohne Navigationsgerät zugewiesen. Aber er war es gewohnt, nach Straßenkarte zu fahren. Der Stadtteil und die Wohngegend waren wenig bemerkenswert, dachte Jakisch beim Anblick des Neubaus. Das Haus war ebenso anonym wie das Klingelschild von Samantha Kurzius. Lediglich die Initialen S.K. hatten den Freiern den Weg gewiesen. Die Wohnungstür war noch versiegelt.

Die Dreizimmerwohnung war unauffällig. Das unaufgeräumte Zuhause einer jungen Frau. Nichts deutete darauf hin, warum Kurzius ins Allgäu gefahren war. Jakisch hatte auch nicht erwartet, auf Hinweise zu stoßen, die ihn direkt zu Mörder und Motiv führen würden. Er hatte sich lediglich einen Eindruck von dem machen wollen, was die junge Frau als ihr Heim oder zumindest als ihren Arbeitsplatz betrachtet hatte.

Carsten Jakisch schlenderte von Raum zu Raum. Blieb hier kurz stehen, dachte nach, hob dort ein Laken an, versank in Gedanken, öffnete einen Schrank, schloss ihn wieder, öffnete ihn erneut, ließ ihn offen stehen, blätterte durch die kleine CD-Sammlung. Er war auf der Suche nach einer Inspiration.

In der Wohnung machte sich bereits der Staub unbehauster Zimmer breit, sie roch schon ein wenig muffig, ein Hauch von Parfüm lag auf den Polstern und hing unschlüssig in den Falten der Gardinen. Schließlich blieb Carsten Jakisch mitten im Wohnzimmer stehen. Er schob die Hände in die Taschen seines Kurzmantels und drehte sich um die eigene Achse. Aber sein Blick blieb nirgends hängen. Er spürte lediglich eine Unruhe, die ihn hinaustrieb. Die Zimmer waren so tot wie Samantha Kurzius. In dieser Wohnung stöhnte vorerst niemand mehr. Leise zog er die Tür hinter sich zu und ging nachdenklich die drei Treppen hinunter.

Vor der Haustür wäre der Kemptener Kommissar beinahe mit einer Frau zusammengestoßen, die einen Trolley hinter sich herzog.

»Grüß Gott«, murmelte er entschuldigend und wollte schon weitergehen.

»Passen Sie doch auf, Sie hätten mich beinahe umgerannt.«

»Ich wollt' Sie g'wiss net umrenna.« Carsten Jakisch war unversehens in Dialekt gefallen. Bisher hatte er sich bemüht, Hochdeutsch zu sprechen. Ein Versuch, den er im Allgäu längst aufgegeben hatte. Dort galt er trotzdem immer noch als »Neigschmeckter«. Vielleicht lag es ja an seinen roten Haaren, dachte er, wenn die Kemptener Kollegen ihn mal wieder auf dem Flur stehen ließen und ohne ihn in die Kantine gingen.

Die alte Frau hatte unversehens ihren Ärger vergessen. Vorsichtig stellte sie ihren Trolley ab. »Sie sind nicht von hier, gell? Kommen Sie vielleicht aus dem Allgäu?«

»Woher wissen Sie das?«

»Ich habe als junge Frau zwei Saisons lang in Missen in einem Gasthof geschafft.« Sie seufzte. »Eine Brauerei ist das gewesen. Eine schöne Zeit. Die Berge, die gute Luft. Na ja, das ist lange vorbei.«

»War das vielleicht die Brauerei Schäffler?« Jakisch wollte nur höflich sein.

»Kann sein. Wissen Sie, mein Gedächtnis lässt nach. Warten Sie, wie sagten Sie? Schäffler? Ja so haben's g'heißen, die Wirtsleut.« Sie schmunzelte bei dem Gedanken an die Zeit in Missen. »Sind Sie auf Besuch in Mönchengladbach?«

»Nein, ich –« Jakisch wollte schon wieder auf dem Weg ins Büro sein. Kurzius' Wohnung hatte ihn deprimiert, aber nicht weitergebracht.

Die Frau deutete auf den Hauseingang. »Haben Sie jemanden besucht? Kann ich Ihnen irgendwie helfen?«

Warum eigentlich nicht, dachte er, ein Versuch kann nicht schaden. »In diesem Haus wohnt eine Samantha Kurzius. Kennen Sie sie vielleicht? Sind Sie eine Nachbarin?«

»S.K.?«

Jakisch nickte. Als er sah, dass sich ihr freundliches Lächeln zu einem abweisenden Blick verengte, beeilte er sich, die Frau aufzuklären. »Oh, nein, nein, es ist nicht so, wie Sie denken. Es ist nur –«

Ihr »Ja?« klang ziemlich scharf.

Sie kannte also Samantha Kurzius.

»Ich bin kein Freier. Ich bin Polizist.« Hastig nestelte er an seiner Manteltasche. Irgendwo da drinnen blieb sein blöder

Dienstausweis hängen. Es dauerte eine Ewigkeit, bis er ihn ihr endlich hinhalten konnte.

Argwöhnisch warf sie einen Blick auf das Foto. »Sie ist tot.«

»Sie kannten sie?«

»Hat ja alles in der Zeitung gestanden. Ich habe im Krankenhaus über sie gelesen. Meine Hüfte, wissen Sie. Das arme Ding. Ich meine, ich war auch mal jung und lebenslustig, aber ich kann Frauen nicht verstehen, die das machen. Nur, so zu enden, also erschossen, das hat auch so eine nicht verdient.«

»Sie wohnen in der Nachbarschaft?«

Sie nickte. »Na ja, nicht direkt. Aber nicht weit von hier.«

»Woher kannten Sie Frau Kurzius?«

»Ich habe sie schon mal beim Einkaufen getroffen. Außerdem haben alle über sie geredet. Sie sah ja auch, ich meine, sie sah schon so aus wie eine.«

Carsten Jakisch verzichtete darauf nachzufragen, wie denn »so eine« auszusehen hatte. Ihn interessierte mehr, was die Leute über Samantha Kurzius tratschten. »Haben Sie in letzter Zeit vielleicht etwas Ungewöhnliches beobachtet? Etwas, das mit der jungen Frau zu tun hatte?«

Die ehemalige Bedienung der Missener Brauerei überlegte kurz und nickte dann. »Da war mal ein Streit. Ja, genau. Ein Streit, einen Tag bevor ich ins Krankenhaus gegangen bin.«

»Ein Streit?«

»Ja, hier an der Haustür. Ich kam zufällig vorbei. So wie gerade eben.«

»Haben Sie mitbekommen, worum es ging? Hatte sie Streit mit einer Frau oder mit einem Mann?« Jakisch suchte nach dem Notizblock, der irgendwo in seinem Mantel stecken musste.

»Es war eine Frau.«

»Eine Frau. Jünger oder älter? ›So eine‹ wie Frau Kurzius?« Er hatte endlich den Block gefunden.

»Es war eher eine Dame. Sie trug ein elegantes graues Kostüm und feine Schuhe. Das habe ich gleich gesehen. Ihre Haare trug sie zu einem Pferdeschwanz gebunden. Perlenohrringe. Ganz anders als dieses Flittchen. Außerdem ist sie in einen teuren Wagen gestiegen.«

»Haben Sie sich eventuell das Kennzeichen gemerkt?«

»Wozu? Der Streit ging mich ja nichts an.«

»Und worum ging es bei dem Streit? Haben Sie davon etwas mitbekommen?«

»Nein. Ich hatte noch eine Menge zu erledigen, weil ich am nächsten Tag ja in die Klinik sollte. Ich habe, um ehrlich zu sein, die Frauen gar nicht wirklich beachtet. Erst jetzt fällt mir die Sache wieder ein.«

»Gut.« Carsten Jakisch wusste nicht, wie er weiter vorgehen sollte. Gesehen hatte die Frau reichlich wenig: eine elegante Frau, einen teuren Wagen. Zu wenig, um daraus einen Ermittlungsansatz zu machen. Aber immerhin, machte er sich Mut, wusste er damit schon mehr als seine Kollegen.

Der Kommissar nahm noch die Personalien der alten Dame auf und verabschiedete sich.

»Sind Sie aus dem Allgäu hierhergezogen, junger Mann?« So einfach wollte die Seniorin Jakisch nicht ziehen lassen.

Er schüttelte den Kopf. »Ich bin nur vorübergehend hier eingesetzt.«

»Dann grüßen Sie das Allgäu von mir. Und wenn Sie mal in Missen sein sollten, kehren Sie in der Brauerei ein.«

Jakisch wollte nicht unhöflich sein. »Vielen Dank für den Tipp. Aber sagen Sie, Sie können sich wirklich nicht an die Automarke erinnern?« Ein letzter Versuch.

»Nein. Ich weiß nur, dass es ein teures Auto war. Die Frauen haben sich vor der Tür angeschrien, und dann ist die eine eingestiegen.«

Das Gespräch hatte hoffnungsvoll begonnen, aber nun stand er am Ende doch ohne echten Hinweis da. Trotzdem wünschte er der Rentnerin einen schönen Tag.

Ein höflicher junger Mann, dachte die Frau, als sie Jakisch hinterhersah. Und er sieht gar nicht aus wie ein Allgäuer. Kopfschüttelnd ergriff sie den Bügel des Trolleys und setzte ihren Weg fort.

Carsten Jakisch hatte kaum seinen Wagen erreicht, als sein Mobiltelefon klingelte. Es war Mayr.

»Und, was machen die Ermittlungen im hohen Norden? Haben Sie sich im Ruhrgebiet schon eingelebt?«

Robert Mayr klang aufgekratzt.

»Mönchengladbach liegt am Niederrhein, das Ruhrgebiet ist woanders.« Jakisch ärgerte sich über Mayrs mangelnde Geografiekenntnisse.

»Von uns aus betrachtet, ist das dort oben alles gleich. Niederrhein oder Ruhrgebiet. Keine Berge jedenfalls, das ist doch entscheidend.«

Was sollte Jakisch darauf antworten?

»Und? Sie haben mir nicht gesagt, ob Sie den Mörder schon gefangen haben.« Mayrs Ironie tropfte wie Honig aus dem Hörer.

»Wir arbeiten daran. Es gibt mehrere Ansätze.« Jakisch ärgerte sich, denn seine Antwort klang wie eine Rechtfertigung.

»Wir arbeiten daran? Sie haben sich ja anscheinend wirklich schon unverzichtbar gemacht. Schön, schön.«

Du Arschloch, dachte Jakisch. »Und, was gibt's bei Ihnen Neues?« Carsten Jakisch wollte sich von seinem Chef nicht weiter bluffen lassen.

»Na ja, Jakisch, Sie kennen die Leut hier ja. Reden tun sie wenig, aber ratschen dafür umso mehr. Ich bin auf besorgte Bürger gestoßen, die Angst um ihr grünes Moosbach haben. Angst haben's, dass ihnen ein Hotel den Blick aufs Hörnle oder den Grünten verstellt.«

»Was hat das mit unseren Ermittlungen zu tun?« Mayr schien sich um alles Mögliche zu kümmern, nur nicht um die beiden Morde.

»Ernst Büschgens soll schon mit Bauern gesprochen, manche meinen sogar: verhandelt haben, über den Verkauf von Wiesen. Ein Hotelklotz in Moosbach, als Entwicklungshelfer für eine ganze Region. Hier ist es so wie andernorts auch, das Geld wird anderswo verdient. Nun sollte es auch in Moosbach fließen.«

»Büschgens soll sich also als nur pro forma privat in Moosbach niedergelassen haben und in Wahrheit an der Entwicklung eines Hotelprojektes beteiligt gewesen sein?« Carsten Jakisch überlegte. Gar nicht so abwegig, der Gedanke. »Da muss Büschgens hier am Niederrhein ja tatsächlich sehr erfolgreich gewesen sein.«

»Bleiben Sie dran, Jakisch. Und informieren Sie mich, wenn Sie in dieser Richtung etwas hören. Ich werde mich derweil mit den zuständigen Landratsämtern herumschlagen. Auch kein Spaß. Apropos: Was macht die Fohlenelf?«

Nichts interessierte Jakisch weniger. »Die steht, wenn ich mich nicht irre, gerade gar nicht so schlecht da. Aber die Saison hat ja gerade erst begonnen.«

»Gut so. Gut so.«

Carsten Jakisch wollte Mayr noch eine kleine Spitze mitgeben. »Und wo stehen die Greuther gerade?«

»Also, servus dann.« Was hatte Jakisch auf einmal mit den Greuthern zu schaffen?

Mayr hatte aufgelegt, bevor er noch etwas sagen konnte. Carsten Jakisch zuckte mit den Achseln und fuhr ins Präsidium zurück.

Der knödelige Pumuckl hat ja nicht viel zu bieten, dachte Frank. Ein Streit zwischen zwei Frauen und ein unbekanntes Auto.

»Aber das könnte doch wirklich ein Ansatz sein. Warum streiten sich zwei so unterschiedliche Frauen?« Jakisch wollte nicht so schnell aufgeben.

»Was weiß ich? Zickenkrieg. Die eine hat der anderen den Lover ausgespannt. Schulden eintreiben, wegen irgendwas. Keine Ahnung. Alles ist möglich. Bei Frauen sowieso.« Ecki grinste Frank an.

»Geht es auch ein bisschen professioneller?« Frank konnte Eckis Sprüche heute nicht ab. Vor allem weil er ahnte, was er damit meinte: seine Beziehung zu Lisa und seine besondere Fürsorge, was Viola Kaumanns anging. Unwirsch fegte er seine Gedanken beiseite. Besonders an Viola wollte er nicht denken. Jetzt nicht. »Was, wenn es tatsächlich um Büschgens ging bei dem Streit?«

»Dann sollten wir diese Nachbarin aufsuchen und ihr mal ein paar Fotos zeigen. Vielleicht erkennt Sie auf einem der Bilder Kurzius' Kontrahentin.« Ecki sah, dass es in Frank arbeitete.

»Das ist zwar Stochern im Nebel, aber schaden kann's nicht.« Frank nickte und sah Jakisch an. »Da du ein besonderes Händchen für ältere Damen hast, solltest du das übernehmen.«

»Jetzt noch?« Carsten Jakisch sah auf die Uhr.

»Wenn nicht jetzt, wann dann?« Ecki grinste. De Höhner waren doch immer für einen Spruch gut.

»Was grinst du so?«

»De Höhner. Kennt ihr im Allgäu sicher nicht. Karneval.«

Der Groschen fiel bei Jakisch pfennigweise. »Habt's ihr eine Ahnung. Moosbach zum Beispiel ist zu Karneval der Gürzenich des Allgäus. Und der Moosbacher Faschingsverein die Prinzengarde.« Er sah in verdutzte Gesichter und grinste nun seinerseits. »Da sagt's nix mehr, gell?!«

»Nimm die Fotos und versuch, die Dame zu erwischen. Sie wird wohl daheim im Sessel sitzen.« Frank deutete auf die Mappe mit den Fotos.

»Allat.« Carsten Jakisch legte seine Hand zum närrischen Gruß an eine imaginäre Narrenkappe.

»Der ist wirklich nicht ganz dicht.« Frank sah seinem Kemptener Kollegen kopfschüttelnd hinterher.

Zwei Stunden, drei Tassen Kaffee, vier Kekse und ein Fotoalbum mit Bildern aus Missen später war Carsten Jakisch zurück im Präsidium.

»Und?« Frank sah von seinem PC auf.

»Strike.« Jakisch machte die Becker-Säge.

»Heißt?« Pumuckl hätte den Besuch bei der alten Dame gerne noch verlängern können, dachte Frank.

»Sie hat Marie Schneiders erkannt.«

»Marie Schneiders?«

»Sag ich doch.« Jakisch setzte sich und drehte sich mit dem Drehstuhl selbstgefällig hin und her. »Die Freundin von Ernst Büschgens.«

»Kein Zweifel?«

»Nun, ich würde mal sagen: ausgeschlossen.«

»Marie Schneiders hat Samantha Kurzius gekannt?«

Dieser Frank schien auch nicht immer der Hellste zu sein, dachte Carsten Jakisch. »Zumindest hat sie von ihrer Existenz gewusst.« Er referierte noch einmal, was er von Robert Mayr über die Begegnung mit Büschgens' Freundin erfahren hatte.

»Das wissen wir, Jakisch.« Ecki blätterte in seinen Unterlagen. »Hier.« Er hielt Mayrs Bericht in die Höhe.

»Ich würde erstens gerne wissen, worum es bei dem Streit ging. Und zweitens, ob diese Begegnung mit Kurzius nicht auch bedeuten kann, dass Schneiders mehr weiß und verheimlicht, als wir bisher angenommen haben.« Jakisch drehte sich immer noch leicht mit seinem Stuhl hin und her.

»Du meinst?«

Jakisch nickte. »Genau. Dass Marie Schneiders möglicherweise Kurzius umgebracht hat. Sie kennt ja zumindest Moosbach.«

»Gut.« Frank hatte eine Entscheidung getroffen. »Dann kümmert ihr euch um Marie Schneiders. Und ich werde mich mal auf den Heimweg machen.« Er sah auf die Uhr seines PCs. »Ich habe heute Sonderprobe. Wir spielen am Wochenende im La Isolana, in Wickrathberg.«

Carsten Jakisch hob erstaunt die Augenbrauen und sah Ecki an, der das Gesicht verzog.

»Nix, was du dir merken müsstest. Du weißt ja, ist nur Blues.

Immer dasselbe: Die Frau ist weg, das Haus ist weg, und der Hund ist auch weg.«

»Oh. Du hast einen Hund?« Jakisch sah Frank ernst und besorgt an. Dann verzog sich sein Gesicht zu einem breiten Grinsen.

»Allgäuer Arschloch.«

»Das hättest du besser nicht gesagt. Ich wäre sonst zu eurem Konzert gekommen.«

XXII.

»Was willst du?« Sie hatte Kevin über die Überwachungskamera eine Zeit lang beobachtet. Zunächst hatte sie auf sein Klingeln nicht reagiert. Sollte er doch denken, dass sie nicht zu Hause war. Weil er aber keine Anstalten machte, wieder zu verschwinden, hatte sie ihm schließlich doch noch geöffnet.

Er holte eine Flasche Champagner aus seiner Jacke hervor und schwenkte sie leicht hin und her. »Vielleicht können wir wieder Frieden schließen?«

»Ich wüsste nicht, dass wir im Krieg sind«, erwiderte sie kühl.

»Aber, aber.« Er ließ die Flasche wieder sinken.

»Ich will dich nur nicht mehr sehen.« Ihr Blick war deutlicher als ihre Worte.

Er war ihr zuwider. Sie konnte längst nicht mehr verstehen, warum sie sich damals auf ihn eingelassen hatte. Er hätte seine Rolle gespielt, auch ohne dass sie die Beine breit gemacht hätte. Sie musste sich eingestehen, dass sie seiner animalischen Aura nicht hatte widerstehen können, dieser Melange aus geistiger Schlichtheit und physischer Kraft.

Sie hatte ihn für seine Arbeit bezahlt. Und sie hatte, wenn sie ehrlich war, damals schon gewusst, dass sie auf dem Weg war, einen Fehler zu machen. Nun hatte sie endgültig das Gefühl, einen zu hohen Preis bezahlt zu haben. Er war ihr mittlerweile lästig wie eine Fliege beim Frühstück. Einen Augenblick lang hatte sie das Gefühl, dass sein gegeltes Haar grünlich schimmerte. Er hatte seine Aufgabe erfüllt, auch seinen Spaß gehabt, nun hatte er zu verschwinden. Warum begriff er das nicht?

Er wollte nicht so einfach aufgeben. Zu viel stand auf dem Spiel. Und sie sah gut aus. Er spürte die Spannung, die in der Luft lag. Vielleicht ging da ja noch etwas, bevor er zum eigentlichen Anlass seines Besuches kam.

»Schenk mir trotzdem ein paar Minuten.«

Sie raffte ihren Bademantel zusammen und gab widerwillig den Weg frei.

»Mach's kurz.«

Er strich an ihr vorbei und betrat den offenen Wohnbereich, der sich übergangslos an den Flur anschloss, als sähe er die Wohnung zum ersten Mal. An der breiten Fensterfront blieb er stehen und drehte sich zu ihr um. In ihrem kurzen hellen Bademantel unterschied sie sich kaum von den mit weißem Stoff bezogenen Sitzmöbeln und den weißen Schränken. Ihr blondes Haar setzte einen auffälligen Akzent. Eine verlockende Inszenierung, die sie sicher schon hundertfach geprobt und eingesetzt hatte.

»Ich hatte schon fast vergessen, dass der Blick von hier aus auf den Rhein so schön ist.«

»Sag, was du zu sagen hast, und verschwinde dann. Du bist sicher nicht gekommen, um mit mir über meinen Ausblick zu sprechen.«

Er stellte die Flasche Champagner auf den niedrigen Couchtisch. »Wie gesagt, ich möchte mich mit dir versöhnen, meine Liebe. Hast du mal zwei Gläser? Wir können die Flasche aber auch ohne leeren. So wie früher. Weißt du noch?« Er deutete mit dem Kopf in die Richtung, in der ihr Schlafzimmer lag.

»Du hast dein Geld bekommen, und damit ist deine Aufgabe erledigt. Ich brauche dich nicht mehr. Bitte, geh.«

Er lachte und suchte gleichzeitig in seiner Jackentasche nach den Zigaretten. »Lass uns die Flasche leer machen und dann reden.« Er sah sich suchend nach einem Aschenbecher um, dann setzte er sich.

»In meiner Wohnung wird nicht geraucht. Du brauchst dich hier gar nicht erst niederzulassen.« Es ärgerte sie, dass sie nur mit ihrem Bademantel bekleidet vor ihm stand. Sie wusste nicht mehr, wie sie seinen gierigen Blicken ausweichen sollte. Scharf setzte sie hinzu: »Jetzt verschwinde endlich.«

»Du hast mir gar nichts zu sagen.«

Der drohende Unterton trieb erste Schweißperlen auf ihren nackten Rücken. Sie musste etwas tun. »Ich zieh mir nur schnell etwas über.« Sie versuchte ein verbindliches Lächeln.

»Stört mich nicht, wie du anzogen bist. Im Gegenteil, meine Liebe.«

Sein Lachen ließ weitere Schweißperlen wachsen.

»Egal, was du trägst, du bist immer schön. Aber geh nur, und zieh dir was über.« Nur mit ihrem Bademantel bekleidet, nutzte sie ihm nichts. Was er sonst noch von ihr wollte, würde er schon noch bekommen.

Wortlos drehte sie sich um und ging in ihr Schlafzimmer. Dort drehte sie geräuschlos den Schlüssel um. Sie musste nachdenken. Sie fluchte leise bei dem Gedanken, dass ihre Haushälterin erst am nächsten Tag wieder hier sein würde.

Sie musste ihn aus der Wohnung lotsen. Was wollte er wirklich von ihr? Wollte er sie nur ein letztes Mal flachlegen? Wenn er dann für immer verschwand, würde sie zur Not auch das durchstehen. Aber zunächst musste sie versuchen, ihn nach draußen zu locken. Raus aus der Wohnung, dorthin, wo Menschen waren. In ein Café, einen Park, irgendwohin, wo sie nicht mit ihm alleine war. Hastig suchte sie aus ihrem Schrank ein paar Kleidungsstücke zusammen. Ohne nachzudenken, griff sie sich eine weiße Bluse und ein graues Kostüm. Der strenge Schnitt ihrer Lieblingssachen würde ihr ein wenig von ihrer gewohnten Haltung zurückgeben.

Sie durfte ihn nicht länger alleine lassen. Sie musste zurück ins Wohnzimmer. Aber sie brauchte zuerst einen Plan! Sie lehnte sich mit dem Rücken gegen die Schlafzimmertür. Aber sosehr sie auch nachdachte, sie kam zu keinem Entschluss. Stattdessen hatte sie das Gefühl, seine Blicke würden sich durch das Türblatt bohren. Sie war gefangen in ihrer eigenen Wohnung. Sie konnte sich nicht länger einschließen! Sie atmete tief ein und aus. Als Erstes würde sie ihn nach draußen lotsen. Der Rest würde sich finden.

Ebenso leise, wie sie ihre Tür abgeschlossen hatte, drehte sie den Schlüssel zurück.

»Du siehst umwerfend aus.«

Er saß breitbeinig auf dem weißen Sofa und rauchte eine seiner filterlosen Zigaretten.

Sie wollte ihm wütend das Rauchen verbieten, beherrschte sich aber. Sie wollte ihn auf keinen Fall provozieren.

Sie blieb am Durchgang zum Wohnzimmer stehen. »Lass uns in die Stadt fahren. Ich lade dich zum Essen ein. Den Schampus stelle ich kalt.«

Damit war sein größtes Problem schon gelöst. Auf den Schampus würde er verzichten. Hauptsache, sie verließ ohne viel Aufhebens ihre Wohnung. Meinetwegen gehe ich mit ihr auch noch essen, dachte er. Es wird sowieso ihre letzte Mahlzeit sein.

»Wohin soll's denn gehen?« Er lächelte verbindlich.

»Lass uns doch ein Stück fahren. Schloss Rheydt?« Sie atmete auf. Wenn sie erst einmal aus der Wohnung war, würde sie schon wieder die Oberhand gewinnen.

Warum ausgerechnet dorthin? Ist aber auch egal, dachte er, Hauptsache, raus hier! Wenn er es recht bedachte, kam ihm ihr Wunsch, aus Düsseldorf herauszufahren, äußerst gelegen. In Mönchengladbach konnte er sich bewegen, ohne Angst haben zu müssen, erkannt zu werden. Außerdem konnte er Bonny treffen.

»Wie du willst.« Er stand auf. »Wollen wir gleich los?«

Auf der Fahrt nach Mönchengladbach schwiegen beide. Sie

hatten seinen Wagen genommen. Zunächst hatte sie gezögert, aber dann war ihr die Wahl recht gewesen. So konnte sie ihren Plan einfacher umsetzen.

Je länger sie neben ihm saß und sein Profil beobachtete, umso stärker wurde ihr Verlangen, ihn zu beseitigen. Sie musste sich dieses Problem vom Hals schaffen. So schnell es ging. Er war eine zu große Gefahr für ihre Pläne. Sie hatte bereits zu viel Geld investiert. Und sie konnte es sich nicht leisten, so kurz vor dem Ziel noch einen Fehler zu machen.

»Warst du schon mal hier?«

Ecki und Pumuckl standen mit dem Rücken zu dem hohen Gründerzeithaus. Vor ihnen trennte das breite Bett des Rheins sie von der Düsseldorfer Altstadt.

Carsten Jakisch schüttelte den Kopf und musterte die Silhouette der Häuser auf der gegenüberliegenden Seite. »Kann sein, dass ich als Kind mal hier war. Aber ich erinnere mich nicht mehr.«

Ecki stieß Pumuckl in die Seite. »Komm, wir fahren auf ein Bier rüber auf die andere Seite. Es bringt ja nichts, noch länger auf die Schneiders zu warten. Wir können später noch einmal zurückkommen. Wer weiß, wo sie steckt.«

Carsten Jakisch nickte. Ein bisschen Sightseeing konnte nicht schaden. »Man trinkt hier Altbier, nicht wahr?«

»Also, was willst du wirklich von mir?«

Er legte das Besteck zur Seite. »Möchtest du noch Wein oder einen Kaffee?«

»Lass uns ein Stück gehen, ja?«

Perfekt! Besser konnte es nicht kommen. Die Schnepfe war ihm vollends auf den Leim gegangen. Man muss auch mal Glück haben im Leben, dachte er. Er sah auf die Uhr, wenn es schnell ging, würde er Bongarts noch antreffen. Bonny saß um diese Tageszeit meist schon in seiner Stammkneipe *Denk Mal*.

Sie trank den Rest ihres Weißweins und ließ dabei den Blick durch das Lokal schweifen. Es waren nur wenige Gäste da. Die beiden Kellnerinnen standen bei ihrem Kollegen am Tresen und unterhielten sich leise, ohne dabei ihre Gäste aus den Augen zu lassen.

Sie hatte einen Entschluss gefasst und war zufrieden mit sich. Irgendwie würde sie ihn schon ins Unterholz locken.

»Woran denkst du?« Er versuchte ihre Hand zu nehmen.

»An nichts Bestimmtes.« Sie übersah seinen Versuch und nahm sich stattdessen die Serviette.

Auch gut, dachte er. Er hatte ohnehin keine Lust mehr, auf vertrautes Liebespaar zu machen. Sie hatte sich spätestens seit ihrem Anruf aus seinem Leben geschossen. Sie passte nicht mehr in sein Konzept, und er war vor allem keiner, den man so einfach abschob wie einen dummen Jungen. Sie würde für ihren Fehler bezahlen. Das Leben war prallvoll mit anderen Frauen. Es würde ein Spaß werden. Er spürte, dass ihn der Gedanke erregte. Für einen Augenblick dachte er an die Staatssekretärin, die außerdem noch auf seinem Auftragszettel stand. Das war das nächste Problem, das er lösen würde. Auch das würde zu seinem Vorteil ausgehen. Die Erregung wuchs. Er winkte der Bedienung.

Wie großspurig er sich hervortut, dachte sie. Ein wahrer Großkotz. Macht auf Mann von Welt und ist doch nur ein dummer Wicht. Sie musste beinahe lachen. Sie musste wirklich mächtig Druck gehabt haben, dass sie sich hatte von ihm vögeln lassen. Der Gedanke an die nächste Stunde machte sie nervös. Aber sie würde auch das in den Griff bekommen.

»Lass, ich übernehme das schon.« Sie zog ihre Geldbörse aus der Handtasche. Sie wollte jetzt nur noch raus und diese Sache zu Ende bringen.

Ohne sich auf eine Richtung geeinigt zu haben, bogen sie automatisch auf den Rundweg um das Schloss ein. Es waren nur vereinzelt Spaziergänger und Radfahrer unterwegs. Sie tastete unauffällig nach ihrem Pfefferspray, den sie in einer Tasche ihrer Kostümjacke deponiert hatte. Es würde ein Leichtes sein, ihn in das Unterholz zu locken.

»Ich will jetzt endlich wissen, warum du mich nicht in Ruhe lässt.« Sie nickte flüchtig einem älteren Ehepaar zu, das ihnen begegnete.

»Sagen wir mal: Ich bin einfach nur anhänglich. Ich kann die alten Zeiten nicht vergessen.«

»Das solltest du aber.« Sie klang bewusst beiläufig und beobachtete, wie in der Nähe zwei Enten auf der Niers landeten. Unter anderen Umständen wäre sie stehen geblieben, um den beiden Tiere zuzusehen, wie sie sich von der leichten Strömung treiben ließen.

Nun blieb er stehen. »So geht das nicht. Du kannst mich nicht einfach davonjagen wie einen alten Hund. Dafür ist zu viel passiert.« Er folgte ihr, als sie einfach weiterging.

»Was ist schon passiert? Du hast ein paarmal deinen Spaß gehabt. Das war's. Du willst doch jetzt nicht ernsthaft behaupten, du könntest daraus irgendwelche Rechte ableiten.«

»Ich rede nicht vom Ficken.« Er hielt sie am Arm fest. »Du weißt genau, was ich meine.«

Sie schüttelte seine Hand ab. »Lass mich los.«

»So einfach ist das nicht, meine Liebe.« Er presste die Worte nur noch heraus.

Sie hatte für einen Augenblick Angst, der Situation nicht gewachsen zu sein, doch dann besann sie sich. Angst war das Letzte, was sie jetzt zeigen wollte.

Aber er hatte sie längst gewittert. »Du kannst nicht einfach zur Tagesordnung übergehen.«

»Du hast ja keine Ahnung. Aber was soll das ganze Theater? Du hast doch genug Geld bekommen.«

»Du hast mich bezahlt. Aber du hast mir nie gesagt, wer die Auftraggeber sind.«

Sie nickte. »Genau. Das war ja der Deal.«

Er berührte leicht ihren Arm. »Mach mir zum Abschied ein kleines Geschenk. Sag mir, wer der Typ ist, den ich Anwalt nenne.« Er verstärkte den Druck seiner Hand ein wenig. »Es ist wichtig.«

»Das geht nicht, und das weißt du.« Sie war versucht, seine Hand abzuschütteln. Daher wehte also der Wind: Er wollte an die Figuren im Hintergrund. Das würde ihm auf keinen Fall gelingen. Aber vielleicht hatte er noch mehr auf seiner Liste. Es konnte nicht schaden zu wissen, was er bislang getan hatte und noch vorhatte.

»Komm. Das ist doch kein Akt. Sag es mir.«

Sie wollte Zeit gewinnen. »Warum denn? Es ist besser für dich, wenn du es nicht weißt.«

»Ich habe meine Gründe.« Noch jemand, der behauptet zu wissen, was gut für mich ist. Er würde einen anderen Weg suchen müssen, um an die nötigen Informationen zu kommen. Die Tussi nervte ihn zusehends. Er musste für einen Augenblick an ihre gemeinsamen Nächte denken und konnte ein leichtes Grinsen nicht unterdrücken. Er würde eine Neue finden, eine, die keine Schwierigkeiten machte, eine, die nichts mit seinen Geschäften zu tun hatte. Nur musste er erst diese Schlampe loswerden. Er fühlte den Draht in seiner Hosentasche, der immer heißer auf seiner Haut brannte.

»Warum lächelst du?« Sie würde leichtes Spiel mit ihm haben.

»Ich musste nur an etwas denken.«

»Erzähl es mir.« Sie war erstaunt, wie schnell ihn das eigentliche Thema nicht mehr zu interessieren schien. Sie ahnte, woran er hatte denken müssen. Typisch schwanzgesteuert. Jetzt brauchte sie nur noch ein wenig Konversation zu machen und eine günstige Gelegenheit zu finden.

»Es hatte mit dir zu tun.«

Aha. Recht gehabt. »Und? War es schön, was du dir vorgestellt hast?« Was tat sie hier? Warum war sie nicht längst auf und davon? Warum spielte sie sein Spiel mit? Aber sie wollte wissen, was ihn umtrieb.

Sie hatte am Schloss ein Taxi stehen sehen. Sie würde nur

einzusteigen brauchen. Nein, dachte sie, geht nicht. Man würde ihr zu schnell auf die Spur kommen. Sie würde den Weg in die Stadt zu Fuß machen müssen. Sie verfluchte ihre Schuhe. Hätte sie doch nur die mit den flachen Absätzen angezogen. Sie hatte nur an ihre Verabredung gedacht. Unauffällig schaute sie auf ihre Uhr. Es war noch ein wenig Zeit. Sie würde pünktlich sein können.

»Warum sind wir eigentlich hier zum Schloss gefahren?«

Seine Frage kam für sie völlig unvermittelt. Konnte er Gedanken lesen?

»Wir waren schon lange nicht mehr hier draußen. Und es ist doch sehr schön, oder?«

»Nun behaupte bloß, dass du deine Liebe zur Natur entdeckt hast. Du warst doch sonst nicht so scharf auf Wald und Spaziergänge.«

Sie lächelte ihn an. »Manchmal bin ich ein wenig sentimental.«

»Das soll ich dir glauben?« Er hielt sie fest und blieb stehen. Als sie weitergehen wollte, fasste er ihren Arm fester. Es wurde langsam Zeit.

Sie spürte seine Finger durch den dünnen Stoff wie einen Schraubstock. Der Druck sagte ihr, dass sie handeln musste. Aus den Augenwinkeln bemerkte sie, dass sie auf dem Waldweg alleine waren. Sie schloss die Augen. »Komm, lassen wir die alten Geschichten ruhen. Vielleicht gibt es doch noch ein Happy End für uns beide. Was meinst du?« Sie rückte nahe an ihn heran und öffnete leicht ihre Lippen.

Auf keinen Fall, dachte er. Dein Weg ist hier zu Ende. »Warum nicht?« Seine Stimme klang rau. Er zog sie an sich, um sie zu küssen. Sie würde in seinen Armen liegen, und er würde leichtes Spiel haben.

Sie versuchte sich von ihm frei zu machen. »Nicht hier. Komm.« Sie deutete mit dem Kopf in Richtung Unterholz.

Das ging ja immer noch besser, als er es erwartet hatte. Er lockerte seinen Griff und zog sie hinter sich her. Unbefangene

Beobachter hätten meinen können, ein Liebespaar suche eine verschwiegene Stelle im Wald.

Nach wenigen Metern war der Waldweg nicht mehr zu sehen. Um sie herum nur noch Grün.

Sie stand vor ihm und nestelte an ihrem Rock. »Komm.«

Er spürte, dass sie ihn erregte. Er musste jetzt handeln! Er fasste sie an den Armen. Noch bevor sie ihre Hände in die Nähe der Taschen ihres Kostüms bringen konnte, hatte er sie an sich gedrückt.

»Lass mich los!« Sie versuchte seiner Umklammerung zu entkommen.

Er legte eine Hand auf ihren Mund. Sie spürte seinen Atem ganz nah an seinem Gesicht.

»Mit wem arbeitest du zusammen?«

Sie schüttelte den Kopf. Was sie sagte, konnte er nicht verstehen.

»Für wen?« Er verstärkte den Druck auf ihren Mund.

Ihr blieb die Luft weg. Das Pfefferspray! Sie musste die Hände frei bekommen!

»Ich habe dich was gefragt, du Schlampe!«

Sie versuchte ihm mit ihren Augen zu signalisieren, dass sie reden wollte. Sie musste ihn ablenken.

»Mach keinen Fehler. Ich warne dich.« Er lockerte seine Umklammerung.

Sie keuchte und rang nach Luft. »Ich kann es dir nicht sagen. Das würde dich umbringen. Lass uns vernünftig reden. Bitte.«

»Wir haben lange genug geredet.« Er verstärkte den Druck erneut.

»Rainer! Bitte!«

Sie wusste tatsächlich seinen echten Namen!

»Woher kennst du meinen Namen, du Ratte!«

Sie bekam keine Luft und riss ihre Augen auf. Er musste sie loslassen.

»Red schon! Sonst –«

Sie hatte das Gefühl zu ersticken. Ihre Kräfte ließen nach. Sie war dabei, ohnmächtig zu werden. Ihre Augen flogen hin und her. Luft! Sie musste Luft bekommen. Sie musste reden. Nur reden würde helfen!

Er lockerte seinen Griff um wenige Nuancen. Sie musste ihm den Namen sagen. Er musste wissen, wer ihn steuerte. Der Name war wichtig! Er versuchte den Impuls zu unterdrücken, sie mit bloßen Händen zu erwürgen. In seiner Kraft lag die ganze Wut, die sich in den vergangenen Wochen aufgestaut hatte. Die Wut auf dieses Flittchen, auf das sorgenfreie Leben, das sie führte, die Wut auf sein verschissenes eigenes Schicksal.

»Red endlich, oder ich puste dir das Licht aus, du mieses Stück!«

»Ich, ich –« Sie rang nach Luft. Ihr Atem unter seiner Hand ging pfeifend. Sie musste eine Hand in ihre Jackentasche bekommen. Nur ein Stückchen! Das würde genügen. Und dann würde sie wieder sie selbst sein. Nein, sie würde weit mehr sein. Sie würde ihn töten. Auf der Stelle. Sie würde endlich wieder Gewalt über ihn haben. Sie würde ihn töten, wie sie die Fliegen tötete, die ihr beim Frühstück zu nahe kamen. Sie spürte, wie der Gedanke sie erregte.

»Was, was?!« Er wollte die Kontrolle über sie behalten. Er wollte sie noch nicht töten. Er würde sie noch zum Reden bringen. Er nahm seine Hand von ihrem Mund. »Wenn du schreist, töte ich dich.«

»Lass mich los, sonst erfährst du gar nichts.« Sie spürte, dass er keine andere Wahl hatte.

Er überlegte. Sie konnte nicht entkommen, dafür war er ihr zu nahe. Er würde sie packen und ihr die Schlinge um den Hals legen. Sie war praktisch schon tot. Sie wusste es nur noch nicht.

Er lockerte seine Umklammerung und blieb wachsam.

»Er heißt –« Sie stockte und wollte sich vollends aus seiner Umklammerung lösen.

Er hielt sie fest. »Er heißt?«

»Ferdinand. Ferdinand Leuchtenberg.« Egal, dass sie den Namen verraten hatte. Es würde ihm nichts nutzen.

»Lüg mich nicht an!« Er fasste sie wieder fester.

»Ich lüge nicht. Leuchtenberg, Ferdinand Leuchtenberg. Und er ist tatsächlich Anwalt.«

Seine Augen sahen sie misstrauisch an. »Was hast du mit ihm zu schaffen?«

»Kannst du mich nicht erst mal loslassen? Bitte. Du tust mir weh. Rainer.«

»Woher kennst du meinen Namen?«

»Von Leuchtenberg.«

»Woher kennt er ihn? Wer ist er überhaupt?« Er presste ihre Handgelenke auf ihren Rücken. Er hatte gespürt, dass er ihr nicht trauen konnte.

»Leuchtenberg hat überall seine Informanten. Er wird deinen wahren Namen von dem bekommen haben, der dich empfohlen hat.«

»Das kann nicht sein.« Er durchforstete in aller Eile sein Gedächtnis. Der Einzige, der seine wahre Identität gekannt hatte, war doch schon längst tot, oder?

»Du wirst es glauben müssen.« Ihre Handgelenke schmerzten unter seinem stählernen Griff. Sie musste an das Spray kommen!

»Wer ist er?« Er kam nah an ihr Gesicht. Seine Augen waren zwei tiefe schwarze Seen.

»Du tust mir weh. Ein einflussreicher Mann. Er hat Macht. Aber noch mehr Macht haben die, die hinter ihm stehen. Bitte, du tust mir weh.« Ihre Knie begannen zu zittern.

»Wo kann ich ihn finden?« Er verstärkte den Druck.

»Nirgendwo.«

Er rammte ihr sein Knie in den Unterleib. »Wo?«

Ihr blieb die Luft weg. Der Schmerz trieb ihr die Tränen in die Augen. Ihre Beine drohten wegzuknicken.

»Wo, du Schlampe? Wo?«

»Ich weiß es nicht.« Der Schmerz, den sein Knie erneut in ihrem Unterleib verursachte, war schier unerträglich. Sie keuchte. »Bitte, bitte, lass mich los. Lass mich gehen. Bitte.« Sie würde kaum mehr die Kraft haben, das Spray aus ihrer Tasche zu ziehen. »Leuchtenberg meldet sich immer nur per Handy. Er hat keine feste Adresse.«

»Was erzählst du da für eine Scheiße? Wieso interessierte sich Leuchtenberg für Büschgens und die beiden Nutten?«

Als er erneut sein Knie hob, zuckte sie in Erwartung des Schmerzes. Aber sie schwieg.

Er spürte, dass er nicht mehr aus ihr herausbringen würde. Sie war zäh. Immerhin hatte er jetzt einen Namen. Er würde diesen Leuchtenberg schon finden. Er würde sich an seine Fersen heften. Leuchtenberg würde einen Fehler machen, und dann würde er da sein. Er würde von jetzt an auf der Hut sein müssen. Aber er würde Erfolg haben. Er hatte immer Erfolg. Aber erst musste er noch diese Schlampe loswerden.

»Ist schon gut, meine Kleine. Ist schon gut. Scht, scht.« Er lockerte seinen Griff für einen Sekundenbruchteil.

Das reichte ihr.

Mit einer letzten Kraftanstrengung wand sie sich aus seinen Händen. Sie spürte nicht, dass sich seine Fingernägel tief in die Haut ihrer Gelenke gruben. Sie stieß ihn von sich und riss dabei das Pfefferspray aus der Tasche. Wie eine Pistole hielt sie das Spray hoch, zielte auf sein Gesicht und drückte ab.

Mit einem Schrei stürzte er sich auf sie. Das Feuer in seinen Augen brannte sich bis tief in sein Gehirn. Er stolperte auf sie zu. Halb blind suchten seine Arme Halt.

Sie wich einen Schritt zurück. Er würde sie nicht erwischen. Doch ihr Fuß blieb in einer Wurzel hängen, und sie stürzte rücklings zu Boden. Sofort war er über ihr. Seine Finger gruben sich in ihren Körper. Er kniff die Augen zu, blinzelte, aber der Schmerz wurde nur schlimmer.

Sie versuchte sich mit ihren Fäusten gegen seinen Körper zu wehren und trommelte gegen Hals, Kopf und Schultern. Aber sie hatte keine Kraft mehr: Ihre Hände ruderten sinnlos auf dem Boden. Sein bloßes Gewicht drohte, sie zu ersticken.

Was war das? Ihre Hand fühlte etwas Hartes. Ohne zu zögern, hob sie den Stein auf und schlug ihn gegen seinen Kopf. Einmal, zweimal. Es schien eine Ewigkeit zu dauern, bis sein Körper in sich zusammensackte. Sie ächzte vor Schmerzen und Erschöpfung, als sie ihn von sich wälzte.

Frank und Ecki sahen erstaunt auf. Marie Schneiders hatte ihr Büro betreten. So schnell hatten sie sie nun doch nicht erwartet.

»Sie wollten mich sprechen, meine Herren?« Abwartend blieb sie an der Tür stehen.

Wirklich hübsch, dachte Frank. Noch hübscher als auf den Fotos. Ihr blondes Haar hatte sie zu einem Pferdeschwanz gebunden. Sie trug Jeans und eine schlichte weiße Bluse. Unauffällig, aber sicher nicht billig, dachte Frank.

»Nehmen Sie doch bitte Platz.« Frank deutete auf den einzigen freien Stuhl.

»Möchten Sie einen Kaffee?« Ecki hatte sich bereits erhoben und hielt den leeren Glasballon in der Hand.

Marie Schneiders schüttelte den Kopf und setzte sich.

»Ich habe gedacht, dass ich schon alles zu Ihrer Zufriedenheit ausgesagt habe.« Sie zog die Stirn kraus. »Haben Sie die Berichte Ihrer Kollegen nicht gelesen? Und die aus Kempten müssten Sie doch auch kennen.«

Eine Zicke, dachte Frank und nickte trotzdem gelassen. »Das stimmt, aber es sind einige Dinge passiert, die uns nachdenklich stimmen.«

Ecki schwieg und ließ Schneiders' Auftritt auf sich wirken. Sie machte nicht den Eindruck, nervös zu sein, eher neugierig. Ein Profi in öffentlichen Auftritten. Sie schien es gewohnt, im Mittelpunkt zu stehen.

Nun hatte Ecki doch eine Frage. »Woran arbeiten Sie eigentlich genau?«

Marie Schneiders seufzte. Sie würde sich länger im Präsidium aufhalten müssen, als sie eingeplant hatte. »Es geht um Forschungen für die Lebensmittelindustrie. Nordrhein-Westfalen ist ein zentraler Forschungsstandort für die Wirtschaft. Wir leisten wichtige Grundlagenarbeit.«

Für Ecki klang ihre Antwort nach einer typischen Politikerphrase. »Können Sie das bitte genauer erklären? Haben Sie mit Themen wie ›Dioxin in Futtermitteln‹ zu tun? Oder kümmern Sie sich um die Problematik von Monokulturen? Genmais?«

»Kennen Sie sich da aus?« Marie Schneiders sah Ecki amüsiert an. Breite Schultern, schmale Hüften, ein großer Junge, dachte sie.

»Das sind lediglich Schlagzeilen, die in der Presse die Runde machen.« Du musst früher aufstehen, wenn du mich einschüchtern willst, dachte Ecki.

Die blonde Biologin räusperte sich. »Die Universität ist breit aufgestellt. Das muss sie auch sein, denn Forschung und Lehre funktionieren nun mal nicht ohne finanziellen Aufwand. In einzelnen Projekten gibt es sicherlich eine gewisse Nähe zur Wirtschaft. Das führt aber niemals dazu, dass Forschung und Lehre einem Diktat unterliegen.«

»Frau Schneiders, uns geht es nicht um politische Statements. Sagen Sie uns lieber, woran Sie aktuell arbeiten.« Frank wollte sich nicht in eine politische Grundsatzdebatte verwickeln lassen.

»Sie spielen auf die Solanin-Sache an? Ich denke, dass ich außer Verdacht stehe, Ernst getötet zu haben.« Ihre Augen verdunkelten sich.

»Das haben wir in der Tat geklärt. Nach unseren vorläufigen Recherchen gibt es keinen Zusammenhang zwischen Ihrer Arbeit und der Vergiftung Ihres Freundes.«

»Vorläufig?«

»Vorläufig. Wir wissen noch nicht, wer ihm die tödliche Dosis verpasst hat. Der Täterkreis kann ja nicht so groß sein. Wer hat schon Zugang zu solchen Mengen?«

Marie Schneiders hob erstaunt eine Augenbraue, sagte aber nichts.

»Also?«

»Fragen Sie mal in den einschlägigen Labors im Ostblock nach. Sie würden sich wundern. Was uns betrifft: Wir arbeiten in der Tat an der Isolierung der einzelnen Solaninbausteine. Möglicherweise ergeben sich ganz neue Ansätze zur Anwendung des Solanin, etwa bei der Bekämpfung von Fäulniserregern. Ein anderes Thema ist die weitere Verbesserung der Produktion von Steroidhormonen. Verhütungspillen wäre ein Stichwort, das Ihnen unter Umständen etwas sagt. Ein Millionengeschäft. Unser Wirkstoff ist deutlich preiswerter als die gängigen Alternativen.« Sie lächelte Frank und Ecki an.

Ecki nickte. »Natürlich. Und in gewisser Weise haben Sie uns gerade das Stichwort für unsere weiteren Fragen geliefert.«

»Da bin ich aber neugierig.« Marie Schneiders schlug die Beine übereinander.

»Worum ging es bei dem Streit zwischen Ihnen und Samantha Kurzius?«

»Ich verstehe nicht?« Sie faltete die Hände über ihrem Knie.

Frank sah, dass sich ein leichter Rotschimmer auf ihren Wangen ausbreitete. »Sie haben schon verstanden. Samantha Kurzius.«

»Der Name sagt mir jetzt auf Anhieb nichts.« Sie lächelte ein entwaffnendes Lächeln.

Zumindest sollte es so aussehen. Auf Ecki wirkte es allerdings eher gequält. »Leugnen hilft Ihnen nicht. Sie sind zweifelsfrei von einer Zeugin erkannt worden. Sie können Ihren Besuch bei uns abkürzen, wenn Sie den Vorfall einräumen.«

Ihr Rücken straffte sich. Probleme waren dazu da, dass man sie offensiv anging. Das hatte sie schon von ihren Eltern gelernt. »Bei dem kleinen Streit ging es um eine Privatangelegenheit. Mehr nicht.«

»Sie geben also zu, die Frau gekannt zu haben. Samantha Kurzius hat als Prostituierte gearbeitet. Hatte Ernst Büschgens ein Verhältnis mit ihr? Hatten Sie deshalb Streit mit ihr, weil Sie davon erfahren haben?«

Marie Schneiders wirkte mit einem Mal alles andere als souverän. Frank hatte genau ins Schwarze getroffen.

Die Biologin zog umständlich an den Ärmeln ihrer Bluse, bevor sie antwortete. »Ernst hatte kein Verhältnis mit ihr. Das hat er mir versichert, und ich habe ihm das geglaubt. Uneingeschränkt. Er war nicht der Typ für solche Frauengeschichten.«

»Worum ging es dann?« Frank sah, dass sich auf ihrer Stirn kleine Schweißperlen bildeten.

»Ernst wurde erpresst.« Marie Schneiders atmete tief aus.

»Erpresst? Was heißt das?« Ecki war nicht sonderlich erpicht auf Verschwörungs- und Erpressungsgeschichten. Er kannte längst alle Varianten.

»Ernst wurde erpresst. Aber von wem, das weiß ich nicht. Es ging um irgendwelche Immobiliengeschichten. Aber mehr hat er mir nicht gesagt. Ich sollte mir keine großen Gedanken machen, hat er gesagt, er würde das Problem schon in den Griff bekommen.«

»Womit wurde er denn erpresst?«

»Wissen Sie, ein Mann wie Ernst ist ein leichtes Opfer. Er steht als Politiker immer im Rampenlicht. Auch mit seinem Privatleben. Aber auch als Unternehmer hatte er einen Ruf zu verlieren.«

»Hatte er Feinde?« Frank wollte ihr Spiel vorerst mitspielen.

»Wie gesagt, Ernst war Politiker und Unternehmer.«

»Sie haben demnach keine Vermutung?« Ecki hingegen war das Spielchen längst leid.

Sie seufzte ergeben. »Sie werden es am Ende ja doch herausfinden, Herr Borsch. Ernst ist seit gut drei Jahren Motorrad gefahren. Er hat sich da einen späten Traum erfüllt. Und er hat sich regelmäßig mit Leuten aus den verschiedenen Motorradklubs getroffen: Parteifreunde, Unternehmer, ein paar Kumpels, na ja, auch mal Rocker. Sie kennen das bestimmt: Lagerfeuerromantik, Männergespräche, Würstchen und Bier, manchmal auch ein bisschen viel Bier. Stressabbau. Ernst ist von diesen Wochenenden ›tiefenentspannt‹ zurückgekommen, wie er immer gesagt hat.«

»Klingt harmlos.«

»War es auch.« Ihr Atem ging schwer. »Bei einem Treffen waren allerdings Nutten dabei. Das hat Ernst zu spät gemerkt. Da waren die Fotos schon gemacht. Harmlose Fotos. Nichts, worüber ich mir Gedanken machen müsste. Zumindest nicht über die Fotos, auf denen Ernst abgebildet ist. Aber es gibt von diesem Treffen auch andere Aufnahmen. Sie verstehen schon. Im Paket hätten Sie Ernst höchst gefährlich werden können.«

»Damit hat man ihn erpresst? Aber warum?« Nun war Ecki doch neugierig geworden.

»Zuerst kamen nur die harmlosen bei ihm im Büro an. Ohne Kommentar. Er hat sich darüber gefreut und sie mir gezeigt. Eine nette Aufmerksamkeit seiner Freunde, hat er gesagt. Ein paar Tage später kamen dann die anderen.« Sie holte tief Luft. »Auf ihnen sind ganz andere Szenen zu sehen.«

»Sie haben sie gesehen?«

»Selbstverständlich. Ernst und ich hatten keine Geheimnisse voreinander. Ich habe Ernst vertraut. Er hatte mit den Frauen nichts zu tun.«

»Sie haben uns immer noch nicht gesagt, worum es bei der Erpressung ging.«

Marie Schneiders fuhr erschrocken herum. Carsten Jakisch hatte lautlos das Büro betreten und ihnen zugehört. »Es muss um ein ganz großes Bauvorhaben gegangen sein. Offenbar wollten die Erpresser, dass Ernst ihnen Vorteile verschaffte. Ich weiß nur, dass es um sehr viel Geld ging. Um mehrere Millionen Euro.«

»Hat Ihr Freund Namen genannt?« Jakisch legte eine gefüllte Brötchentüte auf Eckis Schreibtisch.

Marie Schneiders schüttelte den Kopf.

»Er muss Ihnen doch Namen genannt haben.« Ecki fixierte die Tüte interessiert.

»Ernst hat eigentlich nie über seine Geschäfte gesprochen. Er hat Privates und Berufliches streng getrennt. Er wollte sich nicht völlig von seinem Job auffressen lassen, hat er immer gesagt.«

Frank sah, dass Marie Schneiders' Augen sich mit Tränen füllten.

»Woran hat er zuletzt gearbeitet? Es muss doch Aufzeichnungen geben. Hatte er möglicherweise mehrere Mobiltelefone? Prepaid? Hatte er Unterlagen bei Ihnen deponiert?«

»Nein.« Marie Schneiders suchte in ihrer Jeans nach einem Taschentuch.

»Warum hat er den Bichler-Hof kaufen wollen?« Carsten Jakisch reichte ihr ein Tempo.

Marie Schneiders war erstaunt über den Themenwechsel. »Das wissen Sie doch. Ernst wollte sich zurückziehen. Er wollte ein anderes Leben führen. Er wollte dieser Hektik entkommen, entschleunigen. Nennen Sie es, wie Sie wollen.«

»Tarnung. Ich nenne es Tarnung.« Ecki nickte.

»Ich verstehe nicht?«

»Sie verstehen nicht?« Ecki wurde lauter. »Ernst Büschgens, der angebliche Aussteiger, alles, was er wollte, war, Spuren zu verwischen. Eine falsche Fährte legen. In Wahrheit wollte Büschgens nichts anderes als in Moosbach den Tourismus ankurbeln. Er wollte, im sprichwörtlichen Sinn, den Grund bereiten für einen Hotelkomplex. Eine Bettenburg sollte die Wirtschaft von Sulzberg und Umgebung ankurbeln. So sieht die Wahrheit aus, Frau Schneiders.«

Frank sah Ecki an, runzelte die Stirn und schüttelte leicht den Kopf.

»Lassen Sie ihn nur, Herr Borsch.« Marie Schneiders setzte sich aufrecht hin. »Ich bin es gewohnt, dass ich meine Position verteidigen muss. Es ist so, Herr Eckers«, sie sah Ecki direkt an, »Ernst wollte in der Tat weg aus seinem alten Leben. Mehr hat er nicht gewollt. Ein bisschen Ruhe. Und die hatte er in Moosbach gefunden. Das hat er jedenfalls gedacht. Und jetzt ist er tot. Einen Hotelkomplex bauen? In Moosbach? Niemals hätte er daran mitgearbeitet. Er hatte sich im Gegenteil dafür engagieren wollen, dass die Bauern ihre Wiesen nicht brachliegen lassen müssen. Dass es eine Zukunft gibt für die kleinen Gewerbe. Er hätte zu gerne selbst die alte Sennerei wieder zum Leben erweckt. Tourismus, ja, aber nur sanfter Tourismus. Für Ernst war Moosbach doch sein Paradies. Niemals hätte er das verraten. Niemals.« Sie sank auf ihren Stuhl zurück.

Ecki wollte nicht aufgeben. Er glaubte immer noch, dass Marie Schneiders ihnen etwas vorspielte. »Es gibt Hinweise, dass sich Ihr Freund auf dem Grundstücksmarkt im Allgäu umgetan hat.«

Er sah Jakisch an, der zögernd nickte.

»Ernst wollte einen Hof, den er kaufen und umbauen konnte. Mehr nicht.«

»Und Sie haben ihn dabei unterstützt?« Ecki wollte Marie Schneiders nicht ausweichen lassen.

»Sicher. Ich habe ihn geliebt. Für mich war es das Schönste, dass er in Moosbach so glücklich war.«

»Und dafür haben Sie alles getan?«

Sie nickte. »Natürlich. Das hätte jede Frau getan, die liebt.«

»Alles?«

Sie sah Ecki fragend an.

»Wie weit ging Ihre Fürsorge? Haben Sie deshalb versucht, an die Fotos zu kommen? War das der Grund für Ihren Streit mit Samantha Kurzius? Musste sie deshalb sterben? Sterben, damit Sie die weiße Weste von Ernst Büschgens sauber halten konnten?«

Marie Schneiders brach in Tränen aus. »Wie können Sie so etwas behaupten?« Sie sah Frank Hilfe suchend an. »Ja, ich wollte die Fotos. Ja, wir haben uns gestritten. Aber ich habe sie nicht umgebracht. Das müssen Sie mir glauben.«

Ecki blieb hart. »Ich glaube eher, dass Sie uns das Motiv für einen Mord geliefert haben, Frau Schneiders.«

»Um Gottes willen, nein.« Sie presste ihre Faust auf den Mund. »Warum sollte ich das tun? Warum? Ich kann keinem Menschen etwas tun.«

»Vielleicht sind Ihnen die Nerven durchgegangen?« Er suchte den passenden Vergleich. »Sie haben wie eine Mutter Ihr Junges schützen wollen. Das glaube ich Ihnen gerne. Aber Sie sind dabei einen Schritt zu weit gegangen.«

»Nein. Nein. Nein! Ich habe diese Frau nicht getötet.« Marie Schneiders stand auf und ging einen Schritt auf Eckis Schreibtisch zu. »Wie soll das denn zusammenpassen? Ich bringe Samantha Kurzius um? Und wer hat dann Ernst getötet? Und diese andere Frau? Das macht doch alles keinen Sinn.«

»Dann sagen Sie uns, was Sinn macht. Lassen Sie uns noch einmal von vorne beginnen.« Ecki deutete auf Schneiders' Stuhl. »Und bitte setzen Sie sich wieder.«

Marie Schneiders blieb einen Augenblick unschlüssig vor Eckis Schreibtisch stehen und kehrte dann zu ihrem Platz zurück.

»Brauchen Sie vielleicht eine Pause?« Carsten Jakisch hatte Mitleid mit der Biologin. Er hatte nicht den Eindruck, dass sie eine Mörderin war. Eher hatte er den Eindruck, dass Ecki zu weit gegangen war.

»Nein, es geht schon. Aber wenn Sie noch ein Tempo für mich hätten?«

Sie nickte dankbar, als er ihr das Taschentuch reichte. Umständlich putzte sie ihre Nase.

Die will doch nur Zeit schinden! Ecki wollte schon unwirsch die Vernehmung fortführen, als Frank ihm einen Blick zuwarf.

»Sagen Sie uns, was Sie vermuten.« Franks Stimme klang sanft.

»Wenn ich die Tat begangen hätte, wäre ich dann freiwillig zu Ihnen ins Präsidium gekommen?«

Das würde in Ihre Strategie passen, hätte Ecki ihr am liebsten entgegnet, blieb aber stumm.

»Ernst ist erpresst worden. Von wem, das weiß ich nicht. Ich kann nur vermuten. Ich glaube, dass es etwas mit einem großen Bauprojekt zu tun hat. Hier in Nordrhein-Westfalen. Auf keinen Fall im Allgäu.« Sie sah Frank hoffnungsvoll an.

»Wieso denken Sie das?«

»Ernst hat in den letzten Wochen Andeutungen gemacht.«

»Andeutungen?«, fragte nun Jakisch nach. Er war froh, dass er durch Schneiders' Aussage einigermaßen aus der Sache heraus war. Zumindest was das Gerücht »Hotelkomplex« anging. Er würde sich also vorerst nicht mit Mayr auseinandersetzen müssen. Seinetwegen konnte der komplette Fall in Düsseldorf oder Mönchengladbach spielen, solange er vor Ort bleiben und damit den Launen seines Chefs noch einige Zeit entgehen konnte.

»Angeblich hat irgendjemand dafür gesorgt, dass ein Grundstück teurer verkauft wurde, als dies ursprünglich der Fall gewesen wäre.«

»Was heißt das konkret?« Ecki musste an das denken, was Schrievers ihnen im Zusammenhang mit einem Grundstücksgeschäft in Duisburg erzählt hatte.

»Ich kenne mich mit solchen Dingen nicht aus. Ich bin Wissenschaftlerin und nicht Immobilienspezialistin. Aber jedenfalls ist die Kaufabsicht des Landes bekannt geworden, und derjenige, der profitiert hat, konnte so gerade noch rechtzeitig das Areal billig aufkaufen und dann teuer weiterverscherbeln. So oder so ähnlich, meine ich, hat Ernst mir das erzählt.«

»Und dieser Jemand soll Ernst Büschgens getötet haben? Warum?«

»Weil er einen Mitwisser beseitigen wollte?« Schneiders sah nun Ecki voller Hoffnung an.

»Was soll das, Frau Schneiders? Weil jemand an einem Grundstücksdeal verdienen will, bringt er einen anderen um?« Er schüttelte ungläubig den Kopf. »Wer sollte das sein? Und inwieweit war Ernst Büschgens in die Sache verwickelt? Ich bin eher geneigt zu glauben, dass es um diese Frauengeschichten ging. Dass Sie den Ruf Ihres Freundes retten wollten.«

Erschöpft lehnte sich Marie Schneiders wieder zurück. »Wenn es denn so wäre, wer hat dann Ernst umgebracht? Habe ich das etwa auch getan? Weil ich mich dafür an ihm rächen wollte, dass er mich betrogen hat? Und diese andere Hure, Julia oder wie sie heißt, habe ich dann auch umgebracht? Ich soll drei Menschen getötet haben, nur weil ich eifersüchtig war?« Sie verstummte und starte auf das Taschentuch in ihrer Hand. Sollte die Polizei doch glauben, was sie wollte. Sie wusste, dass sie nichts getan hatte.

Ecki hatte zu jedem ihrer Sätze genickt. Besser hätte auch er die Motivlage nicht formulieren können. »Vor diesem Hintergrund werden wir Ihre Forschungsarbeit noch einmal untersuchen und neu bewerten müssen.« Er ließ offen, was genau er damit meinte. Vor allem weil Frank ihm mit einer Handbewegung zu verstehen gab, dass er sich im Augenblick zurückhalten sollte.

»Sie müssen doch verstehen, dass wir auch in diese Richtung ermitteln, Frau Schneiders.« Frank blieb bei seinem sanften Ton. »Sie streiten sich mit Frau Kurzius um diese Fotos. Sie arbeiten als Biologin mit Solanin. Und mit genau diesem Stoff ist Ihr Freund getötet worden. Das klingt doch sehr nach Mord aus Eifersucht.«

Carsten Jakisch hatte Marie Schneiders aufmerksam beobachtet. Er war mehr denn je überzeugt davon, keine Mörderin vor sich zu haben. »Wer weiß, vielleicht wollten die wahren Täter mit dem Solanin nur eine falsche Fährte legen. Soweit ich weiß, wurde in den Medien mehrfach über Frau Schneiders' wissenschaftliche Arbeit berichtet. Wer seine Spuren ver wischen will, kommt ja auf die abwegigsten Ideen.«

In Marie Schneiders' Augen zeigte sich ein Funken Zuversicht. Stumm verfolgte sie das Gespräch.

»Es gibt nicht den geringsten Hinweis auf den großen Unbekannten. Und ich bezweifele, dass sich jemand mit der Wirkung von Solanin auskennt, der nicht vom Fach ist.« Ecki war nicht überzeugt.

»Dann sitzt der Unbekannte vielleicht im Institut von Frau Schneiders.« Carsten Jakisch hatte das Bild schon vor Augen: ein Wissenschaftler im weißen Kittel vor einer Batterie von

Glaskolben, Laborgefäßen und einem Bunsenbrenner, dazu rauchende Flüssigkeiten, brodelnde Säuren und am Ende eine Phiole Gift, extrahiert aus einem Zentner Kartoffeln.

»Deine Phantasie in allen Ehren, Pumuckl.« Ecki schüttelte den Kopf. Der Typ hat wirklich einen an der Klatsche, dachte er. Ob alle Allgäuer so sind?

»Die Idee finde ich nicht unbedingt abwegig«, versuchte Frank zu vermitteln.

Carsten Jakisch wollte nicht aufgeben. »Wir sollten auch die Motorradfreunde von Büschgens nicht außer Acht lassen. Denkt daran, dass er viel unterwegs war und eine Menge Leute getroffen hat. Vielleicht ist bei diesen Gelegenheiten etwas vorgefallen, das Auslöser für die Tat war. Und, das sollten wir auch nicht vergessen, die drei Morde müssen ja nicht zwangsläufig zusammenhängen.«

Marie Schneiders hatte Jakisch aufmerksam zugehört und dabei ihre Tränen getrocknet. Gott sei Dank gab es hier wenigstens einen vernünftigen Beamten. Sie hoffte inständig, dass Jakisch sich mit seinen Überlegungen durchsetzen würde.

»Ich würde jetzt gerne gehen. Ich bin sehr müde, Herr Borsch.«

Ecki sah seinen Freund fragend an. Auch Jakisch war gespannt, wie Frank entscheiden würde.

»Bitte.«

Frank nickte erst zögerlich und dann entschieden. »Ich denke, dass wir im Augenblick keine Fragen mehr an Sie haben, Frau Schneiders. Aber bitte halten Sie sich zu unserer Verfügung. Ich werde die Kollegen in Düsseldorf informieren, dass sie ein Auge auf Sie haben.«

Marie Schneiders wollte protestieren, aber Ecki hob die Hand. »Mehr ist im Augenblick nicht drin für Sie, Frau Schneiders.«

Als Marie Schneiders das Büro verlassen hatte, ging Carsten Jakisch zum Fenster und öffnete es. »Ich brauche jetzt frische Luft.« Und das lag nicht an dem Hauch Parfüm, den sie im Raum zurückgelassen hatte.

Allerdings brachte sein Versuch wenig Erfolg. Von draußen strömte nicht nur der Lärm der Hauptverkehrsader zwischen Rheydt und Mönchengladbach herein, sondern auch die Wärme des Nachmittags, angereichert mit den Abgasen der Autos, die in dichter Folge am Bürofenster vorbeifuhren.

»Frisch ist anders«, murmelte er und dachte sehnsüchtig an den würzigen Duft frisch gemähter Wiesen.

Robert Mayr schwitzte. Er hatte sich mehrmals mit der Leiterin des Kemptener Liegenschaftsamtes, einer alten Schulfreundin von Martina, getroffen und mit ihr die Gerüchte um die angebliche Ansiedlung eines Hotelbetriebes im Moosbach diskutiert. Wenn ihre Informationen aktuell waren, gab es derartige Denkmodelle nicht einmal im Ansatz, geschweige denn konkrete Anfragen zu Liegenschaften in der Gemeinde Sulzberg, und schon gar nicht Bauvoranfragen oder Bauanträge. Das Gerücht schienen die Moosbacher völlig aus der Luft gegriffen zu haben. Andererseits, in jedem Gerücht steckt ein bisschen Wahrheit. Diese alte Weisheit hatte ihn nicht losgelassen. Mehr aus Instinkt hatte er sich die Namen aller Besitzer von Ferienwohnungen im Umkreis von 50 Kilometern um Moosbach herum besorgen lassen. Vielleicht gab es ja Auffälligkeiten: Namen oder irgendwas anderes, das ihn weiterbringen würde.

Die Sache begann ihm zunehmend auf die Nerven zu gehen. Und das Wetter machte ihm auch zu schaffen, diese Schwüle, das Gewitter, das nicht über den Grünten kam, die fast erdrückende Windstille und die zunehmend vom Wetter gestressten Urlauber, die sich abends in Maders Gaststube herumdrückten und sich beim Wirt über »diesen Sommer« beklagten und von ihm Linderung zu erwarten schienen. Als könnte Mader sie mit »Allgäu-Tellar« und »a Halbe« von diesem weltlichen Übel erlösen.

Sein Zustand war ein schlechtes Zeichen. Für seine Gesundheit und für seine Beziehung zu Martina. War er nämlich genervt, kam er mit seinen Ermittlungen nicht voran, war er zudem kein guter Gesprächspartner und ein noch schlechterer Liebhaber, weil ihm seine Geschichten nicht aus dem Kopf gingen. Dabei wollte er ihr doch bei nächster Gelegenheit unbedingt Moosbach zeigen. Sie schwamm doch so gerne. Und der Rottachsee war dafür geradezu ideal.

Mayr zwang seine Augen vom Blick über Petersthal auf den Stapel seiner Unterlagen zurück, den er oberhalb des Sees neben sich auf die Holzbank gelegt hatte. Den idyllischen Flecken hatte er an diesem Nachmittag kurzerhand zu seinem Büro gemacht. Es war doch nicht ausgeschlossen, hatte er nach einem Telefongespräch mit seinem verlängerten Arm in Mönchengladbach gedacht, dass Büschgens und seine vermuteten Kumpane Moosbach als unauffälligen Treffpunkt gewählt hatten, um ungestört ihren Geschäften nachgehen zu können. Immerhin war der Gasthof Zum Kreuz ein beliebter Treffpunkt für Motorradfahrer. Und Ferienwohnungen und Ferienhäuser waren so etwas von unverdächtig. Wen interessierte es schon, wer wo eine Immobilie gekauft hat? Außer vielleicht das Finanzamt und die Einwohner der jeweiligen Dörfer?

Robert Mayr brauchte im Grunde nicht mehr zu tun, als die Namenslisten an die Kollegen in Mönchengladbach zu schicken, besser noch direkt an Jakisch. Ja, Jakisch war genau der Richtige für diesen Job. Da würde selbst er nichts falsch machen können. Listen vergleichen konnte schließlich jeder. Und wenn er etwas fand, umso besser. Auch wenn es dann ausgerechnet Jakisch zu verdanken sein würde: Dann blieb am Ende das Lob über die erfolgreich abgeschlossenen Ermittlungen wenigstens im Allgäu und nicht bei diesen merkwürdigen Rheinländern. Für manche von denen war das Allgäu nur eine lästige Ansammlung von Hügeln auf dem Weg nach Italien.

Die Ermittlungen. Die Ermittlungen! Die Staatsanwältin hatte schon zweimal nachgefragt, wann er denn gedenke, den Fall abzuschließen. Auch der Bürgermeister von Sulzberg hatte sich schon besorgt erkundigt, ob die beiden Morde schon geklärt seien. Tote am Rottachsee waren schlecht für das Geschäft mit den Touristen. Der Gemeinderat habe schon überlegt, ob und wie man die polizeilichen Untersuchungen unterstützen könne. Man sei sich ja vollkommen sicher, dass der Täter kein »Hiesiger« sei. Die Menschen von Sulzberg, Moosbach, Graben oder Öschle seien allesamt friedfertige Bewohner einer bekanntermaßen friedfertigen Region.

Robert Mayr hatte es Thomas Hartmann nachgesehen, dass zwischen den Zeilen die Kritik an die Methoden der Kemptener Polizei gestanden hatte. Was sollte ein Bürgermeister auch anderes tun, als sich Sorgen um den Ruf seiner Gemeinde zu machen? Dazu war er schließlich gewählt worden. Und wer vermutete schon einen potenziellen Mörder unter den Bewohnern seiner Gemeinde? Er konnte den Bürgermeister verstehen. Vielleicht sollte er ihn sogar zu seiner Hochzeit einladen, überlegte Mayr für einen Augenblick. Als einen der ortsansässigen Honoratioren. Das machte man doch auf dem Land so, oder? Andererseits, Martina würde nicht begeistert sein. Sie hatte eine natürliche Skepsis gegenüber der Obrigkeit. Das stammte noch aus der Zeit, als sie an der Universität in München für bessere Studienbedingungen demonstriert hatte.

Robert Mayr sah aufs Wasser hinunter. Ein paar Surfer waren unterwegs. Ihre Segel schaukelten als Farbtupfer über den See. Familien fuhren Tretboot. Auf dem Wertacher Hörnle vermutete er Wanderer am Gipfelkreuz, wahrscheinlich waren auch welche den steilen Weg zum Ehrenmal am Grünten hochgestiegen oder saßen bei einer Brotzeit mit Käse auf der Schwandalpe.

Mayr seufzte mehrfach. Ihm bot sich ein Bild wie aus einem Urlaubsprospekt. Dann stutzte Robert Mayr mit einem Mal. Der See schien ihm etwas sagen zu wollen.

XXIII.

»Laumen. Was willst du?« Frank mochte es nicht glauben: Der Verwaltungsbeamte trug selbst bei diesen sommerlichen Temperaturen seinen kanariengelben Pullunder. Was Frank vollends irritierte, war die Tatsache, dass Laumen nicht schwitzte, nicht sichtbar jedenfalls. Dieser Typ hatte irgendwie nichts Menschliches.

Horst Laumen blinzelte nervös durch seine dicken Brillengläser. »Muss der Kollege aus dem Allgäu, dieser Jakisch, tatsächlich in diesem Hotel untergebracht sein? Das kostet mehr, als wir uns als Behörde leisten können. Du weißt, Borsch, dass das Ärger gibt.«

»Lass das mal meine Sorge sein, Laumen. Kümmer du dich um deine Akten. Geh in deine Kammer, und sprich mit ihnen und lass uns in Ruhe arbeiten.«

»Was fällt dir denn ein?« Horst Laumen plusterte sich in seiner gelben Oberbekleidung zu voller Größe auf.

»Je seltener du hier herumstehst, umso eher haben wir unsere Fälle gelöst, und Jakisch ist wieder auf dem Weg zurück ins Milch- und Käseparadies. Und, Laumen«, Frank deutete mit dem Kopf zur Tür, »Carsten Jakisch bleibt dort, wo er ist. Wir brauchen jeden Kollegen, frisch und ausgeruht. Nur ein zufriedener Ermittler ist ein guter Ermittler.«

»Das wird Konsequenzen haben, Borsch. Für dich und deinen Kollegen.«

»Lass Ecki aus dem Spiel.« Das »du Beamtenarsch« verkniff Frank sich. Er wollte den Bogen nicht überspannen. Auch angeschossene Kanarienvögel konnten gefährlich werden. Vor allem wenn sie in einer Verwaltung arbeiteten und jahrzehntelang Aktenstaub geschluckt hatten.

»Ich warne dich, Borsch.«

»Wenn du dich jetzt nicht verziehst, quartieren wir Carsten im neuen Hyatt in Düsseldorf ein. Da kostet schon der einfache Kaffee fünf Euro.«

Laumen war kurz vor dem Hyperventilieren. Auch schlecht für einen Kanarienvogel. Er verließ das Büro, ohne Frank noch eines Blickes zu würdigen.

»Was ist denn dem über sein Schwanzgefieder gelaufen?« Ecki schloss feixend die Tür hinter sich.

»Och, nix. Ich hab ihn nur ein bisschen gekitzelt.« Frank grinste breit.

Ecki setzte sich an den Schreibtisch und fuhr seinen PC hoch. »Wo ist Jakisch?«

»Unser Kollege ist im Archiv. Er geht zusammen mit Heini die Listen durch, die Mayr geschickt hat.«

»Und?«

»Hab von den beiden schon länger nichts gehört. Vermutlich erzählen sie sich ihre Familiengeschichten.«

»Pumuckl und Heini haben sich gesucht und gefunden.«

»Scheint mir auch so.« Frank grinste erneut.

»Hab ich was verpasst?« Ecki war ein wenig irritiert. Erst Laumen, der auf dem Flur nach Luft gerungen hatte, und nun dieses Gegrinse.

»Nee. Ich meine ja nur, dass Pumuckl der Richtige ist. Soll er sich ruhig die Schrievers'sche Familienchronik anhören, dann bleiben wir wenigstens eine Zeit lang davon verschont.«

»Ach komm, wir besuchen die beiden.« Ecki stand auf.

Frank sah auf die Uhr. »Wir haben gleich MK-Besprechung. Aber gut, das Archiv liegt ja quasi auf dem Weg.«

Die beiden Kriminalhauptkommissare hörten es schon von Weitem: Musik drang aus den Archivräumen auf den langen Flur. Musik, die Frank erschauern ließ. Hinter Schrievers' Bürotür lief eindeutig irgendwas von Howard Carpendale.

Ecki stieß Frank in die Seite. »Die beiden lassen es sich gut gehen.« Er beschleunigte seinen Schritt. WDR-4-Musik, ob Schlager oder Volksmusik, veränderte von jetzt auf gleich seinen Stoffwechsel. Ecki wurde unruhig, er musste auf jeden Fall dabei sein, egal, wo die Musik gerade lief.

»Deine Spuren im Sand, die ich gestern –« Carsten Jakisch

brach abrupt ab und ließ die Flaschenbürste sinken, die er als Mikrofon benutzt hatte, um sein Publikum, Schrievers, der zufrieden grinsend hinter seinem klobigen Schreibtisch saß, anzusingen.

Für den Bruchteil einer Sekunde sahen sich alle vier verblüfft an: Schrievers, Jakisch, Ecki und Frank.

»Ich habe Heinz-Jürgen gerade demonstriert, wie ich den Titel singe und interpretiere.« Jakisch stoppte die Karaoke-CD, die in Schrievers' CD-Player lief. Dem eingewanderten Allgäuer schien die Szene überhaupt nicht peinlich zu sein. »Daheim im Allgäu singe ich auch schon mal im Bierzelt.«

»So, so.« Mehr brachte Frank nicht hervor.

»Ich liebe Howie.«

Jakischs »ich« klang eindeutig nach dem schmuseweichen »Isch« des Schlagerfuzzis. Der knödelige Pumuckl als Carpendale-Kopie! Frank war sprachlos.

Ecki grinste.

»Ihr solltet mich mal erleben: Die Frauen sind bei meinen Auftritten außer Rand und Band. Die werfen Slips und BHs in Mengen auf die Bühne. Das ist unglaublich.«

»Unser Jakisch ist der Howie des Allgäus. Ich fass es nicht! Mit oder ohne Lederhose?« Frank musste schon wieder grinsen.

»Du solltest ein wenig mehr Respekt vor dem deutschen Schlager haben.« Ecki schien ehrlich entrüstet.

»Das finde ich auch, Frank.« Schrievers musterte Jakisch anerkennend und deutete wohlwollenden Applaus an. »Mach dir nichts draus, Carsten. Der Kollege hält sich für den Harp-Star des Niederrheins.«

»Deine Häme kannst du dir sparen, Schrievers. Du hast eh keine Ahnung.«

»Bla, bla, bla«, kam es gleichzeitig von Schrievers und Ecki. »Du wirst langweilig, Borsch.«

Carsten Jakisch legte die Flaschenbürste auf die Ablage des kleinen Waschbeckens zurück, das noch aus der Frühzeit der Büroausstattungen übrig geblieben war. »Wir haben in den

Listen aus Kempten wenig gefunden. Ein paar Namen könnten interessant sein, meint Heinz-Jürgen. Ich werde noch heute mit der Überprüfung beginnen. Dann wissen wir mehr.«

Rainer Wackerzapp rutschte in seinem Sitz noch ein Stückchen tiefer. Eigentlich überflüssig, dachte er. Sie kannte seinen Wagen natürlich. Trotzdem hoffte er, dass sie nicht die parkenden Fahrzeuge kontrollieren würde.

Er hatte Glück. Sie schenkte weder dem zäh fließenden Autoverkehr auf der Bismarckstraße Beachtung, noch würdigte sie die parkenden Fahrzeuge eines Blickes, als sie aus dem Café auf den Bürgersteig trat. Zielstrebig ging sie Richtung Bismarckplatz.

So ist es gut, dachte er. Ich kenne deine Gewohnheiten. Sie war sicher auf dem Weg zurück zu ihrem Auto, das sie auf dem kleinen Karree zwischen Post und Bank abgestellt hatte.

Geh ruhig langsam. Genieß deine letzten Meter. Du entkommst mir nicht! Wackerzapp beobachtete, wie sie auf ihrem Weg die Hindenburgstraße kreuzte. Er wartete noch einen Augenblick. Dann entschied er, dass der richtige Moment gekommen war. Er setzte den Blinker und scherte aus seiner Parklücke aus.

Es würde ganz leicht sein. Sie waren ihr schon den ganzen Vormittag über gefolgt. Nun war ihre Zeit gekommen. Bongarts wartete an der Ecke auf seinen Einsatz. Auf sein Zeichen hin würde er sie anrempeln und auf die Straße drücken, direkt vor seinen Wagen. Es würde wie ein Unfall aussehen. Noch ehe jemand wusste, was genau passiert war, würde er schon weg sein. Zur Vorsicht hatte er das Kennzeichen ausgetauscht. Niemand würde wissen, wer am Steuer des Unfallwagens gesessen hatte. Der Wagen würde ein Phantom sein, genauso wie er, Rainer Wackerzapp. Um Bongarts würde er sich später kümmern.

Er war an Schloss Rheydt eine Zeit lang ohnmächtig gewesen. Seine Schmerzen hatten ihn schließlich wieder zu Bewusstsein gebracht. Er hatte sich lange nicht bewegen können.

Dann hatte er das eingetrocknete Blut an seinen Haaren ertastet und den Stein entdeckt. Irgendwann war er auf die Knie gekommen und noch viel später zu seinem Wagen gewankt. Da war es schon dunkel gewesen. Begegnet war ihm niemand. An die Fahrt zurück nach Düsseldorf hatte er keine Erinnerung mehr. Nun würde sie dafür bezahlen.

Es waren nur noch wenige Meter. Wackerzapp beobachtete durch den Rückspiegel den Verkehr. Niemand war hinter ihm. Seine langsame Fahrweise würde niemandem auffallen. Er brauchte nur im geeigneten Augenblick zu beschleunigen und wäre zumindest dieses eine Problem für alle Zeit los. Mit Bongarts würde er leicht fertig werden. Und den Rechtsanwalt würde er auch noch knacken. Der konnte seine Augen ja nicht überall haben. Und wenn er ihn erst einmal enttarnt hatte, würde er leichtes Spiel mit ihm haben. Er würde in nächster Zeit noch eine Menge Geld verdienen. Bei dem Gedanken pfiff er unwillkürlich seine Lieblingsmelodie aus der alten Fernsehserie *Raumpatrouille*. In Wahrheit war er, Rainer Wackerzapp, der Commander.

Jetzt war es so weit! Sie hatte die kleine Zufahrt zum Bismarckplatz erreicht. Wackerzapp streckte sich und verlagerte langsam sein Gewicht auf seinen rechten Fuß. Er war auf dem Weg zu einem neuen phantastischen Abenteuer. Der Wagen war sein Raumschiff Orion.

Der Aufprall blieb aus. Bauer hatte sich im letzten Augenblick fangen können. Im Rückspiegel konnte er zwei Dinge sehen: Bongarts, das unzuverlässige Arschloch, das nicht heftig genug gestoßen hatte, verließ unauffällig den Beinaheunfallort und verschwand durch die Drehtür der Stadtsparkasse. Außerdem liefen mehrere Menschen an der Stelle zusammen, an der vor einem Augenblick ein blauer Wagen eine blonde Frau in einem eleganten Kostüm beinahe überfahren hatte.

Rainer Wackerzapp war enttäuscht. Fluchend schaltete er einen Gang höher. Orion hatte nicht landen können. Er wusste, dass er nachlegen musste.

»Carina? Hör zu.«

Unwillig schüttelte sie den Kopf, obwohl er sie nicht sehen konnte. »Ich will nichts hören. Ich will mit ihnen reden, hörst du? Sofort.« Sie presste den Hörer fester an ihr Ohr, als könnte sie damit ihrer Forderung Nachdruck verleihen.

»Du weißt, dass das nicht geht.«

»Hör endlich auf, mich wie ein kleines Kind zu behandeln.« Sie schüttelte ihr blondes Haar und griff zu ihrem mit Eis gekühlten Weißwein. »Du weißt ganz genau, was auf dem Spiel steht. Ich will, dass sie mir zuhören. Ich kann nichts mehr für sie tun. Ich bin raus aus der Sache.«

Sie hörte einen Moment lang nur seine Atemzüge. Und sie wusste, dass er in Sekundenschnelle das Problem bewertete wie ein Schachspieler, der seine Chancen auf den Sieg ausrechnet. Sie musste vorsichtig sein, durfte ihn nicht zu sehr unter Druck setzen. Er war ihr einziger Kontakt zu ihnen.

»Ich muss nachdenken.« Seine dunkle Stimme klang wie die sanfte Melodie eines Klaviers, die von weit her zu ihr herüberwehte.

»Hör auf, so zu reden. Er hat mich reingelegt. Das weißt du. Er hat mich gevögelt und dann fallen gelassen. Er hat bekommen, was er wollte, und dann war ich nicht mehr wichtig. Ich muss mit ihnen reden. Es ist wichtig.«

»Sie spielen nicht, die Italiener, das weißt du. Carina, sieh es doch einfach so: Du hast ein wenig Spaß mit ihm gehabt, du wirst gut bezahlt. Dafür vergisst du den Rest. Du wickelst das Geschäft ab, und dann hast du deine Ruhe. Über das andere wirst du schon hinwegkommen, früher oder später.«

»Du hast die Möglichkeit, mich zu ihnen zu bringen. Es geht mir nicht ums Vögeln.« Carina lachte kurz auf. Die Nacht war kurz gewesen. »Er ist sowieso nicht mein Typ. Zu viel Gel, zu wenig Manieren.«

»Carina, ich bin nur ihr Berater. Ich bekomme mein Geld von ihnen, damit ich gehorche und meine Arbeit mache. Ich bin wie du. Und ich kann nichts für dich tun.«

»Du lügst. Du steckst tiefer in der Sache drin, als du zugeben willst. Du bist mehr als nur ein Befehlsempfänger. Versuch nicht, mir was vorzumachen.«

Seine Stimme klang scharf. »Hör endlich auf, Carina. Überspann den Bogen nicht. Die Sache ist zu groß für dich. Du darfst sie nicht reizen. Sie werden es nicht verstehen. Die haben ihre eigenen Gesetze. Angenommen, sie wollen dich sehen, er will dich wiedersehen, was soll denn bei einem Treffen herauskommen? Was? Dass sie dich in ihre Mitte aufnehmen? Dass du eine von ihnen wirst? Mach dich nicht lächerlich. Du weißt, dass das niemals der Fall sein wird. Sie haben ihr Geschäft mit dir abgeschlossen, du hast unterschrieben. Mehr ist nicht. Und das weißt du. Hör also auf, dir etwas vorzumachen.«

»Du hängst da mit drin. Wenn ich auspacke, bist du ebenfalls geliefert.«

»Du weißt nicht, was du da sagst! Auspacken! Was heißt das? Nein, du weißt ganz genau, was das bedeutet! Du musst dich im Griff haben, sonst kann ich für nichts garantieren. Sie werden sich nicht unter Druck setzen lassen. Sie wissen, dass sie die besseren Karten haben. Versuch so kurz vor Schluss jetzt nicht, deine eigenen Geschäfte zu machen. Es geht kein Weg an ihnen vorbei, nur mit ihnen zusammen hast du eine Chance.« Er wechselte wieder in einen sanften Ton. »Und: Du solltest mir nicht drohen, Carina. Ich habe viel für dich getan. Vergiss das nicht. Sei nicht undankbar. Alte Männer haben dafür wenig Verständnis.«

Sie überlegte. Leuchtenberg. So alt und schwerfällig er mit den Jahren geworden war, so schwer wog sein Wort bei seinen Geschäfts- und Verhandlungspartnern. Leuchtenberg hatte eine Menge Einfluss. Er hatte seine Finger in vielen Dingen. Über die Jahre waren zu den sauberen Geschäften auch einige schmutzige hinzugekommen. Er bewegte sich in der Grauzone zwischen Legalität und illegalen Transaktionen mit einer unglaublichen traumwandlerischen Sicherheit.

Leuchtenberg kannte viele Menschen, unwichtige, aber vor allem wichtige. Emporkömmlinge. Möchtegerne. Politiker. Ernsthafte und gefährliche, aufgeblasene und korrupte. Er hatte über die Jahre ein Netz gewoben, in dem sich viele verfangen hatten, freiwillig und ohne dass sie es je gemerkt hätten. Er war die Spinne im Netz, die jeden aussaugen konnte, der ihr zu nahe kam. Er konnte sich auf dem reich gedeckten Tisch zu jeder Zeit bedienen, ohne dass sein ungleiches Gegenüber eine Chance zur Flucht hatte.

Niemand hatte so ein Gespür für ein gutes Geschäft wie Ferdinand Leuchtenberg. Das hatte sie immer schon an ihm bewundert. Er war schon damals ihr väterlicher Freund gewesen. Damals, als sie in ihrem Leben nicht weiterwusste. Nachdem sie als junge Anwältin einen schwerwiegenden Fehler gemacht hatte. Und sie ihn weder sich noch ihren Vorgesetzten eingestehen konnte. Sie hätte sich nicht mit den Kreisen einlassen dürfen, in denen sich ihr Mandant bewegt hatte. Sie hatte damals nicht nachgedacht, als sie Bongarts vertreten und zugelassen hatte, dass seine Kumpel Beweismittel zur Seite schaffen konnten. Sie hatte sich etwas vorgemacht, sie hatte jede Gelegenheit genutzt, um den Fall vor Gericht zu gewinnen. Sie hatte noch nie verlieren können. Eine gute Voraussetzung, um als Anwältin arbeiten zu können, hatte ihr Vater ihr einmal gesagt. Aber dann hatte sie den Bogen überspannt. Sie hätte die Drogen nicht aus dem Versteck holen dürfen. Sie hätte wissen müssen, dass sie dabei gefilmt wurde. Bongarts' Kumpel hatten ihr die Bilder gezeigt.

Leuchtenberg hatte ihr damals geholfen, ohne zu fragen. Aber sie hatte auch so gewusst, dass sie irgendwann die Rechnung würde zahlen müssen. Das war ihr egal gewesen. Das war ihr immer schon egal gewesen. So hatte sie ihr Leben gelebt, und so war sie dahin gekommen, wo sie jetzt war. Dazu hatte auch gehört, dass Leuchtenberg für eine Nacht nicht nur ihr väterlicher Freund war. Es war ihr egal gewesen, hatte sie gedacht. Sie hatte so etwas wie Dankbarkeit zeigen wollen. Aber dann hatte sie sich vor seinem Fett und seinem Stöhnen geekelt. Aber auch das war vorbeigegangen. Liebe war auf ihrer Seite nicht eine Sekunde lang im Spiel gewesen.

In gewisser Weise hatte sie sich seit damals treiben lassen. Das Leben war spannend. Nur jetzt war sie an einem Punkt, wo sie die Zügel selbst in die Hand nehmen wollte. Wenn die Italiener ihre Geschäfte durchziehen konnten, würde noch mehr Geld zu verdienen sein. Die Zeichen standen auf Übernahme. Das hatte sie längst erkannt. Die Italiener kauften Aktien von Baukonzernen wie andere Leute ihre Brötchen. Die Bewegungen an den Börsen sprachen ihre eigene Sprache. Eine Sprache, die Carina schon als junge Frau verstanden hatte und die ihr eine phantastische Karriere ermöglicht hatte. Bis dann Leuchtenberg helfen musste.

Carina wollte auf keinen Fall die Chance auf das ganz große Geld verpassen. Die Italiener standen kurz davor, den Baukonzern zu übernehmen. Sie hatte ihnen dabei geholfen. Sie und ihre Mädchen, die sie verpflichtet hatte und die auf den Fotos neben oder auf den Vorständen eine so gute Figur abgaben – und die doch nicht existieren durften. Die nur an ganz bestimmten Tagen an ganz bestimmten Orten im Allgäu existierten. Eine ganz spezielle Wohngemeinschaft. Bei dem Gedanken musste sie lachen.

»Warum lachst du?« Leuchtenberg klang irritiert.

Erst jetzt merkte sie, dass sie noch mit Leuchtenberg telefonierte. »Nichts. Schon gut.«

»Was soll das, Carina? Spiel nicht mit dem Feuer. Du wirst dich verbrennen.«

»Drohst du mir? Ausgerechnet du?«

»Nein. Ich drohe dir nicht. Es geht hier nicht um mich, Carina. Es geht ausschließlich um dich. Ich habe dich immer beschützt. Das weißt du. Du bist weit gekommen. Du führst das Leben, das dir gefällt. Carina, ich mag dich viel zu sehr, als dass ich dich in dein Verderben rennen lassen würde.«

»Hör auf, sentimental zu sein. Du hast mir nur geholfen,

weil du gespürt hast, dass ich dir einmal nützlich sein könnte.« Sie schnaubte verächtlich und trank mit großen Schlucken ihr Weinglas leer.

»Carina, ich –«

»Niemals, Leuchtenberg, niemals hast du auch nur das Geringste für mich empfunden.« Sie setzte ihr Glas mit einem Ruck auf den Glastisch.

»So etwas darfst du nicht sagen. Ich –«

»Hör auf damit.« Sie wischte sich über die Lippen. Und wischte damit auch das Bild aus ihrem Gedächtnis, auf dem Leuchtenbergs nackter, teigiger Körper rhythmisch auf einer braunhaarigen dünnen Frau hin und her rutschte. Sie hätte viel dafür gegeben, diesen Anblick damals nicht ertragen zu müssen. Er hatte ihr deutlich gemacht, wohin sie geraten war. Seither bekam sie diese Bilder nicht mehr aus dem Kopf.

»Es geht nicht immer nur darum, den anderen auszulutschen wie eine Zitrone.« Seine Stimme klang messerscharf.

»Ausgerechnet du musst mir das sagen. Ausgerechnet du. Du hast doch dein ganzes Leben lang nichts anderes getan.« Verdammt, die Flasche stand im Kühlstand. Sie erhob sich und nahm dabei das Handy nicht von ihrem Ohr.

»Du hast ja keine Ahnung.«

Da war wieder das Klavier, das Carina vorhin schon gehört hatte. »Schon gut. Was ist mit Wackerzapp?« Sie öffnete die Kühlschranktür und goss sich nach.

Die Frage brachte Leuchtenberg auf sein gewohntes Terrain zurück. »Lass das meine Sorge sein. Er wird dir nichts mehr tun.«

»Du weißt es also schon?«

»Ich weiß alles. Du hast verdammtes Glück gehabt, dass er dich nicht gepackt hat, sonst wärst du jetzt tot. Du musst einen starken Schutzengel haben. Aber denk daran, Schutzengel können nicht alles.« Der Pianist hob zu einem Schlussakkord an. »Tu deinen Job, und überlass den Rest mir. Sieh nur zu, dass auch die übrigen Bilder ihren Bestimmungsort erreichen.

Die Italiener werden langsam ungeduldig. Sie stehen kurz vor dem Ziel. Und denk daran, so etwas, was die beiden kleinen Nutten versucht haben, darf nicht mehr passieren. Hörst du? Sonst kann ich nichts mehr für dich tun.«

Sie wusste, sie würde dann tot sein. Mit einem Ruck warf sie die Kühlschranktür zu. Sie trennte die Verbindung und blieb mitten in der Küche stehen. Zum ersten Mal in ihrem Leben hatte sie Angst vor Leuchtenberg.

Sie sah aus dem Fenster. Auf dem Rhein zogen Kähne dahin. Sie spürte, wie sie müde wurde. Sie wusste, das lag nicht nur am Wein. Sie stützte sich mit den Armen auf die Lehne ihres Sofas. Diese Schiffe trugen ihre Lasten so gleichmütig wie sie. Eine Erkenntnis, die ihr seltsamerweise wehtat. Sie hatte das Gefühl, das dunkle Wasser des Rheins zöge sie hinunter.

Auf nackten Füßen ging sie in ihr Büro und fuhr den Computer hoch. Es dauerte einen Augenblick, bis sie ihre Dateien öffnen konnte. Hinter jedem Namen verbargen sich Fotos, Daten und Lebensläufe. Diese besondere »Materialsammlung« war ihr größtes Kapital, die »Ernte« von zwanzig Jahren. Carina machte von den Adressenlisten mehrere Kopien. Ihr Kapital war von nun an ihre Lebensversicherung. Sie hielt inne und trank noch einen Schluck. Nachdenklich betrachtete sie den Siebdruck von Heinz Mack, den sie erst vor Kurzem über ihren PC aufgehängt hatte.

Rotation in Blau. Sie würde selbst nach Kempten fahren müssen. Die Wohnung musste aufgelöst werden. Die restlichen Fotos würden ihre Wirkung nicht verfehlen. Wenn die Italiener die Informationen aus dem Ministerium endlich bekommen hatten, würden sie am Ende leichtes Spiel haben. Sie hoffte inständig, dass dann ein neues Kapitel in ihrem Leben begann. Ein Kapitel, das sie schreiben würde und das anders erzählt werden würde, als die Italiener es vorgegeben hatten. Sie hob ihr Glas gegen den großzügig gerahmten Mack. Sie hatte ihre Lebensversicherung, und sie würde sich auszahlen. Im besten Sinne des Wortes. Jeder versuchte eben sein Leben so teuer wie möglich zu verkaufen. Auch das hatte sie früh gelernt.

Sie lehnte sich in ihrem Bürostuhl zurück und massierte sich den Nacken. Seit Wackerzapp versucht hatte, sie umzubringen, hatte sie Schmerzen. Für diese Schmerzen würde er mit seinem Leben bezahlen. Sie hatte Leuchtenberg in diesem Punkt verstanden.

Carsten Jakisch sah bedauernd von Frank zu Ecki. »Die Namen der Ferienhaus- und Ferienwohnungsbesitzer sind unauffällig. Gefunden haben Heinz-Jürgen und ich jedenfalls nichts.«

»Tja, so ist das halt.« Frank verkniff sich den Zusatz, dass er nichts anderes erwartet hatte. Jakisch musste das kleine Einmaleins der Polizeiarbeit doch kennen. Frank beschlich der Gedanke, dass Jakischs Chef Pumuckl hauptsächlich von Kempten an den Niederrhein geschickt hatte, um ihn nicht zwischen den Füßen zu haben. Wie auch immer, er würde seinen rothaarigen Kollegen schon zu beschäftigen wissen.

»Was schlägst du vor?« Ecki wollte seinem Kollegen Mut machen.

»Die Motorradszene wartet immer noch auf eine eingehende Durchleuchtung«, meinte Jakisch dankbar, »und wir könnten das Umfeld der beiden Nutten noch einmal checken.«

Klingt wie mein alter Dozent an der Polizeischule, dachte Frank und musste unwillkürlich schmunzeln. Er wurde einfach nicht schlau aus diesem Pumuckl. Aber er hatte sich mit seinen Überlegungen immerhin neue Arbeit verschafft.

Frank stand auf. »Dann tu das. Ich muss los. Die Jungs warten. Ich bin eh schon spät dran.«

So schnell hatte Carsten Jakisch das Einverständnis seiner Kollegen nicht erwartet. Offenbar schien Frank mehr von ihm zu halten, als er zunächst gedacht hatte. Er sah auf die Uhr. »Auf mich wartet eh nur das Hotelzimmer. Wo sind die Listen? Ich häng noch eine Runde dran.«

Ecki schob ihm die Unterlagen zu. »Aber vergiss nicht, das Licht auszumachen. Und hier«, er schob einen Flyer hinterher, »der Pizzaservice ist nicht schlecht. Sie liefern prompt und schnell und haben ein Herz für einsame Bullen. Die Pizzen sind immer extra voll belegt.«

Auf dem Weg zu seinem MGB klingelte Franks Handy. »Wann kommst du? Ich will für uns kochen.«

Verdammt, er hatte ihre Verabredung glatt vergessen. »Tut mir leid, Lisa. Ich habe vergessen, dir Bescheid zu sagen. Wir haben heute Sonderprobe. Am Samstag spielen wir im Café Pockenlijder in Venlo.« Frank schloss seinen Wagen auf. »Ich bin schon auf dem Weg. Aber es wird sicher nicht allzu spät. Die meisten Stücke sitzen.« Er stieg ein und startete den Motor.

»Und da musst du unbedingt dabei sein?« Lisa klang ehrlich enttäuscht.

»Die Jungs haben die letzten Male schon auf mich verzichten müssen. Ich kann sie nicht hängen lassen. Außerdem habe ich auch zu Hause schon länger nicht geprobt, wie du weißt. Das gibt am Ende nur Ärger mit der Band. Auch wenn die Jungs immer meinen: Wer übt, betrügt seine Freunde …«

Lisa seufzte. »Okay, wenn dir der Blues wichtiger ist, meinetwegen. Warten werde ich aber nicht auf dich.«

»Ach, komm schon, Lisa.« Frank wusste, dass er ihr Verständnis schon längst überstrapaziert hatte. »Das Konzert in Venlo ist wirklich wichtig. Angeblich ist ein Produzent aus Amsterdam da. Wer weiß, ob wir nicht endlich auch in Holland Fuß fassen können.«

»Ihr seid eine Amateurtruppe, Frank. Wann kapierst du das endlich? Für eine Karriere als Musiker ist es längst zu spät.« Lisa hatte keine Lust auf Verständnis. »Du rennst einem Traum hinterher, der sich nicht mehr erfüllen wird.«

»Das klingt ziemlich hart.« Frank war bereits vom Hof der alten Polizeikaserne gefahren. Im Grunde hatte sie ja recht. Aber wenn er nicht diesen Ausgleich hätte, wäre er längst in seinem Beruf gescheitert. Die Proben, die Auftritte, die gemeinsamen Stunden mit seinen Freunden waren für ihn so etwas wie Urlaub. Wenn er einmal die Woche endlich im Probenkeller stand, war nach einer Viertelstunde der Alltag weit weg. Keine Fahndung, keine Vernehmungen, keine Toten, keine Schmerzen, keine Tränen. Nur der Blues.

»Das Leben ist so, Bulle, das müsstest du doch am besten wissen.« Lisa klang eine Spur versöhnlicher als noch zu Beginn ihres Gespräches. Sie wusste, dass sie Frank wehgetan hatte. Frank hatte ihr von seinen Ermittlungen erzählt. Sie wusste, dass ihm der Staatsanwalt im Nacken saß, dass es Kollegen im Präsidium gab, die ihm Druck machten, indem sie bei ihren Vorgesetzten gegen Frank und Ecki stichelten. Sie hatte sich auf diesen Polizeibeamten eingelassen, aber sie wusste auch, dass sie nicht auf Dauer am Ende seiner Liste stehen bleiben wollte.

»Ich weiß, Lisa. Nur, es ist nicht so einfach, wie du es gerne hättest. Ich wäre auch viel lieber jetzt bei dir. Bitte sei nicht so hart zu mir.«

»Die Menschen muss man vor den Kopf stoßen, damit sie lernen, ihn zu gebrauchen.«

Das war wieder so eines der Zitate, die Lisa mit einem Eifer sammelte wie andere Menschen Briefmarken.

»Woher hast du den Satz?«

»Er hängt am Kühlschrank. Hast du ihn noch nicht gesehen? Dieter Hildebrandt.«

»Vielleicht hat er recht.« Frank wollte versöhnlich klingen, aber in seiner Stimme schwang auch eine bittere Note mit.

»Wahrscheinlich. Also, gebrauch deinen Schädel nicht nur, um Mörder zu jagen oder Mundharmonika zu spielen. Und sieh zu, Bulle, dass du nicht ewig im Probenraum kleben bleibst.«

»Lisa?«

»Ja?«

»Ich liebe dich.«

Es klickte in der Leitung.

Frank drückte die Starttaste seines CD-Players und stellte auf Laut. Er mochte die Stimme von Joanne Shaw Taylor und ihre neue CD *Diamonds in the Dirt.* Der Kriminalhauptkommissar der Mönchengladbacher Polizei kurbelte das Seitenfenster hinunter und entließ Taylors *Can't Keep Living Like This* hinaus in den roten Abendhimmel.

Carsten Jakisch biss in das letzte Stück seiner Pizza und schob den Karton von sich weg. Er war müde und satt. Geschmeckt hatte ihm die Pizza nicht sonderlich. Er vermisste den Geruch und den Geschmack Allgäuer Bergkäses. Bei dem Gedanken bekam er Heimweh. Auch wenn er niederrheinische Wurzeln haben mochte, das Allgäu war seine Heimat. Er meinte hier und jetzt im Büro den Schnee riechen zu können. Die Erinnerung trieb ihr herzloses Spiel mit ihm. Dazu die einsame Arbeit in einem Präsidium, das so nüchtern dunkel und unpersönlich daherkam wie wenig sonst in seinem Leben.

Mit einem Seufzer schob er seine Wehmut von sich wie den leeren Pizzakarton. Die Durchsicht der Ermittlungsergebnisse hatten keinen neuen Ansatz für Recherchen ergeben: ein toter Immobilienmakler, zwei tote Nutten, zwei Tatmuster und Tatorte, die unterschiedlicher nicht sein konnten, hier das Allgäu, dort Mönchengladbach, die Motorradszene, eine treue Partnerin, die ihren Freund schützen wollte.

Ja, vor was eigentlich? Marie Schneiders war nicht eifersüchtig, hatte von Anfang an nicht an ein Verhältnis von Büschgens zu den Nutten geglaubt. Das behauptete sie zumindest. Wollte sie Büschgens schützen, um auch sich aus der Schusslinie der Medien zu bringen? Immerhin war sie im Gespräch für einen gut dotierten Posten im Wissenschaftsministerium. Schneiders als Protegé des Ministerpräsidenten. Da konnte auch sie es sich nicht erlauben, öffentlich durch den Kakao gezogen zu werden. Ein gewisses Eigeninteresse dürfte also dabei gewesen sein bei ihrem Streit mit Kurzius. Das stand für Jakisch fest.

Weil das in politischen Kreisen nötig war, wenn man Karriere machen wollte. Die Nähe zur Macht war verlockender als die Wahrheit. Wenn es denn eine Wahrheit gab und diese Wahrheit hieß, dass Büschgens doch mehr mit den Nutten zu tun hatte, als nur zufällig mit ihnen auf einem Foto abgelichtet zu sein.

Wie auch immer, dachte Jakisch. Zurzeit gab es keinen Hinweis darauf, dass Schneiders log. Wo konnte er ansetzen, um die Ermittlungen voranzubringen und bei seinen Kollegen zu punkten, die ihn offenkundig zwar als Gast, aber nicht als ernst zu nehmenden Kollegen betrachteten? Was hatten Borsch und Eckers möglicherweise übersehen, was hatte die MK noch nicht ausreichend durchleuchtet?

Er würde etwas vorweisen müssen, um endlich in der MK angekommen zu sein und gleichzeitig Mayr von seinen Qualitäten überzeugen zu können. Auf ewig wollte er nicht zwischen den KKs hin und her geschoben werden. Er wollte seinen Platz haben im Kemptener Kommissariat für Kapitaldelikte. Er war sich sicher, dass er dorthin gehörte. Und ihm war bewusst, dass Mayr ihm das Leben schwer machen würde. Es sei denn, er würde entscheidend zur Aufklärung der Morde beitragen.

Carsten Jakisch lehnte sich zurück und starrte auf das gerahmte Poster mit den schwarzen und weißen, ineinander verschlungenen Fingern. Yin und Yang. Die Balance im Leben. Das Gute und das Böse. Gegen Vorurteile.

Borsch war irgendwie ein seltsamer Bursche. Tat kollegial und hatte doch so eine Aura an sich, die ihn vom Ermittlungsalltag seltsam entrückt erscheinen ließ. Der Mann war eher bei seinem Blues als bei seinen Morden. Und immer dieses Geturtel mit seiner Lisa. Und dieser Ecki: kaute den ganzen Tag am liebsten auf Hefeteilchen herum, statt sich ernsthaft mit den Akten zu beschäftigen, machte den Weibern auf dem Flur schöne Augen und war ansonsten eher im Fitnesscenter nebenan zu finden als im Dienstwagen.

Heinz-Jürgen Schrievers schien der einzig Normale in dem Haufen Chaoten zu sein. Mit Schrievers konnte man auch mal über private Dinge sprechen, ohne dass man gleich das Gefühl haben musste, ein Wort zu viel gesagt zu haben, oder Gefahr lief, ausgelacht zu werden oder dumme Sprüche zu hören.

Carsten Jakisch löste seinen Blick von dem Poster und sah auf seine Uhr. Es war noch relativ früh. Er überlegte kurz, ob er in die Altstadt fahren und irgendwo ein Bier trinken sollte. Aber alleine loszuziehen, dazu hatte er keine Lust. Unschlüssig schob er die Akten auf seinem Schreibtisch hin und her. Schließlich blieb sein Blick an der Adresse von Julia Dürselens Eltern hängen. Wie mochte es ihnen gehen? Er hatte gelesen, dass sie vom Leben ihrer Tochter lange nichts gewusst hatten. Und nun war ihre Tochter tot, erschlagen wie ein Tier. Allein das musste sie schier um den Verstand bringen.

Jakisch musste an seine Familie denken. Familie! Was bedeutete das schon? Er hatte seine Mutter geliebt, aber er hatte keine Liebe zurückbekommen. Schon gar nicht vom Vater. Der war hart zu ihm gewesen, hatte immer nur gefordert. Niemals hatten sie beide zusammengesessen und einfach nur erzählt. Immer hatte ihr Gespräch einen Anlass gehabt, der sich zumeist um seine Leistungen in der Schule und später im Beruf drehte. Besser gesagt, um die Dinge, die aus der Sicht des Vaters falschliefen. Nun waren seine Eltern schon einige Jahre tot, und Carsten Jakisch hatte keine Chance mehr, etwas davon zu bekommen, was er sich von seinem Vater erhofft hatte.

Der Gedanke machte ihn traurig und ließ in dem stetig dunkler werdenden Büro auch sein Heimweh wieder aufflammen. Carsten Jakisch warf noch einen Blick auf die Adresse. Dann fasste er einen Entschluss und stand auf. Diese Menschen hatten es verdient, dass man ihnen das Gefühl zu geben versuchte, dass sie nicht allein waren mit ihren Fragen nach dem Warum und der Sinnlosigkeit des Todes ihrer Tochter.

Auf dem Weg zum Ausgang traf er am Treppenaufgang Laumen. Er grüßte freundlich und war fast schon unten an der Tür, als Laumen ihm vom Treppenabsatz oben nachrief: »Sie wissen, dass Sie den Steuerzahler eine Menge Geld kosten?«

Carsten Jakisch drehte sich um und hatte eine Erscheinung. Über ihm hockte im Halbdunkel ein knallgelber Racheengel mit riesiger schwarzer Brille: der mächtige Hüter aller Vorschriften.

»Ich verstehe nicht recht?« In Gedanken saß er schon bei den Eltern von Julia Dürselen.

»Eine preiswertere Unterkunft hätte es auch getan. Meinen Sie nicht auch, Herr Jakisch?«

Carsten Jakisch hatte den Eindruck, dass diese drohende Gestalt mit jedem Wort gewachsen war und nun das gesamte Treppenhaus einnahm. Er schüttelte unwillig den Kopf. Was wollte dieser Bursche von ihm? Er hatte schon gehört, dass der gelbe Pullunder nichts als verstaubte Vorschriften im Kopf hatte und seit Jahren einen Kleinkrieg mit Ecki und Frank wegen des angeblich illegal eingebauten CD-Players in deren Dienstwagen führte. Aber dass er sich nun auch noch um den Steuerzahler Sorgen machte, brachte Jakisch vollends aus dem Konzept.

»Ich habe genommen, was mir Ihre Kollegen angeboten haben. Ich bin mir nicht bewusst, dass ich einen Fehler gemacht habe.«

»Ha! Wusste ich es doch! Borsch und Eckers haben wieder einmal die Finger im Spiel. Das sieht ihnen ähnlich. Aber das wird ein Nachspiel für die beiden haben. Das garantiere ich Ihnen!«

Gleich hebt er ab und knallt mit seinen Stummelfügeln auf die Fußmatte, dachte Carsten Jakisch angesichts eines völlig aus den Fugen geratenen Laumen. Der gelbe Pullunder ließ jetzt keine Luft mehr zwischen sich und den Flurwänden.

»Ich weiß nicht, ob ich im Augenblick etwas für Sie tun kann?« Jakisch wollte nicht unhöflich sein, obwohl ihn der Gedanke beschlich, dass Laumen sich mal eine berufliche Auszeit nehmen sollte. Sich so aufzuregen war gesundheitlich höchst gefährlich. Auch Kanaren hatten schwache Herzen.

Laumen sah Jakisch einen Moment so an, als ob er ihn in diesem Augenblick zum ersten Mal sähe, und winkte ab. »Ich habe zu tun.«

Auf dem Weg zu seinem Wagen wurde das Grinsen auf Jakischs Gesicht zunehmend breiter. Es gab wohl keine Verwaltung auf der Welt, die im Laufe ihrer Existenz keine seltsamen Vögel hervorbrachte.

Kurze Zeit später stand Carsten Jakisch vor dem Haus, in dem das Ehepaar Dürselen eine Etage bewohnte. Das Haus war in einem hellen Grau gestrichen und sicher schon mehr als 100 Jahre alt. Zumindest nahm Jakisch das an, denn der Stuck war ziemlich üppig.

Der Kemptener Kriminalbeamte drückte die Klingel und sah sich um. Nicht weit von ihm stand der Jugendstilwasserturm, der das Viertel spektakulär überragte und sicher nicht wesentlich jünger war als das Haus. Jakisch sah auf seine Armbanduhr. Vielleicht war es doch schon zu spät für einen Besuch.

»Ja, bitte?«

»Kann ich Sie kurz sprechen? Mein Name ist Jakisch. Ich komme von der Kriminalpolizei.«

Er hatte sich kaum vorgestellt, als der Türsummer ertönte. Unvermittelt stand Jakisch in einem großzügigen Flur, der von einer hellen Deckenlampe aus massivem Messing erleuchtet wurde und dessen Seitenwände mit Marmor ausgekleidet waren. Erwartungsvoll stieg er die breite Treppe hinauf und wartete vor der dunklen Eichentür, deren Zierornamente zum Stuck des Flures passten. Nach der drückenden Hitze des zu Ende gehenden Tages war es hier angenehm kühl.

Zögernd wurde die Tür geöffnet. »Kann ich Ihren Ausweis sehen?«

Vor ihm stand eine gebeugte Frau mit fast weißem Haar. Ihre Gesichtszüge waren fein geschnitten, das Gesicht einer attraktiven Frau. Aus den Ermittlungsakten wusste er, dass Julias

Mutter Anfang fünfzig war. Das Gesicht der Frau hatte jede Farbe verloren. Auf ihren zögernden Bewegungen lag die erdrückende Last, ihr Kind verloren zu haben. Trotz der Hitze trug sie ein hochgeschlossenes schwarzes Kleid, als könnte der Stoff ihrem gebeugten Körper Halt geben.

»Kommen Sie.« Ihre Stimme war dünn und klang müde.

Carsten Jakisch folgte ihr in das Wohnzimmer. Dort waren alle Fenster geschlossen und die Vorhänge zugezogen.

Katharina Dürselen bemerkte den erstaunten Blick des Kommissars. »Ich ertrage das Licht nicht mehr. Ich ertrage das Zwitschern der Vögel nicht mehr. Ich ertrage mich selbst nicht mehr. Bitte verstehen Sie, dass ich Ihnen nichts anbieten kann. Ich bin nicht auf Besuch eingerichtet.«

Carsten Jakisch trat von einem Bein auf das andere. In seinem T-Shirt fühlte er sich wie ein Eindringling in eine für ihn verbotene Welt. Er schwitzte. Es war stickig. In den Vorhängen, den schweren Sitzmöbeln und vor den glatten Flächen der Schrankwand staute sich die Hitze und verschweißte sich anscheinend mit Trauer und der Einsicht, ein letztlich sinnloses Leben geführt zu haben.

»Wenn Sie wollen, spreche ich gerne auch nur mit Ihrem Mann.«

Sie winkte ab. »Mein Mann. Morgens steht er auf, verlässt das Haus und kehrt oft erst tief in der Nacht zurück. Er spricht seitdem kein Wort mehr. Ich weiß nicht, wo er ist, ich weiß nicht, was er denkt. Er macht mich traurig, und er macht mich wütend. Ich brauche seine Hilfe, ich ersticke in diesem Leben, aber ich bekomme nichts.«

Was hatte er diese Frau fragen wollen? Welchen Halt hatte er ihr geben wollen? Welche Fragen würde er beantworten können? Hätte er doch Frank oder Ecki mitgenommen oder noch besser Schrievers, sie hätten gewusst, was zu tun wäre.

»Es tut mir leid.« Mehr brachte er nicht heraus.

Katharina Dürselen sah Jakisch lange an, bevor sie sprach. »Meine Tochter war eine Hure. Was tut Ihnen da leid? Sie hat es so gewollt. Sie hat gewollt, dass ihre Eltern leiden müssen. Ihnen muss nichts leidtun.« Sie straffte sich. »Was wollen Sie, dass ich Ihnen nicht schon gegeben habe? Sie haben meine Tochter aufschneiden lassen, Sie haben sie zur Beerdigung freigegeben, wir haben alles gesagt. Was wollen Sie noch?«

»Wir möchten Ihnen den Täter nennen können.« Er suchte nach den richtigen Worten. »Das sind wir Ihnen schuldig, Ihnen und Ihrer Tochter.«

»Sie sind mir gar nichts schuldig.«

Jakisch hatte den Eindruck, dass die Falten in ihrem Gesicht mit jedem Wort tiefer wurden. Diese Frau hatte mit ihrem Leben abgeschlossen.

Sie deutete auf einen Sessel. Eine Geste, in der nur noch die Reste früherer Gastfreundschaft und Etikette lagen. »Nun nehmen Sie schon Platz.«

Carsten Jakisch setzte sich. Er wollte nicht lange bleiben. Er spürte einen Fluchtimpuls, den er so noch nicht kannte. Er zwang sich, sich auf das Gespräch zu konzentrieren. Die Anstrengung, die ihn das kostete, trieb ihm noch mehr Schweiß auf den Rücken.

»Wir sind bisher nicht entscheidend weitergekommen mit den Ermittlungen. Von dem Mord an Samantha Kurzius haben Sie sicher gehört.«

»Und?«

»Wir müssen noch mehr wissen aus Ihrem Leben. Ich meine aus Ihrem gemeinsamen Leben. Wir glauben, dass wir etwas übersehen haben könnten, das uns weiterhelfen wird.«

Warum brachte er bloß den Begriff »Familie« nicht über die Lippen?

»Wir haben alles gesagt.« Sie setzte sich auf das Sofa und sah zur Schrankwand, deren akribische Ordnung in den wenigen offenen Regalen ihr Halt zu geben schien.

»Ich muss Sie aber bitten, dass wir Ihr Leben gemeinsam noch einmal durchgehen.« Noch linkischer hättest du es nicht formulieren können, ärgerte Jakisch sich.

»Ich sagte doch schon –« Sie brach ab.

»Soll ich vielleicht an einem anderen Tag wiederkommen?« Er wollte diese Wohnung möglichst schnell verlassen. In ihr stand die Luft sicher schon seit Tagen, aber trotz der Hitze draußen spürte Carsten Jakisch eine weit entfernte tiefer liegende Kälte, die ihn ahnen ließ, warum Julia Dürselen fortgegangen war.

»Bleiben Sie ruhig. Ein neuerlicher Besuch macht es nicht besser.« Sie straffte ihren Rücken. Für einen Augenblick hatte sie ihre Kontrolle wiedergefunden.

»Was genau wollen Sie wissen?«

Carsten Jakisch legte die Hände zusammen. Was wollte er wissen? Gute Frage.

Katharina Dürselen hatte Jakischs Unschlüssigkeit bemerkt. Sie hatte mit hochgezogenen Augenbrauen auf seine Initiative gewartet. Nun wurde sie aktiv.

»Ihre Kollegen haben uns schon sehr viel gefragt. Wie sie in der Schule war, mit wem sie befreundet war, was sie in der Freizeit gemacht hat, ab wann wir gemerkt haben, dass sie sich verändert hat, worin wir die Gründe vermuten.«

Jakisch nickte. »Ja, ja.«

»Sie müssen mir schon sagen, was Sie wissen wollen.« Sie klang jetzt unwirsch.

»Können Sie mir Fotos Ihrer Tochter zeigen?« Das wäre zumindest ein Anfang und würde ihm Zeit geben, Fragen zu formulieren. Ihm fiel ein, dass er gar kein Notizbuch dabeihatte.

Katharina Dürselen stand schwerfällig auf und zog aus einem Sideboard zwei Fotoalben hervor. Sie legte die beiden Bücher vor Jakisch auf den Wohnzimmertisch. »Nur zu. Ich will sie nicht mehr sehen. Ich mache uns einen Kaffee.« Ohne auf eine Antwort zu warten, verließ sie das Wohnzimmer.

Carsten Jakisch drehte die Alben zu sich und schlug das erste auf. Was er sah, tat ihm weh: lachende Eltern mit ihrem Baby. Julia in einer Kinderbadewanne, im Kinderwagen, vor dem Weihnachtsbaum, auf dem Arm von Opa und Oma. Erste

Schritte, der erste Schultag. Mit jeder Seite blätterte Carsten Jakisch schneller um. Er hatte das Gefühl, kein Recht auf den Anblick dieser Fotos zu haben. Diese Fotos, die zum Teil schon verblassten, etwas unscharf oder deren Farbkontraste unnatürlich deutlich waren. Er fühlte sich als Eindringling in eine Welt, die ihn nichts anging.

Wortlos stellte Katharina Dürselen eine Tasse Kaffee auf den Tisch. Sie vermied dabei jeden Blick auf die bunten Bilder. »Sie finden mich in der Küche.«

Jakisch hatte nicht zu ihr aufgesehen und stattdessen den zweiten Fotoband aufgeschlagen. Er hatte bisher Julias Entwicklung vom Baby zur Erstklässlerin nachvollziehen können. Eine ganz normale Familie hatte sich auf den Fotos vor ihm ausgebreitet. Bilder, die auch in seinem eigenen Album hätten stecken können, wenn seine Eltern Wert auf die Dokumentation ihres sogenannten Familienglücks gelegt hätten.

In Wahrheit gab es so gut wie keine Fotos aus seiner Kindheit. Das passte zu seinem tief in seinem Inneren verwurzelten Gefühl, nicht Teil dieser, seiner Familie gewesen zu sein. Er hatte sich früh wie ein Kuckuckskind gefühlt, ohne dass er dieses Gefühl damals konkret hätte benennen können.

Er hatte rote Haare, aber niemand sonst in seiner Verwandtschaft war rothaarig. Das war ihm irgendwann einmal aufgefallen. Aber er hatte sich nie getraut nachzufragen.

Im zweiten Fotoalbum waren mehrere Seiten leer. Offenbar hatten die Eltern irgendwann die Lust daran verloren, ihr Glück für die Nachwelt zu konservieren. Es gab nur noch ein rundes Dutzend Fotos, die meist vor unterschiedlicher Urlaubskulisse aufgenommen worden waren. Er wollte das Buch schon zuklappen, als sein Blick auf drei Fotos fiel, die den Schluss der Fotoreihen markierten.

Familie Dürselen hatte offenbar zu den Deutschen gehört, die, neben der Nordsee, auch die Berge für sich entdeckt hatten. Jedenfalls standen alle drei in Kniebundhosen, karierten Hemden und mit Wanderstock in der Hand auf einem Parkplatz neben einem roten Audi 80, im Hintergrund Neuschwanstein.

Katharina Dürselen erschien im Türrahmen. Jakisch konnte an ihren roten Augen sehen, dass sie geweint hatte.

Er stand auf. »Vielen Dank. Ich, wir, wir wissen, was Sie in den vergangenen Monaten und vielleicht Jahren durchgemacht haben.« Er deutete auf die Alben. »Fündig geworden bin ich nicht. Ich denke, das war's. Wir werden Sie erst einmal zur Ruhe kommen lassen. Wenn sich neue Erkenntnisse ergeben, werden wir Sie umgehend informieren.«

Katharina Dürselen nickte. »Dann gehen Sie jetzt. Ich muss mich sowieso ausruhen.«

Carsten Jakisch erhob sich und folgte ihr in den Flur. Dabei überlegte er angestrengt, wie er sie wenigstens ein bisschen aufmuntern könnte. Schließlich war er hergekommen, um ihr Mut zu machen.

»Sie sollten den Tag wieder in Ihr Leben lassen. Ich habe die Fotos gesehen. Sie sind früher viel herumgekommen.« Er lächelte zaghaft. »Sie mögen doch die Natur. Sie waren mehrfach an der Nordsee, Sie haben die Alpen gesehen.«

Katharina Dürselen schüttelte heftig den Kopf. »Warum müssen Sie mich daran erinnern? Sie tun mir weh. Lassen Sie mich. Ich hatte das alles schon vergessen: die See, das Allgäu. Dieses Leben existiert nicht mehr.«

»Das Allgäu?« Carsten Jakisch hatte endlich einen Anknüpfungspunkt gefunden. »Wissen Sie, ich arbeite eigentlich bei der Polizei in Kempten.«

In den Augen von Katharina Dürselen flackerte Erinnerung auf. »In Kempten.«

»Kennen Sie die Stadt?«

»Wir sind mehr als sechs Jahre lang jede Ferien nach Rottach gefahren.« Sie wandte ihr Gesicht ab. »Ich will nicht mehr daran denken.«

Carsten Jakisch war wie elektrisiert. »Rottach?« Es gab also eine Verbindung von Julia Dürselen ins Allgäu. Wie immer sie aussehen mochte. Es könnte eine neue Spur sein. Julia Dürselen, Samantha Kurzius, Ernst Büschgens: Immer wieder tauchte in ihrem Zusammenhang der Name Rottach auf. Endlich. Er würde morgen doch mit einem brauchbaren Ergebnis ins Präsidium kommen.

»Bitte gehen Sie jetzt. Mich interessiert nicht, dass Sie aus dem Allgäu kommen.«

Er blieb in der Tür stehen. »Frau Dürselen, Sie müssen mir von Ihren Urlauben erzählen. Das kann sehr wichtig sein.«

Sie wand sich unter seinem Blick wie unter Schmerzen. »Warum können Sie uns nicht in Ruhe lassen? Die Familie, die Sie auf den Fotos gesehen haben, gibt es nicht mehr, schon lange nicht mehr.«

Carsten Jakisch wollte nicht nachgeben. »Jede Ferien? Aber Sie waren nicht mit dem Zelt unterwegs, oder? Jedenfalls gibt es davon kein Foto. Haben Sie die Ferien in Hotels verbracht? Oder hatten Sie eine Ferienwohnung?«

»Hören Sie endlich auf damit.« Ihre Stimme klang brüchig, und sie hatte sich haltsuchend an die Wand gelehnt. »Julia hat das Allgäu geliebt. Wir haben eine Ferienwohnung gehabt.«

»Wo?«

»In Rottach.«

»Die Straße?«

»Ich weiß es nicht mehr«, hauchte sie.

»Sie müssen sich erinnern. Es könnte wichtig sein.«

Aber Katharina Dürselen blieb stumm.

XXIV.

»Wir wollen das Projekt zu Ende bringen. Die Zeit drängt.« Silvio Anelli nippte an seinem doppelten Espresso. Er musterte Leuchtenberg mit einem verbindlichen Lächeln, das aber seine Augen nicht erreichte. »Sie wollen sicher nicht, dass wir nervös werden?«

Ferdinand Leuchtenberg nahm die Vorstellung des Italieners unbeeindruckt zur Kenntnis. Große Oper. Davon ließ er sich längst nicht mehr einschüchtern. Leuchtenberg wusste, dass er im Augenblick die Fäden in der Hand hielt.

»Wie gefällt Ihnen das Hotel?« Leuchtenberg trank ebenfalls von seinem Espresso. Gleich mit Eröffnung des Hyatt war er der Atmosphäre der in dunklem Holz gehaltenen Lounge erlegen: offener Kamin und Raumteiler aus geschmiedeten, aber dennoch erstaunlich leicht wirkenden floralen Mustern. Dazu der freie Blick auf den Rhein und das Hafenbecken, an dessen Kai die Gehry-Bauten Weltstadtflair vermittelten.

»Kennen Sie Florenz?«

»Natürlich.« Leuchtenberg nickte.

»Sehen Sie.«

Typisch Anelli. Er war schon bei ihrer ersten Begegnung arrogant und ignorant gewesen. Damals in Duisburg.

Ferdinand Leuchtenberg schüttelte den Kopf. »Machen Sie sich keine Sorgen. Das Geschäft wird zu Ihrer aller Zufriedenheit abgewickelt. Wir haben keine Probleme.«

»Mein lieber Leuchtenberg«, Silvio Anelli deutete nur an, sich vorzubeugen, aber Leuchtenberg verstand trotzdem die deutliche Warnung, »das sagen Sie uns, seit wir uns kennen. Na gut, ich schätze Sie, ich will nicht ungerecht sein, nein, ganz bestimmt nicht. Aber sehen Sie«, Anelli mischte seine gönnerhafte Geste mit einem eisigen Blick, »Ihre blonde Freundin wird zunehmend zu einem Risiko. Und wir schätzen Risikogeschäfte nicht.«

»Für Carina lege ich meine Hand ins Feuer. Wir sind mit allem im Zeitplan. Die letzten Vorbereitungen sind getroffen. Sehen Sie –«

Anelli unterbrach ihn mit einer leichten Drehung seiner Hand. »Hören Sie auf, Leuchtenberg. Wissen Sie, was Feuer bedeutet? Sehen Sie sich um.« Er deutete auf die offenen Flammen des Kamins. »Sie verbrennen sich. Sie sollten kein Risiko eingehen. Nur weil sie einmal Ihren Schwanz im Mund hatte, sind Sie ihr nichts schuldig. Leuchtenberg, Leuchtenberg.« Diesmal lächelten auch Anellis graue Augen.

Für einen Augenblick schloss Ferdinand Leuchtenberg die Augen, um die Schmerzen zurückzuhalten. Was wusste der Italiener schon über ihn und Carina?

»Sie können ganz beruhigt sein, absolut.« Leuchtenberg hatte sich wieder gefasst und trank den restlichen Espresso. Er war bereits kalt.

»Na, dann verstehen wir uns ja.« Anelli wirkte mit einem Mal so aufgeräumt, als hätten sie über einen gemeinsamen netten Abend mit Freunden geplaudert.

Er musste es ihm jetzt sagen, um jeden Preis.

»Wir verstehen uns, keine Frage. Das habe ich bisher als äußerst angenehm empfunden, dass wir die, ja, kongenialen Partner für dieses Geschäftsfeld sind. Nur, wir brauchen Zeit. Es hat Verzögerungen gegeben. Wir haben noch einiges zu besprechen: die exakte Abwicklung des Geschäfts, die Verträge, wir sollten daher noch einige Besprechungen ansetzen. Es müssen Vorkehrungen getroffen werden, nur für den Fall der Fälle.« Leuchtenberg sah den Protest in Anellis Augen aufblitzen und hob die Hände. »Die handelnden Personen kennen ihre Aufgaben. Die Herren haben die entsprechenden Unterlagen«, Leuchtenberg räusperte sich, »bekommen. Die Fotos sind von hervorragender Qualität. Sie wird sie überzeugen. Carina und ihr Team haben exzellente Arbeit geleistet. Wir müssen nur noch einen Moment abwarten, bis die Aufnahmen ihre volle Wirkung entfalten. Danach werden unsere

Zielpersonen die entscheidenden, und ich meine damit: die richtigen, Entscheidungen treffen. Sie haben gar keine andere Wahl. Glauben Sie mir. Wollen Sie die Fotos vielleicht sehen? Ich habe Abzüge dabei.«

»Verschonen Sie mich.« Silvio Anelli drehte sich nach der Kellnerin um und gab ihr ein Zeichen, dass er noch zwei Espressi bestellte. »Damit habe ich nichts zu tun. Das überlassen wir ganz Ihnen. Solange wir wissen, dass unser Geld gut angelegt ist, überlassen wir alles andere unseren Partnern. Ein seit vielen Jahres bewährtes Prinzip.«

Leuchtenberg nickte.

Anellis Stimme wurde leise und scharf. »Vergessen Sie nicht, wir zahlen eine Menge Geld. Und wir machen niemals Verluste. Das verstehen wir unter dem ›freien Spiel der Kräfte am Markt‹. Aber wir sind nach allem, was wir hören, davon überzeugt, dass Ihre Carina diesen Rainer, der sich überflüssigerweise Kevin nennt, nicht im Griff hat.«

Bongarts! Der stand also auch auf der Liste der Italiener! Ferdinand Leuchtenberg wartete mit seiner Antwort, bis die Kellnerin den Espresso serviert hatte. »Diese, lassen Sie es mich so ausdrücken, Petitesse wird unseren, pardon, Ihren Erfolg nicht aufhalten können. Mein Wort darauf. Es ist nur so, wir arbeiten auf höchster Landesebene. Wir müssen daher besonders vorsichtig sein, es gibt bei Einzelnen gewachsene und enge Verbindungen zu den Ermittlungsbehörden. Andere sind wegen anderer Dinge schon länger im Visier der Schwerpunktstaatsanwaltschaft Wuppertal.« Leuchtenberg sah hinüber zum Hafenbecken. »Es sind jede Menge Piranhas unterwegs, verehrter Signor Anelli.«

Der Italiener lehnte sich in dem niedrigen Sessel zurück und öffnete die Arme. »Sie haben immer gesagt, dass Sie schwimmen können. Also, wo ist das Problem? Ich vertraue darauf, Signor Leuchtenberg, dass Sie auch mit diesen niedlichen Tierchen fertig werden.« Anelli schnellte unversehens vor. »Ich vertraue Ihnen – noch.«

Leuchtenberg legte nach. »Wir müssen höllisch aufpassen, dass das LKA draußen bleibt.«

»Piranhas sind kleine Fische. Für Sie. Kleine Fische.« Anelli lachte so laut, dass der Barkeeper zu ihnen hinübersah und freundlich lächelte.

»Sie verstehen nicht.«

»Ich verstehe sehr gut, Signor, ich verstehe sehr gut.«

»Es gibt auch eine gute Nachricht.« Leuchtenberg versuchte den anderen Weg. »Der Betriebsrat ist auf Ihrer Seite.«

Die erhoffte Wirkung blieb aus.

»Das ist doch selbstverständlich. Wir haben immer ein Herz für die kleinen Leute. Sie sind immerhin die Stütze des Systems.«

Was er mit »System« meinte, ließ Anelli offen.

Ferdinand Leuchtenberg startete einen letzten Versuch. »Carina und ihre Mädchen haben gute Arbeit geleistet.«

Anelli nickte sein geschäftsmäßiges Nicken. »Sie haben bekommen, was sie verdient haben. Die einen haben Schmuck bekommen, einen neuen Pass oder eine mietfreie Wohnung. Und die anderen haben selbstverständlich auch bekommen, was sie verdient haben. Wir bleiben ungern etwas schuldig.«

Ferdinand Leuchtenberg musste schlucken. »Ohne ihre Hilfe hätten wir das Geschäft nicht einfädeln können. Carina ist die Beste auf diesem Gebiet.«

»Deshalb lebt sie ja auch so gut – noch.«

»Hören Sie, Sie können –«

Anelli stoppte Leuchtenberg erneut. Diesmal mit einem leichten Anheben der Augenbraue. »Hatten wir das Thema nicht schon hinreichend besprochen?«

Leuchtenberg sagte nichts mehr. Er würde Carina beschützen, wenn es sein musste, unter Einsatz seines Lebens. Er wusste, dass es gegen alle Vernunft war. Aber das Leben bestand nun mal aus mehr als Vernunft.

Leid tat ihm keiner von denen, deren sie sich bedient hatten. Wer Karriere machen will in dieser Welt, muss das System beherrschen können, oder er wurde von anderen beherrscht. Und alles hatte seinen Preis. Das wussten die Manager genauso wie die Regierungsräte, Staatssekretäre, Ministerialdirigenten, vor allem aber wussten das die Politiker. Es gab nichts umsonst. Irgendwann musste jeder zahlen.

Bisher hatten die untergeschobenen Fotos ihre Wirkung nicht verfehlt. Gegen Gerüchte und Verdächtigungen konnte sich niemand wehren. Auch wer am Ende als unschuldig galt, trug für den Rest seines Lebens den Makel des möglichen Vergehens: Es hätte doch immerhin so sein können, wie es in den Zeitungen stand. Das war ihr, das war auch sein Erfolgsmodell gewesen: Leuten die Chance geben, die Weitergabe an die Medien noch zu verhindern, gegen die eine oder andere Gefälligkeit.

Leuchtenberg musterte Anelli, der von seinem Sessel aus interessiert den Schiffsverkehr auf dem Rhein zu beobachten schien. Die Italiener wussten immer, was sie taten. Er würde auf der Hut sein müssen.

Er wünschte sich in die Einsamkeit des Sees, zu dem kleinen Steg, zu seinen wenigen, dafür umso kostbareren Stunden, in denen er allein war, mit sich, seinen Gedanken und seinen Angeln.

Leuchtenbergs Blick ging hinaus auf den Hafen. In seinem Leben hatte es viele Piranhas gegeben. Und er war eine Zeit lang der Weiße Hai gewesen. Im Augenblick hatte er allerdings das Gefühl, dass der Golf von Neapel direkt hinter Oberkassel begann. Anelli war mehr als nur wendig. Er hatte kein Rezept gegen das giftige »Petermännchen« im Sessel gegenüber. Leuchtenberg würde auf der Hut sein und Vorkehrungen treffen müssen. Schnellstens. Aber er wusste auch, er hatte nichts, was ihm gegen die Italiener von Nutzen sein konnte. Noch nicht. Er musste also auf sich aufpassen.

Anelli hatte Leuchtenbergs Blick bemerkt. »Wir werden die Brücken sprengen. Es wird keine Verbindung zu uns geben. Aber wir haben einen langen Arm, wenn es um unsere ›Partner‹ geht. Und der reicht problemlos bis an den Niederrhein.«

Die Kellnerin trat unauffällig an ihre Sitzecke. »Kann ich den Herren unsere Loungekarte empfehlen? Der frische Lachs ist heute ausgezeichnet. Dazu vielleicht einen Weißwein von der Mosel? Wir schenken zum Lachs gerne einen Bottler aus.«

Silvio Anelli winkte mit einer kleinen Geste wortlos ab, als wolle er sich eines lästigen Insekts entledigen, und sah der Kellnerin hinterher, die sich nicht anmerken ließ, was sie von Anellis Benehmen hielt.

»Ich muss zum Flughafen. Sie übernehmen doch sicher gerne diese Kleinigkeiten?« Anelli stand auf und griff nach seinem dünnen Aktenkoffer. »Meine Maschine wartet nicht.«

Leuchtenberg nickte. Er würde schon noch die passende Gelegenheit finden, um seine Rechnung mit Anelli zu begleichen.

»Würden Sie die Freundlichkeit besitzen, mich zum Flieger zu bringen?«

»Aber gerne.«

»Und, Leuchtenberg, wir erwarten ein Geschenk von Ihnen. Nein, sagen wir, eine kleine Aufmerksamkeit. Eine Petitesse, wie Sie es formulieren würden.«

Ferdinand Leuchtenberg nickte. »Es wird mir ein Vergnügen sein.«

Robert Mayr sah an der Fassade empor. Die Läden waren geschlossen, die hölzernen Schindeln am Obergeschoss hatten schon lange keine frische Farbe mehr gesehen. Die aufgemalten barocken Schmuckelemente, die die Fenster und Türöffnung umrahmten, waren zum Teil abgeblättert. Der Spritzputz von den Jahren schmutzig. Der Schaukasten der Brauerei, in dem Mayr eine Speise- und Getränkekarte erwartete, war leer, bis auf einen Zettel: »Geschlossen«.

»Da werden Sie lange warten können.«

Mayr sah sich um. Hinter ihm hatte eine Frau in Gummistiefeln, blau geblümtem Kittel und mit Kopftuch Aufstellung genommen, auf eine Art, die eindeutig signalisierte: »Hier hab ich das Sagen.«

»Ich suche kein Zimmer und kein Bier.« Der Kriminalhauptkommissar zückte seinen Ausweis. »Aber können Sie mir bitte sagen, wo ich die Ferienwohnungen der Familie Graupner finde?«

»Was wollen'S denn von dena?« Die Bäuerin trat einen Schritt näher, um den Ausweis zu betrachten. Dabei hielt sie ihren umgedrehten Straßenbesen wie einen Hirtenstab.

»Die Graupners sollen ja vorwiegend an Familien aus dem Rheinland vermietet haben.«

Das von zu viel Sonne und Arbeit runzlige Gesicht der Rottacherin verschloss sich zusehends. »Was geht das mi an?«

»Bitte!« Robert Mayr schwitzte. Er hatte keine Lust auf Diskussionen. Er wollte zurück nach Moosbach, der See wartete. Er wollte lieber schwimmen gehen als mit einer alten Milchbäuerin streiten.

»Die Wohnungen liegen weiter oben, immer dem Tobel nach.« Die Frau musterte Mayr von oben bis unten. »Wie ein Wanderer sehen'S ja net aus. Aber Sie werden's schon finden. Vermietet werden die aber schon lang nimmer. Der ganze Hof hat zum Schluss einem Immobilienmakler gehört. Heißt es. Hat lange leer gestanden. Und dann ist er verkauft worden. Wer da jetzt wohnt? Wenn'S mich fragen: lauter so feine Herren. Die kommen immer nur am Wochenende, mit ihren großen Autos. Und immer in Begleitung, wenn Sie wissen, was ich meine. Aber das geht mich ja nix an.« Sie bekreuzigte sich. »Merkwürdige Feriengäste sind das. Und wie gesagt, mieten können Sie die Wohnungen nicht. Da ist jetzt niemand. Was wollen'S denn überhaupt von denen?«

Robert Mayr sah den Hang hinauf. Ein Schotterweg wand sich durch die Wiesen und verschwand zusammen mit einem tief in den Fels eingeschnittenen Tobel im dichten Tannenwald.

»Da muss man schon gut zu Fuß sein.«

Mayr meinte Schadenfreude in der Stimme der Frau zu hören. »Ein bisschen Bewegung kann mir ja nicht schaden.«

»Haben die was angestellt, dass so ein Polizist wie Sie extra aus Kempten hier heraufkommt?«

»Wenn ich Sie richtig verstehe, sind die Wohnungen nicht zu mieten. Sind sie also verkauft? Und wissen Sie, woher die Autos kommen?« Mittlerweile hatte Mayr gehörigen Durst. Eine Halbe käme jetzt doch sehr gelegen.

»Was denken Sie von mir, Herr Kommissar?« Die Bäuerin stieß mit dem Besen auf den Boden. »Ich habe was anderes zum tun, als den Autos von Fremden hinterherzustarren.«

»Wissen Sie nun was, oder wissen Sie nichts?« Seine Geduld hatte er nahezu ausgeschwitzt.

»Auf den Nummernschildern stand oft D, KE, MG und DU, aber mehr weiß ich nicht.«

Das war mit Sicherheit gelogen, dachte Mayr. »Das ist alles?«

»Italienische waren auch dabei.«

»Woher wissen Sie das?«

»Bis Südtirol ist es ja nicht weit. Da kommen schon öfter mal Italiener hierher. Außerdem war ich erst im letzten Jahr beim Papst. Mit einer Buswallfahrt. Mei, war das aufregend.« Sie bekreuzigte sich erneut.

Deutsche und italienische Kennzeichen? Was hatte das schon wieder zu bedeuten? Jakisch hatte lediglich von der Familie Dürselen gesprochen. Aber die waren schon seit Jahren nicht mehr in Rottach gewesen, angeblich. Er musste dringend mit Jakisch telefonieren. Das klang doch ganz so, als hätten sich ein paar finanziell und auch sonst potente Herren ein diskretes Liebesnest in Rottach ausgepolstert.

»Kennen Sie diesen Makler?«

Sie zuckte mit den Schultern. »Das geht mich doch alles –«

Robert Mayr unterbrach sie. »Ich weiß schon: nix an.« Er war versucht, sich ebenfalls zu bekreuzigen. »Trotzdem: Ist Ihnen nichts im Gedächtnis geblieben? Haben Sie die Herren und ihre ›Begleitung‹ vielleicht mal im Dorf gesehen?«

»Die?« Die Bäuerin lachte meckernd. »Nur in ihren Autos.

Hier gibt es ja auch kein Wirtshaus mehr.« Sie deutete mit dem Besen auf das Gebäude gegenüber. »I bin ganz froh, dann saufen die Mannsbilder auch nicht so viel.«

»Und die Frauen?«

Die Frau sah Mayr argwöhnisch an. »Was meinen'S jetzt damit? Ich trinke doch nicht. Gott bewahre. Vielleicht mal einen Melissengeist, aber nur zur Kur.« Sie bekreuzigte sich.

»Nein. Ich meine die Frauen der ›feinen Herren‹.«

»Hin und wieder hab ich mal eine getroffen beim Einkaufen. Aber hier gibt's ja nix, da muss man schon fahren. In Sulzberg, da hab ich sie gesehen. Junge Dinger, lackierte Fingernägel, kurze Röcke.« Sie schüttelte den Kopf. »Und was die eingekauft haben. Ich sag Ihnen. Käse, Wein, Bier, kein Gemüse. Gesund haben die net grad gelebt.«

»Sie haben ›haben‹ gesagt?«

»Seit drei Wochen habe ich niemanden mehr gesehen. Keine Autos, keine Frauen.«

Dafür, dass die Bäuerin kein Interesse an fremden Leuten hatte, wusste sie scheinbar eine ganze Menge. »Seit drei Wochen?«

»Wenn ich's Ihnen sag. Und jetzt muss ich weiter tun. Ich hab ja nicht den ganzen Tag Zeit. Pfüat Eahna.« Sie machte auf dem Absatz kehrt und wollte gehen.

»Moment, hätten Sie vielleicht noch ein Glas Milch für mich? Ich bin sehr durstig.«

Die Frau strich sich mit der Hand über den Kittel und sah Mayr schräg von der Seite an. »Milch? Ein Glas? Kommen'S mit. Aber ich bin kein Wohlfahrtsinstitut. Haben'S a Geld dabei?«

Eine Stunde später wusste Robert Mayr mehr, als er erwartet hatte. Natürlich hatte sich seine »Gastgeberin« an den Immobilienmakler aus Kempten erinnert, schließlich wurde ja nicht alle Tage ein Hof verkauft. Und sie hatte auch die Familie Dürselen gekannt, aus München-Gladbach, wie sie Mönchengladbach aussprach. Unauffällige und nette Leute seien es gewesen.

Die Tochter ein liebes Mädchen. Oft seien sie hergekommen, hatten die Ferienwohnung sogar gekauft, hatten schon fast zum Dorf gehört, bis sie dann nicht mehr gekommen seien. Warum, habe sie nie erfahren, und es sei ihr letztlich auch egal gewesen. Urlauber kommen und gehen halt. Es gebe nette und andere, aber Hauptsache, die Gäste brachten das Geld mit. Sie selbst habe nie vermietet, das sei auf ihrem Hof nicht gegangen. Hin und wieder habe sie bei den Nachbarn ausgeholfen, wenn's pressierte, da habe sie auch Kontakt zu »de Leit« gehabt, aber sie sei immer froh gewesen, wenn niemand Fremdes im Dorf gewesen war. Schließlich habe man seine Ruhe haben wollen im Dorf. Nur ganz wenige Feriengäste seien in der Kirche gewesen, sonntags, da habe sie sich schon ihre Gedanken über die Leute gemacht. Wie man nur so gottlos sein könne?

Robert Mayr hatte Mühe, ihren Redefluss zu unterbrechen. Vielleicht lag die Redseligkeit der Bäuerin auch daran, dass er mittlerweile schon das dritte Glas Milch bei ihr bestellt hatte.

Das, was der Kriminalhauptkommissar noch wissen musste, bevor er sein Milchgeld bezahlte, war der Verbleib der früheren Besitzer des Hofes. Die liegen auf dem Kirchhof, hatte er abschließend und reichlich lapidar zur Antwort bekommen. Keine Kinder, keine direkten Erben. Sie hätte den Hof kaufen wollen, aber ihr Mann habe nicht gewollt, rief sie Mayr noch nach.

Nun saß Robert Mayr wieder auf seiner Bürobank am See und dachte nach. Die Familie Dürselen war also bekannt gewesen in Rottach. Ihre Ferienwohnung mittlerweile allerdings weiterverkauft. Und aus dem ehrenwerten Anwesen war möglicherweise ein privater Puff geworden.

Er hatte sich den Weg hinauf gespart. Das konnte warten, gerade bei der Hitze. Er hatte keine Eile, die Ermittlungen schienen sich ohnehin auf das Rheinland zu konzentrieren. So war es recht, da blieb ihm mehr Zeit für sich und Martina. Sie würden im August heiraten, am liebsten am Tag des Seefestes, hatte er Martina vorgeschlagen. Daraufhin hatte sie seinen Kopf in ihre Hände genommen und ihn geküsst und nix weiter gesagt.

Er musste endlich mit Maurus Mayer reden. Der Pater sollte das Nötige organisieren. So eine Hochzeit gehörte ordentlich vorbereitet. Auch wenn sie nur in kleinem Kreis feiern wollten. Martina, er, zwei Trauzeugen und ein paar wenige Freunde und Kollegen. Auf keinen Fall Jakisch, diesen rotschopfigen und knödelgesichtigen Möchtegerneermittler. Na ja, vielleicht doch, dachte er mit einem Anflug von Milde. Und vielleicht auch noch der Kollege Kuhlinger.

Jetzt würde er jedenfalls auf sein Zimmer gehen und seine Badesachen holen. Er musste heute noch ins Wasser. Die drückende Hitze machte ihn sonst am Ende noch wahnsinnig. Nach dem Bad würde er Martina anrufen. Sie müsste heraufkommen. Sie würden bei Mader essen und dann den restlichen Abend mit einer Flasche Rotem am See verbringen. Ja. So würde er es machen. Die »feinen Herren« der Rottacher Bäuerin konnten warten.

Die blaue Tonne mit dem schwarzen Deckel dümpelte schräg im See.

»Vielleicht steckt ja ein Schatz drin.« Leon sah seinen Vater bittend an.

»Die Tonne ist viel zu weit weg. Wie sollen wir denn an das Ding herankommen? Nee, Leon, ich habe keine Lust dazu. Vermutlich hat sowieso nur jemand nur seinen Müll in den See gekippt.«

»Aber du kannst doch die Angel so weit werfen. Bitte, Papa, bitte.« Leon war sich sicher, dass er einen wertvollen Schatz entdeckt hatte.

»Nein, kann ich nicht. Und nun gib endlich Ruhe, du vertreibst uns die ganzen Fische.« Heiner Krauthausen kurbelte ein wenig an der Rolle. Heute war kein guter Tag zum Angeln: Sie waren erst spät losgekommen, Leon quengelte in einer Tour, obwohl er eigentlich gerne draußen am Breyeller See war, und angebissen hatte auch noch keiner, weder Hecht noch Zander noch Schleie. Er würde bald die Ausrüstung zusammenpacken.

»Papa?«

»Leon?«

»Die Tonne bewegt sich.«

»Unsinn.«

»Doch, Papa.«

Heiner Krauthausen biss in sein belegtes Brötchen und nahm die blaue Tonne genauer ins Visier. Das Ding trieb tatsächlich kaum merklich in ihre Richtung.

»Papa?«

»Ja?«

»Was ist in der Tonne?«

»Keine Ahnung. Willst du dein Brot?«

»Nein. Ich will meinen Schatz.«

»Leon?«

»Ja, Papa?«

»Wenn nicht bald ein Hecht anbeißt, brechen wir hier die Zelte ab. Ich bin müde.«

»Ich will meinen Schatz. Da ist ein großer Schatz drin. Ich weiß das.« Leon verschränkte die Arme vor der Brust. Seine Angel hatte er vergessen und sein Brot auch. Sein Papa sollte endlich die Tonne an Land ziehen.

Leon war weiß im Gesicht und zitterte am ganzen Körper. Trotzdem beobachtete er neugierig das Farbenspiel der rotierenden Blaulichter auf den Blättern der Bäume und die Männer in den weißen Anzügen, die immer wieder hinter einem aufgespannten Tuch verschwanden.

»Hast du eine Pistole?«

Der Mann, der gerade an ihm vorbei zu einem Transporter ging, hatte eine Zigarette im Mundwinkel.

»Ich bin Gerichtsmediziner, Kleiner. Da brauche ich keine Waffe.«

»Gerichtsmediziner?« Leon schniefte. Das Wort hatte er noch nie gehört. Sein kleiner Körper verschwand fast in der Wolldecke, die eine uniformierte Beamtin für ihn besorgt hatte. Sein Papa stand ein Stück abseits und sprach mit einem Mann mit dunklen lockigen Haaren und einer Lederjacke.

»Gerichtsmediziner. Ich schneide Tote auf und seh nach, warum sie tot sind.«

»Verschwinde, Leenders. Du bist so was von unsensibel. Du machst dem Jungen nur Angst. Es reicht, wenn du uns auf den Geist gehst.«

»Langsam, Eckers, keine Beleidigung, ja? Der Junge hat nur nett gefragt. Ist doch schön, wenn die Jugend so wissbegierig ist. Das findet man heute nicht alle Tage.«

Ecki zog Richard Leenders am Ärmel zur Seite. Dabei nickte er dem Jungen freundlich zu. »Was haben wir?«

»Leiche, männlich. Erschlagen oder die Treppe hinuntergestoßen, so genau weiß ich das noch nicht. Unser Kunde war mit Spanngurten verschnürt. Ich schätze, er hat sich vor nicht viel mehr als 72 Stunden eingeschifft. Allerdings hat er sich keine komfortable Jacht ausgesucht. Er hatte es sehr eng in der Tonne und feucht. Sein Schiff ist an einigen Stellen durchlöchert. Wie ein Schweizer Käse, Zehner-Bohrer, würde ich sagen, als sollte der Gast samt seiner Tonne auf dem Grund des Sees landen. Bis nach Amerika wäre er jedenfalls nicht gekommen. Aber in die Tonne konnte auch kein Wasser laufen oder jedenfalls nicht in der nötigen Menge, sie ist einfach zu voll mit, ähm, aufgedunsenem menschlichen Gewebe.«

»Mann, Leenders, geht es auch ein bisschen weniger blumig?« Der Gerichtsmediziner machte seinem Spitznamen Mad Doc mal wieder alle Ehre.

»Jedenfalls hat der Mann nicht freiwillig die Passage gebucht. Außerdem war er beim Stapellauf schon einige Zeit tot. Genaueres aber erst nach der Obduktion. Das warme Wetter hat ganze Arbeit geleistet. Willst du mitkommen?«

Ecki bemerkte Leenders' lauernden Blick. »Arschloch.«

Leenders konnte es nicht lassen. Michael »Ecki« Eckers wandte sich ab und ging zu dem Jungen zurück.

»Angelst du gerne, Leon? Du heißt doch Leon, oder?«

Der Junge nickte stumm.

»Wir bringen dich und deinen Papa gleich nach Hause. Wenn du willst, kannst du in einem Streifenwagen mitfahren. Magst du?«

Wieder nickte Leon stumm.

Frank und Ecki saßen im Büro des Leiters der Kriminaltechnik. Es war spät geworden. Sie hatten noch einige Stunden am See verbracht, in der Hoffnung, doch noch ein paar verwertbare Spuren zu finden. Aber es war so, wie Torsten Linder gesagt hatte: Der Fundort der Leiche war nicht der Tatort. Außerdem gehörte das Ufer des Breyeller Sees zum viel genutzten Gelände eines Angelsportvereins. Verwertbare Spuren wären somit ohnehin nicht zu erwarten gewesen.

Linder gähnte. »Die blaue Tonne ist nicht sonderlich auffällig. Solche Tonnen wurden und werden hier am Niederrhein zu Hunderten, wenn nicht sogar zu Tausenden in Textilfirmen genutzt. Und dann später für alles Mögliche zweckentfremdet. Ich habe auch zwei davon als Regentonnen im Garten stehen. Aber einen Toten ›in die Tonne hauen‹?«

Auch Ecki gähnte Er hatte keine Lust auf Kalauer. »DNA?«

»Wird schwierig. Wasser ist der absolute Feind der DNA. Ich bin mir fast sicher, dass wir keine Täter-DNA werden isolieren können. Aber man soll die Hoffnung nicht aufgeben.«

Frank runzelte die Stirn. »Die ersten Befragungen waren wenig erhellend, niemand hat was beobachtet oder gehört. Bleibt der Spanngurt.«

»Die Sorte gibt es in jedem Baumarkt. Zum Verzurren von Baumaterial auf Anhängern zum Beispiel.«

»Dann werden wir eben jeden Baumarkt abklappern.«

Torsten Linder schüttelte den Kopf. »Weißt du, wie viele Baumärkte es im Kreis Viersen gibt? Außerdem können die

Spanngurte sonst wo gekauft oder geklaut worden sein. Nee, das wird am Ende auch nur eine Trugspur sein.«

»Was hast du vorhin gerade gesagt? Man soll die Hoffnung nicht aufgeben.« Frank verschränkte die Arme hinter dem Kopf. »Langsam stoßen wir an unsere Grenzen: die Morde an den Prostis, der Tod von Büschgens und nun dieser Tote im blauen Tonnensarg.«

»Gut, dass wir Jakisch haben.« Ecki nickte bekümmert. Seit Monaten setzte er sich mit Ingo Thiel beim Präsidenten für eine dickere Personaldecke ein, bislang ohne sichtbaren Erfolg. Stattdessen schien die Verwaltung allein die Frage der Parkplätze auf dem Gelände des Präsidiums zu interessieren: Wer darf wo parken? Vor allem aber, wer darf wo nicht parken? Sie hatten schon mehrfach den Hinweis bekommen, natürlich von Laumen, die Straßenverkehrsordnung gelte auch für das Polizeiareal; mit allen rechtlichen Konsequenzen.

Frank wollte gerade etwas erwidern, als es klopfte. Heinz-Jürgen Schrievers stand im Türrahmen und schwenkte drei flache Kartons. »Pizza, Pizza! Wer möchte?«

Als Torsten Linder dann auch noch vier Flaschen Bier herbeizauberte, schien der Feierabend nicht mehr weit zu sein.

Frank war der Erste, der wieder auf den aktuellen Fall zu sprechen kam: »Okay, dann kann ich nur hoffen, dass wir am Toten Faserspuren finden, die nicht von ihm sind. Außerdem müssen wir den Angelsportverein auseinandernehmen. Wer weiß, vielleicht kennt dort doch jemand den Toten.«

»Wirtz muss seine Pressemaschine anwerfen. Das Foto des Toten muss unter die Leute.« Ecki nickte.

»Die Haut des Toten ist zwar schon ziemlich hinüber, Wärme und Wasser, ihr versteht«, Linder musterte mit analytischem Blick seine Salami-Schinken-Pizza und biss endlich hinein, »aber vielleicht kann mir Leenders eine verwertbare Grundlage liefern, um doch noch an Fingerabdrücke zu kommen.«

»Mahlzeit.« Ecki war blass um die Nase geworden.

»Torsten hat recht, das könnte was bringen.« Frank schob den Pizzakarton weg und griff nach der Bierflasche.

»Wir werden sehen.« Schrievers nickte kauend oder kaute nickend, so genau vermochte das niemand zu sagen.

»Servus.« Carsten Jakisch streckte seinen Kopf zur Tür herein. Er sog hörbar die Luft durch die Nase. »Ähm, ich habe Neuigkeiten.«

»Und ich hab noch ein Stück Pizza für dich.« Torsten Linder machte eine einladende Handbewegung. »Und irgendwo hinten bei den Formalingläsern muss auch noch ein Bier sein. Setz dich.«

Jakisch zögerte. Formalin, Pizza und Bier? Das vertrug sich nicht. »Also, ich habe eigentlich keinen Hunger.«

»War nur 'n Witz, Jakisch. Hab dich nicht so. Komm, ich krieg die Pizza eh nicht auf.« Linder lachte und verschwand im Nebenraum, aus dem das Klappern einer Kühlschranktür zu hören war.

Während Jakisch die restliche Pizza mit Heißhunger aß und das Bier aus der Flasche dazu trank, brachte er seine Kollegen auf den neuesten Stand.

»Du meinst, Julia Dürselen könnte von früher her eine Verbindung nach Rottach und Moosbach gehabt haben?«

Jakisch nickte Frank zu. »Nach allem, was mir ihre Mutter erzählt hat. Die Familie braucht dringend psychologische Unterstützung, wie ich finde.«

»Was schlägst du vor? Was sollen die Ermittlungen in Rottach bringen?« Frank würde Lisa fragen, ob sie eine Familientherapeutin kannte, die man den Eltern empfehlen könnte.

»Ich habe schon mit meinem Vorgesetzten in Kempten gesprochen.« Carsten Jakisch machte ein zufriedenes Gesicht und prostete in die Runde.

»Und?« Torsten Linder stellte mit einem unterdrückten Rülpsen seine leere Flasche ab.

»Mayr ist nach Rottach gefahren, das ist nur ein Katzensprung von Moosbach weg. Er hat dort eine Bäuerin getroffen, die meine Ermittlungen bestätigt hat. Dürselens sind über viele Jahre regelmäßig dort gewesen, bis die Ferienaufenthalte abrupt aufhörten.«

»Und weiter?«

»Nix weiter.«

»Das bringt uns auch nicht voran.« Frank schüttelte der Kopf. »Was soll das bringen, dass Julia Dürselen als Kind möglicherweise auch schon mal in Moosbach gewesen ist?«

»Was, wenn nicht nur Samantha Kurzius in Moosbach war, sondern auch Julia Dürselen? Die ehemalige Ferienwohnung der Familie Dürselen soll heute so eine Art privater Puff sein.« Carsten Jakisch erzählte den anderen von den »feinen« Herren, die sogar aus Italien angereist sein sollen.

»Und? Wer sollen die sein?« Frank zweifelte immer noch daran, dass Jakischs Ermittlungen in irgendeiner Weise erfolgreich gewesen waren.

»Na ja, das weiß ich auch noch nicht. Mayr lässt gerade den oder die neuen Besitzer der Wohnung ermitteln. Ich finde es auf jeden Fall bemerkenswert, dass es von hier aus Bezüge ins Allgäu gibt. Das sollten wir untersuchen.«

»Carsten hat recht.« Heinz-Jürgen Schrievers ließ seinen Blick über die leeren Kartons gleiten. »War auch nur was für den hohlen Zahn.«

»Wann können wir mit einem Ergebnis rechnen?«

Frank sah auf die Uhr. Der Abend war noch lange nicht zu Ende. Sie würden noch die neue MK zusammenrufen müssen, um die ersten Ergebnisse abzugleichen. Lisa würde das gar nicht gefallen.

»Wenn alles klappt, vielleicht schon morgen früh.« Jakisch sah Schrievers an. »Warum hast du nichts gesagt? Ich hätte doch gerne verzichtet.«

Der Archivar winkte ab. »Wenn ich heimkomme, steht sicher noch was für mich auf dem Herd. Kein Problem.«

»Lass uns Carstens Ansatz nicht einfach abtun. Diese Zufälle sind keine. Ich bin gespannt, ob –«

Ecki wurde vom Klingeln des Telefons unterbrochen. Er meldete sich, nickte und stellte dann auf Laut. Es war der Kollege aus Kempten. Robert Mayrs Allgäuer Tonfall schwang angenehm warm durch den Raum.

»Die Wohnung in Rottach gehört einer Frau Bauer, Carina Bauer. Sie wird vertreten durch einen Rechtsanwalt aus Düsseldorf, Ferdinand Leuchtenberg.«

»Rechtsanwalt?«

»Richtig. Die Wohnung wurde vor vier Jahren an die Frau verkauft.«

»Wissen Sie, was sie beruflich macht?«

»Sie ist ebenfalls als Anwältin eingetragen.«

»Und dann lässt sie sich von einem Anwaltskollegen vertreten?«

»Das hat nichts zu bedeuten. Als Strafrechtlerin muss sie nicht unbedingt auch firm in Immobilienrecht sein.«

»Adresse?« Ecki zog sein Notizbuch hervor.

»Warten'S, ich hab's glei. Hier steht's: in Düsseldorf-Oberkassel.«

Ecki hob erstaunt die Augenbrauen. Büschgens' Freundin Marie Schneiders wohnte ebenfalls in Oberkassel. »Eine sehr noble Adresse.«

»Mag sein. Sonst habe ich nix für Sie.«

»Gibt es Hinweise auf die Besucher? Vielleicht sogar auf die Italiener?« Carsten Jakisch hatte nicht den Eindruck, dass Mayr sonderlich engagiert bei der Sache war.

»Schmarrn. Wer soll im Grundbuchamt etwas über Italiener wissen? Und was soll das Ganze überhaupt mit unseren Fällen zu tun haben, Jakisch?«

Jakisch hörte förmlich das Kopfschütteln seines Chefs. Er fühlte sich zu Unrecht angegriffen und wollte sich schon echauffieren, wurde aber durch Schrievers' Blick zurückgehalten.

»Man weiß nie. Als Archivar kann ich nicht oft genug betonen, dass das Sammeln auch kleinster Fakten am Ende das Bild abrundet.« Schrievers grinste Eckis Telefon an.

»Jakisch soll sich lieber um das Umfeld von Samantha Kurzius kümmern. Dort kann er jede Menge Fakten sammeln. Den Rest soll er Ihnen und mir überlassen.«

Es klickte in der Leitung.

»Ist der immer so?« Ecki legte den Hörer auf.

Jakisch zuckte mit den Schultern. Was hatte er bloß wieder falsch gemacht?

»Wir können auf jeden Fall mal die Düsseldorfer Adresse überprüfen lassen. Ich werde die Kollegen um Amtshilfe bitten.«

XXV.

Carina Bauer prostete Ferdinand Leuchtenberg zu. »Danke.«

»Stell dir das nicht zu leicht vor. Ich habe seine Wohnung filzen lassen, aber endgültig sicher sein können wir nicht.«

»Die Polizei wird keine Verbindung zu mir finden.«

»Ich wünsche es dir.« Auch Leuchtenberg hob sein Glas. Wie schön sie war. Für Carina würde er jeden Mord begehen. Diese Frau hatte es verdient, verehrt zu werden. Ein Leben lang. Und er würde seine Chance noch einmal bekommen. »Cheers.«

Sie trank einen kleinen Schluck und stellte das Whiskyglas zurück auf den Glastisch. Alkohol in entscheidenden Geschäftsphasen war reines Gift. Zumindest was den Erfolg der Projekte betraf. »Wenn ich dich nicht hätte!«

»Es war doch nur eine unbedeutende Kleinigkeit. Dieser Wackerzapp war mir schon lange ein Dorn im Auge.« Leuchtenberg sah hinüber zum Rhein, auf dessen Wellen sich die Abendsonne in Millionen Funken tänzelnd spiegelte. »Du solltest eine Weile Urlaub machen.«

Carina Bauer stand auf und ging zum Fenster. Sie legte die Arme um ihren Oberkörper, als würde sie frieren. »Du weißt, dass ich das nicht kann. Jetzt nicht.« Sie zog die Arme fester.

»Fahr in die Berge.«

Abrupt drehte sie sich zu ihm um. »Die Wohnung muss weg. Sie hätte schon längst verkauft werden müssen. Es war ein Fehler, sie auf meinen Namen laufen zu lassen.«

»Mach dir keine Sorgen.« Leuchtenberg war versucht, aufzustehen und sie in den Arm zu nehmen. Er blieb sitzen, weil er wusste, dass er im Augenblick keinen Erfolg haben würde. »Wie weit bist du in Duisburg?«

»Auch der Letzte hat die Fotos bekommen. Morgen kriegt er seine Anweisungen. Es wird so funktionieren wie in Köln und wie in der Sache in Bonn. Wenn sie nicht sofort spuren, haben wir ja noch die netten, kurzweiligen Telefongespräche. Spätestens wenn ich die CDs verschicke, haben wir, was wir brauchen. Niemand von denen wird ein Interesse daran haben, dass seine Frau nach der Übersetzung von Bunga-Bunga fragt. Ganz zu schweigen davon, was die Mädels sonst noch über ihre netten ›Onkel‹ erzählen. Sollte das immer noch nicht langen, liegen die CDs spätestens am Wochenende in den Briefkästen von *Bild* und *Express*. Die Journalisten werden sich freuen über die Einblicke in das ach so aufregende Privatleben von Managern, Staatssekretären, Referatsleitern und Politikern. Sie werden vor Neid erblassen und sich ihren Frust von der Seele schreiben.«

»Ich habe ein ungutes Gefühl, Carina. Lass uns die Sache abbrechen und verschwinden. Solange noch Zeit ist.« Er stellte sein Glas auf den Tisch und trat zu ihr.

»Bist du wahnsinnig? Dazu ist es jetzt zu spät. Ich habe nicht nur mein ganzes Geld in das Projekt gesteckt, ich will auch den Erfolg sehen.«

Leuchtenberg schob die Hände in die Hosentaschen und beobachtete einen Schubverband, der mit einer breiten Bugwelle stromaufwärts zog. »Du willst es nur Anelli beweisen. Du willst Genugtuung, aber du bist zu unvorsichtig. Wo ist dein Verstand, Carina? Der Typ ist es nicht wert, dass du dein Leben aufs Spiel setzt. Du wirst nicht gewinnen. Du magst Erfolg mit unserem Projekt haben, aber du wirst an seiner Arroganz und Gleichgültigkeit scheitern. Du zählst für ihn nicht. Er ist Italiener, Carina, er wird dich immer nur als Frau betrachten und niemals als ebenbürtig. Du kannst nur verlieren. Verletzter Stolz ist gefährlich.«

»Was ich beginne, bringe ich auch zu Ende.«

»Meine Liebe«, Leuchtenberg drückte seine Hände mit Macht in die Taschen, »ich, also, ich werde das Gefühl nicht los, dass die Sache immer mehr eine viel zu große Nummer für uns ist.«

»Ferdinand.« Carina Bauer wandte sich ihm zu und trat dicht vor ihn hin. Ihre Köpfe trennten nur wenige Zentimeter. »Hey, wo ist dein Elan? Wo ist dein Optimismus? Du wirst doch nicht etwa alt?« Sie warf ihren Kopf zurück und lachte. »Du bist es doch gewesen, der mich ermutigt hat, mich auf Anelli und seine Leute einzulassen. Wer konnte denn nicht genug Kohle von den Italienern bekommen? Wer hat denn Wackerzapp angeschleppt? Du bist derjenige, der endlich seinen Verstand gebrauchen sollte.« Sie lachte erneut, und es war ein gefährliches Lachen. »Versuche du nicht, mich auf den letzten Metern auszubremsen. Du weißt, was dann passiert. Eine Carina Bauer hintergeht man nicht. Sei jetzt nicht der Schlappschwanz, vor dem ich keine Achtung mehr haben kann.« Sie legte eine Hand auf seine Schulter. Es war eine kalte Hand. »Wir bringen die Sache zu Ende. Und wir werden dabei gewinnen. Und Anelli wird bezahlen. Komm, ich zeige dir etwas.« Sie zog Leuchtenberg hinter sich her in ihr Büro. Sie war jetzt ein kleines Mädchen, das Daddy seinen Schatz zeigen wollte.

Leuchtenberg wartete ungeduldig, bis ihr PC hochgefahren war. Er wollte nur noch weg aus dieser Wohnung und aus diesem Leben. Aber er wusste, dass er das nicht konnte. Nicht mehr konnte, denn sie hatte ihn verzaubert, vor vielen Jahren schon.

»Schau dir diese Fotos an.« Sie startete ihre ganz besondere Diashow.

Schweigend sah er sich die Bilder an, die in einer schier endlosen Reihe an ihm vorbeizogen. Nachdem das letzte Foto auf dem Bildschirm erschienen war, legte er eine Hand auf Carinas Schulter. »Was hat er gesagt?«

»Na, bestimmt nicht, dass die Aufnahmen gut gelungen sind. Und auch nicht, dass einige von ihnen noch keine sechzehn waren.« Sie kicherte ein Jungmädchenkichern.

»Zwei der Frauen sind tot. Sie werden ihn nicht mehr belasten können.«

»Das hilft ihm nichts. Die Fotos sprechen ihre eigene Sprache: Der feine Herr Vorstand vögelt mit drei jungen Dingern gleichzeitig. Das will sein Aufsichtsrat bestimmt nicht sehen, im Gegensatz zur Presse. Vor solchen Bildern ist noch jeder Mann in die Knie gegangen, vor allem wenn er mehr als nur seine Ehefrau zu verlieren hat. Du wirst sehen. Er wird zahm sein wie ein Lamm.« Sie kicherte erneut. »Und ich bin die Schlachtbank.« Sie zog Leuchtenberg wieder ins Wohnzimmer. »Nun komm, ich gebe noch eine Runde aus. Quasi als Vorschuss auf unseren Erfolg. Sie werden die Grundstücke zu unseren Bedingungen verkaufen. Und wir werden die juristisch nötige Zeit ins Land gehen lassen, bevor wir mit den dann goldenen Grundstücken auf den Markt gehen. Die Investoren werden keine Chance haben. Sie werden zu unseren Preisen kaufen müssen. Wir werden unseren Schnitt machen. Du wirst sehen. Wir werden dann so reich sein, dass wir die Kohle nie werden ausgeben können. Und die Italiener werden in der anderen Sache auch wie geplant vorgehen können. Mein ganz spezieller Freund wird die Höhe des Angebots weitergeben, dann können Anelli und seine Leute von der Konkurrenz die Million verlangen. Das hat noch immer geklappt: Gib mir eine Million, oder ich gebe offiziell ein höheres Angebot ab, als du es getan hast, und du guckst in die Röhre.«

Carina schien trotz allem nach wie vor von dieser »Geschäftsidee« begeistert zu sein. »Die Italiener werden ihren Schnitt machen«, nickte Leuchtenberg.

»Auf welcher Seite stehst du eigentlich, Ferdinand?« Sie hatte ihr unbeschwertes Lächeln verloren.

»Das weißt du doch.«

»Weiß ich das wirklich?«

»Carina.«

Ein spöttisches Lächeln umspielte ihre Lippen. »Schon gut, ich weiß, Ferdinand, du willst mich nur beschützen. Du bist mein ganz besonderer Sugardaddy.«

»Du sollst mich nicht so behandeln, Carina. Du tust mir weh.«

»Aber, aber, nun sei bloß nicht so dünnhäutig. Ich glaube, du wirst wirklich alt, mein Lieber. Die Italiener werden auf ihre Kosten kommen, und wir auch.«

»Carina, bitte. Dein doppeltes Spiel wird uns kein Glück bringen.«

Sie hob die Hände, der spöttische Gesichtsausdruck blieb jedoch. »Schon gut.« Ihr Blick wurde kalt. »Verkauf die Wohnung. Und was ist mit Bongarts?«

»Ich weiß es nicht.«

»Was heißt das?«

»Ich bin mir nicht sicher, aber ich fürchte, dass die Italiener ihn gekauft haben.«

»Dann kauf ihn zurück.«

»Was meinst du damit?«

»Oder besser, bring ihn um.«

»Carina, wie stellst du dir das vor? Ich kann nicht einfach einen nach dem anderen umlegen.« Er rieb sich das Gesicht. »Wir müssen damit aufhören, bevor es zu spät ist.«

Sie legte nun beide Arme auf seine Schultern. »Dazu ist es schon zu spät. Und das weißt du auch.« Ihr Blick blieb kalt, und ihre Stimme hatte an Schärfe zugelegt. »Ich frage mich mittlerweile, ob ich dir noch vertrauen kann. Du sollst wissen, Ferdinand, ich komme auch ohne dich klar. Ich brauche dich nicht.«

»Du weißt, dass das nicht stimmt. Ich habe immer meine Hand über dich gehalten. Ohne mich –«

Sie legte einen Finger auf seine Lippen. Die Wärme ihrer Haut widersprach ihren Worten. »Schweig.«

»Ich.« Schweiß lief in Strömen über Leuchtenbergs Rücken.

»Du hast mich schon verstanden.« Sie lächelte ihr kaltes Lächeln. »Aber du schwitzt ja. Noch ein Glas?«

Leuchtenberg schüttelte den Kopf. Carina stand kurz davor, ihn mit in den Abgrund zu reißen.

Torsten Linder legte die Mappe mit den Fotos auf den Tisch, dann schloss er seinen Laptop an den Beamer an. Die Kollegen der MK Tonne sahen den Leiter der Kriminaltechnik erwartungsvoll an. Frank hatte die Mordkommission im Lageraum neben der Leitstelle zusammengerufen. An den Wänden hatte er Gebietskarten aufhängen lassen, außerdem Fotos der Tonne samt Maßstab.

»Kollegen, ich will euch nicht mit den Details langweilen, die könnt ihr im Bericht nachlesen. Ich habe ihn für jeden von euch ausdrucken lassen. Also: Leenders hat genug Haut präparieren können.«

Auf der Leinwand erschienen die Hände der Leiche.

»Wir haben mit Mad Docs Hilfe die Fingerabdrücke identifizieren können.« Linder sah in die Runde. Er war zwar kein Fan des Gerichtsmediziners, aber einmal mehr froh über das professionelle Geschick Leenders'.

»Bei der männlichen Leiche handelt es sich um Rainer Wackerzapp, 43. Er hat auch schon mal den Aliasnamen Kevin benutzt. Wackerzapp ist in Düsseldorf gemeldet und in den vergangenen Jahren immer mal wieder aufgefallen. Ein Kleinkrimineller. Das Übliche: Betrügereien, auch mal Körperverletzung, Fahren unter Alkohol.«

Carsten Jakisch meldete sich zu Wort. Mit erhobener Hand sah er in die Runde, bevor er sprach. »Wie ist er in den See gekommen?«

»Er hat sich tragen lassen«, kam es halblaut aus den hinteren Reihen. Vereinzelt war ein Lachen zu hören.

Jakisch ließ sich enttäuscht zurücksinken. Von wegen freundlich und aufgeschlossen. Die Niederrheiner waren auch nicht besser als die Allgäuer.

Linder räusperte sich. Ihm tat der Kollege aus Kempten leid. »Die Frage ist eher: Wie kam Rainer Wackerzapp in die Tonne?« Er spielte die nächsten Fotos ein. »Wackerzapps Verwesungszustand war erheblich. Ich habe das Ergebnis von Leenders' Untersuchungen und meinen Analysen zusammengefasst. Wackerzapp ist deutlich vor seinem Auffinden getötet worden. Er muss sehr gelitten haben. Aber das hat euch Leenders ja schon erklärt, dass er nicht an den massiven Schlägen auf den Kopf gestorben ist, sondern an den Tritten auf seinen Hals. Nun«, er räusperte sich, »wir haben an seiner Kleidung Teppichfasern gefunden. Sie gehören zu Industrieware, gibt's in jedem Einrichtungshaus. Ihr könnt euch nebenan im Laden umsehen, die haben eine enorme Auswahl. Jedenfalls wurde Wackerzapp nicht in einen Isfahan eingewickelt. Er muss aber ein paar Tage in einem Teppich gelegen haben, also länger als die angenommenen 72 Stunden, bevor man ihn in die Spanngurte gewickelt hat.« Er deutete auf die nun eingespielten Fotos. »Die Gurte sind neu, also extra für die Tat gekauft, würde ich sagen. Die Marke gibt es nur in einer Bauhauskette. Wir haben das überprüft. Also: Wackerzapp hat in Düsseldorf-Bilk gelebt. Diese Spanngurte können in einem Baumarkt in der Nähe seiner Wohnung gekauft worden sein. Jedenfalls haben wir herausgefunden, dass in den vergangenen vier Wochen vier Packungen dieser Gurte in dem entsprechenden Baumarkt verkauft wurden. An Kunden, deren Postleitzahl mit dem Zustellbezirk übereinstimmen, in dem Wackerzapp gelebt hat. Alles deutet darauf hin, dass er in seiner Wohnung oder zumindest in seiner unmittelbaren Lebensumgebung getötet wurde.«

Jakisch versuchte es noch einmal. »Wie ist Wackerzapp in den See gekommen, wenn er doch aus Düsseldorf war?«

Frank nickte dem Kollegen zu. »Wenn es denn kein Zufall

war, dass die Leiche ausgerechnet in Breyell aufs Wasser gesetzt wurde, dann hat er oder der Täter eine Beziehung zu der Region.« Er stand auf und trat an die in unterschiedlichen Grüntönen gehaltenen Gebietskarten. »Der Breyeller See liegt nicht weit von der A 61 weg, eher in unmittelbarer Nähe der Abfahrt Breyell, um es genau zu sagen. Für den oder die Täter also leicht zu erreichen. Von Düsseldorf sind es bis Breyell mit dem Auto etwa dreißig Minuten. Die Gefahr, vorzeitig entdeckt zu werden, ist gering. Die Gegend ist sicher auch in der Landeshauptstadt als Naherholungsgebiet bekannt.«

Jakisch meldete sich erneut. »Profis waren da sicher nicht am Werk. Die hätten doch Beton benutzt.«

Der Kemptener hatte mit seiner Bemerkung ein intensives Gemurmel ausgelöst, in dem vereinzelt die Worte »Knödelpate« und »Pumuckl« zu hören waren.

»Kollegen«, Frank klopfte mit seinem Stift auf die Tischplatte, »eure frühkindlichen Fernseherfahrungen könnt ihr nach Feierabend austauschen. Jakisch hat recht. Und außerdem: Jeder kann in dieser Runde alles sagen, ohne dass er dafür scheel angeguckt wird. Oder?«

Allgemeines zustimmendes Nicken.

Jakisch lehnte sich zufrieden zurück. Endlich mal ein MK-Leiter, der seine Leute vorbehaltlos Ideen entwickeln ließ. Da war Mayr aus ganz anderem Holz geschnitzt. Na ja, wie hatte Schrievers so schön gesagt? Jeder Jeck ist anders.

Torsten Linder nickte. »Der oder die Täter haben nicht daran gedacht, dass der aufgedunsene Körper die ganze Tonne ausfüllt. Die gebohrten Löcher konnten ihre Wirkung nicht entfalten. Ich bin auch geneigt zu sagen, dass da keine Experten zugange waren. Die Leiche musste entsorgt werden, weil sie am ursprünglichen Ort nicht länger bleiben konnte, allein schon wegen der Geruchsbelästigung. Der Tatort könnte also eine Wohnung gewesen sein oder ein Haus in einer eng bebauten Nachbarschaft.« Er ließ den Beamer das letzte Foto zeigen. »Unsere Taucher haben im Breyeller See einen Bohraufsatz gefunden, der darauf hindeutet, dass die Löcher erst am oder im See in die Tonne gebohrt wurden. Das macht auch Sinn, wer will schon eine bestialisch stinkende Tonne im Kofferraum haben?«

Frank stand auf. »Ich fasse zusammen: Das Opfer kommt aus Düsseldorf, der oder die Täter haben eine Beziehung zum Breyeller See, vielleicht sind es Angler. Lasst uns die mobilen und stationären Radaranlagen auswerten. Und die Funkzellen im Umkreis. Vielleicht waren unsere Kunden ein wenig unaufmerksam beim Spurenverwischen.«

Ecki nickte. »Das Foto von Wackerzapp muss in die Presse, und zwar nicht nur in Düsseldorf. Ich kümmere mich darum, dass die Düsseldorfer Kollegen sich sein Umfeld mal ansehen.«

Frank schüttelte den Kopf. »Frag lieber, ob wir selbst ermitteln können. Vielleicht sind sie ja ganz froh, wenn wir ihnen die Arbeit abnehmen.«

Die Tür ging auf, und der Polizeipräsident betrat den Lageraum. Sofort richteten sich alle Augen auf ihn.

Der hat das Talent, immer zum richtigen Zeitpunkt aufzutauchen, dachte Ecki.

»Lassen Sie sich nicht stören, meine Herren.« Der Polizeipräsident nahm nickend einen Stuhl an, der ihm von einem der Ermittler eilfertig freigemacht wurde. Lässig wedelte er mit der Hand. »Ihre Show.«

Frank brachte ihn mit einer kurzen Zusammenfassung auf den Stand der Ermittlungen.

Der Polizeipräsident nickte und stand wieder auf. »Ich sehe, Sie sind auf einem guten Weg. Lassen Sie nicht nach. Ich weiß, dass ich mich auf Sie verlassen kann.« Er schaute in die Runde. »Wie ich mit Genugtuung feststellen kann: Die meisten Gesichter kenne ich ja noch aus der Soko Mirco. Respekt, meine Damen und Herren, Respekt. Und tun Sie mir einen Gefallen: Überlassen Sie den Düsseldorfern so viel Ermittlungsarbeit wie möglich. Sie haben hier genug zu tun. Den Mord an diesem Kleinkriminellen können wir ruhig abgeben. Das tut unserer äußerst dünnen Personaldecke nur gut. Apropos: Bitte denken Sie auch daran, dass wir nur begrenzte Mittel zur Verfügung haben. Kollege Laumen hat mir Aufstellungen und Berichte zur Verfügung gestellt, die mich nicht froh stimmen. Wir müssen auf die Verhältnismäßigkeit der Mittel achten. Wir haben schließlich eine besondere Verantwortung dem Steuerzahler gegenüber. Bitte vergessen Sie das nicht. Guten Tag und viel Erfolg. Wie Sie wissen, ich stehe hinter Ihnen.«

Der Behördenleiter hatte kaum den Raum verlassen, als das Gemurmel wieder anhob. Mit Genugtuung und Schadenfreude registrierte Ecki, dass diesmal auffällig häufig die Begriffe »Betonschuhe« und »Tonne« fielen.

Carsten Jakisch sah sich verwundert um. Das kannte er aus Kempten nicht. Sollte einer die Niederrheiner verstehen.

XXVI.

Frank ließ seine Finger, die in Einmalhandschuhen steckten, durch die wenige Wäsche gleiten, die Wackerzapp in seinem Schlafzimmerschrank aufbewahrt hatte.

»Zumindest Geschmack hatte er.« Ecki deutete auf die Etiketten.

»Ein Angeber war er.«

Das Schlafzimmer war nicht viel größer als das breite Bett, das mit schwarzweißer Bettwäsche in Leopardenmuster bezogen war.

»Ich mach dir den Tiger.«

Ecki musste schmunzeln. »Reich war er nicht. Oder er hat keinen großen Wert auf Einrichtung gelegt.« Er deutete in Richtung Küche. »Hast du die Umzugskartons gesehen? Entweder wollte er ausziehen, oder er hat sie einfach nicht ausgepackt. Ich tippe auf Letzteres, bei dem ganzen Staub.«

»Typische Junggesellenbude. Er wird wenig hier geschlafen

haben.« Frank öffnete das Fenster. »Frische Luft war wohl auch nicht sein Ding.«

»Teppiche haben hier schon mal keine gelegen.«

»Warten wir ab, was die Spurensicherung sagt.« Ecki runzelte die Stirn. »Er ist nicht in seiner Wohnung getötet worden, behaupte ich schon jetzt.«

Frank deutete auf das Foto, das er aus einem Fach des Wäscheschranks gezogen hatte. »Hübsche Blondine.« Er sah ihr tief in die blauen Augen. »Verflossen oder aktuell? Sag es mir.« Er reichte es Ecki.

»Verflossen. Warum sollte das Foto sonst im Schrank liegen? Na ja, vielleicht hatte er aber auch mehrere Blondinen am Start, und die sollten nicht aufeinander aufmerksam werden.« Ecki steckte das Foto ein. »Lass uns die Hausbewohner fragen. Die Dame ist so attraktiv, die ist sicher nicht unbeobachtet hier ein- und ausgegangen.«

An der Tür sah Frank sich noch einmal um. »Eigentlich keine schlechte Wohnlage. Über den Dächern von Bilk.«

»Zur Altstadt ein Katzensprung, Medienhafen um die Ecke. Kneipen, Restaurants. Könnte mir schon gefallen.« Ecki nickte. »Würde Marion nur nicht mitmachen.« Er seufzte. »Und ich weiß schon, irgendwann würde mir mein Brüggen auch fehlen. Es geht doch nix über ein kleines Städtchen und ein kleines Gärtchen.«

»Warte ab, bis deine Kids erst groß sind. Die werden sicher nicht in dem Kaff wohnen bleiben wollen.«

»Grauenhafte Vorstellung. Aber bis dahin ist ja noch Zeit. Noch sind sie scharf auf ihren Reiterhof in Leloh und auf die Ponys meiner Eltern.«

Die Befragung der Hausbewohner brachte nicht viel. In dem Gründerzeithaus lebten vor allem Studenten, junge Akademikerpaare, einige Migrantenfamilien, zwei Designer. Eine Wohnung stand leer. Direkten Kontakt zu Wackerzapp hatte niemand gehabt. Sie hatten ihn immer nur kommen oder gehen sehen. Er sei ein Nachtschwärmer gewesen, war noch die konkreteste Aussage, die die beiden Mönchengladbacher Ermittler zu hören bekamen. An die blonde Frau konnte sich ebenfalls niemand erinnern. Ein Lachen im Treppenhaus vielleicht. Ein Cabrio auf dem Bürgersteig? Könnte ihres gewesen sein oder auch nicht. Auf jeden Fall keine Kinder. Kinder wären aufgefallen. Über die Kinder wäre man ins Gespräch gekommen, sicher. Eine Blondine und der Typ aus der Dachwohnung? Ah ja. Nee, keine Ahnung. Achselzucken an der Wohnungstür, ein weinendes Kind am Rockzipfel. Ob Wackerzapp wechselnde Frauenbekanntschaften gehabt hatte? Wieder Achselzucken und neugierige, fragende Blicke, mehr nicht. Wer gab schon acht auf seine Nachbarn in einem Viertel, in dem der Wechsel der Wohnungen, Bekanntschaften, Beziehungen und Mieter zum Alltag und Wesen eines angesagten Großstadtreviers gehörte? Rainer Wackerzapp war eine unauffällige Figur in einem pulsierenden Stadtteil, der ausschließlich damit beschäftigt war, es Berliner Wohnquartieren gleichzutun und zur angesagten »location« zu werden.

»Bier?«

»Spinnst du? Einen Milchkaffee, okay. Es ist doch gerade mal Mittag.«

»Alkoholfreies Weizen?«

»Nee, wenn Bier, dann richtiges.«

»Du quatschst schon wie Pumuckl.«

Frank winkte ab. »Lass mal, so blöd ist der gar nicht. Seine Ideen sind nicht schlecht. Ein bisschen jung vielleicht und ungestüm, der Typ, aber nicht verkehrt.«

»Klingt, als hättest du ihn ins Herz geschlossen.«

»Jedenfalls sollten unsere Kollegen ihn nicht so oft vor die Wand laufen lassen. Er muss noch viel lernen, aber man muss ihm auch die Chance dazu lassen.«

»Lass uns in den Medienhafen fahren.« Ecki sah zum Himmel und rückte dabei seine Sonnenbrille zurecht.

»Marktwert testen?« Frank grinste.

»Blödmann.«

Sie stellten ihren Dienstwagen auf Höhe des WDR ab und gingen das kurze Stück zu Fuß, vorbei an den Gehry-Bauten, in deren einer Aluminiumfassade sich der blaue Himmel spiegelte.

Frank deutete über das Hafenbecken hinweg auf das spitz zulaufende Grundstück gegenüber. »Monkey Island ist verschwunden.«

»Mann, das ist schon lange passé.« Ecki musterte die beiden grauen Würfel. »Da ist jetzt ein Luxushotel.«

Die beiden Ermittler querten das Hafenbecken über die Fußgängerbrücke und suchten sich einen Platz unter einem der Sonnenschirme, die das Hotelpersonal vor die Lounge geräumt hatten.

Nachdem sie ihre Bestellung aufgegeben hatten, ließen sie ihre Augen eine Zeit lang über die Skyline jenseits des Rheins gleiten.

»Das ist schon 'ne andere Hausnummer hier.«

»Als wo?«

»Die Niers ist und bleibt ein Bach.« Frank gähnte. Die Pause erinnerte seinen Körper daran, dass er schon lange nicht mehr die Seele hatte baumeln lassen.

»Tut auch mal gut, nicht nur Tatortfotos oder die Protokolle der TÜ auswerten zu müssen, dumme Zeugen vernehmen und überdrehte Polizeipräsidenten ertragen zu müssen. Ich könnte Urlaub gebrauchen. Dringend.« Ecki lehnte sich zurück und sog die Luft hörbar ein. »Die Welt kann so schön sein.«

»Klar, mit einem Fünf-Sterne-Schuppen im Rücken und der nötigen Kohle.«

»Na ja, kann auch langweilig werden auf die Dauer. Denk nur an Büschgens. Der hatte die Schnauze voll. Wenn ich ehrlich bin, diese Schickimickitypen hier würden mir nach spätestens drei Tagen auf den Sack gehen.«

»Du bist und bleibst halt ein Landei.«

Ecki nickte. »Und darauf bin ich sogar stolz.«

»Ich wäre stolz, wenn wir den oder die Mörder der beiden

Frauen hätten. Dann hätten wir auch den Mörder von Büschgens.« Frank konnte doch nicht abschalten. Was war der wahre Grund, aus dem der Immobilienhändler Mönchengladbach und die Landeshauptstadt verlassen hatte?

»Was denkst du?«

»Warum hat Büschgens die Stadt und das Land verlassen? Hier waren seine Futtertröge, hier hatte er die Macht, die er als Politiker und Unternehmer zum Atmen und Arbeiten brauchte.« Frank machte eine vage ausholende Bewegung.

»Hast du denn noch nie daran gedacht, aus deinem Job auszusteigen?« Ecki nickte der Kellnerin zu, die an ihrem Tisch vorbeiging.

»Schon. Aber ich bin kein Politiker. Nenn mir einen von der Mischpoke, der freiwillig seinen Sessel räumt. Die können doch alle nicht ohne das Gefühl leben, Schicksal spielen zu können.«

»Es gibt auch Ausnahmen.«

»Ach! Guck dir Stuttgart 21 an, guck dir das Gezerre um den Transrapid an, guck dir das ewige Theater um unser neues Präsidium an.« Frank zog seine Geldbörse hervor und nahm einen Zettel heraus. »Hat Lisa dieser Tage gefunden: Die Vergesslichkeit des Menschen ist etwas anderes als die Neigung mancher Politiker, sich nicht erinnern zu können. Ein Zitat von Marcel Mart.«

»Gut, es gibt keine.« Ecki grinste, obwohl ihm bei dem Thema nicht zum Lachen zumute war. Seit Monaten hockten sie im Personalrat zusammen, um ihre Sicht der Dinge zu vertreten. Aber nichts geschah. Vor allem nicht in ihrem Sinne. Mal sollte der Neubau »noch innerhalb dieses Jahres« angegangen werden, dann war die Grundstückssituation doch wieder unklar, dann wurde vor den Wahlen gar nichts entschieden, dann wurden wieder irgendwelche alten Pläne aus der Schublade gezogen, die man doch schon mehrfach verworfen hatte. Es war schon ein Kreuz mit der Verwaltung, egal, ob auf kommunaler, Landes- oder Bundesebene.

»Warum kommen wir in Sachen Büschgens nicht weiter?«

»Weil sich niemand erinnern kann oder will?«

»Im Ernst, Ecki.«

»Ein Auftragsmord. Ein Killerkommando. Mafia vielleicht. In jedem Fall Profis. Die hinterlassen keine Spuren. Denk an das Killerkommando, das den Augenarzt in Immerath durchsiebt hat. Mehrere Dutzend Schüsse in die Weichteile und keine einzige verwertbare Spur. Die Kollegen in Heinsberg tappen bei dieser Hinrichtung immer noch im Dunkeln. Die Vermutung, die Täter stammten aus dem Motorradmilieu, hat sich am Ende als Trugspur herausgestellt. Zumindest ist das der Stand der Dinge.«

»So weit waren wir schon. Außerdem kenne ich den Vorgang, Ecki.«

»Schrievers hat die einschlägigen Kartelle und Organisationen, Rockerclubs und Einzeltäter überprüft, nix.«

»Sag ich doch.«

»Auch ich werde das Gefühl nicht los, dass der Schlüssel zu der Geschichte doch im Allgäu liegt.« Ecki orderte zwei weitere Cappuccino. »Du hast recht, Büschgens hat bestimmt nicht freiwillig das gut bestellte Feld NRW geräumt.«

»Dann kann das Motiv tatsächlich nur im politischen oder wirtschaftlichen Milieu zu finden sein.«

»Ja. Und die Nutten sind das schmückende Beiwerk.«

»So ist es. Diese Allianz zwischen Rotlicht, Politik und organisiertem Verbrechen gibt es letztlich überall. Guck doch nur mal nach Italien.« Frank nickte.

»Zu schön, um nur ein Klischee zu sein.«

»Ich sage nur: Bunga, Bunga.« Frank musste unwillkürlich grinsen.

»Lass den gelifteten Lackaffen aus dem Spiel. Und so was war mal Ministerpräsident. Im Ernst, Frank.« Ecki runzelte die Stirn. »Dieser Mayr aus Kempten muss sich mal auf die Hinterbeine stellen und in der lokalen Szene recherchieren. Auch im Allgäu gibt es organisierte Kriminalität. Es müssen ja nicht gleich die Italiener sein. Es können auch Tschetschenen, Russen oder Bulgaren sein.«

»Wie auch immer. Den Fall werden wir heute nicht mehr lösen. Aber ich telefoniere nachher auf alle Fälle noch mit Mayr.« Frank streckte sich. »Der hat es gut: ermittelt dort, wo andere Urlaub machen. Beneidenswert.«

»Lass uns lieber ins Präsidium zurückfahren, sonst pennst du hier noch ein.«

Heinz-Jürgen Schrievers schlug die Beine übereinander. »Ihr glaubt nicht, wo ich Wackerzapp überall habe auftreiben können. Die Reaktion auf die Fotoveröffentlichung war überwältigend.« Er nickte zufrieden. »Selbst die Düsseldorfer sind mal von ihrem hohen Ross hinab in die niederrheinische Tiefebene gestiegen.«

»Fakten, Schrievers, keine Poesie. Davon bekomme ich von unseren Kunden jeden Tag genug zu hören.«

»Sag noch einer, die Damen vom Düsseldorfer Ordnungsamt hätten nur ihre Kaffeepause und ihren Nagellack im Blick.« Er hob die Hände, als er Franks unwirschen Blick bemerkte. »Ich mach's kurz: Wackerzapp ist geblitzt worden, kurz hinter der Südbrücke.«

»Ja, und?«

Schrievers wollte seinen Trumpf nicht ohne Gegenleistung ausspielen. Betont angestrengt ließ er seinen Blick über die Schreibtische seiner beiden Kollegen schweifen.

»Hab verstanden.« Ecki zog eine Schreibtischschublade auf. »Ich habe aber nur noch einen Müsliriegel.«

»Macht nix.« Schrievers hielt seine Hand hin. »Das langt, bis du mit frischen Teilchen zurück bist. Her damit.« Er machte eine fordernde Handbewegung. Wer den Tag über im Archiv hockte und die Arbeit der Kollegen machte, hatte ein Recht auf eine kleine kulinarische Abwechslung! Genüsslich zog er das Papier von dem süßen Riegel.

Frank trommelte ungeduldig mit den Fingern auf der

Schreibtischplatte. Schrievers konnte einen manchmal zur Weißglut bringen.

»Heini!«

Der Archivar ging über die ungehörige Verballhornung seines Vornamens ausnahmsweise einmal kommentarlos hinweg. »Ein Genießer bist du nicht gerade, Borsch.«

Ecki merkte, dass Frank gleich die Geduld verlieren würde.

»Okay«, Schrievers hatte ein Einsehen, »das Auto, in dem Wackerzapp gesessen hat, gehörte nicht ihm.«

»Geklaut?«

»Möglich. Das Cabrio ist zugelassen auf eine Carina Bauer, Anwältin in Düsseldorf.«

»Die Anwältin?« Ecki pfiff durch die Zähne.

Schrievers nickte. »Als gestohlen ist der Wagen jedenfalls nicht gemeldet.«

»Was macht Wackerzapp im Auto einer Rechtsanwältin? Was verbindet die beiden?«

»Siehst du, Frank, das ist der Grund, warum ich dich mag«, Schrievers hatte den Müsliriegel längst in seinem Mund verschwinden lassen und versuchte schmatzend, einzelne Körner aus seinen Zähnen zu saugen, »immer die richtigen Fragen zur richtigen Zeit. Vielleicht wird ja doch noch mal ein Leiter K aus dir.«

»Gott bewahre«, feixte Ecki. »Wo ist eigentlich unser Kollege Jakisch?«

»Auf Spurensuche.«

»In Düsseldorf?«

»Nee, in Schwalmtal. Er versucht, sich an seine frühe Kindheit zu erinnern. Gertrud macht gerade eine Tour durch die Gemeinde mit ihm. Wirklich ein netter Kerl, der Pumuckl.«

»Hat er nichts Besseres zu tun?«

»Gibt es etwas Besseres als Ahnenforschung?« Schrievers rückte sich auf seinem Stuhl in Positur. »Außerdem hat er eine kleine Auszeit verdient.«

Frank und Ecki wussten, was nun folgen würde, wenn sie

nicht schleunigst entkamen: Schrievers' Steckenpferd waren die Ahnen des Stammes Schrievers. Er konnte sich stundenlang in den feinen Verästelungen seines niederrheinischen Stammbaums verlieren, um seinen Zuhörern die Vergangenheit seiner Familie, seines Dorfes und der gesamten niederrheinischen Tiefebene samt der angrenzenden niederländischen Provinzen zu erklären. Dementsprechend abrupt standen die beiden Ermittler auf.

»Danke für deine hervorragende Arbeit, Schrievers.« Frank und Ecki sahen gleichzeitig auf ihre Uhren. »Wenn wir uns beeilen, ist für eine Überprüfung gerade noch Zeit.«

Ohne Schrievers' Reaktion abzuwarten, verließen die Kommissare ihr Büro.

»Noble Gegend.« Frank deutete auf das breite Band des Rheins, der sich zwischen ihnen und der Altstadt träge in Richtung Niederlande schob. Neben einigen Schubschiffen war auch ein weißer Ausflugsdampfer unterwegs. Und ein besonderes Boot.

»Guck einer an: das alte Feuerlöschboot Düsseldorf. Ist mit Sicherheit Richtung Medienhafen zu seinem alten Ankerplatz unterwegs.«

Ecki nickte abwesend und blickte in die kleine Kamera, die er hinter der durchsichtigen Kuppel am Klingelbrett vermutete. »Hoffentlich ist die Dame zu Hause.« Er musste an seinen und Jakischs Besuch bei Marie Schneiders vor einigen Tagen denken. Damals hatten sie vergeblich vor deren Haus gestanden.

»Man muss auch mal Glück haben«, kommentierte Frank das Summen des Türöffners. Im Hausflur war es angenehm kühl.

Frank und Ecki wurden bereits an der Wohnungstür von einer schlanken Blondine erwartet, die ihr Haar zu einem Pferdeschwanz gebunden hatte. Sie trug ein schlichtes hellgraues Kleid mit dünnen Spaghettiträgern, ihre nackten Füße steckten in leichten Baumwollschuhen. Eine elegante Erscheinung, die sie interessiert musterte. Die Frau auf dem Foto, das sie bei Wackerzapp gefunden hatten!

»Frau Bauer?«

Die Frau nickte fragend und ließ ihre Hand abwartend auf der Türklinke liegen. »Was kann ich für Sie tun?«

Die beiden Kriminalhauptkommissare zeigten ihre Ausweise, die sie flüchtig musterte.

»Habe ich falsch geparkt?« Sie lächelte.

»Dürfen wir einen Augenblick hereinkommen?« Frank ließ sich von ihrem koketten Augenaufschlag nicht beeindrucken.

Carina Bauer zögerte keinen Augenblick. »Bitte. Wenn Sie mich nur entschuldigen wollen, ich bin nicht auf Besuch eingerichtet. Um ehrlich zu sein, wollte ich gerade das Haus verlassen.«

»Es dauert wirklich nur einen Augenblick.«

Frank konnte sehen, dass Ecki von der Erscheinung der Blondine beeindruckt war.

»Nehmen Sie doch Platz, meine Herren.« Carina Bauer blieb abwartend in der Mitte ihrer Wohnlandschaft stehen und deutete auf die weiße Sitzgarnitur.

Frank ging hinüber zum Fenster. »Der Blick ist phantastisch.« Das Himmelblau über der Altstadt hatte an seinen Rändern einen leicht rosafarbenen Schimmer angenommen. Es würde ein warmer Sommerabend werden.

»Eine schicke Wohngegend«, nickte Ecki anerkennend.

»Ja, ganz nett.« Carina Bauer setzte sich auf den Rand eines Sessels. »Sie sind aber sicher nicht gekommen, um mit mir über die Aussicht zu sprechen.«

»Teuer?« Ecki war beeindruckt. So etwas würde er sich nie leisten können.

»Sie meinen die Wohnlage?« Carina Bauer lächelte amüsiert. »Muss ich darauf antworten? Im Ernst, warum sind Sie hier? Arbeiten Sie etwa im Kommissariat für Wirtschaftskriminalität? Dann kann ich Sie beruhigen, die Wohnung habe ich völlig legal mit legalen Mitteln erworben. Alles ehrlich bezahlt.« Sie zwinkerte den Beamten zu.

»Sie sind Anwältin?«

»Für Zivil- und für Strafrecht, ganz richtig. Ich habe Zulassungen für alle Landgerichte und Oberlandesgerichte in Deutschland.«

»Sie arbeiten in einer Kanzlei?« So eine Angeberin, dachte Ecki. Die frühere Zulassungsbeschränkung gab es längst nicht mehr. Sie wollte sie wohl für dumm verkaufen. Er zog sein ledernes Notizbuch aus der Gesäßtasche seiner Jeans. Trotz der Sonnenbrille, die er auf seinen Kopf geschoben hatte, war er wieder ganz Ermittler.

»Nein.« Sie zögerte. »Meine Kanzlei ist sozusagen meine Wohnung. Ich pflege intensive Kontakte zu meinen Mandanten, die ich lieber hier privat empfange als in einem nüchternen Büro irgendwo in der Stadt.«

»Dann kann ich sicher davon ausgehen, dass Sie sich«, Frank räusperte sich, »Ihre Mandanten selbst aussuchen. Und zwar in den eher wohlhabenden Kreisen.« Er machte eine ausholende Handbewegung. »Mandanten, die die Atmosphäre einer eleganten unauffälligen Adresse in einer anspruchsvollen Wohngegend einem schlichten Büro vorziehen.«

»Ich verstehe nicht ganz?«

Carina Bauer schien tatsächlich irritiert.

»An welchen Fällen arbeiten Sie momentan?«

Sie straffte ihren Körper. »Ich wüsste nicht, warum Sie das interessieren sollte. Außerdem dürfte Ihnen klar sein, dass ich auf diese Frage nicht antworten muss. Ich verstehe nicht im Geringsten, was Sie von mir wollen.« Ihre Stimme hatte ihren verbindlichen Ton verloren und stattdessen an Schärfe gewonnen; genauso gut hätte Carina Bauer nun in ihrer Anwaltsrobe vor ihnen sitzen können.

»Keine Frage. Sie haben natürlich recht. Ich frage mich nur gerade, in welchem Bereich Sie sich wohler fühlen, im zivilen oder Strafrecht?«

Carina Bauers Körperhaltung entspannte sich ein wenig. »Da habe ich keine Prioritäten. Mir ist allein die Sache wichtig und das Interesse meiner Mandanten, die, da gebe ich Ihnen recht, in der Tat sicherlich aus einem gewissen Umfeld stammen.«

»Sie kennen Rainer Wackerzapp?«

Carina Bauer ließ nicht erkennen, ob die unvermittelte Frage sie irritierte. Sie hob lediglich eine Augenbraue. »Rainer wie?«

»Rainer Wackerzapp.«

Sie runzelte die Stirn und dachte nach. Dabei legte sie eine Hand an die Schläfe.

»Er ist tot.«

Carina Bauer sah die beiden Ermittler mit großen Augen an, schwieg aber.

»Er wurde ermordet.«

»Warum kommen Sie damit zu mir?« Sie legte ihre Hände in ihrem Schoß zusammen.

»Wir haben seine Leiche in einer Tonne gefunden, die auf einem See schwamm.« Ecki hatte Carina Bauer fest im Blick. Ihm entging nicht, dass ihre Augen zwischen ihm und Frank hin- und herflogen. Ihr Gesicht unter ihrem braunen Teint war dunkler geworden.

»Rainer ist – tot?«

»Sie kennen ihn also?«

Sie schwieg und sah auf ihre Hände.

»Wann haben Sie ihn zuletzt gesehen?«

Es dauerte eine Weile, bevor Carina Bauer aufsah. Sie schien einen Entschluss gefasst zu haben.

»Meine Herren. Ja, ich kenne, das heißt, ich kannte Rainer, Herrn Wackerzapp, nur flüchtig.«

»Flüchtig? Und dann lassen Sie ihn Ihren Wagen fahren? Das finde ich schon merkwürdig, Frau Bauer, dass Sie flüchtigen Bekannten Ihr Auto überlassen.« Dein neutrales Lächeln sieht doch ein wenig zu aufgesetzt aus, meine Liebe, dachte Frank. Er wusste, dass er ins Schwarze getroffen hatte.

»Ich bin Ihnen keine Rechenschaft darüber schuldig, wer mit meinem Auto fahren darf.«

»Ist er ein Mandant von Ihnen?«

Carina Bauer hatte schon zu einem Nicken angesetzt, besann sich dann aber. »Ich gebe prinzipiell keine Auskunft über meine Mandanten.«

Ecki nickte. »Sind Sie mit ihm verwandt? Ist er Ihr Bruder oder Ihr Cousin?«

Sie schüttelte den Kopf. »Hören Sie, was wollen Sie von mir? Ich kann Ihnen zum Tod von Herrn Wackerzapp nichts sagen. Das bedauere ich sehr. Wenn Sie mich nun entschuldigen? Wie gesagt, ich wollte gerade das Haus verlassen.«

»So einfach ist das nicht, Frau Bauer. Sie sind derzeit für uns die einzige Verbindung zu dem Toten. Sie können jetzt nicht gehen. Wir haben noch eine ganze Reihe von Fragen.«

Carina Bauer stand auf. »Ich glaube nicht, dass ich Ihnen in der Sache weiterhelfen kann.«

»Hatten Sie ein Verhältnis mit Herrn Wackerzapp?« Frank hatte die Frage so drastisch formuliert, dass Carina Bauer sich wieder setzte.

»Wie komme ich dazu, Ihnen aus meinem Privatleben zu erzählen? Ich glaube nicht, dass das für Sie von Interesse ist.«

»Es gibt ein Foto von Herrn Wackerzapp.«

Carina Bauer zog die Augenbrauen hoch.

»Am Steuer Ihres Autos. Wackerzapp ist vor einiger Zeit von einer stationären Radaranlage geblitzt worden. Hier in Düsseldorf. Möchten Sie die Aufnahme sehen? Und wir haben in der Wohnung von Herrn Wackerzapp ein Foto von Ihnen gefunden. Im Wäscheschrank. Möchten Sie auch das sehen?«

Sie schüttelte stumm den Kopf.

»Also, in welchem Verhältnis standen Sie zu Herrn Wackerzapp, Frau Bauer?«

Sie schwieg.

Zeit schinden bringt nichts, dachte Frank. Er beobachtete

ihre Körperhaltung, die mit jedem Augenblick steifer wurde. Schließlich verschränkte sie die Arme vor der Brust.

»Ich will Ihnen das nicht vorenthalten: Sie sind verdächtig. Und Sie machen sich mit jedem Augenblick, den Sie länger schweigen, verdächtiger. Wann haben Sie Wackerzapp zuletzt gesehen? Welche Beziehung haben Sie zum Breyeller See? Haben Sie sich dort getroffen? Oder haben Sie sich nur in seiner Wohnung getroffen? Oder nur hier?«

Ruckartig nahm Carina Bauer die Arme herunter. Ihre Stimme hatte wieder ihren festen unbeirrten Klang. »Was erlauben Sie sich? Wie können Sie es wagen, mich mit diesen haltlosen Verdächtigungen zu behelligen? Ich werde mich über Sie beschweren. Ich hatte ein Verhältnis mit Herrn Wackerzapp, aber nur kurz. Sonst hätte mein Foto wohl auch nicht in seinem Schrank gelegen. Sind Sie jetzt zufrieden? Sein Tod tut mir leid. Damit habe ich aber nichts zu tun. Und nun gehen Sie endlich.«

Du stehst nicht vor Gericht, dachte Ecki unbeeindruckt. »Haben Sie Wackerzapp vertreten? Oder waren Sie nur zusammen im, na ja. Wackerzapp war nach unseren Recherchen ein kleiner Gangster, nichts Großes, ein Kleinkrimineller mit Gespür für den einen oder anderen Profit nebenbei.«

»Was fällt Ihnen ein!«, schrie Carina Bauer Ecki an. »Raus hier. Aber ganz schnell. Ich bin nicht dazu da, Ihre schmutzige Phantasie zu bedienen. Raus, bevor ich mich vergesse!«

Bingo, dachte Frank. Er nickte Ecki mit ernstem Blick zu. »Wir sollten jetzt besser gehen, Ecki. Bemühen Sie sich nicht, Frau Bauer, wir finden alleine raus.«

Erst als sie am Auto waren, schlug Frank seinem Freund auf die Schulter. »Gut gemacht. Ich glaube, dass wir jemanden sehr nervös gemacht haben. Wir werden uns verstärkt um das Leben von Carina Bauer kümmern. Ich möchte wissen, wen sie vertritt. Ich werde mich beim Anwaltsverein umhören. Und bei Gericht. Ich kenne hier am Landgericht und am OLG den einen oder anderen Richter. Frau Bauer ist sicher bekannt.«

»Ich weiß nicht«, zweifelte Ecki, »es kann eine ganz simple Erklärung geben. Teppiche hat sie jedenfalls nicht in ihrer Wohnung liegen.«

»Warum bist du sie dann so angegangen?«

»War nur so ein Gefühl.«

»Wir müssen mit Carolina sprechen. Sie muss uns einen Durchsuchungsbeschluss besorgen. Wackerzapps Foto reicht aus, um Bauers Wohnung auf den Kopf zu stellen. Wir müssen sie im Auge behalten. Mir schmeckt die Sache nicht.«

»Ich spreche mit unserer Staatsanwältin. Carolina wird die Dringlichkeit schon verstehen. Und wir müssen mit Mayr reden. Die Sache beginnt zu stinken. Und zwar ganz gewaltig.«

XXVII.

Silvio Anelli schüttelte den Kopf. »Das ist Ihr Problem. Sie werden zusehends unzuverlässiger, mein lieber Leuchtenberg. Erst dieser Wackerzapp und nun Carina. Was, wenn die Polizei die wahren Hintergründe erfährt? Nach allem, was wir wissen, ist dieser Borsch ein exzellenter Polizist. Er ist dafür bekannt, dass er nicht loslässt, wenn er sich einmal festgebissen hat. Um ehrlich zu sein, ich glaube nicht, dass Sie noch eine Chance haben. Wenn Carina auffliegt, dann sind auch Sie dran. Und Sie wissen, was das bedeutet. Für uns und für Sie. Bringen Sie Ihren Laden in Ordnung. Und sorgen Sie dafür, dass wir das Geschäft abschließen können. Wir verlieren langsam die Geduld, Leuchtenberg. Ich werde nicht mehr lange meine Hand über Sie halten können. Meine Leute wollen endlich Erfolge sehen.«

Ferdinand Leuchtenberg wischte sich mit einem Taschentuch über die Stirn. Die Hitze war unerträglich. Wie schaffte es der Italiener nur auszusehen, als käme er geradewegs aus einer Klimaanlage?

»Sie müssen handeln, Leuchtenberg, bevor es zu spät ist.«
Als wenn er das nicht längst selbst wüsste.

»Jungs, ich hab was für euch!« Polternd drückte Schrievers die Tür auf und warf einen Blick zurück. »Wir haben was für euch. Los, rein mit dir, Carsten.«

Frank und Ecki sahen sich stumm an. Wenn Schrievers derart gute Laune hatte, konnte das nur eines bedeuten: Sie waren der Aufklärung der Morde ein gutes Stück näher gekommen.

»Setzt euch.« Frank war gespannt.

Krachend ließ sich Schrievers auf einen Stuhl fallen, ohne sich weiter um Jakisch zu kümmern, der sich vergeblich nach einer Sitzgelegenheit umsah.

Zufrieden grinste Schrievers Frank und Ecki an. »Wenn man es genau nimmt, sind Carsten und ich verwandt.«

Frank verstand nicht.

»Warum grinst du denn so debil?« Schrievers nickte Ecki zu und hob eine Augenbraue, um ihm mitzuteilen, dass er Franks Gemütszustand als bedenklich einschätzte.

»Ihr seid was?«

»Verwandt. Da staunste, was?« Schrievers schlug sich zufrieden auf die Schenkel. »Allgäu und Niederrhein, die Vergangenheit bringt unsere Volks- und Ahnenstämme zusammen. Wir haben die gleichen Wurzeln.« Er strahlte Jakisch an, der nicht genau zu wissen schien, wie ihm geschah. »Guckt euch doch Carsten an: Habt ihr schon mal einen waschechten rothaarigen Allgäuer gesehen? Mal ehrlich!«

»Und deshalb kommt ihr extra vorbei?« Ahnentafeln, niederrheinische Pumuckl! Schrievers wird auch immer schrulliger, dachte Frank. Er hatte auf Ergebnisse gehofft, die sie weiterbringen würden.

»Das ist doch eine Sensation. Einer unserer Vorfahren ist sogar in die USA ausgewandert. Andere sind bis nach Südamerika gekommen. Unsere beiden Linien haben sich Anfang des 19. Jahrhunderts getrennt.«

»Deswegen seid ihr also verwandt?« Frank sah von einem zum anderen.

»Ich hatte von Anfang an so ein Gefühl. Blut ist eben dicker als Wasser.« Schrievers nickte ernst.

Carsten Jakisch schien die Situation ein wenig peinlich zu sein. Sein Räuspern klang verlegen. »Deswegen sind wir nicht hier. Wir haben nur mal ein bisschen Ahnenforschung betrieben. Wir sind gekommen, um ein paar Neuigkeiten auszutauschen.«

Frank nickte. »Wir sind gespannt. Soll ich dir einen Stuhl holen?«

Carsten Jakisch schüttelte den Kopf. »Es gibt eine Verbindung zwischen den Toten und Wackerzapp. Wir waren bei Linder in einer anderen Sache, ähm, also, die hatte mit der Ahnenforschung zu tun, ja, und Linder hat uns gebeten, euch schon mal vorab zu informieren. Faserspuren aus der Wohnung von Julia Dürselen sind identisch mit Faserspuren, die in der Wohnung von Wackerzapp gefunden wurden. Das LKA hofft, den entsprechenden Nachweis auch im Fall Kurzius noch liefern können.«

»Warum sagt Linder uns das nicht persönlich?« Ecki wunderte sich einmal mehr über seinen Kollegen aus der KTU, der sich lieber in seinem Labor verkroch, als sich unter Menschen zu begeben.

»Seine Jüngste ist heute Morgen überraschend ins Krankenhaus gebracht worden. Er war sozusagen schon halb aus dem Haus, als wir kamen.«

»Verstehe. Was Ernstes?« Ecki konnte Linders Sorgen gut verstehen, immerhin war er selbst Vater zweier halbwüchsiger Kinder.

Schrievers hob die Schultern. »Keine Ahnung, Torsten sah jedenfalls nicht sonderlich entspannt aus.«

Frank hatte indes kein Ohr für die Probleme seines Kollegen. Er musste seine Gedanken sortieren, bevor er den Faden verlor. Er hatte das Gefühl, dass er nicht mehr weit weg war vom Kern der Ermittlungen.

»Wenn ich das richtig deute, gibt es also eine Verbindung zwischen Wackerzapp und Dürselen. Außerdem war Bauer mit Wackerzapp liiert. Dann gibt es womöglich auch eine Verbindung zwischen Bauer und Dürselen. Ist doch logisch korrekt so, oder?«

Frank hatte die Namen auf seinem Block notiert und verband sie durch dicke Striche miteinander, an die er allerdings Fragezeichen malte. »Außerdem ist klar, dass Kurzius und Schneiders sich kannten. Schneiders ist so weit sauber. Vielleicht kannte Bauer aber auch Kurzius. Wäre denkbar, weil sich die beiden Prostituierten kannten. Kurzius ist in Moosbach erschossen worden. Bauer hat Verbindungen ins Allgäu. Über die Motorradszene gab es Kontakte zu unserem toten Immobilienmakler. Und was hat das alles zu bedeuten?«

»Hat Carina Bauer die beiden Prostituierten getötet?«, meinte Jakisch zögernd und legte den Kopf schief, während er Frank erwartungsvoll ansah.

»Und wie passt dann Ernst Büschgens in dein Puzzle?« Frank runzelte die Stirn.

»Vielleicht hatte er neben Marie Schneiders noch eine Beziehung zu Carina Bauer. Und die ist ihm auf seine Besuche bei den Nutten gekommen. Eifersucht ist doch ein starkes Mordmotiv.«

»Das ist mir, ehrlich gesagt, zu kompliziert.« Ecki seufzte. »Und gleichzeitig zu platt. Dann hätte sie ja auch gleich die Schneiders töten können. Nein, das passt nicht zu Carina Bauer. Sie ist Anwältin, hat einen kühlen Kopf, die ist berechnend und mit allen juristischen Wassern gewaschen. Die lässt sich nicht leicht von Emotionen leiten. Wenn das nicht ohnehin ihr ureigener Charakter ist, dann hat sie sich das spätestens im Zuge ihrer Arbeit angeeignet. Erfolg ist in ihrem Job das Ergebnis von Fakten, Abwägungen und logischen Argumentationsketten. Und ein paar Nebelkerzen. So ein Mensch tötet nicht aus Eifersucht. Das kann ich mir nicht vorstellen.«

Frank sah seinen Freund an. Ecki hatte recht. Falls Carina

Bauer Dreh- und Angelpunkt in diesen Fällen war, hatte sie ein völlig anderes Motiv zu den Taten getrieben. Vielleicht hatte sie ja auch die Prostituierten auf ihrer Lohnliste stehen gehabt. Das war schon vorgekommen, dass ein kluger Kopf hinter der Vermittlung von Callgirls gesteckt hatte. Aber diese Überlegung behielt Frank für sich, sie schien ihm selbst zu vage und abwegig. Was hätte sie mit dem Prostituiertenring bezwecken wollen? Erpressung? Wenn ja, von wem? Oder hatte sie mit ihrem Frischfleischangebot einfach nur reich werden wollen?

Nein, dachte Frank, das entsprach nicht seinem Bild von Carina Bauer. Wobei er sich auch eingestehen musste, dass er noch kein klares Bild von ihr hatte. Auf jeden Fall würden sie sie weiter im Blick haben müssen. Er malte drei dicke Fragezeichen hinter ihren Namen. Und das Wort »Auftragsmorde«. Das strich er nach kurzem Zögern aber wieder durch.

»Ihr könnt mich ja für verrückt halten«, Schrievers schlug sich erneut auf die Schenkel, »aber ich frage mich die ganze Zeit, warum ihr diesem Anwalt nicht mal einen Besuch abstattet. Schließlich vertritt er Bauer zumindest in Immobilienangelegenheiten. Fühlt dem doch mal auf den Zahn. Vielleicht hat er interessante Details zu erzählen. Könnte zumindest nicht schaden.« Er sah Ecki an. »Und du kannst dich noch mal um die Motorradszene kümmern und um Dürselens Geschäfte. Und frag Marie Schneiders, ob Büschgens Carina Bauer kannte. Ich würde mich nicht wundern, wenn sich auch Büschgens und dieser Anwalt der Bauer kannten. – Hat sich Mayr eigentlich schon bei euch gemeldet?«

Frank schüttelte den Kopf.

Das Telefon klingelte, und Ecki hob ab. Er hörte schweigend zu und legte dann auf. »Eine gute und eine schlechte Nachricht. Das war der Kollege vom LKA. Sie haben in der Wohnung von Kurzius Faserspuren gefunden, die mit den schon identifizierten identisch sind. Jetzt ist nur noch die Frage, zu welcher Person gehören sie? Bislang ist lediglich klar, dass die Faserwerte nicht gespeichert sind. Wir haben es also mit einem oder einer Unbekannten zu tun. Sagt der Kollege. Wir haben es demnach mit einem dreifachen Mörder zu tun. Was ist so wichtig, dass drei Menschen deswegen sterben müssen? Wenn ich Büschgens noch dazuzähle, und das tue ich hiermit, sind es sogar vier Tote.«

Frank nickte. »Wir werden auch die Bauer nicht aus den Augen lassen.« Er malte neben ihren Namen mehrere Ausrufezeichen und schrieb noch einmal das Wort »Auftragsmorde«.

Die Fotos von diversen Motorradtreffen brachten sie auch bei der erneuten Analyse nicht weiter. Die Mitglieder der MK waren trotzdem mit ihren Listen noch einmal losgezogen und hatten die identifizierten Personen ein zweites Mal befragt. Alle kannten Büschgens, das ja, alle wussten, dass er mit Marie Schneiders liiert war, und alle wussten, dass er ins Allgäu ziehen wollte. Aber niemand wusste etwas über Samantha Kurzius und Julia Dürselen. Oder wollte etwas über die toten Frauen wissen.

Marie Schneiders war zunächst erstaunt, dann wütend über den pietätlosen Verdacht, zum Schluss nur noch amüsiert, als Ecki ihr seine Vermutungen bezüglich Büschgens und Carina Bauer darlegte. Ernst sei ihr treu gewesen, das habe sie nie in Zweifel gezogen. Er habe diese Anwältin weder privat gekannt noch beruflich mit ihr zu tun gehabt. Auch einen Rainer Wackerzapp habe sie weder gekannt noch wüsste sie, dass Wackerzapp und ihr Freund sich kannten. Wobei sie in diesem Fall nicht ganz ausschließen wollte, dass sich die Männer bei einem der Motorradtreffen einmal über den Weg gelaufen sein könnten. Nachdem sie mehr über Wackerzapp und seinen kleinkriminellen Werdegang erfahren hatte, schloss sie auch das aus.

»Ernst hat sich immer gegen Angriffe von außen wehren können. Sei es als Politiker oder als Geschäftsmann, weil er immer darauf geachtet hat, sauber zu bleiben. Geschäftlich ist er immer nur bis an den Rand des Erlaubten gegangen.«

Ecki hatte nur genickt und zum Himmel hinaufgeschaut. Dunkle Wolken ballten sich über der Altstadt und über dem Rhein. Ein Gewitter kündigte sich an.

Robert Mayr hatte es sich in »seinem« Herrgottswinkel im Kreuz gemütlich gemacht. Seit geraumer Zeit schon hatte er das Zimmer im Gasthof geräumt und war zu seinem Dienstalltag in Kempten zurückgekehrt. Seit er mit den Morden in Moosbach beschäftigt war und regelmäßig in dem kleinen Dorf oberhalb von Sulzberg zu tun hatte, war ihm sein Büro an der Hirnbeinstraße zunehmend klein und muffig erschienen, obwohl das Gebäude zumindest von außen durchaus ansehnlich war. Die Kollegen von der Verkehrsinspektion in ihrem faden Zweckbau an der Rottachstraße hätten mehr Grund zum Klagen gehabt.

Hirnbeinstraße! Welch eine Adresse für ein Dezernat, das sich mit Tötungsdelikten beschäftigt. So hatte auch Martina gefrotzelt, als sie ihn vor fünf Jahren das erste Mal vom Dienst abgeholt hatte. Und wie viel Hirn denn hinter der Fassade schon stecken geblieben sei, von den anderen und vor allem von ihm, Robert. Gelacht hatte er damals über die Stichelei. Erst mit der Zeit hatte er gemerkt, was Martina wirklich hinter der Frage versteckt hatte. Die Erkenntnis war für ihn nicht sonderlich schmeichelhaft gewesen. Immerhin hatte er sich, seit sie zusammen waren, bemüht zu zeigen, dass er zwar Beamter war, das aber nicht gleichzeitig hieß, niemals den Sinn von Paragrafen und Verwaltungsvorschriften zu hinterfragen. Er sperrte seither den Beamten in sich weg, so gut es eben ging. Mit der Zeit hatte er das Gefühl bekommen, dass Martina ihm auch beruflich guttat. Er war längst nicht mehr so verbissen an seine Fälle herangegangen, hatte sich immer wieder mal – und mit wachsendem Erfolg – auch mit den Bürokratenhirnen in seiner Dienststelle angelegt.

»Willst du dir noch was beweisen auf deine alten Tage, Mayr?«, hatten die Kollegen ihn dann manchmal angegangen.

So ein Schmarrn, hatte er dann gedacht. Und dass er noch lange nicht in Pension ging. Jedenfalls hatte Martina ihm auf ihre unaufgeregte Art und bestimmt ohne es bewusst zu tun, gezeigt, wie das Leben auch sein kann. Und das hatte sich wiederum positiv auf seine Aufklärungsquote ausgewirkt.

»Du grinst wie ein blödes Schaf, Mayr. Stimmt's bei dir da oben nimmer? Ist dir der Heilige Geist erschienen?« Martin Mader stellte ihm mit Schwung das trübe Zwickelbier hin, das Mayr so gerne trank.

Sie waren vor einiger Zeit zum Du übergegangen, es war an dem Abend gewesen, als er mit dem Wirt die Einzelheiten für die Hochzeit festgelegt hatte. Spät war es geworden. Sie hatten nicht nur über das Festmahl debattiert, sondern waren irgendwann bei den Mordfällen gelandet und dabei, was man im Dorf darüber dachte. Während er dabei das eine oder andere Zwickelbier getrunken hatte, war der Wirt irgendwann, nachdem die letzten Gäste die Kegelbahn geräumt und die Kellnerin die meisten Stühle auf die Tische gestellt hatte, mit einer Flasche Heuschnaps am Tisch erschienen, die dann im Verlauf des späteren Abend zuschends an Inhalt verlor.

»Danke, Martin. Nein. Ich musste nur gerade daran denken, was die Polizei doch für ein bürokratischer Misthaufen sein kann und wie erfrischend es ist, wenn mal jemand kommt und den Stall ausfegt.«

»Und ich hätt gemeint, dass du dabei an die Martina denkst.« Martin Mader zog einen Stuhl heran und setzte sich. Die Gaststube war bis auf seinen früheren Pensionsgast noch leer. »Wann kommt sie wieder mal mit?«

»Sie hat im Augenblick so viel zu tun.« Mayr strich über die unvermeidliche karierte Tischdecke. »Aber das schadet nix, dann kann ich mich besser auf meine Fälle konzentrieren.«

»Wie kommt's ihr denn voran in Sachen Leichen? Das war doch niemand von hier, oder?«

»Darüber kann ich nichts sagen.«

»Also nicht?«

Mayr trank einen Schluck. »Wenn du schon fragst, dann hab ich jetzt auch eine Frage.« Der Kriminalhauptkommissar nahm den Umschlag zur Hand, den er vorher auf den Tisch gelegt hatte. »Sieh dir diese Fotos an, kennst du jemanden?«

Martin Mader sah sie schweigend durch. Dann legte er sie beiseite. »Hier halten schon viele Motorradfahrer. Aber keiner von denen hier.«

Robert Mayr nahm das Bild in die Hand, auf dem Wackerzapp auf einem Motorrad abgebildet war. »Wirklich nicht?«

Ohne hinzusehen schüttelte der Wirt den Kopf. »Von denen habe ich noch keinen in Moosbach gesehen.«

Mayr wollte nicht so schnell aufgeben. Er deutete auch noch einmal auf das Foto von Carina Bauer.

»Nie gesehen, diese Dame.«

»Weißt du etwas über Immobiliengeschäfte in Rottach? Weißt du, ob vielleicht Ferienwohnungen im großen Stil aufgekauft werden? Büschgens soll angeblich in Moosbach mit Bauern über Wiesen verhandelt haben. Für ein Hotel.«

Martin Mader machte eine unwirsche Handbewegung. »Davon weiß ich nix. Nicht einmal als Gerücht. Aber das würde auch keiner zugeben, dass er um Geld verhandelt, wenn es denn stimmt. Außerdem gibt es ja einen Beschluss des Gemeinderates, keinen Grund an Fremde zu verkaufen. Wer hier bauen will, muss hier leben. Wenigstens ein paar Jahre. Und bauen kann er höchstens ein Haus mit Ferienwohung. Aber ein Hotel, hier? Niemals.«

Er hatte es wenigstens versucht. Dorfwirte waren manchmal die besten Informationsquellen. Aber diesmal schien nichts Spezielles im Umlauf zu sein. Robert Mayr sammelte die Fotos zusammen und reichte sie dem Wirt.

»Lass dir Zeit. Und nimm sie ruhig mit in die Küche. Vielleicht erkennen deine Fau oder dein Sohn jemanden.«

»Eher noch unsere Kellnerinnen. Aber auch nur vielleicht.«

»Dann schreib mir deren Namen doch bitte auf.«

»Kannst die Daniela gleich fragen. Sie hat heute Dienst und müsste längst hier sein.«

Moosbach war offenbar ein perfekter Ort für den perfekten Mord. Vielleicht hatte der See alle Beweise geschluckt und barg mehr Geheimnisse als gedacht. Mayr hatte ohnehin immer stärker das Gefühl, dass der See ihn beobachtete. Ob sie seinen Grund mal absuchen sollten?

Ach, Schmarrn, dachte der Kommissar und schüttelte sich, als könne er auf diesem Weg seine esoterischen Gedankenspiele loswerden. Ein See hatte keine Augen, nur einen Spiegel, in dem man sich bei ruhigem Wasser höchstens selbst betrachten konnte. Martina würde ihn auslachen, wenn er ihr davon erzählen würde.

»Ist was mit dem Bier?«, argwöhnte Mader.

»Na, na, alles in bester Ordnung. Ich habe nur gerade gedacht, dass es zum Schwimmen heute zu kalt ist.«

»Es wird ein Wetter kommen. Ich spür's in meinen Knochen. Das wird heut noch was geben.«

»Ich telefoniere nachher noch mit Martina. Vielleicht kommt sie ja auf ein Bier herauf.«

Martin Mader nickte nachdenklich. »Mir ist grad eingefallen, ich könnt euch mit meinem neuen Traktor von der Kirche abholen und ein Stück durchs Dorf fahren.«

»Mit dem Traktor?«

»Mein ›Schlüter‹ ist fast fertig. Er muss nur noch neu lackiert werden. Das wär doch eine Gaudi: ein Hochzeitspaar auf dem Traktor.«

»Hm.« Mehr sagte Mayr nicht dazu. Ein Traktor bei seiner Hochzeit, das war ihm dann doch ein bisschen viel Allgäuromantik. Andererseits, warum nicht? Martina könnte es gefallen. Und sie gefiel ihm sicher in ihrem Dirndl, das sie dann dazu tragen müsste.

»Weißt du was, frag sie halt, wenn sie kommt.« Robert Mayr nahm noch einen Schluck von seinem Bier, wählte Martinas Nummer und dachte, dass sie eigentlich schon auf dem Heimweg in ihre Wohnung im Kemptener Süden sein müsste. Obwohl sie schon lange zusammen waren, hatte keiner von ihnen seine Wohnung aufgeben wollen, auch wenn die ganze Stadt zwischen ihnen lag.

»Brotzeit?«

Mayr nickte. »Aber mit Schübling.« Je länger er über den Traktor nachdachte, umso mehr rückte der alte BMW-Dienstwagen in den Hintergrund, den er als passendes Hochzeitsgefährt im Kopf gehabt hatte. Das war ihm eigentlich ohnehin zu Isar-12-mäßig.

Wimo schüttelte den Kopf, nahm seine Hände vom Bass und winkte von seinem Platz neben dem Schlagzeug heftig in die Runde. Nacheinander kapierte der Rest der Band, was er wollte, und die Musik erstarb Instrument für Instrument. Die Stille im Probenraum wurde durch die schallschluckenden Schaumstoffmatten an Wänden und Decke geradezu körperlich spürbar.

»Eh, Frank, wann kapierst du endlich, dass an dieser Stelle dein Solo kommt? Merk dir das doch endlich mal.« Wimo klang ungehalten.

Frank nahm Mikrofon und Mundharmonika schuldbewusst in die Hand und legte sie wieder weg. »Sorry.«

»Lasst uns eine Pause machen, Leute, ich bin schon völlig durchgeschwitzt.« Knuppi legte die Schlagzeugstöcke auf die Bassdrum und stand von seinem Hocker auf.

Die übrigen Musiker schienen nur auf diesen Hinweis gewartet zu haben und stellten wie auf Kommando ihre Instrumente ab, bevor sie den Probenraum verließen.

In der Küche des Kellergeschosses, das sie für sich alleine hatten, nahm sich jeder ein Bier aus dem Kühlschrank, und Wimo schnorrte eine Zigarette von Knuppi.

Claus räusperte sich und rückte sich auf seinem Plastikstuhl zurecht. »Wimo hat recht, du bist ziemlich unkonzentriert in letzter Zeit. Mehr als sonst.«

Nur mühsam hatte der Polizeisprecher Frank schließlich beruhigen können. Frank habe bisher alles richtig gemacht, und auf Neider und Dummschwätzer solle er nichts geben. Im Nachhinein musste er über Wirtz' Fürsorge schmunzeln.

Aus dem CD-Player klang *A long way from home* in der Version von Buddy Guy. Wie weit war er eigentlich von zu Hause weg? Frank zog sein Mobiltelefon aus seiner Jackentasche und sah auf das Display. Lisa war in den vergangenen Wochen ihm gegenüber sehr zurückhaltend gewesen. Sie hatten wenig gemeinsam unternommen, bis auf einen Kinoabend. Zärtlichkeiten hatte sie nur zögerlich erwidert. Was mochte der Grund sein? Auch darauf wusste Frank keine Antwort. Seiner Meinung nach hatte er sich ihr gegenüber verhalten wie immer.

Aber vielleicht war genau das ihr Problem. Dieses »normale« miteinander Umgehen hieß auch, dass sie bestimmte Themen mehr oder minder bewusst ausklammerten. Das war ihm klar. Heiraten, ein eigenes gemeinsames Haus, Kinder, ganz normale Themen zwischen Partnern. Eigentlich. Aber nicht in der Beziehung zwischen Lisa und ihm.

Frank starrte auf das Display seines Handys. Unbewusst hatte er eine Nummer eingetippt. Um ein Haar hätte er auf »Verbinden« gedrückt. Die Nummer im Display war nicht Lisas! Frank hatte ganz in Gedanken Violas Mobilnummer eingetippt.

Viola. Wie mochte es ihr gehen? Er musste an ihr T-Shirt mit dem Che-Guevara-Konterfei denken und schmunzelte. Die ewige Revoluzzerin, ganz und gar nicht Polizistin. Er fuhr nachdenklich mit dem Daumen über das Display. Lange hatte er nichts von ihr gehört. Viola Kaumanns war ganz an den Rand seiner Gedanken gerückt. Und hatte gewartet – so schien es ihm, denn ihr Lachen und ihre kurzen, meist verwegen abstehenden Haare hatte er nun ganz dicht vor sich.

Viola! Er sprach ihren Namen leise vor sich hin. Der Klang brachte ihm ihr Gesicht noch näher. Er musste an ihre langen Gespräche denken, die sie mal in seiner Wohnung und dann in ihrer geführt hatten, meist bei Rotwein, lieber noch bei einem Bier. Oder zwei. Ihm kam die Musik von Livin' Blues in den Sinn, die beide so sehr mochten.

Frank schaute auf die Hauswand. Ein Bild im klassischen Sinn konnte er in den Graffiti nicht erkennen. Die Zeichen waren bunt und von eigenartiger Schönheit. Die ineinander verschlungenen Buchstaben, übergroß auf die Wand gesprayt, hatten etwas Geheimnisvolles, das auf eine verstörende Art mit seinem Leben zu tun hatte. Sie schienen ihm etwas sagen zu wollen, aber Frank konnte nicht sehen, was.

Frank konzentrierte sich wieder auf die Musik. Es war der *Telephone Song* von Stevie Ray Vaughan. Aber es war die Stimme von B. B. King, die seine Aufmerksamkeit erregte.

Er zögerte noch einen Augenblick und drückte dann auf »Verbinden«.

XXVIII.

Frank lenkte ihren Dienstwagen über die Rheinkniebrücke. Ecki sah aus dem Fenster und deutete auf die Hafenanlagen, aus denen der Fernsehturm aufragte. Für ihn war der Anblick jedes Mal ein Erlebnis. Je nach Uhrzeit, besonders aber wenn man sommers in den frühen Morgenstunden in die Stadt hineinfuhr, hatte diese etwas Sanftes, fast Poetisches. Nur die eine oder andere Taube war schon unterwegs, auf der Suche nach den Resten einer heißen Nacht auf Asphalt und Alkohol.

»Was für ein Panorama! Schon als Kind war ich jedes Mal begeistert, wenn wir über den Rhein gefahren sind.«

»Hm.« Frank trommelte den Rhythmus des Popa-Chubby-Stücks auf dem Lenkrad mit und schenkte der Stadtansicht keinen Blick.

»Du bist schon die ganze Fahrt über so schweigsam. Was ist passiert?«

»Nix.«

»Wie nix?«

»Nix eben.«

»Hätte ich nicht gedacht.«

»Deine Ironie kannst du dir sparen.«

»Wenn du mir sagst, was los ist.«

Frank sagte nichts, sondern folgte den Anweisungen der Navi-Stimme.

»Toll, dass du dir auch von Frauen was sagen lässt.«

»Haha, der Witz hat so was von einen Bart.« Frank hielt an einer Ampel, nicht weit vom Innenministerium.

»Und du bist nicht zu ertragen.«

»Kannst ja zu Fuß gehen.«

»Ärger mit Lisa?« Ecki versuchte es auf die sanfte Tour und ließ sich von Franks Laune nicht provozieren.

»Nein.«

»Klingt aber nicht so.«

»Vergiss deine Verhörmethoden, Eckers.«

»Ich will dich gar nicht verhören, nur verstehen. Der Tag ist einfach zu schön, um sich die Laune verderben zu lassen, von was weiß ich. Kann ich irgendwie helfen?«

»Ja. Halt einfach die Klappe.«

»Deine Entscheidung, Borsch.« Ecki schmollte ein bisschen. Es konnte nur um Lisa gehen – oder um Viola. Und in beiden Fällen hatte er sich schon oft genug den Mund verbrannt.

»Okay. Wie weit ist es noch bis zu Leuchtenbergs Büro?«

»Hm.«

»Heißt das, wir sind gleich da?«

Frank antwortete nicht.

Ecki sah aus dem Seitenfenster.

Wenig später hielt Frank vor einem fliederfarbenen fünfgeschossigen Jugendstilbau, der perfekt in die Reihe großzügiger Stadthäuser passte.

»Man muss auch mal Glück haben«, brummte Frank, bog in

die freie Parkbucht, die sich ihm überraschend bot, und stieg aus.

Im schmalen Vorgarten der Villa säumten Rhododendren den Weg zum Eingangsportal, das üppige Blumenmuster zierten. Der Stuck war weiß abgesetzt.

»Nobel, nobel.« Ecki nickte anerkennend und suchte auf dem polierten Messingschild nach Leuchtenbergs Klingel. Unter seinem Namen stand der Zusatz *Investment und Beratung*.

Frank drückte die Klingel. »Leuchtenberg muss eine Menge potenter Kunden haben. Bin gespannt, was er unter Investment und Beratung versteht.« Sein mürrischer Gesichtsausdruck war verschwunden.

»Aus den Unterlagen, die Schrievers gefunden hat, geht wenig hervor. Scheint verschwiegen zu sein, der Mann.«

»Rechtsanwalt eben.«

Der Türöffner summte, und die beiden Ermittler fanden sich in einem Flur wieder, der mehr Quadratmeter hatte als in manchen Mietwohnungen Küche und Wohnzimmer zusammen.

»Meine Herren?«

An der Tür zur Kanzlei im Erdgeschoss der Stadtvilla erwartete sie ein Mann von vielleicht Anfang bis Mitte 50. Vollschlank und kein bisschen sportlich. Gleichwohl war sein volles Gesicht leicht gebräunt; Sonnenbank, wie Ecki vermutete. Das Haar trug Leuchtenberg eine Spur zu lang, es lag in grauweißen Strähnen eng an seinem Kopf. Das gepunktete Einstecktuch passte perfekt zur Krawatte und gab seinem hellen Leinenanzug einen Hauch von Eleganz. Dazu trug er braune Schuhe mit Lochmuster. Er war jetzt nicht der Experte für italienische Maßschuhe, er trug lieber bequeme Outdoorschuhe, aber so stellte Ecki sich diese Art extravaganter Fußbekleidung vor. Ein Mann, der seinen Zenit schon deutlich überschritten hat, das aber durch betont teure Klamotten wettzumachen versucht, dachte Ecki bei seiner Begrüßung. Nach seinem Geschmack war dem Anwalt dies allerdings nicht sonderlich gut gelungen.

»Was kann ich für Sie tun?«

Leuchtenberg hatte nicht einen Augenblick lang den Eindruck gemacht, als erstaune oder verunsichere ihn der Besuch der beiden Ermittler. Frank hatte für eine Sekunde das Gefühl, Leuchtenberg habe sie erwartet.

»Wenn Sie gestatten, würden wir Ihnen gerne ein paar Fragen stellen.«

Leuchtenberg wies auf zwei schwere Klubsessel, die im großzügigen Empfangsbereich seiner Anwaltspraxis am Fenster standen. Von dort hatte man einen freien Blick auf den kleinen Park gegenüber. Durch die hohen Bäume lag Leuchtenbergs Kanzlei nicht in der Sonne, und es war angenehm kühl in dem Raum.

»Gerne. Kaffee? Tee? Etwas Kaltes?«

Die beiden Ermittler winkten ab.

»Sie betreiben Ihre Kanzlei alleine?« Ecki musterte die exklusive Einrichtung, in der mehrere abstrakte Ölgemälde einen interessanten Kontrast zu der dunklen Holzvertäfelung bildeten, die sich halbhoch über alle vier Wände zog.

»Wissen Sie, ich habe, wie soll ich sagen, kein Massenpublikum zu bedienen. Dazu brauche ich weder einen Kompagnon noch einen Bürovorsteher. Sagen Sie, Sie kommen eigens aus Mönchengladbach? Ich bin es nicht gewohnt, Besuch von der Polizei zu haben, und nun kommen Sie auch nicht einmal aus Düsseldorf.«

»Sie vertreten Frau Carina Bauer?«

Leuchtenberg setzte sich ihnen gegenüber und legte seine Fingerspitzen aneinander. »Wie darf ich das verstehen?«

»Frau Bauer ist für uns im Zusammenhang mit bestimmten Ermittlungen interessant.« Frank wollte nicht schon zu Beginn ihrer Unterhaltung die Katze aus dem Sack lassen.

»Können Sie das bitte präzisieren?«

Ferdinand Leuchtenberg lehnte sich in seinem klobigen Ledersessel zurück und machte einen entspannten Eindruck.

»Auf den Namen von Frau Bauer sind bayerische Kollegen im Zusammenhang mit einem Immobiliengeschäft gestoßen.«

Ecki war gespannt, wie lange Leuchtenberg den »abgeklärten Rechtsanwalt mit exklusiver Kundschaft« geben würde. Ihm war der Anwalt nicht sonderlich sympathisch. Mit seinem zerknitterten Leinenanzug passte der Düsseldorfer eher in den Schatten alter Olivenbäume statt in diese dunkle Kanzlei.

Ein Lächeln überzog das Gesicht des Anwalts wie eine zweite Haut. »Ihre süddeutschen Kollegen haben richtig ermittelt. Frau Bauer hat im Allgäu einige Objekte erworben. Allesamt Kapitalanlagen, eine Art Altersversicherung, verstehen Sie? In der Regel Ferienwohnungen in interessanten Lagen, auch ein, zwei Bauerngehöfte sind dabei, wenn ich richtigliege. Wenn Sie wollen, kann ich die Unterlagen heraussuchen.«

Frank hob die Hand. »Danke, das ist vorerst nicht nötig. Was mich und meine Kollegen interessiert, Herr Leuchtenberg: Warum hat Frau Bauer sich Ihrer Hilfe bedient? Soviel wir wissen, ist sie selbst Anwältin und hätte das Geschäft doch auch alleine abwickeln können.«

Leuchtenberg behielt die Fingerspitzen aneinandergelegt. Eine affige antrainierte Geste, dachte Ecki.

»Völlig richtig, Herr Borsch. Aber es ist immer gut, wenn in komplizierten Angelegenheiten Kollegen helfen können.« Das Lächeln des Rechtsanwaltes wurde nachdenklich. »Nun ja, außerdem fühle ich mich ein wenig verantwortlich. Für Frau Bauer bin ich so etwas wie ein väterlicher Freund.«

Ecki hob eine Augenbraue. Einer, der ihr aber liebend gerne an die Wäsche gehen würde, dachte er. Obwohl Leuchtenberg die sechzig sicher noch nicht überschritten hatte, machte er dem Klischee *Sugardaddy* alle Ehre.

»Väterlicher Freund?« Frank war gespannt.

Leuchtenberg nickte. »Ich habe sie als junge Anwältin kennengelernt und in einigen schwierigen Angelegenheiten beraten können. Das hat Carina nicht vergessen.«

Wie schwülstig. Ecki sah den Honig förmlich aufs gleichfarbene Parkett tropfen.

»Und die Objekte sind alle vermietet?«

Leuchtenberg dachte einen Augenblick nach. »Ja, soweit ich das jetzt auf die Schnelle sagen kann. Wie gesagt, Sie erwischen mich etwas auf dem falschen Fuß, Herr Borsch. Aber ich kann das sofort klären.« Er deutete an, aufstehen zu wollen.

»Behalten Sie bitte Platz. Nehmen wir zum Beispiel das Objekt in Rottach. Wer sind da die Mieter?«

»Sie kennen sich aus, Herr Hauptkommissar.« Leuchtenbergs Lächeln wurde zu einem belustigten Schmunzeln. »Das Objekt bewohnt Carina Bauer selbst. Wobei, ›wohnen‹ ist vielleicht der falsche Ausdruck. Soweit ich weiß, war sie schon länger nicht im Allgäu. Sie hat vermutlich zu viel zu tun. Aber das kann sie Ihnen sicher besser selbst erklären.«

Frank legte nun seinerseits die Fingerspitzen aneinander. »Sagt Ihnen der ›Alte Hof‹ in Moosbach etwas? Und kennen Sie einen Ernst Büschgens?«

Leuchtenberg nahm seine Hände herunter und legte die Unterarme auf die Sessellehnen.

»Moosbach. Moosbach? Soweit ich weiß, ist Frau Bauer dort nicht engagiert. Ist das dieses Moosbach in der Oberpfalz?«

»Nein. Allgäu. Sulzberg-Moosbach.«

»Ach so, nein. Nein. Sagt mir nichts.«

»Und Ernst Büschgens? Einflussreicher Lokalpolitiker in Mönchengladbach und Immobilienspezialist?« Ecki war gespannt.

»Ernst Büschgens?« Ferdinand Leuchtenberg veränderte seine Sitzhaltung.

Aus dem entspannten Rechtsanwalt war unversehens ein konzentrierter Taktierer geworden. Fehlt nur noch, dass er sich seine Robe überwirft, dachte Ecki.

»Ernst Büschgens, genau der.« Nun war es Ecki, der sich zurücklehnte.

Leuchtenberg blieb unverändert ruhig.

»Ich habe schon von ihm gehört. Er ist viel unterwegs. Hat schon so manchen Deal für die Landesministerien eingestielt. Er kennt sich aus, hat gute Verbindungen in die Wohnungswirtschaft, sogar bis hinein in die Staatskanzlei. Wie ich gehört habe, ein Mann mit Manieren und ein ausgewiesener Experte, wenn es um die Abwicklung komplizierter Bauvorhaben geht. Tragisch, dass er tot ist. Aber bevor Sie nun spekulieren, meine Herren, wir standen in keiner geschäftlichen Verbindung. Sollten wir uns einmal begegnet sein, was ich nicht ausschließe, dann haben wir uns sicherlich lediglich gegenseitig registriert.«

Ferdinand Leuchtenberg hatte bei jedem Satz auf die Reaktion der Ermittler geachtet. Nun machte er eine Pause, bevor er weitersprach.

»Wie zu lesen war, ist sein Tod ja noch nicht aufgeklärt. Haben Sie schon einen Verdacht?«

Frank überhörte die Frage. »Bei welchen Gelegenheiten sind Sie einander denn möglicherweise begegnet?«

Ferdinand Leuchtenberg konzentrierte sich für einen Augenblick auf die Gemälde hinter Frank und Ecki.

»Fachtagungen, Empfänge in Ministerien, Bau-, Innen- oder Finanzministerium, beim BLB, vielleicht auch mal bei einem Empfang im Landtag. Um ehrlich zu sein, ich weiß es nicht. Ich habe nicht darauf geachtet. Ich hatte ja auch keine Veranlassung dazu.«

»War er ein Konkurrent, wenn es um die Vergabe oder um die Vermittlung von Grundstücken, Bauvorhaben, Abwicklung von Grundstücksan- oder -verkäufen ging? Und: Wofür steht BLB?« Frank wollte seine Vermutung bestätigt bekommen.

»Der BLB ist eine Landesbehörde: Bau- und Liegenschaftsbetrieb.« Leuchtenberg zögerte, sprach dann aber weiter. »Wenn Sie mir gestatten, auch Ihre Behörde ist von den aktuellen Planungen des BLB tangiert. Sie sollen doch ein neues Präsidium bekommen.«

Ecki winkte ab. Ihm ging die unversehens vertrauensselige Art Leuchtenbergs gegen den Strich.

»Soviel wir wissen, gibt es da noch nichts Konkretes. Aber das ist auch nicht unser Thema, Herr Leuchtenberg.«

Der Anwalt hob verständnisvoll die Hände. »Nicht allein die Mühlen der Justiz mahlen langsam.«

»Vor allem wenn Sand und Steine in Form politischer Einflussnahme zwischen die Mühlsteine geraten.« Frank lächelte unverbindlich.

»Besser hätte ich es nicht formulieren können. Ja, ja, die Politiker. Eine Kaste für sich.«

»Das klingt so, als würden Sie im Allgemeinen wenig von Politikern halten.« Ecki war Leuchtenbergs Gefasel leid. Nicht zuletzt weil er dieser aalglatten Art im Augenblick nichts entgegenzusetzen hatte.

»Ach, wissen Sie, man muss immer wissen, mit wem man es zu tun hat. Vor allem und besonders wenn es um Geschäfte geht. Sie müssen Ihr Gegenüber kennen und seine Absichten und Entscheidungsfindungen möglichst frühzeitig einschätzen, bewerten und gegebenenfalls für sich selbst zu nutzen wissen. Sie müssen wie ein Schachspieler mehrere Spielzüge voraussehen können. Nur so sind Sie erfolgreich. Das gilt für den Immobilienmarkt, aber genauso für das politische Geschäft. Wobei, manche Politiker werden auch zu Unrecht für ihren Beruf gescholten.«

»Eher für die Art und Weise, wie sie ihren Beruf ausüben und ihre Einflussmöglichkeiten nutzen.«

Frank nahm die Schärfe in Eckis Ton zum Anlass, das Gespräch zu beenden. Sonst würde sich Ecki vielleicht noch auf einen Streit mit Leuchtenberg einlassen, und das würde sie weder weiterbringen noch ihrer Glaubwürdigkeit als unabhängige Ermittler guttun.

Ferdinand Leuchtenberg schien ehrlich zu bedauern, dass Frank und Ecki schon gehen wollten, zumindest ließ sein Gesichtsausdruck darauf schließen.

Nach einer formvollendeten Verabschiedung, in der auch der Hinweis auf »jegliche Unterstützung« nicht fehlte, standen Frank und Ecki wieder auf der Straße. Auf dem Bürgersteig war es drückend heiß. Entsprechend eilig hatten sie es, zu ihrem klimatisierten Dienstwagen zu kommen.

»Wie ein Fisch, aalglatt. Widerlich.« Ecki schüttelte sich demonstrativ. »Ein Fisch mit Aftershave. Aber einem, das längst aus der Mode ist.«

»Tabac?«

»Genau. Hast du seine Schuhe gesehen?«

»Passt aber zur gediegenen Einrichtung. Mir ist was ganz anderes aufgefallen.«

»Was denn?«

»Leuchtenberg hatte eine leichte Fahne. Das war nicht nur Aftershave, was wir da gerochen haben.«

»Wundert mich nicht.« Ecki sah seinen Freund von der Seite an, als sie ihren Wagen erreichten. »Ich bin dran. Und ich habe uns eine ganz besondere CD eingepackt.«

Frank schwante nichts Gutes. »Nämlich?«

»Sozusagen eine Schwarzpressung. Ein Bootleg von ›Immer wieder sonntags‹. Hab ich von Schrievers. Hat er extra aufgenommen und mir gebrannt. Europapark Rust. Mit Starmoderator Stefan Mross.«

»Ich wusste es«, stöhnte Frank.

Ecki grinste. »Weißt du gar nicht. Ich habe heute Morgen gelesen, dass Andy Borg Mross vor einiger Zeit sozusagen den Ritterschlag verpasst hat. Er ist einer von uns, hat er gesagt. Das ist schon was ganz Besonderes. Dabei wollte Mross die Sendung anfangs gar nicht moderieren. Kann sich heute kein Mensch mehr vorstellen.«

»Bitte, Ecki, verschon mich!« Frank fühlte sich unter dem Sicherheitsgurt wie ausgeliefert.

»Du hast einfach keine Ahnung von guter Musik.«

»Bitte, Ecki!«

»Heute werden keine Gefangenen gemacht.« Ecki grinste.

»Stefan Mross, das ist ja wie Tabac, gemischt mit Sir Irish Moos.«

Frank hatte keine Wahl, deshalb versuchte er, sich zu entspannen. Seit einiger Zeit machte er sogar Yogaübungen, um Eckis Volksmusik überhören zu können. Nach drei Minuten gab er auf, in diesem engen Auto gab es kein Entkommen.

Während der gesamten Rückfahrt blieb Eckis Grinsen wie in sein Gesicht geklebt.

Erst als sie über das abgefahrene Kopfsteinpflaster des Polizeipräsidiums rumpelten, löste sich Franks Verspannung. »Viola geht es ganz gut.«

Ecki trat auf die Bremse, als fürchte er, jeden Augenblick den Polizeipräsidenten zu überfahren.

»Hast du etwa?«

»Was?«

»Na, du weißt schon.«

Frank gab keine Antwort.

»Wo seid ihr gerade?«

»Biergarten.«

»Es gibt Neuigkeiten.«

»Komm vorbei.«

»Nein. Ich will erst meinen Bericht schreiben. Carina Bauer hat Samantha Kurzius gekannt.«

»Wer sagt das?« Frank machte Ecki bedeutungsvolle Zeichen.

»Die alte Frau. Du erinnerst dich? Aus dem Haus.«

»Und die war auf der Dienststelle?«

»Nein. Ich hab mir die Fotos noch einmal angesehen, besonders das von diesem Empfang bei der Landesregierung. Auf dem auch Schneiders und Büschgens drauf sind. Ich habe Carina Bauer im Hintergrund erkannt. Und dann bin ich zu der Adresse von Samantha Kurzius gefahren.«

»Hört sich an, als würdest du grinsen wie ein Honigkuchenpferd.« Frank verdrehte die Augen. Jakisch war schon ein merkwürdiger Kauz.

»Das liegt daran, dass die Frau mal im Allgäu gearbeitet hat und in mir so was wie einen Wahlverwandten sieht. Sie hat mir alle Rezepte aufgezählt, die sie noch im Kopf hat. Hat ein bisschen gedauert, bis sie ihre Erinnerungen losgeworden ist und ich endlich dienstlich werden konnte. Aber der Aufwand hat sich gelohnt. Ist übrigens eine nette alte Dame.«

»Prima, Carsten, dann komm doch her.«

»Das kann dauern. Muss noch mit meinem Chef in Kempten telefonieren. Der wartet auf ein Lebenszeichen von mir. Scheint aber guter Laune zu sein. Das muss ich nutzen. Äh, wo seid's ihr denn genau?«

»Bolten. Haus Erholung. Bis gleich.« Frank schüttelte den Kopf und legte das Mobiltelefon wieder auf den Tisch. »Bekloppt, aber doch zu was zu gebrauchen.«

»Was gibt's?« Ecki schob sich die Sonnenbrille auf die Stirn.

»Jakisch hat eine Zeugin aufgetan, die Carina Bauer angeblich bei Kurzius gesehen hat.«

»Nicht schlecht, Herr Specht.« Ecki nickte anerkennend. »Unser Allgäuer wird noch zu einem echten Kommissar.«

Frank trank einen Schluck. »Carina Bauer kennt also die Prostituierte. Was sagt uns das?«

»Das fragst du noch? Wir müssen dringend mit ihr reden. Die Sache bekommt allmählich Konturen.« Ecki trank ebenfalls einen Schluck und sah dabei den Konturen der jungen Bedienung hinterher, die ein volles Tablett mit Weizenbier an ihrem Tisch vorbeijonglierte.

»Es gibt einen Zusammenhang zwischen den Taten. Aber welchen?«

»Bauer hat Wohnungen im Allgäu. Kurzius wird an diesem See in Moosbach förmlich hingerichtet. Bauer kennt Wackerzapp. Büschgens, zumindest ihr Mitbewerber im Immobiliengeschäft, stirbt in Moosbach. Das ist doch schon mal was. Wir sollten Mayr informieren.«

»Lass das man den Jakisch machen.« Frank nahm die Speisekarte in die Hand, die in einem kleinen Ständer auf dem

Tisch stand. »Ist es schon zu spät für eine Brotzeit? Das Weizen macht hungrig.«

Keine halbe Stunde später stand Carsten Jakisch vor ihrem Tisch und setzte sich.

»Mayr kann warten.«

Frank und Ecki nickten ihm zu. Jakisch machte ein Gesicht wie ein Bayer im Himmel.

»Was ist los?« Ecki hatte nur noch einen Rest Breze in der Hand.

»Ich habe erfahren, dass der Mayr heiraten will.«

»Und wann läuten die Glocken?«

»Sobald der Fall abgeschlossen ist. Kollegen haben mir geflüstert, dass er schon alles mit dem Wirt vom Kreuz in Moosbach besprochen hat. Hab ich euch erzählt: Das ist der Wirt, der anfangs in Verdacht stand. Mayr wird auf seine alten Tage noch sentimental. Er will in der Dorfkirche heiraten.«

»Eine Hochzeit mit Tanzboden und Blaskapelle?« Ecki hatte schon das Bild vor Augen: Das Dorf war mit Fähnchen geschmückt. Mädchen und Jungen in Tracht streuten Blumen. Im Hintergrund hatte sich selbst der See für die Brautleute festlich herausgeputzt. Von ferne grüßten die Berge.

»Das ist doch schön für ihn.« Frank hatte keine solchen Phantasien. Stattdessen bedeutete er der aufmerksamen Kellnerin, dass er noch ein alkoholfreies Weizen wollte.

»Mich tät interessieren, wer so einen nehmen tät.« Jakisch grinste.

»Hä?«

»Ich kann mir nicht vorstellen, dass eine so einen wie den Mayr nimmt.«

»Jeder Topf findet seinen Deckel, sagt man bei uns.«

»Deshalb hat Ecki auch seine Marion heiraten dürfen.« Frank grinste.

»Das mit dem Topf stimmt aber nicht immer. Unser KHK hat seinen Deckel noch nicht drauf.« Der Satz war Ecki im Eifer des Gefechts so rausgerutscht.

Frank drehte sich wortlos zur Seite und beobachtete interessiert das junge Pärchen, das am Nebentisch schon die ganze Zeit über verliebt Händchen hielt.

»Äh, ja, dann nehm ich doch auch mal eine Halbe. Ich bin im Augenblick auch, ähm, alleine.« Jakisch spürte geradezu körperlich die mit einem Mal entstandene Spannung. Ein Gewitter lag in der Luft.

Ohne weiter auf das Thema einzugehen, legten die drei Ermittler die Strategie für die kommenden Tage fest.

Carsten Jakisch blühte dabei förmlich auf. Endlich hatte er Kollegen gefunden, die seine Arbeit zu schätzen wussten. Für einen Augenblick dachte er sogar daran, ein Versetzungsgesuch zu schreiben. Immerhin hatte er doch niederrheinische Wurzeln. Er fand Heinz-Jürgen und dessen Frau Gertrud überaus sympathisch, ebenso Frank und Ecki, und er fühlte sich zwischen Pappeln, Kopfweiden und der schmalen Niers zunehmend wohl. Das hatte sicher auch mit den Genen zu tun, die seine Großeltern an ihn vererbt hatten. Wohlfühlen mit Einschränkungen, dachte er vergnügt, denn hier hießen seine geliebten Knödel zumeist Kartoffelklöße. Das klang so pappig wie der Zustand der Klöße, die er bei seinen früheren Aufenthalten in Schwalmtal ab und an in den diversen Gaststätten serviert bekommen hatte. Und der Biergarten »nach bayerischer Art« war auch nur ein ungefährer Ersatz für die echten.

»Als Erstes werden wir die Zeugin befragen.«

»Das kann ich doch auch alleine machen«, bot Carsten Frank an.

»Nee, mir ist lieber, du wühlst dich noch mal durch die Akten. Du hast das Talent eines, na ja, wie soll ich sagen, außerordentlich talentierten weißblauen Trüffelschweins.«

Jakisch nickte zufrieden. »Schön, mach ich gerne, kein Problem.« Er klang nicht im Mindesten beleidigt. »Ähm …«

»Ja?« Frank war sich nicht sicher, ob er seinem Allgäuer Kollegen nicht doch auf die Füße getreten war.

»Ich denke, dass ich jetzt doch noch mal ins Präsidium fahre.« Jakisch sah auf die Uhr. »Wenn ich Glück habe, erwische ich Mayr noch. Ich sollte ihn vielleicht doch noch anrufen.«

»Um diese Zeit?«

»Ich ruf ihn daheim an. Mayr ist immer lange wach. Er kommt mit wenig Schlaf aus, sagt er.«

Nachdem ihr Kollege gegangen war, breitete sich Schweigen aus. Jeder wartete darauf, dass der andere etwas sagte. Dabei beobachteten sie das Treiben in dem noch vollen Biergarten. Um diese Uhrzeit waren erst wenige Gäste im Aufbruch, obwohl die Sperrstunde nicht mehr weit war.

Über der Stadt lag eine drückende Schwüle. Seit mehr als einer Woche schon war es in der Stadt unerträglich heiß. Selbst in den Parks und Wäldern ringsum stand die Luft und brachte wenig Abkühlung. In den Zeitungen war von ersten Opfern zu lesen, besonders der Kreislauf der alten Menschen kapitulierte vor den hohen Temperaturen. Ärzte gaben Tipps, wie besonders Kinder vor der Sonne zu schützen waren. Die Freibäder waren überfüllt, die wenigen Biergärten in den Abendstunden voll.

»Frank?«

»Hm?«

»Darf ich dich was fragen?«

»Hm.«

Ecki nahm das Gebrumme als Zustimmung.

»Wie geht es Lisa?«

»Wie geht es Marion und den Kindern?«

»Gut, so weit. Aber ich meine, Lisa hat doch Schulferien. Was macht eure Suche nach einem Haus?«

Ecki spürte, dass ihm Schweißperlen über den Rücken liefen. Er hatte das falsche Thema angeschnitten, das wusste er. Aber er war schließlich Franks Freund, und er sah, dass Frank litt.

Frank sah seinen Freund lange an. Dann winkte er der Kellnerin und bestellte ein frisches Weizenbier. »Diesmal mit Umdrehungen.« Er sah Ecki an und seufzte. »Was willst du wirklich wissen?«

»Wie es Lisa und dir geht.«

»Ach«, Frank wischte unsichtbare Krümel vom Tisch, »es ist alles so schwierig. Wir kriegen unsere Vorstellungen nicht übereinander, wie unser Haus aussehen soll. Das ist alles nicht so einfach, mal gefällt nur ihr ein Objekt, dann nur mir. Das geht nun schon seit Wochen so.«

»Kann es sein, dass ihr euer Leben nicht mehr übereinanderbekommt? Das Haus ist doch nur das Symptom, wenn du mich fragst. Ihr habt einfach beide Angst davor.«

Frank ließ seinen Blick über die Köpfe der verbliebenen Gäste und über die Hecke bis hinunter in den Hans-Jonas-Park schweifen. Dort stand die kleine Bronzeskulptur des Mönchengladbacher Religionsphilosophen auf einer schmalen Säule. Frank kannte sich nicht aus mit Philosophie, aber er wusste, dass Hans Jonas für sein »Prinzip Verantwortung« berühmt geworden war.

»Kann sein, ich weiß es nicht.« Er dankte der Kellnerin mit einem Nicken für die kurze Unterbrechung, in der sie ihm das Bier servierte. Sie lächelte freundlich zurück.

»Was weißt du nicht?« Ecki ließ nicht locker.

»Ob das alles so ist. Ob du recht hast, ob ich mir das alles nur einbilde. Ob ich Lisa noch liebe. Ob ich weiter bei STIXX spielen soll. Im Augenblick kommt mir mein Privatleben so beschissen vor.«

Ecki verdrehte die Augen. »Jetzt komm mir doch nicht so, Borsch.«

»Du wolltest es wissen, Eckers.« Franks Stimme klang scharf und schneidend.

»Ist ja gut, Mann. Dann lass uns darüber nachdenken, wie wir an deiner Gemütsverfassung etwas ändern können.« Ecki hob beschwichtigend die Hände. Frank schien es tatsächlich ziemlich schlecht zu gehen. »Und ihr könnt nicht darüber reden?«

»Wie kommst du darauf?«

»Denk ich mir so.«

Sein Freund hatte eine Menge Feingefühl, dachte Frank, gerade was den Umgang mit Frauen betrifft. »Um ehrlich zu sein, streiten wir die meiste Zeit. Und immer geht es um Kleinigkeiten.«

»Die übliche Nummer: Statt das Thema direkt anzusprechen, suchen Mann und Frau sich Nebenkriegsschauplätze.«

»Ich will Lisa nicht verletzen.«

»Mag ja sein, tust du aber trotzdem.«

»Kapier ich nicht.«

»Wenn du es ernst meinst, musst du mit ihr auch über die schwierigen Dinge sprechen, über die Dinge, die euch wirklich umtreiben.«

»Was meinst du damit?«

»Na ja, die Sache mit eurem Baby.« Ecki atmete tief durch. »Es ist, wie es ist. Wenn ihr so gerne Kinder wollt, dann denkt doch auch mal an eine Adoption. Vielleicht platzt dann ja der Knoten, und Lisa wird doch wieder schwanger. Ihr wärt nicht das erste Paar, das diese Erfahrung macht.«

Frank zuckte mit den Schultern. Das war nicht das einzige Thema, das sie belastete. Er trank einen großen Schluck und hatte im gleichen Augenblick das Gefühl, dass der Alkohol ihm direkt in den Kopf schoss.

»Was hältst du davon, Frank?«

Frank sagte nichts, sah noch einmal hinüber zu der Skulptur des Philosophen, wie klein die doch war, verglichen mit der Wirkung dieses Mannes. Dann zog er einen zerknitterten Zettel aus seiner Jeans und schob ihn über den Tisch.

»›Du hast geschafft, dass ich mich schuldig fühle. Und du hast recht. Du hast geschafft, dass ich in meinem Leben wühle, und du hast recht. Du hast geschafft, dass ich deine Liebe wieder fühle, und du hast recht.‹ Und, was heißt das jetzt?« Ecki runzelte die Stirn. »Ist das eines der berühmten Lisa-Zitate?«

»Das ist ein Stück von einem Songtext. Besser gesagt, ein

Teil des Refrains. Der ist mir gestern Nacht eingefallen. Ich will versuchen, einen Song zu schreiben.«

»Seit wann schreibst du Texte?«

»Hin und wieder eben.« Er wurde verlegen. »Ich versuch's jedenfalls. Mal sehen.«

»Was sagen deine Jungs dazu?«

»Sie kennen den Text noch nicht. Er ist ja auch noch längst nicht fertig. Erst der Refrain.«

»Und auf wen bezieht er sich, der Text?«

»Auf niemanden. So ein Quatsch. Das ist einfach so aus einer Stimmung heraus entstanden. Das kennt doch jeder, oder?«

»Weiß nicht. Aber lenk nicht ab, du weißt schon, was ich meine. Stell dich nicht so blöd an, Borsch.«

Frank hob sein Glas und trank es leer.

Keine Antwort ist auch eine Antwort, dachte Ecki und schob den Zettel zurück.

XXIX.

»Du kannst das nicht einfach ignorieren.«

»Was soll mir schon passieren? Die Polizei weiß gar nichts. Ich habe ein paar Wohnungen im Allgäu. Na und? Ich bin ein bisschen zu Geld gekommen. Das Mädchen aus kleinen Verhältnissen hat ein paar Euro auf die hohe Kante legen können. Das ist doch nicht strafbar.«

Leuchtenberg griff nach ihrer Hand. »Vergiss Anelli. Er hat dir nicht gutgetan, und es wird dir keine Genugtuung verschaffen, wenn du jetzt versuchst, mit ihm abzurechnen.« Eindringlich fuhr er fort: »Es ist jetzt nicht die Zeit für verletzte Eitelkeit, das habe ich dir schon einmal gesagt. Wir haben jetzt andere Probleme. Und die dulden keinen Aufschub. Wir müssen jetzt handeln.«

»Was heißt *wir*?« Sie entzog ihm ihre Hand. »Das Ganze ist allein meine Sache. Außerdem kann ich jetzt nicht einfach alles stoppen. Dazu sind wir zu weit gegangen. Und du weißt, dass ich schon sehr nah dran bin am ganz großen Geld.«

»Carina, ich habe dir immer zur Seite gestanden. Das weißt du. Alles, was dich betrifft, betrifft auch mich. Carina, ich, ich liebe dich.«

Ihr unvermittelt lautes Auflachen zog die Aufmerksamkeit der übrigen Hotelgäste auf sich. Neugierig beobachteten sie das ungleiche Pärchen, das nahe am Kamin saß, der allerdings nicht brannte. Die attraktive Blondine in ihrem grauen Seidenkostüm schien sich köstlich über einen Scherz des gewichtigen Mannes zu amüsieren, der sie erst vor wenigen Minuten mit altväterlicher Kavaliersart in die Lounge begleitet hatte.

Leuchtenbergs besorgter Gesichtsausdruck war wie eingefroren.

»Komm, Ferdinand, du weißt, dass das nicht dein Ernst ist.« Sie lachte immer noch ungeniert.

Aus Leuchtenbergs Gesicht war alle Farbe gewichen. »Carina, bitte hör auf damit. Du tust mir weh.«

So abrupt, wie ihr Lachen begonnen hatte, so abrupt endete es. Carina Bauer sah Leuchtenberg nun aus spöttischen Augen an, in denen eine dunkle Farbe schimmerte, die der Anwalt vorher noch nicht gesehen hatte. Wie ein See aus schwarzem Eis.

»Du kannst mich nicht lieben. Ich lasse mich nicht von dir lieben. Wie oft soll ich dir das noch sagen? Wir können Freunde sein, meinetwegen. Aber wage es nie mehr, diese drei Worte in meiner Gegenwart auszusprechen, Ferdi.«

Ferdinand Leuchtenberg musste mit seiner Enttäuschung und seiner keimenden Wut kämpfen. Das konnte Carina so nicht gemeint haben. Sie war in einer Stresssituation, da sprach man manchmal Dinge aus, die einem im Nachhinein leidtaten. So auch in diesem Fall. Leuchtenberg war sich sicher und zu sehr Anwalt, um sich von seiner Wut überwältigen zu lassen.

»Carina, ich flehe dich an. Wir müssen die Wohnungen schnellstens abstoßen, bevor die Polizei die Staatsanwaltschaft um einen Durchsuchungsbeschluss bittet. Noch ist es nicht zu spät. Wobei, ach –« Er brach ab.

»Sag mal, lieber Ferdinand, was redest du da? Das ist doch Unsinn. Was haben wir mit der Staatsanwaltschaft zu tun? Du wirst alt, mein Lieber. Früher hättest du anders geredet und die Angelegenheit auf deine Weise erledigt.«

Leuchtenberg konnte deutlich die Enttäuschung in ihren Augen sehen – und den Eissee.

»Ich habe ein ungutes Gefühl, und du weißt, dass ich immer ein paar Schachzüge schneller als alle anderen war. Das hat mir oft genug den Hals gerettet und meine Weste sauber gehalten. Du solltest meinen Rat annehmen.«

Carina Bauer setzte sich aufrecht in ihren Sessel. »Ich weiß selbst am besten, was ich zu tun habe. Und jetzt werde ich gehen.«

»Pass auf dich auf, Carina, mehr kann ich jetzt nicht mehr sagen. Und trau keinem Menschen. Du bist in Gefahr. In großer Gefahr.« Dann räusperte er sich und wurde auf einen Schlag ganz geschäftsmäßig. »Wann liefert unser Mann?«

»Die Entscheidung im Bauausschuss fällt in der kommenden Woche. Bis dahin wird er die entscheidenden Stimmen hinter sich gebracht haben. Dann ist auch der Ministeriale aus dem Urlaub zurück. Das ist noch ein Stück Arbeit, aber er weiß, was für ihn auf dem Spiel steht. Du hättest ihn mal erleben sollen. Der hat allein vor seiner Frau schon so viel Angst, dass er alles tun würde, damit die Fotos im Safe bleiben. Ich glaube, dass er uns noch lange zu Diensten sein wird.«

»Irgendwann wird die Schwerpunktstaatsanwaltschaft ihm auf die Schliche kommen.«

»Na und? Er wird auch bei denen nicht den Mund aufmachen und alle Schuld auf sich nehmen. Wie gesagt, der hat mehr Schiss vor seiner Frau als vor ein paar Jahren Knast. Außerdem kochen die in Wuppertal auch nur mit Wasser. Es ist also noch Zeit genug. Aber selbst wenn! Wenn er weg ist, werden wir uns andere suchen. Sobald es um Sex und Geld geht, geht es auch um Macht. Und dieser Versuchung ist noch jeder erlegen.« Sie taxierte Leuchtenberg eingehend. »Du auch.«

»Was soll das heißen?«

»Das soll heißen, dass ich nicht weiß, ob ich dir trauen kann. Aber auch das habe ich dir schon einmal gesagt. Also, sei auf der Hut, überlege gut, was du tust. Du hängst mit drin. In diesem Sinne ist dein ›wir‹ also berechtigt.«

»Du kannst dich auf mich verlassen, Carina.«

»Das hat Anelli auch gesagt.«

»Ich bin nicht wie er, glaub mir.«

»Ihr Männer seid alle gleich. Es geht euch letztlich nur um euren Schwanz.«

Ferdinand Leuchtenberg sah sich unauffällig um. Er wollte sichergehen, dass niemand diese peinlichen Sätze gehört hatte.

»Bin ich dir auf einmal zu ordinär?« Ihr halblautes Lachen klang kehlig.

»Nein, ich –«

»Ach, schon gut, spar dir deine Erklärung, alter Mann.« Ihr Lächeln erstarb. Der dunkle Eissee hatte sich auf ihrem ganzen Gesicht ausgebreitet.

»Bitte, Carina, bitte.«

»Hör auf mit dem Gesülze. Das widert mich an.« Carina Bauer stand abrupt auf. »Ich nehme mal an, dass ich eingeladen bin.« Im Gehen wandte sie sich noch einmal um. »Und bring mir Anelli.« Mit einem verführerischen Augenaufschlag setzte sie hinzu: »Dann sehen wir weiter.«

Nachdem Carina Bauer das Hyatt verlassen hatte, blieb Leuchtenberg zunächst wie betäubt sitzen. Dann bestellte er einen doppelten Espresso. Er hatte bisher noch immer eine Lösung gefunden. Aufgeben war seine Sache nicht. Während er auf seine Bestellung wartete, zog er sein Mobiltelefon aus der Jackentasche und wählte eine Nummer.

»Ja, hier Bongarts. Lange nichts voneinander gehört. Ich war ein Freund von Wackerzapp.«

Carina Bauer stand mit dem Handy am Ohr am Panoramafenster und sah auf den Rhein hinaus. Dort war wenig Betrieb, der Strom führte mittlerweile kaum noch genug Wasser. Es würde nicht lange dauern, und die Schifffahrt müsste ganz eingestellt werden.

»Wackerzapp? Wer soll das sein? Ich kennen keinen Wackerzapp.«

»Rainer Wackerzapp, manche Leute kannten ihn auch unter dem Namen Kevin.«

»Nie gehört.«

»Hören Sie, ich kenne Sie schon lange. Sie erinnern sich? Wir sind uns schon begegnet. Ich weiß mehr über Sie, als Sie sich im Augenblick vorstellen können. Rainer hat mir viel von Ihnen erzählt, wenn Sie verstehen, was ich meine. Er hat mir Fotos gezeigt.«

»Na und?«

Der Himmel über Düsseldorf war noch tiefblau. Keine Wolke am Himmel. Vom Altstadtufer her leuchteten die Sonnenschirme der Brauereien.

»Fotos aus seinem Schlafzimmer. Die sehe ich mir abends besonders gerne an. Sie sind gut getroffen. Feiner Stoff, ganz feiner Stoff. Schade, dass wir damals nicht so viel Zeit miteinander verbringen konnten.«

Carina hielt die Luft an. Wackerzapp, dieses Schwein. Wann hatte er die Fotos gemacht? Sie konnte sich nicht erinnern, dass er einmal mit einer Kamera herumgefummelt hatte.

»Sind Sie noch da?«

Sie hörte ein meckerndes Lachen.

»Was wollen Sie von mir?«

Am Horizont zeigte sich ein dünner blasser Streifen.

»Ich möchte Sie treffen. Ich habe einiges mit Ihnen zu besprechen.«

»Ich wüsste nicht, was.«

Sie hatte das Gefühl, über dem Rhein waberte schwüle Luft.

»O, es gibt eine Menge, über das wir reden können. Nennen wir es Auffrischen alter Erinnerungen. Oder: eine Fortsetzung Ihres Mandats.«

»Hören Sie auf damit.« Ihr kam ein Verdacht. »Wer schickt Sie?«

»Heißt das, dass wir uns treffen? Gut, gut. Ich merke, Sie verstehen.«

»Das heißt gar nichts. Wer schickt Sie, und was wollen Sie von mir?«

»Wie gesagt, von Angesicht zu Angesicht lässt es sich besser reden. Telefone sind so garstige Dinger. Und keineswegs verschwiegen, wie Sie wissen.«

»Keine Ahnung, wovon Sie sprechen.«

In ihrem Schlafzimmer würde die heiße Luft des Tages stehen bleiben. Ein dünner Schweißfilm bildete sich auf ihrer Haut.

»O, ich glaube sehr wohl, dass Sie mich verstehen. Sehr gut sogar, Frau Bauer. Sie haben doch so manches Telefongespräch Ihrer, wie soll ich sie nennen? Opfer? Nein, ich sage lieber Gesprächspartner, mitgeschnitten oder mitschneiden lassen. Gespräche, in denen es um Geschäfte geht. Interessante Geschäfte. Und um viel Geld. Und darum, wer wen noch ›überzeugen‹ muss und wie das zu gehen hat. Und welche Rolle die Mädchen dabei spielen. Und die Ehefrauen und Vorgesetzten Ihrer Kunden, ja, ich nenne sie jetzt mal ›Kunden‹ oder Klienten, das klingt so schön seriös. Von den Geschäften verstehe ich nichts, wer wem welches Grundstück zu welchem Preis verkauft. Nein, nicht mein Ding. Dafür verstehe ich mehr von den Mädchen. Das ist schon eher mein Ding.«

Carinas Gedanken rasten. Bongarts wusste scheinbar eine Menge über ihre Geschäfte. Nur, woher und von wem? Und was wollte er von ihr? Sie musste Zeit gewinnen. Nachdenken.

»Hören Sie, mir geht es nicht gut.«

Bongarts ließ erneut sein meckerndes Lachen hören. »Das

kann ich gut verstehen. Würde mir genauso gehen. Ruhen Sie sich aus. Denken Sie nach. Ich melde mich wieder bei Ihnen.«

Es klickte in der Leitung.

Sie ließ das Mobiltelefon sinken. Im gleichen Augenblick hatte die Sonne den Horizont erreicht. Der glutrote Ball würde in Kürze verschwunden sein.

Das Handy in ihrer Hand klingelte erneut. Carina Bauer zuckte zusammen. Zögernd nahm sie das Gespräch an.

»Ja?«

»Warum so traurig?«

Es war wieder Bongarts.

»Was wollen Sie denn noch von mir?«

»Ich kann dich sehen.«

Sie schrie erschrocken auf und wich vom Fenster zurück. Aus dem kleinen Lautsprecher hörte sie ein blechernes Lachen.

»Was ist los? Warum bleibst du nicht stehen?«

Erst jetzt bemerkte Carina, dass Bongarts sie duzte.

»Wo sind Sie?«

»Schau, ich winke.«

Carina Bauer zuckte zurück. Um ein Haar wäre sie tatsächlich zurück ans Fenster gegangen. Stattdessen trat sie noch ein Stück tiefer in den Raum zurück.

»Du musst dich mir schon zeigen, Carina.«

Der nächste Schritt zurück war ihr letzter. Sie stand jetzt mit dem Rücken zur Wand. Ihr blieb nur noch, seitlich auszuweichen, in Richtung ihres Büros.

»Siehst du mich? Auf der anderen Rheinseite.«

Carina Bauer hielt den Atem an.

»Keine Angst, Carina. Du hast doch keine Angst, oder?«

Sie hörte erneut dieses blecherne Lachen.

»So ein frisches Weizenbier ist wirklich köstlich.«

Carina überlegte fieberhaft. Bongarts saß vermutlich in einem der Biergärten am Rheinufer. Er konnte ihr nichts tun. Oder hatte er gelogen und stand vor der Haustür? Sie blickte sich nach allen Seiten um. Alle Fenster waren geschlossen. Die Tür ließ sich nur von innen öffnen.

»Ich höre dich gar nicht mehr, Carina.«

Bongarts klang aufgeräumt, geradezu fröhlich.

»Hören Sie auf.« Carina Bauer stöhnte den Satz mehr, als dass sie ihn aussprach. Sie drückte sich gegen die Wand und fühlte sich elend. Über die Jahre hatte sie gelernt, selbstbewusst und unbeirrbar aufzutreten. Das hatte ihr manche Tür geöffnet. Vor Gericht und im Umgang mit ihren ganz speziellen Kunden.

Carina Bauer spürte Angst in sich aufsteigen. Die Männer, die sie unter Druck setzte und die nun versuchten, sich zu wehren, der Angriff Wackerzapps, der inzwischen tot war, Anelli und schließlich die Gewissheit, ganz kurz vor dem Durchbruch in ihrem jüngsten und lukrativsten Geschäft zu stehen: Das war selbst ihr in den vergangenen Wochen zu viel geworden. Und nun der Anruf von Bongarts.

»Mädchen, ich merke schon, mit dir ist heute nicht mehr viel los. Ich werde jetzt gemütlich mein Bier austrinken und dich in Ruhe lassen.«

Carina Bauer hörte jemanden in ihrer Wohnung wimmern. Panisch blickte sie sich um, bevor sie merkte, dass sie selbst es war.

»Eines noch, Carina. Bevor du ins Bett gehst, schau in deinen Briefkasten. Die Fotos sind wirklich gelungen.«

Es klickte in der Leitung.

Obwohl Bongarts aufgelegt hatte, hielt Carina Bauer das Telefon weiter an ihr Ohr gepresst und sank, gegen die Wand gestützt, langsam zu Boden.

Sie hatte das Gefühl, eine Ewigkeit auf dem Boden gehockt zu haben, als sie sich schließlich mühsam aufrichtete. Sie hatte keinen klaren Gedanken fassen können. In ihrem Kopf herrschten Chaos und Leere zugleich. Stöhnend stand sie schließlich an der Tür. Sie traute sich nicht, sie zu öffnen. Was hatte Bongarts gesagt von Fotos in ihrem Briefkasten?

Sie legte ihre Hand auf die Türklinke, aber sie hatte keine Kraft, sie hinunterzudrücken. Was, wenn Bongarts die Tür aufdrückte und sich in ihre Wohnung drängen würde? Sie erinnerte sich an seine Statur. Er war grob und untersetzt, harte Hände, ein feistes Gesicht. Fettiges Haar. Er würde brutal sein.

Aber ihr blieb keine Wahl. Entschlossen zog sie ruckartig die Wohnungstür auf und sah sich um. Der Flur war leer. Hastig rannte sie die Stufen zur Haustür hinunter und öffnete mit fahrigen Händen ihren Briefkasten. Tatsächlich, ein brauner Umschlag. Sie flog fast die Treppe hinauf. Zurück in ihrer Wohnung, schloss sie die Tür und lehnte sich dagegen. Atemlos sah sie den Umschlag an. Dann riss sie ihn auf.

Was sie sah, ließ sie aufschreien.

Es waren ein knappes Dutzend Fotos. Dieses Schwein! Wackerzapp hatte sie beim Sex heimlich fotografieren lassen. Kämen die Bilder an die Öffentlichkeit, könnte sie einpacken. Sie könnte keinem Klienten mehr ins Gesicht sehen. Außerdem würde die bloße Existenz der Fotos belegen, dass sie für Anelli eine Belastung war. Wer unter Beobachtung stand, konnte mit den Italienern keine Geschäfte mehr machen.

Die übrigen Aufnahmen zeigten sie bei einem Empfang in der Staatskanzlei vor einem guten Jahr, in ein Gespräch mit Büschgens vertieft, sie in der Wohnung in Rottach, an einem Tisch mit Kurzius und Dürselen, sie in einem offenen Cabrio, neben sich mehrere Motorradfahrer, darunter Landtags- und Bundestagsabgeordnete, erneut Büschgens sowie eine blonde Frau in knapper Lederkombi.

Carina Bauer rannte ins Bad und übergab sich würgend. Sie starrte lange in den Spiegel und wankte dann ins Wohnzimmer zurück. Erschöpft ließ sie sich auf das weiße Sofa sinken.

Bongarts. Was wusste er? Rainer hatte nie viel über ihn erzählt. Aber er hatte ohnehin nie viel über sich und das, was er eigentlich machte, gesprochen. Ihr war das nur recht gewesen. Sie hatte die schmutzige Seite ihres Geschäftes bisher immer erfolgreich ausblenden können.

Das war ein Fehler gewesen. Sie würde sich mit Bongarts treffen müssen. Sie musste wissen, was er zu sagen und zu verkaufen hatte. Hatte er nur durch Zufall von ihren Geschäften erfahren, wollte er jetzt als Trittbrettfahrer Kasse machen? Oder wusste er mehr? War er nur ein Spanner, ein Psychopath?

Ob nicht gar Anelli hinter Bongarts stand? Zuzutrauen wäre es ihm. Anelli war ein eifersüchtiger Liebhaber gewesen. Von Anfang an. Er hatte nicht akzeptieren wollen, dass sie ihn nur unter »ferner liefen« einsortiert hatte. Wollte er sich nun an ihr rächen? Er hatte eigentlich keinen Grund, dachte Carina Bauer. Sie hatte immer mit offenen Karten gespielt. Im Gegensatz zu ihm. Nicht, wenn es um eine gemeinsame Nacht ging oder um eine schnelle Nummer im Fahrstuhl. Er hatte sie betrogen, was seine Familie und deren Absichten betraf.

Sie hatten sie nur benutzt und dann versucht, sie kaltzustellen. Dabei hatte sie den Löwenanteil der Arbeit geleistet. Und damit auch den Löwenanteil verdient. Leuchtenberg hätte sie nie mit Anelli zusammenbringen dürfen. Dass diese Leute gefährlich waren, hatte sie spätestens nach den Morden in der Duisburger Pizzeria gewusst.

Ihr Entschluss stand fest. Sie würde sich auf ein Treffen mit Bongarts einlassen. Und dann die Sache in die Hand nehmen. Sie konnte keine weiteren Mitwisser gebrauchen. Sie musste für ihre eigene Abrechnung den Rücken frei haben.

Hatte ihr vielleicht Leuchtenberg Bongarts auf den Hals gehetzt? Nein, das würde er nicht wagen. Leuchtenberg war scharf auf ihre Titten. Aber das war auch schon alles.

Carina Leuchtenberg nahm ihr Telefon in die Hand und durchsuchte die Anruferliste. Bongarts hatte seine Nummer natürlich unterdrückt.

Carina Bauer hatte eine unruhige Nacht auf der Couch in ihrem Wohnzimmer verbracht. Am frühen Morgen hatte sie alle Fenster in ihrer Wohnung geöffnet, aber der Durchzug brachte nicht die erhoffte Abkühlung.

Nachdem sie kalt geduscht und gefrühstückt hatte, war sie

in ihr Arbeitszimmer gegangen. Zu arbeiten gab es nichts, stattdessen surfte sie ziellos durch das Internet. Sie war unruhig und versuchte die Zeit totzuschlagen, bis Bongarts erneut anrief. Aber nichts geschah.

Gegen Mittag klingelte es an ihrer Tür. Erschreckt und neugierig zugleich, lief sie zur Gegensprechanlage. Die Überwachungskamera zeigte ihr, dass die beiden Kommissare aus Mönchengladbach vor der Tür standen. Kein Bongarts. Sie war erleichtert. Trotzdem zögerte sie, bevor sie den Türöffner drückte.

»Sie?«, begrüßte sie die Ermittler und bat sie mit einer Handbewegung hinein.

»Haben Sie jemand anderen erwartet?« Ecki nahm die Aufforderung, Platz zu nehmen, mit einem Kopfnicken an.

»Nein. Wie kommen Sie darauf?« Carina Bauer setzte sich den Kommissaren gegenüber.

»Sie haben wirklich nicht mit uns gerechnet?«, fragte Frank.

»Nein. Ich habe gedacht, dass ich bereits alle Ihre Fragen beantwortet habe.« Sie lächelte.

»O nein«, Ecki zückte sein Notizbuch, »wir haben noch jede Menge Fragen an Sie, Frau Bauer.«

Carina lächelte Ecki aufmunternd an. »Ich weiß zwar nicht, was ich für Sie tun kann, aber, bitte, nur zu.«

So abgebrüht muss man erst mal sein, dachte Frank anerkennend. Eine *toughe* Anwältin, mit allen Wassern gewaschen.

»Dann will ich nicht lange um den heißen Brei herumreden. Woher kennen Sie Samantha Kurzius?« Ecki lächelte Carina Bauer an.

»Samantha Kurzius?«

»Aus Mönchengladbach, ja.«

Carina Bauers Gedanken überschlugen sich. Was sollte sie sagen? Natürlich kannte sie Samantha. Natürlich wusste sie, dass sie tot war. Aber das musste dieser Bulle nicht wissen. Hübscher Kerl, nettes Gesicht, harte Muskeln unter dem engen T-Shirt, schade, dass er ein Bulle ist, dachte sie.

»Warten Sie, ich muss nachdenken.« Sie lächelte zurück.

Er nickte verständnisvoll.

»Samantha Kurzius, Samantha Kurzius, ja, jetzt weiß ich's wieder. Sie ist die Nichte eines Klienten von mir. Wenn ich mich recht entsinne, ging es um eine Erbschaft. Die junge Frau sollte erben. Ja.«

»Sind Sie sich sicher?«

Carina Bauer lächelte jovial. »Mein Gedächtnis ist mein Kapital, Herr Kommissar. Was ist mit Frau Kurzius?«

»Sie ist tot.«

Carina Bauer schaffte es tatsächlich, erschüttert zu wirken. »Um Gottes willen!«

»Die Nachricht scheint Sie mitzunehmen?« Ecki lächelte immer noch. Mal sehen, wie lange sie das Theater durchhält, dachte er.

»Der Tod eines Menschen ist immer eine schlimme Sache, Herr Eckers.«

Besonders für den Betroffenen, dachte Ecki und sah kurz zu Frank.

»Sie haben eine Erbschaftsangelegenheit für sie geregelt, sagen Sie?« Frank sah die Anwältin stirnrunzelnd an. Auch er wollte nicht unnötig lange mitspielen.

»Ja, aber das hat sich ja nun erledigt, fürchte ich. Ich werde mit meinem Mandanten konferieren müssen.«

»Wer ist Ihr Mandant?« Ecki hatte seinen Stift schreibbereit in der Hand.

Carina Bauer lächelte verbindlich. »Das möchte ich Ihnen nicht sagen. Sie wissen, ich bin zur Vertraulichkeit verpflichtet.«

»Samantha Kurzius ist erschossen worden. In Moosbach.« Frank hatte das Katz-und-Maus-Spiel satt.

»Das ist ja furchtbar. In Moosbach, sagen Sie? Das ist im Allgäu, richtig? Sulzberg-Moosbach.«

»Sie haben mehrere Wohnungen im Allgäu. Ihre Geschäfte müssen ja blendend laufen.« Ecki schrieb etwas auf, das Carina Bauer nicht sehen konnte.

»Man muss frühzeitig etwas für den Lebensabend tun, Herr Kommissar. Als Selbstständige habe ich ja keinen Anspruch auf Rente. Leider.«

»Die Wohnungen sind alle vermietet?«

Sie zögerte mit der Antwort. »Ja? Ist das wichtig?«

»Waren Sie mit Samantha Kurzius in Moosbach?«

»Nein.«

Ihre Antwort klang eine Spur zu entschieden, fand Ecki und setzte nach. »Sind Sie sich da ganz sicher?«

»Selbstverständlich.« Sie musste auf der Hut sein. Am besten würde die Flucht nach vorn sein, dachte sie. »Sehen Sie einen Zusammenhang zwischen dem Tod der jungen Frau – ausgerechnet in Moosbach! – und meinen Immobilien?«

»Sagen Sie es mir.« Ecki lächelte sie erneut an. Diese Anwältin war hübsch, das musste er sich eingestehen.

»Natürlich gibt es keinen Zusammenhang.« Sie lehnte sich in ihrem Sofa zurück und beugte sich sofort wieder vor. »Ich habe gar nicht gefragt, ob Sie etwas trinken wollen.«

Die Kommissare winkten ab.

»Wir sind der Meinung, dass da sehr wohl ein Zusammenhang bestehen könnte.« Frank ließ Carina Bauer nicht aus den Augen. »Sie kennen Ernst Büschgens?«

Carina Bauer runzelte die Stirn. »Wer soll das sein, bitte?«

»Jemand, der auch in Immobiliengeschäften unterwegs war und der ebenfalls in Moosbach zu Tode gekommen ist.«

Carina Bauer lachte auf. Sie musste Zeit gewinnen. Worauf wollten die Bullen hinaus? Was wussten sie? »Moosbach scheint kein guter Ort zum Leben sein.«

»Sie kannten ihn?«

Die Anwältin sah für einen Augenblick zum Fenster hinaus. Irgendwo dort lauerte Bongarts. Erst die Fotos und nun die Bullen. Leuchtenberg hatte recht gehabt. Sie hatten sich keine Zeit gelassen. Nun musste sie an zwei Fronten hundert Prozent geben.

»Büschgens? Das ist doch dieser Lokalpolitiker aus Mönchengladbach. Ja, ich kenne ihn, kannte ihn. Aber was heißt schon ›kannte‹. Ich habe ihn ein paarmal auf Terminen gesehen. Gesprochen habe ich ihn nie. Ich weiß nur, dass er an großen Rädern drehte.«

»Das muss ein interessanter Kontakt für Sie gewesen sein.« Frank lächelte nun seinerseits verbindlich.

»Wie meinen Sie das?« Carina Bauer war wirklich erstaunt. »Nein, um ehrlich zu sein, er hat mich nicht interessiert. Weder als Mann noch als Mitbewerber, wenn Sie das meinen, Herr Borsch.«

»Das hat Leuchtenberg auch erzählt.«

»Sie haben mit Ferdinand gesprochen?«

»Das wissen Sie doch längst.«

»Ferdinand ist ein väterlicher Freund. Aber ich habe ihn schon eine ganze Zeit nicht mehr gesehen. Er scheint sehr beschäftigt zu sein. Er ist viel unterwegs, in ganz Europa, müssen Sie wissen.«

»Was genau macht er?«

»Investieren, vermitteln, beraten.«

»Immobilien?«

»Vor allem Immobilien.«

»Woran arbeitet er gerade?«

»Im Augenblick? Da fragen Sie ihn besser selbst, Herr Eckers.«

Frank hob die Hand. »Um es ganz deutlich zu sagen: Wir sind der Meinung, dass ein Zusammenhang zwischen Ihnen, Ihren Wohnungen und den Morden besteht. Sie besitzen doch eine Wohnung in Rottach?«

»Sie sind gut informiert, Herr Borsch.«

»In die Wohnung ist über die Jahre die Familie Dürselen gefahren. Sie kommt auch aus Gladbach.«

Carina Bauer zuckte mit den Schultern. »Mag sein. Das muss vor meiner Zeit gewesen sein, davon weiß ich nichts.«

»Sagt Ihnen der Name Julia Dürselen denn nichts?«

Die Anwältin hob erneut die Schultern. »Keine Ahnung,

wirklich. Ich möchte Ihnen ja gern helfen, aber ich muss passen. Leider.«

»Julia Dürselen ist in ihrer Wohnung erschlagen worden. In Mönchengladbach. Sie war eine Prostituierte. Wie Samantha Kurzius.«

»Nicht in Moosbach, aha.«

Carina Bauer wusste nicht weiter. Die Bullen waren nah dran. Ganz nah. Sie musste sie aus der Wohnung bekommen, ehe Bongarts wieder anrief. Und sie musste Leuchtenberg anrufen. Er musste ihr diese Bullen vom Hals schaffen.

»Und was habe ich mit alldem zu tun?«

»Sagen Sie uns das, Frau Bauer.« Eckis Stimme klang jetzt scharf und unnachgiebig.

»Nichts.« Carina Bauer lächelte. Die hatten nichts gegen sie in der Hand. Nichts als Vermutungen.

»Sie können Ihre Verantwortung nicht einfach mit einem Lächeln beiseiteschieben.«

»Hören Sie, Herr Borsch, ich kann verstehen, dass Sie einen Fall oder mehrere Fälle zu klären haben, aber ich kann Ihnen dabei nicht helfen. Leider.«

»Jetzt hören Sie mir mal gut zu, Frau Bauer.« Franks Stimme war leise, aber umso eindringlicher. »Vier Morde in kurzer Zeit, und in jedem Fall stoßen wir früher oder später auf Ihren Namen. Das ist kein Zufall. Sie haben mit diesen Morden zu tun.«

»Das sagen Sie.«

»Sie sind der Schlüssel zur Lösung all dieser Fälle.«

»Zu viel der Ehre, Herr Kommissar.«

»Sie haben keinen Grund zur Ironie. Sie stehen unter Mordverdacht, Frau Bauer.«

Carina Bauer stand auf. »Nun ist es aber genug, Herr Borsch. Ich muss Sie bitten zu gehen. Ihre Anschuldigungen sind ungeheuerlich. Ich werde von nun an gar nichts mehr sagen.«

Frank nickte. »Das ist Ihr gutes Recht. Sie brauchen einen Anwalt, Frau Bauer. Einen guten Anwalt.«

Carina Bauers Handy klingelte. Sie griff danach und sah auf das Display. Die Rufnummer war unterdrückt. Ihr wurde heiß. Das konnte nur Bongarts sein.

»Wollen Sie das Gespräch nicht annehmen?«

Sie schüttelte den Kopf. »Bitte gehen Sie. Sie strapazieren meine Gastfreundschaft. Ich muss mir das nicht länger anhören. Nichts als Unterstellungen und Vermutungen. Sie sind auf dem besten Weg, sich lächerlich zu machen, meine Herren. Guten Tag.«

Ecki hielt Frank zurück, als er in den Dienstwagen steigen wollte. »Die Bauer hat recht. Wir haben nichts gegen sie in der Hand. Wir hätten so nicht zu ihr fahren sollen. Jetzt ist sie gewarnt.«

Frank schüttelte Eckis Hand ab. »Unsinn. Sie weiß schon Bescheid. Leuchtenberg wird ihr längst von unserem Besuch erzählt haben.«

»Und nun?« Ecki ging hinüber zur Beifahrerseite.

»Wir haben sie aufgescheucht. Sie wird einen Fehler machen. Ich werde die Düsseldorfer Kollegen bitten, ein Auge auf sie zu haben.«

»Ich weiß nicht, Frank. Aber ich fürchte, dass sie viel zu clever ist, um sich von uns Angst machen zu lassen.«

»Das glaube ich nicht. Hast du ihr Gesicht gesehen? Sie ist längst nicht mehr die souveräne eiskalte Schönheit. Sie hat schlecht geschlafen, weil sie Angst hat.«

Carina Bauer sah sich um, ging auf den vereinbarten Treffpunkt zu und setzte sich. Wie sollte sie Bongarts erkennen? Sie hatte ihn sehr lange nicht gesehen. Eine Kellnerin kam sogleich an ihren Tisch und nahm ihre Bestellung auf.

Bongarts hatte sich mit ihr an einem »unauffälligen Ort« treffen wollen und ein Café in Nettetal-Breyell vorgeschlagen. Sie hatte nicht lange suchen müssen, denn es war das einzige Café im Ortskern. Carina Bauer war der einzige Gast an diesem

Vormittag. Sie hatte sich wie besprochen draußen vor dem Café einen Platz gesucht, im Schatten des alten Kirchturms.

Carina Bauer war nicht zum ersten Mal in Breyell, aber das erste Mal in dem Café. Leuchtenberg hatte sie schon ein paarmal nach Nettetal geschleppt, weil er die Seenlandschaft so mochte. Ihr war diese Naturseligkeit von Anfang an auf den Wecker gefallen, aber sie hatte Leuchtenberg damals keinen Grund geben wollen, sie fallen zu lassen. Sie hatte seine Hilfe und seine Kontakte gebraucht, da hatte sie über diese Marotte notgedrungen hinweggesehen.

Dieses Breyell hatte nichts, was ihr in irgendeiner Weise attraktiv erschienen wäre. Ein verschlafenes und vom Rest der Welt vergessenes Kaff an der Durchgangsstraße nach Holland. Kaum dass man auf der Autobahn die Abfahrt passiert hatte, war man auch schon daran vorbei. Einzig der alte Kirchturm bot einen Hauch von Kultur.

Während Carina Bauer auf Bongarts wartete, nervte sie zunehmend der Krach des Baggers, der auf der anderen Straßenseite gerade die Fassade eines schmalen Hauses einriss. Soweit sie sich erinnerte, war in dem Haus einmal eine Bäckerei mit Café und Eisdiele untergebracht gewesen.

Während sie den Kaffee trank, ließ Carina Bauer ihre Augen ungeduldig über den Marktplatz schweifen. Bongarts hatte darauf gedrängt, pünktlich zu sein. Und nun ließ er sie warten.

Sie würde sich auf nichts einlassen. Sie hatte sich geschworen, Bongarts nur anzuhören und dann zu gehen. Sie würde ihn hinhalten, was immer er von ihr wollte. Sie würde das Problem von Leuchtenberg lösen lassen. Zur Not würde sie ihn dafür auch noch einmal ranlassen.

Carina Bauer schloss die Augen und ließ den warmen Wind, der aufkam, über ihr Gesicht streichen. Bongarts würde dann nicht mehr als eine vorübergehende Unpässlichkeit sein. Ferdinand war Wachs in ihren Händen. Ein Anruf würde genügen. Aber vorher musste sie wissen, was gespielt wurde. Das hatte sie von Leuchtenberg gelernt: immer auf dem neuesten Stand sein, nur so konnte sie sich einen Vorsprung verschaffen.

Sie musste an Büschgens denken. Sein Tod war vermeidbar gewesen. Eine kleine Erpressung hätte vollkommen ausgereicht, um ihn auf Linie zu bringen. Büschgens hätte seine politische Karriere an den Nagel hängen können, wenn Leuchtenberg und sie die Unterlagen den einschlägigen Medien zugespielt hätten. Die Boulevardblätter hatten quasi darauf gewartet, von ihr mit Informationen über die eigentlichen Drahtzieher seiner diskreten Immobiliengeschäfte beliefert zu werden. Der saubere, ach so bescheidene Lokalpolitiker, der im Hintergrund das ganz große Rad drehte und vor dem selbst Minister in die Knie gingen, wäre ganz nach ihrem Geschmack gewesen. Das Ganze zusätzlich garniert mit einer hübschen Auflistung seiner diversen Konten in der Schweiz und in Liechtenstein! Bauer nickte unwillkürlich. Büschgens hatte immer schon gewusst, wie er seine Weste sauber halten konnte. Selbst seine Freundin hatte keine Ahnung. Sie kannte nur das Bild des charmanten Immobilienmaklers und aufrechten Politikers.

Carina Bauer bedauerte immer noch, dass die Chance vertan war. Sie hätte Büschgens' Konten abräumen können, ohne dass Büschgens imstande gewesen wäre, es zu verhindern. Aber dann war das Ganze aus dem Ruder gelaufen. Wackerzapp war über das Ziel hinausgeschossen. Ein bisschen einschüchtern, ja. Aber doch kein Mord! Wer weiß, was Wackerzapp für sich hatte abzweigen wollen bei der Sache. Seit diesem Vorfall hatte sie ihn beobachtet. Und je länger sie das tat, umso mehr hatte sie sich darüber geärgert, für ihn die Beine breit gemacht zu haben. Wackerzapp war es nicht wert gewesen, dass er sie hatte vögeln dürfen. Sie hatte keine guten Erinnerungen an ihn. Und das nicht erst seit seinem Überfall im Wald bei Schloss Rheydt. Allein bei dem Gedanken an seinen heißen Atem auf ihrem Gesicht wurde ihr übel.

Sie öffnete die Augen. Wo blieb Bongarts bloß?

Gerade als sie ihr Mobiltelefon zur Hand nahm, um Leuchtenberg anzurufen, klingelte es.

»Setzen Sie sich ins Auto, und fahren Sie Richtung Leuth. Kennen Sie den De-Witt-See? Fahren Sie dort auf den Parkplatz.«

Noch bevor Carina Bauer etwas erwidern konnte, hatte Bongarts wieder aufgelegt.

Sie wurde wütend. Sie war kein kleines Mädchen, das man nach Belieben hierhin und dorthin schicken konnte. Kurz war sie versucht, aufzustehen und zurück in ihre Wohnung zu fahren. Dann besann sie sich. Die Fotos durften niemals in falsche Hände kommen. Schon gar nicht in die der Polizei. Carina Bauer zahlte also und fuhr am Friedhof vorbei zum De-Witt-See.

Der Parkplatz war um diese Tageszeit nahezu leer. Carina Bauer schritt die wenigen Wagen ab. Keiner hatte ein Düsseldorfer Kennzeichen. Was noch nichts zu bedeuten hatte. Bongarts konnte mittlerweile auch aus jeder anderen Stadt kommen. Unschlüssig blieb sie einen Augenblick stehen und ging dann auf das Strandrestaurant zu, auf dessen Terrasse lediglich zwei Tische besetzt waren. Vier Pärchen im Rentenalter hatten Kuchen und Kaffee geordert. Unter den aufmerksamen Augen eines älteren Kellners unterhielten sie sich angeregt von Tisch zu Tisch. Carina Bauer ging an der Terrasse vorbei bis an das Ufer des Sees. Im Hintergrund verharrte ein kleines Segelboot in der Flaute. Das großflächige Wasser lag ruhig vor ihr. Kein Wind kräuselte die Oberfläche, die silbrig glänzte. In Ufernähe schwammen zwei Blesshühner vorbei.

Aber Carina Bauer hatte keinen Blick für die Idylle. Sie hielt das Handy in der Hand und wartete ungeduldig auf den Anruf. Trotzdem zuckte sie zusammen, als das Telefon klingelte.

»Ich hoffe, du bist schon da.«

Carina Bauer nickte unwillkürlich.

»Bist du da?«

»Was wollen Sie von mir?«

»Am See vorbei gibt es einen Weg zur Leuther Mühle.«

»Hören Sie, ich kenne mich hier nicht aus.«

»Du biegst vom Parkplatz links ab.«

»Bongarts?«

Er hatte schon aufgelegt.

Carina Bauer fasste ihre Handtasche fester. Der Spuk würde bald ein Ende haben. Sie drehte sich um und ging zurück. Kurz vor dem Parkplatz bog sie ab. Sie folgte dem sandigen Weg, der streckenweise direkt am See vorbeiführte. An einigen Stellen ragten rechts von ihr schmale Stege in den See hinein. Links lagen einige Wochenendhäuser. Außer ihr war niemand unterwegs. Der Weg führte an Schilfzonen vorbei, einige abgestorbene Baumstämme lagen im Wasser.

Der Pfad wurde zunehmend schmaler. Sie blieb einen Augenblick stehen und sah in das Wasser, das an dieser Stelle klar war. Aber außer einer Colabüchse und einigen modrigen Ästen sah sie nichts. Carina Bauer überlegte, wie weit es noch bis zur Mühle sein würde und ob sie nicht doch lieber zum Auto zurückkehren sollte. Die Stille um sie herum wurde ihr zunehmend unheimlich. Sie blickte den Weg entlang, aber nicht weit von ihr entfernt machte der eine Kurve. Sie meinte, in der Ferne einen Kuckuck zu hören.

»Schön, dass du gekommen bist.«

Carina Bauer fuhr herum.

»Ich wollte dich nicht erschrecken.«

»Woher?« Mehr brachte sie nicht hervor.

Heinz Bongarts deutete in seinen Rücken. »Das Schilf ist ein idealer Ort zum Warten. Schön ist es hier, nicht? Ich liebe die Netteseen.«

Carina Bauer fasste ihre Tasche fester. »Machen wir es kurz. Was wollen Sie?«

»Du kannst mich ruhig duzen. Ich hoffe, die Fotos haben dir gefallen?«

»Wie viel?« Die Anwältin versuchte die Situation unter Kontrolle zu bekommen. Sie drehte sich so, dass sie jederzeit flüchten konnte. Mit einem Blick hatte sie Bongarts' Kondition abgeschätzt. Sie würde ihm vermutlich entkommen können.

Sie hatte ihn schon lange nicht mehr gesehen, aber er war nicht sonderlich verändert. Der Mann vor ihr war nicht sehr groß, sein runder Kopf saß nahezu ansatzlos auf einem massigen Körper. Das Haar war fettig. Bongarts hatte sicher mehr als zehn Kilo Übergewicht. Über seinem gewölbten Bauch hatte er ein enges schwarzes T-Shirt achtlos in seine unförmige Jeans geschoben, die von einem schmalen schwarzen Gürtel gehalten wurde.

»Wie viel?« Bongarts grinste. »Immer gleich die harte Anwältin, was? Keine Gefühle zeigen, was?« Er strich sich über sein schütteres Haar. »Über Geld reden wir später. Dazu ist später noch Zeit genug.«

»Ich habe aber keine Zeit. Also, wie viel?«

Heinz Bongarts trat einen Schritt auf sie zu, Carina Bauer wich erschrocken einen Schritt zurück und stand nun unmittelbar an der Wegkante. Direkt hinter ihr begann der See.

»Entspann dich mal.« Bongarts hustete heiser. »Sorry, zu viele Zigaretten. Also, ganz ruhig. Geld ist jetzt nicht so wichtig. Lass mich dich ansehen. Du bist in natura noch viel schöner als auf den Bildern. Hatte ich fast vergessen.«

Carina Bauer drehte sich bei dem Gedanken, dass Bongarts sie nackt gesehen hatte, der Magen um.

»Ich habe nicht so viel Geld verfügbar. Ich werde das erst regeln müssen.«

»Jetzt hör endlich auf, von Geld zu sprechen.«

Sein barscher Ton machte ihr Angst. Ihre Hände schwitzten. Sie spürte, dass auch ihr Rücken feucht wurde. Sie presste die Lippen fest aufeinander.

»Schöne Frau, lass uns ein Stück gehen.« Bongarts' Stimme hatte einen schmeichelnden Klang angenommen.

Carina Bauer war unfähig, sich auch nur einen Meter zu bewegen.

Er griff nach ihrer Hand, die sie aber noch rechtzeitig zurückzog.

»Sei mal nicht so garstig. Los, gib mir deine Hand. Was sollen die Leute denken, wenn sie uns hier so sehen.« Er beobachtete ihr Gesicht. »Ich weiß genau, was du jetzt denkst. Aber du wirst es nicht wagen zu schreien.« Heinz Bongarts hatte urplötzlich ein kurzes Messer in der Hand.

Sie zuckte zusammen.

»Siehst du, ich wusste es.« Bongarts schien ihre Angst zu amüsieren. »Guter Trick, nicht? Möchtest du ihn noch einmal sehen?«

Carina Bauer schüttelte stumm den Kopf. Warum kam denn niemand? Wie hatte sie so blöd sein können, alleine hierherzukommen? Sie hätte Leuchtenberg mitnehmen sollen.

»Wenn Sie jetzt kein Geld wollen, was wollen Sie dann von mir?«

»Es ist schön, dich so unbeholfen zu sehen. Du schaust wie ein kleines Mädchen. Rainer hat mir erzählt, dass du so hübsch und intelligent gucken kannst. Weiß ich doch, hab ich mir damals gedacht. Aber dein Gesicht jetzt mag ich viel lieber. Und, na ja, das auf den Bildern natürlich.«

Carina Bauer war versucht, noch einen Schritt zurückzuweichen, aber sie spürte die weite Wasserfläche unmittelbar in ihrem Rücken.

»Rainer?«, presste sie mühsam hervor. Selbst der feste Griff um den Bügel ihrer Handtasche gab ihr keinen Halt.

»Willst du mehr über ihn wissen?« Sein Lachen klang keckernd wie das Rufen der Blesshühner. »Du kennst ihn besser als ich. Zumindest in gewissen Situationen.«

Sein Blick rann an ihr herunter wie ranziges Fett.

Sie blieb stumm.

»Hör zu, du kleine geile Schlampe, ich werde dich ficken. Aber nicht, wie du denkst. Die Bilder interessieren mich nicht, auch nicht deine Titten. Du wirst mich an deinen Geschäften beteiligen. Das ist der größte Fick, meine Kleine: dein Geld.«

Sie hatte nicht die Kraft, sich zu bewegen. Sie begriff seine

Worte nicht gleich, aber sie spürte mit jeder Faser ihres Körpers, dass Bongarts sie geradewegs in einen Albtraum zerrte.

»Mein Geld?«

Heinz Bongarts hob seine Hand und berührte mit den Fingerspitzen ihre Wange. Sie spürte den Stahl des Messers und hörte das kratzende Geräusch, mit dem es über ihre andere Wange strich. Eine falsche Bewegung konnte tödlich sein.

»Du hast mich schon verstanden, Schätzelein. Ich kenne deine Geschäfte, und ich keine deine Geschäftspartner.« Seine Augen waren jetzt ganz nah. »Dabei kann von ›Partner‹ ja eigentlich nicht die Rede sein. Die haben alle nie anders gekonnt als zu zahlen. Und auch jetzt können sie nicht anders. Sie tun mir fast ein wenig leid, sie haben sich in dich verliebt, und du hast sie ausgesaugt wie die Kreuzspinne ihre Beute. Du bist die Spinnenfrau im Netz. Wenn sie das erkannten, war es längst zu spät.«

Carina Bauer schluckte. Bongarts wusste eine Menge. Wackerzapp musste ihm alles anvertraut haben.

»Du gehörst jetzt mir. Du wirst für mich arbeiten. Du wirst diese Staatsdiener vor meinen Augen aussaugen. Und du wirst dafür sorgen, dass mich deine Auftraggeber an dem köstlichen Saft beteiligen.«

»Woher wissen Sie das alles?«

»Das war so einfach. Wackerzapp hat mich für einen Idioten gehalten, einen einfältigen Spinner, der alles tut und alles glaubt, was der ›große Meister‹ verlangt. Ich habe die Rolle gut gespielt, oder? Sag ruhig, dass ich die Rolle gut gespielt habe. Er hat nichts gemerkt und noch weniger begriffen. Stundenlang hat er mir seine dummen Geschichten erzählt, damit angegeben, wie clever er ist. Nächtelang habe ich mit ihm zusammengesessen und ihm zugehört. Er hat sich an seinen eigenen Worten besoffen, und als er endgültig zu war, weg in seinem Phantasialand, habe ich alle Informationen aufgesammelt und zu dem wirklichen Bild zusammengesetzt. Es war so einfach. Er hat sich selbst ans Messer geliefert, mein ach so cooler Motorradkumpel und Blondinenstecher. Der Dumme war am Ende er, nicht Heinz Bongarts. Denn einen Heinz Bongarts darf man niemals unterschätzen. Merk dir das.«

Carina Bauer spürte die Drohung hinter jedem einzelnen Wort. Dazu das Messer, das gefährlich nahe an ihre Kehle gerutscht war. Sie musste hier weg.

»Welche Auftraggeber meinen Sie eigentlich?«

Das Schaben auf ihrer Haut wurde härter.

»Verarsch mich nicht, Kleines. Sonst –«

»Hören Sie, ich, die Geschäfte sind noch nicht so weit, wie Sie denken.« Sie machte eine Pause. Sie musste Zeit gewinnen.

»Weiter. Red nur weiter.«

Das Messer rutschte noch ein Stückchen tiefer.

»Sie haben recht, ich habe versucht, die Verkaufsverhandlungen in Sachen Landesarchiv, nun, ich meine, in eine Richtung zu lenken, die unseren Interessen entgegenkommt. Wir haben auch entsprechende Maßnahmen ergriffen, auch das ist korrekt.« Carina Bauer wurde so förmlich wie bei einer Einlassung vor Gericht, das war ihre einzige Chance, diese Situation durchzustehen und aus ihrer Angst nicht auch noch Wahnsinn werden zu lassen. Hoffentlich wusste er nicht auch noch von den übrigen Geschäften.

»Unser Zielobjekt hat zwar den enormen Druck verspürt, den wir durch unsere Maßnahmen –«

Er unterbrach sie. »Red nicht so geschwollen. Ich weiß ohnehin alles.«

»– durch unsere Maßnahmen wie abgehörte Telefongespräche, Fotodokumente ausüben konnten. Wir warten aber noch auf seine Entscheidung.«

»Das interessiert mich nicht. Ich will sofort Ergebnisse.«

»Hören Sie, lassen Sie mich gehen. Ich – bitte! Sie tun mir weh.« Sie presste jetzt ihre Handtasche an ihre Brust, als könnte das dünne Leder sie schützen.

»Du bleibst schön hier, mein Püppchen. Wir sind noch nicht fertig.«

»Dann nehmen Sie bitte das Messer weg.«

»Das macht dir wohl Angst, was? Ja, das ist schon was ganz anderes, ein kleiner Schnitt hier und ein kleiner Schnitt da, und du vergisst mich nicht. Oder der rote Saft läuft gleich ganz aus dir raus. Mein Messer ist mein fast bester Freund. Einen Stich ins Herz kannst du nicht mit deinen albernen Erpressungen vergleichen. Deine Kunden zahlen, haben ein bisschen Angst vielleicht. Was ist das schon? Du weißt gar nicht, was richtige Gewalt ist. Aber ich verspreche dir, du wirst sie kennenlernen. Ein kleiner Schritt neben dem Weg, den du ab jetzt für mich gehst, und du bist tot.«

Das Einzige, was Carina Bauer wirklich wahrnahm, war der Gestank von Bongarts' ungewaschenem Körper.

»Ich werde tun, was Sie von mir verlangen, aber lassen Sie mich jetzt gehen. Bitte.«

Heinz Bongarts nahm das Messer von ihrem Hals und ließ es blitzschnell verschwinden.

»Du entkommst mir nicht. Egal, was du tust. Vergiss das nicht. Sonst bist du tot. Dann nützen dir dein kleiner Arsch und deine Titten auch nichts mehr.« Bongarts trat einen Schritt zurück. »Obwohl, ich könnte sie dir einzeln abschneiden. Ganz langsam. Das würde mir gefallen.«

Er trat wieder auf sie zu. Carina Bauer zuckte zusammen. Er kam ihrem Gesicht mit seinem ganz nahe.

»Versuch keine krummen Touren. Und lass Leuchtenberg aus dem Spiel. Der Trottel wird langsam senil. Außerdem würde er dir sowieso nicht helfen. Und natürlich keine Bullen.« Er lachte und schlug sich mit der flachen Hand gegen auf die Stirn, so als habe er etwas Wichtiges vergessen. »Quatsch, das wirst du sowieso nicht tun. Denn dann gehen alle Unterlagen an die Bullen. Und dann bist du dran. Sie werden dich am Arsch packen, und du wirst im Knast verschimmeln. Sie würden dich für den Tod von Büschgens drankriegen und für den Tod der beiden kleinen Nutten. Und ich wette, sie werden auch eine passende Anklage für den Mord an Wackerzapp zusammenbasteln. Ich würde ihnen gerne dabei helfen. Anonym natürlich, aber umso überzeugender.«

Der Typ bluffte doch nur, fuhr es der Anwältin durch den Kopf. Bongarts konnte unmöglich so viele Beweise gegen sie haben. Zumal für Dinge, die sie gar nicht getan hatte.

»Was geht dir durch den Kopf, meine Süße?« Heinz Bongarts glitt mit einem Fingernagel leicht über ihre Wange. »Du meinst, du kommst aus der Nummer heil raus? Wenn du dich da mal nicht täuschst. Weißt du, der liebe Rainer hat vor seinem bedauerlichen Ableben ein paar Schriftstücke unterschrieben, freiwillig natürlich, wie du dir denken kannst, darin steht eindeutig, wer für den ganzen Schlamassel verantwortlich ist und dass er erpresst wurde. Du kannst dir sicher denken, welche Adresse er für die Bullen hinterlassen hat, nicht wahr? Es ist alles schön verwahrt. Ich bin sein ganz besonderer Nachlassverwalter, Püppi. Du siehst also, Onkel Heinz hat an alles gedacht. Komm also bloß nicht auf die Idee, mich reinlegen zu wollen. Wir werden bis an dein Ende untrennbar miteinander verbunden sein. Ich liebe diese Partnerschaft schon jetzt. Und du wirst dich auch noch daran gewöhnen. Wenn nicht, werden wir das trainieren. Ist das klar?«

Carina Bauer sah Bongarts stumm an.

»Ist das klar?«

Sie nickte.

»Ich habe dich nicht verstanden.« Bongarts legte eine Hand an sein Ohr.

Die Anwältin nickte erneut.

»Ich verstehe kein Wort. Also?«

Ihr Ja war leise, aber gefasst.

»Na also, geht doch.«

Heinz Bongarts sah sich nach allen Seiten um. Offenbar kam es auch ihm merkwürdig vor, dass ihnen nicht längst jemand begegnet war.

»So, meine kleine Vorstellung ist fast beendet. Hat sie dir Spaß gemacht?«

In ihren Augen lag ein Flehen, endlich mit der Tortur aufzuhören.

»Offenbar. Das ist schön.« Er lachte meckernd. »Nur noch eine Kleinigkeit, Schätzchen. Wo und wann wird die Kohle übergeben?«

Carina Bauer räusperte sich. Endlich Fakten. Fakten hatten ihr in ihrem Leben bisher immer Halt gegeben. »Es fließt vorerst kein Geld. In diesem Fall geht es, wie gesagt, erst darum, dass wir eine bestimmte Information bekommen über ein bestimmtes Bauvorhaben auf einem bestimmten Areal. Und zwar so bekommen, dass nur wir sie bekommen. Und dann beginnt erst die eigentliche Arbeit. Das besagte Grundstück kaufen, lange bevor die Absicht des Investors bekannt wird und dieser selbst an den Verkäufer herantritt. Dann die Abwicklung der Kaufverträge. Das ist kompliziert und kann noch Wochen, wenn nicht Monate dauern.«

»Messer?«

Sie schüttelte entsetzt den Kopf.

»Keine Zicken. Weiter.«

»Die Sache läuft so: Wir kaufen das besagte Grundstück zum Preis X. Dann gehen wir damit selbst zum Investor, dem wir zuvorgekommen sind, und verkaufen ihm das Gelände dann zu unserem Preis. Wenn alles glattgeht, werden aus unserem Einsatz von, sagen wir, drei Millionen Euro sicher mehr als 30 Millionen.«

Heinz Bongarts sagte nichts. Er schien beeindruckt. Carina Bauer ärgerte sich, dass sie so konkret geworden war. Offenbar wusste Bongarts doch nicht alles. Aber nun war es zu spät. Sie konnte nichts mehr zurücknehmen.

»Sie werden also warten müssen. Wohl oder übel.« Carina Bauer brachte tatsächlich ein Lächeln zustande, obwohl Bongarts immer noch dicht vor ihr stand und der Gestank von ranzigem Fett ihr in die Nase stach.

Die Anwältin sah, wie es in Bongarts' Kopf arbeitete. Gut so, dachte sie. Wenn er beschäftigt war, hatte sie eine winzige Chance.

»Lassen Sie uns in Kontakt bleiben. Ich verspreche Ihnen, dass ich Sie nicht übers Ohr haue, wirklich nicht. Sie können sich auf mich verlassen.« Ihr Lächeln wurde selbstbewusster und erstarb sofort wieder. Bongarts schien eine Entscheidung getroffen zu haben.

Er legte ihr seine schweißige Hand auf den Mund. »Hör auf, mich zuzulabern, du kleine Rechtsverdreherschlampe. Ich will sofort Kohle sehen. Über den anderen Deal reden wir noch.«

Carina Bauer unterdrückte nur mühsam ein Würgen. »Das wird nicht so einfach gehen. Dazu muss ich erst einige Dinge regeln.«

»Dann tu das, Schätzchen.« Er machte keine Anstalten, seine Hand von ihrem Mund zu nehmen. »Pass auf, ich gebe dir zwei Tage Zeit. Dann liegen 200 000 Mücken vor mir. Ist das klar?« Er nahm seine Hand weg.

»200 000? Das ist zu viel. Ich meine, das geht nicht in zwei Tagen.«

»Hör auf mit dem Scheiß. Du hast es gehört: zwei Tage. Und keine Sperenzchen. Sonst kommt der Onkel mit dem Messer. Ich werde jeden deiner Schritte beobachten. Du bist niemals allein. Denk daran. Ich bin sogar in deinem Schlafzimmer.«

Seine Augen wurden dunkel. Oder bildete sie sich das nur ein?

Bongarts grinste. »So, und nun gehst du hübsch langsam zu deinem Auto zurück. Auf der Fahrt kannst du ja schon mal überlegen, wie du es anstellst. Ich brauch die Scheinchen übrigens nicht in einem Koffer. Eine Aldi-Tüte tut's auch.«

Er trat einen Schritt zurück und deutete eine galante Handbewegung an. »Nach Ihnen, schöne Frau.«

Als Carina Bauer sich umdrehte, um den Weg zurückzugehen, den sie gekommen war, holte Heinz Bongarts mit beiden Armen weit aus und stieß Carina Bauer in den De-Witt-See, der an dieser Stelle nicht mehr als einen Meter tief war.

Die Anwältin schrie laut auf, als sie das Gleichgewicht verlor und, mit den Armen rudernd, vergeblich nach einem Halt suchte. Sie stürzte rücklings mit einem lauten Klatschen in das aufspritzende Wasser.

»Wasch dich mal, Kleine, ich ertrag dein Parfüm nicht länger. Diesen Nuttendiesel. Du widerst mich an, du Juristenschlampe.« Mit einer verächtlichen Handbewegung entfernte sich Bongarts. Nach wenigen Metern verschwand er im Schilf.

Carina Bauer wühlte sich aus dem Uferschlick zurück an Land. Sie schnappte nach Luft. Der Seegrund war tiefgründig und trügerisch. Und der Schlick stank nach Moder und Verwesung.

Die Anwältin kroch auf den Weg zurück und blieb erschöpft sitzen. Sie zitterte. Und das lag nicht am Wasser, das wieder spiegelglatt im Sonnenlicht schimmerte. Nein, Bongarts hatte sie ins Mark getroffen. Ihr Stolz, ihre Unnahbarkeit, ihr unverbindliches Lächeln, ihre demonstrative Selbstsicherheit waren nichts mehr wert. Als hätte das Wasser all das abgewaschen.

Was sie noch viel mehr als das unfreiwillige Bad quälte, war ihre eigene Dummheit. Wie hatte sie Bongarts nur all die Einzelheiten ihrer Geschäfte verraten können? Sie spürte, dass sie langsam die Kontrolle verlor.

Sie ließ ihren Blick über den See schweifen. Kein Windhauch zog durch das Schilf, und auch der Uferwald stand völlig reglos. Angesichts der sicher schon wieder herrschenden dreißig Grad wirkte das Wasser sogar verlockend. Aber Carina Bauer hatte Wichtigeres zu erledigen als ein erfrischendes Bad, und so wrang sie nur ihre Haare aus, schlüpfte aus den ruinierten Schuhen und machte sich barfuß auf den Weg zurück zu ihrem Auto. Jetzt hoffte sie inständig, keinem Spaziergänger zu begegnen.

»Ecki? Guck mal da drüber.«

Ecki zog die Augenbrauen hoch und seufzte. Er hatte schlecht geschlafen. »Kannst du nicht wie jeder andere normale Mensch erst mal ›Guten Morgen‹ sagen? Muss ja nicht gleich fröhlich klingen. Aber ein bisschen Aufmerksamkeit wäre nett.« Ecki setzte sich und schaltete seinen PC ein. »Was gibt's denn überhaupt so Dringendes?«

Frank schob ihm über seinen Schreibtisch hinweg ein DIN-A4-Blatt zu. »Nun lies schon.«

WIE GUT, DASS ES DICH GIBT (Am)

An meiner Seele kleben aufgesprühte Sprüche.
Geb den Nächten einen Namen, aber fall nur in den Dreck.
Schreib dir 1000 Zettel mit der Nachricht.
Komm her in meine Arme, aber ich bin niemals da.

Ich bin gern in deiner Nähe, wenn du schon weg bist.
Steh am Fenster ohne Namen, mir ist kalt, so wie ich bin.
Fass in deine dunklen Haare, liebe lieber nur auf Sicht.
Schließe meine Türe, aber gehe niemals fort.

Du hast geschafft, dass ich mich schuldig fühle,
und du hast recht.
Du hast geschafft, dass ich in meinem Leben wühle,
und du hast recht.
Du hast geschafft, dass ich deine Liebe wieder fühle,
und du hast recht.

An meiner Seele kleben aufgesprühte Sprüche.
Geb den Nächten einen Namen, aber ich fall hin.
Schreib dir 1000 Zettel mit der Nachricht.
Komm her in meine Arme, aber ich bin niemals da.

Du hast geschafft, dass ich mich schuldig fühle,
und du hast recht.
Du hast geschafft, dass ich in meinem Leben wühle,
und du hast recht.
Du hast geschafft, dass ich deine Liebe wieder fühle,
und du hast recht.

Bleibt nur noch Zeit für einen Kaffee.
Seh mich nahe bei dir liegen, blaue Flecken auf den Knien.
Seh die Zettel auf dem Boden, komme nicht mehr zu dir hin.
Seh hinein in meine Seele, schick meine Liebe hinterher.

Du hast geschafft, dass ich mich schuldig fühle,
und du hast recht.
Du hast geschafft, dass ich in meinem Leben wühle,
und du hast recht.
Du hast geschafft, dass ich deine Liebe wieder fühle,
und du hast recht.

Du hast geschafft, dass ich mich schuldig fühle,
und du hast recht.
Du hast geschafft, dass ich in meinem Leben wühle,
und du hast recht.
Du hast geschafft, dass ich deine Liebe wieder fühle,
und du hast recht.

»Ja, und?« Ecki schüttelte den Kopf. »Was soll das jetzt?«

Frank reagierte unwirsch. »Die ersten Zeilen hab ich dir doch schon gezeigt. Äh, das ist mein erster Songtext für die Band.«

»Jaa, schön so weit.« Eckis Lächeln stand auf der Kippe zur Scheinheiligkeit.

»Jaa, schön so weit? Nur ›schön so weit‹? Mensch, in den Zeilen steckt mein Leben.«

Oh, Gott, was sage ich ihm bloß? Wenn er ehrlich antwortete, wäre es mit ihrer Freundschaft vorbei. Der Text hatte so gar nichts, was ihn ansprach. »Auf jeden Fall klingt es interessant. Ich mein, da steckt eine Menge Blues drin. Auf jeden Fall.«

»Verarsch mich nicht. Gib her, du hast ja keine Ahnung. In dem Text steckt jedenfalls mehr drin als in deinem Schlagerquark. Echt. Wenn ich das Gesülze höre, das du dir Tag für Tag reintust.«

Gesülze. Das war genau das Wort, das er für Franks Text gesucht hatte. Aber er hütete sich, weiter auf das Elaborat seines Freundes einzugehen.

Knurrig zog Frank den Text wieder zu sich. »Ich habe die halbe Nacht über mein Leben nachgedacht, und sozusagen als Fazit ist mir das hier eingefallen.«

»Als Fazit?«

»Blödmann.«

»Und was sagt die Band dazu?«

»Die kennt den Song noch nicht.« Frank ließ das Papier in einer Schreibtischschublade verschwinden. »Ich wollte erst deine Meinung hören.«

Das wiederum versöhnte Ecki. »Oh, nett von dir. Wo du doch an meinem Bluesverstand zweifelst.« Er ahnte, warum Frank ihm den Liedtext gezeigt hatte.

»Ich kann mir eine gefühlvolle Ballade vorstellen, mit einem krachenden Refrain. Ein bisschen Pianogeklimper im Hintergrund, ein satter Bass, ein punktgenaues Schlagzeug, Gitarrenlicks, die dir die Tränen in die Augen treiben, und zu allem ein wenig Bluesharp.«

»Klingt wie ein gutes Rezept.« Und würde auch zu WDR 4 passen, dachte er den Satz weiter.

»Hm.«

»Lisa wird sich jedenfalls freuen.«

Frank sah Ecki misstrauisch an. »Worüber?«

»Dass du diesen Song über sie geschrieben hast. Du meinst damit doch Lisa, oder?« Nun hatte er sich doch ein Stück aus dem Fenster gelehnt. »Ist er etwa nicht für sie? Hast du beim Schreiben nicht an sie gedacht?«

Frank fuhr sich mit der Hand übers Gesicht. »Ach, vergiss den Text einfach. Das ist ein Bluessong, mehr nicht.«

Davon war Ecki überhaupt nicht überzeugt. Aber das wollte er für den Augenblick lieber für sich behalten. Er konnte Frank gut verstehen. Auch er hatte im Augenblick eine schwere Phase mit Marion durchzustehen. Sie hatte ihre eigenen Ansichten, was die Erziehung der Kinder anging, pochte, wie er meinte, starrköpfig auf die unbedingte Einhaltung von Prinzipien. Er hingegen konnte den Drang der Kleinen nach ein bisschen Freiheit und Unabhängigkeit sehr wohl verstehen, schließlich kamen sie mit jedem Tag dem »schwierigen Alter« ein Stück näher. Aber statt sich mit dem eigentlichen Problem auseinanderzusetzen, warf Marion ihm vor, immer öfter immer später vom Dienst nach Hause zu kommen, und wertete das als Desinteresse an der Familie.

Er hatte Marion versprochen, dass nach der Aufklärung der Mordserie alles anders würde. Aber sie hatte diese Zusage nur mit einem Schulterzucken quittiert. Das hatte wehgetan, aber er hatte es hingenommen. Ihm hatte einfach die Kraft für noch eine Auseinandersetzung gefehlt.

Frank hatte Eckis Schweigsamkeit als Zustimmung gedeutet. »Siehst du, so einfach ist das. Ich habe die Nacht mit ein paar Bier am PC verbracht, und fertig ist die Laube.«

»Hast du einen Plan für heute?« Ecki verscheuchte die Gedanken an seinen eigenen Blues mit Marion.

»Wenn du dich erinnerst, wir haben gleich eine Besprechung mit unserer Staatsanwältin.«

Stimmt, die hatte Ecki völlig vergessen!

»Wir müssen sie davon überzeugen, dass sie ihren Kollegen in Kempten um Amtshilfe bitte. Ich will in dieser Wohnung in Rottach nach Spuren suchen lassen. Wenn wir dort Fasern finden würden, die mit unseren übereinstimmen, wären wir ein Stück weiter.«

Robert Mayr sah zum Rottachberg hinauf und dann hinüber zum Falkenstein. Auf der alten Salzstraße wäre jetzt sicher mehr Schatten. Dann schaute er auf seine Uhr. Er langweilte sich. Die Kollegen von der Spurensicherung ließen sich wieder einmal alle Zeit der Welt. Seit drei Stunden schon puderten und wedelten sie in der Wohnung an Türen, Fenstern, Schränken, Tischen und Kloschüsseln herum.

Das Wetter war dazu gemacht, in den See zu springen und sich abzukühlen. Stattdessen stand er vor dem Haus in der Sonne. Nach Abschluss der Aktion würde er sich mit einer deftigen Brotzeit beim Martin belohnen. Das schwor er sich nun bereits zum fünften Mal. So viel Zeit würde er sich nehmen, bevor er zurück ins Präsidium fuhr. Na ja, vielleicht würde er als Erstes auf eine schnelle Milch bei der alten Bäuerin vorbeischauen. Vielleicht hatte sie ja noch ein paar Erinnerungen für den »Herrn Kommissar« parat. Er zückte sein Portemonnaie. Das Kleingeld würde für ein Glas Milch reichen.

Zum wiederholten Mal wedelte Mayr einige lästige Fliegen weg, die ihn penetrant anflogen. Zu warm, zu viele Fliegen.

»Wir haben's so weit.«

Robert Mayr schaffte es, nicht vor Schreck herumzufahren. Er steckte die Geldbörse wieder ein.

»Und? Habt's ihr was gefunden?«

Mayr klemmte die Daumen hinter die Hosenträger. Er trug neuerdings eine Lederhose. Er fand, sie entsprach genau seinem neuen Lebensgefühl. Erst die Ermittlungen in Sulzberg und Umgebung hatten ihm die Allgäuer Lebensart wieder nahegebracht, die er viele Jahre lang nicht vermisst hatte. Vielleicht war es aber auch die Hochzeitsplanung mit Martina gewesen.

»Das Übliche halt: Fasern, Fingerabdrücke, Staub. Interessant finde ich besonders die Reste unter dem Rand der Toilettenspülung. Die wird ja von den meisten vergessen beim Reinigen.« Der Kriminaltechniker mit dem Gesichtsausdruck eines chronisch Magenkranken zog die enge Kapuze seines weißen Einmaloveralls vom Kopf und kratzte sich ausgiebig. Er sah ein bisschen so aus, als wäre er soeben einer Sojuskapsel entstiegen oder hätte wenigstens die Schaltzentrale eines hypermodernen Allgäuer Melkstandes für eine Zigarettenlänge verlassen.

»Krätze?« Mayr ließ seinen Blick starr auf den Bergrücken ruhen. Der Typ hatte anscheinend keine Manieren.

»Nee, keine Anzeichen. Auch kein Sperma. Nix dergleichen haben wir gefunden.«

Der Kollege klang ernsthaft bedauernd. Die Fliegen hielten sich mittlerweile an ihn.

XXX.

»Bingo?«

»Bingo.« Heinz-Jürgen Schrievers und Carsten Jakisch machten beide ein zufriedenes Gesicht.

»Tretet ihr nur noch gemeinsam auf?« Frank unterdrückte den Zusatz »wie Meister Eder und sein Pumuckl«.

»Was dagegen? Carsten ist mir im Archiv eine große Hilfe. Er hat das Talent zum wahren Supercop. Echt. Das ist nicht übertrieben. Und er teilt vor allem meine Abneigung gegen allzu viel Computerkram.«

Jakisch nickte zustimmend.

In seinem Blick liegt doch tatsächlich eine verklärte Stimmung, bemerkte Ecki erstaunt und grinste breit. »Dann müssen wir uns um unseren Nachwuchs ja tatsächlich keine Sorgen machen.«

»Was gibt's denn nun Wichtiges?«

Frank war ungeduldig. Die vergangene Woche war ohne Ergebnis einfach nur vorübergegangen. Sie hatten jede Menge Formalkram abgearbeitet, aber die eigentlich wichtigen Analyseergebnisse hatten auf sich warten lassen.

»Die Fasern.« Jakisch präsentierte den billigen grauen Aktenhefter wie die elegante Menükarte eines Fünf-Sterne-Gourmettempels.

»Mach's nicht so spannend.«

»Wie gesagt: Bingo. Royal Flush. Oder: Das Ergebnis der Untersuchungen ist ›a gmahde Wiesn‹, wie man unten im Bayerischen zu sagen pflegt.«

Frank verdrehte die Augen. »Schrievers!«

»Also, der Heini hat nur die Bedeutung der Spurensicherung unterstreichen wollen.«

Frank zuckte unmerklich mit den Augen. So weit war die Freundschaft, oder sollte man besser schon von einem Verwandtschaftsverhältnis sprechen, dass Jakisch Schrievers »Heini« nennen durfte, was ansonsten die Höchststrafe, nämlich tagelange Nichtachtung durch den so Betitelten, nach sich zog. Schrievers hatte jedenfalls nicht zu erkennen gegeben, dass er verärgert war.

Der Archivar nickte wie zur Bestätigung. »Jungs, entspannt euch. Ein wenig mehr südliche Gelassenheit stünde euch gut zu Gesicht. Aber was rede ich da? Nur in einem gesunden Körper …«

»Es reicht, Heinz-Jürgen.« Frank schlug den Hefter selbst auf und überflog den Bericht des LKA. Dann nickte er. »Volltreffer, Ecki. Die Kollegen in Kempten haben Faserspuren gefunden, die zu unseren passen. Wackerzapp war in der Wohnung in Rottach, zumindest wurden Fasern gefunden, die eindeutig zu der Jeans passen, die er bei seiner unfreiwilligen Seeüberquerung trug. Auch die beiden toten Prostituierten waren in der Wohnung. Von ihnen wurden Haare im Badezimmer der Wohnung gefunden. Damit haben wir ja endlich den Beweis.«

»Das heißt im Umkehrschluss doch: Hätten wir auch eine Vergleichsprobe von Bauer, könnten wir sie mit den Morden in Moosbach in Verbindung bringen.«

»Und den Sack zumachen.« Frank pflichtete Ecki bei. Und zu Schrievers und Jakisch meinte er: »Saubere Arbeit von den Kollegen im Allgäu.«

»Wenn Mayr sich einmal mit einer Sache beschäftigt, also, auf ihn könnt's ihr euch 100-pro verlassen.«

»Na, dann sollten wir nach Düsseldorf fahren und die saubere Frau Bauer nach einem Haar aus ihrer Haarbürste fragen und um ein paar Flusen ihrer umfangreichen Garderobe bitten.«

»Worauf warten wir noch?« Ecki stand auf.

»Wir kommen mit.« Jakisch war vom Jagdfieber gepackt.

Auch Schrievers schien sich auf die Fahrt nach Düsseldorf zu freuen. Er war schon länger nicht mehr dort gewesen. Sicherlich würden sie am Carlsplatz halten können, um ein paar Düsseldorfer Spezialitäten einzukaufen. Gertrud würde sich sicher freuen.

»Leute, Leute, Moment mal.« Frank blieb sitzen. »Es geht doch nur um ein paar Kleinigkeiten. Das bekommen Ecki und ich schon alleine hin. Wie sieht das denn aus, wenn wir wie mit einem Rollkommando bei der Bauer auflaufen?«

»Carsten und ich können so lange im Wagen warten.« Schrievers stand schon an der Tür.

»Ihr bleibt's da. Wie man in Bayern sicher auch sagt. Auf geht's, Ecki.«

Frank stand auf und ließ Schrievers und Jakisch, die verblüfften Brüder im Geiste, einfach im Büro stehen.

Keine Stunde später standen die beiden im Düsseldorfer Stadtteil Oberkassel vor Bauers Haustür. Aber sie öffnete nicht.

Frank klingelte mehrfach, aber es tat sich nichts. Entweder stand Carina Bauer an ihrer Überwachungskamera und hatte sie längst im Blick, oder sie war nicht zu Hause.

»Und jetzt?« Ecki sah an der Fassade empor. Hinter keinem der großen Fenster war eine Bewegung zu erkennen.

»Vielleicht ist sie ins Freibad.«

»Würde mich bei dem Wetter nicht wundern.« Ecki sah hinüber zum Rhein. »Ich weiß allerdings nicht, ob das nicht doch unter ihrem Niveau ist. Sie wird wohl eher in einem Wellnessclub Abkühlung suchen.«

»Weiß man's? Auf jeden Fall warten wir noch ein paar Minuten und fahren dann zurück ins Präsidium. Dolce Vita ist für uns aber heute nicht, Ecki.«

»Sklaventreiber«, brummelte Ecki und rückte seine Sonnenbrille zurecht. Dann würde er halt am Abend mit Marion und den Kindern in Brüggen ein Eis essen gehen. Das würde Marion sicher freuen, Nils und Enrica sowieso.

Carina Bauer hatte zu ihrem Auto zurückkehren können, ohne dass ihr jemand begegnet war. Die meiste Zeit war sie gerannt. Immer wieder hatte sie sich voller Angst umgeschaut, ob Bongarts ihr folgte. Aber das Scheusal blieb verschwunden.

Die Erinnerung an die Begegnung mit Bongarts hatte sie frieren lassen, obwohl die Sonne hoch am Himmel gestanden hatte. Sie hatte die Libellen nicht gesehen, die sie umtanzt hatten, und auch die Mücken nicht bemerkt, die direkt über der Wasseroberfläche auf sie gelauert hatten.

Zurück in ihrer Wohnung, hatte sie sich die Kleider vom Leib gerissen und lange geduscht. Mit einer Nagelbürste hatte sie ihr Gesicht abgeschrubbt, dort, wo Bongarts' Atem und ranziger Körpergeruch sie getroffen hatten. Länger als üblich hatte sie ihre Körperlotion verrieben und immer wieder frisch aufgetragen. Trotzdem hatte sie noch Stunden nach der Dusche das Gefühl, bis zum Hals in diesem elenden See zu stecken.

In der Nacht war sie mehrfach aufgewacht und hatte lange am Fenster gestanden, sodass sie von unten nicht zu sehen war. Aber Bongarts hatte sich nicht gezeigt. Sie hatte trotzdem geglaubt, dass er sie beobachtete.

Sei keine Närrin, hatte sie sich immer wieder laut ermahnt. Bongarts hat dir nur Angst machen wollen, mehr nicht. Er hat keinen Schlüssel zum Haus, er kann dich nicht sehen, er kann dir nichts tun.

Und trotzdem war die Angst geblieben.

Am Morgen hatte sie einen Entschluss gefasst. Sie würde die Stadt verlassen. In Düsseldorf war sie nicht mehr sicher. Sie hatte Leuchtenberg anrufen wollen, aber sie erreichte nur seine Mailbox. Sie hatte immer wieder seine Nummer gewählt, aber er blieb für sie unerreichbar. Dabei war er jetzt so wichtig wie schon lange nicht mehr. Er musste ein paar Dinge für sie erledigen. Vor allem würde er Bongarts verschwinden lassen müssen. Koste es, was es wolle. Sie würde jeden Preis zahlen. Selbst wenn sie ihn dafür heiraten müsste, er musste Bongarts eliminieren lassen.

Carina Bauer hatte auf ihrem Sofa gesessen und Bilanz gezogen. Ein Leben mit Leuchtenberg wäre nicht das Schlimmste. Sie würden sich schon arrangieren. Und wer weiß, hatte sie gedacht, vielleicht eröffnete eine neue Zukunft auch eine neue Perspektive. Sie hätte mit Leuchtenberg einen sicheren Hafen, von dem aus sie ihr weiteres Leben planen könnte.

Den restlichen Vormittag hatte sie mit dem Zusammensuchen der wichtigsten Papiere verbracht. Die meisten Unterlagen hatte sie in ihrer Wohnung. Um den Rest in ihrem Banksafe würde Ferdinand sich kümmern.

Die Festplatten mit den Daten und Fakten ihrer Unternehmungen hatte sie problemlos in einer Reisetasche unterbringen können, ebenso wie ihren Laptop. Unter dem umfangreichen Material aus Bildern, Tondokumenten, Listen, Kontonummern, ihrer Kartei mit den Mädchen befand sich auch das eine oder andere, das Leuchtenberg unter Umständen gefährlich werden könnte – wenn sie es denn klug genug anstellte. Auf diese ganz speziellen Unterlagen wollte sie auf keinen Fall verzichten. Sie brauchte immer etwas in der Hinterhand. Solche Überlegungen waren eine lebensversichernde Routine.

Bei der flüchtigen Durchsicht ihrer USB-Sticks und der übrigen Datenspeicher hatte sie nichts gefunden, was sie mit Bongarts in Verbindung hätte bringen können. Was hatte sie übersehen? Oder war Wackerzapp so perfekt gewesen, dass er den wahren Charakter seines Kontakts zu ihm vor ihr hatte verbergen können?

Für einen Augenblick hatte sie beim Packen bestürzt innegehalten. Was, wenn Leuchtenberg und nicht Wackerzapp den Kontakt zu Bongarts gehabt hatte? Nach einigen Minuten verwarf sie den Gedanken wieder, der ihr zum x-ten Mal durch den Kopf ging. Man konnte Leuchtenberg mit allem Möglichen in Verbindung bringen, aber sicher nicht mit so einem Gesindel wie Bongarts. Oder doch? Sollte Bongarts für Leuchtenberg arbeiten, würde sie eben selbst dafür sorgen, dass er verschwand. Und sie würde Leuchtenberg selbst töten müssen.

Je länger sie aber darüber nachdachte, umso weniger wahrscheinlich erschien ihr der Gedanke, dass Bongarts auf Leuchtenbergs Gehaltsliste stand. Er hatte auch gar keinen Grund, sich so einen Typen aufzuhalsen. Sie würde Leuchtenberg trotzdem fragen, welche Rolle Bongarts spielte, hatte sie schließlich entschieden und zu Ende gepackt. Selbst ihre Bankunterlagen hatte sie nicht vergessen einzupacken.

Am frühen Nachmittag hatte sie zunächst von ihrem Fenster aus die Straße beobachtet. Als sie sich sicher war, dass dort keine Gefahr lauerte, hatte sie mehrere Reisetaschen ins Auto gepackt und war losgefahren.

Für die Hitze der Stadt und die Trägheit des Flusses hatte sie keinen Blick gehabt. Auch nicht für den anzüglichen Blick des Mannes vom städtischen Grünflächenamt, der mit seinem Tankwagen die Straßenbäume vor ihrem Haus vor dem Verdursten retten wollte. Als Carina Bauer die Straße Richtung Autobahn hinunterfuhr, wehte eine Staubfahne hinter ihr her.

Auf dem Weg ins Allgäu hatte sie lediglich einen Tankstopp am Hockenheimring eingelegt. Auf dem Rastplatz hatte sie zudem einen schnellen Kaffee getrunken. Sie hatte sich nicht unnötig aufhalten wollen, denn sie wurde das diffuse Gefühl nicht los, Bongarts sei ihr auf den Fersen. Dabei konnte er nicht wissen, dass sie unterwegs nach Rottach war. Selbst wenn er ihre Putzfrau unter Druck setzen würde, käme er nicht weiter. Niemand wusste, wohin sie unterwegs war. Auch Leuchtenberg nicht.

Trotzdem hatte sie von ihrem Sitzplatz aus aufmerksam jedes einfahrende Auto gemustert. Außerdem hatte sie die LKWs im Blick behalten, falls Bongarts ihr auf dem Beifahrersitz eines Transporters gefolgt war. Obwohl er nirgends zu entdecken gewesen war, hatte sie sich nicht entspannen können. Zu ihrer Angst waren noch Kopfschmerzen gekommen, die immer stärker wurden.

Der Verkehr war über weite Strecken dicht gewesen, aber sie

war trotzdem zügig vorangekommen. Dabei hatte sie immer den Rückspiegel im Blick behalten. Erst als sie am Autobahnkreuz Crailsheim auf die A 7 abbog, spürte sie Erleichterung. Bongarts konnte ihr nicht gefolgt sein.

Die Stunden auf der Autobahn hatte sie dazu genutzt, über die vergangenen vier Wochen nachzudenken. An welchem Punkt war ihr Leben aus den Fugen geraten? Welche Warnsignale hatte sie übersehen, was war passiert, dass ihr Gespür für Gefahr sie verlassen hatte?

War es die Beziehung zu Wackerzapp gewesen, die sie aus der Bahn geworfen hatte? Oder Anellis Kaltschnäuzigkeit?

Kilometer um Kilometer hatte sie zurückgelegt, aber der Erkenntnis war sie nicht einen Millimeter näher gekommen. Immer wieder war sie die Ereignisse durchgegangen, die ihr Leben unumkehrbar verändert hatten. Zuerst der Tod von Dürselen und Kurzius. Das Schicksal der Frauen war ihr völlig egal gewesen. Ihr Leben hatte nicht gezählt. Sie hatten sich weggeworfen, indem sie für Geld die Beine breit gemacht hatten. Was sollte sie sich da um die Mädchen kümmern? Sie waren für ihre Dienste bezahlt worden, und sie hatten sicher auch ihren Spaß gehabt. Wenigstens in der Zeit, die sie im Allgäu hatten verbringen dürfen.

Und doch hätte sie schon damals wissen müssen, dass sie sich mitschuldig gemacht hatte. Mitschuld durch Unterlassung. Sie hätte den Mord an den Frauen verhindern müssen. Sie hätte ahnen müssen, dass Wackerzapp durchdrehen würde. Sie ein bisschen unter Druck setzen, okay. Damit wäre sichergestellt gewesen, dass sie die Klappe hielten. Carina Bauer war immer noch wütend, wenn sie daran dachte. Sie hätte die Frauen anders zum Schweigen bringen können. Zur Not mit ein bisschen Geld. So hatte Wackerzapp sie mit an den Abgrund gezerrt.

Die Frauen aus dem Weg räumen wie lästiges Gerümpel? Das hatte niemals gut gehen können. Warum hatte sie nur die Augen verschlossen? Weil sie wusste, dass im Grunde auch sie sich für Geld weggeworfen hatte? Und froh war, dass sie nicht einem ähnlichen Schicksal ausgesetzt war? Oder hatte sie gehofft, dass mit dem Verschwinden der Frauen ihre eigene Unzulänglichkeit getilgt würde?

Je länger sie nachdachte, umso stärker wurde das Gefühl, sich im Kreis zu drehen. Sie war daher froh und erleichtert gewesen, als endlich von Weitem die Spitze des Grünten mit der Sendeanlage auf dem Gipfelgrat des Überhorn in ihren Blick rückte.

Kurz vor der Autobahnabfahrt Durach hatte sie sich entschieden, nicht zu ihrer Rottacher Wohnung zu fahren. Die Angst vor Bongarts hatte sie trotz der mehr als 600 Kilometer, die nun zwischen ihr und Düsseldorf lagen, nicht ganz verdrängen können. Sie konnte nicht einschätzen, ob Bongarts diese Adresse kannte. Außerdem wollte sie nicht auffallen, wenn sie allein die Wohnung aufsuchte. Das Dorf hatte überall Augen und Ohren. Das hatte sie in den vergangenen Jahren zu spüren bekommen, wenn man sie bei den wenigen Gelegenheiten, zu denen sie und die Mädchen in der Umgebung zum Einkaufen unterwegs gewesen waren, neugierig gemustert hatte. Einmal war sie sogar von einer angeblichen »Nachbarin«, einer alten Bäuerin, dreist auf ihren Beruf und ihre »Feiern« angesprochen worden. Die Alte hatte sie dabei mit abwertenden Blicken bedacht. Carina Bauer hatte damals von geschäftlichen Besprechungen und Verhandlungen gesprochen, die von der Abgeschiedenheit des Allgäus profitierten.

Die Bäuerin hatte darauf nur mit einer gezischelten Bemerkung reagiert, die sie zwar nicht wörtlich verstanden hatte, deren Sinn sie aber erahnt hatte. Schon damals hätte sie die Konsequenzen ziehen und die regelmäßigen Treffen in eine andere Gegend verlegen müssen. Aber das war ihr irgendwie überzogen erschienen. Wie sollte ihr eine einfältige Bauersfrau gefährlich werden? Nicht einmal der Gedanke war ihr gekommen. Damals.

An der Kirche folgte sie der Hauptstraße Richtung Moosbach und nahm sich ein Zimmer im Sulzberger Hof. Dort würde niemand sie vermuten.

Nach dem Abendessen saß Carina Bauer auf der Hotelterrasse noch eine Weile bei einem Glas Rotwein. Sie war müde von der langen Fahrt und erschöpft von den Gedankenspielen, die sie jetzt wieder beschäftigten.

Die sanften Wiesen lagen saftig grün in der Abendstimmung. Die nahe Burgruine wirkte noch verwunschener als bei Tageslicht. Nur wenige Autos störten die abendliche Stille, die durch das Zirpen der Grillen noch eindringlicher wurde. Aber Carina Bauer hatte an diesem Abend keinen Blick für die Natur.

Sie nippte an ihrem Glas. Bevor sie ins Bett ging, wollte sie die kommenden Tage planen. Sie würde mit einem Sulzberger Makler den Verkauf der Rottacher Wohnung in die Wege leiten. Am besten den Verkauf aller Wohnungen. Danach würde sie weitersehen. Nach Düsseldorf wollte sie vorerst nicht zurück. Irgendwann würde Leuchtenberg sich melden, dann konnte er in ihrem Sinne handeln. Hoffte sie.

Sie fuhr sich über die Augen. Die Begegnung mit Bongarts lag nun schon zwei Tage zurück, und trotzdem meinte sie immer noch das Seewasser zu riechen. Auch Bongarts' feiste Fratze hatte sich tief in ihr Gedächtnis gebrannt. Carina Bauer schüttelte sich. Sie winkte müde lächelnd ab, als eine Serviererin, die sie anscheinend beobachtet hatte, sich erkundigte, ob alles in Ordnung sei.

Carina Bauer rieb sich über die Oberarme. Ein leichter Wind war von Moosbach oder Ottacker heruntergekommen. Sie sah den Berg hinauf, aber ihr Blick blieb bereits hinter der Wiese im dichten Nadelwald hängen. Sie versuchte sich zu erinnern. Dort oben lag der Rottachsee. Sie war ein paarmal mit einem Mountainbike das Ufer abgefahren. Dabei hatte sie sich unbeschwert, ja sogar glücklich gefühlt. Damals, als Anelli sie noch auf Händen getragen hatte. Sie schnaubte. »Auf Händen getragen«, wie billig das heute klang. Was hatte er schon getan?

Sie hatte sich von ihm vögeln lassen. Das war alles, was er getan hatte. Und geredet hatte er. Aber meist nur über sich selbst, seine Erfolge und seine Firma.

Carina Bauer fuhr sich erneut über die Augen. Es hatte sie damals nicht gestört, dass alles, was Anelli betraf, nur hohles Geschwätz gewesen war. Anelli war für sie damals nur ein Zeitvertreib gewesen.

Mit einem Mal fühlte Carina Bauer sich nur noch schmutzig. Schmutzig von ihrer Welt, die nichts gemein hatte mit der Natur um sie herum, die ihr zu anderen Zeiten als rein und unschuldig erschienen war.

Sie trank mit großen Schlucken ihr Glas leer und wollte gerade aufstehen, als ihr Mobiltelefon klingelte. Erschreckt ließ sie sich in den Korbsessel zurückfallen, sah ängstlich auf das Display und drückte dann hastig die grüne Taste.

Es war Leuchtenberg. Endlich.

»Wo bist du? Warum meldest du dich nicht?«

Leuchtenberg klang verwundert. »Ich hatte den ganzen Tag Termine. Warum? Was ist los?«

Carina Bauer atmete tief durch, bevor sie antwortete. »Du hattest recht. Ich trenne mich von der Wohnung. Ich will auch die übrigen Immobilien verkaufen.«

»Wo bist du? Du klingst wahrlich nicht entspannt.«

»Ich bin unterwegs.« Carina Bauer wollte vorerst ihren Aufenthaltsort für sich behalten.

»Geht es dir gut?«

In Leuchtenbergs Stimme lag ein lauernder Unterton. Sie beschloss, wachsam zu bleiben.

»Mir geht es gut. Ich bin lediglich müde. Die vergangenen Wochen waren doch ein bisschen viel.«

»Habe ich dir das nicht gesagt, dass du dich übernimmst? Auch in Sachen Duisburg haben wir noch Zeit genug. Carina, du arbeitest zu viel. Du musst auf dich aufpassen.« Leuchtenberg klang ehrlich besorgt.

Was sollte sie ihm erzählen? Konnte sie ihm vertrauen?

»Pass auf, Ferdinand. Ich muss für ein paar Tage verschwinden. Ein paar Sachen regeln.«

»Sag endlich, was los ist. Du bist im Allgäu, stimmt's?«

»Woher weißt du das?« In Bauers Kopf schrillten sämtliche Alarmglocken.

»Das sagt mir mein Gefühl. Rottach ist der einzige Ort, den du aufsuchen würdest, ohne eine Nachricht zu hinterlassen.«

»Red keinen Blödsinn. Woher weißt du das?« Leuchtenberg kannte sie offenbar besser, als sie geahnt hatte. Sie hatte ihn unterschätzt. All die verfluchten langen Jahre hatte sie ihn unterschätzt.

»Nun reg dich nicht auf, Carina. Es ist nur eine Vermutung gewesen. Aber nun weiß ich ja, wo du bist. Ist jemand bei dir?«

Bauer sah Gänsehaut auf ihren Armen wachsen. »Was weißt du über Bongarts?«

Auf der anderen Seite herrschte Stille. Nur Leuchtenbergs gleichmäßiges Atmen war zu hören. Also doch, durchfuhr es sie.

»Warum hetzt du mir dieses Schwein auf den Hals?« Carina Bauer hatte das Gefühl, laut schreien zu müssen.

»Carina, bitte beruhige dich. Soll ich vorbeikommen? Ja, ich komme. Wo bist du? Bist du in der Wohnung?«

»Du bleibst, wo du bist. Ich will dich hier nicht sehen.« Sie sprang auf. Ihr Puls raste. Noch vor wenigen Stunden hatte sie das Gefühl gehabt, nur Leuchtenberg könne ihr noch helfen. Mühsam drehte sie ihr Gesicht zur Seite. Die Kellnerin sollte sie so nicht sehen.

»Entschuldige, wenn ich dir das jetzt so sage, aber du machst einen völlig fertigen Eindruck auf mich, Carina. Was ist passiert? Du musst es mir sagen, sonst kann ich dir nicht helfen.«

Ich weiß nicht mehr, ob ich mir von dir helfen lassen will, dachte sie. Sie musste nachdenken. Sie musste Zeit gewinnen. Sie hatte das Gefühl, auf dieser Terrasse wie ein Reh im Büchsenlicht zu stehen.

Sie zwang sich, ruhiger zu atmen und setzte sich wieder. Es

sollte wie ein normales Gespräch über Geschäfte klingen. »Ich treffe mich mit einem Makler. Ich werde ihm die Vollmacht geben, alle meine Immobilien zu verkaufen.«

»Carina, das ist doch nur die halbe Wahrheit. Ich merke doch, dass du vor irgendetwas oder vor irgendjemandem Angst hast. Vertrau mir, Carina, Schatz.«

»Sieh zu, dass du die restlichen Unterlagen bereithältst, wenn der Makler sich meldet. Wie gesagt, er hat dann alle Vollmachten. Und nenn mich nicht Schatz.«

»Das klingt ganz so, als wolltest du – untertauchen?«

»Frag nicht, tu, was ich dir sage.«

»Du bist doch auf der Flucht! Vor wem?«

Sie sah sich um. Inzwischen hatte man die Terrassenbeleuchtung eingeschaltet. Das Licht blendete sie, sodass sie nicht mehr viel weiter als bis zur Hoteleinfahrt sehen konnte. Was in der Dunkelheit dahinter passierte, blieb ihr verborgen. Jeder konnte dort stehen und auf sie anlegen: Bongarts, Leuchtenberg, wer auch immer. Trotzdem war sie wie gelähmt.

»Hast du mir Bongarts geschickt?«

»Bongarts? Warum Bongarts?«

»Du kennst ihn also. Hast du ihn geschickt?« Sie sprach eindringlich und etwas zu laut in ihr Mobiltelefon. Aus den Augenwinkeln bemerkte sie, dass die Kellnerin erneut aufmerksam geworden war. Auch das noch. Während sie das Telefon weiter an ihr Ohr hielt, winkte sie sie herbei und bestellte mit einer Handbewegung noch einen Wein. Die junge Frau entfernte sich mit einer knappen Verbeugung.

»Carina, ich weiß nicht, was dir passiert ist. Aber ich habe Bongarts nirgends hingeschickt. Ich habe nichts mit ihm zu tun. Ja, ich kenne ich. Das heißt, ich weiß, dass Wackerzapp ihn kannte. Aber ich habe nie direkt mit ihm zu tun gehabt. Dazu bestand auch überhaupt kein Anlass. Was ist passiert, Carina?«

Sie schwieg zunächst und brach schließlich in Tränen aus. Mit stockender Stimme berichtete sie ihm von ihrer Begegnung am De-Witt-See, dem Besuch der beiden Ermittler und ihrer überstürzten Flucht. Zwischen den einzelnen Passagen wischte sich Carina Bauer mit einem Tempo die Tränen aus dem Gesicht. Am Ende ihrer Schilderungen schluchzte sie nur noch.

»Carina«, klang es samtweich an ihr Ohr. »Meine kleine Carina, bitte weine nicht. Alles wird gut. Ich werde dir helfen, keine Frage.«

Sein leiser Tonfall hatte eine unerwartet beruhigende Wirkung. Sie fühlte sich mit einem Mal in ihre Kindheit zurückversetzt, damals, als ihr Leben noch unberührt von all den Lügen, dem Schmutz, den Erpressungen und diesen widerlichen Morden gewesen war.

»Du musst mir glauben, Carina, ich habe mit alldem nichts zu tun. Ich kann mir das nur so erklären, dass Wackerzapp sein Maul zu weit aufgerissen hat. Wer weiß, was er Bongarts alles erzählt hat. Auf alle Fälle so viel, dass der meint, sich jetzt ein Stück vom Kuchen holen zu können.«

Bauer schnäuzte sich und nahm dankend das Glas Wein entgegen.

»Ich werde sehen, was als Erstes zu tun ist. Ich fürchte nur, mein Liebes, dass du in Düsseldorf hättest bleiben sollen. Die Polizei wird deine unerwartete Abreise möglicherweise falsch deuten, sollte man dich noch einmal aufsuchen wollen. Und ich fürchte, das wird man tun. Vor diesem Hintergrund wäre es auch nicht klug, die Wohnungen jetzt auf den Markt zu werfen. Zumal es Wochen dauern würde, bis die Verträge unter Dach und Fach sind. Carina, wir dürfen jetzt nichts überstürzen. Wir müssen in Ruhe überlegen, was zu tun ist.«

Vielleicht hat er ja recht, dachte sie, vorausgesetzt, er war nicht der Drahtzieher der ganzen Sache. Aber was halfen diese Gedanken jetzt? Sie hatte keine Wahl, agieren konnte sie jetzt nicht. Nur reagieren. Sie musste auf ihre Chance warten, Licht in die Sache zu bringen.

»Was schlägst du also vor?«

»So gefällst du mir, meine Kleine, schon fast wieder die Alte. Mit einem kühlen Kopf lassen sich selbst dunkle Gedanken in positive Energie verwandeln.«

»Was zum Teufel schlägst du vor?«

»An deiner Stelle würde ich mich ruhig verhalten. Fahr auf keinen Fall in die Wohnung. Wer weiß, ob die Bullen nicht längst die Polizei vor Ort aufgescheucht haben. Such dir ein kleines unauffälliges Hotel und warte. Hast du genug Geld?«

Sie nickte unwillkürlich, obwohl er sie nicht sehen konnte. »Es wird eine Zeit lang reichen.«

»Das ist gut.«

»Nichts ist gut.«

»Ich weiß, aber die einzige Chance ist jetzt, Ruhe zu bewahren. Den Gegner beobachten und kommen lassen. Und dann zuschlagen. Ich werde mich um Bongarts kümmern. Versprochen. Ich denke, ich weiß, wo ich ihn finden kann. Und wir müssen wissen, was die Bullen tun. Was sie wissen und vorhaben. Ich kenne da jemanden im Präsidium. Jemand, der unzufrieden ist, weil er sich bei einer Beförderung übergangen fühlt. Solche Gemüter sind dankbare Informationsquellen. Höchst dankbare.«

»Ich will weg von allem. Ich halte das nicht mehr aus, Ferdinand. Ich will verschwinden und woanders neu anfangen. Egal, wo.«

Sie hörte, dass er lächelte.

»Keine Sorge, es ist bald vorbei. Nur noch diese eine kleine Sache. Und auch die ist bald überstanden. Denk nur, über WDR 2 haben sie heute Nachmittag verbreitet, dass bald auch die Liegenschaften in Solingen von der LEG aufgekauft und vermarktet werden. Die Franzosen werden leer ausgehen. Das ist doch schon mal ein Erfolg. Demnach hat unser Mann unsere Warnungen und ›Arbeitsaufträge‹ richtig verstanden. Er wird auf jeden Fall dichthalten. Nach allem, was wir über ihn haben. Ich finde, das ist doch mal eine gute Nachricht, nicht wahr? Die Italiener werden zufrieden sein.«

Sie wusste nicht mehr, was sie denken, fühlen oder sagen sollte.

»Bongarts. Er ist der Teufel.«

»Ich habe dir gesagt, ich kümmere mich um ihn. Verlass dich auf mich.«

Wenn ich das nur könnte, dachte sie.

»Das wird vielleicht ein, zwei Tage dauern. Ich sage außerdem für dich den Termin bei dem Makler ab. Schick mir seine Nummer auf mein Handy. Und bleib der Wohnung fern. Versuch lieber, dich ein wenig zu entspannen. Geh wandern, die frische Luft wird dir guttun. Das Allgäu wird dir die nötige Ruhe schenken. Ich melde mich sehr bald wieder bei dir.«

Nachdem Leuchtenberg aufgelegt hatte, drehte sich alles in ihrem Kopf. Vielleicht lag es aber auch nur am Wein. Sie trank das Glas leer und ging auf ihr Zimmer.

Sie war froh, die Tür hinter sich abschließen zu können, und fiel bald in einen unruhigen Halbschlaf, aus dem sie immer wieder aufschreckte. In ihren Träumen sah sie ihre Eltern, mit denen sie zusammen an einem gedeckten Kaffeetisch saß und lachte. Es war ein schlechter Traum, denn immer wenn sie die Hände der Eltern greifen wollte, fühlte sich nichts.

Mitten in der Nacht wachte sie von einem ohrenbetäubenden Knall auf. Sie fuhr erschrocken aus ihren Kissen hoch und blieb atemlos auf dem Bett sitzen. Sie wusste nicht gleich, was passiert war. Das Fenster war geschlossen, die Tür ebenfalls, stellte sie mit einem schnellen Blick fest. Erst als vor dem Fenster mehrere Blitze über den nachtschwarzen Himmel zuckten und gleich darauf mit lautem Krachen irgendwo in der Nähe einschlugen, wusste sie, dass sich über ihrem Kopf ein schweres Gewitter entlud. Der Regen prasselte in dicken Tropfen gegen die Scheibe.

Carina Bauer stand auf und stellte sich ans Fenster. Aber es regnete nur noch. Lediglich in der Ferne sah sie ein paarmal ein kurzes Wetterleuchten.

Am Morgen, nach einem späten Frühstück, sah das Allgäu

so unschuldig und grün aus wie stets zu dieser Jahreszeit. Carina Bauer hatte lange auf der Terrasse gesessen und bei Semmeln und Orangensaft das Unwetter vergessen. Zu ihrem eigenen Erstaunen fühlte sie sich ausgeschlafen und ruhig. Düsseldorf, Bongarts, Wackerzapp und Leuchtenberg waren ein Stück von ihr weggerückt.

Die Luft war noch ein wenig kühl vom Regen der Nacht, und es roch nach frisch geschlagenem Holz. Als die Kellnerin, die sich am Abend zuvor um sie gekümmert hatte, abräumte, erzählte sie, dass in der Nacht der Blitz in die Spitze der nahen Kirche Heiligste Dreifaltigkeit gefahren sei. »Aber dem Herrgott hat's nix ausgemacht«, hatte sie lächelnd hinzugefügt. Und: »Mir im Allgäu stehen unter seinem besonderen Schutz.«

Unschlüssig hatte Carina Bauer erst auf ihre Uhr gesehen und dann hinüber zur Burgruine. Dann stand sie auf und sog die Allgäuer Luft tief ein. Sie würde nach Moosbach hinauffahren und um den See wandern.

Sie stellte ihren Wagen am Sportplatz ab und blickte auf den See hinunter. Seine Oberfläche sah aus wie dunkelgrün lackiert. Im Hintergrund stellten sich das Wertacher Hörnle, die Ellegghöhe und der Grünten ins Bild.

Carina Bauer spürte den Impuls, übermütig die Wiese hinunterzulaufen und sich laut jauchzend ins Wasser fallen zu lassen. Auf dem Weg würde sie übermütig die Kleidung von sich werfen und nackt in den See eintauchen. Sie seufzte und schüttelte den Kopf. Woher kam bloß mit einem Mal diese Unbekümmertheit? Sie hob für einen Augenblick den Kopf und spürte die Sonne auf ihrem Gesicht.

Am Moosbacher Ufer hatten einige Badegäste ihre Decken ausgebreitet. Gegenüber in Petersthal lag ein Dutzend Segelboote vertäut im kleinen Hafenbereich.

Carina Bauer suchte mit den Augen nach dem alten Pestfriedhof, der außerhalb von Petersthal lag. Sie fand ihn nicht gleich. Nur das dunkle Mauerband aus Bruchsteinen, das sie auf dem helleren Grün wahrnahm, zeigte ihr die Stelle an. Sie würde dem Denkmal auf ihrem Weg um den See einen kurzen Besuch abstatten.

Gemächlich wanderte sie los und passierte schon bald die Mariengrotte. Ihre Schritte knirschten leise auf dem Schotterweg. Ansonsten war es still. Tief in ihre Gedanken versunken, die nichts mit den Erlebnissen der jüngsten Zeit zu tun hatten, folgte sie dem Weg, der meist am See entlangführte, ab und an aber auch ein Stück den Berg hinauf.

Niemand begegnete ihr. Nicht einmal ein Radfahrer oder ein einsamer Jogger. Sie war mit sich und der Natur alleine.

Die Wiesen waren weitgehend gemäht, auf einigen Weiden standen Kühe im Schatten alter riesiger Tannen, die sich gelegentlich zwischen oder an schrundigen Felsbrocken aus zusammengebackenen Kieselsteinen zu kleinen Gruppen zusammengefunden hatten. Immer wieder blieb sie stehen, um den Kühen beim Wiederkäuen zuzusehen, den Vögeln zu lauschen, die in den Bäumen und Sträuchern saßen, oder den Blick über den See zu genießen. Sie streckte dann ihre Arme aus und reckte sich. So wohl hatte sie sich schon lange nicht mehr gefühlt.

Nach gut eineinhalb Stunden hatte sie das eine Ende des Sees erreicht. Von da an ging es auf der Petersthaler Seite weiter. Kurz bevor sie in ein Waldstück einbog, kam ihr ein alter grauer Traktor entgegen, der von einem Mann in kurzen Lederhosen und breitkrempigem Filzhut gesteuert wurde. Auf einem kleinen Holzpodest hinter seinem Sitz lag ein weißer Schäferhund und sah sie aufmerksam an. Der Mann grüßte sie im Vorbeifahren freundlich.

Carina Bauer schmunzelte. War sie also doch nicht alleine! Sie hatte noch die tiefen Töne des gleichmäßig laufenden Motors in den Ohren, als sie in den Schatten des Waldes kam, der zwischen ihr und Petersthal lag. Tief atmete sie den würzigen Duft ein. Irgendwo musste geschlagenes Holz liegen.

Für einen Augenblick dachte sie daran, ihre Wohnung in Rottach doch nicht aufzugeben.

»Carina. Liebes. Da bist du ja endlich. Ich habe lange auf dich warten müssen.«

Im Unterholz hinter ihr knackte es mehrfach laut.

Die Anwältin fuhr herum.

»Nein. Nein.« Mehr brachte sie nicht über die Lippen.

Ihr Gehirn musste ihr einen bösen Streich spielen. Sie wollte es nicht glauben. Vor ihr stand Wackerzapp.

»Nein!« Sie schrie laut und schüttelte ihren Kopf. Sie wollte rennen, aber ihre Beine gehorchten ihr nicht.

»Habe ich dich etwa erschreckt?« Er lachte übermütig. »Hast du gedacht, du könntest mir entkommen?«

Die Stimme! Das war nicht Wackerzapp! Carina Bauer blinzelte angestrengt. Sie zwang sich, einen Schritt vorzutreten, aber ihre Beine waren wie gelähmt.

»Carina. Nun reiß dich mal zusammen. So schlimm wird es ja wohl nicht sein.«

Sie fuhr sich über die Augen. Wackerzapp war verschwunden. Bongarts stand vor ihr und grinste sie an. Der Teufel. Er musste der Teufel sein.

»Wir haben eine Verabredung. Erinnerst du dich?«

»Was wollen Sie?« Ihr Atem ging rasselnd. Sie hatte das Gefühl, die Tannen würden über ihr umstürzen und das Gewicht der Stämme sie erdrücken.

Bongarts trat auf den Weg. »Gut schaust du aus. Ich sehe, das kleine Bad hat dir nicht geschadet.« Er lachte meckernd. Abrupt verstummte er wieder, und seine Augen wurden zu schwarzen Löchern. »Du Schlampe, du kannst mich nicht verarschen. Hast wohl gedacht, du könntest mir entwischen? Pah!«

»Ich habe hier kein Geld.« Carina Bauer breitete die Arme aus. Eine lächerliche Geste, dachte sie gleichzeitig.

»Ach, nee. Wirklich nicht?«, neckte er sie.

»Bitte, lassen Sie mich gehen. Ich –« Sie nahm die Arme wieder herunter.

Sie musste an ihm vorbei! Nein, sie musste zurücklaufen.

Vielleicht kam ja auch der freundliche Traktorfahrer zurück. Der Schweiß rann ihr den Rücken hinunter, außerdem brannte er in ihren Augen.

»Nun beruhige dich doch, bist doch sonst immer die coole Anwältin. Hier hast du keine Chance. Der Bauerntrottel auf dem Traktor wird dir nicht helfen.«

Bongarts schien Gedanken lesen zu können.

Carina Bauer hatte das Gefühl, ihre Beine würden ihren Dienst versagen. Sie meinte zu schwanken. Wo war ein Stein oder ein Baumstumpf? Sie musste sich setzen. Alle Kraft, die sie noch vor wenigen Minuten gespürt hatte, alle Lebensfreude, die zurückgekommen schien, war verflogen.

»Hältst du mich für blöd? Ja, sicher hältst du mich für blöd! Du Drecksschlampe. Du Opfer. Meinst du, ich wüsste nicht, dass du die Kohle hier nicht spazieren führst?«

»Was, was wollen Sie dann von mir?« Sie würde gleich zusammenbrechen.

»Nun«, Bongarts schlug einen vertraulichen Ton an, »ich wollte mich nur in Erinnerung bringen. Damit du unsere Abmachung auch ja nicht vergisst.«

Sie flüsterte jetzt nur noch: »Nein. Nein.«

»Sagtest du schon«, bestätigte er ironisch.

»Wie haben Sie mich gefunden?«

»Hast du allen Ernstes gedacht, ich würde dich aus den Augen lassen? So blöd kannst du doch nicht sein. Du bist meine Lebensversicherung. Dazu noch eine hübsche.«

Carina hatte das Gefühl, sie stünde nackt vor ihm.

»Ich, ich warte noch auf die Entscheidung. Sie muss jeden Augenblick kommen. Ich rufe Sie dann an. Sicher.«

Seine Blicke wurden intensiver. »Ich weiß nicht. Das klingt mir alles zu sehr nach Wischiwaschi. Vielleicht sollten wir die nächsten Tage einfach zusammenbleiben? Was meinst du? Nur wir beide? In deinem hübschen kleinen Hotelzimmer.«

Sie schluckte.

»Ich habe dich beobachtet. Feine Manieren hast du. Aber«,

er trat einen Schritt auf sie zu, »die sind nur einen Dreck wert. Ich weiß, was du tust, und ich weiß, dass du das Leben anderer Menschen in den Dreck ziehst. Das kannst du selbst mit deinem vornehmen Getue nicht überpinseln.«

Er tänzelte vor ihr auf und ab und spreizte dabei einen kleinen Finger ab.

»Sie, Sie sind mir gefolgt?« In ihrem Kopf spulte sie die Bilder der Fahrt und des Tankstopps im Schnelldurchlauf noch mal ab. Sie konnte Bongarts darauf nicht entdecken.

Bongarts grinste böse. »Ich habe mir gedacht, ein bisschen Luftveränderung tut ganz gut.«

»Sie haben mich beobachtet?« Carina Bauer fühlte sich mit einem Mal wieder schmutzig.

»Was denkst du?«

Ihn schien die Angst zu amüsieren, die er in ihren Augen sehen konnte.

»Wie sind Sie mir gefolgt?« Carina Bauer konnte keinen klaren Gedanken fassen. Immer wieder schoben sich die Gesichter von Wackerzapp, Dürselen, Kurzius und Leuchtenberg vor ihre Augen. Wie Gespenster. Sie versuchte, sie abzuschütteln, brachte aber nur ein Zittern zustande.

»Kalt?«

Sie schüttelte den Kopf.

»Entspann dich, Mädchen. Wir haben schließlich Sommer.« Er deutete auf die Bäume. »Hübsch, nicht? Haben wir in Düsseldorf nicht.«

»Wie?«

Er verschränkte die Arme. »Lass mal überlegen. Wie habe ich das angestellt?« Er legte einen Finger an die Lippen. »Tja, war ganz einfach.«

»Bitte!«

»Ich war immer in deinem Nacken. Das muss dir genügen, Carina-Mäuschen. Immer.«

»Lassen Sie mich gehen.«

»Halte ich dich etwa fest?« Bongarts tat verwundert. »Wir

können zusammen ein Stück gehen. Ich begleite dich zu deinem Hotel zurück. Dann trinken wir zusammen ein Glas Wein. Du kannst mir sicher einen guten Tropfen empfehlen. Und dann zeigst du mir dein Zimmer.«

»Bitte! Bitte.« Sie konnte sich kaum mehr auf den Beinen halten.

»Ich lasse dich nicht mehr aus den Augen. Begreif das endlich. Ich bin so etwas wie dein Beschützer. Ich bestimme, wohin du gehst, was du tust und wen du triffst.« Bongarts drehte sich um seine eigene Achse. »Du gehörst mir.« Er trat auf sie zu und bot ihr seinen Arm an. »Komm.«

Carina Bauer würgte es. Sie würde Bongarts auf keinen Fall anfassen. Sie zuckte zurück. Bongarts war wie ein toter Fisch, schleimig, aufgedunsen und mit blinden Augen.

»Was ist?«

Mit einer letzten Kraftanstrengung stieß sie sich vom Waldboden ab und federte nach vorne. Mit einem kräftigen Stoß trieb sie ihm ihre Arme in den Oberkörper. Verblüfft taumelte Bongarts mit einer kurzen Drehung ein Stück zur Seite. Weit genug, sodass sie an ihm vorbeikam.

Sie rannte den Weg entlang Richtung Petersthal und hörte Bongarts' Schritte und sein Keuchen hinter sich.

Schon nach wenigen Metern bekam sie Seitenstechen. Sie würde gleich stehen bleiben müssen! Doch ihre immer größer werdende Angst trieb sie an und mobilisierte ihre letzten Reserven. Ohne Blick für die Umgebung floh sie auf der Höhe des Hügels zur Abbiegung Richtung Petersthal. Bergab ging es leichter.

Sie traute sich nicht, sich umzudrehen. Immer noch hörte sie Bongarts keuchen. Auch er war nicht trainiert, im Gegensatz zu ihr deutlich übergewichtig und auch ein ganzes Stück älter.

Längst hatte sie den dunklen kühlen Wald hinter sich gelassen. Für eine Sekunde spielte sie mit dem Gedanken, zum See hinunterzulaufen, um Bongarts schwimmend zu entkommen. Aber sie wusste nicht, ob sie es bis zum Ufer gegenüber schaffen würde. Das unbekannte Wasser machte ihr nun zusätzlich Angst.

Gleichzeitig hatte sie das Gefühl, dass Bongarts den Abstand zu ihr verringert hatte. Warum kam ihr niemand entgegen? Wo war der Mann mit dem Traktor? Carina Bauer lauschte auf die Geräusche um sie herum, aber da war kein Motor!

»Du entkommst mir nicht, du Schlampe!« Bongarts schrie und keuchte gleichzeitig.

Sie spürte, wie ihre Kraft schwand.

»Bleib stehen!« Bongarts war noch näher gekommen.

Carina Bauer hatte das Gefühl, keinen Zentimeter mehr voranzukommen. Ihre Füße waren schwer wie Blei, die Lunge brannte, ihr Brustkorb fühlte sich an wie von einer Eisenklammer umschlossen und wie kurz vor dem Platzen. Ihre Ohren schmerzten.

»Hab dich gleich!«

Ihr wurde schwarz vor Augen, sie taumelte mehr, als dass sie rannte.

»Carina!«, schrie Bongarts.

Sie drehte sich im Laufen nach ihm um. Das brachte sie aus dem Tritt. Sie stolperte noch ein paar Schritte und fiel dann hin.

In nächsten Augeblick war Bongarts über ihr. Er warf sich keuchend und mit dem ganzen Gewicht seines Körpers auf sie und presste sie an den Boden. »Hab ich dir nicht gesagt, dass du mir nicht entkommen kannst!«

Carina Bauer keuchte und meinte zu ersticken. Instinktiv schloss sie die Augen. Sie wollte nichts mehr sehen und nichts mehr fühlen. Plötzlich gab der Druck auf ihren Körper ein wenig nach. Sie schaffte es, ihre Arme schützend vor ihren Kopf zu heben. Sie hörte, dass sie wimmerte.

»Vergiss das nie!« Bongarts drückte sich endgültig von ihrem Körper ab. Er spukte auf ihre Bluse. »Sieh zu, dass du die Kohle ranschaffst.« Er warf ihr einen abschätzigen Blick zu. »Den Rest hole ich mir später.« Sein Blick ließ keinen Zweifel daran, was er meinte.

»Denk daran, ich bin bei dir, wenn du unter der Dusche stehst, ich liege neben dir, wenn du schläfst, und ich bin bei dir, wenn du isst.«

Bongarts holte mit dem Fuß zu einem Tritt gegen ihren Körper aus, ließ es aber bleiben. Stattdessen zog er sein T-Shirt zurecht und stieg über den Zaun, von dem aus sich eine leere Weide den Hügel hinauf erstreckte. Mit langen Schritten lief er auf den Hügelkamm zu.

Carina Bauer drehte den Kopf zur Seite und legte ihre Wange auf den Schotter, der spitz in ihre Haut stach. Sie spürte keinen Schmerz. Ihre Augen starrten auf das Grau des Wanderwegs. Ihr Atem verließ rasselnd ihre Lungen. Ihr Mund war trocken. Als sie den Kopf leicht hob, sah sie am Wegrand einen hohen verwitterten Baumstumpf, von dem der Rest eines knorrigen Astes wie eine Nase abstand.

Sie wollte am liebsten sterben.

XXXI.

»Wer ist da?« Ecki glaubte den Namen nicht richtig verstanden zu haben.

»Ein Anwalt aus Düsseldorf. Leuchtenberg heißt er.« Der Kollege von der Leitstelle wirkte leicht genervt.

»Schick ihn rauf, Rainer.«

Kaum zwei Minuten später ging die Tür auf, und der Anwalt schob sich geschmeidig in das Büro der beiden Ermittler.

»Oh, ist Herr Borsch nicht im Haus?«

Leuchtenberg war an der Tür stehen geblieben.

»Was kann ich für Sie tun?«, überging Ecki die Frage.

»Darf ich mich setzen?« Ohne Eckis Antwort abzuwarten, zog Leuchtenberg einen Stuhl zu sich.

Ganz schön dreist, dachte Ecki.

»Schade, dass Herr Borsch nicht zugegen ist.« Der Anwalt zupfte sein Einstecktuch zurecht und zog dann seine Manschetten aus den Jackettärmeln hervor.

Leuchtenberg inszeniert sich wie ein eitler Pfau, dachte Ecki, wie albern.

»Ich möchte eine Aussage machen, die von weitreichender Bedeutung für alle Beteiligten ist. Und daher wäre es mir sehr recht, wenn Sie Ihren Kollegen informieren würden.« Der Anwalt schlug die Beine übereinander.

Oh, Gott, dachte Ecki nur.

»Sie werden vorläufig mit mir vorliebnehmen müssen.« Ecki hob übertrieben bedauernd die Hände.

»Es geht um Frau Bauer.« Ferdinand Leuchtenberg ließ sich nicht anmerken, was er über Ecki dachte.

»Wie gesagt, nur zu. Ich bin ganz Ohr.«

Leuchtenberg seufzte und räusperte sich. »Ich will es mal so ausdrücken: Frau Bauer ist in Gefahr.«

»Es geht um Frau Bauer. Schön. Wissen Sie, wo wir sie erreichen können? Wir haben nämlich noch einige Ungereimtheiten auf unserem Zettel, die wir gerne klären würden.«

»Haben Sie mich nicht verstanden? Es geht um Frau Bauer. Sie schwebt in Lebensgefahr.«

»Und wo?« Ecki hatte die Nase voll von Leuchtenbergs überheblichem Getue.

»Sie sollten sich nicht mit diesem Ich-bin-hier-der-Bulle-Gehabe aufhalten. Dazu ist die Situation zu ernst.«

»Und Sie sollten endlich aufhören, hier den Gentleman zu spielen.« Was bildete sich dieser Winkeladvokat ein?

»Sie sind viel zu emotional, Herr Eckers.« Leuchtenberg lächelte hintersinnig. »Können wir jetzt bitte unser Gespräch aufnehmen. Wir dürfen wirklich keine Zeit verlieren.«

Ecki hob eine Augenbraue, antwortete aber nicht.

»Sehen Sie, Sachlichkeit sollte unsere Zusammenarbeit prägen.«

Ecki musste an sich halten und bemühte sich um einen neutralen Ton. »Frau Bauer ist also in Lebensgefahr. Woher wissen Sie das?«

»Carina hat mich angerufen. Jemand versucht, sie umzubringen.«

»Und wer soll das sein?« Ecki war wenig überzeugt von der Dramatik der Geschichte.

»Heinz Bongarts.«

»Heinz Bongarts? Der Name sagt mir nichts.«

»Heinz Bongarts ist ein Freund von Rainer Wackerzapp gewesen. Eigentlich doch kein Freund, eher ein Komplize.«

Ecki war mit einem Schlag hellwach. »Ja?«

»Heinz Bongarts, genannt Bonny, hat zwei Frauen getötet, außerdem ist er für den Tod von Rainer Wackerzapp und Ernst Büschgens verantwortlich.«

»Moment.« Ecki rief im Archiv an und ließ sich von Schrievers mit Jakisch verbinden. Er wollte nicht warten, bis Frank von der Staatsanwaltschaft zurück sein würde.

»Ich sehe, dass Sie die Situation nun doch richtig einschätzen, Herr Eckers. Das freut mich.«

»Bitte erzählen Sie weiter.« Ecki machte eine einladende Handbewegung. Leuchtenbergs Verhalten war reine Provokation, aber das ließ er sich nicht anmerken. »Warum sollte dieser Bongarts Frau Bauer umbringen wollen?«

»Nun, sie besitzt gewisse Unterlagen.«

»Das scheint mir nicht zwangsläufig ein Mordmotiv zu sein.« Ecki spielte mit seinem Bleistift.

»Wenn es aber Dinge sind, die Bongarts belasten, dann schon.«

»Sie müssen ein bisschen deutlicher werden.«

»Wissen Sie, Wackerzapp mag zwar ein grobschlächtiger Typ gewesen sein, aber er war nicht dumm. Eine Art Bauernschläue, wenn Sie so wollen. Wackerzapp hatte immer einen Plan B.«

»Das heißt?« Bislang konnte Ecki wenig mit Leuchtenbergs Erklärungen anfangen.

»Carina besitzt Unterlagen, sagen wir besser: Fotos, auf denen Bongarts zu sehen ist, zum Beispiel mit Samantha Kurzius, in sehr eindeutiger Situation. Außerdem hat Wackerzapp den Mord an Julia Dürselen fotografiert. Heimlich, ohne dass Bongarts das bemerkt hat. Wackerzapp hat sich wohl gedacht, dass ihm diese Aufnahmen einmal nützlich sein könnten.«

Während Leuchtenberg sprach, hatte Carsten Jakisch den Raum betreten und sich an die Wand gelehnt, von der aus er Leuchtenbergs Mimik beobachten konnte.

Ecki nickte ihm nur kurz zu und wandte sich dann wieder an den Anwalt. »Wenn ich Sie richtig verstehe, haben Bongarts und Wackerzapp den Mord an Frau Dürselen gemeinsam begangen?«

Leuchtenberg nickte. »Das ist richtig.«

»Und der Mord an Samantha Kurzius?«

»Auch den hat Bongarts begangen.«

»Er war im Allgäu?« Carsten Jakisch schaltete sich in das Gespräch ein.

»Mit dem Motorrad.«

»Kennen Sie diesen Bongarts?« Ecki machte sich einige Notizen. Er würde Frank eine Menge zu erzählen haben.

»Nein. Das heißt, nicht direkt. Ich habe von Carina gehört, dass Wackerzapp ihr einiges über ihn erzählt hat.«

»Carina Bauer hat mit Wackerzapp über diese Dinge gesprochen?«

»Wissen Sie, Herr Eckers, die beiden hatten eine kurze, aber heftige Beziehung. Wackerzapp hat viel erzählt, vermutlich hat er vor Carina geprahlt.«

Ecki sah, dass Leuchtenbergs Augen zuckten, als er die Beziehung erwähnte. Ihm war Carina also nicht egal, dachte Ecki.

»Ein Mann prahlt im Bett mit zwei Morden? Dass er sie begangen hat oder zumindest beteiligt war? Klingt das nicht ein wenig abenteuerlich? Selbst in den Ohren eines Anwalts?«

»Wissen Sie, Carina steht auf, nun ja, eine spezielle Art von Sex. Sie hat die Erzählungen von Wackerzapp als erotische Phantasien gewertet und, nun ja, auch genossen.«

Ecki konnte sehen, dass sich auf Leuchtenbergs Stirn kleine Schweißperlen gebildet hatten. Er fragte sich, welche Phantasien Leuchtenberg in Bezug auf Carina Bauer hatte.

»Wollen Sie damit andeuten, dass Frau Bauer auf Sadomasospiele stand?« Carsten Jakisch stieß sich von der Wand ab und ging zum Fenster. Dort drehte er sich zu dem Anwalt um und sah ihn aufmerksam an.

»Wenn Sie das so nennen wollen.«

Dem Anwalt war das Thema sichtlich unangenehm.

»Das klingt ja alles sehr interessant, aber ist es nicht eher so, dass Frau Bauer die zentrale Figur in diesem mörderischen Spiel ist?«

Ferdinand Leuchtenberg schüttelte energisch den Kopf. »Carina hat mit alldem nichts zu tun.«

»Wer dann? Sie vielleicht?«, fragte Ecki in scharfem Ton.

»Wäre ich dann hier? – Nein. Ich will Carina schützen. Vor Bongarts und vor falschen Verdächtigungen. Sie müssen etwas unternehmen. Carina ist im Allgäu. Und dort ist sie von Bongarts überfallen worden. Es geht um ihr Leben, Herr Eckers.«

»Lieben Sie Frau Bauer?«

Ferdinand Leuchtenberg sah Ecki mit einer Mischung aus ungläubigem Staunen, Bestürzung und Hilflosigkeit an. »Lieben? Das ist ein großes Wort, Herr Kommissar.«

»Wie würden Sie Ihre Beziehung denn bezeichnen?«

Carsten Jakisch sah, dass Leuchtenberg sein Gewicht auf dem Stuhl von einer auf die andere Seite verlagerte. Die Frage schien ihm mehr als unangenehm zu sein.

»Ich bin ein Freund von ihr. Eine Art Vaterersatz. So würde ich das bezeichnen, was uns beide verbindet.«

Ecki legte seinen Stift zur Seite. »Lieber Herr Leuchtenberg, um ehrlich zu sein, ich glaube Ihnen Ihre Version nicht.« Bevor er weitersprach, sah er Jakisch an, der erstaunt zurückblickte. Ecki hatte stattdessen Hilfe erwartet. Er war sich nicht sicher, ob er ihre jüngsten Ermittlungsergebnisse preisgeben sollte. Wenn es aber stimmte, dass Bauer nicht in Düsseldorf war – und das schien so zu sein, denn sie hatten sie auch bei einem zweiten Versuch nicht erreicht, zudem hatte ein Anwohner ihnen berichtet, dass Carina Bauer Gepäck in ihren Wagen geladen hatte –, dann konnte er Leuchtenberg ruhig mit den Resultaten ihrer Recherchen konfrontieren.

»Frau Bauer besitzt eine Wohnung in Rottach, richtig?«

Leuchtenberg nickte. »Das wissen Sie doch.«

»Wozu hat sie diese Wohnung benutzt?«

»Soweit ich weiß, hat sie dort Urlaub gemacht.«

»Allein?«

»Soviel ich weiß, ja.«

»Ich dachte, Sie hätten ein väterliches Verhältnis zu Frau Bauer?«, warf Ecki ein.

»Sie ist trotzdem eine erwachsene Frau.«

»Die Kollegen in Kempten haben in der Wohnung von Frau Bauer Fasern gefunden, die zu Frau Kurzius und zu Wackerzapp passen.«

Ferdinand Leuchtenberg sah Ecki schweigend an.

»Was macht Frau Kurzius in der Wohnung Ihrer Freundin, Vertrauten, angenommenen Tochter oder wie auch immer Sie sie nennen wollen?«

Leuchtenberg hatte sich wieder gefasst und strich über seine Weste. »Die Morde an den beiden Frauen haben in der Zeitung gestanden. Es gibt keine Motive, und es gibt bislang keine Täter. Das ist Fakt. Ich versichere Ihnen, dass Bongarts und Wackerzapp die Taten begangen haben. Mehr kann ich dazu nicht sagen.«

»Sie weichen mir aus, Herr Leuchtenberg.« Ecki machte sich Notizen.

»Sie wissen mehr, als Sie uns sagen.« Carsten Jakisch ging zur Wand zurück. Der Tag wurde nun doch noch interessant, dachte er. Heini war ja an sich ein netter Kerl, aber das Chaos in seinem Archiv war schon sehr anstrengend. Heini hatte zwar eine geniale Ordnung, ganz bestimmt sogar, aber in seinen Augen war das dominierende Prinzip Unordnung. Und damit konnte er nur schwer zurechtkommen.

»Sie müssen etwas unternehmen, bald kann es zu spät sein. Wer weiß, wann Bongarts zuschlägt.«

»Sie weichen aus, Leuchtenberg.« Eckis Stimme klang schneidend.

»Carina wird Wackerzapp ihren Wohnungsschlüssel geliehen haben. Das mag ja sein. Möglich, dass Wackerzapp Samantha Kurzius mit ins Allgäu genommen hat. Wollen Sie Carina aufgrund Ihrer Vermutungen eine Mordanklage oder Beihilfe zum Mord anhängen?«

Ecki lächelte Leuchtenberg an. »Das haben Sie gesagt. Ich will nur offene Fragen beantwortet kriegen und offensichtliche Ungereimtheiten verstehen.«

Leuchtenberg merkte, dass er einen Schritt zu weit gegangen war. »Können Sie nicht verstehen, dass ich mir Sorgen um Carina mache?«

»Wo sind diese Unterlagen, die Sie erwähnt haben?«

»Soweit ich weiß, sind die Fotos auf zwei Festplatten gespeichert. Oder auch nur auf USB-Sticks. So wie ich Carina kenne, wird sie sie bei sich haben.«

»Warum ist Frau Bauer ins Allgäu gefahren? Wissen Sie das? Will sie dort Urlaub machen? Das scheint mir wenig schlüssig, denn dann hätte sie sicher diese brisanten Dinge nicht dabei. Oder?«

»Sie kennen sie nicht, Herr Eckers. Carina ist ein Kontrollfreak. Sie überlässt nichts dem Zufall. Nein. In Wahrheit will sie die Wohnung in Rottach aufgeben. Und sich auch von den übrigen Immobilien trennen. Und dazu braucht sie ihre Unterlagen. Sie arbeitet weitgehend papierlos. Daher wird sie alles Wichtige mitgenommen haben.«

»Warum will sie ihre Wohnungen denn verkaufen? Ausgerechnet jetzt?«

Leuchtenberg hatte das Gefühl, dass er die Situation wieder im Griff hatte. Er lächelte verbindlich. »Ich vermute mal, dass sie die Freude an ihren Immobilien verloren hat. Ja, so wird es sein.« Er nickte wie zur Bestätigung.

»Ich habe eher die Vermutung, dass sie Spuren verwischen will.«

Leuchtenberg lächelte weiter. »Das ist Ihr Job, so zu denken, Herr Eckers. Das verstehe ich sehr gut. Aber ich gehe eher davon aus, dass sie sich zur Ruhe setzen will. Sie hat mit ihren Immobiliengeschäften genug verdient.«

»Das hat sie Ihnen so vor ihrer Abreise gesagt? Wann haben Sie sie überhaupt das letzte Mal gesehen?« Carsten Jakisch glaubte dem Anwalt kein Wort.

»Ich weiß nicht genau, aber es ist sicher schon eine gute Woche her.«

»Wissen Sie, dass die Wohnung in Rottach ursprünglich der Familie Dürselen gehört hat?«

Leuchtenberg zuckte mit den Schultern. »Möglich.«

»Ich denke, Sie beraten Frau Bauer?« Ecki wurde ungeduldig. Was wollte Leuchtenberg wirklich? Bauer schützen oder Nebelkerzen werfen?

»Das schon, aber alles habe ich natürlich auch nicht im Kopf.«

»Aber Sie müssen schon zugeben, dass es ein sehr seltsamer Zufall ist, dass Frau Bauer eine Wohnung von einer Familie kauft, deren Tochter von Bauers Liebhaber getötet wurde.«

Leuchtenberg wollte protestieren, aber Ecki hob die Hand.

»Oder von Bongarts. Oder von beiden zusammen.«

»Zufall, Herr Kommissar. Sie sagen es. Zufall.«

»Das glaube ich nicht.« Ecki wünschte sich Frank herbei. Seinem Freund wären sicher noch einige Fragen eingefallen, die Leuchtenberg vielleicht noch weiter aus der Reserve gelockt hätten.

»Wo genau hält sich Frau Bauer jetzt gerade auf?«

Ferdinand Leuchtenberg hob bedauernd die Hände. »Ich

weiß nur, dass sie in Sulzberg in einem kleinen Hotel abgestiegen ist.«

»Die Adresse?«

»Sulzberger Hof.«

»Seit wann ist sie dort?«

»Seit zwei Tagen, soviel ich weiß.«

»Seit zwei Tagen? Haben Sie ihr geraten, Düsseldorf zu verlassen?« Carsten Jakisch fixierte den Anwalt aufmerksam.

Ferdinand Leuchtenberg stand auf. »Ich beende hiermit meinen Besuch. Ich habe nicht den Eindruck, dass ich von Ihnen Hilfe erwarten kann. Ich bin enttäuscht, meine Herren. Guten Tag. Ich werde die Sache wohl selbst in die Hand nehmen müssen.«

Ecki hob seine Stimme. »Sie können jetzt nicht einfach gehen, Herr Leuchtenberg. Nicht nach allem, was Sie uns gesagt haben.«

»Sie wollen mich zurückhalten? Womit? Wollen Sie mir etwas anhängen? Ich bin gekommen, weil Carina in Gefahr ist. Ich habe Ihnen erklärt, warum. Und ich habe ausgesagt, dass Carina mit all den Dingen, die in den vergangenen Wochen passiert sind, nichts zu tun hat.«

Mit einem Seitenblick auf Jakisch stellte Ecki fest, dass sein Kollege Leuchtenbergs Ansicht teilte.

»Sie können gehen, Herr Leuchtenberg. Aber ich bin mir sicher, dass wir uns schon bald wiedersehen. Und dann werden Sie noch viele Fragen beantworten müssen. Wir werden Ihre Angaben überprüfen, Wort für Wort.«

»Tun Sie das. Aber zuerst helfen Sie bitte Carina Bauer.« Mit einer knappen Verbeugung verließ Ferdinand Leuchtenberg das Büro.

»Wir haben echt nichts in der Hand gegen ihn.« Jakisch ging zum Fenster und öffnete es.

»Hast du gesehen, wie der geschwitzt hat? Der hat noch mehr auf der Pfanne, als wir ahnen.«

Jakisch deutete auf das offene Fenster. »Wenn ich bei der

Hitze im Dreiteiler durch die Gegend laufen würde, wäre ich schon nach drei Minuten völlig durchgeweicht.«

Ecki nickte nachdenklich. »Die Sache stinkt. Mag ja vielleicht sein, dass er Angst um seine Freundin hat. Aber nicht nur, weil dieser ominöse Bongarts angeblich hinter der Frau her ist. Leuchtenberg will Bauers Beteiligung an der Mordserie verwischen. Er spürt, dass wir ihr auf den Fersen sind.«

»Er wird vermutlich selbst seinen Anteil an der Sache haben.« Jakisch fächelte sich Luft zu.

»Bislang taucht sein Name aber nirgends auf.«

»Observieren?«

»Wir werden abwarten müssen, mit welchen Ergebnissen Frank von der Staatsanwaltschaft kommt. Ich glaube aber, dass wir zumindest im Augenblick zu wenig in der Hand haben, um bei Carolina eine Observation durchzubekommen.«

»Soll ich vielleicht mal mit ihr reden?«

Nun überschätzt du dich doch ein wenig, dachte Ecki, sagte aber nichts. Stattdessen deutete er auf das Telefon. »Ruf du lieber erst mal deinen Kollegen Mayr an. Er soll nach Rottach fahren und Bauer befragen. Und sich umhören, ob sich in der Umgebung der Wohnung eine zwielichtige Gestalt herumtreibt. Im Augenblick bin ich mir nicht sicher, ob in Leuchtenbergs Geschichte auch nur ein Körnchen Wahrheit steckt. Aber das soll dein Kollege vor Ort klären.«

Carsten Jakisch straffte sich. Leuchtenberg würde ihm Bongarts beschreiben. Und dann würde er seinem Vorgesetzten einen Auftrag erteilen. Heute war tatsächlich ein guter Tag.

Robert Mayr war kaum aus dem Auto gestiegen, als er von hinten angesprochen wurde.

»Ham'S nix zum tun, dass Sie schon wieder da sind? Oder sind'S wegen der Milch gekommen?«

Beim leicht schrillen Ton der Bäuerin war Robert Mayr leicht zusammengezuckt. Diesmal keine Fliegen, sondern die Bäuerin. Na ja.

»Die Milch ist gut. Aber ich bin wegen der Wohnung da. Haben Sie jemanden dort gesehen?«

Die Bäurin hatte auch diesmal wieder ihren Besen dabei, den sie heute wie einen Speer mit Bart trug. »Ich scher mich nicht um andere Leut. Das habe ich Ihnen doch schon gesagt. Aber gesehen habe ich niemanden. Da oben is nix. Die Wohnung ist leer.«

Robert Mayr spürte, dass er zu schwitzen begann. Das lag aber tatsächlich eher an der Sonne, die schon ziemlich hoch am Himmel stand und auf seine Schultern und seinen Kopf brannte. Diese Frau war wirklich ein Glücksfall. Wenn sie niemanden gesehen hatte, dann war auch niemand an oder in der Wohnung gewesen. Für einen Augenblick war er versucht, sich zu bedanken und nach Kempten zurückzufahren.

War sowieso eine überflüssige Anfrage aus dem Rheinland. Wenn die ihre Verdächtigen nicht im Auge behalten konnten, wie sollte er sie dann ausgerechnet hier einfangen können? Als hätte er nichts anderes zu tun. Und wie Jakisch sich aufgeführt hatte! Als wäre er der rheinische Polizeipräsident persönlich. Dieser rothaarige Hanswurst. Auf der Stelle beschloss er, ihn doch nicht zu seiner Hochzeit einzuladen. Wenn er es geschickt genug anstellte, würde er Jakisch auf Dauer ins Rheinland abschieben können.

»Haben Sie mich nicht verstanden, da oben ist niemand.« Die alte Frau stieß den Besenstiel bei jedem Wort in Mayrs Richtung.

»Auch nicht einer, der aussieht wie ein Rocker? Ein Motorradfahrer? Oder die Besitzerin der Wohnung? Eine blonde große Frau?«

»Sie, was haben Sie gegen Motorradfahrer?« Die Bäuerin kam einen Schritt auf Robert Mayr zu. Der Bart des Besens schwebte knapp unter seinem Kinn. »Mein Enkel fährt eine schwere BMW. Das ist kein Rocker. Und mein Bruder, Gott hab ihn selig, ist schon im Krieg auf dem Motorrad gesessen, für Volk und Vaterland.«

Robert Mayr hob beschwichtigend die Hände. In Wahrheit wollte er sich den nach Gülle stinkenden Besen vom Hals halten. »Sehen Sie, das muss ein Ganove sein. So viel darf ich verraten. Ein dicklicher, untersetzter Typ. Eher eine schmierige Erscheinung. Jemand, der Böses im Schilde führt. Ob er eine BMW fährt, weiß ich allerdings nicht.« Da die Angriffshöhe des Besens nun fast mit seinem Mund zusammenfiel, beeilte er sich hinzuzusetzen: »Ich gehe aber fast mit Sicherheit davon aus, dass er eine andere Marke fährt.«

Sein Gegenüber ließ sich nicht beirren und hielt den Besen in Position. »Hier ist niemand. Das sage ich noch einmal. Kein dicker Motorradfahrer, keine Städterin. Und eine Milch gibt's heute auch nicht.«

»Wegen der Milch bin ich nicht da.«

»Tragen die Männer immer weiße Schläuche?«

»Ich verstehe nicht?«

»Sie waren doch da mit den vielen Leuten. Haben Sie nix gefunden?«

Robert Mayr hatte immer noch die Hände oben. Er würde eine Menge tun, aber auf keinen Fall mit ihr über seinen Fall reden. Jedenfalls nicht so genau. »Sie haben mir sehr geholfen. Aber da ich nun mal schon da bin, vertrete ich mir noch ein bisschen die Beine. Ich wollte schon beim letzten Mal der Kirche einen Besuch abstatten.« Er konnte sich gerade noch verbeißen, nicht noch ein »mit Ihrer Erlaubnis« anzuhängen.

»Sie? Sind Sie jetzt unter die Touristen gegangen?«

In den Augen der Bäuerin blitzte es verdächtig.

»Wieso?« Mayr war auf der Hut. Der Besen schwebte immer noch in Kinnhöhe.

»Na, wegen der Lederhosen da.« Der Besen wurde zum Zeigestock. Abrupt drehte sie sich um und ließ Robert Mayr einfach stehen. Umständlich begann sie, die Einfahrt zu ihrem Hof zu fegen.

Die Aussicht von der höher gelegenen Kirche auf die Umgebung war großartig, dachte Mayr und setzte sich auf eine

Bank an der Kirchenwand. Er wollte abwarten, bis die Alte verschwunden war und er in Ruhe zur Wohnung würde hinaufsteigen können. In einem Punkt mochte die Tratschen recht haben: Ein Rocker würde in Rottach so auffallen wie eine schwarzbunte Kuh zwischen all dem Allgäuer Braunvieh.

Andererseits: Dieser Bongarts war sicher nicht so blöd, sich hier am helllichten Tag blicken zu lassen. Mayr seufzte und stand auf. Die Kirchenwand speicherte das Sonnenlicht und gab die Hitze an Mayrs Rücken ab. Sei's drum, dachte er, die Alte werde ich schon verkraften. Allemal besser, als hier in der Sonne zu braten. Ich hätte doch zuerst nach Sulzberg fahren sollen, setzte er sein Selbstgespräch fort. Aber irgendetwas hatte ihn direkt den Berg hinaufgezogen.

Robert Mayr umrundete langsam das Ferienhaus, das einmal ein Bauernhaus gewesen war. Die Jalousien waren heruntergelassen, die Tür natürlich abgeschlossen, der Carport leer, das Kaminholz ordentlich gestapelt, ein Sonnenschirm lehnte zusammengefaltet in einer Mauerecke. Nichts deutete darauf hin, dass jemand vor Kurzem im oder am Haus gewesen war. Enttäuscht war Mayr nicht, er hatte schlichtweg nichts anderes erwartet.

Er setzte sich in einen der weißen Plastikstühle, die aufeinandergestapelt im Schatten der Hauswand standen, und lehnte sich zurück. So sah Glück aus: Schatten, Sommer, die Aussicht auf den Rottachberg und auf eine Halbe beim Mader. Er seufzte zufrieden und besah seine Hände von allen Seiten. Bald würde er einen goldenen Ring tragen. Wie das wohl ausschauen würde?

Nach einer ausgedehnten Verschnaufpause und ohne der Bäuerin noch einmal zu begegnen, fuhr Robert Mayr nach Sulzberg zurück. Wenn er Glück hatte, würde er mit der Befragung der Frau schnell durch sein.

An der Rezeption erkundigte er sich bei der hübschen jungen Frau im weißblauen Dirndl nach der blonden Dame aus Düsseldorf. Er zeigte dabei seinen Dienstausweis, den die Rezeptionistin aufmerksam studierte. Polizei im Haus war eher selten.

»Frau Bauer ist nicht im Hotel.«

Mayr steckte den Dienstausweis wieder ein. »Wissen Sie, wo sie ist?«

Die Hotelangestellte schüttelte den Kopf. »Bedaure.«

»Ist sie mit dem Auto weg?«

Sie lächelte. »Bedaure.«

»Welchen Wagen fährt sie?« Er sah sie an und nickte dann. »Ich weiß schon, Sie bedauern.«

Ihr Lächeln blieb.

Robert Mayr überlegte, ob es sich zu warten lohnte. Vermutlich nicht, beschloss er. Dann stellte er doch noch eine Frage.

»Ist Ihnen in den vergangenen Tagen ein Mann aufgefallen? Ich meine jetzt nicht privat, eher dienstlich.« Robert Mayr bedauerte nun seinerseits, dass er nicht gleich zur Sache gekommen war.

»Mir ist niemand aufgefallen. Auch meinen Kollegen nicht, denke ich. Sonst hätten sie mir bestimmt davon erzählt.«

»So ein Rockertyp? Aber ein dicklicher? Kein nettes Gesicht. Der hier herumschleicht.«

Die Rezeptionistin machte einen hilflosen Eindruck. »So einen Gast haben wir nicht. Hatten wir eigentlich noch nie.«

»Kein Gast. Jemand, der umherschleicht und andere erschreckt.«

Sie sah ihn neugierig an und schwieg.

»Verstehe schon. Na ja, kann man nichts machen.« Mayr verabschiedete sich und verließ das kühle Foyer des Sulzberger Hofes. Auf dem Vorplatz standen zwar einige PKW, aber einer mit Düsseldorfer Kennzeichen war nicht darunter. Er würde Jakisch anrufen und von ihm das genaue Kennzeichen und Modell verlangen.

Er legte seine Hand über die Augen und sah sich um. Wo mochte diese Anwältin stecken? In Immenstadt war ein Outlet. Vielleicht war sie dort shoppen? Oder in Kempten? Oder sie war auf der Ruine Sulzberg. Sie konnte überall sein. Jakisch hatte schlampig ermittelt. Das stand fest. Er überlegte: Wenn ich angegriffen worden wäre, falls die Version der Frau überhaupt stimmte, wo würde ich mich anschließend aufhalten? Auf meinem Hotelzimmer oder lieber dort, wo viele Menschen sind? Würde ich nach Hause fahren? Aber wenn ich doch wichtige Geschäfte zu erledigen hätte? Ein verflixt komplizierter Fall.

»Darf ich Sie vielleicht zu einem frischen Weizenbier einladen?«

Robert Mayr zuckte zusammen. Als er sich umdrehte, stand vor ihm das fesche Dirndl und trug ein Tablett mit einem schäumenden Weizenbier.

»Aber Sie sind im Dienst, nicht?«

»Ach, eine kleine Erfrischung kann nicht schaden.«

»Oder soll ich Ihnen lieber eine frische Milch bringen?« Das Dirndl mit dem dekorativen Ausschnitt sah ihn mitleidig an.

»Wo denken Sie hin? I wo.« Robert Mayr nahm das kühle Bier vom Tablett und steuerte eine der Sitzgruppen auf der Terrasse an.

»Sagen Sie, war die Frau Bauer vielleicht seit ihrer Ankunft irgendwie verändert?« Mayr zog mit der Unterlippe genüsslich den Schaum von seiner Oberlippe.

»Sie wirkte ein wenig ängstlich. Schaute ständig zur Tür, blieb nie lange an einem Tisch sitzen. Am Abend ist sie lieber im Haus geblieben, während die übrigen Gäste den Abend auf der Terrasse genossen haben.«

»Was ist Ihnen noch so aufgefallen?«

Die junge Frau deutete vorsichtig auf Mayrs Gesicht.

»Ja?«

Die Hotelangestellte deutete weiter schweigend und mit aufmunterndem Blick auf sein Gesicht.

Mit der Hand fuhr er sich über die Wange. Bierschaum. Und er hatte gedacht, der Besen der Bäuerin hätte doch seine Spuren in seinem Gesicht hinterlassen.

»Was sagt er?« Frank drehte sich zu Carsten Jakisch um, der mit einem Schwung Akten unter dem Arm ihr Büro betrat.

Jakisch hob die Schultern und legte die Unterlagen auf den Aktenbock neben Franks Schreibtisch. »Er hat Bauer nicht angetroffen. Weder im Hotel noch in der Ferienwohnung. Und von Bongarts hat er auch nichts gesehen.«

»Heißt das, er ist unverrichteter Dinge wieder abgezogen?«

»Jedenfalls ist er zum Büro zurück, hat er gesagt. Er will aber dranbleiben.«

»Ach nee?! Er hätte im Hotel auf Bauer warten müssen! Oder die Wohnung beobachten lassen. Das darf doch nicht wahr sein. Hat der Kerl Knödel im Schädel statt Gehirn?«

Jakisch hütete sich, seine Meinung zu Mayr kundzutun. »Er wird halt viel zu tun haben. Auch in Kempten ist die Personalsituation nicht gerade rosig.«

»Unser Fall hat absolute Priorität. Hast du ihm das nicht gesagt?«

»Sicher habe ich das. Aber Mayr hat so seine ganz eigene Auffassung von wichtig und unwichtig.« Jakisch unterstrich seine Überzeugung mit einem bedauernden »Tja«.

»Und jetzt? Wir brauchen Ergebnisse. Auch wenn Leuchtenberg nicht die Wahrheit gesagt oder übertrieben hat, wir müssen diese Fragen klären. – Und was hast du da?« Frank deutete auf die Akten.

»Ich habe mir alles zusammengestellt, was wir über Bauer und Leuchtenberg wissen, außerdem alles, was über ihre Geschäfte zu bekommen war, also: was wo gekauft und verkauft wurde, Grundbuchauszüge usw. Ich habe mich auch umgehört, wie Kollegen und Mitbewerber über sie reden und denken. Du findest eine Reihe von Zeitungsartikeln, die sich mit Immobiliendeals der Landesregierung beschäftigen. Prognosen und Bilanzen zum Immobilienmarkt usw.«

»Und das soll ich alles lesen?« Frank deutete mit dem Finger angewidert auf die Unterlagen, als handelte es sich dabei um höchst infektiöses Material. »Was soll das bringen? Mayr soll uns Bauer liefern, das bringt uns weiter als dieser ganze Immobilienmist.«

Carsten Jakisch mochte das nicht gelten lassen. »Heini meint auch, dass wir durch die Archive müssen, dann würden wir auch fündig werden.«

»Ist schon klar, dass Heini so denkt. Dann macht ihr mal, aber bitte verschont mich.«

»Keine Angst, ich wollte die Akten nur kurz ablegen.«

Ferdinand Leuchtenberg legte das Mobiltelefon zur Seite. Carina war anscheinend völlig durch den Wind. Er hatte sie in Kempten in einem Straßencafé erreicht. Oder jedenfalls hatte sie behauptet, dort zu sein. Sicher war nur, dass er Straßengeräusche gehört hatte. Sie hatte ihm erzählt, dass sie den Tag nicht in Sulzberg verbringen konnte und schon gar nicht alleine im Wald unterwegs sein würde. Sie musste möglichst viele Menschen um sich haben.

Er hatte ihr empfohlen, nach Düsseldorf zurückzukommen, aber das hatte sie kategorisch abgelehnt. Sie wollte nicht zurück. Zumindest vorerst nicht. Sie war nervös gewesen, weil sie immer noch keine Bestätigung über den verabredeten Deal bekommen hatte. Die Fotos schienen wohl doch nicht die gewünschte Wirkung gehabt zu haben. Sie hatte wie ein kleines Kind geflennt. Er hatte sie beruhigen müssen, denn sie hatte immer wieder davon gesprochen, aussteigen zu wollen. Egal, ob sie kurz vor dem großen Deal standen oder nicht. Und egal, was die Italiener angedroht hatten. Sie wollte einfach nur weg und in Ruhe gelassen werden.

Carina wurde in der Tat immer mehr zu ihrem eigenen Sicherheitsrisiko. Sosehr er sie auch schätzte, so wenig wollte er auf das Geld verzichten. Ihr letztes großes Geschäft würde auch ihn endgültig zum sorglosen Mann machen. Carina musste also durchhalten.

Leuchtenberg ging hinüber zu seinem Barwagen und goss sich einen Whisky ein. Nachdenklich beobachtete er, wie die goldgelbe Flüssigkeit ölig in das Glas floss. Dann hob er es kurz gegen das Licht. Am Ende würde ihm keine Wahl bleiben. Zur Not musste er diesen letzten Schritt gehen. Aber selbst das würde er überstehen.

Er seufzte und trank das Glas in großen Zügen leer. Zunächst musste er mal dafür sorgen, dass Bongarts gefasst wurde.

Robert Mayr stemmte sich aus der Sitzgruppe auf und ging hinüber zur Rezeption.

»Guten Tag, Frau Bauer. Ich habe Sie schon vermisst.«

Die so Angesprochene trat einen Schritt zurück und nahm ihre Sonnenbrille ab.

Robert Mayr streckte ihr seine Hand entgegen. »Mayr. Kriminalpolizei. Wir hätten da ein paar Fragen an Sie.«

»Bitte?« Carina Bauer war verunsichert. Wo kam der Bulle jetzt auf einmal her?

»Wollen wir uns setzen? Kaffee?«

»Ich, eigentlich wollte ich gerade wieder gehen. Ich habe eine Verabredung. Worum geht es bitte?« Sie gab ihm die Hand. Und die fühlte sich trocken und leicht an.

»Es dauert nicht lange.« Ohne seine Frage zu wiederholen, bestellte Mayr zwei Kaffee bei der jungen Frau, die ihm am Tag zuvor wie ein Engel mit dem rettenden Bier erschienen war.

Carina Bauer versuchte, sich in Sekundenschnelle auf die neue Situation einzustellen.

»Ich weiß nicht, habe ich eine Verkehrsregel missachtet?« Sie versuchte ein Lächeln.

Verkauf mich nicht für dumm, dachte Robert Mayr und erwiderte freundlich: »Sie haben eine etwas unschöne Begegnung gehabt im Wald, oder?«

Woher wusste dieser Kriminalkommissar davon? Carina Bauer sah zur Rezeption hinüber, aber die war nicht besetzt. Hatte etwa das Hotelpersonal die Polizei gerufen? Nein. Sie war sich sicher, dass sie nach Bongarts' Überfall ungesehen ihr Zimmer erreicht hatte. Wenn es die Angestellten nicht waren, musste Leuchtenberg dahinterstecken! Was für ein Arschloch!

»Unschöne Begegnung?« Sie musste Zeit gewinnen.

»Wir haben aus Mönchengladbach und Düsseldorf den Hinweis bekommen, dass Sie hier oberhalb vom Rottachsee überfallen worden sind.«

Sie zwang sich zu einem Lächeln. »Da wird wohl jemand übertrieben haben. Es war eine unschöne Begegnung, wie Sie sagen. Mehr nicht. Mir geht es gut, ich habe keinen Schaden genommen.«

Carina Bauer machte Anstalten aufzustehen.

»Bitte bleiben Sie sitzen, der Kaffee kommt gerade.« Mayr nickte der jungen Frau zu. »Wissen Sie, wir hier im Allgäu lassen der Zeit ihre Zeit. Nix ist so eilig wie die Uhr. Lassen Sie sie rennen.« Er trank einen Schluck. »Ihr Freund hat sich große Sorgen um Sie gemacht. Er hat uns gesagt, dass wir Sie möglicherweise in Sulzberg antreffen.«

»Mein Freund? Sie meinen sicher Ferdinand Leuchtenberg. Ein väterlicher Freund.« Sie lächelte kokett.

Mich täuschst du nicht, lächelte Mayr zurück. »Er war jedenfalls sehr besorgt.«

»Ferdinand neigt dazu, die Dinge zu dramatisieren. Ich hätte ihn besser nicht angerufen. Dann hätten Sie sich nicht die Mühe machen müssen hierherzukommen.« Sie schenkte ihm einen weiteren Augenaufschlag.

»Oh, das macht nichts. Ich hatte sowieso in der Gegend zu tun. Der Mann, dem Sie, nun ja, begegnet sind, heißt Heinz Bongarts.«

Carina Bauer runzelte die Stirn, als denke sie angestrengt nach.

»Ein eher dicker Mann, etwas schmierig, sagen die rheinischen Kollegen. Ein Foto kann ich Ihnen leider nicht vorlegen. Er soll aber einen sehr ungepflegten Eindruck machen.«

»Ich bedaure.«

Nicht schon wieder, dachte Mayr. In diesem Hotel schien

das Bedauern im Preis inbegriffen zu sein. »Überlegen Sie in Ruhe, vielleicht erinnern Sie sich.«

»Ich weiß wirklich nicht, wie der Mann ausgesehen hat. Er kam plötzlich aus dem Dickicht und war ebenso schnell wieder verschwunden. Es ging alles so schnell. Es war ein Mann in Schwarz, vielleicht ein bisschen dick, ja. Ungepflegt? Ich habe nicht genau hingesehen, Herr Kommissar. Das verstehen Sie sicher.« Sie lächelte ihn an.

Mayr nickte. »Opfer von Straftaten sehen oft nur das, was ihnen ihr Gehirn erlaubt. Reiner Selbstschutz. Manchmal sind es unbedeutende Kleinigkeiten.«

Sie musste Mayr irgendetwas bieten, damit er sie endlich in Ruhe ließ. »Der Mann hatte Mundgeruch.«

»So nahe war er Ihnen?«

Sie zuckte mit den Schultern. »Das ist alles, woran ich mich wirklich erinnern kann.«

Mayr nickte erneut verständnisvoll. »Na ja, wenn das so ist.«

Carina Bauer wollte nicht länger als nötig mit dem Kommissar zusammensitzen. »Vielen Dank, dass Sie sich die Mühe gemacht haben.« Sie wollte entspannt wirken und lehnte sich zurück. »Sie haben es hier im Allgäu wirklich schön. Dieses Grün, diese Ruhe, die braunen Kühe, der blaue Himmel. Einen himmlischeren Arbeitsplatz kann ich mir kaum vorstellen. Wenn ich dagegen an Düsseldorf denke – zu laut, zu staubig, zu groß.«

»Hätten Sie vielleicht ein Haar für mich?«

»Bitte?«

»Ein Haar. Ein kleines reicht. Es kann aus Ihrer Haarbürste sein.«

»Ich verstehe nicht?« Carina hatte gerade ihre Kaffeetasse in die Hand genommen, setzte sie aber abrupt wieder ab.

»Die Kollegen haben mich darum gebeten.« Robert Mayr lächelte sie über den Rand seiner Tasse an.

»Was hat das mit dem Vorfall im Wald zu tun?«

»Sie fragen zu Recht. Nichts hat das mit der Sache im Wald

zu tun. Oder vielleicht alles. Kann ich jetzt bitte eine Haarprobe bekommen? Gut wären auch Fasern Ihrer Garderobe.«

»Ich wüsste nicht, warum?« Ihre Gedanken rasten. Was war da bloß los? Leuchtenberg musste wahnsinnig geworden sein. Was hatte er denen erzählt? Was wollten die Bullen mit der Haarprobe? Was wussten oder ahnten sie? Sie mussten schon etwas gegen sie in der Hand haben. Haarprobe? Faserprobe? Wollte Leuchtenberg sie ans Messer liefern? Sie hatte es gewusst, Leuchtenberg würde sie eines Tages auffliegen lassen – zu seinem eigenen Vorteil. Sie musste reagieren. Aber für den Moment zwang sie sich zur Ruhe.

»Das ist leicht erklärt. Die Kollegen möchten sicher sein, dass Sie sich – regelmäßig – in Ihrer Ferienwohnung aufgehalten haben. Außerdem gibt es weitere Ermittlungen, für die diese Informationen wichtig sein können.«

Carina Bauer wurde schwindelig. Sie hatte das Gefühl, in der Falle zu sitzen. Sie legte ihre Unterarme fest auf die Sessellehnen. Hörte das denn nie auf? Erst Bongarts, nun dieser Mayr.

»Sie wissen, dass ich dazu nicht verpflichtet bin?«

»Und Sie wissen, dass eine freiwillige Kooperation immer ein besseres Bild macht, oder? Sie sind doch Anwältin.«

Sie musste auf jeden Fall Zeit gewinnen. Und sie musste ihren Abgang vorbereiten. Nach Düsseldorf zurück. Egal, was dieser Bulle von ihr dachte. Leuchtenberg, das Schwein.

Carina Bauer stand auf. Sie musste sich zusammenreißen, um nicht umzukippen. »Sie haben recht, ich bin Anwältin. Von daher weiß ich ziemlich genau, was ich tue. Bitte lassen Sie mich jetzt gehen. Ich habe Ihnen nichts weiter zu sagen.«

Robert Mayr blieb sitzen und schwieg. Carina Bauer war eine gefährliche Person. Aber sie würde ihm nicht schaden. Sie hatte sich gerade selbst auf den Misthaufen gesetzt.

»Wir haben Besuch.« Ecki hielt die Bürotür auf und ließ Ferdinand Leuchtenberg den Vortritt.

Frank sah erstaunt auf. Mit dem Anwalt hatte er nicht so schnell wieder gerechnet.

»Meine Herren, ich muss Sie dringend sprechen.« Leuchtenberg setzte sich, ohne auf die entsprechende Aufforderung zu warten.

»Da sind wir gespannt.« Frank warf einen kurzen fragenden Blick zu Ecki. Aber der hob nur eine Augenbraue.

»Ich hoffe, Sie haben Bongarts inzwischen dingfest machen können.« Der Anwalt zog sein Einstecktuch hervor und wischte sich die Stirn.

»Bisher haben unsere Kemptener Kollegen keinen Erfolg gehabt. Sie bezweifeln eher, dass Bongarts sich noch im Allgäu aufhält bzw. jemals dort war. Frau Bauer hat den Vorfall, den Sie als Mordversuch geschildert haben, als unbedeutenden Zwischenfall abgetan.«

Leuchtenberg nahm die Auskunft ohne erkennbare Regung zur Kenntnis. »Ich möchte mich selbst anzeigen.«

»Wie meinen Sie das?« Ecki stieß sich von der Wand ab, an die er sich gelehnt hatte, und setzte sich. Mit einer erwartungsvollen Geste schlug er sein Notizbuch auf, das auf dem Schreibtisch lag.

»Sie müssen zuerst wissen, dass Carina unschuldig ist. Das dürfen Sie nicht vergessen.«

Frank sah kurz zu Ecki. »Sind Sie sich dessen sicher, was Sie da gerade tun?«

»Völlig.« Leuchtenberg steckte das Tuch in seine Brusttasche zurück.

»Gut. Also: Worum geht es?« Frank konnte sich nicht vorstellen, dass Leuchtenberg gekommen war, um die Morde zu gestehen.

»Sie ermitteln seit einigen Wochen im Mordfall Büschgens und im Fall der beiden Prostituierten sowie in Sachen Wackerzapp.« Der Anwalt räusperte sich. Er musste behutsam vorgehen, damit seine Argumente verstanden wurden.

Frank und Ecki nickten.

»Dabei ist Frau Bauer in Ihr Blickfeld geraten.«

Die beiden nickten erneut.

»Meine Herren, ich möchte nicht grundsätzlich Zweifel an Ihrer Arbeit anmelden, nur liegt in diesem Fall die Sache ein wenig anders, als Sie denken.«

Frank und Ecki schwiegen.

»Frau Bauer hat mit all dem nicht das Geringste zu tun. Sie ist gänzlich unverschuldet in Ihr Fadenkreuz geraten.«

»Das sagten Sie bereits. Wir sind gespannt auf etwas Neues.« Frank gab keinen Cent auf Leuchtenbergs Vorbemerkung.

»Es stimmt, dass sie Wackerzapp kannte. Aber das war nur eine, ähm, Bettgeschichte. Wie gesagt, Carina steht nun mal auf Männer, die ein wenig, wie soll ich sagen, animalische Züge haben. Sie verliert dann gerne einmal die Kontrolle. Aber das geht nicht so weit, dass sie sich in ein Verbrechen hineinziehen lassen würde.«

Frank sah, dass Leuchtenberg bereits wieder ein Schweißfilm auf der Stirn stand.

»Wackerzapp hat sie für seine, zugegeben, bizarren Sexspielchen benutzt. Ebenso wie die beiden Prostituierten. Sie hat einen Fehler gemacht, als sie dazu ihre Wohnung zur Verfügung gestellt hat. Sie hat für diesen Fehler bezahlen müssen. Wackerzapp hat immer mehr von ihr gewollt, immer ausgefallenere Rollenspiele. Sie hat sich nicht von ihm lösen können. Er hat sie verfolgt und bedroht, hat dazu auch Bongarts benutzt. Dieser Bongarts ist in Wackerzapps Händen ein willfähriger Laufbursche gewesen. Für Carina waren die vergangenen Wochen die Hölle.«

»Und da hat sie Wackerzapp getötet, um ihn loszuwerden.« Ecki nickte.

»Auf keinen Fall. Carina ist unschuldig. Ich vermute, dass Bongarts durchgeknallt ist und von Wackerzapps Geschäften nicht genug bekommen hat.«

»Geschäften?«

»Wackerzapp hat mit gestohlenen Motorrädern gehandelt.

Europaweit. Vor allem BMWs. Er hatte die besten Beziehungen, überallhin. Seine Kunden haben ihm vertraut. In dieser Hinsicht war er ein zuverlässiger Partner. Zuverlässig, aber eben brutal und rücksichtslos, wenn es um Frauen ging.«

»Und das sollen wir Ihnen glauben?« Frank zog die Stirn in Falten. Die Geschichte wurde immer bunter. Sie hatten bisher keinen Hinweis darauf, dass Wackerzapp ein Hehler war. Das Ganze war die alte Leier: die eigenen Verfehlungen und Taten einem Toten anlasten, der sich nicht mehr wehren konnte. Er hätte nicht gedacht, dass Leuchtenberg eine dermaßen billige Nummer versuchen würde.

»Aber so war es. Carina hat mir davon erzählt.«

»Und wer hat dann die Prostituierten getötet?«

»Bongarts. Der Handlanger. Dumm wie Bohnenstroh, einer, der für Geld alles macht. Einer, der Anerkennung sucht. Selbst wenn er dafür töten muss. Jedenfalls kommt er mir nach Wackerzapps Schilderungen so vor.«

»Beweise für Bongarts' Täterschaft?«

»Es gibt Fotos.«

»Und wo sind die?«

»Auf Carinas Rechner. Wie bereits gesagt.«

»Lächerlich.« Auch Ecki wurde die Geschichte zu bunt.

»Ich habe lange mit Carina darüber gesprochen. Sie wollte zunächst die Fotos löschen. Und die ganze Sache vergessen. Aber ich habe ihr so lange zugeredet, bis sie eingesehen hat, dass diese Fotos eine Lebensversicherung für sie sind. Und dann hat Bongarts offenbar Wind davon bekommen und ist ihr seither auf den Fersen.« Leuchtenberg wischte sich den Schweiß von der Stirn. »Ich habe ihr mit meinem Rat nur helfen wollen! Hätte sie die Fotos doch nur vernichtet! Ich habe sie in Gefahr gebracht! Mein Fehler kann sie das Leben kosten!« Er schlug die Hände vor das Gesicht.

Du Heuchler, dachte Frank. Was zum Teufel bezweckte Leuchtenberg mit seinem Schmierentheater?

»In welcher Beziehung standen Sie zu Wackerzapp?« Ecki

hatte sich in seinem Stuhl zurückgelehnt und die Arme hinter dem Kopf verschränkt.

»Ich habe nichts mit ihm zu tun. Ich kenne ihn, weil einer meiner Mandanten einmal, aber das ist schon sehr lange her, eine Maschine von ihm gekauft hat. Und dieser Mandant war der Meinung, es wäre eine gute Idee, mich mit ihm zusammenzubringen. Ich bin eine Zeit lang Motorrad gefahren, müssen Sie wissen.«

»Und Sie haben sich auf Anhieb so sympathisch gefunden, dass Sie viel Zeit miteinander verbracht haben.«

»Ich verstehe Sie nicht, Herr Eckers.«

»Der Name Ihres Mandanten?«

Leuchtenberg hob die Hände: »Bedaure.«

»Ich glaube Ihnen kein Wort.«

»Aber das ist die Wahrheit. Gut, ich habe Wackerzapp das eine oder andere Mal getroffen. Er hat in verschiedenen Dingen meinen Rat gesucht. Und gut dafür bezahlt.«

»Was für Dinge waren das?«

Ferdinand Leuchtenberg wand sich auf seinem Stuhl. »Wissen Sie, es gibt juristische Grauzonen. Und die habe ich für ihn ein wenig aufgehellt. Außerdem wusste er, dass ich im Immobiliengeschäft tätig bin. Er hat investieren wollen, um genau zu sein.«

»Geldwäsche?«

»Ein unschönes Wort, Herr Kommissar.« Der Anwalt lächelte sein Theaterlächeln.

»Ihre schmutzigen Geldgeschäfte werden die Kollegen vom Betrug interessieren. Uns interessieren die Morde. Und Carina Bauer.«

»Sie ist absolut unschuldig. Das habe ich Ihnen doch schon gesagt. Der eine Mörder ist tot, der andere läuft noch frei herum. Finden Sie Bongarts, und Sie haben Ihre Fälle gelöst. Aber das habe ich Ihnen auch schon gesagt.«

»Ich finde Ihre Aussagen auch diesmal wenig glaubwürdig, Herr Leuchtenberg. Sie überzeugen mich nicht.« Frank schüttelte den Kopf und sah Ecki an, der ebenfalls den Kopf schüttelte.

»Wie haben sich Frau Bauer und Herr Wackerzapp kennengelernt?«

»Na, durch mich. In meiner Kanzlei. Ich habe an jenem Tag mit Wackerzapp Einzelheiten über ein Immobilienprojekt besprochen, als Carina unerwartet aufkreuzte. Sie wollte mich zum Essen einladen.«

»Und von da an waren Sie aus dem Rennen?«

Der Anwalt sah Ecki fragend an.

»Nun, Sie waren doch selbst scharf auf Frau Bauer. Und dieser Neandertaler hat Ihnen Carina ausgespannt.«

Leuchtenbergs Gesicht lief rot an.

»Wissen Sie, ich habe Carina vor vielen Jahren kennengelernt. Ich bin immer so etwas wie ein Vater für sie gewesen. Das habe ich Ihnen doch schon erklärt. Natürlich war von meiner Seite aus irgendwann auch mehr da als nur ein väterliches Gefühl. Carina ist schließlich eine sehr attraktive und erfolgreiche Frau. Aber ich habe stets meine Grenzen gekannt und akzeptiert.«

Lügner, dachte Frank. »Vielleicht haben Sie mit Wackerzapp einen lästigen Konkurrenten aus dem Weg geräumt?«

»Um Gottes willen. Ich kann keinem Menschen Leid antun. Ich hasse jede Art Waffe.«

»Ihre Waffe ist das Gesetzbuch.«

»Wenn Sie so wollen.« Leuchtenberg lächelte verkniffen.

»Wenn das denn alles stimmen sollte, was Sie uns hier auftischen: Welche Rolle spielte dann Büschgens?«

»Büschgens? Der Immobilienmakler. Ja, ja.« Leuchtenberg zog die Stirn kraus. »Ich bin mir nicht so sicher. Soviel ich weiß, war er ein paarmal mit Wackerzapp zusammen. Er und Büschgens sind zusammen Motorrad gefahren. In einer losen Clique. Ich weiß gar nicht, ob Büschgens von seinen Geschäften wusste. Waren ja meist alles honorige Männer, die da zusammen gefahren sind. Viele Landespolitiker. Firmenchefs.

Ärzte. Aber auch Arbeiter. Die Liebe zum Motorrad hat sie alle gleich gemacht. Sie kennen das bestimmt: born to be wild. Die Straße ist die Freiheit.«

»Wollen Sie damit andeuten, dass Wackerzapp Büschgens ermordet hat?«

Leuchtenberg nickte.

»Welches Motiv soll er denn gehabt haben?«

»Wackerzapp war sehr eifersüchtig.«

»Wie soll ich das jetzt wieder verstehen?«

»Nun ja, Carina war ein paarmal mit auf diesen Treffen. Kann doch sein, dass Büschgens ein Auge auf sie geworfen hat. Das wird Wackerzapp auf keinen Fall gefallen haben.«

»Mord aus Eifersucht?«

»Möglich wäre es. Carina und Büschgens kannten sich zwar, so wie die meisten Immobilienmakler sich untereinander kennen, andererseits glaube ich aber nicht, dass sie sich nahegekommen sind. Aber ausschließen kann ich das nicht.«

»War Büschgens bei den Sexpartys dabei?«

»Sexpartys! Ich weiß nicht, ob das das richtige Wort ist, Herr Eckers.«

»Vielleicht wollen Sie das ja nicht so sehen, weil Sie eifersüchtig sind. Aber eine andere Bezeichnung habe ich nicht für die Treffen in Bauers Ferienwohnung, nach allem, was ich bisher weiß.«

»Wurden dort auch Geschäfte gemacht?«

Leuchtenberg sah Frank schweigend an.

»Kommen Sie, Sie müssen doch wissen, ob Bauer dort nur gevögelt hat.« Frank ließ Leuchtenberg nicht aus den Augen. Ihm war bewusst, dass er den Anwalt mit seiner Bemerkung gereizt hatte.

»Ich war nie dabei.«

»Weil Sie den Anblick nicht ertragen hätten?«

»Weil mich derartige Zusammenkünfte nie interessiert haben.« Leuchtenberg wischte sich erneut über die Stirn.

Frank holte tief Luft, bevor er sprach. »Sie haben uns mit

Ihrem Besuch und Ihren Aussagen eine Menge Anregungen gegeben. Aber ich bin ganz offen zu Ihnen, ich glaube Ihnen kein Wort. Ich bin eher davon überzeugt, dass Carina Bauer sehr viel mit diesen Morden zu tun hat. Wenn sie nicht selbst zur Waffe gegriffen hat, dann hat sie zumindest die Mordaufträge gegeben.«

Ferdinand Leuchtenberg stand auf. Langsam, wie jemand, der in Minuten um Jahre gealtert war. Ein müder alter Mann. »Ich habe Ihnen alles gesagt, was ich weiß. Mehr kann ich nicht tun. Carina hat genauso wenig wie ich mit den Morden zu tun.«

»Wir nehmen Ihre Aussage zu Protokoll. Setzen Sie sich bitte wieder.«

»Heißt das, Sie glauben mir, Herr Eckers?«

»Wir nehmen Ihre Aussage zu Protokoll.« Ecki zog die PC-Tastatur zu sich.

Ecki lehnte an seinem Rad. Er hatte sich bereits umgezogen und sah nun aus wie ein Radprofi auf dem Weg zur Dopingkontrolle. Der Besuch von Leuchtenberg ließ ihm keine Ruhe. »Ich bin mir nicht sicher, ob er nicht doch die Wahrheit sagt.« Ecki zurrte seinen Fahrradhelm fest.

»Der hat doch nur Angst um seine Carina. Dabei lässt sie ihn nicht einmal ran. Ein seltsamer Kerl. Nein, Ecki. Ich denke, dass Bauer die Richtige ist. Wir müssen dranbleiben. Mayr muss diesen Bongarts finden und der Bauer unsere Ermittlungsergebnisse präsentieren. Dann wird sie schon reden. Im Grunde bringt Leuchtenberg sich selbst in die Bredouille. Er muss doch wissen, dass er sich mit jedem Satz nur noch verdächtiger macht.«

Ecki trat auf die Pedale, um sie in eine bequeme Aufstiegsposition zu bringen. »Wir haben nichts in der Hand. Zumindest nichts, das für einen Haftbefehl reicht.«

»Mayr muss sie vorladen.«

»Das wird wenig bringen.«

»Jakisch soll das mit ihm klären. Und wir sprechen mit unserer Staatsanwältin. Carolina wird schon was einfallen. Wir brauchen die Daten auf Bauers Laptop.«

Ecki nickte zustimmend. »Stimmt. Vielleicht ist alles viel einfacher, als wir jetzt denken. Mag sogar sein, dass Carina Bauer froh ist, wenn wir ihr helfen, ihr Gewissen zu erleichtern. Und wenn wir die Daten haben, können wir klären, ob ihr Anwalt die Wahrheit gesagt hat.«

»Und du willst tatsächlich bei dieser Hitze mit dem Rad heimfahren?« Frank deutete auf die schmale Rennmaschine.

»Besser als Motorradfahren. In der Kombi gehst du bei der Hitze ein.«

Frank wollte in den Schatten zurück. »Wie auch immer. Bauer sitzt tief im Dreck. So oder so. Und ich glaube, dass sie versuchen wird, aus eigener Kraft da rauszukommen. Sonst hätte sie die Fotos längst rausgerückt. Sie hat ihr eigenes Ding vor. Vorausgesetzt, die Story mit ihr und Bongarts stimmt.«

»Die Dame ist mit allen Wassern gewaschen, wie mir scheint.« Ecki schwang sich auf sein Rad, hob zum Abschied die Hand und rumpelte über das Kopfsteinpflaster Richtung Schranke.

Carsten Jakisch machte ein zufriedenes Gesicht. »Man muss eben auch mal Glück haben.«

»Schieß los.« Frank war nach Eckis Abfahrt noch einmal an seinen Schreibtisch zurückgekehrt. Ihn trieb eine Unruhe ins Büro zurück, die er sich nicht erklären konnte. Vielleicht lag es daran, dass Carolina angerufen und unbequeme Fragen nach dem Stillstand der Ermittlungen gestellt hatte. Leicht genervt hatte sie erklärt, dass sie sie bislang »über Gebühr unterstützt« habe und nun umso dringender Ergebnisse brauche. Vielleicht lag seine Unruhe aber auch daran, dass Lisa seit Tagen eine Entscheidung verlangte. Seine Freundin hatte keine Lust mehr, länger nach einem gemeinsamen Haus zu suchen. Sie hatten sich ein Haus angesehen, aber Frank hatte mehr Fragen gestellt als Begeisterung gezeigt. Frank konnte sich nicht freien Herzens entscheiden. Lisa behauptete, dass er gar keine Entscheidung treffen wolle. Dass sie damit, zumindest teilweise, recht hatte, das hatte er nicht zugegeben.

»Hörst du mir überhaupt zu?« Jakisch sah Frank zweifelnd an.

»Was? Ja, es geht um ein Haus.« Frank nickte irritiert.

»Ein Haus? Frank, es geht um viel, viel mehr als nur um ein Haus.«

Wie recht Jakisch doch hatte, ohne es zu ahnen, dachte Frank. »Natürlich. Entschuldigung. Ich war nicht ganz bei der Sache. Bitte mach weiter.«

»Ich glaube, ich fange noch einmal von vorne an.« Carsten Jakisch zog einen schmalen Ordner zu sich. »Es geht doch in allen Fällen irgendwie um Immobilien. Um Ankauf, Verkauf, Vermittlung, um Spekulation, um Wettbewerb, Konkurrenz, um viel Geld. Das waren jede Mengen Akten, durch die ich mich gewühlt habe. Na ja, mithilfe von Heini.«

»Bitte, nicht bei Adam und Eva anfangen.« Frank lächelte müde. Jakisch konnte manchmal ganz schön anstrengend sein.

»Auch das Paradies ist eine Immobilie. Eine göttliche, gewissermaßen.«

»Jakisch, bitte. Unter ›Paradies‹ laufen meist Puffs oder zwielichtige Bars.«

Jakisch räusperte sich theatralisch. »Wie auch immer. Ich habe mir gedacht, wo Geschäfte gemacht werden, laufen auch krumme Geschäfte. Und deshalb habe ich dann gestern mit den Wuppertalern telefoniert. Die Schwerpunktstaatsanwaltschaft wusste nix von Leuchtenberg oder Bauer. Aus deren Sicht sind die beiden sauber. Genauso wie Büschgens. Und dann«, Jakisch schlug die Hände zusammen, »zack, geht eben das Telefon, und schon sieht die Welt ganz anders aus.« Jakisch grinste breit.

»Wie das Leben so spielt.«

»Am Vormittag ist bei der Wuppertaler Staatsanwaltschaft ein anonymes Schreiben eingegangen. Besser gesagt, eine umfangreiche Akte. Eine detaillierte Zusammenstellung illegaler Geschäfte, Namen, Daten, Kontonummern, Gesprächs- und Sitzungsprotokolle. Ganz großes Kino. Das Ganze sieht nach einer riesengroßen Schweinerei aus, die da auf eurer Landesebene gespielt wird und wurde. Und mittendrin Leuchtenberg und Bauer. Und einige prominente Namen von Unternehmern, Politikern und Landesbediensteten, bis hinauf in höchste Regierungsämter.«

»Anonym, sagst du?«

»Okay, die Kollegen stehen erst am Anfang. Aber wenn die Ermittlungen erfolgreich sind, wird es ein Erdbeben geben, sagen die Kollegen. Einen Riesenknall.«

»Anonyme Schreiben haben den Nachteil, dass der Absender nicht bekannt ist.«

»Das, was die Kollegen nun in Händen halten, muss von jemandem kommen, der an exponierter Stelle in der Landesregierung, in einer der Baubehörden oder so was Ähnlichem sitzt.«

»Kennt man schon den Grund, warum es abgeschickt wurde?«

Jakisch nickte. »Dieser Jemand wollte sein Gewissen erleichtern. Er hat einige ›Ausrutscher‹ im Privaten gebeichtet, für die er erpresst wurde. Er wollte reinen Tisch machen. Vor allem mit seiner Frau. Er hat es nicht länger ausgehalten, diesen Erpressungsversuchen ausgesetzt zu sein. Er hat sogar die Fotos dazugelegt, die ihn zur ›Kooperation‹ bewegen sollten.«

»Und?«

»Die üblichen Fotos von Sexpartys in verschiedener Besetzung, meist mit jungen Frauen und nicht ganz so appetitlichen Praktiken. Sagen die Kollegen. Ich habe um ein paar Kopien gebeten.«

»Jakisch!«

»Quatsch. Aber vielleicht erkennen wir Einzelheiten, die uns etwas über den Ort der Aufnahmen verraten. Die Kollegen haben aber schon gesagt, dass das dauern kann. Sie wollen die Dokumente erst selbst auswerten.«

»Wie auch immer. Wir werden sehen. Auf den ersten Blick klingt das Ganze, als habe da jemand die Angst vor seiner Frau verloren, was?«

»Oder Pflichtgefühl hat über Angst gesiegt. Oder derjenige hat sich einfach nur befreien wollen. Die Moral hat jedenfalls gesiegt.«

»Jetzt wirst du aber pathetisch. Was steht denn nun genau in diesem anonymen Schriftsatz?«

»Das klingt geradezu unglaublich simpel. Hier zum Beispiel –« Jakisch fuhr mit dem Finger über die Zeilen. »Die Kollegen haben mir auf die Schnelle was zusammengestellt. Sie sprechen in mehreren Fällen von unternehmerischen Pflichtverstößen. Wenn ich das richtig verstehe, geht es darum, dass bei einigen Immobilienprojekten Häuser verkauft und nach der Renovierung zurückgemietet wurden. Dabei sollen der Verkaufspreis deutlich zu niedrig und die vereinbarte Miete viel zu hoch angesetzt worden sein. Angehörige von Behörden und Firmen sollen gemeinsam zu besonderen Partys geflogen worden sein, auf denen besondere Damen, an den Handgelenken mit speziellen Bändchen nach besonderen Farben sortiert, für besondere Dienste zur Verfügung gestanden haben sollen. In den Dokumenten ist von Sexpartys in verschiedenen Villen die Rede. Als Beweis sind sogar abgehörte Gespräche zwischen Frauen beigefügt, die dabei waren. Du solltest dir die Liste mal ansehen. Alles akribisch dokumentiert. Hier. Dutzende Abhörprotokolle. Das müssen schon ganz spezielle Herrenabende gewesen sein.«

Frank nickte. »Und diese Unterlagen sollten den anonymen Mittäter weich klopfen. Weiter?«

»Es sind sogar Sonderkonten aufgeführt, auf denen sich Geld befand, um diese Frauen zu bezahlen. Einige sollen sogar mit kleinen Wohnungen für ihre Dienste entlohnt worden sein.«

Frank nickte. »Unser anonymer Informant muss dann wohl auch selbst noch sehr genau recherchiert haben. Vor allem muss er die Möglichkeiten dazu gehabt haben. Jemand, der weit oben in diesem Netzwerk aus Firmen und Behörden steckt.«

»Vielleicht hat er zunächst versucht, Material gegen seine Erpresser zu sammeln, um sie damit abwehren oder sich freikaufen zu können. Das ist wie bei einem Zimmerbrand. Zuerst glaubt man, dass man das alleine in den Griff bekommt, und dann brennt die Bude doch lichterloh.«

»Da wundere ich mich, dass er nicht längst tot ist. Klingt nämlich alles sehr nach organisierter Kriminalität. Russen oder Italiener.«

Jakisch nickte eifrig, als er fortfuhr. »In den Firmen und Baubehörden soll jede Menge Schmiergeld geflossen und über die Jahre Geld veruntreut worden sein.«

»Gibt's auch schon was Konkretes?«

»Angeblich zum Beispiel Ungereimtheiten beim Neubau des Landesarchivs, bei der Erweiterung eines Polizeipräsidiums, bei der Umsiedlung einer kompletten Hochschule. Und beim Ankauf eines Bürohauses für irgendeine Behörde.«

»Landesarchiv?«

Jakisch blätterte in den Unterlagen. »Hm. Hier, genau. Da ist irgendwann eine Art Zwischenhändler oder -käufer auf den Plan getreten, der das vom Land ausgeguckte Grundstück angekauft und dann für viel Geld an das Land weiterverkauft haben soll. Dadurch ist dem Steuerzahler, wenn es denn so ist, ein Schaden von fast 30 Millionen Euro entstanden.«

»Ein Zwischenhändler?«

»Ein Insider muss, noch ehe das öffentlich wurde, verraten haben, dass das Land beabsichtigt, das Grundstück im Duisburger Hafen zu kaufen. Für schlappe zwei Millionen. Kurz vor dem Notartermin taucht dann der neue Käufer auf, zahlt 3,8 Millionen Euro. Und von ihm kauft das Land dann das Grundstück für 30 Millionen.«

»Unglaublich.«

»Möchtest du noch mehr hören?«

Frank nickte. »Wenn's interessant ist.«

»Firmen sollen nach Ende von Ausschreibungspflichten noch die Chance bekommen haben, ihr Angebot nachzubessern. Jemand muss ihnen also die Angebote der Mitbewerber verraten haben.«

Frank hob die Hand. »Das genügt mir erst mal. Der Landesrechnungshof wird seine Freude haben. Welche Rolle spielen nun Leuchtenberg und Bauer in der ganzen Sache?«

»Carina Bauer soll die Frauen besorgt haben. Sie soll als Kupplerin aufgetreten sein.«

»Die Sexpartys könnten in Rottach gelaufen sein.«

»Genau. Deshalb wollte ich möglichst schnell die Fotos haben.«

»Und Leuchtenberg? Wie passt der ins Bild?«

»Der soll für die wasserdichte Abwicklung der Deals gesorgt haben. Die Verträge sollen in seiner Kanzlei ausgehandelt worden sein. Er soll auch die Konten verwaltet haben, über die die, ähm, Dienstleisterinnen bezahlt wurden.«

»Damit haben wir ihn also endlich am Haken. Dein Kollege Mayr muss Bauer festnehmen.«

»Der Informant hat die Flucht nach vorn angetreten, weil ihm gefälschtes Beweismaterial untergeschoben werden sollte. Kinderpornos.«

XXXII.

Es klopfte an ihrer Zimmertür.

Carina Bauer schreckte hoch. Sie hatte sich auf ihr Bett gelegt und war eingeschlafen. Es hatte genau in dem Augenblick geklopft, als sich in ihrem Traum Bongarts über sie beugte. Sie stützte sich auf ihren Armen auf und versuchte einen klaren Kopf zu bekommen. Sie schwitzte. Carina Bauer sah sich um. Sie war in ihrem Zimmer. Gott sei Dank. Bongarts war nur ein böser Traum. Trotzdem meinte sie, seinen Atem in ihrem Zimmer zu riechen.

Es klopfte erneut, diesmal etwas energischer.

Carina Bauer spürte Angst in sich aufsteigen. Wenn Bongarts nun vor ihrer Tür stand? Nein, der würde nicht klopfen. Sie schwang ihre Beine aus dem Bett und ging ins Badezimmer. Sie brauchte einen klaren Kopf, bevor sie öffnete. Carina Bauer ließ einen Augenblick lang Wasser über ihre Handgelenke laufen und spritzte sich ein paar Tropfen ins Gesicht. Dann ging sie zur Tür und öffnete sie vorsichtig.

Sie fuhr zurück, als sie das Gesicht erkannte.

»Du wolltest mich sehen? Da bin ich.«

Silvio!

»Woher weißt du, dass ich hier bin?«

Silvio Anelli lächelte. »Meine Liebe! Natürlich hat Ferdinand mir gesagt, dass ich dich hier finde.«

Carina Bauer versuchte ihre Fassung zu bewahren. Sie hatte Anelli sehen wollen, um mit ihm abzurechnen. Aber nicht heute und nicht hier.

»Ich habe keine Zeit.« Ein anderer Satz fiel ihr nicht ein. Sie wollte die Tür schließen, aber Anelli hatte seinen Fuß zwischen Rahmen und Tür geschoben.

»Willst du mich nicht hereinbitten?«

»Woher weißt du?« Ihre Gedanken rasten.

Anelli lächelte nur.

»Verschwinde, ich will dich nicht sehen.« Sie drückte gegen die Tür. Vergeblich.

»Tse, tse, tse. Bella donna. Ich bin extra den weiten Weg gekommen, um dir deinen Wunsch zu erfüllen.«

»Hör auf mit dem Scheiß.«

»Lass mich rein.« Anellis Stimme hatte den schmeichelnden Tonfall verloren. Er drückte problemlos die Tür auf. »Siehst du. Es geht doch.«

Anelli betrat an ihr vorbei das Hotelzimmer, ging zum Fenster und sah hinaus.

Diese Geste kam ihr vertraut vor. Das tat er immer, um sicherzugehen, dass er nicht verfolgt wurde.

»Ich habe zu tun. Ich kann dich hier nicht gebrauchen. Geh wieder. Ich melde mich.«

»Irresistibile, du bist unwiderstehlich – wie immer. Carina.« Anelli breitete seine Arme aus.

»Hör auf damit, das beeindruckt mich schon lange nicht mehr.«

»Wie kannst du nur so hart zu mir sein? Hast du denn schon alles vergessen, was einmal zwischen uns war? Sei il mio pensiero preferito – du bist mein Lieblingsgedanke, nach all der Zeit. Komm her. Sei nicht so hart zu mir.«

Anelli machte einen Schritt auf Carina Bauer zu, die intuitiv einen Schritt zurückwich.

Anelli schien amüsiert. »Ohne dich ist alles nichts – senza di te la vita non ha senso.«

»Hör auf mit dem Gesülze.«

»Warum willst du mich dann sehen?«

Hätte sie Leuchtenberg nur nicht so bedrängt! Anelli war zur absolut falschen Zeit am falschen Ort. Die Umstände hatten sich verändert. Sie musste jetzt mit Bongarts fertigwerden. Und sie musste ihr letztes Geschäft zu Ende bringen.

Leuchtenberg hatte recht gehabt, sie hätte Anelli einfach vergessen sollen. Wie so viele, die ihre Gefühle missbraucht, ihren Körper gebraucht, sie für ihre eigenen Geschäfte benutzt und dann fallen gelassen hatten. Sentimentalität war in ihrem Geschäft ein Luxus, der gefährlich werden konnte. Das hatte sie gewusst, als sie Anelli kennenlernte, aber sie hatte sich, wenn sie ehrlich zu sich war, nicht dagegen wehren können, sich in den Italiener zu verlieben. Inzwischen wusste sie längst, dass sie ihr Leben leben konnte, ohne sich an Anelli gerächt zu haben.

»Verschwinde einfach aus meinem Leben.« Carina Bauer fühlte sich ausgelaugt und müde.

»Wolltest du nicht mit mir abrechnen? Oder habe ich Leuchtenberg da falsch verstanden?« Anelli lächelte dünn.

Carina Bauer wusste, dass es ein gefährliches Lächeln war. Sie sah erst zur Seite, so als müsse sie die nötige Kraft sammeln, um ihn direkt in die Augen sehen zu können.

»Du hast mich verletzt. Du hast mich benutzt für dein Machoego. Du hast alles dafür getan, mich in dein Bett zu bekommen. Und als ich mich endlich ausgezogen habe, hast du mich fallen gelassen wie eine faule Tomate. Das verzeihe ich dir nie.«

Silvio Anellis Blick verdunkelte sich. Sein Körper spannte sich, aber er sagte nichts.

Sie musste weg, sie spürte ihre Angst. Anelli war unberechenbar. Unmerklich schob sie sich ein Stück Richtung Tür.

Silvio Anelli sah sie lange an, bevor er sprach.

»Bleib stehen«, herrschte er sie an. »Wenn du nicht über unsere Zukunft sprechen willst, gut, sprechen wir über das Geschäft.« Er deutete auf einen der Sessel. »Setz dich.«

Carina Bauer war unfähig zu reagieren. Sie spürte, dass sich ihre Nackenhaare sträubten.

»Setz dich, bella donna.« Seine Augen waren schwarze kalte Punkte. Sie machten sein kantiges Gesicht noch härter.

Carina stand wie unter Schock.

»Setz dich endlich.«

Nur langsam konnte sie ihre Beine bewegen.

Anelli wartete nicht, bis sie sich gesetzt hatte. »Warum ist das Geschäft noch nicht abgewickelt? Leuchtenberg hätte die Verträge längst unterschriftsreif haben sollen. Du machst Fehler, Carina. Zu viele Fehler. Ich dachte, dass die ›Argumente‹ ausreichen würden, so hat es Ferdinand jedenfalls verkündet.«

Carina Bauer setzte sich vorsichtig auf die Kante des Sessels. »Ich warte stündlich auf den Anruf. Mach dir keine Sorgen. Unser Mann wird die Entscheidung so treffen, wie wir es von ihm verlangt haben. Seine Angst ist zu groß, in der Öffentlichkeit als Kinderficker dazustehen. Das Material ist gut genug, um ihn fertigzumachen. Er hat keine Chance, aus der Nummer rauszukommen. Er wird verhindern wollen, dass wir damit an die Öffentlichkeit gehen. Er war ja schon eingeknickt, als wir ihm die hübschen Fotos mit den Mädchen gezeigt haben.«

»Rottach ist ja immer eine Reise wert.« Ein sentimentales Lächeln huschte über Anellis Gesicht. Aber nahezu gleichzeitig froren seine Gesichtszüge wieder ein.

»Du wirst sehen. Alles wird klappen.« Diese Zuversicht passte nicht zu ihrem ängstlichen Gesicht.

Anelli trat nahe an sie heran. »Ich kann deine Angst riechen, Carina. Du hast große Angst, denn du weißt, was passiert, wenn dein Vögelchen nicht zurück in unseren Käfig hüpft.«

»Silvio, bitte.«

»Was? Was willst du, mein Schatz?« Anelli breitete die Arme aus und strahlte sie an. »Was?«

»Gib mir ein bisschen Zeit. Ein paar Tage noch.«

»Wir haben eine geschäftliche Abmachung. Und ich bin es gewohnt, dass man seine Abmachungen einhält. Du hast versprochen, dass wir den Auftrag bekommen. Schau, wir haben Auslagen gehabt. Große Auslagen. Und wir sind kein Wohlfahrtsverein. Wir wollen unseren Einsatz zurück. Und zwar gleich. Wir sind Geschäftsleute, die sich auf ihre Partner verlassen. Und unsere Partner können sich auf uns verlassen. In jeder Hinsicht. Das weißt du, Carina. Also, enttäusch mich nicht. Ich möchte nicht Dinge tun müssen, die unschön wären. Für uns beide.«

Anelli lächelte sie an. Aber das Lächeln erreichte seine Augen nicht.

»Ich weiß, dass du das anders siehst, aber hier bei uns ist in der Politik manches nicht so einfach. Es herrschen andere Gesetze als in Italien. Politiker, Regierungsbeamte, Lobbyisten bewegen sich in einem sensiblen Bereich, in dem jede falsche Bewegung, jedes falsche Wort fatale Folgen haben kann. Unser Mann muss daher sehr vorsichtig sein.« Sie musste Zeit gewinnen. »Wollen wir nicht zusammen zu Abend essen?«

Anelli schien unbeeindruckt von ihrem Vorschlag. »Politiker? Pah, dass ich nicht lache. Ein Typ wie ich, der benutzt die Politik und wirft sie weg.«

Carina Bauer machte eine bittende Handbewegung. »Sicher ist das Ganze lukrativ. Aber es ist eben auch kompliziert.«

»Bist du dumm? Was ist daran kompliziert?« Anelli nahm seine Hand zu Hilfe und zählte an den Fingern ab. »Muss ich dir das noch einmal erklären? Wir brauchen nur die Höhe des Kaufangebotes, dann können wir mit dem Kaufinteressenten Kontakt aufnehmen. Wir verlangen unsere übliche Summe, andernfalls werden wir ein höheres Angebot für das Objekt vorlegen. Was ist daran so kompliziert? Er hat keine Wahl, so oder so nicht. Du wirst alt, bella Carina. Die andere Sache hat doch auch geklappt. Wir haben das Grundstück im Hafen.«

Carina nickte. »Ich weiß ja auch nicht, warum er noch zögert. Er muss uns nur noch die Summe nennen. Ich verspreche dir, Silvio, ich kümmere mich um ihn.«

Silvio Anelli beugte sich zu ihr herunter. Ihre Gesichter berührten sich fast. »Es gibt keinen Aufschub mehr. Deine Zeit ist abgelaufen.«

Sie hielt den Atem an.

Sein Gesicht schnellte zurück, und er lachte laut auf, als hätte er einen umwerfenden Scherz gemacht. »Einen Tag. Weil du es bist. Und wegen der alten Zeiten. Weißt du noch? Die Woche in Rottach damals? Mamma mia, bella donna!«

Carina Bauer saß in ihrem Sessel und zitterte. Kalte Angst hatte sich um sie geschnürt wie eine zweite Haut, die ihr die Luft zum Atmen nahm.

»Bongarts bedroht mich.«

Anellis Lachen erstarb augenblicklich. »Bongarts? Was ist mit Bongarts? Bongarts ist ein cretino. Ein Idiot.«

»Er will das, was du willst.« Carina Bauer nahm ihre Arme vor den Körper, aus Angst, Anelli könnte seine Wut an ihr auslassen. Der Sessel bot ihr keinen Schutz.

»Vergiss Bongarts.«

»Das kann ich nicht.« Sie erzählte ihm mit wenigen Worten von Bongarts' Drohungen.

Er beugte sich wieder zu ihr hinunter. »Vergiss Bongarts. Er ist ein Idiot. Lass uns ein bisschen über die alten Zeiten plaudern. Was meinst du, mein kleiner Schatz?« Er strich ihr sanft über die Wange.

Carina Bauer hatte das Gefühl, er habe ihr eine Ohrfeige verpasst. So sehr schmerzte sie die flüchtige Berührung.

»Silvio, bitte.«

»Du gehörst mir, basta.«

Carsten Jakisch klingelte, aber Leuchtenberg öffnete nicht.

»Warten wir eben.« Ecki seufzte.

»Bringt doch nichts.« Jakisch sah die Straße entlang. Leuchtenbergs Jaguar war nirgends zu sehen.

»Wir warten. Komm.« Ecki ging zu ihrem Wagen zurück, den sie ein Stück die Straße hinunter geparkt hatten. Von dort aus konnten sie den Hauseingang problemlos beobachten.

»Musik?« Ecki sah Jakisch an und hatte schon den Finger auf der Playtaste des CD-Spielers.

»Gerne.« Jakisch lehnte sich im Sitz zurück und machte es sich bequem. Wenn sie schon warten mussten, dann konnten sie sich die Zeit auch mit Musikhören vertreiben.

»Roland Kaiser.« Ecki grinste. »Endlich kann er wieder singen. Der Titel passt: *Alles ist möglich.*«

Carsten Jakisch stellte die Lehne schräg, schloss die Augen und hörte zu: ›Leg dich zu mir und lass uns reden‹. Er musste an Kempten denken. Das Allgäu war so weit weg. Die Wochen in Mönchengladbach hatten ihn verändert. Er spürte einen Teil seine hiesigen Wurzeln immer stärker. Das hätte er nie vermutet. Heimat war ein Gefühl, das einen plötzlich und unerwartet trifft, dachte Jakisch. Er hatte bisher sein Leben und seine Karriere eindeutig im Allgäu angesiedelt. Aber Steffi war inzwischen so weit weg.

Wenn man überhaupt von Karriere sprechen konnte, dachte

er, so wie seine Kemptener Kollegen bisher mit ihm umgegangen waren. Sie hatten ihn gerne als Deppen behandelt, den man nicht ernst nehmen musste. Und den man gerne einer anderen Abteilung empfahl, um ihn möglichst schnell loszuwerden.

Dabei hatte Carsten Jakisch die Ausbildung voller Zuversicht begonnen. Den Menschen helfen, für Gerechtigkeit sorgen, das war sein Wunsch gewesen. Und was war nach der Ausbildung passiert? Viel Arbeit, ermüdende und kräftezehrende Ermittlungen, deren Erfolg sich nur ganz selten einstellte. Meist von den Kollegen für sich reklamiert.

In Mönchengladbach dagegen hatte er endlich das Gefühl, dazuzugehören und nach einer langen Reise angekommen zu sein. Seit Tagen ging ihm die Idee nicht aus dem Kopf, sich an den Niederrhein versetzen zu lassen. Im Allgäu würde er nichts zurücklassen müssen. Nur Steffi. »Meine kleine Steffi«, flüsterte er. Mit einem Mal tat ihm sein Herz weh, und er wurde traurig. Steffi hatte sich bei ihrem letzten Telefongespräch so seltsam angehört, so distanziert. Er seufzte und wurde noch trauriger. Vermutlich würde er lernen müssen, sie nicht zu vermissen.

Fehlen würden ihm die Landschaft und die Gelassenheit der Menschen. Aber das alles konnte er sich in einem Urlaub leicht zurückholen. Mayr hätte wohl nichts dagegen, wenn er »auswandern« würde. Jakisch seufzte und sah durch das Seitenfenster auf den nahen Rhein. »Was machen wir, wenn Leuchtenberg nicht auftaucht?« Er war froh, dass Ecki offenbar nichts von seinen Gedanken ahnte.

»Das Übliche. Fahndung. Er hat uns eine Menge erzählt und noch mehr verschwiegen. Mich würde es nicht wundern, wenn er sich abgesetzt hätte, weil er längst Wind von den Ermittlungen der Wuppertaler Kollegen bekommen hat. Wer weiß, ob es nicht irgendwo, in einem Behördenbüro, in einer Kanzlei oder im Sekretariat einer Firma, eine undichte Stelle gibt, die ihn gewarnt hat.«

Carsten Jakisch nickte. Das passte in sein Bild. »Würde mich auch nicht wundern, wenn ich mir ansehe, was dieser Unbekannte geschickt hat.«

Ecki stoppte die CD mitten in dem Stück *Ich hab genug*. Er hatte an Leuchtenbergs Liebe zu Carina Bauer denken müssen. »Und wenn unser Anwalt sich ins Allgäu aufgemacht hat? Weil er tatsächlich einen Tipp bekommen hat und Bauer nun nicht nur vor Bongarts, sondern auch vor den Untersuchungen der Staatsanwaltschaft bewahren will?«

»Dann sollten wir Mayr informieren.« Carsten Jakisch stellte seine Lehne aufrecht. Das würde er gerne übernehmen. Er freute sich schon auf den beleidigten und ungehaltenen Unterton in Mayrs Stimme, wenn er ihm ihren Fahndungsauftrag erklärte.

Ecki schüttelte den Kopf. »Besser ist es, selbst vor Ort zu sein.«

»Dann müsst ihr halt ins Allgäu fahren.« Er würde solange im Präsidium die Stellung halten.

»Nein. Du fährst.«

Carsten Jakisch sah Ecki verblüfft an. Das war bestimmt nicht sein Ernst!

Ecki nahm Jakischs Reaktion ungerührt zur Kenntnis und schaltete WDR 4 ein. Gerade verklangen die letzten Töne von *I can see clearly now*.

»Hey, Johnny Nash. Habe ich schon ewig nicht mehr gehört.«

Carsten Jakisch lehnte sich zurück. Er fühlte sich mit einem Mal erschöpft.

Zu den Klängen von Boney M.s *Hooray hooray, it's a holi-holiday* verließen die beiden Kriminalkommissare die Landeshauptstadt. Und bei *Für Gabi tu ich alles* rollten sie auf den Parkplatz des Präsidiums.

Anelli war irgendwann gegangen.

Er hatte sie sich genommen wie ein Stück Fleisch. In ihrem Hotelzimmer, ohne dass sie sich hatte wehren können. Sie hatte nur versucht, seine Attacken zu ertragen und zu überleben. Die Stunde war ein Albtraum gewesen.

Als er endlich fort gewesen war, war sie einfach liegen geblieben. Sie war nicht fähig gewesen, sich aufzurichten, geschweige denn zu gehen. Sie hatte auf ihrem Laken gelegen, das nach seinem Schweiß roch, hatte sich schmutzig und kraftlos gefühlt. Sie hatte hilflos mitansehen müssen, wie er wortlos ihre Sachen durchwühlt hatte, auf der Suche nach was auch immer. Überall hatte er seine Spuren hinterlassen. Ihr gehörte nichts mehr. Bis auf die Dinge in der Grotte.

Carina Bauer hatte in den vergangenen Tagen immer stärker das Gefühl gehabt, dass sie sich nicht mehr selbst gehörte. Anelli hatte ihr die Gewissheit gegeben.

Sie wusste nicht, ob sie geschlafen oder geträumt hatte oder ob sie über Stunden nur geweint hatte. Durch ihre geschlossenen Lider hatte sie am Ende wahrgenommen, dass es in ihrem Zimmer immer dunkler geworden war. Schließlich hatte sie es nicht mehr ausgehalten und war aufgestanden. Mit trockenem Mund war sie ins Bad gewankt und hatte sich geduscht. Aber sosehr sie sich auch geschrubbt hatte, der Geruch von Anelli war an ihr haften geblieben.

Seit nahezu einer Stunde saß sie nun schon im Frühstücksraum des Hotels und hatte doch nichts essen können. Nur einen Tee hatte sie sich bringen lassen, der aber längst kalt war.

Während um sie herum die Urlaubsgäste entspannt den Tag begannen, lachend mit ihren Tischnachbarn plauderten, hatte Carina Bauer das Gefühl, eine Aussätzige zu sein.

Ihr Mobiltelefon vibrierte. Im Display sah sie, dass es Leuchtenberg war. Sie drückte das Gespräch weg. Leuchtenberg war die Quelle ihres Unheils. Was war geschehen, dass aus ihm, der ihr einmal geholfen hatte, der Teufel geworden war? Sie hatte sich immer auf ihn verlassen, hatte seine Liebe zu ihr umgemünzt in eine lukrative Partnerschaft. Beide hatten dabei viel Geld gemacht. Dass er mehr wollte, hatte sie lächelnd von sich geschoben. Sie hatte ihn dabei nicht verletzt, so war es ihr erschienen. Stets hatte er ihre Einwände geachtet, hatte sich schließlich in seiner Rolle als väterlicher Freund zurechtgefunden. Sie hatte sie beide als Team gesehen, als unschlagbar im Umgang mit ihren Konkurrenten.

Doch nun war aus dem Schutzengel der Diabolo geworden, wie Anelli ihn einmal genannt hatte. Anelli! Sie wollte nicht mehr daran denken. Sie musste dieses eine letzte Geschäft durchziehen, und dann würde sie weitersehen.

Carina Bauer stand auf. Sie meinte keine Luft mehr zum Atmen zu haben. Sie musste hier raus! Sie musste in ihr Auto steigen. Dort war sie sicher, konnte jederzeit flüchten. Ihr Auto erschien ihr als Ort der Rettung.

Als sie das Hotel verließ, blickte ihr die junge Frau an der Rezeption nachdenklich hinterher.

Während sie den Wagen aufschloss, zeigte ihr Handy eine SMS an. Leuchtenberg! Sie zögerte erst, öffnete sie aber dann doch.

Komm zur Wohnung. Ich kann die Polizei nicht mehr lange hinhalten. Ferdi.

Wütend löschte sie den Text. Das würde sie sicher nicht tun. Leuchtenberg sollte keine Gelegenheit bekommen, seine fürsorgliche Tour durchzuziehen.

Entschlossen setzte sie sich in ihr Auto und startete den Motor. Sie legte den Gang ein und wollte schon losfahren. Aber wohin? Sie sah zur Burgruine hinauf. Wohin sollte sie fliehen? Ihr kamen die Tränen, und sie legte ihren Kopf auf das Steuer. Sie konnte gar nicht weg. Sie hatte niemanden, der ihr helfen würde.

Sie ließ den Kopf einen Augenblick ruhen und sah dann auf. Der Schleier vor ihren Augen ließ die Welt vor der Windschutzscheibe zu einem diffusen Graugrün verschwimmen. Sie wischte sich über die Augen und ließ den Motor aufheulen. Eine Carina Bauer hatte sich immer noch zu helfen gewusst.

Und gerade in zunächst ausweglos erscheinenden Situationen hatte am Ende immer noch der Erfolg gestanden.

Über den Himmel zogen Kumuluswolken. Der Tag würde nicht so heiß werden. Ohne nachzudenken, lenkte Carina Bauer ihren Wagen über die Hauptstraße Richtung Autobahn. Erst etliche Kilometer weiter merkte sie, dass sie in Richtung Bodensee unterwegs war.

Je weiter sie gen Süden fuhr, umso sicherer war sie, dass sie den Tag in Lindau verbringen wollte. Das Städtchen und die Landschaft dort würden sie auf andere Gedanken bringen. Die Aussicht auf einen unbelasteten Ort machte sie zuversichtlich. Sie schaltete das Radio ein und ließ sich von den Bayern-3-Moderatoren unterhalten. Sie ließ sich treiben und nahm es mit dem direkten Weg nicht so genau. Die Wiesen, die kühlen Waldstücke, die Berghänge hatten etwas Unschuldiges und Reines, das sie rührte.

Aber mit jedem Kilometer, den sie sich von Sulzberg entfernte, wuchs zugleich auch ihre Unruhe. Zunächst war sie noch von Vorfreude überlagert gewesen. Aber sie wurde stetig größer, bis Carina Bauer schließlich auf einen Parkplatz fuhr und beschloss zu wenden. Sie musste wissen, was Leuchtenberg getan hatte! Und sie wollte ihn dafür bestrafen. Sonst würde sie ja doch keine Ruhe finden.

Es war schon Nachmittag, als sie, von Freidorf kommend, Rottach erreichte. Ohne anzuhalten, fuhr sie zu ihrer Wohnung hinauf. Leuchtenberg war nicht da. Entweder er war noch nicht angekommen oder schon wieder Richtung Düsseldorf unterwegs. Aber das konnte sie sich nicht vorstellen. Wenn Leuchtenberg sie sprechen wollte, würde er das auf keinen Fall aufschieben. Vermutlich war er zum Hotel gefahren, um sie dort abzupassen.

Carina Bauer schloss die Haustür auf und ging direkt ins Wohnzimmer. Die Wohnung roch muffig und fremd. Die Räume waren schon lange nicht mehr gelüftet worden. Sie ließ die Rollläden hochfahren und öffnete das Wohnzimmerfenster. Sie hörte Vögel in den Bäumen der nahen Obstwiese zwitschern. Ein flüchtiges Gefühl von Frieden wehte durch ihre Gedanken.

Sie öffnete auch die anderen Fenster. Dabei vermied sie jeden Blick auf die Betten in den drei Schlafzimmern. Den Bildern, die sich trotzdem in ihr Bewusstsein drängten, konnte sie dagegen nicht ausweichen. Carina Bauer ging in das geräumige Badezimmer und sah lange in den Spiegel. Erst als auch dort die Stimmen, das aufreizende Lachen, das Stöhnen lauter wurden, ging sie hinaus auf die Terrasse. Sie wollte nicht an die Vergangenheit erinnert werden. Sie hatte die Dateien mit den Namen der Mädchen längst gelöscht, aber die dunklen Bildern der langen, alkoholdurchtränkten Nächte hatten sich in ihrem Kopf festgesetzt.

Aber die Gespenster folgten ihr. Carina Bauer zog ihre Schuhe aus und spürte die Sonnenwärme der Steinplatten. Sie sah hinauf zu den Wolken, die ihre Gestalt von einem Moment auf den anderen veränderten. Sie sah Gesichter, die zu Fratzen wurden, Tierköpfe, die sich in nichts auflösten, sie sah weiße Gebirge wachsen und wieder vergehen. Sie sah den blauen Himmel, roch das frisch gemähte Gras und bemerkte das Summen der Bienen.

In dieses heimelige Summen mischte sich ein Geräusch wie von Schuhen, die über die Terrasse huschten!

»Leuchtenberg!« Sie fuhr herum. »Was zum Teufel –?« Weiter kam sie nicht.

»Carina, mein Schatz.« Er lachte meckernd. »Da bist du ja endlich. Du hast lange gebraucht.«

Carina Bauer konnte nicht glauben, was sie sah. Vor ihr stand Bongarts. Jeans und T-Shirt waren zerknittert, so als habe er sie seit Tagen nicht gewechselt. Die Haare klebten an seinem Kopf.

»Was schaust du mich so erstaunt an? Wen hast du denn erwartet? Du weißt doch, dass ich dir immer nahe bin. Hast du vergessen, dass wir beide ein Geschäft durchziehen?«

Das Summen der Honigbienen war in ihrem Kopf zu einem Rauschen geworden, das immer lauter wurde. Über ihr verschwand der blaue Himmel, Wolkengebirge warfen Schatten. Wind war plötzlich aufgekommen.

»Willst du mich nicht begrüßen?« Heinz Bongarts war vor ihr stehen gelieben und streckte ihr seine Hand entgegen. »Wir haben uns sicher eine Menge zu erzählen. Komm, sag dem Onkel Guten Tag.«

Carina Bauer rührte sich nicht. Sie meinte ein Grollen zu hören, wie ein fernes schweres Gewitter. Sie spürte keine Panik, apathisch stand sie mitten auf dieser Terrasse, die jeden Augenblick zur steinernen Bühne eines blutigen Schauspiels werden konnte, denn Bongarts hielt ein langes Messer in seiner Hand.

»Nun komm, wir haben uns eine Menge zu erzählen. Weißt du schon, wann ich unser Geld bekomme? Mein Geld?«

In ihrem Inneren sammelte sich ein Schrei, der aber ihre Kehle nicht erreichte.

»Du siehst blass aus. Ist dir nicht gut?« Bongarts lächelte und ließ seine Hand langsam sinken.

Carina konnte sehen, dass er sein Messer fester fasste. Sie sah nur diese eine Bewegung. Die Bilder, die ihre Augen wiedergaben, waren gestochen scharf. Als würden sie der Welt extra Konturen geben.

Ihre Hände wanderten langsam zu ihrem Mund. Sie musste würgen, aber sie brachte nicht einmal Spucke hervor.

»Ich finde, du stellst dich ein wenig an, Carina. Soo hässlich bin ich doch nun auch wieder nicht, oder?« Bongarts strich sich mit der Hand über sein ungewaschenes Haar.

Sie schüttelte den Kopf. Sie wollte diese Bilder nicht sehen.

»Na, siehst du. Wir haben eine Menge Zeit. Willst du uns nicht etwas zu essen kochen? Ich habe Hunger. Und ich habe uns ein paar schöne Steaks mitgebracht. Saftig und blutig. So wie ich sie mag.«

Ihr Würgen kehrte zurück. Ihre Augen hatten sich an seinem Mund förmlich festgesaugt. Wie konnten diese Lippen Worte formen, die sie nicht hörte?

»Nun komm endlich rein, du kleine Schlampe.« Der schmeichelnde Ton war einem rauen Krächzen gewichen. »Ich will nicht, dass man uns so sieht.«

Mit einem schnellen Griff packte er ihren Arm und zog sie in das Halbdunkel des Wohnzimmers. Carina Bauer hatte nicht die Kraft, sich ihm zu widersetzen. Auf nackten Füßen stolperte sie über die Kante der Schiebetür, aber sie spürte den Schmerz nicht.

»Was soll ich davon halten, Jakisch?« Robert Mayr klemmte seine Daumen hinter die Lederhosenträger. »Sind die Rheinländer nicht in der Lage, ihren Fall alleine zu lösen? Ich habe gedacht, dass die Kollegen ein bisschen mehr Grips im Kopf haben. Müssen wir denn alles für die Preußen übernehmen?«

Carsten Jakisch war noch am Vorabend losgefahren und hatte mitten in der Nacht seine alte Wohnung erreicht. Der Schlafmangel machte ihm zu schaffen gemacht. Nach einem vergeblichen Anruf bei Steffi und einem schnellen Frühstück, das nur aus einer halben Flasche Mineralwasser und einem trockenen Brötchen vom Bäcker um die Ecke bestanden hatte, stand er nun mitten in Mayrs Büro wie zum Rapport bei einem bayerischen Regimentskommandeur.

An seinem Vorgesetzten hatte sich in der kurzen Zeit, die er in Mönchengladbach zugebracht hatte, eine erstaunliche Entwicklung vollzogen. Nicht nur, dass er eine nagelneue »Krachlederne« trug, auf die die Bezeichnung »Vintage« bestens zutraf. Nein, Mayr hatte an der Wand neben der Bürotür nicht nur das übliche Porträt von Ministerpräsident Horst Seehofer hängen, sondern daneben ein Bild von König Ludwig II. Fehlte nur noch, dass unter dem kitschigen Druck eine Kerze brannte.

»Was ist, Jakisch?« Mayr hatte Jakischs Blick bemerkt. »Wir sollten uns viel mehr auf die Tradition unseres Landes besinnen, nicht wahr?«

Jetzt knallt er gleich die Hacken zusammen, prophezeite Jakisch.

»Ja ja, schauen's nur weiter so ungläubig unter Ihrem roten Haarschopf hervor, Kollege Jakisch. Wir Bayern können den Preußen noch eine Menge beibringen. Also, was gibt's denn nun wirklich zu tun?«

Carsten Jakisch hatte sehr wohl bemerkt, dass Mayr das Wort »Kollege« besonders betont hatte. Aber das war ihm in diesem Augenblick völlig egal.

»Sie sollten mir genau zuhören, Herr Mayr.« Carsten Jakisch sah seinem Vorgesetzten in die Augen und gab seiner Stimme eine feste Note. »Es ist gut möglich, dass sich unter unseren Augen ein Drama abspielt.«

»Drama? Ja, sind wir denn in Oberammergau?« Mayr wippte auf seinen Fußballen auf und ab. »Ha? Und stehen Sie nicht so deppert rum, Mann. Setzen Sie sich endlich.«

Carsten Jakisch blieb stehen. Was war nur mit Mayr los? Die bevorstehende Hochzeit schien ihn völlig zu überfordern. Oder Mayr war einfach übergeschnappt. Das kam vor bei Polizeibeamten, die zu lange im Dienst waren oder auch nur an die falschen Therapeuten geraten waren. Er schwor sich, niemals so zu werden wie Mayr.

»Wir müssen nach Rottach fahren. Dort braut sich was zusammen.« Jakisch wiederholte mit nahezu genau den gleichen Worten nun schon zum dritten Mal die Erkenntnisse der Mönchengladbacher Mordkommission.

»Jakisch! Halten Sie mich für blöd? Das haben Sie mir nun schon mindestens fünfmal erklärt. Ein bisschen mehr Respekt, wenn ich bitten darf.«

Mayr wippte wieder.

»Wir dürfen keine Zeit verlieren.«

»Wer sagt das? Ha!?«

»Also, dieser Leuchtenberg, und dann gibt's da ja noch diesen Bongarts. Also, ich denk, da ist Gefahr in Verzug.«

»Verzug? Ich gerate in Verzug, wenn ich mir noch länger Ihr

Geschwafel anhören muss. Jakisch, Jakisch, was hat man Ihnen bloß beigebracht? Sie sind hier in der Mordkommission, Mann. Da zählt jede Minute.«

Jakisch gab sich geschlagen. Er nickte. »Okay, Sie sind der Chef, Chef.«

»Dann werden wir keine Zeit verlieren.« Robert Mayr ließ seine Hosenträger gegen seinen Oberkörper klatschen. »Ich bin gespannt, was der Staatsanwalt zu der Amtshilfe für die Preußen sagt.« Er deutete auf die Tür. »Sie gehen voran, Jakisch. Auf, auf.« Auf dem Flur hielt er seinen Kollegen aber gleich wieder zurück. »Ach, hatte ich Ihnen schon gesagt, dass ich bald heiraten werde?« Er deutete vage den Flur hinunter. »Wenn das alles vorbei ist.« Er sah Jakisch von der Seite an. »Damit Sie das richtig verstehen, ganz kleiner Kreis. Nur ganz kleiner Kreis, versteht sich.«

Jakisch nickte nur. Mayr hatte es ihm schon mindestens zweimal gesagt.

Carina Bauer suchte verzweifelt nach einem Ausweg. Bongarts hatte sie die ganze Zeit über nicht aus den Augen gelassen. Er hatte das Messer drohend auf sie gerichtet, als sie das Fleisch gebraten, den Salat geputzt und die Pommes frites in den Backofen geschoben hatte. Bongarts musste die Lebensmittel mehr als einen Tag mit sich herumgetragen haben, denn die Steaks rochen bereits faulig. Sie hatte sie unter heißem Wasser abgespült, aber der Geruch nach verwesendem Fleisch hing immer noch in der Küche. Die Kartoffeln hatten wie durch ein Wunder im Gefrierfach des Kühlschrankes gelegen. Sie mochte nicht daran denken, wie lange sie ihr Haltbarkeitsdatum wohl schon überschritten hatten.

»Riecht das gut.« Bongarts zog die Küchendünste gierig in sich auf. »Es hat schon lange niemand mehr für mich gekocht. Das Vergnügen werden wir bald öfter haben.« Er schlug Carina Bauer mit der flachen Hand auf das Hinterteil. »Aus dir hätte eine Gourmetköchin werden können.«

Bongarts' Messer machte ihr Angst. Aber mehr noch der Geruch von altem Schweiß, der sich nur schwer mit dem des gebratenen Fleisches mischen wollte.

»Warum so still?«

Carina Bauer hielt ihren Blick auf die Steaks geheftet.

»Du hast mir doch sicher eine Menge zu erzählen. Schließlich sind wir uns ja nicht unbekannt. Also, lass die vornehme Zurückhaltung. Wir haben eh noch die ganze Nacht vor uns. Du willst mich doch nicht wirklich langweilen? Langeweile kann tödlich sein.« Er kicherte. »Kleiner Scherz.« Er schlug ihr wieder auf den Hintern. »Was, Puppe?«

Carina war längst zu Stein geworden. Sie spürte die Schläge nicht mehr, und sie hörte seine Worte nicht mehr. Ihre Gedanken kreisten einzig und allein um die Frage, wie sie diesem Scheusal entkommen konnte. Diese Hölle, die sich vor ihr auftat, würde sie nicht lange überleben. Ihre Angst saß so tief, dass sie sich sogar Leuchtenberg herbeiwünschte. Er würde diesem Spuk ein Ende bereiten können. Er würde sie retten – danach konnte sie immer noch mit ihm abrechnen.

»Ich frage mich die ganze Zeit, wo du die Unterlagen von Wackerzapp hast. Liegen sie noch unschuldig und jungfräulich in deinem Safe zu Hause? Oder hast du sie sogar mit hierhergebracht? Hm?« Er überlegte kurz. »Nein, so blöd wirst du nicht sein, sie in der Weltgeschichte herumzukutschieren.« Er trat an ihr Ohr und flüsterte: »Die Papiere kommen später. Erst will ich mit dir essen. Und zwar ein Eins-a-Dinner, dann reden wir über das Geld, du wirst unseren Geldesel anrufen, in meinem Beisein, und dann werde ich dich ficken. Nach allen Regeln der Kunst. Meine liebe Carina.«

Sie schluckte und schwieg. Sie verspürte den Impuls, die Pfanne zu nehmen und ihm den Inhalt ins Gesicht zu schleudern. Aber sie hatte Angst vor seinem Atem und vor seinen Händen. Sie würde später ihren Körper verlassen, sie musste es nur wollen. Sie würde sich konzentrieren, und dann würde es auch schon vorbei sein.

»Woran denkst du? Wie du mir entkommen kannst? Was glaubst du eigentlich, wer ich bin? Die Heilsarmee? Ich habe dich ausgesucht, und du bist nun meine Sklavin. Denk nicht einmal, dass du fliehen könntest. Du würdest nicht einmal die Tür erreichen. Mein kleines Messer würde dich aufschlitzen, noch ehe du es bemerkst. Und du würdest ausbluten wie dieses Steak hier.« Bongarts trat einen Schritt zurück. »Bevor du die Beine breit machst, duschst du aber. Du stinkst.«

Carina Bauer hielt seit Minuten ihre Finger um den Pfannwender gekrallt. Sie kannte jetzt jede einzelne Faser der Steaks auswendig. Was hatte Bongarts gesagt? Egal, es war nicht mehr wichtig.

Heinz-Jürgen Schrievers verzog das Gesicht. Dass Jakisch ins Allgäu geschickt worden war, passte ihm überhaupt nicht.

»Wir waren gerade dabei, die Archivbestände neu zu ordnen, euer Fall war dafür der beste Anlass. Jetzt sitze ich hier allein mitten im Chaos«, moserte er.

»Dann beantragst du bei Laumen eben eine Aushilfe.« Frank hörte nur mit einem Ohr hin.

»Du glaubst doch nicht ernsthaft, dass ich jeden in mein Archiv lasse. Du lässt doch auch nicht jeden an deinen Verstärker.«

»Schon gar nicht Laumen«, konnte Ecki sich nicht verkneifen zu bestätigen.

»Im Ernst, was gibt es Neues, außer dass du alleine nicht mehr klarkommst?« Frank sah von dem schmalen Zwischenbericht auf, den er über Staatsanwältin Carolina Guttat von der Wuppertaler Behörde bekommen hatte. Danach steckte Bauer bis zum Hals in einem Sumpf aus Korruption und Erpressung.

»Ich habe herausgefunden, dass Carina Bauer vor rund zehn Jahren in eine ziemlich üble Geschichte verstrickt war. Man hat ihr am Ende nichts nachweisen können, aber sie soll einen Mandanten vertreten und sich dabei von dem Typen schmieren lassen haben. Der Name ist merkwürdigerweise nicht genannt. Krieg ich aber auch noch raus. Angeblich hat sie Beweismaterial beiseitegeschafft. Und was meinst du, wer ihr aus der Patsche geholfen hat?«

Schrievers sah an Franks Gesichtsausdruck, dass er das Richtige dachte.

»Genau. Leuchtenberg.« Der Archivar nickte. »Steht alles in einem Dossier, das ich damals zu mehreren Fällen von Drogenhandel angelegt habe.«

Ecki nickte lächelnd. »Dein Näschen ist halt unschlagbar, Heini, äh, Heinz-Jürgen.«

»Das hat nix mit Näschen zu tun, sondern mit meinem Ordnungssystem. Eure PCs hätten die Infos niemals ausgespuckt.«

»Wissen deine Ordner denn auch was Neues über Wackerzapp?«

»Nur das schon Bekannte. Ein kleiner Krimineller, der gern auf dicke Hose gemacht hat. Sein Name taucht immer wieder mal auf, aber er ist dann auch schnell wieder aus dem Fokus geraten. Wie gesagt, ein ganz kleiner Fisch.«

»Bis er der Bauer begegnet ist.«

»Und die Hormone für den Rest gesorgt haben. Seid ihr euch sicher, dass Bauer ihn nicht in die Tonne gedrückt hat?«

»Die Nummer werden wir ihr nicht nachweisen können. Es gibt keinen Anhaltspunkt.«

»Wenn Leuchtenberg ihr schon einmal geholfen hat, könnte er das ja auch in diesem Fall getan haben.«

»Mit einem Mord? – Nee.« Frank schüttelte den Kopf und schlug die Akte zu. »Leuchtenberg mag ein schmieriger Anwalt sein. Okay. Aber er ist kein Mörder. Dazu hat er nicht das Zeug.« Er tippte auf den Aktendeckel. »Die Kollegen sind dem anonymen Informanten offenbar ganz dicht auf den Fersen.«

»Gut, gut. Na ja, jedenfalls scheint Leuchtenberg in seiner Affenliebe an Carina Bauer festzuhalten. Da wächst ein Mann schon mal über sich hinaus, wenn er auf solch eine Frau trifft.« Ecki öffnete seine Schreibtischschublade. Er hatte Schrievers' Schnuppern bemerkt, das auffällig unauffällig sein sollte.

»Nussecke?« Er zog eine schwere Papiertüte hervor.

»Bevor ich mich schlagen lasse.« Schrievers hielt die Hand auf.

Ecki riss die Tüte auf und verteilte großzügig das süße Gebäck. Hatte er es doch gewusst.

»Mich wundert, dass du nichts über diesen Bongarts im Archiv hast.« Frank biss in seine Nussecke.

»Wenn es ihn überhaupt gibt, dann hat er sich in der Vergangenheit entweder geschickt genug angestellt, oder er war bisher sauber. Soll's ja auch geben«, murmelte Schrievers zwischen zwei Bissen.

Frank leckte sich Schokolade von einem Finger. »Mal angenommen, nur mal angenommen, dieser Bongarts existiert wirklich: Dann suchen wir in der Tat einen Serientäter. Allerdings bleibt die Frage, handelt er auf eigene Rechnung, oder hat er einen Auftraggeber?«

»Wenn man Leuchtenberg glauben soll, ist er auf eigene Rechnung unterwegs.«

»Niemand wird von heute auf morgen zum Serientäter. Diese Typen haben immer eine Vorgeschichte. Irgendwas muss bei ihnen ›knack‹ gemacht und all das freigesetzt haben, das sich in ihnen aufgestaut hat.«

»Dann steht er auf der Lohnliste von Leuchtenberg?«

Schrievers sah nachdenklich auf den Rest Nussecke in seiner Hand. »Das wäre eine Erklärung.«

»Warum sollte er dann Carina Bauer umbringen wollen? Das macht doch keinen Sinn. Wenn Leuchtenberg Carina liebt.« Ecki runzelte die Stirn und pickte mit der Fingerspitze Krümel aus der leeren Tüte.

»Vielleicht ist das wie im Zauberlehrling: die Geister, die ich rief. Oder? Leuchtenberg könnte doch die Kontrolle über diesen Bongarts verloren haben. Er hat den Psychopathen für seine Zwecke benutzt und muss nun hilflos zusehen, wie der aus dem Ruder läuft.« Frank hatte ein Nussstückchen zwischen den Zähnen sitzen.

»Immer vorausgesetzt, Bongarts ist kein Phantom. Bisher existiert er doch lediglich in Leuchtenbergs Aussage.« Ecki knüllte die Tüte zu einem Papierball und warf sie in den Papierkorb.

»So wie ich es mag. Blutig.« Bongarts schmatzte und schnitt erneut ein großes Stück von seinem Steak.

Carina Bauer konnte nicht einmal hinsehen. Allein die Geräusche, die Bongarts beim Essen machte, ließen sie würgen.

»Gleich morgen gehen wir einkaufen. Dann grillen wir beide schön auf der Terrasse.« Bongarts sah von seinem Teller auf. »Warum isst du denn nichts? Los, essen.« Er deutete mit seinem Messer auf ihren Teller.

Carina Bauer konnte nicht. Nicht in Gegenwart dieses Scheusals. Sollte er sie doch schlagen, dachte sie.

Seit Stunden war sie mit Bongarts alleine. Und seit Stunden wusste sie keinen Ausweg. Sie saß wie festgeschraubt auf ihrem Platz. Sie hatte keinen Plan. Sie konnte überhaupt nicht denken. Ihr Kopf war leer. Sie wollte am liebsten einfach aufhören zu existieren. Aber er ließ sie nicht.

»Wenn du nichts essen willst, dann ruf an.« Bongarts spießte mit seiner Gabel Carinas Steak auf und zog es auf seinen Teller.

Carina Bauer rührte sich nicht.

»Ruf an, verdammt.« Er schob ihr mit der Gabel das Mobiltelefon zu, das auf dem Tisch lag, neben dem großen Messer, das ihr Leben bedrohte.

Carina versuchte, die Hand nach dem Telefon auszustrecken, aber ihre Muskeln gehorchten ihr nicht.

»Wenn ich aufstehen muss, bist du tot.«

Und wenn schon, dachte sie.

»Reiz mich nicht, du Schlampe. Ruf gefälligst an! Ich will wissen, wann der Typ zahlt.« Bongarts schlug mit der Hand auf den Tisch.

Carina Bauer zuckte zusammen.

»Ruf an, oder ich fick dich hier auf dem Tisch.« Bongarts stieß den Teller von sich.

In Zeitlupe hob sie die Hände, die bisher schlaff in ihrem Schoß gelegen hatten. Sie begann vor Anstrengung zu schwitzen. Ihre Finger krochen quälend langsam über die Tischplatte, bis ihre Spitzen das Telefon berührten.

Was sollte sie tun? Ihre Gedanken rasten. Was machten ihre Hände auf dem Tisch? Waren es ihre Finger, die sie sah, die sich auf das flache Telefon legten und es zu ihr zogen? Nein, das konnte nicht sein. Wer war sie? Wo war sie? Wie spät war es? Wer stand dort in der Tür? Sie schloss und öffnete die Augen. Niemand war in der Küche, außer diesem Mann in dem fleckigen T-Shirt, auf das ein grausam grinsender Totenkopf und der Name einer Band aufgedruckt waren.

»Ruf – endlich – an!« Jedes Wort begleitete ein Schlag auf den Tisch.

Carina Bauer riss das Telefon an sich, das ihr durch den Schwung aus den Händen glitt und zu Boden fiel.

»Du bist zum Ficken zu blöd!«, schrie der Mann, der aufsprang und dabei seinen Stuhl umwarf. »Zum Ficken zu blöd!«

Carina Bauer stöhnte, als sie sich hinunterbeugte und das Telefon vom Boden aufhob. Mit fliegenden Fingern drückte sie die Tasten und presste das Gehäuse an ihr Ohr. Die Bewegung gab ihr ein wenig Schutz.

Bongarts setzte sich wieder. »Geht doch«, höhnte er. Mit der Gabel zog er seinen Teller zu sich und stocherte in den Pommes frites herum. »Kalt.«

Carina Bauer sah durch ihn hindurch, während sie auf die Verbindung wartete. Das Freizeichen klang wie eine helle Botschaft aus einer anderen Welt. Es dauerte lange, bis am anderen Ende der Leitung abgehoben wurde.

»Ja? Bitte?«

Eine zurückhaltende und ernste Frauenstimme.

Carina Bauer kostete es größte Anstrengung, ihre Worte klar zu artikulieren.

»Kann ich bitte Ihren Mann sprechen?«

»Wer sind Sie?«

Carina Bauer fuhr sich über die Stirn. Sie war verwirrt. Wer war sie?

»Ich – ich bin eine Geschäftspartnerin Ihres Mannes.« Ja, ja, das war gut. So hatte sie sich immer genannt.

»Und Ihr Name? Wie ist Ihr Name?« Die Frauenstimme klang ein wenig irritiert und besorgt.

Wie hieß sie in diesem Fall? Denk nach, Carina, wer bist du diesmal? »Ich heiße –, ich meine, mein Name ist –« Ihr Blick fiel auf den billigen Druck, der an der Wand zur Terrasse war. Er zeigte eine Bergkette und einen See. Den See kannte sie. Das Dorf auch, das vom Seeufer aufstieg. Petersthal. Dort war sie erst gestern noch gewesen. Gestern. Nein, das musste eine Ewigkeit her sein. Also, dieser Name.

»Peters, ja, Fiona, Fiona Peters.«

Am anderen Ende war Stille.

»Sind Sie noch da?« Um Himmels willen, hoffentlich legte die Frau nicht auf. Sie war ihre einzige Verbindung zur Außenwelt. Der Beweis, dass sie, Carina, noch lebte.

»Hallo?«

»Ja. Ich bin noch da. Ja. Aber wie soll ich sagen? Mein Mann ist nicht zu Hause. Er ist – … er ist –«

Carina Bauer hörte die Frau schluchzen. Dann ein Schnäuzen.

»Ich will Sie nicht damit belästigen. Es ist nur so, Frau Peters, mein Mann hat im Moment keine Zeit für Sie. Er ist zur Polizei gegangen.«

Carina Bauers Herz begann zu rasen. Was war passiert?

»Wenn Sie mir sagen, in welcher Angelegenheit Sie ihn sprechen wollen, kann ich Ihnen vielleicht helfen. Ich weiß nämlich nicht, wann er wieder zurück sein wird.«

Die Frau schnäuzte sich erneut.

Carina Bauer versuchte sich zu konzentrieren. »Wie ich Ihnen schon sagte, es geht um eine geschäftliche Verabredung.«

»Sind Sie etwa diejenige, die ihn so weit gebracht hat, dass er so einfach sein Leben über Bord geworfen hat? Einfach so, wie einen Kübel Unrat? Und damit unsere Familie und unser ganzes Leben zerstört hat? Sind Sie das?«

Carina Bauer schluckte. Kunze war zu den Bullen gegangen. So viel Schneid hatte sie ihm nicht zugetraut. Sie hatte ihn nur als winselnden Hund kennengelernt, der seine Schwanzgeschichten um jeden Preis vor seiner Frau verheimlichen wollte. Was jetzt?

»Sie sind das. Stimmt's?«

Carina Bauer schwieg. Was sollte sie auch sagen? Dass ihre Pläne vom ganz großen Geld geplatzt waren? Dass nun auch die letzte Chance auf eine lebenswerte Zukunft dahin war?

Ihr musste etwas einfallen. Sofort.

»Hören Sie!«

Aber die Frau hatte aufgelegt. Zu hören war nur noch das Besetztzeichen.

Sie ließ das Telefon sinken. Was sollte sie Bongarts sagen?

Ihr ging ein Bild durch den Kopf. Die Frau am anderen Ende der Leitung. Wie sie auf ihrem Sofa zusammensank, das Telefon in ihrem Schoß, und den Tränen freien Lauf ließ.

»Was ist? Alle Unklarheiten beseitigt? Was machst du denn für ein Gesicht?«

Das Blut war aus ihrem Gesicht gewichen, auch ihre Arme und Hände spürte sie nicht mehr.

»Wann zahlt er?«

Carina Bauer sah auf ihre Hände. Wie schmal sie doch waren. Hände, die in ihrem Leben noch nicht getötet hatten. Sie würde sie gebrauchen müssen. Diese gepflegten Nägel und schlanken Finger würden über ihr Limit gehen müssen. Das waren sie ihr schuldig.

»Hallo?! Wann zahlt er? Antworte!«

Carina Bauer besah ihre Hände. So unschuldig. Sie waren so unschuldig.

»Du hast es verkackt.« Bongarts sah sie ungläubig an. »Hast du?«

Sie antwortete nicht. Sie wollte nie mehr sprechen. Schon gar nicht mit Bongarts.

»Du hast es verkackt! Ich fasse es nicht!« Bongarts schob langsam seinen Stuhl zurück und stand auf.

»Du kleine miese Ratte.«

Carina Bauer sah, dass Bongarts nach seinem Messer griff. Er war noch zu verblüfft, um sie anzufassen.

Sie schloss die Augen.

»Herr Leuchtenberg?«

Die beiden Kommissare verstellten dem Anwalt den Weg, als er vor das Hotel trat.

Ferdinand Leuchtenberg schob sich die Sonnenbrille aus seinem Haar vor die Augen.

»Bitte?«

»Wir möchten Sie bitten mitzukommen.« Mayr und Jakisch hatten ihre Dienstausweise gezückt.

»Ich wüsste nicht –«

Robert Mayr unterbrach ihn barsch. »Wir haben eine ganze Reihe von Fragen an Sie. Wir haben Hinweise aus dem Rheinland bekommen bezüglich einiger Probleme dort.« Mayr betonte das Wort Rheinland so, als habe er versehentlich auf ein Pfefferkorn gebissen.

»Meine Herren, ich bin auf dem Weg zu einer wichtigen Besprechung. Können wir diese Unterhaltung nicht verschieben? Außerdem«, er deutete in die Umgebung, »glaube ich nicht, dass dies der geeignete Ort ist.« Leuchtenberg musterte Mayr abschätzig von oben bis unten.

»Genau«, schaltete Carsten Jakisch sich ein, der sich für die Lederhose seines Chefs schämte, »deshalb fahren wir ja auch nach Kempten ins Präsidium.«

Leuchtenberg wollte sich ungeduldig an den beiden Ermittlern vorbeischieben. »Hören Sie, ich habe es sehr eilig. Außerdem: Ich bin Anwalt. Sie können mich nicht so einfach mitnehmen. Ich kenne meine Rechte.«

»Niemand will Sie zwingen, Herr Leuchtenberg.« Robert Mayr beugte sich leicht vor, so als wolle er hinter die Sonnenbrille des Anwalts sehen. »Ich appelliere nur höflich an Ihre Vernunft. Wenn Sie unserer Einladung folgen, wird sich dies sicher sehr positiv auf den Fortgang der weiteren, ähm, ja, Dinge auswirken.«

Jakisch musste sich zur Seite drehen. Fremdschämen konnte nicht peinlicher sein. Mayr sollte keine langen Reden schwingen. Nach allem, was sie mittlerweile über Leuchtenberg wussten, reichte es zu einer Festnahme allemal. Warum wollte Mayr also bloß den höflichen Allgäuer mimen?

Ferdinand Leuchtenberg zückte eine Visitenkarte, steckte sie aber wieder weg. Stattdessen lächelte er Mayr an.

»Sie können mich über das Hotel erreichen. Die Damen hier sind sicher so nett, mich umgehend zu informieren. Und jetzt entschuldigen Sie mich bitte, meine Herren.«

»Sie gehen jetzt nirgendwohin, Herr Leuchtenberg, Sie kommen jetzt mit uns.« Carsten Jakisch übersah den verblüfften Seitenblick seines Kollegen. Wenn Mayr sich bluffen lassen wollte, bitte schön. Aber nicht mit ihm.

»Ihr junger Kollege hat mich wohl nicht verstanden, Herr Kommissar.« Leuchtenberg war die Missstimmung zwischen den Ermittlern nicht entgangen.

»Wo wollen'S denn so eilig hin?« Robert Mayr spürte, dass es unangenehm für sie werden konnte. Er trat einen Schritt vor und stand nun unmittelbar vor dem Düsseldorfer.

Ferdinand Leuchtenberg seufzte. »Ich bin verabredet.«

»Mit wem? Mit Frau Bauer?«

Leuchtenberg wurde blass, als sei der Name der passende Schlüssel zu der Tür, hinter der seine schlimmsten Albträume auf ihn warteten.

»Hören Sie, Frau Bauer ist in Lebensgefahr. Sie müssen mir helfen. Sie braucht mich jetzt.«

»So ein Schmarrn. Frau Bauer erfreut sich bester Gesundheit. Ich habe sie doch erst gestern gesehen. Oder war es vorgestern?« Mayr drehte sich zu Jakisch um. »Ach was. Sie waren ja gar nicht da. Jedenfalls, Herr Anwalt, bitte kommen Sie jetzt mit. Um Frau Bauer kümmern wir uns gerne später. Und machen Sie jetzt keine Umstände.«

Carsten Jakisch zückte wie zur Bestätigung seine Handschellen.

»Das werden Sie noch bereuen.« Ferdinand Leuchtenberg schüttelte Mayrs Hand ab, mit der ihn der Kommissar zum Auto führen wollte. »Lassen Sie mich los. Wenn Sie erlauben, werde ich noch einmal die Toilette aufsuchen, bevor Sie mich mitnehmen.«

»Lassen'S sich nur nicht zu lang Zeit.« Robert Mayr sah auf seine Uhr. Bis zum Feierabend sollten sie es pünktlich ins Büro schaffen.

»Was mach ich jetzt nur mit dir? Was mach ich jetzt nur mit dir?« Heinz Bongarts verpackte seine Drohung in ein fröhliches Lachen. »Eigentlich schade um dich. Und um das ganze Geld.«

Carina Bauer war langsam aufgestanden und Schritt um Schritt zurückgewichen. Nun stand sie mit dem Rücken an der Tür zum Flur.

»Ich habe ein bisschen Geld in Luxemburg liegen. Das kann ich Ihnen geben. Es ist nicht viel. Aber immerhin.«

»In Luxemburg? Nicht in der Schweiz?« Bongarts legte die Messerspitze an seine Nase, so als überlege er. »Nicht dumm, Blondchen. Nicht dumm. Du willst nur Zeit gewinnen. In der Schweiz wären wir von hier aus ruckizucki. Bis Luxemburg ist es viel weiter. Hm.« Ihn schien ihre Angst zu belustigen. »Wie viel ist es denn? Lohnt sich die Fahrt?«

»200 000.«

»Was? Dafür soll ich dich leben lassen? Das macht doch keinen Spaß.«

»Es könnten auch 300 000 sein.«

»Ach so, die Dame hat sich verrechnet. Interessant.« Bongarts stand fast vor ihr.

»Hören Sie, vielleicht kann ich auch ein paar Aktien verkaufen. Dazu müsste ich allerdings mit meinem Anwalt sprechen.«

Bongarts' Lachen dröhnte durch den Raum. »Mit Leuchtenberg? Du meinst Leuchtenberg?«

»Hat er Sie geschickt?«, flüsterte Carina Bauer. Wenn diese Wohnung schon zu ihrem Sarg werden sollte, wollte sie zumindest vorher noch die Wahrheit wissen. Dann würde in diesen Wänden das enden, was auch hier begonnen hatte.

»Mich geschickt?« Bongarts schien ehrlich erstaunt.

Carina Bauer nickte kaum merklich. Dabei behielt sie das Messer genau im Blick. Seine Spitze hatte sich bereits bedrohlich in die Richtung ihres Herzens gehoben.

»Der arme Irre. Ich habe Wackerzapp immer vor diesem Loser gewarnt. Er mich geschickt? Er weiß, dass ich mit Wackerzapp gearbeitet habe. Aber mehr auch nicht. Leuchtenberg. Der kann nur mit Akten jonglieren. Aber vom wahren Leben hat der keine Ahnung. Wer ist schon Leuchtenberg?« Bongarts hob das Messer noch ein Stück höher. »Und außerdem: Ein Heinz Bongarts arbeitet immer nur auf eigene Rechnung.«

Carina Bauer hörte nicht zu. Sie brauchte lange, bis sie begriff. Was hatte Bongarts gesagt?

Wo war Ferdinand? Er musste sie retten. Sie hatte ihm Unrecht getan. Wie hatte sie nur so über ihn denken können? Wenn er käme, würde sie ihn heiraten. Auf der Stelle. Er war ihre Burg. Nur dorthin würde sie sich flüchten können. Warum hatte sie das nicht schon früher erkannt? Wie hatte sie nur so blind sein können? Sie musste ihn anrufen. Sofort. Wo war das Telefon? Sie wandte den Kopf. Zu weit weg auf dem Tisch. Ferdinand musste sie retten. Ferdinand. Ferdinand.

»Was mache ich nur mit dir? Kleine Carina. Was?« Bongarts lächelte und fuhr mit dem Daumen über die Schneide des Messers.

»Warum soll ich dir die Kehle durchschneiden? Wer 300 000 hat, hat auch mehr.« Bongarts nickte beifällig. »Ich lass dich noch ein bisschen leben, glaube ich. Außerdem hatte ich noch keinen Spaß mit dir. Du kennst doch den Spruch: Nach dem Essen sollst du rauchen oder eine Frau gebrauchen.« Er lachte meckernd. »Danach fahren wir nach Luxemburg. Ist mir auch viel lieber. Die Berge hier machen mich nur depressiv.« Er sah sie an. »Und ich hasse diese Kühe. Mit ihren großen braunen Augen glotzen sie nur die ganze Zeit. Glaub mir, die taugen nur für die Pfanne.«

Heinz Bongarts stand nun dicht vor Carina. Mit einem schnellen Griff hatte er seine Hand an ihren Schritt gelegt. »Es wird Zeit. Komm.«

»Und? Habt ihr Leuchtenberg?«

Immer wenn er ins Allgäu telefonierte, machte sich in Ecki Urlaubsstimmung breit. Das lag nicht zuletzt daran, dass er in den vergangenen Jahren regelmäßig mit Kollegen zum Skilaufen nach Fischen gefahren war.

»Wir warten auf ihn. Er ist gerade noch einmal pinkeln.« Carsten Jakisch freute sich, Eckis Stimme zu hören. Er hatte das Gefühl, nicht mehr in Mayrs Team zu gehören.

»Hat er schon was gesagt?«

»Nur dass Carina Bauer in Gefahr ist.«

»Schwach.«

»So ist das.«

»Wie geht ihr weiter vor?«

Am liebsten wäre Jakisch ein paar Meter zur Seite gegangen, um seinem Ärger über Mayrs Verhalten Luft machen zu können. Aber das traute er sich nicht, Mayr beäugte ihn schon jetzt mit Argwohn.

»Wir bringen ihn ins Präsidium und werden ihn dort mit allen Ermittlungsergebnissen konfrontieren. Bin gespannt, wie er reagiert. Im Augenblick spielt er noch den Überheblichen.«

»Nehmt ihn im Zweifelsfall ruhig fest.«

Jakisch beobachtete Mayr, der sich genüsslich die Fingernägel reinigte.

»Ich bin mir nicht sicher, ob wir damit bei unserem Staatsanwalt durchkommen.«

Mayr sah kurz auf und machte ein fragendes Gesicht. Dann widmete er sich wieder seiner Körperpflege.

»Dann soll Mayr mal Druck machen. Wir schicken gerne auch noch mal eine Mail an den Kollegen.«

»Tut das.«

In Wahrheit glaubte er keine Sekunde daran, dass Mayr sich würde durchsetzen können. Er sah seinen Kollegen an. Mayr machte einen abwesenden Eindruck.

Und Ecki hatte das Gefühl, Jakisch nicht sonderlich unterstützen zu können. Er verabschiedete sich mit einem freundlichen »Servus«.

»Zieh dich endlich aus. Oder soll ich nachhelfen? Stehst du auf Gewalt? Kein Problem. Musst du nur sagen.« Bongarts kicherte tatsächlich.

Carina Bauer zitterte. Niemals würde sie sich ausziehen. Niemals.

»Weißt du nicht mehr, wie das geht?« Bongarts schlug mit der flachen Hand auf seine Faust.

Die obszöne Geste ließ sie zusammenzucken.

»Komm, stell dich nicht an wie eine Klosterschülerin. Mit Wackerzapp hast du's doch auch gemacht. Und gar nicht mal so übel. Hat er mir selbst erzählt.« Er strich sich selbstgefällig über sein T-Shirt. »Bin schon ein wenig stolz darauf, dass ich endlich die Frau im Schlafzimmer habe, die mir mit ihren Fotos so manch nette Viertelstunde bereitet hat. Du hast wirklich geile Titten.«

Obwohl sie angezogen war, fror sie, als stünde sie nackt auf einem Schneefeld. Sie hatte ihre Arme um den Oberkörper geschlungen, obwohl Bongarts kein Stück Haut sehen konnte.

»Lange warte ich nicht mehr.« Bongarts' Stimme wurde dunkel und drohend. Sein Gesicht war zu einer gierigen Fratze verzerrt.

»Ich, ich kann nicht.«

Bongarts lachte böse. »Oh, wenn es nur das ist. Das ist kein Problem für mich. So rücksichtsvoll musst du gar nicht sein. Nur runter mit den Klamotten. Den Rest mache ich schon. Keine Sorge.«

Das Zittern wurde stärker. »Nein. Bitte nicht. Du bekommst das Geld.«

»Oh, die Dame bequemt sich endlich zu einem Du. Das ist doch schon mal was. Der erste Schritt zu deinem nackten Arsch. Los jetzt.« Er wedelte mit dem Messer.

In Carinas Denken vollzog sich ein abrupter Wandel. Das Zittern hörte urplötzlich auf, sie sah die Dinge glasklar vor sich. Bongarts, der an seiner Hose nestelte, das aufgeschlagene Bett, aus dem es muffig roch, ihre Hände, die an ihrem Körper entlangfuhren, um den Reißverschluss ihres Kleids zu öffnen. Sie würde aus ihren Kleidern steigen, und er würde ihr nichts anhaben können.

Er würde sich auf sie legen, und sie würde sein Gewicht nicht spüren, seine Bewegungen vergessen und sich seinen Atem wegdenken. Bongarts war nur einer von vielen. Ihr machte seine schmutzige Gier nichts mehr aus, sein schmutziger Körper würde in sie eindringen, und sie würde in diesem Augenblick aus ihrem aussteigen. Sollte er sich doch auf sie legen, sie würde nicht da sein.

Carina Bauer sah Heinz Bongarts direkt in die Augen. »Wie willst du mich? Soll ich mich ganz ausziehen? Willst du den Rest erledigen? Ich trage kein Höschen, das solltest du wissen. Von vorne, von hinten? Sag, was du willst. Du kannst es dir aussuchen.«

Ihr Kleid war nur noch einen Wimpernschlag davon entfernt, auf den Boden zu sinken.

Bongarts schluckte. Seine Augen flackerten. Bauers Sinneswandel verblüffte ihn. Unschlüssig drehte er den Messergriff in seiner Hand.

»Du willst mich wohl verarschen?« Er blinzelte immer noch.

Er konnte nicht erkennen, was ihre wirkliche Absicht war. Er sah sich mit einem schnellen Blick im Raum um. Es war alles wie zuvor: das breite Bett, die Naturholzmöbel, die Allgäuer Folklore.

»Was ist?« Carina lächelte leicht. Sie wollte keine unbedachte Bewegung provozieren. »Du willst mich doch, oder? Nackt und geil.«

Bongarts sah sich noch einmal um. Irgendwas stimmte hier nicht. »Ich lass mich von dir nicht aufs Kreuz legen. Nicht von dir.«

Carina Bauer überlegte. Bongarts war gereizt. Jedes Wort zu viel konnte ihn ausrasten lassen. Aber sie wollte leben. Sie wollte dieses Schwein überleben, wie sie auch all die anderen überleben würde, die sie benutzt hatten.

»Ich tue, was du willst.« Sie hatte ihre Hand immer noch an einem Träger ihres Kleides. Sie senkte ihren Blick, um Bongarts noch tiefer in die Augen sehen zu können.

Bongarts hatte sich wieder gefangen. Diese Schlampe würde er sich vornehmen, dass ihr Hören und Sehen verging. Trotzdem wollte er Zeit gewinnen. Er musste ganz sicher sein, dass sie ihn tatsächlich nicht verarschte. »Ich sehe, dass du vögeln willst. Geh duschen, und trockne dich nicht ab. Ich will dich so.«

Carina Bauer ließ den Träger los. Die Dusche würde ihr die Zeit bringen, die sie brauchte, um vielleicht doch noch einen Plan zu entwickeln.

Ohne Bongarts aus dem Blick zu lassen, erreichte sie den Durchgang zum Bad. Sie wusste, dass die Tür nicht abzuschließen war, absolute Tabulosigkeit, war damals das Motto. Aber der fehlende Schlüssel war ihr egal. Hauptsache, sie konnte die Tür schließen.

»Braves Mädchen. Ich mach mich schon mal nackig.« Bongarts klang aufgedreht. Aufreizend strich er über das Bettlaken. »Du wirst deinen Spaß haben. Du wirst sehen. Mit mir hat noch jede ihre Freude gehabt.«

Carina Bauer schloss die Tür hinter sich und lehnte sich gegen das Türblatt. Du bist stark, Carina, du hast noch alles geschafft, machte sie sich Mut. Mehrmals wiederholte sie die beiden Sätze. Schließlich ließ sie ihre Kleider fallen und stellte sich unter die Dusche. Es gab keine Seife. Aber das störte sie nicht.

»Scheiße.« Robert Mayr stieg die Stufen des Hoteleingangs hinunter. Sein gemächliches Tempo passte nicht zu dem Kraftausdruck, den er nun schon zum dritten Mal wiederholte. »Unser Anwalt ist durchgebrannt.«

Carsten Jakisch hatte es geahnt. Hätte er Leuchtenberg nur begleitet, dann wäre ihm die Blamage erspart geblieben. Seine Mönchengladbacher Kollegen würden fluchen.

»Wie das?«

»Er ist hintenrum raus.« Mayr zuckte mit den Schultern. Er sah nicht im Mindesten aufgeregt aus.

»Hintenrum?« Jakisch war wütend über Mayrs Gelassenheit.

»Da gibt es noch zwei Türen, sagt die Frau an der Rezeption.«

»Und jetzt?«

»Er ist in den Ort hinein.«

»Na, wenigstens haben wir ihn schnell. Seine Flucht ist das beste Schuldeingeständnis. Worauf warten wir noch?«

»Die junge Frau geht davon aus, dass Leuchtenberg seinen Wagen dort geparkt hat. Heute Morgen seien gleich ganz früh LKWs gekommen, um anzuliefern. Außerdem ist der Müll abgeholt worden, deshalb sind die Gäste gebeten worden, ihre Autos für eine kurze Zeit im Ort abzustellen.«

»Na, prima!« Jakisch brüllte. »So eine Oberscheiße! Mann, Mayr!«

Robert Mayr sah seinen Kollegen erstaunt an. »Was soll die Aufregung?« Er seufzte ergeben. »Wird der Feierabend halt noch ein wenig warten müssen.«

Wütend und wortlos stapfte Jakisch zu ihrem Auto. Wenn das Ganze hier vorbei war, würde er mit dem Polizeipräsidenten sprechen.

Carina Bauer ließ das warme Wasser über ihren Körper laufen. Bongarts konnte ihr nichts anhaben. Sie würde es hinter sich bringen. Dann würde sie weitersehen. Immer Schritt für Schritt handeln. Sie musste besonnen sein, das würde ihr auch dieses Mal das Überleben sichern.

Das gleichmäßige Rauschen machte sie schläfrig. Ihre Gedanken gingen weit zurück, noch vor die erste Begegnung mit Leuchtenberg. Sie dachte an die Zeit nach ihrem Studium, an ihre ersten Gehversuche als Anwältin. Sie erinnerte sich an die vielen Überstunden, die sie unbezahlt und ohne zu murren absolvierte, weil sie wusste, dass sie nur so eine Chance haben würde, sich durchzusetzen. Und an die ersten Erfolge, die sie für ihre Firma erzielte. Sie war so stolz gewesen, für Europas führenden Chipsproduzenten arbeiten zu dürfen! Aber dann war der dunkle Moment aufgetaucht, in dem sie mit ihrem Vorgesetzten alleine gewesen war. Seine alten Hände, die wie selbstverständlich über ihren Busen gewandert waren. Er hatte nicht gesprochen, aber sie hatte gewusst, dass es nicht bei dieser einen Begegnung bleiben würde. Sie hatte es noch einige Monate in der Firma ausgehalten und hatte dann gekündigt. Sie würde niemals das süffisante Lächeln ihres Chefs vergessen, als sie ihm die Kündigung auf den Tisch gelegt hatte.

Heute erschien es ihr so, als habe er gewusst, was aus ihr werden würde. Eine Anwältin, die die Grenze des Erlaubten überschreiten würde, nur weil sie auf jemanden treffen würde, der ihr ein wenig Liebe versprach. Der alte Mann war längst tot, aber seine unausgesprochene Weissagung hatte sich wie Mehltau über ihr Leben gelegt.

Sie hatte zuvor in ihrer Familie niemals echten Halt und ein warmes Zuhause gehabt, als kleines Kind nicht und erst recht nicht, als sie größer wurde. Ihre Eltern hatten sie aufwachsen lassen, wie man ein Haustier aufwachsen lässt. So hatte sie es immer dann schmerzlich empfunden, wenn ihre Eltern mit ihren Freunden gefeiert und sie dabei links liegen gelassen hatten.

Sie hatte schon früh ihr Elternhaus verlassen, auf der Suche nach Heilung. Sie hatte Gerechtigkeit gesucht und war Anwältin geworden. Aber über die ganzen Jahre hatte sie diese Suche nicht aufgegeben, trotz aller Niederlagen, Schmerzen, Enttäuschungen und trotz all der furchtbaren Dinge, die sie erlebt hatte. Sie wusste, sie würde weitersuchen, auch wenn sie niemals ans Ziel käme. Das war ihr Schicksal, ihre Bestimmung: die Welt absuchen nach Gerechtigkeit und nach ein bisschen Geborgenheit. Und weil sie die nicht bekam, nahm sie sich das, wovon sie meinte, es stünde ihr zu.

In den vergangenen Jahren hatten ihr ihre Geschäfte die Genugtuung gebracht, die sie wie die Luft zum Atmen brauchte. Sie hatte all diese jämmerlichen kleinen Wichte gesehen und mit ihrem Lächeln und ihren auffordernden Worten verhöhnt, die in dieser Wohnung und anderswo in ihrer nackten Hilflosigkeit den Mädchen förmlich hinterhergekrochen waren, um sich an ihnen zu vergewissern, dass sie noch lebten. Und zwar ohne den geringsten Gedanken an die Folgen ihrer schmierigen Lust.

Es hatte sie umso mehr befriedigt, je mehr diese Typen, Banker, Unternehmer, Politiker, Beamte, zu Kreuze krochen, wenn sie ihnen ihre Rechnung aus Fotos, abgehörten Telefonaten und ihren Forderungen präsentiert hatte. Sie hatte keine Gnade gekannt, in keinem einzigen Fall. Denn sie hatte gewusst, dass alle zahlen würden, die, die am meisten gestöhnt hatten auf ihren Mädchen, am schnellsten und mit peinlichem Gesichtsaudruck, mit abgewandtem Blick und eingezogenem Selbstbewusstsein.

Oft hatte sie in dieser Wohnung in der Tür gestanden und beobachtet, wie sie sich auf Samantha oder Julia abmühten. Sie hatte ihre geschlossenen Augen gesehen und gedacht: Wenn ihr sie öffnet, werdet ihr in die Hölle blicken. So war es immer gewesen.

Sie würde Bongarts hinter sich lassen, auch die Fahrt nach Luxemburg durchstehen und dann mit ihm auf ihre Art abrechnen. Im Luxemburger Tresor lag noch ein Rest von dem Solanin, das ihr damals ein liebestoller Laborleiter besorgt hatte. Damals, nach der Sache mit dem Alten. Sie hatte sich an ihm rächen wollen. Da war ihr der Chemiker gerade recht gekommen. Es war so leicht gewesen, sich das Zeug zu beschaffen, nachdem er es ihr einmal hatte besorgen dürfen. Ein Vater von drei Kindern, der seine Finger nicht hatte bei sich lassen können. Er hatte ihr das Zeug regelrecht aufgedrängt. Sehr viel später war ihr klar geworden, dass er vielleicht selbst eine Rechnung mit dem Alten offen haben mochte. Und sie wäre die Dumme gewesen, die seinen Hass auf den Vorgesetzten befriedigt hätte, ohne es zu wissen.

Jedenfalls hatte sie es nicht fertiggebracht, ihren Chef zu töten. Voller Skrupel war sie gewesen. Und voller Angst, dass sie mit ihrem One-Night-Stand einen Mitwisser haben könnte. Ein naives dummes Ding war sie gewesen!

Wie auch immer, für das Solanin hatte sie schließlich doch noch Verwendung gefunden. Und auch der Rest würde reichen, um Bongarts für immer abzuschütteln. Nur gut, dass sie Wackerzapp damals nicht die ganze Menge überlassen hatte.

Sie drehte sich unter der Dusche. Ihre Haut fühlte sich bereits weich an. Büschgens hatte kein Mitleid verdient. Er hatte ihr im Weg gestanden. Leuchtenberg hatte alles versucht, um ihn in Schach zu halten. Er hatte es mit Übernahmeangeboten versucht, hatte sogar eine Aufteilung des lukrativen Kuchens Landesimmobilien vorgeschlagen. Aber Büschgens hatte sich um Leuchtenbergs Angebote wenig geschert, hatte auch die als außergewöhnlich und überaus kreativ wie auch diskret angekündigten Verabredungen im Allgäu arrogant als »uninteressant« abgetan. Selbst die Versuche, über Büschgens' Motorradklub einen Hebel zu finden, um ihn unter Druck setzen zu können, waren gescheitert.

Der Immobilienmakler war zu klug gewesen, um in eine wie auch immer aufgestellte Falle zu tappen. Seine Liebe zu Marie Schneiders war offenbar so groß, dass er jeder Verlockung widerstand. Gelegenheit dazu hatte es im Umfeld der Motorradtreffen jedenfalls genug gegeben. Selbst Wackerzapps Versuche, ihn mit exklusiven Maschinen zu günstigen Preisen zu locken, hatte Büschgens ins Nichts laufen lassen. Entweder war er frei von Neugier auf Verbotenes, oder er war gerissener als alle andere.

In langen Diskussionen hatte sie mit Leuchtenberg nach Möglichkeiten und Wegen gesucht, um Büschgens vom Markt zu drängen. Aber je mehr sie sich mühten, umso stärker schien Büschgens zu werden. Als er immer mehr lukrative Geschäfte machte, die ihnen entgingen, umso stärker wurde der Hass auf diesen augenscheinlich so unbestechlichen, untadeligen und erfolgreichen Geschäftsmann, dass sie an einem Abend nach einigen Gläsern Rotwein darüber spekuliert hatten, was denn passieren würde, wenn Büschgens auf immer im Allgäu verloren ginge?

Damals hatten sie bei einem Essen mit Vertretern des Bauministeriums erfahren, dass Ernst Büschgens neben seinen Geschäften in Nordrhein-Westfalen ganz groß in das Geschäft mit Wellnessressorts einsteigen wollte und sich schon einmal ein Bauernhaus gekauft hatte, das sein Rückzugsort für den Ruhestand, zunächst aber seine bayerische Zentrale werden sollte.

Leuchtenberg hatte dann die Variante Wackerzapp ins Spiel gebracht. Und sie war, ohne zu zögern, darauf eingestiegen. Sie hatte Leuchtenbergs Pläne als verlockendes, weil kalkulierbares Spiel mit dem Feuer betrachtet. Ein Spiel, das nur sie würden gewinnen können. Den Mord an Büschgens hatte sie für sich selbst leichten Herzens als Risiko beim Tauchen im Haifischbecken abgespeichert. Dass in jener Nacht über dem

Rottachsee ein Gewitter niedergegangen war, hatte sie lange als glückliche Fügung gewertet.

Denn dass Wackerzapp völlig aus dem Ruder laufen würde, bei seinem Auftrag, Samantha und Julia zum Schweigen zu bewegen, hatte sie nicht ahnen können.

In Wahrheit hatte sie für Wackerzapp Bewunderung in einem Maße empfunden, das sie sich bis dahin in der Begegnung mit anderen Menschen niemals zugestanden hatte. Das hatte nicht zuletzt an seiner Kaltschnäuzigkeit gelegen, mit der er Büschgens das Solanin verabreicht hatte. In das Bauernhaus einzudringen, die vorgefundenen Lebensmittel zu präparieren hatte ihr Respekt und Bewunderung abgenötigt. Dass Wackerzapp aus Lust am Töten mordete, war ihr nicht in den Sinn gekommen. Sie hatte sich, wenn auch nur für kurze Zeit, in seinen Armen geborgen gefühlt. Zum ersten Mal seit langer Zeit. Seine Instinkte hatten sie fasziniert. Sie sah in ihm jemanden, der über den Dingen stand, über den spießigen Vorstellungen von Moral und Ordnung. Jemand, der ihr nahe war wie sonst niemand. Bis er ihr durch die unnötigen Morde an den Mädchen die Augen geöffnet hatte. Aber da war es schon zu spät gewesen für die Erkenntnis, dass sie nicht einem Helden erlegen war, sondern nur dem mörderischen Trugbild ihrer Träume.

Carina Bauer stutzte. Sie spürte, dass sich etwas verändert hatte. Sie konnte nicht sagen, was es war, aber etwas war anders als vorhin, als sie unter die Dusche gegangen war. Sie hörte Bongarts nicht. Sie hörte überhaupt nichts. Nur das gleichförmige Rauschen des Wassers – und doch war da noch etwas anderes.

Sie stellte die Dusche ab und war erschrocken über die augenblickliche Stille, die sie umfing. Automatisch griff sie nach einem der Handtücher, die für gewöhnlich in Stapeln im Regal neben der Dusche lagen, aber da waren keine Handtücher. Das Regal war leer. Sekundenlang verharrte sie erstaunt und erschrocken unter dem tropfenden Duschkopf. Sie fühlte sich zum ersten Mal nackt und ungeschützt.

Ohne weiter nachzudenken, zog sie ihr Trägerkleid über, das sofort auf ihrer Haut klebte. Auf nassen Füßen ging sie zur Tür und zog sie einen Spalt auf.

Die Sonne hatte sich vollständig aus dem Schlafzimmer zurückgezogen und ein diffuses Licht hinterlassen. Der Tag war dabei, sich endgültig zu verabschieden.

Bongarts war verschwunden. Nur der Geruch nach altem Schweiß war geblieben, gleichsam als Statthalter bis zu seiner Rückkehr. Bongarts würde sie nicht alleine lassen. Carina Bauer öffnete die Tür vollständig. Vorsichtig, Stück für Stück, aber Bongarts war nirgends zu sehen. Sie ging am Bett vorbei, das nur aus einer Matratze und einem dünnen Oberbett, das nicht bezogen war, bestand.

Auch im Flur war Bongarts nicht zu sehen. Carina Bauers Muskeln verkrampften sich vor Angst. Jeden Augenblick befürchtete sie, dass er hinter sie treten und sie mit bloßen Händen würgen würde. Im fensterlosen Flur war es schon dunkel. Sie begann zu frieren. Für Sekunden hatte sie das irrwitzige Gefühl, sie sei gerettet, weil Bongarts die Lust an seinem perversen Spiel verloren hatte und auf Nimmerwiedersehen verschwunden war. Doch ihr Verstand weigerte sich, diesem Gefühl zu vertrauen. Bongarts hatte sich in ihr Leben verbissen wie eine Zecke. Sie würde ihn nicht loswerden, nicht bevor er sich mit ihrem Geld vollgesogen hatte. Und auch dann konnte sie sich nicht sicher sein, dass er sie mit seiner Gier nicht schon längst vergiftet hatte und sie sterben ließ.

Carina Bauer schlich, eng an die Wand gepresst, weiter. Sie fluchte, weil sie ihre Schuhe nicht bei sich hatte. Die standen immer noch auf der Terrasse, wo sie sie vor einer Ewigkeit ausgezogen hatte, um die Wärme des Terrassenbodens zu spüren. Ohne Schuhe würde sie nicht weit kommen, vorausgesetzt, sie würde überhaupt die Tür erreichen. Sie lehnte sich an die Wand. Die Welt da draußen wusste nicht, was sich im Inneren der Ferienwohnung abspielte. Draußen ging alles seinen gewohnten Gang, wurden die Kühe gemolken, frisch gemähtes Gras eingefahren, die Kinder fingen mit ihren Freunden auf der Straße die letzten Sonnenstrahlen des Tages ein, ihre Eltern hatten sich längst auf den Terrassen oder vor den Höfen um den Grill versammelt, wo sie bei einem kühlen Bier oder einem Glas Wein mit ihren Feriengästen plauderten. Und hier drinnen, nur wenige Meter entfernt, loderte die Hölle.

Carina Bauer meinte in der Ferne Schweine schreien zu hören, die auf ihr Futter warteten. Das Geräusch irritierte sie. Langsam schob sie sich weiter. Wenn sie eine Chance haben wollte, musste sie jetzt schnell handeln. Jede Sekunde war kostbar. Nicht länger an Bongarts denken. Wenn sie erst die Tür erreicht hätte, wäre sie schon fast in Sicherheit.

Stück für Stück tastete sie sich vor. Dabei meinte sie all die Geräusche zu hören, die sich in den vergangenen Jahren in die Wände gebrannt hatten. Sie hörte das Kinderlachen von Julia Dürselen, obwohl sie nur aus deren Erzählungen wusste, dass sie dieses Haus als Kind geliebt hatte. Sie musste an Julias Tränen denken, als sie davon erzählt hatte. Sie hatte es damals als rührseliges Gefasel abgetan, verstärkt durch zu viel Alkohol und Tabletten, und Julia gegen ihren Willen zurück zu ihrem »Gast« geschickt. Heute schämte sich Carina Bauer dafür. Sie meinte das Klirren der Gläser zu hören, das ausgelassene Stimmengewirr und den Schweiß nackter Leiber zu riechen.

Sie wischte sich über die Augen. Nein, das war kein Stöhnen, das auf eine günstige Gelegenheit gewartet hatte, um aus der Vergangenheit zurückzukehren. Das waren auch nicht die Geräusche einer Schweinefütterung. Die Laute kamen von der Terrasse! Carina Bauer spürte, dass sich ihre Nackenhaare sträubten und Gänsehaut ihren Körper überzog.

Sie schloss die Augen und konzentrierte sich. Nun hörte sie deutlich zwei Stimmen. Die eine gehörte unzweifelhaft Bongarts, aber wem gehörte die zweite?

Was sollte sie tun? Losrennen? An der Tür zum Wohnzimmer vorbei, das auf die Terrasse hinausführte? Ins Schlafzimmer zurückkehren und abwarten? Sie schloss die Augen, um sich erneut auf die Stimmen zu konzentrieren.

Dann wusste sie, wen sie da hörte.

Silvio Anelli!

Sie presste ihre Hände gegen den Kopf. Ihre nassen Haare waren kalt. Sie wollte es nicht glauben. Anelli. Ihre Gedanken rasten. Worüber sprachen die beiden? Sie nahm die Hände vom Kopf. Was sagte Anelli? Was war mit Bongarts? Sie musste genau zuhören. Hatten sich die beiden etwa hier verabredet? Wollten sie gemeinsam über sie herfallen?

Sie legte sich flach auf den Boden und schob sich in das Wohnzimmer hinein. Sie hatte Glück, dass die Sitzgruppe den Männern die Sicht auf sie versperrte. Stück für Stück robbte sie in Richtung Terrassentür. Schließlich hatte sie das schmale Wandstück neben der Schiebetür erreicht. Sie war sich sicher, dass die Männer ihren keuchenden Atem hören mussten, so laut dröhnte er in ihren Ohren. Aber nichts passierte. Sie zwang sich, ruhiger und gleichmäßiger zu atmen.

»Deine Zeit ist abgelaufen.«

»Was soll das, Silvio? Was habe ich denn getan?«

Bongarts klang unterwürfig.

»Lass das Messer liegen. Eine falsche Bewegung, und du bist schon hier ein toter Mann. Denk nicht einmal daran, dass du deine Finger an den Griff bekommst.«

»Silvio, wie kannst du nur so etwas von mir denken? Silvio. Ich bin doch dein Freund. Außerdem hast du mich immer gut bezahlt. Das werde ich mir doch nicht verscherzen. Silvio! Du kennst mich doch.«

»Genau deshalb. Du hast es dir schon verscherzt. In dem Augenblick, in dem du Hand an Carina gelegt hast. Du hast fremdes Eigentum angefasst. Du hattest den Auftrag, ein Auge auf Wackerzapp zu haben und mir alles zu berichten, was er tut. Du solltest Leuchtenberg beschatten. Und was tust du? Willst wohl auf eigene Rechnung arbeiten. Du hast nicht den Schneid dazu, Bongarts, du nicht.«

»Ich habe doch alles getan, was du wolltest.« Bongarts' Stimme wurde schriller und drohte zu kippen. So, als sei Anelli ein Stück auf ihn zugegangen.

»Du bist nicht mein Freund. Du bist ein Hund, den ich gerufen habe, um mir zu Diensten zu sein. Aber du Hund hast mich betrogen. Sag endlich, was du hier machst? Wartest du auf Carina? Ist das da draußen nicht ihr Auto?«

»Nein, nein, wie kommst du darauf?«

»Was hast du im Wohnzimmer gemacht? Und wem gehören diese Schuhe?«

»Ich habe mich selbst gewundert. Als ich kam, lagen sie schon hier. Eines der Mädchen wird sie wohl vergessen haben. Du weißt ja, wie schlampig sie sein können, diese Dinger. Haben nur Stroh im Kopf. Ich, ich habe mir nur etwas zu essen gemacht. Ich war lange unterwegs. Ehrlich, Silvio.«

Bongarts jovialer Unterton verfehlte seine Wirkung.

»Und warum gehst du mit einem Messer auf mich los?«, fragte Anelli mit unerbittlich kalter Stimme.

»Das musst du doch verstehen, Silvio, ich habe auf der Terrasse Geräusche gehört. Das würdest du doch auch tun.«

»Sag mir nicht, was ich tun würde.«

»Natürlich nicht, Silvio. Natürlich nicht.«

Da war wieder dieser unterwürfige Ton.

»Steh auf und komm mit.«

»Ich, das geht nicht. Wohin willst du denn?«

»Wir beide machen jetzt eine hübsche kleine Spazierfahrt. Du wirst schon sehen.«

»Silvio, bitte.«

»Deine Zeit ist abgelaufen. Wie gesagt. Komm endlich hoch. Du widerst mich an. Winselst tatsächlich wie ein Hund. Wie habe ich mir nur so einen Versager halten können. Du verdienst das Futter nicht, das ich dir gebe.«

»Du kannst mich doch nicht einfach umbringen, Silvio.« Die Stimme wurde weinerlich. »Ich habe die Weiber ein wenig gekitzelt, na ja, wohl ein wenig zu viel, aber du wolltest keine

Spuren. Ich habe mich mit Wackerzapp um Büschgens gekümmert. Okay, das war nicht dein Auftrag, aber er hat dir doch in dein Konzept gepasst! Oder? Und ich habe Wackerzapp auf die Reise geschickt. Was soll ich denn noch alles tun, damit du mir endlich vertraust? Ich kann dir eine ganz große Hilfe sein. Ich bin zu allem bereit.«

»Du bist zu weit gegangen. Du hast Carina angefasst. Das reicht.«

»Lass mich dir meine Loyalität beweisen. Lass mich Leuchtenberg beseitigen. Das wird ganz einfach sein. Dann hast du endgültig freie Bahn.«

»Pah, Leuchtenberg! Das ist ein alter Mann. Um den kümmere ich mich selbst. Wo ist Carina? Was hast du mit ihr gemacht?«

»Carina?« Bongarts klang empört. »Ich? Nichts. Ehrlich. Ich habe sie nur einmal getroffen. Ja, das stimmt. Aber ich habe ihr nichts getan. Ehrlich.«

»Wo ist sie?«

»Ich weiß es nicht!«

Statt einer erneuten Frage hörte Carina nur ein metallisches Klicken. Anelli musste den Hahn seiner Pistole gespannt haben.

Carina lehnte sich an die kühle Wand. Ihr Kopf glühte. Was hatte Anelli da gesagt? Das klang ja fast, als ob er so etwas wie Liebe für sie empfand. Absurd. Anelli liebte nur sich selbst. Er hatte gesagt, dass sie sein Eigentum sei. Aber ihr blieb keine Zeit, sich weiter Gedanken über Anellis Gefühle zu machen. Carina Bauer hatte genug gehört. Sie würde in den Flur zurückrobben und versuchen, die Haustür zu erreichen. Sollten die beiden sich doch gegenseitig umbringen.

Kurz vor Erreichen der Tür passierte es. Carina Bauer geriet mit einem Fuß in das Kabel einer schlanken Stehlampe. Noch bevor sie es recht bemerkte, kippte die Lampe gegen die Sitzecke.

Sie hatte nur noch eine Chance. Zum Versteckspiel gab es keinen Grund mehr. Als sie sich im Aufspringen blitzschnell zur Terrasse umdrehte, stockte ihr der Atem. Sie öffnete den Mund zu einem lautlosen Schrei.

Die Szene vor ihr lief ab wie auf einer Kinoleinwand. Silvio Anelli hatte keine drei Schritte von Bongarts entfernt gestanden, der in einer Abwehrhaltung auf dem Boden gehockt hatte. Silvio hatte eine Pistole in der Hand, die ihm nun langsam aus der Hand rutschte. Mit der anderen Hand hielt sich der Italiener den Bauch. Dort steckte das lange Messer, mit dem Bongarts auch sie schon in Schach gehalten hatte. Mit ungläubigem Staunen betrachtete Anelli den roten Fleck, der sich schnell auf seinem weißen Hemd ausbreitete.

In Bruchteilen von Sekunden wurde Carina Bauer klar, was passiert war: Das Geräusch der umkippenden Lampe musste Anellis Aufmerksamkeit für einen Augenblick abgelenkt haben. Zeit genug für Bongarts, nach dem Messer zu greifen und es auf Anelli zu schleudern.

Das Geräusch des sich ins Fleisch bohrenden Messers hatte die Abendluft, in der noch die Sonnenwärme des Tages steckte, in zwei ungleiche Teile geteilt, die jetzt langsam von der Kinoleinwand herabsanken.

Während Carina Bauer zur Tür zurückwich, sah Silvio Anelli in ihre Richtung und kippte mit einem dumpfen Laut zur Seite.

Ohne zu wissen, was sie tat, stürzte Carina Bauer auf die Terrasse und kniete neben Anelli. Sie hatte alle Gefahr vergessen und auch ihre Fluchtgedanken.

Anellis Augen waren geschlossen, der Körper hatte sich gleichsam um das Messer gewunden, wie in einem aussichtslosen Versuch, den Fremdkörper zu absorbieren. Aber was geschehen war, ließ sich nicht mehr rückgängig machen.

Sie achtete nicht auf Bongarts, der jetzt über ihr stand. »Silvio«, flüsterte sie.

Sie beobachtete, wie Anellis Wimpern flatterten. Sie glaubte, dass er etwas sagen wollte.

»Scht, Silvio, Scht.« Sie strich über sein dichtes Haar. »Du darfst dich nicht anstrengen. Ich werde Hilfe holen.«

Eine Hand Anellis löste sich vom Griff des Messers und sank schlaff auf den Boden.

»Du darfst dich nicht anstrengen. Bleib ruhig liegen, Silvio. Hörst du? Du darfst dich nicht anstrengen.« Sie berührte seine Wange. »Alles wird gut.«

Sie drehte sich zu Bongarts um, der sich in diesem Augenblick bückte und die Pistole aufnahm. »Ruf einen Arzt. Hörst du!?«

Bongarts richtete sich auf und stand wieder über ihr. Er schüttelte den Kopf und grinste sie an. Dabei hielt er ihr die Waffe an den Kopf.

»Er stirbt. Hol Hilfe«, flehte sie Bongarts an.

Er grinste nur.

»Bleib da, Silvio. Du darfst nicht müde werden. Ich werde dir helfen.«

Anelli flüsterte etwas, das sie nicht verstand. Sie legte ihr Ohr an seinen Mund, um ihn besser zu verstehen, aber er gab keinen Laut mehr von sich.

Carina sah zu Bongarts hoch. Sein Grinsen verschwamm in einem Schleier aus Tränen, die sie nicht mehr zurückhalten konnte. Ihr Atem ging jetzt keuchend. Sie musste sich auf den Boden aufstützen und spürte, wie sich Silvios Blut warm um ihre Finger ausbreitete.

Silvio Anelli streckte seine Beine aus, und dann war es vorbei.

»Komm endlich hoch, du Schlampe.« Bongarts riss sie hoch. Er musste alle Kraft aufbieten, denn ihr sackten immer wieder die Beine weg.

»Los jetzt. Wir haben noch was vor.« Bongarts schleifte sie über die Terrasse.

Carina Bauer wollte nicht weg. Sie wollte Silvios Kopf noch einmal in ihrem Schoß halten, seine Haare streicheln, spüren, wie die Wärme langsam aus seinem Körper wich. Das war sie ihm schuldig, trotz allem, was er ihr angetan hatte.

Doch Bongarts blieb unerbittlich. Er zerrte Carina hinter sich her bis zu ihrem Auto.

»Los, rein. Du fährst.« Bongarts drückte ihr den Schlüssel in die Hand und ließ sie los.

Sofort sank Carina Bauer an der Karosserie entlang zu Boden.

»Steh auf! Anelli hat es nicht anders gewollt. Er hat sich mir in den Weg gestellt. Und das ist ihm nicht bekommen. Was ist schon dabei? Einer weniger von diesen dreckigen Itakern.«

Carina konnte nicht aufstehen.

Bongarts spannte den Hahn der großkalibrigen Waffe und hielt ihr den schallgedämpften Lauf erneut an den Kopf.

»Wird's bald? Du bist mir noch was schuldig.«

Bongarts hielt die Waffe neben ihren Kopf und drückte ab.

Das kurze erstickte Pfeifen brachte Carina Bauer in die Realität zurück. Sie musste ihm gehorchen, um eine Chance zu haben. Sie musste tun, was er von ihr verlangte, und auf ihre Chance warten. Sie würde Silvio rächen.

Sie würgte Galle hoch, aber sie schaffte es, auf die Beine zu kommen. Ohne weiter auf Bongarts zu achten, stieg sie mit schleppenden Bewegungen in ihr Auto. Hinter dem Steuer wartete sie mit hängenden Armen auf Bongarts' Anweisungen.

Bongarts stieg neben ihr ein und richtete die Pistole auf ihre Schläfe. »Keine Zicken. Fahr los.«

»Wohin?«

»Fahr einfach los.«

Carina Bauer startete den Motor und rollte auf die Straße. Sie würde wiederkommen.

»Haben die Kollegen die Ortung endlich?« Robert Mayr streckte den Kopf zum Seitenfenster ihres Dienstwagens hinein. Er hatte sich die Füße vertreten wollen. »Solange die Kollegen das checken, bin ich in der Kirche«, hatte er gemeint. Jakisch hatte das unkommentiert gelassen, er hatte noch nicht einmal lachen wollen.

»Leuchtenberg wird den Akku aus seinem Telefon genommen haben.« Carsten Jakisch sah Mayr nicht an.

»Wir können doch nicht die ganzen Alpen abfahren. Was denkt dieser Anwalt sich eigentlich?« Mayr stieg zu seinem Kollegen ins Auto.

Sie hatten auf dem geschotterten Parkplatz neben dem Gasthof Zum Kreuz geparkt. Von dort aus konnten sie nahezu die komplette Dorfstraße überblicken.

Mayr lehnte den Kopf gegen die Kopfstütze. »Lange werde ich das nicht aushalten. Der Mader könnte uns eigentlich einen Kaffee bringen. Ich könnt ja gehen.« Mayr musterte Jakisch mit einem kurzen Seitenblick und schnallte sich dabei umständlich an, als habe er Sorge, in Ausübung seines Dienstes vom Sitz zu fallen.

»Warum schnallen Sie sich an, wenn Sie doch nicht sitzen bleiben wollen?« Jakisch wollte die Antwort eigentlich gar nicht wissen.

»Ich habe dann das Gefühl, mitten im Leben zu stehen.« Mit geschlossenen Augen fügte Robert Mayr hinzu: »Ich will vorbereitet sein, wenn wir plötzlich starten müssen.«

Carsten Jakisch verdrehte die Augen. Dieser Kauz würde irgendwann eine Beurteilung schreiben, von der seine weitere Karriere abhing. Schöne Aussichten.

Mayr war ein Vorgesetzter, der keinen Widerspruch duldete, waren seine Entscheidungen auch noch so eigenwillig. Das hatte Carsten Jakisch erst vorhin erfahren müssen. Ohne die Tour zu begründen, hatte Mayr die Fahrt nach Moosbach angeordnet. Wusste der Teufel, warum er Leuchtenberg ausgerechnet dort vermutete. Mit Intuition hatte das jedenfalls nichts zu tun, da war er sich sicher. Eher damit, dass Mayr mittlerweile jede Gelegenheit nutzte, um zum Rottachssee zu kommen. Aus welchen Gründen auch immer. Vielleicht lag es sogar daran, dass Mayr sich ein oder zwei Zwickelbier nach Dienstschluss im Kreuz versprach.

Carsten Jakisch sah Mayr von der Seite an. In seiner Lederhose und dem grünen Trachtenjanker sah sein Kollege eher aus wie ein Fremdenführer für japanische Touristen auf Europatour, nicht wie ein ernst zu nehmender Hauptkommissar der Kemptener Polizei. Was seine künftige Braut nur an ihm finden mochte? Na ja, dachte Jakisch, sie kennt ihn immerhin lange genug und weiß daher sicher, auf was sie sich einlässt.

Carsten Jakisch sah die Straße entlang, an deren Ende ein alter Baum das Dorfende markierte. Eine friedliche Gegend mit einem kleinen Neubaugebiet, das allein den Einheimischen vorbehalten war, wie er gehört hatte. Jakisch wunderte sich einmal mehr, woher die Moosbacher das viele Geld nahmen, um sich derart großzügige Häuser bauen zu können. Von seinem Polizistengehalt konnte er sich solche Allgäuer Schmuckkästchen nicht leisten, das stand fest. Vermutlich lagen schon die Grundstückspreise jenseits seiner Möglichkeiten. Das Dorf war zweifellos eine begehrte Wohnadresse. Wenn sie in die Hände von Spekulanten fallen würde, wäre es allerdings aus mit der Idylle.

Das Funkgerät schaltete sich ein und riss ihn aus seinen Spekulationen.

»Braucht ihr dort droben noch länger?« Die Stimme des Kollegen von der Leitstelle klang gelangweilt. »Wenn nicht, könntet ihr mir einen Gefallen tun. Ein Tankwart aus Durach hat eine merkwürdige Begegnung gemacht, behauptet er. Bei ihm hat ein Pärchen getankt, das ihm komisch vorgekommen ist.«

»Inwiefern?«, fragte Jakisch. Mayr hatte nicht einmal ein Auge geöffnet.

»Er hatte das Gefühl, dass die Frau von dem Mann bedroht wurde. Jedenfalls soll sie total nervös und blass gewesen sein. Der Mann stand direkt hinter ihr, sagt er, so als habe er sie bewachen wollen.«

Carsten Jakisch wurde hellhörig. Mayr rührte sich immer noch nicht.

»Was hat er sonst noch gesagt?«

Der Leitstellenbeamte leierte die Personenbeschreibung herunter.

»Die Beschreibung passt auf Carina Bauer.« Und der Mann musste Bongarts sein, dachte Jakisch.

Mayr hob immerhin eine Augenbraue.

»In welche Richtung sind sie davon?« Jakisch saß jetzt aufrecht im Sitz.

Der Kollege hatte keine Ahnung.

Dieser Bongarts schien also doch zu existieren. Und er hatte möglicherweise die Anwältin in seiner Gewalt. Warum war Bongarts ihr gefolgt? Was besaß und/oder wusste Bauer, was er haben oder wissen wollte?

»Wir warten.«

Mayrs Satz klang wie eine Dienstanweisung. Dabei hatte Jakisch nichts infrage gestellt.

»Wir wissen doch gar nicht, ob der Anwalt hier auftaucht.« Völliger Unsinn, hier heraufzufahren, wo Leuchtenberg überall sein konnte! In Sulzberg, in Rottach, auf der Autobahn zurück nach Düsseldorf. Warum ausgerechnet Moosbach?

»Ich weiß, dass sie kommen werden.«

Seit Minuten der erste längere Satz von Mayr.

»Sie?«

»Ja?«

Jakisch runzelte die Stirn. »Ich meine nicht Sie, Herr Mayr, ich meine, wen meinen Sie?«

»Das Pärchen.«

»Ach so.« Carsten Jakisch verstand nichts.

»Wirst schon sehen.«

Mayr duzte ihn. »Was?«

»Der See. Der See zieht sie alle an.«

Nun war Mayr wohl vollends durchgeknallt! Jakisch rückte ein Stück von ihm ab, als wäre sein Chef ansteckend. Jakisch kam aber nicht weit, denn in ihrem Dienstwagen gab es ja nicht sonderlich viel Platz.

»Ja, ja.«

»Wirst sehen. Das Wasser zieht sie alle an.«

Carsten Jakisch schwieg. Was hätte er auch sagen sollen?

Er versuchte es dann doch. »Sollen wir vielleicht beim Wirt einen Kaffee trinken?« Jakisch sah hinüber zu den Garagen am anderen Ende des Schotterplatzes. Ein Tor stand offen und gab den Blick auf einen grauen Traktor frei.

»Wir bleiben. Kaffee gibt's später.«

Erst will Mayr sofort einen Kaffee, nun erst später. Aha. Carsten Jakisch beschränkte sich aufs Registrieren.

»Wirst sehen.«

Was war nur mit dem Alten los? Dass er ihn duzte. Von jetzt auf gleich, ohne Ankündigung.

Carsten Jakisch musste an Frank denken. Der Mönchengladbacher Kollege war ganz anders. Jakisch nickte selbstvergessen. So ganz anders. Nahm man nur die Musik. Die Besessenheit, mit der er seinen Blues verteidigte, war schon auffällig. Allein, wie er in den vergangenen Tagen über die neue CD von Kenny Wayne Shepherd, *How I do*, gesprochen hatte! Ihm ging dieser Titel nicht aus dem Kopf: *Show me the way back home*. Oder *Who's gonna catch you now*. Besonders über die Textzeile *Every time you fell I was there to catch you* hatte Frank bei ihrem letzten Biergartenbesuch fast eine halbe Stunde lang philosophiert.

»Da sind sie.« Robert Mayr hatte die Augen geöffnet.

Für einen Moment hatte Jakisch nicht aufgepasst. Aus den Augenwinkeln hatte er lediglich eine blonde Frau am Steuer eines Sportwagens gesehen, der an ihnen vorbei Richtung Feuerwehrhaus unterwegs war.

»Sicher?« Jakisch war sich überhaupt nicht sicher.

»Fahr zu.«

Als Jakisch vom Parkplatz bog, spritzte Schotter auf.

»Sie fahren zum See hinunter.« Mayr deutete auf den Wagen, der tatsächlich an der alten Sennerei abbog. »Halt Abstand. Nein, halt an.«

Jakisch hielt an.

Der Sportwagen bog auf den Parkplatz vor dem Sportplatz und hielt dort. Sie sahen, wie die Frau und ihr Begleiter ausstiegen und dem Asphaltweg Richtung Mariengrotte folgten.

Jakisch sah Mayr fragend an.

»Aber sicher.«

Ohne auf seinen Kollegen zu warten, stieg Mayr aus und folgte den beiden. Und Carsten Jakisch folgte ihm.

Bongarts zog Carina mehr, als dass er sie am Arm führte.

»Wenn du mich noch einmal reinlegen willst, blase ich dir das Licht aus. Oder noch besser: Ich schneide dir die Kehle durch.«

Bongarts hatte eine Hand in ihren Arm gekrallt, mit der anderen hatte er ihre Haare gepackt.

»Es ist so, wie ich sage.« Carina Bauer konnte kaum mehr sprechen. Ihre Kehle war rau, ihre Zunge geschwollen. Seit Stunden hatte sie nichts mehr getrunken. Die Nacht über hatte Bongarts sie durchs Allgäu gehetzt, ohne dass er wusste, wohin er wollte. Er hatte immer wieder angehalten und am Ende alles aus ihr herausgepresst. Sie hatte ihm auch von ihrer »Lebensversicherung« erzählt. Schließlich waren sie nach Sulzberg zurückgefahren. In Durach hatten sie getankt. Und obwohl sie versucht hatte, den Tankwart durch Blicke auf ihre Situation aufmerksam zu machen, hatte der nicht reagiert. Er war ihre letzte Rettung gewesen! Sie war verzweifelt, aber sie hatte nicht einmal mehr Tränen gehabt. Ferdinand hatte sie anscheinend im Stich gelassen.

Geschieht mir recht, hatte sie gedacht, als sie noch einigermaßen klar hatte denken können. Seit Stunden funktionierte sie nur noch.

»Wo sind die Festplatten und die Sticks?«

Er riss an ihren Haaren, aber sie spürte den Schmerz nicht mehr.

»Das habe ich doch schon gesagt: in der Grotte.«

»Verarsch mich nicht!« Seine Stimme war voller Wut.

Carina Bauer stolperte und konnte sich nur mit Mühe abfangen.

»Los, rauf da.« Bongarts stieß sie brutal den kurzen Hang hinauf, der unterhalb der Grotte lag.

»Wo?«

»Hinter der Maria und der Tafel.«

Bongarts keuchte, als er Carina Bauer das letzte Stück bis zu dem übergroßen Gesteinsbrocken hinaufzerrte, der aus Kieselsteinen zusammengebacken war. Auf der höchsten Spitze reckte sich deutlich sichtbar ein schmiedeeisernes Kreuz in den Himmel. Die Grotte mit der Muttergottes war in eine Nische des Brockens hineingebaut. Der Steinhaufen und Teile der Grotte waren über und über mit Efeu bewachsen. Davor lag ein winziges Gärtchen mit Stauden und Bodendeckern, das sich durch einen groben Holzzaun von der umliegenden Wiese abgrenzte. Flankiert wurde die Mariengrotte von hohen Bäumen, die dem Ganzen etwas Andächtiges verliehen.

Bongarts blieb keuchend stehen und stieß das Holztürchen auf. »Deine letzte Chance.« Er zerrte erneut an ihren Haaren.

Carina Bauer hatte keine Kraft mehr und ließ sich zu Boden sinken. Trotzdem versuchte Bongarts, ihren Kopf wie eine Trophäe hochzuhalten.

»Wo?«

Ihre Worte kratzten. »Hinter der Tafel. Links.«

Er zog sie zur Muttergottes, die mit gefalteten Händen barmherzig auf sie niederschaute.

»Komm und tröste mein trostlos Herz. Lass mich nicht zu Grunde gehn.« Bongarts lachte laut und riss ihren Kopf hin und her. »Was für 'n Scheiß!« Unvermittelt ließ er sie los. »Du bleibst hier.« Hastig trat er vor und griff hinter die Tafel mit dem aufgemalten Gebet an die Muttergottes von Lourdes.

Robert Mayr und Carsten Jakisch waren in einiger Entfernung oberhalb des abschüssigen Asphaltweges stehen geblieben.

»Und jetzt?«

»Wir müssen der Frau helfen. Zugriff.« Robert Mayr sah

Jakisch an. »Zugriff, habe ich gesagt. Nimm deine Pistole, und auf geht's.«

Erst jetzt begriff Jakisch, dass Mayr wie immer nicht bewaffnet war, und zog seine Dienstwaffe. »Diesem Typ scheint völlig egal zu sein, ob er beobachtet wird oder nicht. Was ist, wenn jemand kommt und in die Festnahme gerät? Das Ganze ist viel zu gefährlich.«

»Wir haben keine Wahl. Gefahr in Verzug. Wer weiß, was er mit der Frau an der Muttergottes vorhat. Im Angesicht einer Heiligen ist schon so manches Unheil angerichtet worden.« Robert Mayr setzte sich in Bewegung.

Jakisch folgte ihm ergeben. Mayr hatte die Verantwortung und in gewisser Weise auch recht. Das, was er bisher hatte sehen können, verhieß nichts Gutes. Im Augenblick aber wurde ihre Sicht von den Tannen verdeckt, die am Rande des Tobels standen, der sich neben der Grotte tief ins Gestein geschnitten hatte.

Carsten Jakisch war beunruhigt. Der Mann, der Carina Bauer in seiner Gewalt hatte, hatte auf ihn nicht den Eindruck gemacht, dass er sich von zwei Polizeibeamten, einer davon noch dazu in Lederhose, beeindrucken lassen würde. Der nicht sonderlich große, dafür aber stämmige Mann war ganz in Schwarz gekleidet. Er machte selbst auf die Entfernung einen ungepflegten Eindruck, so als habe er mehrere Nächte in einem Auto geschlafen.

»Warte.« Robert Mayr hielt seinen Kollegen am Fuße des Tobels zurück, der an dieser Stelle auslief und dessen Wasser unterirdisch weitergeführt wurde. »Er wird uns gleich bemerken. Steck die Waffe besser weg. Ich will nicht, dass es ein Unglück gibt.«

Was denn jetzt? Mit oder ohne Pistole? Ohne zu fragen, steckte Jakisch seine Waffe zurück in das Holster.

»Wir gehen zusammen hoch.« Mayr ging los.

»Was tun Sie da?« Robert Mayr stapfte den Hang hinauf wie ein Pilger, der gleich sein Ziel erreicht hatte. Jakisch folgte ihm, hielt dabei seine Hand aber knapp über der Waffe an seiner Seite. Man konnte nie wissen.

Carina Bauer kauerte am Boden und rührte sich nicht. Jakisch konnte nicht erkennen, ob sie schon tot oder nur ohnmächtig war. Der Mann stand über ihr und hielt einen kleinen schwarzen Kasten in der Hand, der wie eine externe Festplatte aussah.

»Verschwinden Sie, das ist eine Privatsache«, rief der Unbekannte, als Mayr und Jakisch näher kamen.

»Sind Sie Herr Bongarts?«

»Was? Hauen Sie ab!«

»Sie sind Heinz Bongarts.« Mayr nickte und blieb stehen. Auch Jakisch blieb stehen.

»Hauen Sie ab!« Bongarts schrie jetzt. Er hatte begriffen, dass er zwei Polizeibeamten gegenüberstand.

»Was tun Sie hier?«

»Verschwinden Sie.« Bongarts legte vorsichtig das Kästchen ab und riss im selben Augenblick Carina Bauer hoch. Wie eine leblose Puppe hing sie an seinem Arm.

Jakisch zog seine Waffe. Er ahnte die Gefahr.

»Stecken Sie die Waffe weg!«

Wie aus dem Nichts hatte Bongarts ein Messer in der Hand. Er hielt Carina Bauer mit einem Arm an sich gepresst und drückte ihr mit der anderen Hand die lange Klinge an den Hals. »Weg, habe ich gesagt. Weg!«

Mayr schüttelte den Kopf. »Sie werden nicht weit kommen.«

Bongarts lachte höhnisch. »Das werden wir sehen. Machen Sie Platz, oder die Frau ist tot!«

Carsten Jakisch überlegte. Er hatte kein freies Schussfeld. Die Gefahr, Carina Bauer zu treffen, war groß. Auch weil er kein sonderlich guter Schütze war. Das SEK musste her. Aber das konnte er nun nicht einfach herbeitelefonieren.

»Verschwindet, hab ich gesagt. Sonst –« Er packte Carina Bauer fester.

Carsten Jakisch sah, dass sie ohnmächtig war. Sie hatte die

Augen geschlossen, ihre Arme und Beine hingen schlaff herab. Das Gesicht war weiß, nur von der Stirn zog sich ein dünner roter Faden bis zu ihrem Kinn.

»Lassen Sie die Frau los, Bongarts.« Er packte seine Waffe fester.

Bongarts lachte nur. »Was bist du denn für ein Komiker? Und leg die Waffe weg. Geh lieber spielen, Kleiner.«

Carsten Jakisch sagte nichts und hielt seine Waffe weiter auf Bongarts gerichtet.

»Frau Bauer, hören Sie mich?« Robert Mayr hatte seine Hände in die Hosentaschen gesteckt, sein Zeichen dafür, dass er unbewaffnet war.

Aber Carina Bauer reagierte nicht.

»Weg, habe ich gesagt. Das gilt auch für dich, Seppl.« Bongarts lachte wild. »Der Kasper und sein Seppl.«

Carsten Jakisch sah Mayr an, doch der fixierte wortlos Bongarts.

Und jetzt? Jakisch wusste, dass sie handeln mussten. Aber wie?

Bongarts packte Carina Bauer nun um die Hüften und machte einen Schritt auf die Polizeibeamten zu. »Ihr haltet mich sicher nicht auf, ihr Witzfiguren.«

Mayr und Jakisch wichen einen Schritt zurück. Sie durften das Leben der Anwältin nicht gefährden.

»Sie nicht, aber ich!«

Im gleichen Augenblick fiel ein Schuss.

Bongarts wirbelte herum, hielt Carina Bauer dabei aber weiter fest.

Der Schuss war aus Richtung des Tobels gekommen.

Jakisch erkannte den Schützen sofort: Ferdinand Leuchtenberg!

Der Anwalt hielt die Pistole mit beiden Händen fest. »Der nächste Schuss trifft.« Er trat aus dem Schatten der Bäume und ging unbeirrt auf Bongarts zu. Sein Gesicht glänzte schweißnass. »Lass Carina los. Sofort.«

Bongarts wusste nicht, was er tun sollte. Die überraschende Situation überforderte ihn. Sein Blick ging unstet zwischen Leuchtenberg und den Polizisten hin und her.

Robert Mayr nutzte die winzige Unsicherheit und tat einen mächtigen Satz nach vorne. Carsten Jakisch konnte später nicht mehr sagen, wie Mayr das gemacht hatte. Mayr, der so unsportlich wirkte wie ein nasser Sack, hatte doch katzengleich die kurze Entfernung zu Bongarts überbrückt und sich mit seiner ganzen Kraft gegen ihn geworfen.

Bongarts geriet ins Straucheln. Um sich abfangen zu können, ließ er Carina Bauer los. Trotzdem konnte er nicht verhindern, dass er weitertaumelte. Der abschüssige Hang tat ein Übriges. Bongarts ließ das Messer fallen, um sich am Boden abzustützen. Gleichzeitig war Leuchtenberg über ihm und zielte auf seinen Kopf.

»Nicht!«, schrie Jakisch, der die beiden erreicht hatte und das Messer aufhob.

»Gehen Sie weg! Er hat es nicht anders verdient. Er hat Carinas Leben zerstört. Sie ist tot.«

Jakisch warf einen Blick auf Carina Bauer, um die sich Mayr kümmerte, der sich mühsam wieder aufgerappelt hatte. Jakisch sah, dass sie atmete, wenn auch nur flach.

»Sie lebt. Carina lebt.«

Leuchtenberg schloss die Augen. »Das Schwein muss trotzdem büßen.«

»Tun Sie es nicht! Nehmen Sie doch Vernunft an, und legen Sie die Waffe weg.« Carsten Jakisch zog sich ein Stück zurück, ließ dabei Leuchtenberg aber nicht aus den Augen.

»Ihre Carina ist nicht tot. Sie ist nur sehr schwach.« Robert Mayr hatte sich aufgerichtet und wischte sich die Hände an seiner Lederhose ab. Es sah aus, als wolle er sich nicht länger die Finger an dem Fall schmutzig machen.

»Er muss dafür büßen. Er hat so viele Menschen auf dem Gewissen.«

Dass Leuchtenberg mit seinen Geschäften Mitschuld an der

Mordserie hatte, wollte Jakisch in diesem Augenblick lieber nicht sagen.

»Wenn Sie ihn jetzt töten, ist das Mord.«

»Das ist mir egal. Ich habe ohnehin nichts mehr zu verlieren. Ich liebe Carina, aber er hat diese Liebe zerstört. Er hat sie zerstört.«

Carsten Jakisch sah Tränen in Leuchtenbergs Augen. Krokodilstränen, schoss es ihm durch den Kopf. Wenn der Anwalt Bongarts erschießt, gibt es einen Belastungszeugen weniger, dachte Jakisch.

»Legen Sie bitte die Waffe weg. Das hat doch alles keinen Zweck mehr.« Robert Mayr sprach so sanft, als sei er von der Muttergottes aus der Grotte entsandt, um die Welt zu retten.

»Nein. Alles im Leben hat seinen Preis. Und Bongarts wird seine Rechnung bezahlen. Jetzt.«

Bongarts lag zusammengekrümmt zu seinen Füßen und rührte sich nicht. Er hielt die Augen geschlossen, als erwarte er jeden Augenblick die tödliche Kugel.

»Lass mich nicht zugrunde gehen.« Carina Bauer stöhnte und öffnete die Augen.

Im gleichen Augenblick erreichten zwei Streifenwagen mit eingeschaltetem Blaulicht und Martinshorn den Weg. Die Türen flogen auf, und vier uniformierte Beamten bezogen mit gezückten Waffen Position hinter ihren Fahrzeugen.

»Kommen Sie, es ist vorbei.« Mayr streckte seine Hand aus.

»Niemals.« Tränen rannen über Leuchtenbergs Wangen.

»Lass mich nicht zugrunde gehen«, flüsterte Carina Bauer und sah Leuchtenberg aus matten Augen an.

Ferdinand Leuchtenberg sah erst auf Bongarts, dann ging sein Blick kurz zu den Beamten. Der Schuss krachte, und die Grotte und die Hügelkette jenseits des Sees warfen den Schall vielfach zurück. Der Anwalt schloss die Augen und hielt Mayr die Waffe hin.

Entsetzt sah der Kriminalkommissar zu Boden.

Bongarts war zusammengezuckt, als die Kugel neben ihm in den Boden einschlug.

Robert Mayr bückte sich und legte Heinz Bongarts Handschellen an.

»Der Rest ist schnell erzählt«, lächelte Carsten Jakisch in den Telefonhörer. Er hatte die Mönchengladbacher Kollegen das erste Mal noch von der Grotte aus angerufen. Inzwischen saß er in seinem Büro. »Die Besitzer des Ferienhauses, das direkt am See steht, gegenüber der Grotte, haben unsere Kollegen gerufen. Sie haben am Fenster gestanden und sich gewundert, was an der Grotte los war. Zuerst haben sie an Filmaufnahmen gedacht, weil aber nirgends Kameras zu sehen waren, sind sie stutzig geworden. Und was die Beweise angeht: Die reichen aus, um Bongarts für den Rest seines Lebens hinter Gitter zu schicken. Und Bongarts kann übrigens unter Umständen in Gladbach vor Gericht gestellt werden. Das meinte der Staatsanwalt nach einem ersten Gespräch mit Mayr. Was? – Nein, die Bauer hat im Grunde nur ein paar Kratzer. Die werden schnell verheilt sein.«

Carsten Jakisch konnte Frank und Ecki auch bestätigen, dass Leuchtenberg und Bauer in einer ersten Vernehmung den schon vermuteten groß angelegten Betrug mit überteuerten Immobilienverkäufen an das Land NRW gestanden hatten und auch die damit verbundenen Erpressungen.

»Das hätten sie nach der Sicherstellung von Bauers Unterlagen auch schlecht bestreiten können. Ihr glaubt ja gar nicht, wen die beiden alles im Visier hatten oder schon abgezockt haben. Und immer nach dem gleichen Muster: Meist mussten die Betroffenen Interna preisgeben, damit Leuchtenberg und Bauer einen Wettbewerbsvorteil ausspielen konnten, sonst wären die Fotos an die Ehefrauen oder an die Presse gegangen. Ein merkwürdiges Gespann übrigens. Versuchen, sich gegenseitig zu entlasten. – Wenn das mal nicht doch noch Liebe wird.« Jakisch lachte aufgeräumt. »Leuchtenberg ist ins Allgäu gefahren und hat Carina Bauer gesucht. Er hat sie in der Ferienwohnung aufgespürt, aber Bongarts war schneller. Er hatte da noch nicht gewusst, wie er Carinas Peiniger überwältigen sollte. Die Pistole will er sich danach in Kempten besorgt haben. Das prüfen wir aber noch. Alles Nähere dann, wenn wir hier mit allem durch sind. Das kann ein paar Tage dauern. Ach, eines noch, Frank«, Jakisch musste grinsen, »gibt's Blues eigentlich auch auf Bayerisch? – Warum ich das wissen will? Wart's nur ab. Wir sehen uns. Pfüat di. Servus.«

Nachdem er sich von den beiden Mönchengladbacher Kollegen verabschiedet hatte, sah er auf die Uhr. Zeit, nach Moosbach zu fahren. Mayr hatte ihn für den Abend auf ein Bier eingeladen. Bei der Gelegenheit konnte er gleich das Stück zur Kirche hinuntergehen und mit dem Wirt vom Engel reden.

»Der See hat mich verändert, das kannst du mir glauben, Jakisch. Der See kriegt sie alle«, hatte Mayr gesagt und ihn dann doch noch zu seiner Hochzeit eingeladen.

Martin Mader stand an der Tür zur Terrasse und hatte die Hände auf dem Rücken verschränkt. Er sah schon eine ganze Zeit die Dorfstraße entlang, die hinunter nach Sulzberg führte. Hin und wieder kam ein Wagen vorbei, deren Fahrer ihm freundlich zunickten oder -winkten. Heute würde es nicht ganz so heiß werden wie die Tage zuvor. Am Himmel standen vereinzelte Wolken. Trotzdem hatte er die Markise ausgefahren und die Sonnenschirme geöffnet.

Robert Mayr hatte sich bei ihm telefonisch zu einem späten Frühstück angekündigt. Gerade angekommen, hatte er ihm in der Gaststube gleich sein Badezeug gezeigt und gesagt, dass er nur kurz eine Runde schwimmen wolle. »Deck schon mal den Tisch«, hatte er ihn gebeten.

Und nun war er immer noch nicht vom See zurück.

Martin Mader schaute neben sich auf den Tisch, der im Herrgottswinkel unter dem Bild des Märchenkönigs stand.

Wenn Mayr nicht bald auftauchte, würde er wieder abräumen. Kurz entschlossen ging er in die Küche, kehrte mit einem Haferl Kaffee zurück und setzte sich selbst an den Tisch.

Ihn überkam eine Melancholie, die er in den vergangenen Monaten immer wieder mal gespürt hatte. Sein Blick ging hinüber zur Theke und dem Brauereischild, dann wanderte er hinauf zum Porträt von König Ludwig II.

Es war endgültig an der Zeit, den Gasthof in die Hände seiner Kinder abzugeben. Die vergangenen Wochen waren anstrengend gewesen. Es würde sein letzter Sommer als Wirt vom Kreuz sein. Ein Gedanke, der keinen Schrecken für ihn hatte. Genug war genug. Seine Tochter Brigitte würde es schon gut machen, dachte er und sah erneut zum König. Der Kini schien nichts dagegen zu haben.

In der Gaststube war es still. Martin Mader trank sein Haferl Kaffee in Ruhe aus. Er war sich sicher, ein Gewitter würde es heute nicht geben. Wo nur Mayr blieb? Der See würde sich ihn doch wohl nicht geholt haben?

Frank lächelte, als er in die gespannten Gesichter seiner Musikerkollegen blickte. Er hatte für die erste Probenpause einige Neuigkeiten angekündigt.

»Nun lass uns nicht dumm sterben, pack aus.« Claus war ungeduldig.

Bevor Frank sprach, ließ er den Verschluss der Bügelflasche ploppen. »Ich habe einen Anruf aus dem Allgäu bekommen. Wir sollen dort spielen. Die Kneipe heißt Engel und hat einen großen Saal. Der Vertrag ist auch schon klar. Ein Kollege aus Kempten hat das arrangiert.«

»Moosbach? Nie gehört. Was ist das für ein Kaff? Gibt's da Hotelzimmer?« Bassist Wimo trank einen Schluck Bier und zog skeptisch an seiner Zigarette, die er sich mal wieder beim Schlagzeuger geschnorrt hatte.

»Wir haben Zimmer im Gasthof Zum Kreuz.«

»STIXX spielen im Allgäu? Da ist doch der Hund begraben.

Ist doch auch viel zu weit. Das Angebot reißt mich nicht vom Hocker. Also, mein Herzblut geb ich dafür nicht.«

»Abwarten.«

XXXIII.

»Gertrud lässt dich schön grüßen.«

Carsten Jakisch lächelte bei dem Gedanken an diese ebenso runde wie liebenswerte Person.

»Vergiss nicht, das Knödelrezept zu schicken, hat sie mir aufgetragen, dir zu bestellen. Das mit den Semmeln, von dem du erzählt hast.«

Stimmt, hatte er in der Hektik der vergangenen Tage vergessen. »Kommt noch heute.«

Die Aussicht auf ein baldiges leckeres Knödelgericht trieb Schrievers unversehens die Spucke in den Mund. »Hm. Freue mich schon. Sag mal, wie kommst du mit Mayr klar?«

Mit Wehmut dachte Jakisch an seine Mönchengladbacher Zeit, dann straffte er sich. »Ach, weißt du, bei uns im Allgäu gibt es diesen Spruch: It geschimpft isch globat gnua.«

ENDE (nicht ganz)

Semmelknödel (nach Monika Böck)

10–12 alte Semmeln
Salz
3/8 – 1/2 l heiße Milch
30 g Fett
1 kleine Zwiebel
Petersilie
2–3 Eier
zum Kochen: Salzwasser
Für Speckknödel: 100 g Bauchspeck

Zubereitung:
Semmeln in feine Scheiben schneiden, salzen, mit Milch übergießen und ziehen lassen (Milchmenge hängt von der Trockenheit der Semmeln ab); dann mit fein gewiegter, in Fett angedünsteter Zwiebel und Petersilie und den Eiern zu Teig verarbeiten. (Am besten einen Probeknödel kochen, wenn er zu weich ist, Semmelbrösel zugeben), die übrigen Knödel formen, in kochendem Salzwasser zusetzen, zugedeckt zum Kochen kommen lassen, dann halb offen 20 Min. leise kochen lassen.

Die Semmelknödel isst man als Beilage zu Gulasch oder Braten mit Soße. Übrige Knödel ergeben ein vegetarisches Gericht. Man kann die Knödel am nächsten Tag in dicke Scheiben geschnitten in der Pfanne in Butter rösten und Salat dazu essen.

Für die nichtvegetarische Variante 100 g fein geschnittenen durchwachsenen Bauchspeck mit den Zwiebeln andünsten und unter den Teig mischen. Steht nicht im Kochbuch, das ist meine Version.

Danksagung

Auf Danksagungen habe ich bisher verzichtet. Das ist diesmal völlig anders.

Da sind zuallererst die Menschen im Oberallgäu, die mich durch ihre warmherzige Art und ihre weisen, manchmal auch schlitzohrigen Bemerkungen zu diesem Krimithema angestiftet haben. Ich nenne besonders gerne Sieglinde (leider viel zu früh verstorben) und Martin Mader, Daniela Vetter, Monika Böck und Dieter sowie die Stammtischler im Kreuz. Monika Böck ist es zu verdanken, dass der Moosbacher Dialekt in meinem Krimi authentisch ist.

Phantasie ist schön, macht aber viel Arbeit. Besonders meinen Lektorinnen Julia Eisele, Monika Schönleben und Henriette Zeltner. Aber auch Annika Krummacher und den Damen aus der Piper-Crew, Monika Reile und Simone Seitz. Ohne diese geballte Frauenpower wäre ich kaum bis hierhin gekommen. Danke! Henriette Zeltner schafft es auf ihre besonnene und kreative Art immer wieder, meinem Text Gewicht und Form zu geben und den beliebten Figuren Ecki, Frank und Schrievers das nötige Profil zu erhalten.

Bedanken möchte ich mich natürlich auch bei der Polizei in Mönchengladbach. Allen voran bei Mario Eckartz, Ingo Thiel, Rüdiger Bittner, Rainer Rostek, Peter Spiertz, Willy Theveßen und Jürgen Lützen. Ohne ihren Rat und ihre Geduld wäre ich aufgeschmissen.

Meiner Familie aber gebührt der größte Dank. Sie weiß, warum.

Mönchengladbach, im August 2013

Stefan Holtkötter

Düstermühle

Ein Münsterland-Krimi. 320 Seiten. Piper Taschenbuch

Bei einem Brandanschlag auf einem Gutshof im Dörfchen Düstermühle sterben zwei Menschen: der ehemalige Hofherr und sein Nachbar. Kommissar Bernhard Hambrock sucht fieberhaft nach einem Motiv. Bei den Ermittlungen, die ihn tief in die Vergangenheit führen, stößt er auf alte Familienfehden und ungesühnte Verbrechen. Doch kaum jemand kann sich erinnern, es gibt keine Zeitzeugen mehr. Und dann brennt es erneut in Düstermühle …

»Eindringlich gezeichnete Charaktere und eine gut gebaute Story sorgen für Spannung bis zur letzten Seite.«

Düsseldorfer Anzeiger zu »Bullenball«

05/2719/01/L

Michael Kibler

Todesfahrt

Kriminalroman. 336 Seiten. Piper Taschenbuch

Als in einem Wald bei Darmstadt die Leiche des Amerikaners William Fishkin auftaucht, steht die Polizei vor einem Rätsel: Warum wurde der Mann erschlagen? Und weshalb hielt er sich überhaupt in Deutschland auf? Bald stellt sich heraus, dass Fishkin als Privatdetektiv arbeitete, sein letzter Aufenthalt in Hessen jedoch war rein privater Natur – er war auf der Suche nach seinem Erzeuger. Obwohl dieser seine Vaterschaft gleich anerkannte, schien irgendetwas nicht zu stimmen. Denn warum hat Fishkin sich sonst bei der amerikanischen Polizei nach mysteriösen Todesfällen vor vierzig Jahren erkundigt? Allmählich kommen die Ermittler einem düsteren Geheimnis auf die Spur, dessen Kenntnis fatale Auswirkungen hat …

»Eine spannende Handlung vor gründlich recherchiertem lokalen Hintergrund.«

Darmstädter Echo zu »Schattenwasser«

05/2723/01/R

Susanne Hanika

Und bitte für uns Sünder

Kriminalroman. 304 Seiten. Piper Taschenbuch

Ausgerechnet beim Kirchputz stößt die Journalistin Lisa Wild auf eine Kiste mit menschlichen Knochen. Gleich wird gemunkelt, es müssten die Gebeine des heiligen Ignaz sein, und schon bald planen der Gastwirt und der Metzger die Vermarktung der Reliquien. Bevor die Dorfbevölkerung auf dumme Gedanken kommt, nimmt Lisa den Fall lieber selbst in die Hand – zumal der Hauptkommissar, der dummerweise zugleich ihr Freund ist, die Sache nicht sonderlich ernst nimmt. Doch dann verschwindet auf einmal der alte Ernsdorfer, der ehemalige Bürgermeister, der eigentlich viel zu gebrechlich ist, um zu verschwinden, und wenig später erhält Lisa einen Drohbrief …

05/2694/01/L

Nicola Förg

Hüttengaudi

Ein Alpen-Krimi. 288 Seiten. Piper Taschenbuch

Kommissarin Irmi Mangold ärgert sich: Warum nur hat sie sich von ihrer Nachbarin zu dieser albernen Schrothkur in Oberstaufen überreden lassen? Und dann steht sie am Urlaubsort plötzlich vor einem Toten, der ihr mehr als bekannt vorkommt: ihrem Exmann Martin Maurer … Währenddessen hat es Kollegin Kathi Reindl in Garmisch mit dem toten Liftmann Xaver Fischer zu tun, der zu Lebzeiten im Skiclub mitmischte. Ein arger Dorn im Auge war ihm die moderne Skihütte, deren Wirte er so piesackte, dass sie schließlich verkaufen wollten. Zwei Mordfälle mit derselben Todesursache – wirklich nur Zufall?

»Liebenswert menschelnder Alpen-Krimi.«
Freundin Donna

»Grantig, witzig, authentisch, so macht ein ländlicher Krimi Spaß!«
Bild Online

»Was für ein famoses Ermittlerinnen-Duo!«
Maxi

05/2734/01/R

PENDO

Nicola Förg

Platzhirsch

Alpen-Krimi. 320 Seiten. Klappenbroschur

Eine ermordete Biologin und ein Elch als einziger Zeuge – nicht die besten Voraussetzungen für die Ermittlungen von Irmi Mangold und Kathi Reindl, doch schon bald tauchen erste Verdächtige auf. Hatte sich die Jägerin, die Rehe lieber im Wald als auf dem Teller sieht, mit den falschen Leuten angelegt?

»Mit Witz und Charme bereitet Nicola Förg vergnügliche Lesestunden.«
Münchner Merkur

»Was für ein famoses Ermittlerinnen-Duo!«
Maxi

09/1069/01/R